孙大雨译文集

VIII

上海译文出版社

诗论

翻译论述

附录

耿介清正：孙大雨纪传

目录

·诗　论·

论 音 组[①]
——莎译导言之一

厘辨音组以听闻为准则。

——［希腊］郎杰纳斯

诗歌循着时间的节度发出字音。

——［德国］莱辛

对于诗，一般的认识是它只和散文，而且只有它才正和散文，处在针对的地位。不错，狭义地说来，诗跟散文确有对立之势[②]。但这只是片面的真实，见一隅而未窥其三。若从宽远处着眼，和诗并行不悖，相反相成的一些人生事态，乃是宗教、科学[③]等广泛的人类精神活动。

至于散文，韵文[④]才是它的最相当的匹敌。

以我们外界宇宙之精深阔大，内在灵机的精微奥妙，后者对于前者一起了感应，万千的心影就蜂拥而至，于是诗便成了人生经历中几乎无往而不在的原素。平时曾听人说，王维画中有诗[⑤]，裴多汶交响乐里有诗，天主教仪典内，柏拉图哲学中，兰斯圣母寺[⑥]的建筑里……无处不有诗。这些说法都有所见而云然，不足为怪，因为诗既是一种弥漫洋溢的心灵现象，有文化甚至只要有人类生命存在，就可以到处有它的征兆，故不必限于诗歌作品。

话虽如此，诗情和诗景通常总得靠文字来显化，来永生，并且所用的文字大多是韵文而不是散文[⑦]：古今中外的大诗人，屈原、杜甫、荷马、但丁等，不论他们的胸中怎样地差异，却都用韵文来开拓他们的天地。这事实我们不能否认，而且得承认绝不是基于偶然的原因。

韵文和散文的区别，也许谁都知道，是在前者的文字安排有音组[⑧]或比较整齐的节奏[⑨]在里头，后者则没有。因为诗的实质是来时光芒逼人，一去则风流云散，踪迹不留；所以若没有精明有效的韵文去捉住它，铸定它，作它的传达的媒介，表现的工具，就极难留存下来。诗情和韵文，一为魂魄，一是形骸（这譬喻已变成了老生常谈，然而并未因此失去它的真实性），论理时我们固然可以分提各论，不过事实上精神离了血肉必致无法保持它的存在，结果写诗总得用韵文，诗人舍弃了韵文就无法寄托他的襟怀[⑩]。一般人认为诗只和散文，散文亦只和诗，正相对峙——这个由来很自然但不甚准确的认识便是起因于此。

构成一首诗的成分大体上可归结为四种：就是说情致、意境、风格和音组[⑪]。诗中的情致，我们知道，必须是强烈的，正如诗人的情思[⑫]也一定要强烈，因为不然的话，读者品鉴那由它而生的稀薄的快感时便没有余味可寻，作者的写作也便终归失败。可是情致那东西，它本身不着痕迹，我们只能心领而神会，不能以官感直接接触到。用官感直接接触到诗中的情致固然有所不能，但要心领神会也一定得有所凭借，否则虚无神秘，从何着手？诗人利用了我们的记忆、联想、想象等，可以在我们心目中幻出某一个独特无二的鲜明的意境；这居间的意境一生，那难于捉摸的情致，既有所附丽，便盎然如生了。不过若没有文字作根据，我们先就无法凭空臆造出什么意境来；即使臆造得出也未必是诗人胸中的那个意境。所以文字，特具风格的文字[⑬]，是传达意义、帮助我们幻显意境所必不可少的媒介。到了这里，一篇有诗趣的散文[⑭]和一首诗就得分道：前者毋须受音组的限制，毋须有音乐上的时间性[⑮]，后者则不能不受，不能没有。把诗来比人，音组好似声音行动，风格仿佛仪态丰姿，意境如同肢干轮廓，情致便相当于精神和生命。由浅入深，我们读一篇有音组而特具风格的文字，受了它的音组所产生的节奏、它的音乐性，以及意义和风格的明言暗示之后，构成某一个特殊的意境，再从那意境里感悟到某一阵强烈的情致时，那篇东西就算克尽了它的传达的功能，我们也可说读懂了那首诗。

上面所说的四种成分，一首诗缺一不可；非但如此，彼此间还得有密切的联系——否则即不成其为诗。现在试举几个极浅显的例子来阐明它们的重要性。

黄河远上白云间，一片孤城万仞山，羌笛何须怨杨柳，春风不度玉门关。

黄河远上，隐入天际之白云；高山万仞中有孤城一角。"城中之羌笛乎，春风素不出玉门关，汝何须以怨声度杨柳之曲哉？"

这里一首诗，一段义解⑯，对比之下最分明的当是在义解内我们毁灭了原诗的音组、文言诗的读者所熟稔的文言诗音组。在风格方面这段义解确也不复有原诗的精练，因而在意境上亦失去了原先的纯一，情致也变得稀薄无力。不过比较起来，这三者各自单方面所蒙的损失远不如音组方面所蒙的大。倘再综合各方面而与原诗一比，这义解就显得非常驽劣可厌，纵令在仅仅的意义上或许比原诗传达得更明白清楚些。为什么可厌？有资格的读者不喜欢纯粹的诗情诗景出之以散文；如今一首精练浑圆的杰作被崩解为一撮平凡的碎片，当然只能引起他们的厌恶。我们谁都会觉得这是粗笨，拙陋，煞风景的行径；跟听见了破鼓或哑的铃铛一样，我们心目中自然会起一阵不愉快的挫败（frustration）之感⑰。

其次，王摩诘这首诗：

渭城朝雨浥轻尘，
客舍青青柳色新。

劝君更尽一杯酒，
西出阳关无故人。

我们试把第三句内的“一”字改为任何别的数字，风格对于一首诗有多大的魅力便马上可以见到。改动后在音组方面的影响可说简直没有或极微，因为即使换了平声[18]数字，它仍有“一三五不论”那成规可以依附；而那条成规如果仔细考究起来是为增高音组的效力才演化成功的[19]，不是一二作者的孤诣。但经了这样的窜改之后，在意境上就毫无疑问会一落千丈。送好友远别往天边去，别后关山远隔，音尘阻绝，因而这如今究竟是生离还是死诀，也还在不可知之数；然送人千里，终须一别：这不忍别，非别不可，最后莫可奈何毕竟得诀别的终结性（finality）全在这“一”字上点出睛来[20]。这样的意境恰好燃着了诗中白热的情致。我们若改“一杯”为“两杯”或“三杯”，劝酒那一瞬间的意境就没有前面所说的终结性，所传达的情致也就尚未到白热的程度；所以“两杯”或“三杯”酒所表现的意境尽管和“一杯”同样的鲜明，在效力上却远不如“一杯”；因为由它们所传达给读者的情致是稀薄无力的，实际上尚未有写诗的价值。说得概括些，杯酒一多，情致反薄；情致薄而必欲写诗，我们叫它作“无病呻吟”。但倘使比“一杯”少些，譬如说，劝“半杯酒”，又是如何？那样可又走进了琐细和怪诞的迷途，跟多劝酒，一是过度，一是不及，殊途而同归于失败。

下面我们抄一封一位大诗人的韵文信：

梁公曾孙我姨弟，不见十年官济济，大贤之后竟凌迟，浩荡古今同一体，比看伯叔四十人，有才无命百寮底，今者兄弟一百人，几人卓绝秉周礼，在汝更用文章为，长兄白眉复天启，汝门请从曾翁说，太后当朝多巧诋，狄公执政在末年，浊河终不污清济，国嗣初将付诸武，公独廷诤守丹陛，禁中决策请房陵，前朝长老皆流涕，太宗社稷一朝正，汉官威仪重昭洗，时危始识不世才，谁谓荼苦甘如荠，汝曹又宜列鼎食，身使门户多旌棨，胡为飘泊岷汉间，干谒侯王颇历抵，况乃山高水有波，秋风萧萧露泥泥。

虎之饥，下巉岩，蛟之横，出清泚，早归来，黄土污衣眼易迷。

这篇作品[21]在音组上毫无可议，风格也称得起上乘，作者的情思我们也尽可以猜想它非常强烈。但为什么我们不能称它是一首诗？理由全在它的意境太枯窘。意境枯窘的结果是情致（姑假定作者本有浓厚的情思）无由启发，于是不论风格多么好，音组多么合度，写得的只是一封用韵文的私人诤劝信，绝不是一首有客观性的诗。历来的酬唱作品所以上乘的不多，一半因为作者少了点相当距离的透视。

最后我们引一首英文歪诗[22]作例：*

And walk'd into the Strand；

And there I met another man，

Whose hat was in his hand.

这四行*东西在音组的形成方面可说是达到了有些用英文写的韵文学教科书的理想，十个音步（feet）步步谨严齐整。意境具体而平实，恰好被简易的风格表现出来；至于平实本身，我们得承认，并不一定

* 引用的英文歪诗，文章中说是四行，但原商务印书馆的清样中只有三行，现已无法查补。——编者

就是缺陷，——上述这位诗人的好些杰作都以意境质朴为贵。可是情致，一首诗的最基本的成分，㉓ 在这里却渺无踪影。这段沐猴而冠的文字唯一的用处是在逗人发笑；它冒领着诗所特有的形式，但和诗相去不知有多少路程。一篇拙劣乏味的东西，可见即使勉强用了韵文作衣冠，还是不成。中外各国文字里有许多歌诀、咒辞、谜语、箴言之类，其中也许有音组、风格、意境三者都具备的，但它们并不是诗，为的是作者于下笔之先，本没有诗情作它们的前导。

要详论一首诗的各方面非三言两语所能胜任，我们如今先说它的音组和节奏。在说明这两者之前，应当把声音的性质先分析清楚。声音是什么仿佛谁都知道，但事实上它并不如一般人所了解的那么简单。至于语音怎么样连贯起来方会形成音组，产生韵文节奏，连贯语音的方法习惯在文字不同的韵文里是否相同，如果是不尽相同的话又是怎样的不同，以及为什么会那样不同，这些情形普通人恐怕更未必了了。

一个声音仔细分析起来有四种现象或因素 ㉔，就是音长、音高、音势和音色。因此每一个声音跟另一个声音的异同可以在四点特性上判别出来：四点是长短、高低、重轻和纯驳。音长（length）为音波在时间上保有持续（duration）的那种现象；持续依着音波振动时间的久暂可长可短，故两个声音的音长一经比较亦可有长短（long and short）之别。同样的几个声音 ㉕，持续或绵延一秒钟的比较半秒钟的来得长，但比较两秒钟的就见得短。若用乐器的发音来作例证，以轻重不变的气息吹一支箫管两次，吹时放开同一个管眼，而加以时间久暂的控制（如第一次一秒钟，第二次两秒钟）；或以轻重不变的力量按管风琴 ㉖ 的同一个键子两次，而加以时间久暂的控制——音长这现象或声音的长短性就很显著。第一次吹一秒钟的箫声或按一秒钟的琴音如果用“一”来代表它的音长，第二次两秒钟箫声或琴音的音长显而易见就是“二”，而两次音长之长短比遂成一与二之比。西方韵文学者论古典希腊诗音组时所说的“音量”（quantity）即是这个“语音所占时间之长短”的术语。

占据时间，有时积，不仅于古典希腊文语音为然，乃是一切文字的语音所共有的现象，所不同的只是长短这点特性在其他文字的语音里不如在古典希腊文语音里那么显著罢了。这里有一事我们须特别记住：音长虽为语音的四种现象之一，然与音高、音势、音色等三种现象有一绝大的不同处：在音长方面我们用以区别两个语音的异同的是语音发生时间的久暂，或者甚至可以说是音波的有无或存在与否（语音暂到了极致就会没有音波）；在其他三种现象方面我们用以区别两个语音的异同的并不是时间的久暂乃至音波的有无，而是有了音波有了持续之后，那音波的振动模样或状态上的差异。

音高（pitch）㉗为音波具有振动速度的那种现象，这现象的存在乃是因为主要音调㉘有频率（frequency）之故；而高低（high and low）便是这振动速度的快慢所赋予声音的一点特性。这就是说，声音所以会有高低之别全因音波振动得快慢不同，而音波振动快慢的比例则须看一定时间内（通常以一秒钟作标准）主要音调振动数的多寡而定。同样的两个声音，这个声音它所含的主音在定时内振动数比较多的我们觉得它高亢或尖锐（high vorvacute），那个声音它的主音在定时内振动数比较少的我们觉得它低迟（low）。还可用乐器的发音来作例证，譬如先按钢琴的中央 C 键（即琴正中心靠右手的一个白键）一下，然后再以轻重不变的力量及久暂一样的时间按右边第二音阶的 C 键（即从中央 C 数起，往右第八个白键）一下：音高这现象和声音的高低性就很显著。听起来谁都觉得第一次琴音的音高比较低，第二次比较高：用仪器计量的结果是前者每秒钟振动 +258.65 次，后者则为 –517.31 次。人耳朵听得到的最低音调据说㉙一秒钟振动八次，最高音调在二、三万次之间；平常英语里成人说话的音波内的主音每秒钟振动约一百至三百次，遇兴奋时如演说争辩则不止此数。我国语言现在还没有这样的统计，但大致相差无几。不过在另一方面，以高低性为类别的我们四声的主要关键似已被学者们所公认[30]。由此可见，音高在语音上何等重要也就可想而知了。

音势（force）是音波含有振动强度（intensity）的那种现象，它和音波的振幅（amplitude）即音波振动过程中自振动中点至振动极峰间的距离成正比。强度是声音的物理情况，这情况在听者感觉上所引起的心理状态便是响度（loudness）。把语音来说，发音器官用力的大小和发音时呼气的多少会使我们所发的几个语音有强弱之分，强者显得重（heavy, stressed），弱者显得轻（light, unstressed）。再把乐器的发音来实验，最简便莫过于用一律的手法击鼓[31]数次，击在鼓面上同一处，而仅加以用力大小的区别，音势这现象和声音的重轻性就很显著。近代条顿文字如英德文，它们的语音和所谓长短缀音显然参见的古典希腊文语音读法颇有不同；它们的语音在极精密的比较上虽也免不了长短高低参见[32]，但通常念起来长短高低之别并不怎样显著（往往模糊得无法分辨），最显著的特点，乃是所谓重轻缀音（accented and unaccented syllables）者[33]彼此相济。因此，有些韵文学者说，英文诗的音组完全建筑在音势上面，正如古典希腊诗的音组建筑在音长上面一样。这是个极大的错误，留待下文再说[34]。

音色[35]或音质，或调色，或调质（clant tint, timbre, tonecolour, or tone quality）为音波内音调（tones）的配合状况。一个单纯或纯粹的音调（simple or pure tone）是一个有固定频率及单纯振动的音调：它的音势尽可以随你去加强或减弱，但它的音高是不变的，而且它没有音色。可是语音和几乎所有的乐器声的音波都是复杂、合成或混和的音调（complex, composite, compound tones），或者说，它们都含有两个以上的单音调。一个复音调的这些构成分子叫做部分音调（partial tones），其中那最低的部分音调（就是音高最低而决定这个复音调的高低的那个单音调）叫做主要音调或基本音调（fundamental tone），其他的叫做高部分音调或陪音（upper partials or ovcrtones）。决定音色的要素是这些陪音的数目，它们的频率，和它们的强度，还有发音器［譬如说，梵娥琳（violin）的琴丝、传响板、与弓弦或手指甲］的性质与刺激的方式（用弓弦拉或指甲挑或拨）也与音色大有关系。在音阶上同样的一个声音，用口唱、钢琴弹、与梵娥琳拉出来，便各各不同，就是因为三者所发的声音音色不同之故。和主音谐和的陪音（即振动数相当于主音振动数二、三、四、五、六等倍数的陪音）名曰谐音（harmonics）。一只音叉（tuning fork）的声音几乎是单音调，语音和弦管乐器声都是复音调；所有构造精密的乐器的声音多半有与主音相谐的陪音，铃声和锣声里的陪音则与主音不谐。音色既是如此复杂的东西，所以通常只有人在音响学及乐学里把它当作极重要的研究对象；至于徒论音组的韵文学家则不遑去向它问讯——他们所瞩目的只是声音的其他三种现象或因素而已。

任何一种文字的任何一个语音，不论由任何人发出，都兼有上述的四种现象：音长、音高、音势和音色；而就这四种现象方面把同一种文字里的语音们彼此相比较之后，我们理想上的敏锐的听者就可以感觉到语音之间在长短、高低、重轻、纯驳等四点特性上各各异同不一。但理想上的敏锐的听者只是理想上的人物；我们寻常观感所能觉察到的只是某一点特性在某一种或某数种文字的语音里特别显著，其他的特性在这一种或这几种文字的语音里往往因不甚显著之故，不被注意。我们如今要问的是：这四种现象和四点特性中，哪一种或哪一点，或哪几种或哪几点，是各种文字的韵文音组所必须共同用到的原料，不用到它或它们音组便不能造成，韵文节奏也就无从产生？并无例外，那原料不是别的，是音长，语言在时间上的持续。其他音高、音势和音色三种现象，它们虽都依附在音长上面，于语音所占时间内发生，但它们本身却都不占时间（因为一个语音的时间已被它的音长所吸尽，不复有余剩让给其他的三种现象）。可是诗歌，说起来谁都知道，是时间艺术的一种；那么，我们当然无法把没有时积的音高、音势、音色这三种因素的任何一种用作造成它的音组的原料了。再说长短、高低等四点特性，它们只是语音们的音长、音高等四种现象的比较价值，当然也并不占据时间，不能用作造成音组的原料；它们的用处，这里不妨先说一说，只在供我们利用来作构成音组、划分音步的工具或标志罢了，此外在音组的形成上可说绝无别的功能。

推究语原㊱，“metre”这字（我译为“音组”，理由详见下）的本义是“计量”，“rhythm”（通常都译作“节奏”）之本义为“流动”。西方韵文学者，凡是懂得他本行业务的，如今用到“metre”一语时，总拿它来指诗歌形式方面的那最重要的机构——就是说，一些在时间上相等或近乎相等的单位的有规律的进行。这些单位这般进行着所生的效果韵文学名之曰“rhythm”，而每一个这样的单位则可叫作“foot”㊲（根据此字在希腊韵文学内的原意可译为“音步”）。

可以分成上述的一些规则地进行着的、时长相同或相似的构成单位，乃是韵文在形态上异于散文的基本条件。当然，一篇散文也可以分解成一叠许多个构成单位；但那些单位一方面在进行上并不遵循任何时间上的规则，一方面在形成上亦不谋彼此间相当的整齐。作者和读者通常难得注意到它们的存在㊳；贯串起来它们从不连接成行，切断了一比较，则彼此总是在时间上互相参差长短。要这样文中的思想方始能得舒卷自如，逻辑的进展不致为时间控制音义的规矩所牵绊。在韵文里，因为主要的目的不是要阐明理路，疏通关系，所以有了音组的这些规则地进行着的、时长相同或近似的单位㊴作整篇韵文的计时标准之后，不但在消极方面并无牵绊之累，反而在积极方面有映照意境、驾驭和增强情致的妙用。

“韵文为有音组的文字”这句话已被举世所公认。然音组在各种文字的韵文里众美纷陈，而于精粗之间常有极大的悬殊。我们知道各种文字的韵文在格律上不尽相同，但既然都有音组，必有相同之处。摭取几种代表文字的韵文里的音组之相同处，我们可以下这样一个比较扼要而又详尽的定义。久暂显得相同或相似的㊵一个个单位（音步），每一个单位含蕴着几截“音长”（本应说几个语音，但我们只着眼于持续方面的语言，故为简括及免致牵扯其他方面的语音起见，以后都借称“音长”二字，同时并加一引号，以避与音长二字的本义——语音的持续方面——相混）；各单位的音数不必一律（通常一至四为度）㊶，但较多数单位里的一截截“音长”，都顺着所在的文字里的语音的最显著的特性而连列成差不多的型式㊷；在大多数文字的韵文内倘有些单位里所含的“音长”占时太久则发时比较匆促，占时太暂（有时甚至一个单位里根本没有语音，但这情形不很多见）则用一截“淹滞”（“pause”）㊸。“淹滞”可分两种：一是语音“淹滞”或展缓（“pause” on syllables），一是无声的“休止”或者语音之间的“淹滞”（“rest” or “pause” between syllables），都须计入单位的时间内，去补救那时间上的欠缺；而此截“音长”与彼截“音长”间如正值两字之交，不论在一个单位里或两个单位间，则有时介以片刻的“静默”㊹（这“静默”的间隙不计在单位的时间内，它也可以分成两种：一是相当规律化的，在行末或在行内规定处，一是自由无定的，随意义及构句的停逗而出没无常）；——这些单位川流不息而来，接连几个单位（通常以二至六为度）㊺而成行，积聚几行而成节段，如是循环反复，在时间里规则地进行着，使作者读者听者都陶然有醉意：这就是韵文所有而散文所没有的“音组”。

可是一个音步为什么恰好或差不多那么久暂，换句话说，音步的长短虽略有伸缩性，但何以不致太长也不会过短？原因是这样的：任何一种文字的一截截“音长”，被韵文作者把它们三三两两地循着那种文字的语音的最显著特性连接成一个个占时一般或差不多长短的标准组合，而一个个这样的组合，这些一群群一簇簇的“音长”们，也自彼此贯串组合起来去积聚成行，以积成一篇继续不断的韵文，于是这些标准组合便正好做了划分那篇韵文的计量单位[46]，且是恰好那么长短或差不多那么长短。古希腊 Aristoxenus 说得好：“时间不能把它自己分成段落：一定得有什么别的东西（譬如说，可以使人感觉到的事物，如字音）去把它分段。”所以音组这东西，既非空无所有的一些时间片段的继续进行，亦不仅为多少截“音长”之接踵，也不只是语音的某种方式之配合，而是这三者的有计划的综和。不过三者中当推时间为最基本，“音长”为次要，配合法又次之。

上面说过只有持续方面的语音是各国韵文机构所必须共同用到的原料，又说过一截截“音长”被沉浸在整篇韵文的久暂里顺着一个个文字的语音的最显著的特性接二连三地进行着以形成音组。这就是说音高、音势和音色那三方面的语音都不是造成音步（音组的构成单位）的原料。这般说法却和许多英文韵文学教科书的主张根本冲突：他们认为在韵文的形成上，英文的重轻缀音（accented and unaccented syllables）正跟古典希腊文与拉丁文的长短缀音（long and short syllables）所处地位一样。那是根本不通之论[47]须加痛驳。所谓重轻缀音，我们要知道，乃是从语音们内涵的强弱性加以比较后的一个归类，比较时韵文作者所注目的只是音势的程度；所谓长短缀音乃是就语音们外延的久暂性加以比较后的一个归类，比较时韵文作者所注目的只是音长的时积。音势的程度既与音长的时积截然不同，以前者为目标而归类的两种语音当然不能和以后者为目标而归类的两种语音在作用上完全一样。英文语音的音势既然是音势而不是音长，因而也就没有持续，故亦不占据时间；而音步与音组，上面已经说过，既然是有时积的单位及其进行：那么，重轻缀音的重轻之不是英文韵文音组的所谓“基础”，岂不是显而易见的事实？错误的观察但见重轻缀音确能排列起来形成音步，因而断定在形成音组的功能上英文的重轻缀音与希腊文的长短缀音相等；殊不知重轻缀音所以能这样做并非因为它们在音势上有重轻性，而还是因为它们都含有音长之故。在古典希腊、拉丁文韵文里，语音们都有音长，都占据着时间；同时因为语音们的长短性比较其他的特性要显著得多，它们的被归为长短二类当然也比较被归为高低二类或重轻二类更显豁醒耳，而把它们循着这种长短归类所配合成的音步也跟着比较地段落整齐之故，于是韵文作者于构成音步时就利用长短这点最显著的特性作为划分音步的符号或标志。在英文韵文里，语音们同样都有音长，同样都占据着时间；所不同的只是语音们的长短性比较起来不很显著，它们的归类若按着这点模糊的特性而行之就不能显豁醒耳，而循着这种不清楚的长短归类所配合成的音步也不大可能产生段落整齐的印象：——因此种种，所以韵文作者于构成音步时不得不另外利用旁的特性，在英文语音里则利用了比较显著的重轻性，作为划分音步的符号或标志。推论至此，我们可以知道重读（stress）在英文韵文里只是一种引人注意音组的重复性的符号或标志（在其他条顿文字的韵文里也是如此），它本身，正如轻读一般，没有时间，只能表明或指示时间的过程。非但如此，并且往往连这点工作也做得不甚周到，且不应十分周到[48]。举一个譬喻来类推：要是在黑夜里我们望见远处有一星星红光作直线的移动，要是这些红光是湍急的河流里顺水下行的一列小船桅尖上的红灯，我们当然不能因为望见了红灯，就自以为看见了河流。重轻缀音的重轻之不是音组的“基础”，正如红灯之不是河流。

音组是一切诗歌的韵律方面的骨干，只有韵文里才有它。节奏可不然：它是一种极普通的现象，韵文里固然一定得有它，其他人生现实里也可说是无处找不到它的踪迹。历史上兴衰治乱的循环，人间世代死生的踵继，年月的承袭，气候时序的交更，晨昏互替，日夜相随，海的潮汐与波涛的升降，山峦起伏，风吹云涌，草木的飘摇，一切动物的游泳、飞翔、行步、呼吸、脉搏，乃至肠胃的张弛，人类运用肌肉的工作如砍树、划船、锤铁、打桩与用力工作时的用力及呼声，时间艺术如舞蹈、诗歌、音乐以及许多机械的动作——凡此种种，都有节奏在里头。就是散文，和韵文对峙的散文，若作者曾下过精湛的艺术的筹营，也“既不含有音组，亦不缺少节奏”[49]。

节奏既然是那么普遍的现象，可是它——广泛地存在于宇宙间，特殊地表现于韵文中——究竟是什么，虽自希腊以来众论如麻[50]，准确的界说则是直到最近才经人道出的。经历多年的研求探索，再证以用声音记振器（kymograph）实验的结果之后，Sonnenschein 在他那本精详博核的《节奏论》[51]里告诉我们说：“节奏是时间里的一串事件的某种特质，这种特质能使观察者心上对于这串事件里一个个或一簇簇事件的久暂发生彼此间有比例之感。”这定义可以用来状述任何有节奏事物里的节奏；若应用在韵文上，只需把事件二字代以“音长”二字。如果再把前面已下过定义的音组与节奏一词相沟通，音组可说是韵文里语音们的进行式，韵文节奏便是这进行式的效果[52]。音组为韵文节奏之因：有了它这个进行式，节奏这特质必跟了同来，如影之随身。韵文节奏为音组之果[53]：有了它这种特质，必先有音组这进行式主宰着一篇韵文的过程，如身之投影。

Sonnenschein 所下的这个节奏的定义附带着有下列几个关连音组的条件：

第一[54]，说到“时间里的一串事件”和“比例”，分明是含有可以计量之意。如今在韵文里被计量的，说得严密些，不是空洞的时间，而是时间里的一串“音长”（包括全体“音长”们及有时“音长”与“音长”间的那些音的休止或停歇）[55]。

第二，说到计量，观察者心上的比例感，不论是对于一截截“音长”间或一簇簇“音长”（音步）间的估计，都可以用数学上很简单的比率大略表示出来[56]，如 1:1 或 2:1 或 3:2 或 3:4 等。

第三[57]，一截截或一簇簇“音长”本身之间未必有客观上绝对准确的 1:1 或 2:1 或 3:2 等等的比率（也许有，不过往往没有，要看各别的实情而定，不能贸然先立一个武断的定律），然它们在读者或听者心上确能发生出印象上相当正确的那样的比率。一座声音记振器能够记录两个语音的百分之一秒钟的长短之差，我们的听觉可并无如此锐敏犀利。两截“音长”的比率在记振器上可以是 99:101，在我们听觉上却成了 1:1。这点客观上的不准确并不碍事，因为我们在韵文里所讲究的不是物理上的准确，而是心理上或审美上的功效。

第四[58]，即令我们对于两截“音长”或两个音步的比例感稍有差池，不能获得上面所谓“数学上很简单的比例”，就我们感到节奏那一层而论却依然是无伤大体。节奏的创造者及观察者之间有一种心理上的融洽，譬如说，画圆圈的人与看圆圈的人中间也有这种心理上的融洽。就严格的物理事实说，韵文里完美的节奏之不可得，正像万全的圆圈只存在于柏拉图的理想境界里。可是我们感到了所给比例感稍有难决的节奏，不以为它是杂乱的鼓噪，而知道它是节奏，正好比我们见了一个大致无差的圆圈（只要它不是方的，三角的，或任何其他相差太远的图形的），就认为它是圆圈一样。

第五[59]，“音长”、音步等的循环或重复是我们觉察到节奏的一个先决条件。没有循环重复，光靠一个音步单独所占的时长来做根据，那“比例之感”就不易在读者或听者心上明白地发生。最后，律定的着重（ictus, metrical stress）对于节奏的产生没有绝对的必要[60]，在音乐里如此，在韵文里亦如此。虽然在时间比率太复杂的音乐里，及在语音长短太难决定、重轻却很显著而分布得又相当均匀的文字的韵文里，如英文韵文，音重或重读常被利用作使拍子和音步显得段落分明的一个工具。

韵文节奏是一串“音长”的某一种特质，它的产生可以推溯到一个个音步以至一截截“音长”在进行中的组织或排列上去，即如上述；于是为剖析详密起见，我们可以把它分成由微渐到积累的五级。使我们对同一个音步里的“音长”与“音长”间发生比例感的特质，我们叫作初级节奏（primary rhythm）。在同一个音步里或几个不同的音步里，字音长短固定而排列法规律化的那种初级节奏的比率关系，则可名之曰节律（a thythm, iambic rhythm, trochaic rhythm）[61]。使我们对一行内音步与音步间（即一簇簇“音长”间）生出比例感的特质，可以叫做二级节奏（secondary rhythm）[62]。引起我们对行与行间生比例感的特质，可名之曰三级节奏（tertiary rhythm）[63]。此外有韵体韵文里节（stanza）与节[64]，章（canto）与章之间也都有它们各自的节奏（不过对于后者，我们的注意力往往伸展得不够悠久，所以不易感觉到它的存在或重要）。还有素体韵文（blank verse）内段（a blank verse paragraph）与段、篇（a book）与篇之间也都各自有节奏；不过这些都是随着诗中意义、境界、与情致的盈亏而升降涨落的（不大受时间久暂的限制，故并无形式上的规律）。古典希腊、拉丁文的韵文最讲究节律，近代文字的韵文大多注重二级节奏，行与行间的三级节奏则为古今中外的韵文所共同尊重的大法，至于节与节间的四级节奏，则在古希腊抒情诗人品达罗斯（Pindaros）的赞颂歌（odes）与悲剧诗人们的乐舞歌（choric odes）内，在我们的《诗经》、古乐府、与世界各民族的歌谣里，在中世纪欧洲普罗旺斯（Provence）一带的行吟诗人

(troubadours）的作品内与曾受过上述各源影响的后世诗歌里，都被相当重视。

叙论到此，我们要问音组对于一首诗，除了能产生韵文节奏那显然的效果外，究竟有什么功能作用？它对于读诗者可能生出怎样的心理影响？这问题可以分四层来讲：

第一，音组的规则性能继续引起读诗者的期待，同时又能继续满足这期待，使他感到一阵微妙的愉快。

一个个久暂相同或相似的单位，在进行不辍中每一倏忽间，暗示着将有与它们一样长短的单位源源而来；一方面读者在每一倏忽间也隐约感觉着那些盼待中的音步固然都如期地来到：在这样的情形下，读者就接连获得着一星半点的满足。这再三的满足如果是零落散乱或彼此相隔绝的，当然并不会发生怎样的影响，但贯串了起来而且均匀分播之后，那积累的结果便会是一阵普遍洋溢的愉快。这弥漫于整片时间内的快感我们不易指明它起于韵文的哪一处：唯其它这般似有若无，难于捉摸，就格外显得它微妙可喜。音步的经临过往既有这样的循环反复之势，使读者频生相同或相似之感，那么音组岂不成了单调的根源，乏味的成因？这可不然。每一首诗，只要它不是前人某一篇名作的应声，一定和以前所有的诗在情致上、意境上、风格上以及声调的旋律上，有所不同；同一首诗的每一个音步里的字音与其他音步里的字音又有长短、高低、重轻、调色、音数之不同[65]；同一个音步里一截截字音间彼此亦复有长短、高低、重轻、调色之互异；再加上那偶尔的“淹滞”[66]和“静默”的间隙[67]两种现象的飘忽无定——有了这种种不同，于是一首诗，尽管它所有的音步的久暂全都相同，也绝不致堕入枯燥沉闷的单调中。刚才所说读诗人的愉快的满足是微妙的，而不是突显的，也就是一首诗以这个一同为经以许多不同为纬[68]的优良效果。

第二，音组（佐以一首诗的其他成分）所给予读诗者的那阵微妙而愉快的单调有一种微妙的催眠作用。使读者在意识上比较地疏忽了音组本身的规则性，[69] 而把注意力转移到上述的许多不同点上，更进而用全神去品鉴那些不同成分彼此间的协调及全体的和谐。考勒列琪在他的《文学生涯》里说得好 [70]，他说音组能增进我们读诗者的一般情绪之活跃及我们注意力的敏感：好比二三知己开怀畅叙时的酒，它本身不被注意，但所起的作用却极有力量；或好比酿酒时的酒曲，它本身也许无甚价值，甚至令人憎厌，但在功效上却能使酿得的酒芳醇郁烈扑鼻沁人。考勒列琪又提到音组本身能继续给读诗者一种惊奇的刺激而继续加以满足，这可稍欠了一点斟酌。那惊奇的刺激，我们要知道，是来自一首诗的上述的那些不同点上的，并非发自音组本身。音组的功用在这里是调剂的，中和的，它的规则性能使读诗者在接受那一阵阵的惊奇之中，同时也隐约感觉到一阵阵的熟稔。读者心上虽然连连受到了剧烈的震动，但音组能化除那些剧烈震动的突兀的影响。这朦胧里的既熟稔又惊奇的快感，便是一首有音组的诗所能而一篇散文——不论它有没有悦耳的节奏——所不能给予读者的一点东西；因此不妨说，这快感是个很灵验的诗与散文的区别标准。

第三，音组能引起读诗者的运动及流走意象，使他产生近于舞蹈和驰骋时的感觉。我们惯常把自己心理上的作用外体化或客观化，然后根本抹杀掉那物我之间的关系。对于读诗时的运动感和流走感亦复如是。所以假使我们说我们观察到某一首诗有运动性和流走性，实际上就是我们知觉到自己意象上的运动感和流走感的积久忘返的托辞而已。音组自古与舞蹈有密切的姻缘——这是两者的禀性使然，并非它们源出异宗，本来风马牛不拥涉，迨各别存在后才由人工把它们撮合起来的。到了近代，诗歌脱离了舞蹈而独立，然音组的本性亦未曾且亦不能因而泯没，所以它仍然会引起读者意象上的这两重感觉。音步与音步，行与行，节与节的循环重复仿如舞蹈时回旋转侧中的循环重复，乃是周知的事实，这里不必赘说。另举一个类例，把音组所给予读者的流走感来阐发得更清楚些，我们可以说它正和郊游探胜者跨着轻骑前进时的那种感觉相像：音组本身好比他胯下的一乘骏马，一首诗的音组以外的种种不同成分则犹如山光水色，云影花香，和夹道向后推移的树木。

第四，音组在一首诗里有辅佐着风格隔离现实的功能，使诗中所表现的情致意境不仅与实际人生里的情感处境类似，且显得分外优越，以便读诗者站在主观与客观的交界处，去充分感悟那精淳化了的亲切有味的情致意景。诗不是人生现实的记录或抄袭，而是向上的人性的逼真（Imitation of Life），亚里斯多德早有过真知灼见在先[71]，至今还没有新兴的学说能推翻他的名论。诗里头的情景须骤看起来与现实极相近似，细审之下却与现实相隔离而优越得多：与现实近似是它构成幻景，引人入胜的初步；与现实相隔离[72]，则为完成它超迈人生，通神入化的使命。诗情诗景本来就比我们日常生活里的情感处境饶于意味。如今表达前两者的文字，我们知道，除了在体态上精练及富于暗示[73]之外，且须在声音的进行上有时间的规则；这时间规则，我们也已经知道，以赋予一首诗上述的三种——谈话和散文所没有的——良好效能。有音组的文字既然如此较谈话及散文为佳妙，于是那原本优越的内涵及风采，再加上了这般优越的声音的行动，当然会显得分外地优越：音容和精神这般切合无间，结果是两者相得益彰，读诗人也就愈感到诗中情景之精淳，愈感到它们与日常生活相距的高深邈远。这高深邈远之感跟诗情诗景类似实情实景的那感觉合在一起，能使读者在读诗时的情绪迫切中暗暗觉得他自己置身事外的地位。实际人生，恐怕谁都不会否认，不论它如何美满，总带有几分欠缺。如今读诗者站在这兼施主观与客观的立足点上，在亲临切感、远瞩高瞻之际，可以从一些貌似特殊、偶发及无常的情绪事态间，窥见普遍、深邃及永恒的人性。所以罕秣莱德的自语和黎琊在风暴里对着大海的狂号务必出之以韵文：如果用散文写[74]，那焕耀的神光，崔巍的气度，一定会减退得难于辨认。岂止减退，我们还会诧怪不已，忍受不了呢。

如果用散文写——但这是个虚幻的假设——莎士比亚的几部不朽之作，如“四大悲剧”及《安韬尼与克丽屋沛屈拉》、《暴风雨》[75]等，根本是一篇篇的诗，是动天地泣鬼神的戏剧诗：它们非借诗的最适当的媒介——韵文——不足以申作者托付给它们的使命。（这些作品里固然有不少角色不全用韵文说话，有几个则完全用散文）。近视、浅见的读者、观众，被皮相惑乱了视听，难免会错认它们都是些诗和散文的杂碎；归根结蒂，他们想，诗只是多余的文饰，可以用散文表达的故事方为本题。作者创制时的规模和擘画[76]，以及用散文怎样有用散文的时会[77]，浅尝者或许有所不知。但曾经看过几出近代作家的戏，读过几本散文剧的人，只要问一声自己：意亚谷、蔼孟特和黎琊的傻子那样的风格，怎么绝不可能在任何散文剧中找到。莎剧不采纳希腊戏剧成规中的歌舞队，同时又因为规模大、取材广，凡能用来表征人性之真的一切人生相包罗万有、无所不容，于是用散文便成了一种信手拈来的权宜之计——一个维系那引人入胜的幻景于不隳的消极办法。也有时因为剧情太峻峭，插入一段散文可以略弛紧张过盛的局势——这是对于观众的“高处不胜寒”的心理状态所施的一种暂时的抚慰。而若从另一方面看，这样插用散文又适所以供尖锐的对比，借此更可提高整篇作品的情致。可是无论如何，莎剧的散文部分总不是莎剧所以存在的原因[78]；剧情的生命关头却全都用、而且全得用有音组的诗来表达。

说到[79]戏剧的表达或媒介，我们为论理方便起见，往往把作品分成显而易见的两类：一类的剧中人物讲韵文，一类的剧中人物讲散文。但这个只是外观上的分野，只是内容的分野的征象而已。在一切文艺作品里，征象外发，一定有根源潜在里头，根源内蕴，也一定有征象露在外边，否则即为虚伪，即为失态。戏剧也不能逃避这个概则。韵文剧和散文剧的较深湛的不同乃在两者的人物于禀性上判然二致，而这个又缘源于两派剧作家的观念根本两样。一出成功的诗剧[80]，我们要明白，并不是一出用散文也可以写得的戏剧，只因作者一时高兴或有别的时缘相凑合，碰巧草成了韵文的诗剧。同一出诗剧里，某些主要人物，即使他们的性格和表现性格的语言行动与其他主要人物的性格等等相形之下显得很平凡，甚至粗鄙、丑恶、凶暴，在全剧内却仍是不可缺少的一星一火，掩映于整篇作品的不可逼视的光焰中，明眼人一望而知是非同凡亮。这些性格跟你我的性格相比，是经过了一番有力的单纯化和夸张化；他们言语行动间所显示的生命原动力[81]远较你我言语行动间所显示的更为明目张胆，点画清扬。推动你我日常生活的原动力是混乱的，朦胧的，散漫的。推动诗剧里的人生的一些原动力，既然在创作者的想象的熔炉里经过了一番单纯化和意象化，化为一片有计划的冲突，有秩序的混乱，与实际人生的原动力相比时是又精淳，又致密，而且意味深长（significant）：那么，剧中人物嘴里的言语当然也就摆脱了你我日常谈吐的庸陋，芜秽，无色彩，而进入于富丽豪奢，悠长隽永的境域，换句话说，就是诗的境域；于是你我平时对答间的陈辞滥套便很自然地句斟读酌起来，一一平添了妙趣，蜕化为充满着神奇的譬喻，活跳的意象的文字了。还有，这些人物比较你我日常所接触或知道的人物要热烈鲜明得多；他们那经过了一番夸张化的人格和品性，跟普通人的模糊的人格，游移的品性比较起来是轮廓分明，典范精确：这性格型式上的矜夸的自然结果是他们的言语也跟着起了轮廓，立了典范，跟普通人的口齿迥不相侔；于是你我平时对答间的支离的声调，凌乱的节奏，也就蜕变得疾徐有致，而形式化为有规则的音组了。这样看来，诗剧的姿态和形式都是从作品的内容上及人物的精神上推演而成的极合理的结局，并不如浅见者所幻想的那么矫揉造作，更不是作者在那里搔首作态，卖弄文才。

反过来说，一出真正的散文剧，就是通体用韵文写成，也还不能冒充诗剧，却反是一个可怜的失败，正如我这篇文字，不用散文而用韵文写成，也不会是一首诗。诗剧的方法，上文已经说过，是在极力单纯化和夸张化剧中人物的性格；散文剧则侧重于剧中人物的性格的“自然化”——或者说，使剧中人物形似实际人生里的人物，同时也使他们的言语像普通人的言语一般，没有所谓不自然的诗的风格和韵文的音组。走到这条路的尽头，自然是自然了，与艺术则相去甚远。仅仅模仿实际人生，最多只能与它一样；但我们谁都经历得到观察得到实际人生，剧作家又何必多此一举？你我日常的言语行动没有条理、结构和鲜明的鹄的，所以很少部分能表示出你我的性格；况且即使有而能，也必隐藏不露，绝非二、三个钟点里所可窥见它们的端绪的，连剧中人物的性格都不能表现，那么，忠实的“自然化”岂不成了万分无聊的蠢事？主张戏剧须用散文的理论家会说写散文剧也得施行艺术的剪裁，不过剪裁之后仍须保持着实际人生的自然风度。我的回答是，若果剪裁仍被视为必要的条件，诗剧的剪裁便比散文剧的剪裁高明得多。诗剧人物的塑造者不兢兢于抄袭实际人物的形态上用功夫，他得极力将他们的性格单纯化，夸张化，摄精华而弃糟粕，已如上述；于是诗剧人物给我们的印象比散文剧人物所给的当然要深厚久远得多。而诗剧剧情，如果同散文剧剧情在轮廓上一样的话，因有了诗的风格居间浓烈化和韵文的形式从中推波助澜，又要比散文剧剧情动人得多。既然诗剧这边获得多而损失少（姑假定所谓不自然在诗剧是一种缺点），散文剧那边情形恰巧相反；权衡得失的轻重，岂不便决定了我们对于两派戏剧的剪裁的取舍？总之，从功效上看来，这两种戏剧的优劣是无可疑问的：前者致力于人性的逼真，浮表上虽跟实际人生颇有脱轴之处，结果却精到动人；后者把实际人生作不敢逾越的蓝本，在“自然”的歧路上徘徊，结果反落得一场捕风捉影的徒劳。

上面我们说到就“模仿人生”（逼真向上的人性）而论，情致充沛的韵文对于戏剧要比较散文对于戏剧在成效上来得优越。但如今恐怕没有人会坚持“模仿人生”是戏剧的唯一的目的了，虽然说戏剧须处处与向上的人性矛盾也不见得合乎情理。自易卜生以来流行的风尚是把“表象人生”（Representation of Life）当作戏剧的主要目的：作者对于平日生活发生了一些模糊的感觉和意见被社会所认识而接受。说得露骨些，这个对社会病态按脉处方的态度等于认可每一篇戏剧的本身没有长存的价值，只具应时的功用，而剧中人物只是一个个替他说法的傀儡。这一类用意改良社会、济度苍生的剧作家，如萧伯纳，慈心可佩，尽管让他们用散文去写他们的问题剧和讽刺剧；待问题有了解决，他们那些化妆的社会批评论文也自然会功成而退，被人们所弃置，跟着另一批新的问题剧和社会改良剧便随着新的需求，应运而生。但这样的作品没有多大的文学价值，在人生的意义方面对我们无所启示；有悠久渊深的文学价值而能予我们以启示的还得推韵文的诗剧。

戏剧所以有不灭的价值，所以在人生过程中如隆冬的火，乃因它能唤醒我们的自觉意识（self-consciousness），使我们深切地感到自己之为自己而为之的欢腾庆贺：意识到（或觉察到）外界事物的能力，只要不曾睡着，我们谁都有；意识到自己的人格，比较起来便很难得；但最是难能可贵的当推意识到自己的向上性而为之欢欣鼓舞的那种心境——诗剧的可贵处就在它能做到这一点：愈成功愈伟大的诗剧愈是能唤起这个自觉意识，招致这种愉快，而且它愈益富有超脱时间束缚，飞越地域限制的恒久性及普遍性。戏剧诗人把紊乱无意义的人生实象锤炼成条理井然、意味深长的艺术品：我们面对着这样的作品，眼见平时所熟习的生活片段，一块块破铜和烂铁，尽都化成不朽的黄金；耳闻平时所听惯的残缶碎缽放出一阵阵洪钟的巨响。于是这秩序和意义的胜利，这紊乱和晦冥的消隐，从外面透入我们的意识，当然引起了我们的共鸣，催醒了我们的自觉意识。须知自觉意识原是一个人内在生命力秩序化及和谐化的表征，举个比喻说，就是在那心府光生的境界里窥见云翳敛迹，他自己的向上的本性灿然如日丽中天。这般发觉自己之为自己而为之的欣欣自得乃是我们谁都冀希想望着，求之梦寐而不可得的宝贵经历[82]，如今却能在剧诗或诗剧里，经过一程峻峭的精神冒险而豁然得到。这么看来，诗剧岂不完成了戏剧在人生里的最高的理想？杰出的散文剧固然也多少暗示着一点诗情，多少能满足一些我们这般求自我实现的意愿；不过既没有诗的风格和韵文的音组为助，怎么样杰出也总是秩序稍差，和谐略欠，终于敌不上韵文的诗剧[83]。因此更可以推知，上文所谓诗剧的不自然处，它的具有特殊风格与具有音组的两层特色，非但不足为害，反是它的优点。

上面我们讲过了音组与诗的关系，音组的构成、效果和功能以及音组特别在剧诗里能起些什么作用：那些都是从音组的原理和性质方面出发的概论。下面我们想把音组在某几种文字里、被它们的语音的最显著的特性所控制的各种情形[84]略加叙述，跟着提出我们自己的一个试验——在我国文字里语体韵文所或可采取的一种连列语音的型式或配合语音的方法[85]，最后把翻译莎氏诗剧怎样实行这套组音法或韵律的状况再一一述说：这些都是从音组的表现上着眼的记叙[86]。

*以上内容曾收入《孙大雨诗文集》(1996年12月初版)

先说比较上很幼稚的一类韵文。这类韵文的作者完全不顾时间和"音长"：他们不知利用长短重轻高低等语音特性去组织"音长"们为久暂显得相同或近似的音组单位，而只知简陋地计算一下音数，就把每行所含的这音数是否整齐一律作为有无韵律的标准。换句话说，这就是于不知不觉间在原理上认一切语音的长短重轻等都一样，一与一的比率普遍存在于"音长"们之间。这类韵文其实还不能算韵文，它只是在韵文发展过程中的一个尚未臻于韵文境界的草莱时期。如果这韵文所在的文字的民族文化还正在发扬滋长中，它那规模未备，眉目不清的韵律也会连同其他的文化形态升迁到一个成熟的水准上去，渐被精炼成一套以时间为基础而合于音组原理的韵律。如果那民族的文化已途穷日暮，昌盛或中兴无望，或忽被不测的变故所绝灭，它那粗糙不成形的韵律当然也就硬化在那里，不再前进。这般不具音组，徒计音数的韵文我们可以简名之曰等音计数韵文（isosyllabic verse）[87]，这样的韵律观则可谓为等音计数主义（isosyllabism）：此类韵文也许能在某些文字的韵文的进化历程上占据一个划然的阶段，或甚至在那整个历程上留得有甚难磨灭的印迹，但它本身则价值不高。

等音计数韵文不仅在韵文的进化历程上地位卑下，它可能有的韵文节奏性也是微渺不足道的。严格的等音计数韵文简直可以说跟我们发生韵文节奏感的心理有些相悖缪，因而事实上就不能存在；我们所谓等音计数韵文者只是在原则上奉行着等音计数主义，在施行时罅漏百出的意图异于散文的一种东西。这种乍看来似有法则的非散文至多只能说它已有了使人发生韵文节奏感的起码条件，但实地听起来我们却还感觉不到它有韵文节奏性。借一种极简便的类例来阐明此理。在一个不很长的时间内试用极度的注意谛听钟表的摆动，我们可以得到一串"的的的的……"的声音如下图：

这里每一黑点代表一声“的”，黑点与黑点间的空白代表“的”与“的”间声音的间断；每一黑点与任何一个其他的黑点完全一样，每一段空白与任何一段其他的空白也完全一样。可是这情形无法长久继续：谛听稍久或注意稍懈之后，我们所会听到的将不复是一串“的的的的的……”，而是一串逐渐变为“的答，的答，的答……”或“的的得，的的得，的的得……”或“的得的得，的得的得，的得的得……”的声音[88]，如后图：

我们听到了第一条线所代表的一串钟表声后的普通心理反应是把那简单的安排加以修改，改成一串二二三三或四四的音联单位，如第二第三或第四条线所图示的那样。这些修改原安排后的节奏可以说是主观的节奏，物理上在这里并不真正存在；至于所以会去修改乃是因为我们感受节奏的心理上有此需要，或第一条线所代表的钟表声不很合于我们感受事物节奏性的脾胃。这就可以说明严格的等音计数韵文（即各行音数全相同，每一字音与任何一个其他的字音完全一般长短重轻高低，所有的字音与字音间的“静默”[89]，假如有“静默”的话，亦完全一般久暂）缺乏显著的节奏性，它跟我们发生韵文节奏感的心理有些不很合符节，正如第一条线所代表的钟表声一般。可是等音计数主义的错误是双重的错误：它除了一笔抹煞我们对于严格的等音计数韵文（万一真有这样的东西）所会发生的这种心理反应之外，还对于语音的不可克服的自然分布也装聋作哑，不闻不问。任何种文字，因字源、文法、意义、发音习惯等事的牵制，实际上不能被任何人构成物理上的钟表摆动声式的韵文；若果有人以为那是可能的事，我敢说他准是在冥想的真空里梦呓。字源文法等事的牵制既然使韵文作者于施行等音计数法时到处碰壁，绝不能实现出来；而况即使毫无牵制，严格的等音计数韵文果然出得了那个真空，它又仍然跟我们发生韵文节奏感的心理有些不相侔，还得经过一番主观的修改：那么，等音计数韵文的好处究竟在哪里？

上面所说那硬化在等音计数阶段上的韵文，我们只知道拜火教圣经 *Avesta* 里有些韵文片段是唯一的代表。那些韵文片段所用的文字是伊朗的古文，而那种文字则跟其他的印度、欧罗巴文字一般，也有长短重轻高低等（什么文字没有？）语音的特性；可是那些韵文片段的组成是不用长短、重轻或高低作标志，也不凭借其他的方法以连结“音长”们成音步的，它们只把计数当作唯一的法则。*Avesta* 里有一式韵文行每行含有 16 个缀音，分成两半，每半行 8 个缀音，而于第 16 及第 8 缀音之后（即行末及行半处）各有一片刻意义停逗的“静默”[90]。现试举三行英文翻译[91]于后：

| Who was the first of all mortals ‖ to honour thee on earth, Homa? |

| What reward was bestowed on him, ‖ what honour conferred upon him? |

| Vivaswan was the first mortal ‖ to do me honour upon earth. |

读起来于语音的长短重轻高低之间要愈不分轩轾方愈能显出原韵文的理论上的组织法，然后各行及各半行的久暂也愈可以各各显得相同。图表出来这一式韵文行该是这样的：

| ○○○○○○○○ ‖ ○○○○○○○○ |

除了行中间的“静默”而外，这串语音似乎正跟物理上的钟表摆动声有同样的音与音之间的关系，虽然事实未必如此。

这么样不问长短，不管重轻，不论高低，总之不连结“音长”们为音步的必然前提是等音计数主义；等音计数是韵文的最低级的藩篱，撤去了这层藩篱韵文与散文便会全无区别。可是倒过来说，我们也要晓得含有相同音数的韵文行未必一定以唯计数为法则，那样的韵文尽可以并不是等音计数的韵文；因为组成韵文行时顾虑了时间及“音长”，运用了长短重轻等等以组织“音长”们为音步之后，韵文行之间的音数仍然可以而且或许会得相同。所以在后面这种韵文行里，音数的相同与否可说是不需过问的微末，不相同固然不妨，纵或相同也只是一种可能的与或然的现象，无足轻重；至于在等音计数的韵文里，相同乃是先决条件，不相同却变成了破法毁纪的非分了。

除了 *Avesta* 式韵文行外，十二世纪时幼年的法文韵文也是等音计数韵文。把当时的亚历山大行（Alexandrin）[92] 来做例子。此式发萌时期的法文韵文行通常每行含有 12 个缀音，也分成两半，每半行 6 缀音，而于第 12 及第 6 缀音之后（即行末及行半处）亦各有一片刻意义停逗的“静默”[93]。今试举 *Roman d'Alexandre* 数行于后：

| En icele forest, || dont vous m'oez conter, |

| Nesune male chose || ne puet laianz entrer. |

| Li homes ne les bestes || n'i ozent converser. |

| Onques en nesun tans || ne vit hon yverner. |

| Ne trop froit ne trop chaut || ne neger ne geler. |

| Ce conte l'escripture || que hom n'i doit entrer. |

| Se il nen at talent || de conquerre ou d'amer. |

图表出来这几行的理论上的机构是：

|○○○○○○‖○○○○○○|

然理论是理论，事实仍事实：幼稚的理论毕竟克服不了法文语音的不可克服的特性。不可克服的原因是在有字源，文法，意义，发音习惯等事作后盾；这些成因力量大，它们不允许任何理论将法文语音化成物理上的钟表摆动声一般，音音如一。在每行 12 缀音通常分成两半的范围内，法文语音的特性使当初亚历山大行的好些半行又可分成两段，不能分段的半行只在半数左右。譬如在上举的例子里，第一行的两半行固然都不分段，但第二行为一段加两段，第三行为两段加一段，

| Nesune male chose ‖ ne puet | laianz entrer. |

| Li homes | ne les bestes ‖ n'i ozent converser. |

第五行则成了二加二，

| Ne trop froit | ne trop chaut ‖ ne neger | ne geler. |

——于是这四行的段数就变得参差不一，它们给我们的时间印象也跟着显得久暂不齐了。对于分段，那时候的诗人们当然是并无计划，完全听任自然的；所以在同一首中世纪的法文亚历山大行诗里，即使是很短的一首诗，行内的缀音数虽或许相同，段数却可以有二到四的差异[94]。

但亚历山大行并未在等音计数的阶段上石化。经过了一度长久的隐晦及一番复兴之后，到了十七世纪，正当古典戏剧诗人高乃伊（Corneille）时，此式长短不齐的韵文行不知如何渐为诗人们所合力改

进，变作每半行规定分成两段，每段的末一个缀音读起来须提高拉长又着重[95]的所谓古典体亚历山大行。这古典体亚历山大行的组织法或韵律我们暂且按下不提，留待后面论法文韵律时再讲。但这般同时利用高低长短重轻来划分为十二缀音为各含两段的两个半行，其实就是音步在法文韵文里的肇始，虽然我们不大用这个名称。可是名称有什么关系？——一朵玫瑰花我们用另一个名称叫它，并不会失去它的色香。非但如此，法文古典体亚历山大行韵文大体上虽至今于实行音步法（foot system）之外，仍兼用着每行十二缀音的计数法（因此这计数法 syllabic system 已不是等音计数法 isosyllabic system，而是不等音的计数法 non-isosyllabic system 了，然自来诗人们的作品里常在行末容许一个额外的轻缀音 syllabe atonique，即于行中间无 élision 处总被计算而在行末总不被计算的所谓 e mue + 所形成的缀音），如：

Le fer que le cruel || tient levé sur ta tê*te*.（Racine：“Andromaque”）

Selon que vous serez || puissant ou misérab*le*,（La Fontaine：“Les Animaux maux malades de la peste”）

Elle est au sein des flots, || la jeune Tarenti*ne*!（Chénier：“La jeune Tarentine”）

La fraîcheur de leurs lits, || l’ombre qui les couron*ne*,（Lamartine：“Le Vallon”）

J’étais seul près des flots, || par une nuit d’étoil*es*.（Hugo：“L’Extase”）

Et je dis à mes yeux || qui lui trouvaient des char*mes*：（Vigny：“La Maison du Berger”）

Ses petits affamés || courent sur le riva*ge*（Musset：“Les Nuites”）

L’Érèbe les eût pris || pour ses coursiers funèb*res*,（Baudelaire：“Les Chats”）

这额外的轻缀音不仅在亚历山大行里多到不可胜数，便是在其他的韵文行里也同样地普遍[96]：因此我们如果说法文韵文的计数法典时常被这样的所谓阴性行尾戳得有一些个漏洞，并不算言过其实。总之，计数法在现今的法文韵文里只是功能尚未全失的一个遗留：它可以消极地防止过长的音步出现，从而增进音步们的规则性，但它的效用和尊严都有限度，不容过分重视。

受了中世纪初期法文韵文和天主教拉丁文赞美诗的影响，早中古期的英文韵文也有奉计数主义为部分的韵律原则的，虽然等音的陋习自始就不曾在英伦得势。Orm 的福音书韵文述记“Ormulum”便是一个极端（*却并不是纯粹*）计数的例子[97]。现引四行于后；以见一斑：

> And nu icc wile shæwenn yuw ‖ summ-del withth Godess hellpe
> Off thatt judisskenn follkess lac ‖ thatt Drihhtin wass full cweme,
> And mikell hellpe to the follc ‖ to læredd and to læwedd,
> Biforenn thatt te Laferrd Crist ‖ was borenn her to manne.

这篇不用韵的韵文在现存长近万行的全文内固守着每行十五缀音的计数法，据说绝无一行例外。不过除了呆记音数以外，它同时却已分明在应用着音步法了。组织音步的方法则像代数公式 X*a* 似的，一个比较轻的缀音之后必来一个比较重的缀音[98]：如是一轻一重地积满了十五个缀音便成一行，而于第八第九两缀音之间必介以一片刻意义停逗的“静默”。

|×　×́|×　×́|×　×́‖×　×́|×　×́|×　×́　×|

这范式至少可以代表作者的理论上的韵律。事实上则他就不免一方面

为计数法所掣肘，一方面又为早中古期英文语音的特性所多方抗拒，而不能彻底推行那个单调的公式。就以这四行来说，第一行第十缀音“ddl”，第二行第二缀音“thatt”，第三行第六缀音“to”与第十二缀音“and”，及第四行第十二缀音“her”等，都是理论上要它们充当重音，事实上却恕不十分遵命的铁证。

计数法在近代英文韵文里固然也曾有人咬紧了牙关时一试验，但若在那上面再加了一个轻重相间的公式，必致例外丛生，塞碍迭出，纵令咬破了牙关也休想得到贯彻。然理论上主张轻重相间式的计数主义者却自有其人，如十八世纪之Bysshe, Johnson等辈，他们以为唯有这样写法：

Here Love his golden shafts employ lights
His constant lamp, and waves his purple wings.
| × ×́ | × ×́ | × ×́ | × ×́ |

才算中绳墨，合法度，否则即为违背规矩，破坏韵律。不知这所谓“韵律”只是他们三数人的主见，却因解说起来显得明白清楚之故，极易博取街头巷尾的一般信仰；及至信仰既深且广之后，根深蒂固，遂被误认为状述英文韵文的真诠至理了。其实诗人们于写作时对时间和“音长”自有优良的明断，虽在理论上对于韵文的本质未必都有精详的剖析；然无论如何，信守那错误观念或通俗见解的，在几百年来的英文诗人中竟致百无一二，则任何架空的理论不能加以否认。要找我此说的例证不难，但看本文附注便知[99]。

韵文中型式比较最完整的当推古典时期的希腊文韵文[100]：它那一个个金声玉振的缀音，跨着精严的步伐，不越趄忽遽，不点趾蹬跟，却又绝不平板单调，而只循循地量着时间前进，迥非任何其他种文字的韵文所可比拟。古典希腊韵文是以音量计时的韵文（quantitative verse），与近代以音量计时的韵文（accentual verse），如英、德文韵文，在形成音组的方法上显有不同。申言之，前者用一种固定的长短为尺度又为标志，去计量缀音们或“音长”们又去连列它们为音步，同时就把这音步去计量缀音们或“音长”们在时间里的进行；后者则用重轻仅为标志，仅去连列约略估计起来占时差不多的二二三三的缀音们或“音长”们为音步，同时就把这音步去计量缀音们或“音长”们在时间里的进行。

古典希腊文韵文的计量精严处我们可以在它的音步的形成上，或它的规律化的初级节奏的型式上，尽量见到。据 Aristoxenus 说，音步们，就它们所含的“放”与“提”（thesis and arsis）[10]之间的比率来归类，可以分成五类：主要的三类是“同等式”（“the equal kind”，γέυos ἴσου，1 : 1），“加倍式”（“the double kind”，γέυos σιπλάσιου，2 : 1），与“倍半式”（“the half-as-long-again kind”，γέυos ἡμισλιου，3 : 2），次要而不见连续运用的两类是三倍式（“the triple kind”，γέυos τριπλάσιου，3 : 1）与“四三式”（“the sesquitertian kind”，γέυos έπιτριτου，4 : 3）。这放与提之间的比率当然是时间久暂上的比率，时间的久暂则取决于缀音们所含的那最显著的长短特性。举荷马史诗《意利亚特》第一行为例：

| Μῆ ν ι ν ἄ | ε ι δ ε , θ | ε ά, Πη | λ ἴ ά δ | εω ῆ ος |
| – ◡ ◡ | — ◡ ◡ | – — | — ◡ ◡ | — – — |

这行韵文的型式是放提同等式类别里的一种，即长短短六音步者是。此式韵文行的音步内放必在前而提必在后，两者的久暂相等，而放的部分总是一个长缀音，提的部分则往往是两个短缀音，不过也可以是一个长缀音，但在第五音步里提必为两个短缀音（这一个音步我们可

以称它作保持一篇韵文的长短短性质的行眼子)，而在第六音步里提必为一个长缀音[102]。上举的例子里第三音步为一长长音步而不是那标准的长短短音步，此即应用所谓“代替”(substitution)[103]的办法，因为在理论上(当然，理论不能脱离了事实而独立)一个长缀音的久暂等于两个短缀音的久暂，所以将二长代替一长二短之后，在时间的持续上能获致“等量”(equivalence)之效。长短短六音步韵文行的谨严精密处，代替既不能损毁它的毫末，有如上述；于是它的放与提之间的初级节奏和音步与音步间的二级节奏，都可以用 1∶1 的比率图表出来如后：

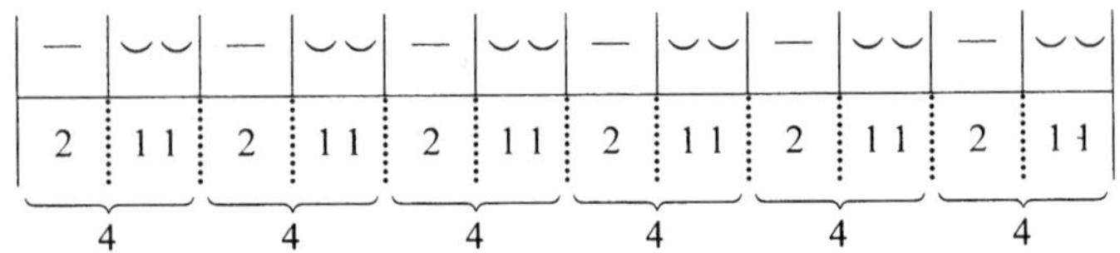

这是一行纯粹的长短短六音步韵文行，其中符号—代表长缀音，符号⌣代表短缀音，竖的实线代表音步的界限，竖的虚线代表放与提的界限，横的长线则代表缀音们或“音长”们在时间里的进行。放提同等式类别里又有一种运用较少的短短长律四音步(anapestic tetrameter)韵文行，它的音步里提必在前而放必在后，可是它的初二级节奏仍然都成一与一之比，如下图所示的纯粹的例子：

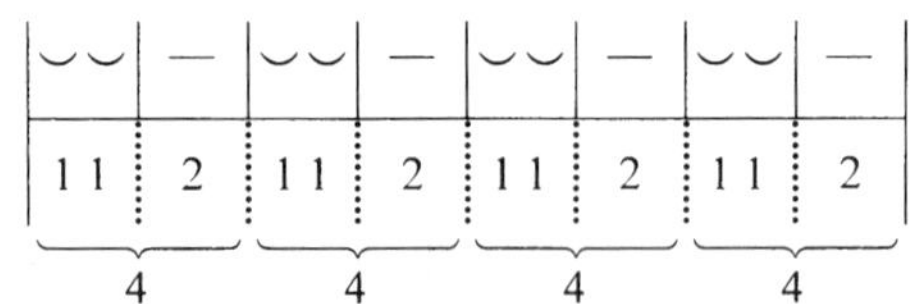

至于放提倍半式类别里的长短长律四音步(cretic tetrameter)与短长长律四音步(bacchiac tetrameter)两种韵文行，它们的音步与音步间的

二级节奏亦含有一与一的比率，正如上述同等式类别里两种韵文行的二级节奏一样，虽然这两种韵文行内各音步的放与提正成顾名思义的三与二之比。

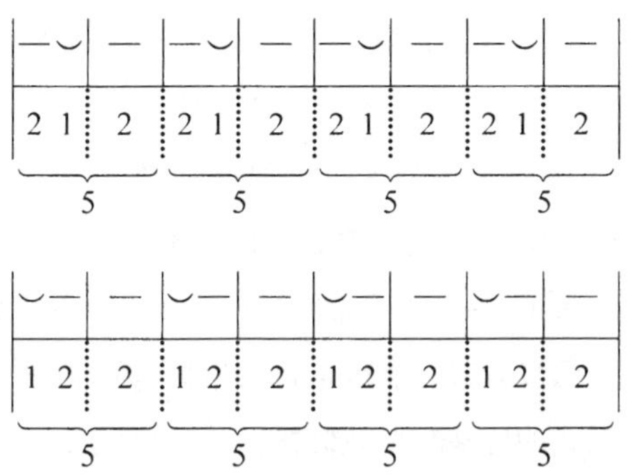

以上四式是同一篇韵文里各音步内放与提两部分或一样或不一样久暂，但各音步全都一样久暂的几个例子。从这些节律的型式上或这些音步的组成上——尽管音步的任何部分有分解也好，有代替也好，但无不合于等量的原则、传统和习惯——我们可以窥见古典希腊文韵文的秩序何等森严，计量何等精确，真说得上是韵律体系中的上上杰构。

上面说起古典希腊文韵文里的缀音们有长与短之别，一个长缀音的音量等于一个短缀音的音量两倍。这区别的直接根据，我们如今要知道，乃是古典文艺时期希腊人的听觉所印成的那心理状态[104]；至于缀音们的物理上的长短[104]，不过是韵文作家们权衡韵文内缀音们的长短的间接标准而已。古典希腊文内缀音们的实际音量之相差，也许跟任何现代文字内缀音们的实际音量之相差，差不多繁琐。可是当时可以把缀音们分成大别的两类：连排在量变的一端的叫做“长缀音”，另一端的叫做“短缀音”。此外列在量变中间的一些比长不足比短有余的缀音们，它们并不因所含的实际音量不甚长也不甚短而被归为第三类；韵律学者们只称之为“两可的”（άδιάφοροι, indifferent）或“通用的”（κοιυαί, communes, common），意思是将它们当作长缀音或当作短缀音使用皆无不可。这样的分畴划类有时不免会使当时通常所口发的好些缀音们的实际音量稍稍迁就，排在韵文内的大汉队里显得太矮，侏儒群中高出一头。但这个势所必然的物理上的缺陷与读诗人或听诗人的心理状态尚相符契，与韵文组织的现象也并不龃龉，因为接受在相当范围内[105]长短很见参差的一些缀音们，认它们为一般久暂，乃是韵文赖以存在的一个公认的基本条件。所以古罗马修辞学家及批评家 Quintilian 说古典希腊与拉丁文的一个长缀音含有两个标准量，一个短缀音含有一个标准量，或即谓前者的长短等于后者的长短两倍，他所指的便是韵文组织法里的一个现实，非客观事态间的真相；他这条定律我们须从心理观点上去解释，不能从物理观点上去端详[106]。

要了解这情形不难：我们只须假定某一批缀音的约略平均长短被当时的韵文作家们公认为标准的长，另一批缀音的约略平均长短被他们公认为标准的短，便可，——这两套缀音持续的长短则当然是用耳朵去约略估计出来的。这样制定量音标准的方法实际上为他们所采取，乃是极或然的事，假如我们记住了古典韵律辨别缀音们[107]音量时完全忽略它们所含的那些领首的子音部分：一个缀音的音量全视它所含的母音部分音量如何和这母音部分后面，在本缀音的范围里，有无子音部分而定。易言之，古典韵律只把一个缀音的煞尾的子音部分和居中的母音部分，但绝不把带头的子音部分（如果那缀音有子音部分带头的话），估计在账里。可是当时缀音们内有些领首的子音绝无疑问是占据着时间的，而且可以占时相当长，正好像许多现代文字的缀音们内有些领首的子音一样。譬方说，在古典希腊文里“ἦν, μήν, φρήν, σπλήν”等四个缀音在时间持续上必有相当的参差；同样，在古典拉丁文里“ā-ter, mā-ter, frā-ter, strā-tus”等四个缀音也长短颇有不同，“ă-mo, tă-men, stă-tus, stră-bo”等四个缀音亦然；而在现代英文里，用声音计振器计量的结果，我们确知“ea-ten, tea, stea-mer, stea-mer”等四个缀音也是初短而后长，在客观的音量方面并不一致。然韵律上讲来，以上每组四个缀音的长短却被视同一般无二，伯仲不分。这公认殊异为不殊异的事例大致可以在心理学上获得解释。缀音们的领首子音们有时（紧靠着母音部分时）固然可以为中间的母音们所吸收[108]，但只是有时而已，并非经常如此。若遇到无法吸收时，如在上引几组例子内每组的末了两个缀音里，那些未被吸收的领首子音们分明为已被吸收的领首子音们及随后的母音们，两者的响亮的混合音所罩过，因此听者的耳朵就不去注意到它们的持续，或虽曾注意到，但它们所给予的时间印象却立刻被湮灭掉。至于缀音们内那些殿后的子音，古典韵律学一概认为能增加听者的长度印象；由是可知当时人一定觉得，譬如说，ἦν 比较 ἤ 长，δ 比较 ὅς 短。总之，我们可以推断，假使让一个古典时代的希腊人读当时的希腊文韵文而由我们用声音记振器去计量下来，一定可以证实 Aristoxenus 所说的五类比例式在实际上并非毫发不爽，同用特制的仪器所发的声音那么准确，那么准确得过度而有机械性，虽然那差池的程度比现代韵文里相当事物间的差池的程度大概要小一点。

古典希腊文韵文的音量，除在物理上有上述的差池（这差池的程度不太多，故与读诗人或听诗人的心理状态不致相水火）之外，从韵律方面讲来也有它的不拘处。这不坚执韵律理论的地方在短长律三双音步（iambic trimeter）及长短律四双音步（trochaic tetrameter）的韵文行里可以见到。理论上的纯粹的短长律三双音步：

|⏑— ⏑—|⏑— ⏑—|⏑— ⏑—|

及纯粹的长短律四双音步：

|—⌣—⌣|—⌣—⌣|—⌣—⌣|—⌣—⌣|

在单零的韵文行里无疑是有的，不过不甚多见[109]。事实是|⌣—⌣—|和|⌣—⌣—|这两种双音步（dipody），它们那个介于二放之间的提确乎必须是一个短缀音，但在二放之外的那个提（不论在 —⌣— 这个连系前面或后面）却绝无问题可以是一个短缀音也可以是一个长缀音。所以短长节律[110]和长短节律的基要特点，我们不妨说，便是这个长短长的（cretic）根桩，而从这共通的根桩上我们可以见到这两种节律的统一性。在这根桩连系的前面加一个不定量的缀音会产生短长律双音步；在它后面加一个这样的缀音会产生长短律双音步：把 × 来代表这可短可长的缀音，这两种双音步的组织即成了这样的两个方式：

|×—⌣—|（短长律双音步）

|—⌣—×|（长短律双音步）

至于 × 这个缀者的不定量似乎是短长律与长短律两种韵文很早就有的特点，不是后来的发展或坠落。举一二实例为证，这样的韵文行

ου μ̓όι γὰ ΓύΥεω γοῦ πολυΧρύσον μέλει
|— — ⌣ —|— — ⌣ —|—— ⌣—|
（iambic trimeter; Archilochus, frag.25）

ἥκω νεκρῶν κενθμῶνα καὶ σκότον πύλαζ
|—— ⌣ —|— —⌣ —|⌣ — ⌣—|
（iambic trimeter; Euripides:“Hecuba,”1.）

δζ τὰ κλεί ύ αἰ νίγμαγ’ ἤδει̂ καί κράτ ιστοζ ἦνὰνήρ
|— ⌣ — —|— ⌣ ——|— ⌣— ⌣|—⌣—Λ|
（trochaic tetrameter catalectic; Sophocles: “CEdipus Rex,”1525.）

在古典希腊文与拉丁文的短长律及长短律韵文里是很正常的事，绝非破体。

前面所说那根桩连系外面的长缀音 Aristoxenus 名之曰“alogos”，通常直译为每易引起误解的“irratinal”（无理式的）。在它所在的那个音步里放与提两部分间的比率，当念出来时，既非严格的 iamb 或 trochee 里的 2∶1，又非标准的 spondee 里的 1∶1，而是介乎这两种比率中间的另一个比率，譬方说吧，是 2∶1.725。但这只是数学上的比率，形之于笔墨虽不妨事，发出音来听觉却不能分辨得这么样细密刻划——听者的耳朵只觉得它比提里的短缀音略长些，比放里的长缀音又略短些。Aristoxenus 把这一点申说得很清楚：“要了解节律的原理，我们须切忌把‘rhēton’与‘alogon’二语的涵义错会了而误入歧途。若就乐学的音程原理来说，音乐上的‘理式的’与不能演奏出来而仅仅数学上的‘理式的’不同；同样，合乎节律的性质的‘理式的’也与仅仅数学上的‘理式的’不同”。在短长律与长短律两种韵文里，若遇到一个音步的提是这“alogos”时，放与提两者间的比率既为介乎 2∶1 与 1∶1 中间的另一例比率；于是这样一个音步与另一个无此“alogos”的音步音的比率遂成了介乎 1∶1 与 4∶3 中间的另一个比率——或者说，这两个音步，在当时的韵律范围里，并不一般久暂。

古典希腊文韵律虽在物理上不免有差池，在它自己的范围里有时也可以不拘，但它的计量的法度，与其他文字的韵律计量法度比较起来，依旧是精严无比；而它这计量精严处与它的变化的多方，使古典希腊文韵文仍不失为理想的韵文。除长短外，当时缀音们的高低也是相当显著的一点特性，但大概因远不如长短那么显著，那么易供利用，及利用后那么悦耳与有效力的种种缘故，韵文作者们并不把它作为连列缀者们或划分时间的标志。至于重轻这特性则在当时的语音里必然是最难捉摸[111]，故与当时的韵律绝未发生关系。待到亚历山大建成了他的帝国，事势就起了极大的变迁。那时候四海一家，各地的人民杂居互市，来往频繁，“蛮”音渐渐侵入了标准的希腊语里来，于是重轻便也渐渐把长短逐出了韵律的疆域，而加以占领[112]。从此古典希腊诗遂致神形两失，一蹶而不能复振。

古典希腊文韵文之后，让我们检视一下盎格罗萨克逊文（Anglo-Saxon）的韵律。古典希腊文语言之最显著特性，上文已经再三说过，为长短；盎格罗萨克逊文语音的最显著的特性则不是长短[113]，而是重轻。“音长”们或语音们的长短以时间的久暂作计量的标准；“音长”们或语音们的重轻则与时间的久暂并无密切关系。因重轻所划成的时间段落在感觉上不一定能整齐明晰（或者说，“音长”们或语音们在时间里进行中的分布不易被重轻调节得久暂有致）之故，于是盎格罗萨克逊文的韵文作者便利用着语音们的另一种特性，一种不是从比较后得来的，而是从概计后得来的特性，去帮助重轻性共同造成那段落明晰之感。这种文字的韵文节奏在物理上，在客观的时间上，果然缺陷很多，但它兼用着比较语音后所得的重轻与概计语音后所得的另一特性所合力形成的错觉（illusion），却与音组原理不悖，而恰是韵文节奏所由产生的那种心理状态[114]。这个所谓概计语音后可以觉察到的特性就是盎格罗萨克逊文韵文所富有的起字韵（alliteration）[115]。原来子音们在这种文字的缀音们里特别多而响，所以把起字韵[116]当作韵律上的工具并无任何的不便，虽然这样的韵文由我们不在这种文字里生长的人听起来不免嗄嗄聒耳。然这不谐和，不悦耳，是文字的先天就有的音色上的弊病，对于音组非但丝毫无害，反能积极地有助于它的形成。

跟古典希腊文韵文一样，盎格罗萨克逊文韵文在文末也不用结字韵。据历来学者们的研究[117]，它的规律可以概括成以下的几条律则。第一，每一行韵文分作两半；前半行与后半行的分界是一下意义停逗的“静默”[118]，它们的连系则在押同一个起字韵。行末偶尔也有结字韵，但这只是意外的声效，与韵律无涉。半行内缀音数没有一定，前半行与后半行所含者不必相同；行内缀音数亦然，此行与彼行所含者亦然。第二，每半行有两次着重，那两个重缀音便成了半行内两个音步的重心——听者或读者对于两个音步的注意的中心。有些半行内有三次着重，因而就有三个音步；这样的半行大多连接着在三五行里继续地发生：作者的用意是在增进意义的庄严性与韵文行动的沉着性。就一般而论，前后两半行的组织是各自独立的，故彼此所含的重轻缀音们的分布毋须一致。第三，音步的型式可分为三种。甲种以两部分形成，一为重缀音部分，一为轻缀音部分。乙种仅以一个重缀音部分形成，但它总跟丙种连在一起，合成半行。丙种以三部分形成：它的重心也是一个重缀音部分，衬托着这个重缀音部分的也是一个轻缀音部分，另外多一个较轻稍重、较重稍轻的次重缀音部分——这种音步可以跟乙种、但也可以跟甲种、音步连在一起，合成半行。音步为计量韵文的单位；它的组织在数行间、甚至在半行内、虽不一律，但它必含有一个重缀音部分，则为普遍的现象。

第四，每一个音步里的重缀音部分必须是一个长缀音（这缀音里的母音必须是个长的母音；要是不然，它是个短的母音的话，这母音就一定得有个子音殿后[119]）或价值与一个长缀音相等或近似的两个缀音。这样的两个缀音，第一个是短的，第二个则是长短不拘；第一个同时必为重缀音，第二个则同时必为轻缀音。第五，每一个音步里的轻缀音部分所含的缀音数多少并不一定；这些缀音们不是轻的便是次重的，但决没有主重的。还有它们的长短也不论[120]。这就合于我们前面所说的，这种韵文的节奏在时间上缺陷甚多，听者或读者对于它的节奏感很大部分要仗错觉去维持。

第六，造成这错觉的，除重轻的适当配置外，还有起字韵的应用。起字韵把前后两半行连成一全行；它在一个音步里总发生于主重音上面。轻缀音部分里如有缀音押起字韵，只能算是偶然的相叶，与韵律无关。押起字韵的缀音们，它们的领首子音或子音们⑲都得相同；如果没有子音领首，一开头就是母音或复合母音，则相同的母音或复合母音固然可以彼此相叶，不相同的母音或复合母音亦可以彼此相叶。起字韵的分布是：甲、在前半行里两个音步的两个重缀音部分都相叶，或只有一个音步的重缀音部分相叶；乙、在后半行里只有第一个音步的重缀音部分相叶。

第七，使一行的四个重缀音部分特别响亮的那四次韵律上的着重（ictus, metrical stress），通常总跟意义或句法上的着重（senss or syntactical stress）正相符契。因此，一行里的四次着重总落在行内四个最重要的字或缀音上面：落在那些字的重缀音部分上或次重缀音部分上，皆无不可。名词、形容词、无定限动词（infinitives），及分词（participles），因在句内涵义重要，总载着行内的着重，而且不入任何音步的轻缀音部分里去。副词也往往含着句内意义上的着重，所以也往往载着行内韵律上的着重。有定限的动词（finite verbs）平常在主句（principal clause）内不被重读，但在附句（subordinate clause）内则每被重读：这些构句影响读法所生的轻重也与韵律上的读轻读重常相吻合。虽然主句内的有定限动词与行内押起字韵的重缀音部分并不绝对相水火，但那样的动词如果载着行内的重缀音部分，它载的多半是行内的末一个，就是说，不押起字韵的，重缀音部分；不过那样的动词是惯常位置在行内的轻缀音部分里的。此外代名词与前置词等，在文法上或意义上不甚重要，在韵律上当然也不入重缀音部分；律定的着重如果落在它们身上，一定要有特别的逻辑上或修辞上的原因。

最后，未经盎格罗萨克逊文的韵律学者们所公开指出，但我认为必被韵文作者们所一体心照的，是“淹滞”的运用。“淹滞”，不论发生在缀音上或发生在两个缀音之间的“休止”上，乃是调节音步们时长的一个无上利器。所以我上面所说的“缺陷甚多”，尚不至于多到不可救药的地步，将音步们的时长的规则性摧毁掉；还有“很大部分要仗错觉去维持”，也不至于最大部分或较大部分要乞灵于错觉。

盎格罗萨克逊文的韵律原理大致如上所述。至于音步的组织法，重轻与长短的关系，半行内音步与音步间的连系等，我们可以在下面六式典型的半行内得到一点更明白的概念[21]：

一、甲式：

stīðum wordum

|–́ ×|–́ ×| |–́ ×|–́ ×‖（Cædmon：“Genesis”，2848a.）

二、乙式：

nē winterscūr

|× –́|× –́| ‖× –́|× –́|（“Phœnix”，18b.）

三、丙式：

on flot fēran

|× –́|–́ ×| |× –́|–́ ×‖（“Battle of Maldon”，41a.）

四、丁式一：

eald inwitta,

|–́|–́ ×̀ ×| |–́ –́ –̀ ×‖（“Battle of Brunanburh”，46a.）

丁式二：

flet innan weard,

|–́ –́ × ×̀| ‖–́|–́ × –̀|（“Beowulf”，1977b.）

五、戊式：

hrīmcealde sǣ,

|–́ ×̀ ×|–́| ‖–́ –̀ ×|–́|（“Wanderer”，4b.）

六、三步式：

lēofes līc forbærnan,

|—́ ×|—́ ×|—́ ×| |—́ ×|—́ ×|—́ ×‖（“Genesis”，2858a.）

这些所谓典型的半行公式，用处是在简单清楚，一目了然。可是我们绝不能认为所有与它们不尽同的半行，应摒为例外。譬如这一行，

flotena and Scotta Dǣr geflȳmed wearð

|⏑́ × × ×|—́ ×‖—́ × —̀ ×|—́|（“Battle of Brunanburh”，32.）

前半隶于上述分类中的甲式，后半可归入戊式；又譬如这一行，

beorna bēahgifa， and his brōðor ēac，

|—́ ×|—́ ⏑́ ×‖× × —́ |× —́ |（“Battle of Brunanburh”，2.）

前半应属丁式一，后半可列入乙式：它们这四个半行跟四种典型的半行公式多少都有些不同。换句话说，这两行恰可以证实在同一首盎格罗萨克逊文诗里，各行间，各半行间，及各音步间的缀音数都不必一律，各各间的重轻缀音们的分布也毋须一致，虽然每个半行有一个典型的公式可资稽按。不过这两行还是比较中庸的例子。以缀音数而论，有些音步里可以多到六个缀音，其中五个是轻的，如应属乙式的这半行的第一个音步：

pāra pehit mid mundum bewand,

‖× × × × × —́ |× × —́ |（“Beowulf”，1462 b.）

至于少得只有一个缀音的音步，前面已见到过几次，这里不必再来引例。以重轻缀音们的分布来说，有些可以归入甲式丁式或三步式的半行（以重缀音开始第一个音步者），它们的第一个音步的重缀音前面偶或会先来一、二个轻缀音[12]，如属于甲式的这半行，

nē sunnan hǣtu,
|×) ´— ×| ´— ×‖ (“Phœnix”, 17a.)

属于两种丁式的这两个半行，

ongietan sceal glēaw hæle
|×) ˘´ × ×| ´— ˘´ ×‖ (“Wanderer”, 73a.)

oferswam pā sioleða bigong
|× ×) ´— ×| ˘´ × × × `—‖

及属于三步式的这半行，

Ongan ðā his esolas bǣtan
‖×) ´— × ×| ˘´ × ×| ´— ×|

总之，和上述六种公式一模一样的半行比较和它们不很一样的半行，在全体盎格罗萨克逊文韵文里，要少得多多。

从前面的叙述里，我们知道一篇盎格罗萨克逊文韵文里的一些音步，它们所含的缀音数事实上总是极不一律，少者只有一个重而长的缀音，多者则甚至有六个缀音——一个重而长的与五个轻而不计数长短的。非但如此，音步内重缀音部分与轻缀音部分的先后次

序，就是在同一个半行里，也往往未必一致，在全篇韵文里当然更其会不整齐了。于是也许有人会提出这样的两个疑问[123]。第一，同一篇韵文里各音步内的缀音数若稍有不同，听者或对于各音步的时间仍能感觉到相差无几，或对于彼此的互殊还可以通融忽略过去[124]；但缀音数太过不同的时候，各音步的时长（这大多是音步内缀音们或“音长”们持续的总和所形成）怕也会跟着参差得很多：这样一来，音步这时间段落，作为计量全篇韵文的单位，岂不会失去了它的一统性(uniformity)？第二，重缀音部分与轻缀音部分在同一篇韵文的各音步里的先后次序既颇不一致，各音步的形成方式当然也就变化得很不一定：那么，音步这连列几个缀音们或“音长”们的标准组合，岂不在许多缀音们或“音长”们的错综复杂的关系中，会失去了它的个体性(individuality)——易言之，没有了固定的标准型式，听者便会难于觉察到有什么组合；这样一来，音步怎么还能存在，计量更从何说起？

这两起问难也可以分作两层来回答。缀音数虽有一到六的不同，但既可有加速发音的办法[125]去稍稍减短过长的时间，又可有缀音们的“淹滞”与两个缀音之间的“休止”去约略补救时间的不足，所以各音步的时长就每每不至于相差得太远。又况特别显著的律重缀音部分（在这语言里重缀音本身的着重即已非常显著，起字韵都落在载着律定着重的重缀音部分上必然使它格外显著）常给予读者一种错觉，使他于听到时长应当仿佛的许多单位时反而不甚去注意它们是否差不多久暂，却只留心到它们是否都含有那么一个重心：于是听者意识界里[126]“时长仿佛”的境域常可以扩展得非常大，“久暂太差”的境域常可以收缩得非常小，二者的大小差异恐怕不是我们不在那种语音里生长的人所能轻易接受的。因此种种，结果是盎格罗萨克逊文韵文的音步，作为计量一篇韵文的时长单位时，即使所含的缀音数有一到六的相差，仍不致失去它的一统性。

其次，各音步的形成方式虽在事实上变化得很不一定，但在听者的感觉上却似相当固定，而在韵文里感觉固是较物理上的事实更重要的一件东西。这感觉是个错觉，我们知道；这错觉，则刚才已经说过，乃是靠那个特别显著的律重缀音部分去把它造成的。音步的“组织在数行间甚至在半行内虽不一律，但它必含有一个重缀音部分则为普遍的现象”。律重缀音部分为听者对于一切音步的“注意的中心”，只要听到了它便好似觉察到整个音步的进行一样。至于这律重缀音部分在音步里的位置如何，以及它前后有无或（如果有的话）有多少每被忽略的轻缀音，则往往不为听者所注意。因此种种，所以盎格罗萨克逊文韵文的音步，作为连列几个缀音们或“音长”们的标准组合时，即使所含的重缀音部分与轻缀音部分的先后次序常有不同，仍不致失去它的个体性，更不会不存在。

从这两层心理情况上看来，我们可以断定盎格罗萨克逊文的韵律也不背一般韵文的音组原理，虽然它的音组机构在时间的精确性上比较要粗糙些，在型式的规则性上比较要松懈些。

初创期的法文韵文奉等音计数法为不二的圭臬，上面曾经大致……（以下缺如）

［注释］

①—㉔ 缺如

㉕ ……（以上缺如）派诗人之自由韵文（vers libre），以及近二十年来英、美新诗中的一小部分。固然，这些都是例外，但所谓例外者只是从有音组的韵文的立场上看来的说法，若从须力避规则化的散文本位上望去却也并不能算作例内。以《圣经》的《约伯记》（“The Book of Job”），《诗篇》（“Psalms”），及此外散见各处的抒情片段而论，它们虽无谨严齐整的音组机构，然它们所含的节奏却都是特别活跃地随着文义和文情一同盈亏涨落的，而且更可注意的是莫不一节节段落分明，不容混淆——与普通叙事说明的散文又有天大的距离。至于上述的其他例，或则所用的方法与《约伯记》及《诗篇》等所用者相仿佛，如麦克缶孙、勃莱克、惠德曼等；或则试验着音乐底谱音色各殊的谐音为旋律，及配合几个单旋律为复旋

律的和声技巧（counterpoint），如十九世纪末年法国的象征派诗人；或则借用着新兴绘画里调和或对比色彩，熔铸物体印象、幻觉、联想，以至革除透视术的那种种方法，如美国的意象派和欧战后的有些英、美现代诗人。这些方法或技巧虽似迷离扑朔，没有共同的目标，但作者都把它们来替代韵文大道上最普遍的组音法或韵律，则是于纷歧之中仍然显得倾向一致的。生物界里有时有所谓偶然变异（mutations）的现象，无法用常理去诠衡，只能算作例外；但我们不能因为我们中间有一二个骈拇的人，就认定五指的常人都是残疾者。一般痛诋音组为镣铐的先生们却正好犯了这样的错误。他们只知如今再作旧诗已经没有希望，而不知所以没有希望的真正原因，于是写新诗非但得摆脱过去，还要斩绝未来；若有人竟敢主张新诗须用白话韵文写，而白话韵文也须有音组及应顺应音组原理的韵律，那便是裹外国小脚，迷恋新骸骨，反革命。他们劝你要漫无技巧地随便写去，枝枝节节凑一点杂感也好，浩浩荡荡来一阵感伤也好，只要能踢开时间，捣乱秩序，就算是自由伟大。他们有时候也会稍微清醒一下，劝人用“语言的节奏”。可是什么叫做“语言的节奏”，应用它的方法如何，用了它茫然写成的诗和不用它茫然说出的话有什么分别，节奏究竟是怎么一回事，这些麻烦的是非他们却从未梦想过要加以解决。我曾见人在某一本销行很广的文学杂志上介绍惠德曼，说他是我们新诗的唯一楷模；及至细考那位先生的英文了解力，竟致连普通的中学程度还极勉强，乃知一切的一切都无非是瞎子看灯，痴人说梦。

㊇ 简言之，前半篇从韵文学（Versification, or the generic principles of Verse：the anatomy of Metre）方面立论，解剖音组的机构；后半篇从韵律学（specific manifestations of Metre：Prosodies in certain languages）方面立论，分析音组在某几种文字里的形成：前说理而后纪实。

㊈ 见 Sonnenschein：“What is Rhythm?” chap. Ⅳ。

㊉ 有钟摆的钟的“的答”也许真正代表着摆动声的“的”与“答”的差异。T. L. Bolton 在心理学实验室里特地用一串长短、重轻、高低、音色一样及前后距离相同的声音去作试验，结果（文载《美国心理学杂志》*American Journal of Psychology* 1894 年一月号）听者的印象如后：

一、这串声音趋向于分成一些一簇簇声音的段落。

二、声音来得愈密，每一段落里的音数愈多，愈疏，每一段落里的音数愈少：每段落内的音数至多是四，至少是二。

三、分段的办法是每隔一定的时间听者给予那时发生的声音一下想像的着重。

四、着重时手、头或脚便不由己地作肌肉动作，好比拍板的一般。

我们的批评是假使这串声音由几个古典时代的希腊人听来，第三条的想像的着重或许会变成想像的加长。一种文字的最显著的特性对于在那种文字里生长的人的听觉能养成一个习惯，正如文法能影响一个民族的思想。

㊊ 即注 ㊹ 及正文里的两种“静默”于每音后必并有之，但只是不可能的事。

㊋ 即注 ㊹ 及正文里的第一种“静默”。

㊌ Sonnenschein 引自 C. M. Lewis：“The Foreign Sources of English Versification”，Berlin, 1898，重译成中文可作：

|在下界尊崇你，荷马，‖谁是第一个凡间人？|
|你用什么酬报给他，‖你用什么荣宠赐他？|
|唯瓦斯凡是那凡人，‖他最早在下界奉我。|

㊾ 亚历山大行的得名据说有两个或许的原因：一是最早运用这一种型式的为十二世纪时的一套韵文的古代武功传奇，题名叫作“Roman d’Alexandre”，其中的主角即古希腊晚期之亚历山大大帝（Alexandre le Grand），二是这套韵文传奇里有一篇为一名叫亚历山大（Alexandre de Bernay 或 de Paris）者所作或全套都由他修订润色。此式韵文行为法文诗的主要型式（在它出现以前韵文传奇多半出以十音行韵文 vers decasyllabe）；从来的史事诗戏剧诗和抒情诗大部分便是用它写的。兴盛了一时之后它曾被冷落许久，及至十六世纪七星派（la Pléiade）诗人巴伊夫（Jean Antoine de Baïf, 1532—’89）才重复把它起用，而七星中最亮的龙沙（Pierre de Ronsard, 1524—’85）则使之风行广播，嗣后它便成了大多数伟大诗歌的躯体。

㊿ 第六缀音后意义停逗的“静默”法文叫做“césure”，龙沙名之曰“repos”或“reprise d’haleine”，意即“歇息”或“重行吸息”——我们这里用并行的垂直线代表它。[这“césure”有些像古典文韵文学内训“切断”的“cæsura”，同时又有训“分折”的“diæresis”的成分在内。古典文韵文里的“切断”并不把一行切成同数音步或同样音数的两半；它总在一个音步——在六音步韵文行内总在第三或第四音步——的中间，而不在两个音步之间。“分折”在古典文韵文里则非但不被规定在任何式韵文行的任何处，且应为韵文作者所极力避免；它是一个字的终了与一个音步的终了发生于同一处，故总在两个音步之间，而两个本应连续的音步便这般被两个字的疆界分折了开来：“分折”总含有极显著的“静默”（本文注㊹内的第二种），它在古典文韵文里被忌的原因大概就因为“静默”太显，占时太久之故]。利用意义停逗的“静默”把一行划成各含六缀音的两半行这办法，事实上当初的诗人们就有不遵守的：如这一行内

Et qu’enfin sa candeur | seule | a fait tous ses vices.

韵文上的“césure”应在“seule”一字之前，但文法上意义上的停逗却在“seule”一字之后。等到七星派诸子在诗坛上称盟之后，这个把意义停逗的“静默”作为两半行界限的习惯才变成了一条公认的韵律。然龙沙他们对于行末须有——这是说，古典派批评家认为须有——意义停逗的“静默”（文法上的句读）这一条韵律尚自漠然不顾，随后批评家马莱勃（François de Malherbe, 1555—1628）方加以明白的规定——一个影响不见得太好的限制。

(94) 韵文作者对于行内段数绝无控制（因尚未见到韵文须积音步而成，不是仅计音数而成的）的结果是，当时的十音行韵文（vers decasyllabe）也长短不大整齐，因为行内的段数也可以有二到四的差异，譬如这几行：（引自 Charles d’Orleans：“Ballade”.）

| Et à France | de me recommander, |
| Or, | nous doint Dieu | bonne paix | sans tarder! |

| Adonc | auray Ioisir, | mais qu'ainsi soit, |
| De veoir France, | que mon cueur | amer doit. |

⑮ 音高提高最显著，音长拉长次之，音势着重比较最轻微。这提高拉长与着重当然得利用自然的语气；换句话说，务须借重字源、文法、意义、发音习惯等所形成的语音特性。

⑯ 举几个例：

En son visag*e* || sa color at perdu*de* (“Chanson de Roland”, 87.)
Mignonne，allons voir si la ro*se* (Ronsard：“A Cassandre”.)
Aux gens atrabilai*res* (Pierre-Jean de Béranger：“Roger Bontemps.”)
La nuée aux croupes sans nomb*re* (Hgo：“Les Mages.”)
Les fleurs des eaux referment leurs corol*les*, (Verlaine：“L'heure du Herger.”)

这样有一额外轻缀音的行尾，韵文学者叫它作阴性行尾，以别于无此额外轻缀音的所谓阳性行尾。

⑰ 见 Saintsbury：*History of English Prosody*，vol. Ⅰ，pp.38—40；Sehipper：*History of English Versification*，pp.192—194；R. M. Alden：*English Verse*，Holt，New York，1929，pp.260—261；*The Cambridge History of English Literature*，vol. Ⅰ，Cambridge University Press，1920，pp.223—225（chap. Ⅺ，J. W. H. Atkins：“Early Transition English”）；Emile Legouis：*A History of English Literature*，vol. Ⅰ，Macmillan，New York，1926，p.50。这篇韵文在文学上可说一钱不值，在比较韵律学上则颇有价值，在历史的英文语音学上则是一篇连城不易的文献。连城不易的缘由是在每一个短的母音后面的子音必被重叠一遍，如 itt, hemm, nohht, withth, Godd 等等，于是学者们便可从这古怪的拼法上考知十三世纪初叶的英语发音实况。

⑱ Saintsbury 谓（见 *History of English Prosody*，Ⅰ，p.40）“Ormulum” 内长短音的排列非常谨严，重轻音的分布比较不整齐：这话颇有语病。事实我以为刚巧相反。此公对于他自己曾用到几千百遍的所谓长音短音始终不曾下过，并且认为不必要下，一个详密的界说，乃是周知的事实（见 Omond：“English Metrists” p.250），这里就显出他不把先决问题弄清楚的失着。他自己曾在另一处（*Cambridge History of English Literature*，vol. Ⅰ，chap. XⅧ，“The Prosody of Old and Middle English”，p.375）说起 Orm 及 Layamon 等所用的韵律是轻重相间的计数法，可见在《英文韵律史》上的说法定属唯音量说法的强词，不足为凭。

⑲ 我的畏友朱孟实（光潜）先生曾介绍过上述的通俗见解，见《文学》第八卷第一期（《新诗专号》，上海生活书店，1937 年 1 月）《中国诗中四声的分析》文，页 27—29。我承认轻重音相间有时的确可以见节奏，但我要补充一句说：未必一定见节奏（理由已详注 ⑥）。孟实说英文诗的节奏由相间的轻重缀音“组成”，又说英文韵文“虽有音步单位，每音步只规定字音数目的多少，不拘字音长短的分量：在音步之内，轻音与重音相间成节奏”：我以为这说法与事实不尽吻合。规定音步内须含一定数目的缀音及一定次序的轻重的只有 Bysshe、Johnson 等三五个刻舟

求剑的批评家，及一班以讹传讹的教科书作者；事实上则严格的计数韵文的作者固尚有 Orm, Johnson, Glover 等寥寥数人，但从不违犯轻重相间的酷法笨法者，在七八百年的英文韵律史里，竟可说阒无一人。至于“不拘字音长短的分量”一语，我觉得也有斟酌的余地。就全体英文韵文而论，音步的时间和缀音的分量的确不及全体古典希腊文韵文那么较量得精密入微，规定得条律井然，但只是比较的说法，不含绝对之意：因自 Chaucer 以下在英文史诗上光辉灿烂的诗人们，我敢说每一位都于有意无意间多少曾讲究过缀音的分量和音步的时间，纵令对于这件事还没有，并且不见得会有，满意的明文规定。试问 Shakespeare, Milton, Blake, Shelley, Tennyson, Hopkins 等那一个是 Puttenham, Bysshe, Johnson 他们的信徒？事实昭示我们后面这许多反证；我信它们足够推翻任何英文韵律学教科书所根植在我们心中的错误概念而有余。（以下：垂直线为音步的分界线，斜体字母显示音步超过“规定字音数目”的一些缀音，∧及⌒两个符号显示音步内“规定字音数目”的不足或欠少——前者代表无声的“休止”，后者则代表符号前面的那些个缀音的“淹滞”）。

| Man og | to lu*ven* | that ri | mes ren | (“Genesis and Exodus,” 1.)

| *When* the lift | grew dark, | *and* the wind | blew loud. | (“Sir Patrick Spens,” xi, 3.)

| And won | derly | deli*ver*, | and greet | of streng*the*. | (Chaucer: “Prologue,” 84.)

| ∧ Twen | ty bo | kes, clad | in blak | or reed, | (Chaucer: “Prologue,” 294.)

| I schop me | *in*-to a schroud ‖ ∧ A scheep | as I we*re*; |
(Langland: “Piers the Plowman,” 2.)

| *They* were twen | ty hun | dred spear | men good, | (“Chevy Chase,” xii, 1.)

| With flow | ring blos | *soms*, to fur | *nish* the prime, |
(Spenser: “Shepheardes Calender,” — “Februarie,” 67.)

| Of ma*ny* | a La*die*, | and ma*ny* | a Pa | ramowre |
(Spenser: “Faerie Queene,” II, xii, 75, 5.)

| Shall be | forgot | ten, whom | no poet | ⌒ sings, | (Drayton: “How many paltry,” 3.)

| And ma | ny see*ing* | great prin | ces were | denied. |
(Marlowe: “Hero and Leander,” I,129.)

| *I* beseech | your gra | ces both | to par | don me | (Shakespeare: “Richard III,” I, i, 84.)

| That she | did give | me, ∧ | whose po | sy was |
(Shakespeare: “Merchant of Venice,” V, i, 148.)

| Blow, winds, | and crack | your cheeks! | ∧ rage! | ∧ blow! |
(Shakespeare: “King Lear,” III, ii, 1.)

| I hum | bly set *it* | *at* your will; | but for | my mis*tress* |
(Shakespeare: “Cymbeline,” IV, iii, 13.)

| To me | inve*te* | rate, hear | *kens* my bro | ther's suit; |
(Shakespeare: “Tempest,” I, ii, 122.)

| And tell | the ra*vi* | sher of | my soul | I pe | rish for | her love: |
(Campion: “Follow your saint,” 4.)

| The hearth | *and* the range, | the dog | *and* the wheel: | (Jonson: “Hymn to Comus,” 8.)

| And pop*py* | or charms | can make | us sleep | as well | (Donne: "Death, be not proud," 11.)
| *That* gods are | come, im | mortal, | great, ∧ | (J. Fletcher: "Bridal Song," 15.)
| Ensaf*fro* | ning sea | and air | (Drummond: "Phœbus, arisel," 40.)
| But now, | alas! | she's left *me*, | (Wither: "I loved a lass," 7.)
| Since ghost | there's none | *to* affright | thee. ∧ | (Herrick: "Night-piece: To Julia," 10.)
| Wise poets, | that wrapt | ⌒ Truth | in tales, | (Carew: "Know, Celia, since thou art," 17.)
| ∧ Quips | and Cranks, | and wan | ton Wiles, | (Milton: "L'Allegro," 27.)
| Shatter | your leaves | before | the mel*lou* | ing year. | (Milton: "Lycidas," 5.)
| Whom rea | *son* hath e | qualled, force | hath made | supreme |
(Milton: "Paradise Lost," 1, 248.)
| A pil*lar* | of state; | deep on | his front | engra*ven* | (Milton: "Paradise Lost," II, 302.)
| With strong | ⌒ arms | their trium | phant crown: |
(Crashaw: "Hymn to the Admirable Saint Teresa," 6.)
| And now, | like a*mo* | rous birds | of prey, | (Marvell: "To His Coy Mistrees," 38.)
| Neglec | ting, she | could take | them: boys | like Cu*pids* |
(Dryden: "All for Love," III, i, 191.)
| Cove*ring* | the beach | and bla*cke* | ning all | the strand, |
(Dryden: "Absalom and Achitophel," 272.)
| The free | zing Ta*na* | is through | a waste | of snows. | (Pope: "Dunciad," iii, 88.)
| Of sha*dow* | ing Ro | ses, on | our Plains | descend. |
(J. Thomson: "Seasons," — "Spring," 4.)
| ∧ Per | ching on | the scep | tred hand | (Gray: "Progress of Poesy," 20.)
| If aught | of oa | ten stop, | or pas*to* | ral song, | (Collins: "Ode to Evening," 1.)
| Cold he | lies in *the* | grave be | low ∧ | (Chatterton: "Song from Ælla," 11.)
| *They* make mad | the roa | ring winds, | (Blake: "Mad Song," 15.)
| *When* the air | does laugh | *with* our mer | ry wit, | (Blake: "Laughing Song," 3.)
| The white | ⌒ pil | lars of | the door, | (Blake: "I saw a chapel," 6.)
| ∧ My heart's | in the High | lands, my heart | is not here, |
(Burns: "My heart's in the Highlands," 5.)
| *Mur*muring | from Gla | rama | ra's in | most caves. | (Wordsworth: "Yewtrees," 33.)
| Of spor | tive wood | run wild: | these pas*to* | ral farms, |
(Wordsworth: "Tintern Abbey," 16.)
| Waters | *on* a star | ry night | (Wordsworth: "Ode on Intimations of Immortality," 14.)
| Proud Mai | *sie* is in | the wood, | (Scott: "Proud Maisie," 1.)
| *By* thy long | grey beard | and glit*te* | ring eye, | (Coleridge: "Ancient Mariner," i, 3.)
| *But* the sky | *and* the sea, | *and* the sea | *and* the sky, |
(Coleridge: "Ancient Mariner," iv, 27.)
| 'Tis the mid | dle of night | by the cas | tle⌒ clock, | (Coleridge: "Christabel," I, 1.)
| And with | a na*tu* | ral sigh, | (Southey: "Battle of Blenheim," 16.)

| ∧ That host | with their ban | ners at sun | set were seen: |

(Byron: "Destruction of Sennacherib," 16.)

| Made mul | titu*di* | nous with | thy slaves, | whom thou |

(Shelley: "Prometheus Unbound," I, 5.)

| Are dri*ven* | like ghosts | from an | enchan | ter flee*ing*, |

(Shelley: "Ode to the West Wind," 3.)

| ∧ I sift | ⌒ the snow | on the moun | tains below, | (Shelley: "Cloud," 13.)

| Of pe*ri* | lous seas, | in fa*e* | ry lands | forlorn. | (Keats: "Ode to a Nightingale," 70.)

| A*nd* her eyes | were wild. | (Keats: "La Belle Dame sans Merci," 16.)

| It was ma | ny and ma | ny a year | ⌒ ago, | (Poe: "Annabel Lee," 1.)

| My ve*ry* | heart faints | *and* my whole | soul grieves | (Tennyson: "Hollyhock Song," 16.)

| Redde*ning* | the sun | with smoke | and earth | with blood, |

(Tennyson: "Idylls of the King," — "The Coming of Arthur," 37.)

| ∧ Turns | again | ⌒ home. | (Tennyson: "Crossing the Bar," 8.)

| I send | my heart | *up* to thee, | *all* my heart | (R.Browning: "In a Gondola," 1.)

| ∧ My star | ⌒ that dar | tles the red | and the blue! | (R. Browning: "My Star," 9.)

| And round | green roots | and yel*low* | ing stalks | I see | (Arnold: "Scholar Gipsy," 24.)

| *And* the li | lies lay | as if | asleep | (D. G. Rossetti: "Blessed Damozel," 47.)

| *The* enchan | ted dove | upon | her branch |

(C. Rossetti: "Prince's Progress," — "Bride Song," 5.)

| When the hounds | ⌒ of spring | are on win | ter's traces, |

(Swinburne: "Atalanta," — "Chorus," 1.)

| I the nigh | tingale all | ⌒ ⌒ spring | ⌒ ⌒ through, | (Swinburne: "Itylus," 19.)

| And e*ve* | ry spi*rit* | upon | ⌒ earth | (Hardy: "Darkling Thrush," 15.)

| Look at the | stars! ⌒ ∧ | look, ⌒ ∧ | look up at *the* | skies! ⌒ O |

(Hopkins: "Starlight Night," 1.)

| Summer | ends now; *now* | barba*rous in* | beauty, *the* | stooks a*rise A-* |

(Hopkins: "Hurrahing in Harvest," 1.)

| Spur, ⌒ | live and | lancing *like the* | blowpipe | flame, ⌒ | (Hopkins: "To R. B.," 2.)

| For now | door o*pen*, | and war | is waged | *with* the snow; |

(Bridges: "London Snow," 31.)

| I said | to Dawn: | Be sud*den* — | to Eve: | Be soon; |

(Thompson: "Hound of Heaven," 30.)

| ∧ Fif | ty springs | are lit | tle room, | (Housman: "Loveliest of Trees," 10.)

| Before | *the* indif | *fer*ent beak | could let | her drop? | (Yeats: "Leda and Her Swan," 14.)

| "Is there a*ny* | body there?" | ∧ ∧ said | the Travel*ler*, | (De la Mare: "Listeners," 1.)

| To please | the boy | by gi*ving* | *him* the half | ⌒ hour | (Frost: "Out, Out —," 11.)

| I must down | to the seas | ⌒ again, | to the lone | ⌒ ly sea | and the sky, |

(Masefield: "Sea-Fever," 1.)

| ∧ Grish | kin has | a mai | sonette；|　　　　　　(Eliot："Whispers of Immortality，" 24.)
| Take home | Thy pro*di* | gal child，| O Lord | of Hosts! |　　(Wylie："Birthday Sonnet，" 1.)
| How drowned | in love | and wee*di* | ly washed | ashore，|
(Millay："Fatal Interview，" vii, 2.)
| She pa*sses* | the hou*ses* | which hum | bly crowd | outside，|　　(Spender："Express，" 5.)

以上五十多家的八十行诗，可以充分证明规定的缀音数在英文韵文里，不论在行内或在音步内皆非必要。别人划分音步的方法也许跟我这里的颇有差异；就我自己说，运用∧及⌒ 两个符号的地方也许可以稍有增益：但计数主义的理论家，随他顺着或倒着去屈指计算，结果缀音数的整齐是无论如何也不能得到的。这些坚韧的事实我们当然不能诿为例外，说英文韵文里多数的音步还是只含有两个缀音，因而这些比较少数的含一个、三个，乃至四个缀音的"例外"音步便没有权利可言。如今我们的目的是在求真，不在求方便，故不应把处理人事的权宜办法(J. S. Mill 于《论自由》文中检视政治上的多数与少数的权利，持论甚善，可资参考）随便取来，就当作诠衡事理真相的铁律。再说"例外"——"例外"多到了这步田地我们也就不能根据那所谓"常例"制一条定律来将它们摈在门外，因为那样的定律本身就没有力量，制律者对于事态未曾深窥博涉，更何来制律的权威？由此可知我上面说起的那刻舟观念和通俗见解在实际上与理论上都不能立足，不堪据以为英文韵文的真确说明。十八世纪的那个误解，我前面早已说过，因有一班以讹传讹的教科书作者为之广播，遂致深入人心，贻害不浅；即以我国介绍西方韵文原理的作者而论，被它贻误的固不仅朱先生一人而已。我的另一位畏友梁宗岱先生，在一篇主张新诗韵文行内字数应归一律的文章里（《关于音节》，见 1936 年 1 月 31 日天津《大公报·文艺副刊之诗特刊》）曾说，莎士比亚和弥尔敦在他们的杰作里始终维持着每行十缀音的数目，我们文字一字一音，故中文素体韵文及高乃体诗行内也应字数整齐。宗岱的论据我前面所引的八十行已可以把它推翻，但它们还不能算极端的例子。现试在莎氏作品里找几个更好的例证：譬如有些五音步行内缀音数多至十三，

Had he been vanquisher；as, by the same covenant ("Hamlet，" I，i，93.)
Hold thee from this for ever. The barbarous Scythian, ("Lear，" I，i，118.)
To the young Roman boy she hath sold me, and I fall ("Anthony" IV，x，61.)

有些则只有八个缀音，

Must give us pause. There's the respect ("Hamlet，" III，i，68.)
Is goads, thorns, nettles, tails of wasps? ("Winter's Tale，" I，ii，329.)
Point to rich ends. This my mean task ("Tempest，" III，i，4.)

计数主义在音文韵文里体无完肤的实情，至此已不容任何辩解替它掩护。至于轻重相间的公式也不是神圣不可侵犯的东西，上举的八十行里也已有充分的证据。如今再引弥尔敦的两行为信（符号·表示轻缀音，′表示重缀音）：

| Rócks, cáves, | lákes, féns, | bógs, déns, | and shádes | of deáth; |

("Paradise Lost," ii, 621.)

| Súch pléa | sure toók | the Sér | pent to| behóld | ("Paradise Lost," ix, 455.)

不，在轻重相间说者看来，弥尔敦也许还不够推翻他们的理论；那么，让我们再引几行倡导及拥护此说者的韵文来看看。

This nýmph, to the destrúction of mánkínd, (Pope："Rape of the Lock," ii, 19.)
A héro pér ish or a spárrow fall (Pope："Essay on Man," i, 88.)
Rúles the bóld hánd, or prómpts the súppliant voíce：

(Johnson："Vanity of Human Wishes," 12.)

Lávish of your grándsire's gúineas, (Johnson："One-and-Twenty," 11.)
Thy árm is grówn enérvate, and would sínk (Glover："Leonidas," VI, 409.)
He will per mít me to compléte by deáth (Glover："Leonidas," IX, 417.)
Swéet smí ling víllage, lovéliest of the láwn, (Goldsmith："Deserted Village," 35.)
And the lóud láugh that spóke the vacánt mínd：(Goldsmith："Deserted Village," 122.)

计数主义与轻重相间的公式本来是分拆得开的两件东西，但它们在英文韵律学理往往是连枝并栖的一对害鸟。我希望这许多例子，在我们所了解英文韵文的机构与格律的概念中，已把那两头害鸟一同并且永远击倒。至于朱、梁两位，他们那两篇文章想必是应付报章杂志的不经意之作；假使经过了一番熟虑，我信他们的意见不会跟我的有多大两样。最后，我要请他们原谅。

⑩⓪ 古典文艺时期的希腊文韵文，最好的代表是荷马与 Æschylus 及 Sophocles 两大悲剧诗人的作品；等进了亚历山大王朝（公元前三世纪）大势就不对了，那时候重轻已闯进了韵律里去，古希腊文化的黄金时代也早成了明日黄花。以下论古典希腊文韵文俱采自 Sonnenschein：*what is Rhythm?* 页八至九，三十六至三十八，及第五章。

⑩① 这两个拉丁字衍自古希腊文，古希腊文中的那两字则系舞蹈艺术中的用语。前者（θέσις, thesis）的本意是"行走时的落步"，舞蹈里的放足着地就用它来称谓；后者（ἄρσις, arsis）的本意是"行走时的举步"，舞蹈里的提足离地就用它来称谓。从这两个字当初在舞蹈里的这两层涵义看来，我们可以得到以下的见解。在某一种极古的与史诗有关的舞法里，预备起舞而足尚着地是第一步舞步之始，初次提足（左足）离地经伸足以至尚未开始放足是第一步舞步之终；开始放足至着地为止是第二步舞步之始，第二次开始提足（右足）离地经伸足以至尚未开始放足是第二步舞步之终：以后一足放下后继以另一足提起及前伸都成了一个舞步，而到了一个划段落的舞步（第六步）里，于放下（左足）之后两足必继续着地，在本段落里都不再提起，不过仍占据着与刚才每次提起及前伸相等的时间，借此作为段落告终之象。然后第二段落从右足上开始，计时的方法则与第一段落完全相同。至于伸足动作，我信是包括在提足动作里边的，统称之曰"提"，因为在有些步子短的舞法里伸与提不易分清，或者伸并不显著。这是我个人的推论，因见闻

隘陋不知是否可靠；不过古希腊文韵文型式中那最古的长短短律六音步（dactylic hexameter，为荷马所用）韵文行，它最后一音步不能用长短短节律（dactylic rhythm）而一定要用长长节律（spondaic rhythm），或许可以用我上面的推断来解释它的所以然。但无论如何，古典希腊韵文学中的“音步”（πούς）这名称，及用以名一个音步的两部分的“放”（θέσις）与“提”（ἄρσις）二语，分明都是从舞蹈艺术的术语里借用的：这是当初舞蹈音乐（口唱或笛声）与韵文曾有三位一体的渊源之故。（商务《综合英汉大辞典》译“foot”为“音脚，韵脚”，另外我又见人译为“音尺”，皆有望文生义之弊）。后来诗与乐舞二艺分家各爨，但韵文学仍将那三个名称继续借用下去；不过音步的组织跟着语言的需要逐渐繁复起来，于是它的型类也就日益繁多，而韵文里的一放一提遂未必都能用舞蹈里的一放一提去表现出来。总之，在古典希腊韵文学里“放”与“提”只是一个音步里的两部分的名称，并无任何一部分必含几个缀音或所含者必为长缀音或必为短缀音之意：它们的分别是名叫“放”的那部分占时比较长久，不然就型式比较固定，或者既较长久又较固定。固定乃是不用“代替”的意思；在放与提一样久暂的“同等式”类别里，长短短律韵文（dactylic verse）内的长短短音步的那个长缀音很固定，它便是放。但若遇到了一些长短短音步在短长律韵文（iambic verse）里或在“同等式”类别的短短长律韵文（anapestic verse）里出现，那时候放与提的分别就不容易从那些音步的本身上听出来，而得让那篇韵文的多数音步去决定。由此可知放与提在不同型式的几篇韵文的音步里虽前后的位置并不规定，在一定型式的一篇韵文的音步里则前后的位置绝对固定——如在 dactylic 律及 trochaic 律韵文里放必在前而提必在后，在 anapaestic 律及 iambic 律韵文里提必在前而放必在后。不幸到了古罗马晚期，拉丁文文法学家如 Priecian 之流，竟将“thesis”一字去称呼一个音步的轻缀音部分，将“arsis”一字去称呼它的重缀音部分，因为公元五世纪时重轻已经在拉丁文韵文里重据要津（在拉丁文语音里重轻原本是非常显著的一点特性，不过自 Virgil 等普用古典希腊韵律后重轻已夷为次要的工具），促使古典拉丁韵律崩溃。更不幸这错误从古罗马末叶衍传到了近代来，于是“thesis”在大多数近今的韵文学专著上遂变成“unstressed, Hebung, temps fort”，“arsis”变成“stressed, Senkung, temps faible”等扭曲本来意思的同义字眼。须知当初在某一型式的一篇韵文里放与提或提与放的先后次序是绝对固定的，不容混乱；并且在非“同等式”如 iambic 律及 trochaic 律韵文里放占时必较久而提占时必较暂，在“同等式”如 anapaestic 律及 dactylic 律的韵文里二者也不过占时相等：但在晚古罗马与近今，被称为“放”的轻缀音往往占时较暂而被称为“提”的重缀音往往占时较久，而且在同一篇韵文里次序的先后时有变动——于是后先每成颠倒，李头必戴张冠，二者的分别永远夹缠不清。参看 Smith, p.17 与 Sonnenschein, p.9.［他们明知“thesis”本为“放”，却仍用“rise”（升）去代表它，“arsis”本为“提”，却仍用“fall”（降）去代表它；他们尚且如此，其他更不必说了：真所谓大错既铸，积重难返］。

⑽ 所以不能是两个短缀音的或然的原因见上注。古希腊文学初盛时期，剧诗里的长短律四双音步（trochaic tetrameter）韵文行都为截尾行（catalectic），大概也是舞步

传统的遗留，因为在舞法里若不截去那最后的一提，跟着就得来一下不甚典雅的金鸡独立，否则一个段落会没有终止的征象。

⑽ 在原则上只要是一个长缀音就可以分解成两个短缀音（resolution），只要是同一个音步的同一个部分里的两个连续的短缀音就可以用一个长缀音来代替（substitution）；但有时候习惯不容许韵文作者有这个自由，譬如注 ⑽ 里已经提及的长短短律韵文里的长短短音步的那个长缀音，它那型式非常固定，不能随便代以两个短缀音。

⑽ 参阅注 ㊵。

⑽ 相当的范围不可少；若绝无范围，前面注 ㊿ 里的 BC 二线所代表的两串语音，我们就不能说它们没有韵文的节奏了。

⑽ 他这直接或间接来自 Aristoxenus 的说法，在欧洲中世纪时从表面的意义上太被深信不疑，于是误会讹传，绵延不绝。原来中世纪时 Quintilian 的“De Institutine Oratoria”是作教授古典文学的课本用的，结果直到如今，那样的深信，弥漫于介绍古典希腊、拉丁文韵文的有些学者们中间，依然不替。

⑽ 叫做缀音（syllable，有人译为“音缀”），乃因缀合字母里的子母（consonant and vowel，有人译为“辅音”与“元音”）数音成为一体的缘故；我国自古有反切法，即本此理。一个缀音可以有三部分：首为子音部分（initial consonant or consonants），次为母音部分，后又为子音部分（final consonant or consonants）。但有的缀音只有两部分，那为首的或殿后的子音部分不存在；又有只有一个母音部分的，这母音部分有时虽只是单独一个母音，并无其他的子母音与之缀合，即仍可叫作缀音。每一母音部分可以有一个到二个母音，有两个时在发音学上叫作复合母音（diphthong，有人译为“复合元音”）每一子音部分则可以有一个到四个子音。

⑽ 在古典希腊文语音里，母音部分可以吸尽大多数的紧靠着它们的那些领首子音，但有些子音不能被吸收净尽，如“θ, ξ, ρ, ϕ, χ, ψ”等。

⑽ 据 Sonnenschein 所引的 Rumpel（“Philologues”, xxviii, 1869, pp.601 ff.）及 Uhle（“De Menandri arte metrica”，1912, p.26）二氏的统计，三大悲剧诗人的短长律三双音步韵文行里，理论上的纯粹的那样的韵文行只占全数约十八分之一，在亚理士多芬尼斯里只占全数约六十八分之一，在米南窦（Menander）里只占全数约四十二分之一。

⑾ 见注 ㊶ 及其正文。

⑾ 古典希腊文里的 accent（音重）或 pitch-accent（音高重），我们有确凿的文献作证，知道它是含有音高的提高（elevation of pitch）之意。但一个语音比另一个读得高了些，未必一定不能同时也加重一点。Dionysius of Halicarnassus 只说“重缀音”与“轻缀音”的分别是在音高的高低上，但他并未言明古典希腊文的缀音们，除长短外，只有高低之别，毫无真正的重轻可分，他也绝未认定高低与重轻在当时的缀音们里势不两立，因有了前者故不能有后者。实际上也许那所谓音重里，除了主要的音高的提高外，同时确有一点重读或音势的着重（stress）成分在内。不过高低这特性在当时的缀音们里比较重轻显著，则大概是不成问题的。（音重的性质见注 ㉝）。以现代希腊语里的缀音们而言，用仪器实验的结果，音重有时大半为

音高的提高所形成，有时大半为音势的着重所形成，但两者也可以并行不悖；还有，重缀音有时候同时也是长缀音。见 Sonnenschein, appendix Ik p.207。

⑫ 公元三世纪时在所谓“跛短长律”（choriambic, ‘limping iambic’，—⌣⌣—）的韵文里，一行的倒数第二个缀音处有一个重缀音的趋势；到了公元后三世纪时，这趋势竟变作一条成规。及至东罗马帝国时代（Byzantine times, 395—1453），差不多任何式韵文的任何行之末尾第二个缀音都得是一个重缀音；还有旁处的缀音们在韵文组织法里也有律定为重缀音的。举一式韵文行来做例子：古典短长律四双音步截尾行（iambic tetrameter catalectic）的组织原来是这样的，

| ×— ⌣—| ×— ⌣—‖ ×— ⌣—| ⌣— × ∧ |)

堕落退化后便成了

| × × × × | × × × ×́ ‖ × × × × | × × × |

或

| × × × × | × ×́ × × ‖ × × × × | × ×́ × |

此式韵文内计数主义占绝对的优势，一行分成两段，前段含八缀音而后段含七，音量的长短完全不论，重轻也分配得极不谨严。

⑬ 长短也相当显著，但远不如重轻显著。长短在重缀音里是很讲究的，但从韵律方面说来，它跟音步、音组及行的时间不发生密切的直接关系，见下文。还有长缀音与短缀音间的比率并无古典希腊文韵文里的长短缀音间的比率（2∶1）那么规定得精密。

⑭ 见上述本文泛论韵文节奏第三点；又参看本文论古典希腊韵文音组有关内容。

⑮ 据西方韵律学者的分类，韵（rhyme）有三种：一是“起字韵”（alliteration），二是“母音韵”（assonance），三是结字韵（end rhyme, rhyme proper）。所谓起字韵相当于我们的双声，它在条顿系（Teutonic）文字的韵文如盎格罗萨克逊文（Anglo-Saxon）韵文里应用得极普遍而极规律化；所谓母音韵相当于我们的叠韵，它在古罗曼斯系（Romance）文字的韵文如古西班牙文及泼罗望斯文（Provençal）韵文里代替着脚韵；所谓结字韵即我们通常所说的韵，它在西方近代文字的韵文里也用在行末（近代西班牙文韵文除外，它仍保持着母音韵），正同我们的韵脚或脚韵的韵一样。我说起字韵与母音韵相当于我们的双声与叠韵，但用法并不完全一样。我们自来称发音相同（同“纽”）的字为双声，收音相同（同“韵”）的字为叠韵。中国文字运用这两种声效，极早而例极多：在《诗经》里我们到处遇到“伊威”，“蠨蛸”，“町疃”，“熠燿”之类的双声，与“窈窕”，“巧笑”，“崔嵬”，“虺隤”之类的叠韵例子；在其他的古籍里也不少此类例子，不过不如在《诗经》里那么丰富罢了：总之，人名、地名、鸟兽草木的名称，以及形容词、副词、动词，用双声叠韵字的真是多得不可胜数。双声叠韵字在我国韵文里通常总连在一起：刘勰《文心雕龙》卷七《声律》篇甚至说，“双声隔字而每舛，叠韵杂句而必睽”；不过实际上隔字甚至隔句的例子也间而有得见到，如《诗经》里的“既霑既足”，“如蜩如螗”，“不竞不絿”，“令闻令望”，“角枕粲兮，锦衾烂兮”等等。在条顿文韵

文里起字韵则总是隔字隔音的，如：

In A *s*omer *s*esum whon *s*ofte was the *s*onde,
I *sch*op me in-to a *sch*roud A *sch*eep as I were;
In *H*abite of an *H*ermite vn-*h*oly of werkes,
*W*ende I *w*ydene in this *w*orld *w*ondres to here.

连珠的应用如拉丁文“O *T*ite *t*ute *T*ati *t*ibi *t*anta *t*yranne *t*ulisti”只是极少见的文字上的戏弄。双声在我国韵文里，好像起字韵在近今英文韵文里一样，只是“诗律细”时的偶然的美化，意外的声效；但起字韵在古代条顿文与近今冰岛文（Icelandic）韵文里却是划分时间、组织音步的一个韵律上的主要工具，没有它简直不能成韵文。至于母音韵我们且抄一段西班牙文的歌谣来作例子：

“Aquel rayo de la guerra,
Alferez mayor del r*e*yn*o*,
Tan galan como valiente,
Y tan noble como fi*e*r*o*,
De los mozos embidiado
Y admirado de los vi*e*j*o*s,
Y de los niños y el vulgo
Señalado con el d*e* d*o*,
El querido de las damas,
Par cortesano y discr*e*t*o*,
Hijo hasta alli regalado
De la fortuna y el ti*e*mp*o*.”

在西班牙文里，缀音的收音处往往没有子音，故两个缀音相押母音韵时就可以跟我们的叠韵字一样，如上面第二与第十二行的末一个及第四、六、八与十行的末两个缀音。在缀音的收音处往往有子音的文字里，在英文如 height : shine : prize，如 sang : land : damp，及 beat : seek : deem : lead 等字，在法文如 nous : rouge : bourg，如 art : cage : lave，及 fûmes : nocturne 等字，都是押母音韵的，但它们跟我们的叠字韵就很不一样了。叠韵字前已说过往往是连接着的；押母音韵的字在罗曼斯文字的韵文里却总是相隔着一、二行：叠韵和双声一样，也只是“诗律细”时偶然的美化，意外的声效；母音韵在罗曼斯文字的韵文里却总在行末，作脚韵用。参看 C. F. Richardson：“A Study of English Rhyme”, Dartmouth College, Hanover, N.H., U.S.A., 1909, chaps. Ⅲ，Ⅳ，Ⅴ；钱玄同《文字学音篇》，北京大学讲义，1918，第一页；马宗霍《音韵学通论》，商务，1933，上册，《古韵》篇，页 7—13；周春杜《诗双声叠韵谱括略》，乾隆五十四年（1789）；及王力《中国音韵学》，上册，页 42—49。

⑯ “Alliteration”大多数为起字的子音们的相押，但不便译作“子音韵”，因也有以母音起字的字彼此相押起字韵的，如“end and aim, ever and aye”等。不过“起字韵”这名称也未必尽然，因偶尔也有字中间的重缀音里的领首子音押起字韵的。

(117) 权威的研究为 Eduard Sievers 的《古日耳曼文韵律》(“Altgermanische Metrik”, Halle, 1893) 本文以下述盎格罗萨克逊文韵律系采自 J. W. Bright：“An Anglo-Saxon Reader”, Holt, New York, 1917；pp.229—’40。

(118) 见注㊹及其正文。这种“静默”必兼有“切断”(cæsura) 与“分拆”(diæresis) 二事的性质，参看注(93)。

(119) 见注(107)。

(120) 这些轻缀音们的多少长短不论，但并不是音步们占据时间的久暂也不论。见下第八（最后）条律则。

(121) 后面所引韵文行或半行下边的符号：垂直线表示音步的分界，双垂直线表示意义停逗的“静默”，—́ 代表一个重而长的缀音，× 代表轻缀音部分里不拘长短的一个缀音，⌣́× 为—́的“代替”(见律则第四条)，` 专为标志次重缀音的那么一下较轻稍重，较重稍轻的次重读法（见律则第三条）。此外行数后面的 a 或 b 则用以指明所引者为前半行抑后半行。

(122) 这“额外”的轻缀音不常有，两个则更不多见。跟这情形类似的是古典希腊文韵律学里的所谓“ἀνάκρουσις, anacrusis”(上拍)。但只是类似，并不一样。这一、二个“额外”的缀音是不计较长短的，但必为轻缀音；那一、二个“上拍”的缀音则不计较重轻而必为短缀音。

(123) 这里所要辩明的乃是组音法或韵律如何不违背音组原理的状况。我曾说过，“韵律在各种文字里的表现方式各各不同，那是因为各种文字的语音的最显著的特性使然；然在差异之中，各种文字的诗歌里的韵律，其服从音组原理则并无二致。”(注(85)) ——如今正好把这句话来证实一下。我们假想中的读者所提出的这两个疑问，一个要我们检视音步跟韵文行以至全篇韵文的关系，一个要我们检视音步跟它所含的缀音们的关系：从音步立场上说，一对外而一对内。为清醒起见，读者请再看一遍本文有关段落。

(124) 这情形可以用线条表明如下：

— —— — —

—— ——

(125) 我们下音组的定义时曾说过“有些单位里所含的‘音长’占时太久则发音比较匆促”。这加速发音或增进缀音们之速率（tempo）能使速率被增的几个缀音减短一点它们的音长。

(126) 见注㊵。

* 1997 年作者逝世后，在整理遗物时，又意外地发现以上部分的商务铅印清样。比照最后一个注释——注(126)已在正文末尾出现，据此估计正文缺失当甚少。《论音组》写作于上世纪三十年代，原拟附录于莎译《黎琊王》书内的，后因故未收入。现整理发表的系根据寻觅到的上海商务印书馆排印的铅印清样，惜乎有残缺。

诗歌底格律

1　诗歌的范围和艺术成分

在讨论到诗歌的格律之前，我们对于“诗”和“歌”两个字以及它们所合成的“诗歌”一词都应当先有个正确而清楚的观念，并且对于诗歌与其他一些事物之间的关系也必须具备明白真切的认识，然后才可以进行讨论。否则，若连诗歌的性质和界限都还没有弄清楚、一定会纠缠不清，愈讨论而愈糊涂。

首先，我们须要晓得的是，“诗”这个字有泛指的与具体的两层意义。广义的所谓诗乃是指宇宙间某些客观现象在我们意识里所造成的那种愉快的、所谓含有诗情诗意诗境的、可资欣赏的精神状态。在这一意义上，诗的境界分明属于美感的领域，是意象的飞驰和神思的出没。（当然，美感的领域并不以诗的境界为限，它的范围非常广大，人们对于任何美好事物的感觉，只要觉得其美好，可说无不包括在内。）因此，从广义方面来说，诗乃是人生经历中几乎无往而不在的一种东西，到处可以得到的一种体验：在山川景色里，在人事的推移与风尚习俗里，在各种类型的艺术作品里，在哲学思维与科学研究里，在工作与斗争里，在对于生与死的沉思默想里，在恋爱的各种心情里，在怀念与希冀与怅惘里，在欢乐的追求与痛苦的忍受里，只要你感觉锐敏，就到处可以找到诗的意趣或天地。

至于狭义的所谓诗，即我们通常所了解的“诗”这个字的意义，乃是指历来诗人们的作品，一首一首诗的总称。在这个狭义的或具体的含义上来说，诗正和一般人所知道的那样，恰好跟散文处在对等的地位。但是这看法是否完全正确，是否观察到了整个问题、在深入研讨时不致引起事实上的困难乃至错误呢？那又不然。因为狭义的，我们通常所说的一首首的诗，是包含着它的内容和形式两个方面来说的——这两方面，我们可要知道，是辩证统一的，互相依存的：没有内容的形式没有存在的意义和需要，没有形式的内容会无从得到表达。关于一首诗的内容和形式的关系、它的四种艺术成分的问题，等一下我们再来分析。为明确诗与散文与韵文彼此间的关系起见，我们现在必须明白，如果只从形式上着眼，处在散文对等地位的东西应当是韵文而不是诗。我这所谓韵文乃是指有整齐的节奏的语言文字而言（我们姑且将作品的内容放在一旁不谈——而这样做在分析问题、帮助了解时是有其必要的，绝不是因为内容不重要而形式重要，或者是我轻视内容重视形式），并不作押韵脚或脚韵的文字解，虽然在汉语文字里，一般说来，韵文大部分是押韵脚或脚韵的。

其次，讲到诗和歌的区别和关系。《尚书·舜典》说："诗言志，歌永言，声依永，律和声。"尽管《舜典》有人说是后人伪托的文字，但是这说法在分清区别和说明关系上是很不错的。歌本来是原始状态的诗，比较诗单纯而浑朴；它当初总与音乐相和，它的特点是可以歌唱，因而容易被记忆而背诵，以便散播开去，流传下来。最早的歌是完全社会性的，和故事化的民谣关系密切，所以也没有作者的姓名，因为它也是集体的创作，它的内容是整个氏族社会或部落的情意、愿望，不像故事化的民谣那样简要地以抒情手法叙述故事。远古的歌辞跟现在有些落后部落里的歌辞一样，一方面是歌唱的，一方面也是舞蹈的：换句话说，歌、乐、舞同源，她们是人类历史破晓时期文化里的三位同胞姊妹，她们的母亲是劳动①。歌、乐、舞的共同性是她们都有节奏——原来就是这节奏使她们成为时间艺术的三姊妹。随后社会演进，生活变迁，诗歌里的个人成分渐渐加多，社会成分不断减少，歌辞和舞蹈、和音乐先后脱离了关系，成为既不能歌又不能舞的只是抒写个人胸臆的诗了。可是虽然如此，以常态来讲，诗还是出之于韵文，就是说，它的文字总还有整齐的节奏，和散文在形式上有基本的区别。

总起来讲，从整个历史发展来看，一首正常的或完整无缺的诗应当用韵文写；至于韵文，它可以押韵脚，也可以不押，但一定得有整齐的节奏（这是韵文的基本的或最低的条件），否则就不成其为韵文，而是散文了。不错，我们有“自由诗”和散文诗，但它们毕竟有些反常，是变体，是欠缺了一些相当重要的东西的诗，如果我们同意有些人坚持它们是诗的话。换句话说，“自由诗”和散文诗是诗与散文两大领域、两大表现方式交界处的一些地带，一些现象，不是和正常的诗（即所谓格律诗）占同等重要地位的、势均力敌的表现方式。我们再把诗和韵文的关系反过来讲，一篇韵文却不一定是一首诗。它可以是一首诗，如许多古今中外的诗人们的优秀作品那样——光就形式来讲是韵文，就内容与形式的统一体来讲是诗；它也可以不是一首诗，如歌诀、箴言、铭辞、咒语、绝大多数的应制奉和与唱酬之作、试帖、四六；《三字经》、《百家姓》、《千字文》和好些光说理、只教训、庸俗地打油的韵文等等，以及许多人（包括有些诗人，甚至是名诗人、大诗人）企图写成为诗而因种种原因失败了的作品。

最后，关于“诗歌”一词，应当了解它是“诗”和“歌”的混合称呼，有时为简要起见也可以总称为“诗”。概括以上说起的一些对比和区别，我们可以用线图作如下的说明：

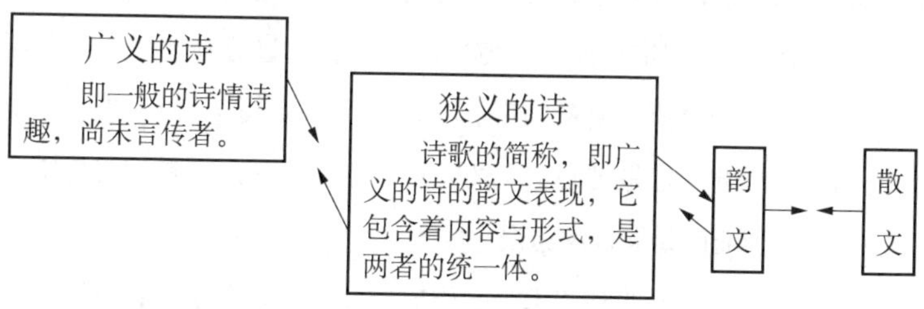

这些基本区别和对比关系，看起来似乎非常浅显易懂，但如果没有把它们彻底弄清楚，就去讨论格律问题，研究内容和形式的关系，就只能引起无谓的争辩，不会有任何结果。

下一步我们试来分析一下一首诗的艺术方面的构成成分。不论在任何语言文字里，每一首完整无缺的诗，从艺术上来说（其所以是一首诗而不是一篇科学论文、政治讲话、口号标语、报纸社评、新闻报道、小说、游记、随笔、杂文之类），总得有两个彼此不可缺少的方面：一是内容，二是形式。内容包括情致（即一首诗所表现出来的有客观性的情感）和意境（意象和境界，就是经过诗人艺术加工的具体的现实的具体反映），形式（韵文）则包括表现（要造成有客观性的诗的意境，必须使用有意义的语言文字作为表现的媒介，而这语言文字又一定得有特殊的风格②）和音组（在语音的进行中必须有整齐的节奏，韵文的这个时间上的规律性使它跟散文有形式方面的、基本上的显著区别）。倒过来讲，我们可以说，一篇在语音的进行中有时间上的规律性而在表达意义上有特殊风格的文字，会在读者脑筋里造成一个适当的意境，这意境又能在读者意识里唤起一片恰如其分的情感——客观地说，或者作为一首诗的四种艺术成分之一来说，我们叫它作情致——而这片情感则正好是或差不多是诗人当初处在他那境地里所感到的那阵情感的美化了的与加强了的状况：这便是一首诗从作者作成它以后到读者欣赏它的传达过程。从这传达过程上，我们可以很清楚地知道，内容和形式应当是统一的（以前者为主，以后者为从），一贯的，互相依存而不可偏废的。有些人过分强调一个方面而把另一个方面抹煞掉，或者把两个方面对立起来，强加以割裂，那是不对的。那样的观点是唯心主义的观点，它和哲学上的精神与物质对立的二元论所犯的是同样的错误。

除掉以上所说的四种艺术上的构成成分之外，关于一首诗所反映的一定程度的历史时代的真实和社会气氛，它所表露的作者个人的思想与立场，以及这思想与立场所显示的作者的阶级意识，或者说，关于环境所赋予一首诗的时地色彩和思想性质，我在这里不想加以理论上的分析或原则性的讨论。在另外的地方论到情致、意境和表现时，我已触及那些因素，现在再在这里提一提，已经足够表明那些因素的重要性，以及诗歌作为意识形态之一应当多么敏感而合于真实。至于我在这篇文章里不详细研讨那些因素，乃是因为诗歌和小说、戏剧在这些方面情形大致相同，凡是原则性的马克思列宁主义文艺理论都可以普遍应用，我在这些方面并无特殊的见解，更无与人争论之处。

2 格律问题——节奏和音组

一首诗的前面三种艺术成分我们在别处已详细讨论过，如今且来审视一下格律问题。不少人对于格律的看法我敢说是有各种程度的误解的，以为它是从一首诗的外面加给它的一种装潢，一种束缚。可以举两个对立的极端想法来作为代表。有一种想法以为格律是一首诗的主要成分，和其他成分可以彼此独立而没有多大的关系，只要有了格律，而且这所谓格律只是指非常具体的作诗细则（如一行或一句规定多少音或多少字，一定得押韵，怎样押法等等），就基本上解决了一首诗之所以为诗的问题——这是形式主义的见解。另一种想法以为格律在原则上必然是一首诗的要不得的成分，和其他成分无法协调而一定会水火不相容，因而它势必变成“意义和情绪”的桎梏或镣铐；因此，为提倡精神上的解放起见，诗要写得和散文一模一样才合乎理想——我把它叫作精神主义的见解。这两种典型的误解归根到底都犯着唯心主义的毛病，不过以不同的姿态陷入同样的错误而已。

前一种看法的出发点是机械唯物论，是唯心主义。持着这种见解的人，假如现在还有的话，相信格律只是为它自己而存在，它是诗歌的唯一的、主要的或最后的目的，一首诗只限于是一次格律的练习，韵文就是诗，而诗就是韵文。接近这种看法的有些人觉得解决新诗的格律问题很简单，只要把诗行的字数弄整齐了就成，如一律九个字、十个字、十一个字等等，而且各行末一个字都得丁丁咚咚押上韵脚或脚韵。实际结果往往是呆滞、没有生气、旧诗翻新的，或者僵硬、不懂节奏原理和方法、误学西洋诗歌的“豆腐干诗”，把一些“美丽的”辞藻和意象凑合在一起，表演一番稀薄的情感就算作了一首诗。“豆腐干诗”或“骨牌阵”早已为人所诟病，但那样主张和实行的人近来似乎还没有绝迹，虽然人数不多，影响不大，而且只限于旧诗翻新的一派。这一种近于为格律而格律的主张，以为新诗不过是在中国文言韵文史里占重要地位的五言诗、七言诗的所谓发展，把问题看得太机械。怎样发展呢？简单得很，七言加上两个字变成九言，加上四个字变成十一言，加上六个字变成十三言，等等。

这种主张的毛病，可以这样来加以批评。第一，格律不是算术上的简单的字数加法问题；我们不能把它看作一件抽象的拼凑字数的游戏或工作。格律是形成整齐的节奏从而发挥表现媒介（语言文字）的性能的方法或工具，它应当使内容起更大更深的作用，所以必须是整首诗的有机的功能或有组织的力量的源泉。第二，诗是时间关系的艺术，所以格律在一首诗里的作用乃是使语音作有秩序的、合乎时间规律的、有组织的进行，并不等于仅仅把方块字堆积起来——好像脱离实际地画图案画，织地毯，绘制建筑图样，建造九层楼、十三层楼大厦，而最适当地相比，应当说堆火柴盒子或砌骨牌那样——只是供我们眼睛看看，觉得很对称、齐整就算完了。第三，封建制度下农业社会的简单的生产方式和生活方式所反映到旧诗形式里去的那具体的单纯的格律，已不适合于表现我们这复杂的生活、绵密的思想和迫切的情感了。从四言到五言、七言再到长短句的发展，那是在基本上同一生产方式和生活方式的社会里的一种发展。现在我们处在根本上另一种生产方式和生活方式的社会里，文言已经不适用，代之而兴的是白话，所以那种七言加到九言、十一言、十三言的单线发展也就不可能解决问题了。同样，在内容上像翻译旧诗似的做法也是走不通的死巷，没有现实意义，没有前途。我们同意，发展是要发展的，但分明不是那样加几个字的简单的发展。

后一种看法的出发点是鄙弃物质的精神至上论（显而易见的主观唯心论），加上一点儿虚无主义。持着这种见解的人对于新诗的看法一方面还停留在“五四”时代的阶段上，虽然现在距“五四”已经三十五年；他们循着老习惯还在那里“革命”，不假思索地喊着“形式妨害内容”的口号，以为我们反对在白话诗里应用文言诗的具体格律就是反对任何格律，反对格律这观念本身[③]。这观点实质上是几十年前孔子之徒的精神文明和物质文明势不两立的看法，是老夫子们为了崇尚精神起见必须扫除物质的卫道观点。另一方面，这种反对任何形式的人，却是深受了西欧现代诗派的分崩离析、烟飞灰灭的自由韵文[④]的影响；他们深受了形式主义诗歌作品的形式方面的影响，可是奇怪的是他们自己并不知情，却以为那是很正确的作诗方法，而尤其滑稽的是他们还在那里高呼“反对形式主义”。

这种主张的毛病，可以这样来加以批评。第一，形式包括表现媒介（语言文字）和节奏（格律为造成诗歌里整齐的节奏的方法），无条件地反对形式就是反对这两件东西，就等于反对内容，因为若没有形式，内容就无从寄托，就不可能得到客观的体现或表达；正如没有内容的形式是没有生命的躯壳，不可能有什么意义。我们不能想象一首具体的可是不用语言文字的诗。我们可以有前面说起过的无往而不可得的广义的诗，但那不是一首一首的诗，只是稍纵即逝的诗情诗意诗境罢了，不能跨越时间和空间而传达给旁人。因此，原则上反对形式而自己却还是用文字来写诗，尤其总是分行写诗的人，便无可避免地陷入了不能自圆其说的矛盾之中。我们要问他：你为什么要用文字这形式呢？因为文字既是表现媒介，传达工具，便是“物质”，是体现“精神”或内容所不可少的形体，不是“精神”或内容本身。再进一层，你可知道，分行写不是形式是什么？你既然主张诗要写得和散文一模一样，你说自由的散文是诗歌的最高的形式，为什么你还是把你自己所写的叫做诗，而不叫做散文呢？第二，无条件地反对形式的人以为为表示自由起见，譬如说，理论上最好第一行写上两三个字，第二行写二十个字左右，第三行十五、六个字，第四行七、八个字，等等。他们害怕被“形式”所束缚，害怕“不自由”，实际上他们对于“形式”的了解却正是前面所说的形式主义者的看法，把方块字的堆积当作毫无实际价值的图案画的花纹或色彩面积之类去看。须知我这里所说的形式，乃是指有均衡的节奏的表现方式，并非火柴盒子或骨牌的任意堆砌。不过表现非用语言文字不可，而一行韵文的语音数目和另一行的语音数目，如果这两行的音节数是相同的话，是势必不会相差太远的，虽然并无需要使其一点不差。可是两行音数（在我国文字里即字数）相同了并不一定等于两行音节数相同，而造成整齐的节奏的是音节数相同，不是音（字）数相同。形式主义者写“豆腐干诗”，固然是从对于“形式”一词的误解出发的；但那样的不幸现象并不能否定形式对于内容的重要性，也不能说明诗歌非绝无整齐的节奏不可。第三，以一首诗的语言文字来说，如果它的语音的进行没有组织、没有纪律、没有秩序，那么，这篇文字就不可能具备一首优美的诗所要求于作者的节奏性及和谐性，不管这首跛脚的诗有多么好的所谓旋律。整齐的节奏和旋律是不相冲突的，但旋律不能代替整齐的节奏（即不应当有了旋律便没有整齐的节奏）：这在音乐里如此，在诗歌里亦然。诗歌、音乐、舞蹈之所以为时间关系的三支姊妹艺术，乃是因为她们都有整齐的节奏。“旋律”这名称原来是音乐艺术里的术语，如今借来在诗歌艺术里讲究一下，也并无不可，但不应当喧宾夺主，把基本的节奏反倒驱逐了出去。

不过，到了这里有人要提出异议了，说没有格律的“自由诗”和散文诗不是也有很成功很伟大的作者和作品吗？举一个例子，美国19世纪诗人惠特曼的作品，不是很可以做“自由诗”和散文诗的典范吗？不错，成功的甚至有一定限度的伟大的自由韵文和散文诗确实是有的，而且由来极早，古代就已有很知名的作品了。举例来说，在基督教《圣经·旧约》里，《素罗门之歌》（又名《歌中之歌》，旧译为《雅歌》）就是一束抒写恋爱的自由韵文，《约伯记》就是一部匐伏在耶和华神力前面的叙事的自由韵文，此外还有礼赞上帝的《诗篇》等等，虽然这些作品的古希伯来语原文已经遗失，今天尚存的据说最古的依据只是公历纪元前3世纪时的希腊文译本。我们自己的《庄子》和《列子》里有些篇章片段，以及有些诗人的散文和信札，如陶潜的《桃花源记》、王维的《山中与裴迪书》和柳宗元的游记之类，都可以说是散文诗。但这些例子正好用我前面讲起过的这两点来加以说明：就是，第一，广义的诗是一种无往而不在的东西，到处可以得到的人生体验，在各种类型的艺术作品里尚且可能有其存在，在散文里当然也就不妨找得到它；第二，自由韵文和散文诗在各民族的诗歌宝库里终究是少量的例外，而例外却正足以证实正常的诗（即所谓格律诗）这个常例。换句话说，在古代和近代，那些不大正常的作品的作者，还是因为表现方式尚未臻于发展成熟的境地，或者由于偶然的及特殊的需要，所以不太自觉地写出了自由韵文和散文诗。可是他们虽然在有意无意间走进了诗和散文的接壤地带，却并未曾坚持只准写自由韵文和散文诗，或者主张自由韵文和散文诗乃是跟正常的诗势均力敌、平分诗国秋色的一种类型。

至于近代故意不用韵文的美国19世纪后半叶诗人惠特曼，他主要是对于维多利亚时代英美诗坛上流行的诗情诗意以及诗人们的人生态度起了绝大的反感，因而也连带影响到他对于形式方面的风格问题和格律问题的看法：既然你们丁尼荪、白朗宁、朗弗罗等庙堂诗人用工笔描花，画工细典雅的楼台和人物，而且总是运用整齐的节奏，那么，我惠特曼就用粗线条来漫画我自己，还要尽量加以扩张放大，而且我写的就得是和古典作家——荷马、但丁、莎士比亚、歌德等——使用音组，讲究节奏的作品大不相同的自由韵文和散文诗⑤！可是，归根结蒂，他的作品，我们承认在内容方面在反映当时的现实的一点上是优越的，是有进步的；但在今天看来是否在艺术上也这么样成功，这么样伟大，能作为我们模仿的典范呢？我认为不然，虽然我绝无意思抹煞他应有的适当地位。是的，惠特曼是个伟大的民主主义者，同时又是个反映现实的诗人。但这两种品性或资格加起来，并不一定等于一个第一流的伟大诗人。固然不错，一个第一流的伟大诗人的作品应当有深厚的思想性，应当反映出他的历史时代的真实和当时社会的气氛，应当启发地指导人生，而且还应当有个性、久远性和普遍性等等。但一个诗人若要无愧于“第一流的伟大”这个称号，他的作品便同时应当是一件件卓越出众的艺术品，应当把含有上述种种时代色彩和思想性质的艺术内容，在形式上加以异常杰出的体现。换句话说，他应当在内容和形式的有机的统一上（这统一必须是完整无缺的，精湛和谐的，而且在不同的作品里显得多种多样的）迈过许多前人的杰作，为后来者开辟无限的前途。而惠特曼用国际的历史标准去计量他，还嫌不够这么样第一流地伟大。我们评价一个作家，一个诗人，总要看他的作品的思想性和艺术性，而惠特曼的作品的艺术性就比较差。

从历史观点来看，惠特曼叫我们对他的政治思想拍掌的确拍得相当响，可是我们不能同样高声地对他的艺术手法鼓掌。我们有些人误以为他是第一流的大诗人，乃是因为分不出这两种掌声的区别的缘故。那么，惠特曼的作品在艺术上的缺点究竟是什么呢？可以概括地说这么三点：首先，他的作品不耐多读久读，读多读久了就显得单调：不多几篇东西，譬如说，《我自己的歌》、《啊，船长！我的船长！》、《当丁香最近在前院开花的时候》等十篇八篇，已可以代表他的全貌，其余的作品可说是大同小异地重复，读来未免乏味。就把《我自己的歌》那首长诗来说，有好些段可以删掉，删节后不会使人觉得有多大的损失。其次，从作品里显示出他理智不够，情感过剩，因而有时流入虚狂，形成了过分夸张的散文而不见有诗：他把他的千头万绪的感觉那么赤裸裸地宣泄无遗（这是他和卢骚相同，而且在程度上远远超过卢骚的地方），我们乍一读来也许会在某些片段里惊喜地窥见自己的镜中面目，但细读精读之后就非但会感到腻烦，并且会觉得其中缺少第一二流大诗人的那种沉雄郁勃、刚健豪强、高华肃穆、晶明澄澈的境界。再其次，他那细密的观察和纷繁的记叙，始终如滚滚的浊浪，紊乱的丝麻，缺少结构，缺少组织，缺少凝练，一句话，浪漫得过了头，叫人受不了。而探本溯源，造成他作品艺术性差而重复单调、情感泛滥、理智微弱的重大原因，恐怕就是这形式方面的大缺陷——没有整齐的节奏，没有音组，因而毋须有任何结构。他那错误的革除格律和模仿“翻滚的浪头”的见解，使他毫无形体上或物质上的纪律，因而导致他堕入了写流水账的、虚狂的浪漫主义的陷坑里去。可以说，他的作品好像是那只大熔炉炉条口上那些烧乏了的煤块，而后来的欧洲现代诗派的作品，则便是那些煤块烧成了煤渣或烟灰。因此，在形式与某些内容方面，他是他们的先驱者，他们是他的后继人，虽然在思想方面他跟他们有些人不同。这种反映方法或艺术形式，我们在我们这社会里却不值于模仿它。总之，我们以历史唯物的观点肯定惠特曼的作品在政治思想方面的内容，乃是完全正确的；但是这并不等于说我们要模仿他的缺点不小的艺术，尤其不应当说只有他那样的自由韵文才是可取的形式，不那样写法便是封建——戴镣铐，缠小脚。

归根结蒂一句话，诗和散文是我们用语言文字表达我们自己的思想情感的两大方式，如同我们在空间方面有海洋和大陆，在时间方面有夜晚和白昼。诗和散文有彼此交界接壤的地方：诗接近散文时就是自由韵文，散文接近诗时就成了散文诗——正如海洋有接近陆地的海滨，陆地有接近海洋的岸滩；或者像夜晚接近白昼时乃是破晓，白昼接近夜晚时便成傍晚。但我们不能把自由韵文和散文诗当作跟正常的诗势均力敌、平分诗国秋色的一种类型，正如我们不能把海滨和滩头跟海洋等量齐观，不能把破晓和垂暮当作跟夜晚同样地位的景象。就每个个人而言，我们不妨说得宽一点，谁都有自由写作他自己所喜欢的东西，诗、散文、自由韵文、或散文诗，但对于这些表现方式的各自的范围和彼此间的关系，我信我们应当有个明白正确的认识，方不致有人误以为哪一种是“革命”的，哪一种是“不革命”的，而勉强别人和他一同去“革命”；也不致有人误以为哪一种是“民族形式”，哪一种是“洋面包”，而勉强别人和他一同去“继承传统”。

假使果然像上面所说的那样，整齐的节奏，以及调度整齐的节奏的格律，应当是一首完整无缺的诗所不可缺少的东西，而节奏整齐又并不等于各行的字数相等，那么，节奏，我这主张的关键，究竟是什么样性质的东西呢？诗歌里的整齐的节奏又是怎么样形成的？以及音组、节奏的方式或解析，又是怎么一回事？

要解答上面这几个问题，我们一定先要知道声音，特别是语音的性质。一个声音有四种现象或因素：它们是音长、音高、音势和音色。因此，每一个声音跟另一个声音的相异或相同处可以在四点特性上判别出来；四点特性是长短、高低、重轻和纯驳。

音长是音波在时间上保有持续的那种现象。音波的持续依着音波振动时间的长久或短暂而显得悠长或短促，所以两个长短不同的声音的音长一经比较，就可以有悠长或短促的分别。一个一秒钟的声音和一个两秒钟的声音相比，前者的音长显得短，后者的音长显得长，形成一对二的比率。西方韵文学者论古典希腊拉丁诗音组时所说的“音量”，就是这“语音的音长所占的时间的长短”的术语。占据时间，不光古典希腊拉丁语语音如此，乃是一切语言的语音所共有的现象，不过在其他语言的语音里，长短这点特性不如在古典希腊拉丁语语音里那么显著罢了。

音高是音波具有振动速度的那种现象；它是基本音调的振动频率所造成的。高低便是这音波振动速度的快慢所赋予声音的一点特性。这就是说，两个在音高方面高低不同的声音所以会有高低之别，全是因为它们的音波振动的快慢不同，而音波振动快慢的比例则须看一定时间内（通常以一秒钟作标准）基本音调振动数的多少而定。两个声音，在其他现象上相同，不过其中一个声音它所含的基本音调在定时内振动数比较多，我们就觉得它的音调比较高亢或尖锐；另一个声音它的基本音调在定时内振动数比较少，我们就觉得它的音高比较低沉。高低这个特性在我国语音的四声的形成上很重要：四声主要是四种语音的音波持续下去时它们的音高显出抑扬顿挫各不相同的四种升降状态。

音势是音波含有振动强度的那种现象。它和音波的振幅，即音波振动过程中自振动中点至振动极峰间的距离，成正比例。强度是声音的物理情况，这情况在听者感觉上所引起的心理状态便是响度。拿语音来说，发音器官用力的大小和发音时呼气的多少，会使我们所发的几个语音有强弱之分，强者显得重，弱者显得轻。近代条顿语言如英语、德语，它们的语音和长缀音短缀音显然参见的古典希腊拉丁语的语音，在发音上颇有不同：它们的一些语音在极精密的比较上虽也免不了长短高低参见，但通常发起音来长短高低之别并不怎样显著（往往模糊得极难分辨），最显著的特点乃是所谓重读和轻读彼此相济。因此，有些韵文学者说，英文诗的音组完全建筑在音势上面，正如古典希腊拉丁诗的音组建筑在音长上面一样。这是个很大的错误，留待以后再加以详细的辩明。

音色或音质是音波内音调的配合状况。以音色来判别几个声音的相同或相异，完全要听它们的音调是否一般地纯粹或驳杂而定。一个单纯或纯粹的音调是一个有固定频率及单纯振动的音调：它的音势可以随你去加强或减弱，但它的音高是不变的，而且它没有音色。可是语音和几乎所有的乐器声的音波都是复杂、合成或混和的音调，或者说，它们都含有两个以上的单音调。一个复音调的这些构成分子叫做部分音调，其中那最低的部分音调（就是音高低而决定这个复音调的音高的高低的那个单音调）叫做主要音调或基本音调，其他的叫做高部分音调或陪音。决定音色的要素是这些陪音的数目、它们的频率和它们的强度；还有发音器（譬如说，手提琴的琴丝、传响板、与弓弦或手指甲）的性质与刺激方式（用弓弦拉或指甲挑或拨）也与音色大有关系。在音阶上同样的一个声音，用口唱，钢琴弹，与手提琴拉出来，便各各不同，就是因为三者所发的声音音色不同之故。和主音谐和的陪音（即振动数相当于主音振动数两、三、四、五、六等倍数的陪音）名曰谐音。一支音叉的声音几乎是单音调，语音和弦管乐器声都是复音调；所有构造精密的乐器的声音多半有与主音相谐的陪音，铃声和锣声里的陪音则与主音不谐。音色既然是如此复杂的东西，所以通常只有人在音响学或乐学里把它当作重要的研究对象；至于只论音组的韵文学家则一般地不去向它问讯——他们所注意的只是声音的其他三种现象或音素而已。在现代语言文字里，没有一种韵文是利用语音音色的相同或相异作为造成整齐节奏的手段的，因此，一般韵文学家认为音色和韵文不发生关系，而且不可能发生关系。其实这结论是不对的，虽然若仅就现代语来讲，这了解没有错。我们知道古英语（盎格罗萨克逊语）和中古英语的韵文，就是依靠那所谓头韵（alliteration，详见注㊸）去划分时间段落、造成节奏感的，而头韵或字首第一个缀音的双声便是音色同样纯粹或驳杂的语音。

任何一种语言的任何一个语音，不论由任何人发出，都兼有上述四种现象——音长、音高、音势和音色；而就这四种现象方面把任何一种语言文字里的一些语音彼此相比较之后，一个异常敏感的听者就可以感觉到那些语音之间在长短、高低、重轻、纯驳等四点特性上有相同也有相异之处，颇不一致。可是我们平常的听觉所能觉察到的只是某一点或某几点特性在某一种语言的语音里特别显著，其他的特性在这一种语言的语音里往往因不甚显著之故，不被注意。我们现在要问的是：这四种现象中哪一种或哪几种，以及这四点特性中哪一点或哪几点，是各种语言的韵文的音组所必须共同用到的材料，不用到它或它们音组便不能形成，韵文节奏也就无法产生或者被觉察到？没有例外，那材料不是别的，是音长，即音波在时间上的持续；或者更准确些说，是"音长"，即持续方面的语音（详见注⑩）。其他音高、音势和音色等三种现象，它们虽都依附着音长或寄托在上面，赋之以高低、强弱与纯驳，在语音所占时间内发生，但它们本身却都不占时间（因为一个语音的时间已被它的音长所占据，不复有余剩让给其他的三种现象了）。可是诗歌，说起来仿佛谁都知道，是时间关系的艺术的一种，只在时间里存在（诗集里的诗似乎在空间里存在，但实际上并不如此，它们只是一首首诗的纪录或冻结而已；如果要对我们发生作用，成为可以了解和欣赏的活生生的现实，我们还得朗读、默念、背诵、记忆或听闻它们，而采取任何一种方式都得在时间里进行）。那么，我们当然无法把没有时间的音高、音势、音色这三种现象或因素的任何一种当作造成诗歌的音组的材料了。

再说长短、高低、强弱、纯驳这四点特性，它们只是语音们的音长、音高、音势、音色这四种现象的比较价值，当然也并不占据时间，因而便不能用作造成音组的材料：它们的用处，这里不妨先说一说，只在供我们于构成音组时用作划分音步或音段或音节的标志记号罢了，此外可说没有别的作用。那么，是否各种文字里的韵文，不是利用长短，便是利用强弱，或者利用高低，或者利用纯驳，再不然就是同时利用这四种比较价值的任何两或三种乃至四种，来作构成音组的标志记号呢？我认为不然，并不如此。举例来说，我国文言诗里的古体诗、民间流行的歌谣和我所建议和实践的有音组有整齐节奏的新诗，便是并不利用以上所说的任何一种或几种语音特性作为标志记号，以形成音组的，而是利用中国语言文字所独有的语音间的黏着性，以联结语音们成为音节，积音节成为音组的。关于这一切，以后再加以具体的说明。

现在我们来审视一下，节奏究竟是什么样性质的东西。大家好像都知道，节奏是我们日常生活里一种非常普遍的东西，韵文里固然一定得有它，一般人生现实里，不论在自然现象中或在社会现象中，可以说无处找不到它的踪迹。人类各个历史阶段的进展，人生的世代相继，岁月的来往，气候时序的交更，晨昏和日夜相间而轮流替换，海水的潮汐和波涛的升降，山峦的起伏，风吹云涌，草木的飘摇，一切动物的飞翔、行步、奔驰、游泳、呼吸、脉搏，乃至肠胃的张弛，人类的体力劳动如砍树、划船、锤铁、打桩、锯木，和用力工作时的用力及呼声，舞蹈、诗歌、音乐等时间关系的艺术，以及从摇篮的摆动到一切机械的动作和鸣声，所有这种种，都有节奏或可以有节奏在里头。就是散文，和韵文对峙的散文，若作者曾下过精心的艺术的经营，也“既不含有音组，也不缺少节奏[6]”。

节奏既然是那么普遍的现象，可是它——广泛地存在于现实里，特殊地表现在韵文中——究竟是什么样性质的东西，虽然从古希腊以来议论纷纭[7]，但准确详明、有科学价值的界说，据我所知，到将近三十年前才经人道出。在我们中国，素来没有精密的定义。“五四”以来每有人讲到诗歌艺术，总要提起节奏；不过节奏到底是怎么一回事，却总是依稀隐约，囫囵吞枣，或“王顾左右而言他”，仿佛大家都知道得十分清楚，毋须多费笔墨加以说明似的。不过实际上对于“节奏”一词的涵义，可说始终是一个闷葫芦。古人不大说起节奏，但知道去实际应用，那倒也罢了。我们常说起它，可是既不知道它的性质，又不会加以实际的运用，于是说明变成一件迫切需要的事，因为理解大可以帮助我们去实践。我所知道的、我认为最精确的定义是衣·蔼·卓能享在他的《节奏是什么？》那本书[8]里所提供的这样一个说法：“节奏是时间里的一串事件的一个特质，那特质能使观察者心上对于形成这串事件的一个个事件的持续或一簇簇事件的持续，发生彼此之间有一个比例的印象。”这定义可以用来状述一般有节奏事物里的节奏；若应用到韵文上，只需把“事件”二字代以“语音”一词。不过，必须知道，韵文里的节奏总是相当整齐有度的，因而总可以分析成为规律化的音组及其时间单位——音步或音节或音段[9]。

卓能享所下的这个节奏的定义附带着有后面几个说明。第一，他说这定义是要阐明节奏是什么东西，不是要说节奏依靠些什么或做些什么。第二，他说这定义讲起时间里的一串事件（语音）在观察者心上所产生的一个比例的印象，并没有说这串事件（语音）本身一定得有丝毫不爽的数学上或计时器上的比例。可是我们说起来总是说节奏是一串事件（语音）的一种特质。实际上一串事件（语音）如果能在我们感觉上产生比例的印象，我们就说它是节奏性的或者有节奏。换句话说，我们的节奏感并不绝对精确，因为它是心理上的一种感觉，不是一种物理现象；同时，那产生节奏感的特质本身，如果用仪器计量起来，也不一定是一件呆板的、机械的东西，虽然它也可能是那样一件东西。第三，他说这定义讲到持续，因为时间，事件们（语音们）的比较持续或久暂关系，是节奏的基本特点。第四，他说这定义讲到时间里的事件（语音），意思是可以计量它们的。我们所计量的，严格讲来，不是时间，而是时间里的一串事件（语音），包括感觉之间的间隙。

我们现在要来澄清一下不光被介绍到中国来，而且也在外国流行得既广且久的一个误解。以为必须有长短音相间，重轻音相间，或高低音相间，方能产生韵文节奏；或者说，非有这样的相间，韵文节奏便无法产生——这个见解的错误在于忽视了最基本的时间，不够注意所谓长音和所谓短音之间的，音步（音节、音段）和音步（音节、音段）之间的比例关系，以及把音长（语音的持续）、长的语音和短的语音、语音的长短（四点特性之一）相混，又把长短音跟重轻音、高低音等量齐观。不错，一个个容易被觉察为比较长的语音和一个个相形之下显然见得短的语音，在时间里相间而重复地进行着，是可以造成节奏感或产生节奏的。现在把这情形用线图表明如后（一个长音的持续约等于一个短音的持续的一倍）：

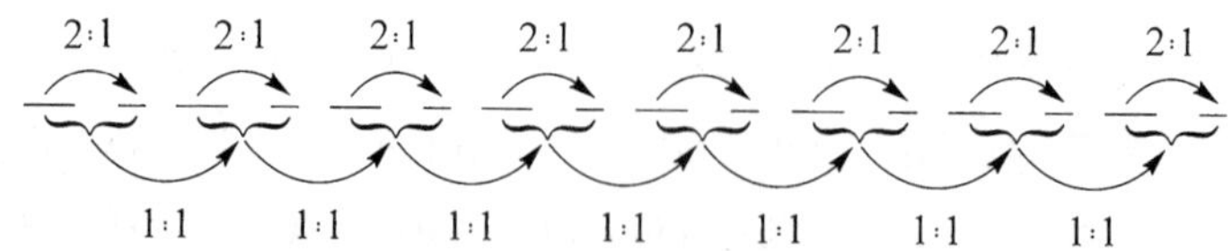

可是要晓得这串语音所以有节奏，只是因为听者或读者心上对于其中一个个语音的久暂发生彼此之间有一个比例的感觉，以及对于其中一簇簇语音的久暂发生彼此之间也有一个比例的感觉；如果这比例感一失掉，节奏感也就跟着不能存在。此外，要使节奏感分明还有其他的方法，并不以这一种语音长短有比例的相间为限；而语音重轻相间与高低相间，如果同时没有长短方面相当规律化的比例，是不可能产生节奏的。因此，“相间说”并不能规定为韵文节奏的一个原则。附带着还需要说明这一点：这里不论是两个语音间的二比一也好，或两个音步（一簇簇语音）间的一比一也好，那比例关系都是约略的，因为是心理上的感觉，并不一定在时间上用仪器计量起来绝对准确。

接着，我们来注视一下主张“相间说”者所提出的所谓造成节奏的三种可能，他们用这样三条断线来加以表明：

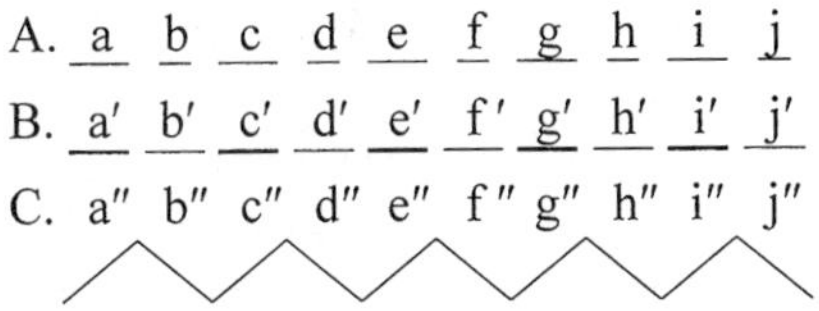

A. a b c d e f g h i j

B. a′ b′ c′ d′ e′ f′ g′ h′ i′ j′

C. a″ b″ c″ d″ e″ f″ g″ h″ i″ j″

是的，这三条线（其中A和上面标明比率关系的线是一样的）是对的，但问题是它们并不能代表那不正确的说法。须知A线内的a是长的“音长”[10]，b是短的“音长”，a与b两截“音长”的长短则成二与一之比；B线内的a′是重读的“音长”，b′是轻读的“音长”，a′与b′两截“音长”的长短则成一与一之比；C线内的a″是向上提高的“音长”，b″是往下降低的“音长”，a″与b″两截“音长”的长短则也成一与一之比。要是有人说BC二线内没有“音长”，或者产生B与C的节奏的不是“音长”间的比例关系，我的回答是：如果是那样，a′b′等及a″b″等就不能有长短，念起来会变成没有持续，不占据时间，耳朵所听不到的声音，画出来会变成欧几里得几何学所假定的没有长度、不占地方、应当是眼睛所看不见的点子。要是有人说 BC 二线内 a′b′ 等及 a″b″ 等虽含有音长，但节奏的关键并不在“音长”间的比例上，而只在它们的重轻相间与升降相间中，我的回答是：如果是那样的话，下面两条断线也一定可以表明很完美的韵文节奏，因为其中重轻音和高低音分明也都是相间着的：

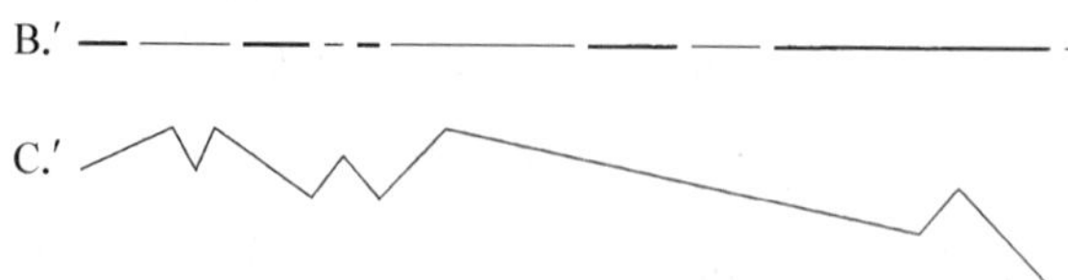

可是，不见得有人会认为 B′ 与 C′ 可以表明很好的韵文节奏的吧？非但如此，假使忽视了“音长”间的比例关系，而且忘记了它们是在时间里进行（因而它们便得占据时间）的话，就是前面的 A 线也可以变成这样：

显而易见，韵文节奏也不能用这条 A′ 线来加以表明。由此可知，要得到韵文节奏，“音长”的长短必须相当地计较，长短和重轻或高低的相间则并非绝对必要——或者说，有了相间未必就能产生韵文节奏——虽然在有些语言的韵文里，重轻相间实际上往往被利用作醒耳的记号。

我们对于节奏，尤其语音节奏的性质有了上面的了解之后，进一步便要知道韵文节奏可是怎样形成或显示的，或者说，我们怎样去感觉到它。回答是：我们运用音组——一些在时间上相等或近乎相等的单位的规则性的进行，去具体地体现以及感觉到节奏。同时必须作这样的声明：这所谓相等或近乎相等乃是心理上的感觉，往往没有并且也不必有物理上的精确性，因为如果有了反而会显得机械和单调。这些单位这般进行时对我们所生的印象韵文学名之曰节奏，而每一个这样的单位则可以叫作音步、音节或音段。可以分成这些规则地进行着的、时长相同或相似的构成单位，便是韵文在形式上异于散文的基本条件。当然，一篇散文也可以分解成一叠许多个构成单位；但那些单位一方面在进行上并不遵循时间上的规则，一方面在形成上亦不谋彼此间相当的整齐。作者和读者通常难得注意到它们的存在⑪；贯串起来它们从不连接成行，切断了一比，则彼此总是在时间上互相参差长短。要这样方始文中的思想能得舒展自如，逻辑的进展不致被时间控制语音的规矩所牵绊。在韵文里，因为主要的目的不是要阐明理路，疏通关系，所以有了音组的这些规则的进行着的、时长相同或近似的单位作整篇韵文的计量标准之后，不但在消极方面并无牵绊之累（尤其因为一首诗所要求于一个诗人的艺术和技巧能力远较一篇散文所要求于一个散文作家的艺术和技巧能力为高，所以一个够得上称诗人的人对于造成节奏的音组就不应当望而生畏或力不胜任，否则他就不够格，只是个做诗业务尚未精通的学徒），反而在积极方面有映带意境、驾驭和增强情致的妙用。

韵文是有音组的文字——这是句在各种语言里都符合事实的话。可是音组在各种语言的韵文里的各别情况是不尽相同的，精粗之间有极大的悬殊。各种语言的韵文，我们知道，纵使在格律的具体表现上颇不一致，可是既然都有音组（因为都有整齐的节奏，这是它们的共同性），就一定有相同的地方。综合几种语言的韵文里的音组的相同处，我们可以试下这样一个比较周详的界说，说明音组究竟是怎样形成的。久暂显得相同或相似的一个个单位（音步、音节或音段），每一个单位包含着几截“音长”（详见注⑩）；各单位的音数不必一律

（通常以一到四为度）[12]，但较多数单位里的一截截“音长”，都顺着所在的语言里的语音们的最显著的特性连列成差不多的形式[13]；在大多数语言的韵文内倘有些单位里所含的一些“音长”占时太久则发音比较匆促，占时太暂则用一截“淹滞”[14]（“淹滞”可分两种，一种是一个语音的“淹滞”或延长，一种是两个语音间的无声的“休止”的“淹滞”或延长，都计入单位的时间内）去补救那时间上的欠缺；而这一截“音长”与那一截“音长”之间如正值两字之交，不论在一个单位里或在两个单位间，则有时介以片刻的“静默”[15]（这“静默”不计在单位的时间内，它也可以分成两种，一是相当规律化的，在行末或在行内规定处，一是不固定的，随意义及构句的停逗而出没无常）：——这些相似但又不尽相同的单位川流不息而来，接连几个单位（通常以二至六为度）[16]以成行，积聚几行以成节段，在时间里秩序井然而又变化不绝地进行着，使作者听者都感觉到内容和意义风格之间有一脉活力推动着，活跃着：这就是韵文所有而散文所没有的“音组”。

可是一个音步（音节、音段）为什么恰好，或差不多那么久暂：换句话说，音步（音节、音段）的长短虽略有伸缩性，但为什么不致太长也不会太短呢？原因是这样的：任何一种语言的一截截“音长”，被韵文作者把它们三三两两地循着那种语言的语音们的最显著的特性接连成一个个占时一般或差不多长短的标准组合，而一个个这样的组合，这些一簇簇的“音长”们，也自彼此连贯衔接起来去积聚成行，以形成一篇继续不断的韵文，于是这些标准组合便正好做了划分那篇韵文的计量单位[17]，且是恰好那么长短或差不多那么长短。古希腊 Aristoxenus 说得好：“时间不能把它自己分成段落；一定得有什么别的东西（譬如说，可以使人感觉到的事物，如语音）去把它分段。”所以音组这东西，既非空无所有的一些时间片段的继续进行，也不仅是多少截“音长”之接踵，也不只是语音的某种方式的配合，而是这三者的有计划有组织的综合。不过三者中当推时间最基本，“音长”为次要，配合法又次之。

上面说过只有持续方面的语音是各种语言的韵文机构所必须共同用到的材料，又说过一截截“音长”沉浸在整篇韵文的时间里顺着一个语言的语音们的最显著的特性接二连三地进行着以形成音组。这就是说音高、音势和音色那三方面的语音都不是造成音步（音节、音段）的材料。我这说法却和曾被介绍到中国来的一些英文韵文学教科书的主张根本冲突：它们认为韵文的形成上，英语语音的音势正跟古典希腊拉丁语语音的音长所处的地位完全一样，是音组的所谓基础。那是使我们对于音组的静遍原理发生基本误解的一个错误，它直接而且严重地妨碍我们发现新诗的韵文节奏，是非常不利于我们为新诗建立它的音组机构的，所以必须再三地加以辩正。英语语音的音势，我们知道，是音势而不是音长，因而也就没有持续，故亦不占据时间（必须注意，我这里说的是音势，不是重音，重音和轻音都占据时间，但音势不占）；而音步与音组，上面已经说过，既然是有时积的单位及其进行：那么，重轻缀音的重轻之不是英语韵文音组的所谓基础，岂不是显而易见的事实？错误的观察但见重轻缀音的确能排列起来形成音步，因而断定在形成音组的功能上英语的重轻缀音与古典希腊拉丁语的长短缀音所处的地位完全相等；殊不知重轻缀音所以能这样做并非因为它们在音势上有重轻性，而还是因为它们都含有音长的缘故。在古典希腊拉丁语韵文里，语音们都有音长，都占据时间；同时因为语音们的长短性比较其他的特性要显著得多，它们的被归为长短二类当然比较被归为高低二类或重轻二类要较为显豁醒耳，而把它们循着这种长短归类所配合成的音步也跟着比较上显得段落整齐之故，于是韵文作者于构成音步时就利用长短这点最显著的特性作为划分音步的符号或标志。在英语韵文里，语音们同样都有音长，同样都占据着时间；所不同的只是语音们的长短性比较起来不很显著，它们的归类若按着这点模糊的特性而行之就不能显豁醒耳，而循着这种不清楚的长短归类所配合成的音步也一定不能发生段落整齐的印象。——因此种种，所以韵文作者于构成音步时不得不另外利用旁的特性，在英语语音里最显著的重轻这特性，作为划分音步的符号或标志。推论至此，我们可以知道重读在英语韵文里只是一种引人注意音组的重复性的符号或标志（在其他条顿语言的韵文里也是如此）[18]罢了，它本身，正如轻读一样，没有时间，只表明或指示时间的过程。非但如此，并且往往连这件工作也做得不甚周到，不可能十分周到，也不应当十分周到[19]。到这里，对于某些赞成新诗里有韵文节奏也约略知道韵文节奏要凭借音组去显示，但弄不清楚音组机构究竟是怎么一回事的人，前面关于 ABC 与 A′B′C′ 六条线的原则上的比较讨论，再加上这里的比较具体的分析，该可以把时间对于音组的重要性完全明确化了起来。

以上我们对于韵文节奏和显示韵文节奏的音组都有了一个比较明确的观念，现在把这两件东西联系起来，分一分节奏的等差或级别。节奏从微渐到积累可以分成五级。使我们对于各个音步（音节、音段）内部的“音长”与“音长”之间生出比例感的那种语音们的特质，我们叫它初级节奏[20]。使我们对于各行里边音步（音节、音段）与音步（音节、音段）之间（即一簇簇，“音长”间）生出比例感的那种特质，可以叫作二级节奏。此外押脚韵的韵文里节与节、章与章之间也都有它们各自的四级与五级节奏；不过对于后者，我们的注意力往往维持得不够持久，所以不易感觉到它的存在或重要。一般说来，古典希腊拉丁语韵文集中注意力在初级节奏上面，因而二级以上的节奏，由于它们是积累了微渐的初级节奏所产生出来的重重效果，当然也就秩序井然，整齐合度了；现代西方语韵文对于初级节奏并不那么谨严，比较讲究的是二级以上的节奏，虽然太不注意时间单位（音步，音节，音段）之间的整齐性或比例关系是不可能形成二级节奏的。

3　几种外国语韵文的音组机构

“音长”是各种语言的韵文机构所必须共同用到的材料，语音特性如长短、重轻、高低等等则被利用来吸引注意力、连结三三两两的语音们成为一个个久暂显得相同或相似的单位，以形成音组，显示整齐的韵文节奏——这些情形前面已经讲得相当清楚。但理论是否符合实际呢？如果是符合的话，我们的文言诗的形式能不能用这音组产生节奏的说法来加以解释？还有，我们的新诗该怎样运用它自己的音组机构（在运用之前，当然得先把这机构创设起来或发现出来，否则就无从谈起），以显示整齐合律的韵文节奏？特别是这最后一个问题的解答，在新诗已经写作了三十五年的今天，我认为应当是诗人们和文艺理论家们都已经通晓的文艺科学知识，不能再用“人民的语言的自然节奏”和“生活决定内容，内容决定形式”等不着边际的空话来支吾搪塞。

讲到音组在各种语言的韵文里的不同的具体情况，这里只能极简略地提到很少几个例子。有一式在发展过程中还在幼稚阶段里的韵文，我们可以称之为等音计数韵文[21]；它完全不知利用长短重轻高低或任何其他的语音特性去组织“音长”们为久暂显得相同或相似的单位，而只晓得很简单地去计算一下音数，就把各行音数是否相同作为有没有格律的标准。这是在无意间认为：一对一的比率普遍存在于“音长”们之间，一切语音的长短重轻高低全都一样，以及没有方法把语音们组织起来变成作为计量单位的音节（音步、音段）——这些认识都是违反事实的，因为真正这样的情形不可能在任何语言里发生。一个具体的例子是伊朗拜火教圣经《阿梵斯泰》（*Avesta*）里的一些韵文行，据说那文字是伊朗古语，跟其他印歌系语言一样也有长短重轻高低等语音特性，不过那些韵文行只把计数作为唯一的法则，此外则一概不管。用符号表示出来，那韵文行是这样的：

|○○○○○○○○‖○○○○○○○○|

行中间第八与第九音之间以及行与行之间各有一下意义停逗的“静默”。这样每行十六音分成同样数目的两段，在理论上我们不能说它完全没有节奏，但这节奏分明是一种很机械死板的节奏，而事实上则因为没有利用到那语言的语音特性把这些语音组织成规则地进行着的单位，所以这样一行行的语音势所必然地会显得松懈散漫，缺少节奏。按时拍手或踏脚或点头作为拍板是可以产生或加强节奏感的，但屈伸指头，数一到八和九到十六，却很困难给计数者以活泼的节奏印象。到了这里，有人要表示不能同意，说是用音步（音节、音段）而不用单独的、无组织的语音去计量韵文行，不是同样地需要计数吗，不过计算的是音步（音节、音段）的数目而不是语音的数目？我的回答是，这两种办法之间有一个显著的区别：用音步（音节、音段）乃是用一种制度化的计量单位去计量，用单独的语音则是用一点一点的语音点子去计量；而后一种办法分明是粗陋而拙劣的，因为和我们的心理状况不相称。一个语音作为一个单位，对于我们的听觉来说，其时间性不容易被觉察到。造一个例子来说明此点：假定我们只能凭自己的感觉而不能借助于一柄外在的尺子去计量一小方草地的长短和阔狭，最好的办法莫过于跨着步子去计量，看长短里有几步，阔狭里有几步，而不是用一只只脚去作计量单位，尤其不宜于用若干只长短不

同的脚去作标准。假定长短里有五步，阔狭里有三步，等步子一跨之后，那草地的大小在我们感觉里是很干脆爽朗的。但如果不用跨步子的办法而用若干只长短不同的脚去计量，所得的感觉一定会显得模糊凌乱，没有一个单纯明确的标准。我们诵读和欣赏诗歌时，要计量我们的语音之流，以形成鲜明的节奏感，显而易见不能借助于一柄外在的尺子，只能凭我们自己的感觉去从事。凭我们自己的感觉去计量，有两种可行的办法。一种是把一个个单独的语音作为计量单位；这不是好办法，因为第一，语音们的时间性不容易被觉察到，第二，如果觉察到了也会显得长短不整齐，如刚才举例里的长短不同的脚一样，第三，即令不去顾到语音间的时间参差，认为是一件不大重要的事，那计量办法也会和用脚去计量草地一样，显得模糊琐碎，不能给人一个单纯明朗的印象。另一种办法是利用了每一种语言的语音特性，把一个个单独的语音组织起来，组织成一个个语音组合单位，就把这些单位去计量那语音之流；这些单位可能彼此之间长短不尽相同，但读者们诵读时的读音习惯大致上是相同的（这是个很重要的共同基础，好比是计量那一小方草地时大家跨着长短相同或相似的步子一样），于是只要对于读诗有相当的修养，他们就会感觉到那些音步（音节、音段）彼此之间段落分明，或者说，那韵文的音组所显示的节奏大家会觉得单纯而明朗。因此，等音计数的行式，如果一定要说它有格律、形式或节奏，只能说它具有幼稚的、粗陋的、低级的、不够格的格律、形式或节奏。

还有 12 世纪时幼年的法兰西语韵文的亚历山大行（Alexandrin）也是纯粹的等音计数韵文[22]；它每行有十二个缀音，分成两半，每半行六缀音，行半与行末处各有一下意义停逗的“静默”：

|○○○○○○‖○○○○○○|

但是到了17世纪，当古典戏剧诗人高乃伊时，这韵文行式经诗人们合力改进，变成了每行有四个音段的所谓古典体亚历山大行。举例如后：

| A tra*vers* | les ro*chers* || la *peur* | les préci*pite* |
× × × × × × ×× × ×× ×
(Racine)

| Où *suis*- | je?qu'ai je *fail* || *que dois*- | je faire en*core*? |
× × × × ×× × × ×× ××
(*Racine*)

| L'*un*, | défenseur zé*lé* || des bi*gots* | mis en *jeu*, |
× × × × ×× × × × × × ×

| L'*aut*- | re fougueux mar*quis*, | lui décla*rant* | la *guerre* |
× × × × ×× × × × × ××
(*Boileaud*)

这古典体亚历山大行与只是十二个缀音分成两个半行的中世纪亚历山大行是大不相同的：它每半行（仍含六个缀音）再分成两个音段；在这两个音段里缀音数的分播可以是一五、二四、三三、四二、或五一；缀音数少的音段念得慢些，缀音数多的音段念得快些；每音段的末一个缀音须利用自然的语气（字源、文法结构、意义、发音习惯等所形成的语音特性）念得比较提高拉长着重一些。

这些事实说明古典体亚历山大行所实行的是音段（或音步、音节）法或音组原则，它并不认为每一个缀音与任何别的缀音价值相等。换句话说，计数主义虽然残留了下来，但认为一对一的比率普遍存在于“音长”们之间的等音观念已经一扫而空，而久暂显得相同或相似的一个个单位的规则化的进行这一感觉，已变成了显示韵文节奏的主导原则了。

再说，如果等音观念已经廓清，计数主义依然存在，可是计数这一点究竟是否能彻底做到呢？回答是：也不然，还得打一个折扣。行半与行末处那无声的 e（e mute），即所谓不响的缀音（syllable atonique）者，是毋须计算在行的缀音数里的；但是同样的这一种缀音，在行内别的地方，却是要计算的。此外，有些行如果缀音数还多出个把来，其中有的缀音可以用“省略法”（elision）省去，以勉强求得假想中的整齐划一。这种种无非证明，计数主义即令在法语韵文里，也是并不能够完全做到的。

古典希腊拉丁语韵文行的写作者，上面已经讲到过，利用各自的语音们的显著特性——“音长”们之间的长短的比较关系，把一些进行着的缀音、音步、韵文行等，安排出一些个整齐有度的比率来，以造成或显示韵文节奏㉓。举一个具体的行式作例子，用符号表示出来，可以给我们一个明确的概念。如荷马史诗《伊利亚特》的典型韵文行是这样的：

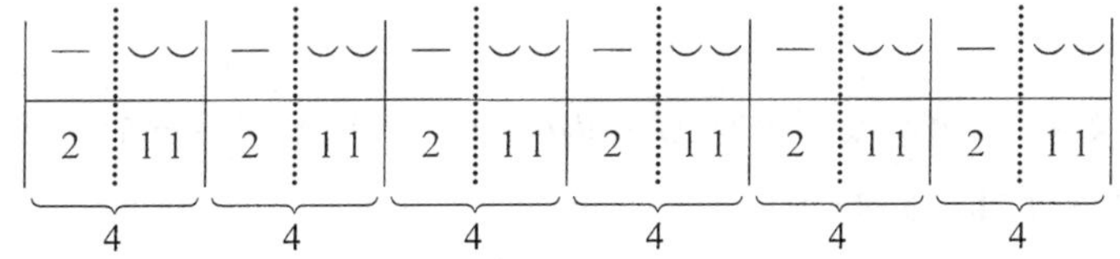

在古典希腊语韵文里，一个长缀音的时长等于一个短缀音的时长的一倍：这个理论上的规定一方面为诗人们所遵循，一方面多半和当时的发音的实际情况大致相符合，而另一方面则又与当时的舞蹈步子密切相关联。上面这一式韵文行全行共有六个音步，音步的典型组织是一个长缀音（用“—”来代表）和两个短缀音（用“⏑”来代表），长缀音在前面而短缀音在后；这一式韵文行又规定，第五音步必须是一个典型的音步（即长短短音步，dactyl），第六音步必须是两个长缀音的音步（spondee），其他四个音步里的两个短缀音则都可以用一个长缀音来代替，如《伊利亚特》开篇第一行第三音步便是长长而不是

典型的长短短音步。这样的运用代替法，不论在这种长短短律韵文里或在别种节律（详见注㉕）的韵文里，都并不变动一个音步的前一部分与后一部分之间的比例关系，也并不变动那个音步的总的时长。不过长短短律音组是古典希腊语韵文里几种最严格的节律里的一种。一些别种节律的韵文可并不这般谨严。譬如说，在长短律音组的韵文里，一些长短音步（trochees）之间可以容许长短短音步（dactyls）存在。又如从公元前 7 世纪到公元 1 世纪初年的古典希腊拉丁语韵文里，长短律双音步（trochaic dipody）音组的韵文行和短长律双音步（iambic dipody）音组的韵文行中间，往往有长长律音步（spondees）存在，如索福克勒斯《意狄泊斯王》（*Ædipus Rex*）里的这样一行（第 1525 行，这一行是长短律四音组，缺尾音，“∧”代表无声的“休止”）：

|— ⌣ — —|— ⌣ — —|— ⌣ — ⌣ |— ⌣ — ∧|

以及攸力必第斯《海居白》（*Hecuba*）里的这样一行（第一行）（这二行是短长律三音组）：

|— — ⌣ —|— — ⌣ —|⌣ — ⌣|

不过这样的长长律音步只能是前一行式里的双音步的后半和后一行式里的双音步的前半，以免模糊或扰乱节律之感。总的说起来，这两个例子并非说明：就是在理论上格律似乎非常谨严的古典希腊拉丁语韵文里，还有并不十分严格的地方。我这一说明对于主张写自由韵文的人当然是多余的，甚至会显得不成问题得可笑，但对于绝对谨严的格律论者（不是没有这样的人，虽然人数绝少），却有无可争辩的说服力量。

我们有些讨论韵文节奏的人也懂得一点英语韵文里的音组，不幸的只是从教科书里教条地或抽象地知道一些，知道得很模糊，或者虽然自己懂得，却于介绍时讲得不够清楚准确。他们给我们带来了不少混乱和错误，结果他山之石没有能攻错，反而使我们愈来愈糊涂[24]。他们的介绍在理论上的不正确前面已经加以辩正，现在讲一两点具体的事实。譬如有人说，英文诗里最普遍的韵文行的格律是每行十个缀音，奇数的缀音轻读，偶数的缀音重读，不合这格律的是例外。这话似乎没有错，但实际上有大错，会引起严重的误会——误会这所谓“例外”是极少发生的或不应当有的事。但事实是“例外”很多，算不得例外。分析起来这句话有两层错误，一是计数主义，二是“相间说”；从这两个观点来说明问题，可说几乎任何英语韵文作者的作品都会不合规格。这错误好比擎旗、持枪、撑伞或握笔，不拿在柄上而拿在头上。要知道莎士比亚、弥尔敦依次的诗人们所实践的不是那机械的行不通的教条公式，而是我上面所界说过的灵活的音组原则。

以英文诗里最普通的行式的韵文来说，它每行有五个差不多长短的（或久暂方面有比例关系的）音步，行末有押韵的也有素体的，此外上面我对于音组的说明大致都可以应用得上（但在有韵体韵文里行内没有规定的“静默”，在素体韵文里则行内和行末都没有规定的“静默”）。引几个例子来证明计数主义和“相间说”如何脱离实际：如莎士比亚作品里有些五音步行内缀音数有十三个之多（在以下所引韵文行的上面和下面的符号里，“·”表示轻读，“ˊ”表示重读，“⌢”代表短缀音，“—”代表长缀音[25]，“W”表示前一个缀音的“淹滞”或延长，或者表示两个缀音间的无声的“休止”的“淹滞”或延长）：

| Hȧd h́e | bėen ván | qu̇ishér： ȧs | bẏ ṫhe sáme | cóvenȧnt |

(*Hamlet*)

| Hóld thėe | fro̊m this | fo̊r évėr. | Thė bárbȧr | oủs Scẏ thiȧn |

(*King Lear*)

| Tȯ thė yoúng | ʬ Rómȧn | bóy shė | hȧth sóld ṁe, | aṅd İ fáll |

(*Antony and Cleopatra*)

有些五音步行内则只有八个缀音（在后面所引韵文行的下边。“∧”这符号代表无声的“休止”）：

| Mủst give | uṡ paúse. | ∧ ʬ | Thére's thė | rėspéct |

(*Hamlet*)

| Iṡ goáds, | ∧ thorns, | ∧ nét | tlės, táils | of wásps? |

(*Winter's Tale*)

| Póint tȯ | rich eńds. | ∧ ʬ | This ṁy | méan tás k |

(*Tempest*)

同时，在这六行里我们也听不出什么轻缀音与重缀音相间则产生节奏、不相间即没有节奏的那个规律。这里不相间的次数显然和相间的次数不相上下：是否莎士比亚，自来运用英语的最伟大的诗人，竟然不会写韵文呢？再读弥尔敦的这几行：

| Ȯf mán's | ʬ first | disȯbé | diėnce, aṅd | thė fruit |

(*Paradise Lost*)

| Rócks, cáves, | lákes, féns, | bógs, déns, | aṅd shádes | ȯf deáth; |

(*Paradise Lost*)

| Sủch pléa | sủre tó ok | thė Śer | pėnt tȯ | bėhold |

(*Paradise Lost*)

这里轻缀音与重缀音固然说不上严格的相间，就是重缀音的数目也并无规律可循。要晓得这般缀音数不一律、重轻缀音不相间、重缀音数也不固定的韵文行，在英文诗里不是绝无仅有的例外，而是时常可以读到的，虽然其中有一两行比较上确是要特殊一点。而如果按着我所界说过的音组的原理来分成时间单位，或者说，用音组来计量这些韵文行，则一切问题都可迎刃而解，没有什么不能解决的困难了。

以上极简略地说明了音组原理在几种西洋语言的韵文里的具体的表现状况。想要说明汉语文言诗的韵文机构，并且建立新诗的韵文机构或格律，这样的说明和比较我信是几乎不可缺少的参考资料。

4 文言诗的音组

现在来观察一下我国古代的诗歌，我们上面关于音组的理论能不能应用到它的韵文格律或节奏性上面去？以汉民族最早的《诗经》来说，这部辑集周初五百年的诗歌与韵文的总集（其中有很好的诗歌，也有不够条件被称为诗歌的韵文），我们知道它基本上是四言的，虽然也有些三言、五言、六言、七言之类的句子夹杂在四言句中间。所谓四言，表面上只是计算音数（即字数）的意思，但事实上则由于句子很短，以及意义和语音间互相关系的必然趋势，就是说，由于诗歌与韵文的写作者们很自然地、也许可以说不自觉地利用了语音特性去造成时间单位，所以已经有了计量时间的单位了。

不过，这里语音特性在造成音节时所起的作用并不是分析的结果：诗歌与韵文写作者并不把语音们的四种现象或因素加以分析和比较，归纳出长短二类或重轻二类或高低二类等，然后就利用语音们所给予我们的长短、重轻、高低等不同的感觉，把一串语音（“音长”）连列成时间上相同或相似的一个个音节，而同时便把这些音节去计量这一串语音。这里语音特性在造成音节时所起的作用，应当说是把我们对于语音们彼此间的结合关系的感觉综合起来的结果——诗歌与韵文写作者所利用的是通常一个词或一个语式往往凝结两三个字（语音）在一起的那个意义或文法所造成的语音关系；他们利用了这语音之间的黏着性，把语音们组织成一个个时长相同或相似的单位，以造成听者读者的整齐有度的节奏之感。

举《诗经·关雎》四句为例：

关关	雎鸠，
在河	之洲；
窈窕	淑女，
君子	好逑。

这里每句（行）两个音节，每个音节含两个语音。这形式非常典型化，一眼看来仿佛是奉行着等音计数法似的。但实际上恐怕并不如此。《诗经》里有好些篇作品各句字数并不一致，有些则参差得相当多，我们无法用计数法来说明它们在语音节奏方面的艺术性。可是只要想像它们当初并不是供后世人去屈伸着手指计算一二三四五六七，而是伴随了乐声㉖并且多半也伴随了舞步㉗给同代人歌唱舞蹈的，因而一个音节里可以有一个字（须拉长些）到三、四个字（须挤紧缩短些），跟着各句字数也就可以不尽相同，不过音节数还是可以相同的，那么，就没有什么不能解决的问题了。譬如《魏风·伐檀》，每句字数极不整齐，但音节数却还是很整齐的：

|坎坎|伐檀[韵]|兮，W|
|置之|河之干[韵]|兮，W|

|河水|清且涟[韵]|猗。W|

|不稼|不穑，|ΛW|　　（|不稼|不穑，|）

|胡取禾|三百廛[韵]|兮？W|　　（|胡取|禾|W三百廛|兮？W|）

|不狩|不猎，|ΛW|　　|不狩|不猎，|

|胡瞻尔庭|有悬貆[韵]|兮？W|　　（|胡瞻|尔庭|有悬貆|兮？W|）

|彼君子|兮，W|

|不素餐[韵]|兮。W|

这里一章九句，句尾的六个“兮”字和一个“猗”字都是余声，诵歌时须加以延长：“不稼不穑”和“不狩不猎”后面大概各有一下延长的“休止”：前七句各有三个音节（可能第四和第六句各有两个音节，也可能第五和第七句各有四个音节），末了两句只有两个音节。应顺着乐声、有时也应顺着舞步的需要，同一首诗里各句的音节数可以一律也可以不完全一律，但分明不是无计划的乱七八糟。《诗经》里的诗除了前人已经指出过的反复咏叹是协乐的确证外，还有一个同样明显的适应时间均衡的证明：那就是句内和句末往往加一个语助字，如句内的“其”、“彼”、“有”、“斯”、“思”、“如”等，句末的“也”、“矣”、“兮”、“之”、“哉”、“只”、“且”、“其”、“止”、“乎”等㉘。这么看来，我们更可以肯定，《诗经》里有些首诗各句字数不整齐，并不是什么毛病（所谓杂言），也并非根据什么“自由诗”的“自由的节奏”，而是由于诗人们所遵循的是时间上的整齐匀称与生动流走。

在《诗经》之后，抒写个人胸臆的屈原的《离骚》、《天问》和《九章》，我们知道是与乐舞无直接关系的。但这位大诗人既然作得有祀神的、因而一定是合乐谐舞的《九歌》，他在这些个人言志抒情的作品里，分明也还是杰出地把握着时间均衡的原则的，使诗句富于节奏之美，而并没有去机械地划一每一首诗里各句的字数，更未曾去做惠特曼的私淑弟子。例如《离骚》的开首这几节（节在形式上以韵脚作标志）“W”这符号表示“兮”字的“淹滞”或延长：

帝高阳	之苗裔	兮，W
朕皇考	曰伯庸。
摄提	贞于	孟陬兮，
惟庚寅	吾以降。

皇览揆	余于	初度兮，
肇锡余	以嘉名：
名余	曰正则	兮，W
字余	曰灵均。
纷吾	既有此	内美兮，
又重之	以修能。
扈江离	与辟芷	兮，W
纫秋兰	以为佩。
汩余	若将	不及兮，
恐年岁	之不吾与；
朝搴阰	之木兰	兮，W
夕揽州	之宿莽。

就这四节来看，每节有四句，都是一三两句各三个音节，二四两句各两个音节。以字数论，三音节的句子至少有六个字，最多有八个字，两音节的句子至少有五个字，最多有七个字。不消说得，音节数相同

的句子的字数是很不一律的，相差有三个字之多。但如果把音节划分了出来，就可以见得各行的音节数却很整齐，每个音节里的字数虽不一致，少的只有一个字（我认为“兮”字是用来作时间上的调节作用的，可按需要随意伸长缩短，在各时代各地区的歌谣里这样的余声语音例子很多），多的多到四个字，可是若依音组的原理把字少的音节里的字念得慢些长些，把字多的音节里的字念得快些短些，则贯串各节的节奏便会显得十分爽朗——给人的印象是：在这一连串的音节的进行中，整齐里边富于变化，不同之中存在着统一。

在楚辞之后，汉魏两晋南北朝的乐府歌辞都跟音乐、有的也跟舞蹈密切关联在一起。我们如今读《乐府诗集》好些歌辞里字数参差长短的句子，不难推断那些作品当初既然与乐律相调，有的也与舞姿互协，就必然听命于时间，一定有多种多样生动的节奏在其中跳动。举一首朴质无华而胡气磅礴的晚期乐府诗为例——北齐斛律金的《敕勒歌》：

敕勒	川，W
阴山	下。W
天似	穹庐，
笼盖	田野。
天W	苍苍。
野W	茫茫。
风吹	草低
见W	牛羊。

这里前面六句（行）每句有两个音节，最后一句——在西方韵文学里这样的现象叫做跨行（enjambment）——有四个音节，即相当于前面

的两句的时间，结果是整首诗相当于有两音节的行八行。如果用唢呐伴奏，拉长了调子在苍天大漠中按着节度高啸，那该是多么荡人心肺的感觉！显然，这首诗是会被等音计数主义者当作“例外”而被散文至上主义者看成“自由诗”的，但我相信这两种见解都与事实相左。

乐府歌辞里有好些首诗也许比这一首还要字数不整齐些。可是我在上面已经说过，由于时间、乐律乃至舞步的需要，同一篇作品里的各句音节数不一律是并不妨碍那篇东西的整齐的节奏的。

总括一句话，这般与乐律关系密切的古代诗歌作品，《诗经》、楚辞、乐府歌辞、唐人五七言绝律、宋词、金元明的南北曲等，不论在每篇范围内各句的字数整齐不整齐，我的看法是它们都既不能用等音计数主义者的“规则”或“不规则”来说明，也不能用散文至高无上论者的“束缚”或“自由”来解释，而是各各遵循着调度节奏的格律，在时间上与乐律一同消长。我们从《诗经》、楚辞、乐府诗里的反复重叠里和“兮”、“只”、“些”一类字上面，从近体诗、词、曲里的叠唱[29]、和声[30]、减字和添声[31]，以及衬字[32]等上面，都可以得到我这说法的一些具体的证明。不过因为乐律各不相同，所以各体诗歌的具体格律也各不相同。但不同中还有相同的地方，那便是我所说的音组（音节的进行）的原则了。不幸的是乐律大都已经散失遗忘，而许多作品的具体格律往往独立性不大，多半要倚傍那已经遗失了的乐律以记时，所以即使用音组原理来衡量它们也仍然会发生困难。

五、七言古诗发源于汉代的歌谣和乐府古辞，魏晋之间乃有诗人们大量的作品（不过七言较少于五言）；它们是诗歌开始脱离音乐和舞蹈，诗人们企图独立不倚地自订具体格律的作品。这两种体裁有无数辉煌的名作，和以上所说的各体一样，也完全合于普遍的音组原理。但标明字数当作这两种具体格律的重要的特点，却在理论上引起了绝大的误会，使好些人错认为等音计数主义是中国诗形式方面的最高的或最基本的原则和唯一的道路。不多几年前有些人以为我们的汉语是纯粹的单音语言：现在大家知道那是个很大的错误。以为五、七言体是完全建筑在等音计数主义上的中国诗的正统格律，正是陷入了同样性质的理论上的误解。

我们来举一首很早的五言古诗作例子（下面分节里符号“∧”代表无声的“休止”）：

青青	河畔	草，∧
郁郁	园中	柳。∧
盈盈	楼上	女，∧
皎皎	当窗	牖；∧
娥娥	红粉	妆，∧
纤纤	出素	手；∧
昔为	倡家	女，∧
今为	荡子	妇。∧
荡子	行不	归，∧
空床	难独	守。∧

这首诗每句有三个音节，各句第三音节全都少一个音——在西方韵文学里这样的韵文行叫做“行尾缺音”(catalectic)。五言句的语音关系，若仅从文法或意义上来讲，通常不外有二二一和二一二两种（也有一二二的，但那是绝少的例外）。二一二在诵读的时候，它那音组与文法之间是有矛盾的，但结果音组方面往往较占优势，于是二一二也就迁就了二二一㉝。可是虽然如此，那矛盾并未完全消灭，只是模糊了一点而已，依然隐约存在。而这个有矛盾的二二一与那没有矛盾的二二一，读者对于它们的感觉是应当略有不同的：这不同却正好稍稍

打破了那几乎通篇一律的单调。

又如被认为最早的两首七言诗之一，汉高祖的《大风歌》：

|大风|起兮|云飞|W扬。|

|威加|海内兮|归故|W乡。|

|安得|猛士兮|守四|W方！|

只有这么短短的三句，可是字数并不整齐；而字数虽不整齐，讲起音节和时间来却还是整齐的。总之，一般说来，五言古诗诗句的节奏是三音节的，每句末一音节缺一个音；七言古诗（包括不入乐的所谓新乐府）诗句的节奏，除有些首诗里有三言、四言、五言、六言、八言、九言、甚至十言等诗句又当别论外（也是讲音节的，并不自由散漫地乱来一阵），一般说来是四音节的，每句末一音节也缺少一个音。不过通常的七古和前面分过音节的《古诗十九首》之一的五古在结尾处相同，是这样的：

|○○|○○|○○|○∧|

这里这首《大风歌》我所以觉得应当这样：

|○○|○○|○○|W○|

乃是因为它的歌唱成分还是超过它的规律化的七言诗成分的关系。

在五、七言古诗里，尤其在最早的五言古诗里。虚字是应用得相当多的：如《古诗十九首》中的“相去日已远，衣带日已缓”，“同心而离居，忧伤以终老”。乐府诗《上山采蘼芜》的“颜色类相似，手爪不相如。新人从门入，故人从阁去”，《孔雀东南飞》的“我自不驱卿，逼迫有阿母。卿但暂还家，吾今且报府。不久当归还，还必相迎取。以此下心意，慎勿违我意”。张衡《四愁诗》的“我所思兮在太山。欲往从之梁父艰”，等等。但发展的趋势是虚字愈来愈少。虚字调剂着实字，在语气上有空灵流动、富于伸缩性的好处，使音节的进行不致陷入呆滞状态中。

到了齐梁时，受到骈文的影响，诗人们一方面为追求意境上的绵密和色彩上的富丽，另一方面为讲究声调上的响亮，于是把虚字从作品里尽量挤了出去，而如“叶密鸟飞碍，风轻花落迟”；“野岸平沙合，连山远雾浮”等都是实字的对句充塞着诗篇，结果行句间极难遇到虚字，诗思便变得淤滞起来了。等到唐初沈佺期宋之问订定绝、律体的具体格律时，虽没有明文规定，但这两种体制的诗里边虚字简直可以说是绝无仅有的了㉞。这情形不光在承袭陈、隋遗风的唐初诗人的绝、律里有之，便是在盛唐大家的近体诗里也是如此；虽然由于才力奇横，他们那雄浑豪放的气概，就是定得那么严格细密的对仗和平仄规律也不能完全缚得住。

我前面讲到诗歌与乐律的关系时，把五、七言绝、律和《诗经》，乐府歌辞、宋词，元明散曲归为同一类密切倚傍着乐调节拍的韵文作品之中。可是五、七言绝、律有两重身份。现在且来把它们作为五、七言古诗的发展，作为诗歌开始脱离了舞蹈与音乐的依傍，自己成立具体格律的一种形态，来观察一下。

旧诗里的所谓近体诗，一方面严格地规定着每句只有五个字、七个字，不能少也不能多；另一方面则为了风格关系，以及为了配合平仄安排的关系，而极力避免着虚字——从韵文节奏和音组原理上看来，这便是从等音计数观念出发的一种作为，一个情势。但是是否五、七言绝、律就是纯粹的等音计数主义的韵文了呢？那又不然。因为这两种体制非但像五、七言古诗似的本来就讲究音组（由于字音间的黏着性），而且还讲究平仄，而这平仄的安排却是既起着音组的作用，又发生旋律的功能的：因此，应当说，由于这双重的或加强了的音组作用，这两种体制的音组性也就见得分外显著了。

我们知道，旧诗里的近体，有五、七言绝句，五、七言律诗和五、七言排律六种。这六种体制里最基本的平仄安排有所谓平起首句不入韵式（我们在这里叫它甲式）和仄起首句不入韵式（我们在这里叫它乙式）的五言绝句体式两种[35]。把它们的平仄罗列出来是这样的：

甲式：	平平平仄仄， 仄仄仄平平， 仄仄平平仄， 平平仄仄平。	乙式：	仄仄平平仄， 平平仄仄平， 平平平仄仄， 仄仄仄平平。

除了这两种最基本的平仄安排之外，还有两种所谓顺粘（这所谓“诗粘”和前面说起过的字音间的黏着性完全是两回事，不可相混）的体式：平起顺粘式（我们叫它丙式）是把甲式第一句换上“平平仄仄平”；仄起顺粘式（我们叫它丁式）是把乙式第一句改作“仄仄仄平平”（这样一来，两式的第一句便都和第四句相同，并且和第二句第四句押韵），其他各句则不动。五言律诗乃是在先作的四句五言之后，加上这基本的甲式或乙式：就是说，在平起的两式（首句不押韵的甲式和顺粘的丙式）五言四句之后都加上甲式，便成平起的两式五律；在仄起的两式（首句不押韵的乙式和顺粘的丁式）五言四句之后都加上乙式；便成仄起的两式五律。至于七言绝句，只是在甲式或丙式五绝四句头上分别加“仄仄、平平、平平、仄仄”，便成了仄起首句不押韵式（我们叫它子式）和仄起顺粘式（我们叫它寅式）两式七绝，

在乙式或丁式五绝四句头上分别加“平平、仄仄、仄仄、平平”，便成了平起首句不押韵式（我们叫它丑式）和平起顺粘式（我们叫它卯式）两式七绝。从七绝发展到七律，正如从五绝发展到五律一样；还有五、七言排律，无非按照上面讲过的原则再扩充一下，超过律诗的八句限度即是：这里都不必细谈了。

我们现在把从最基本的甲、乙两式五绝发展出来成为终极状态的子、丑两式七绝来观察一下：

子式：

仄仄平平[平仄仄]，
平平仄仄[仄平平]，
平平仄仄平平仄，
仄仄平平仄仄平。

丑式：

平平仄仄平平仄，
仄仄平平仄仄平，
仄仄平平[平仄仄]，
平平仄仄[仄平平]。

这里除了子式前面两句的末了两个音节“平仄|仄∧”与“仄平|平∧”和丑式后面两句的末了两个音节“平仄|仄∧”与“仄平|平∧”之外，所有其他句子的平仄安排全都是从字音们规则地相同或相异的感觉中加强地显示出音节们的有秩序的进行的：两个平声或仄声之后，继之以两个相反的声音——这样就可以加强字音们的黏着性所形成的原有的韵文节奏感。这就是说，这两式八行三十二个音节之中，除八个音节外，其他音节的平仄安排都是为音组服务的，都是为加强语音间原有的黏着性所造成的音组的效果的。至于在寅式和卯式两种七绝里，情形也差不多：前者的第一句和后者的第一、第三、第四句末了两个音节除外，其他的平仄安排也全都是为音组服务的。此外，在所有这四式七绝的平仄安排里，音组性的鲜明爽朗更可以在这两点上显示出来。第一，“一、三、五不论，二、四、六分明”这定律的用意是：讲究平仄在可以放松时不妨马虎，逢到紧要关头时（音组的

关键所在处或眼子，也就是一个音节与下一个音节的交界处）却必须谨严。这规定的目的乃是要使音组感觉不致因平仄安排的反常或变动而显得模糊凌乱，乃是完全合于音组及节奏的原理的。第二，在所有这四式七绝的十六句里，每句的起初几个字音的平仄安排是绝无例外地全都为音组服务的：这一致性给人的印象特别深，决不是十六句下半部有八处为了旋律关系不能不有的变异所能磨灭、模糊或混乱的。

当然，这四式七绝若就它们各自本身的整体关系来讲，都是一支支很和谐的旋律。具体说来，若以子式丑式为例，第一句我们如果叫它是反的逆的，第二句便应当是正的顺的（平仄安排和第一句完全相反），第三句应当和第二句基本上相同（只除掉最后一个字，所谓“住脚字”，它必须与第二句最后一个字平仄相反），第四句则应当与第三句完全相反而与第一句相同（这一、四两句起初两个音节相同和二、三两句起初两个音节相同就叫做“诗粘”，意思是平仄上的对称）。总之，这四个体式里各有音组句（就是说，纯粹音组性质的句子，即“平平仄仄平平仄”或“仄仄平平仄仄平”），也各有旋律句（就是说，含有旋律酵母的句子，即“平平仄仄仄平平”或“仄仄平平平仄仄”），各有阳调句（假定把以平声收尾的音组句和旋律句这样称呼），也各有阴调句（假定把以仄声收尾的音组句和旋律句这样称呼），音组句与旋律句之间以及阳调句与阴调句之间的比例是从一到三，而阳调句与阴调句和音组句与旋律句㊱则都是相反相成的，因而每一式都达到了艺术上的精圆美妙的极点。精妙我们知道是一切艺术所企求的优点，但也必须知道精妙得过了度便也是缺点，尤其如果只在二十个字音（五绝）、二十八个字音（七绝），四十个字音（五律）和五十六个字音（七律）的非常规律化而狭小的范围里发生，更何况音节之间的相反相成还加上意义上的（特别在律诗里）成双作对。旧诗发展到绝、律体是走进了无法再大大发展的狭路，甚至是前无去路的死巷，正如曲词陷入了音律太严又加层层堆砌的昆曲，非退出来重定方向不可，其原因便是在此。

我国文言诗里的抒情诗，包括词曲，有辉煌灿烂的成就，可说世无伦比，那是我们的骄傲。文言诗讲音组，有节奏，必须了解，乃是完全正确而必要的。可是从以上的叙述和分析里，也可以看到它的韵文的发展道路，不是紧紧倚傍着乐律，就是被等音计数观念所限制着，有时（在绝、律体里）它甚至自己来一套非常规律化的旋律，而在表现媒介方面则往往病于太文，尽是一片锦绣。这是为何文言诗里的史诗、叙事诗和戏剧诗（作为一方面是诗，另一方面也有高度戏剧性的作品，如希腊悲剧、莎氏戏剧等）不能发达的原因。而绝、律体不能再发展，除社会原因外，其音组与旋律机构之过度严格性，并且两者结合在一起，是非常重要的原因。我们今天已经认识到，文言诗不复有远大的前途，将来是属于白话诗的。但是认清过去的道路对于我们还是不可缺少的，以便我们尽量吸收古典作家的长处，避免他们的缺点。就格律方面来说，文言诗的缺点是格律太谨严，太细，太狭窄，而不在于有格律。好比河道一般，如果它太狭窄，河床太高，我们把它掘宽掘深，而不是要把它填塞住，让河水到岸上来横流。新诗应当开掘它自己的河道，要既阔大，又渊深，就是说，要制订它自己的合于音组原理、显示节奏脉搏的格律，不紧靠着乐律，不从等音计数观念出发，也不满足于泛滥遍地的“自由诗”。把又深又阔的河道掘成之后，我们要把传统的长流导入我们的两岸中间来，使它融会在我们这新时代的长江大河中，欣合无间。这便是我们的理想，我们的正确的前途。

5　新诗的音组和韵

现在，要来谈一谈我认为新诗所必须有的，也就是整齐的语体韵文的节奏所赖以体现的音组。新诗所用的表现媒介是所谓白话，基本上就是我们日常所习用的语言（严格讲来，是以华北广大地区和华南有些地域的口语为基础而以北京话为代表的普通话），不过那语言必须经过洗练、丰富、陶铸得比散文里所用的还要精醇才合乎标准。新诗的语言与旧诗的语言，我们知道，是大不相同的：主要不同之处除文法语汇外，是我们日常语汇里的一些虚字如“的”、“了”、“这”、“那”、“是”、“却”、“在”、“得”、“些”等必须适当地加以运用。运用时（虚字在绝、律诗里很少见到，在古诗里相当普遍，在新诗里则比较古诗里还要用得多）却又和五、七言古诗里运用虚字的办法完全两样：在古诗里计数主义的势力是相当大的（相当大并不等于处在绝对统治的地位），虚字和实字也就被等量齐观；在新诗里则根据文字和语言发展到今天的实际情况，不应当再有等音计数主义，而应当讲究能产生鲜明节奏感的、在活的语言里所找到的、可以利用来形成音组的音节。那么，这新诗里的音组应当是怎样的一回事呢？正如在前面阐明音组原理时所说的那样，回答是：音组乃是音节的有秩序的进行；至于音节，那就是我们所习以为常但不大自觉的、基本上由意义或文法关系所形成的、时长相同或相似的语音组合单位。

我们在前面对于音组的原理已有了相当明确的认识，对于音组在某几种语言文字的诗歌韵文（包括我们自己的文言诗）里的具体状况也有了一点了解。如今且来引几段我所试验写作和翻译的诗行，并且在音节和音节之间加以划分，以表明我所主张和实践的新诗里的音组究竟是怎样的东西：

有色的	朋友们！	让我问：	你们
祖先	当年	的啸傲	和自由，
到哪里	去了？	你们	的尊严

是否被	大英	西班牙	的奸商
卖给了	上帝？	你们	的晏安
是否被	盎格罗	萨克逊	大嘴
炎炎的	妄人们	吞噬	尽了？
我不信，	我不信。	在你们	凄凉
沉默的	眉宇间，	深得	好比
森林里	一对	星光的	眸子中，
雄健	的肩头，	魁梧	的身上，
我隐约	能窥见	你们	将来。
最后	那一天	胜利	的荣光。

这是一首长诗的几行素体韵文，每行有四个音节[37]。又如：

倒不愁	越岭	翻山，	当黑夜	穿林，
在风中	渡水，	要经过	辛劳	千百遍；
我不能	亲自来	抚慰，	只为了	蛇豺
挡着	通回家	的道。	否则，	受不尽
见鸡豕	狐鼠	作人行	的心中	烦厌，
我早就	鄙弃了	一切，	徒步	也归来。

这六行每行有五个音节，有脚韵，韵律是甲乙丙甲乙丙。再

黑暗	快临近	了尽头，
眼看着	黎明	就要到，
远处	的鸡声	已经唱，
大家	望破晓，	望破晓。

男儿	胸怀着	壮志	要投军;
挥别了	家山	何处	不是家?
法西斯	恶霸	要你	当奴才;
你哪能	曲背	弯腰	侍奉他?
他手下	尽是	飞鹞	和走狗;
不杀净	他们	那得话	桑麻?

这里前四行每行有三个音节，后六行每行有四个音节，偶数行押着韵脚。再举两段译诗为例：

不要,	不要,	不要,	不要。	来罢,
让我们	跑进	牢里去;	我们	父女俩,
要像	笼鸟	一般,	孤零零	唱着歌。
你要我	祝福	的当儿,	我会	跪下去
恳请你	饶恕。	我们要	这么	过着活,
要祷告,	要唱歌,	叙述些	陈年	的故事,
笑话	一班	金红	银碧的	朝官们,
听那些	可怜	的东西	说朝中	的闻见;
我们	也要	和他们	风生	谈笑,
议论	哪个输,	哪个赢,	谁当权,	谁失势,
还要	自承	去参透	万象	的玄机,
仿佛	上帝	派我们	来充当	的密探。
我们	要耐守	在高墙	的监里,	直等到
那班	跟月亮	的盈亏	而升降	的公卿
徒党们	都云散	烟消。	……

这一段是莎士比亚悲剧《黎琊王》的韵文翻译，是按照原文音组的五音节素体韵文。还有，这是弥尔敦短诗《欢欣》[38]中几行的译文：

也常闻	远处	猎哨鸣，	猎狗吠，
在霜华	白遍	的山前，	从小睡
蒙眬里，	把清晨	欢声地	唤醒，
一声声	回响	透过	那寒林。
也有时	沿着	篱树	和荆圈，
我登上	碧绿	的平岗	或小峦，
遥望着	天庭	把东门	大敞，
门开处	旭日	正升朝	坐帐；
他身披	琥珀	光辉的	赤焰袍，
满朝	的冠盖	是彩云	千万条。

这里每行有四个音节，韵法是双行骈韵。

我最初在我国语言里探索这音节，结果发现了它并且加以试验，是在1925年的夏天，大概在8月间，在浙江海上普陀山前山圆通庵。就在随后的冬末春初时，和闻一多先生等交换心得的结果，我曾写过一首含有整齐的音节数的十四行体[39]，在当时的北平《晨报》副刊上发表。同时闻先生也写作了他的《死水》和其他若干首作品；据他自己于1926年5月间在发表在《晨报》副刊上的一篇文章《诗的格律》里说，《死水》这首诗是他“第一次在音节上最满意的试验”。《死水》的各行的音节数是整齐的，但作者同时也要求各行的字数划一，而且“都是用三个‘二字尺’和一个‘三字尺’构成的”（“尺”应作“步”），以达到他所主张的视觉方面的或“建筑的美”（节的匀称和句的均齐）[40]的效果。除了各行音节数应当整齐的这一点和我意见一致外，其他各点我当时都不能同意（虽然只凭个人的直觉，没有理论作根据），所以从未在任何一首自己所写的或翻译的诗里照办过。而我这些年来注意音组原理的结果，则认为那其他各点都是形成整齐的节奏所不必要的过严的限制，从原理上讲都是些不正确或不够正确的规定，理由已在上文论节奏和音组时加以申述。闻先生对于一首诗的各行的音节数务欲求其整齐的这一点，没有在他以后的为数不多的作品里有意地继续试验或坚持下去，譬如说，在他后来写的比较用了一番功夫也比较长的《奇迹》[41]一诗里，就完全未曾讲究音节数的“匀称”。可是他对于各行字数的“均齐”却似乎比较注意，如《死水集》里好几首诗所显示的那样。流风所播，当时有些人把各行字数划一作为新诗形式方面的铁律，其他如文法与语气的通顺不通顺倒在所不顾：这是和闻先生的实践颇不相同的地方。这偏差在朱湘的一些作品里特别显著：为了使各行字数一律，他往往不惜把虚字如“的”、“在”、“里”、“上”、“下”、“来”、“去”、“了”等生硬地削去，弄得断腰折臂，肢体残碎，给人的印象非常不自然，因而有“豆腐干诗”那样一句笑话。“豆腐干诗”或骨牌阵是幼稚粗陋而又机械的等音计数主义的韵文，新诗决不能接受它作为自己的形式或格律，而事实上今天也早已为人所抛弃。

在抗战期间，闻先生曾经有全盘否定他自己所作的新诗的言论，同时也肯定了某些当时比较新进的诗人。有些批评家把事情看得太简单，不加分析地说，闻一多觉醒了就反对格律，可见格律根本要不得，的确是镣铐。不知道闻先生反对他自己过去诗中的唯美主义文艺思想（他受先拉飞尔主义的影响相当深）和国家主义政治思想是完全正确的，他反对他自己过去对于诗的“建筑的美”的理论和每行字数整齐与“三个‘二字尺’和一个‘三字尺’”之类的实践也是完全正确的，他反对诗里没有革命的思想性和“豆腐干诗”的风气也是完全正确的；但是因为以上的那种种否定而一股脑儿也否定了诗歌语言文字的节奏性（或许他并无此意，只是说话不够精密，给了人这样一个错觉），却是在基本上完全正确之中尚有一点并不正确的地方。

由于大家对“豆腐干诗”反感很深，好些年来新诗一直在“自由诗”这泥沼里挣扎着爬不起来。不可理解的是有些诗人不觉得问题的迫切和严重，见不到有辟出一条康庄大道的必要，而竟以为在“自由诗”这没有形式的“形式”里，问题已得到了根本的解决。例如有人说，散文是崇高的，诗歌必须把它作为典范，作为唯一有前途的“形式”，而格律与韵脚则是封建的桎梏。我的见解是散文未必一定崇高，也未必一定鄙陋；它只是一种表现纯粹说理的或说理占绝大比重的内容的文字形式，在形态上没有音组和整齐的节奏，如此而已。若一定要说散文崇高，试问报纸上的广告，商品上的说明文字，它们都是用散文写的，是否都崇高呢？至于格律，我认为和封建也没有必然的关系，两者并无不解之缘：只要善于运用，适当的具体格律是能够为新时代的内容服务的，而且可能服务得很好，因而应当为诗人们所探索、建立和好好地运用。我们知道语言尚且没有阶级性；我们敢说，节奏当更无阶级性，而显示节奏的音组和音组的规律（格律）也同样的没有阶级性。不错，具体的格律有适当与不适当之分——不适当时可以改造重建，但根本上反对有任何格律是错误的。要晓得，中国文言诗里的五、七言绝、律的格律，只是一种具体而又具体的格律，是合于诗歌的普遍格律原则的、同时也适应着实际情况而制订出来的一些规定，却并不是普遍的格律原则本身，更不是新诗所需要的具体格律。

我所了解的这个有普遍性的格律原则，乃是在各种语言文字里产生整齐节奏的一套共同的方法，包括音组、节奏和韵律（即韵法——有人把“韵律”二字当作节奏或音组解释，我以为为明确起见，还是解作押韵的规律好些）；不过韵律这东西在表现某种性质的内容的韵文里是可以没有的，因为那韵文可能根本不押脚韵，那样的韵文我们就把它叫做素体韵文。再说这个有普遍性的格律原则，因为它只是个原则，所以在它的范围之内，有灵活的机动性，以便诗人们在各别的语言文字里能够适应着事势的需要，去制订具体的格律。我们应当明白，某一种具体的格律，譬如我国文言诗五、七言绝、律体里的计数、平仄和对仗之类，或英文诗韵文组织里利用语音们的重读和轻读的对比这一特点，或法文诗韵文组织里利用有些语音的可以提高，拉长、着重（提高、拉长、着重的根据是语言的意义和文法结构）和其他语音的较低、较短、较轻的对比这一特点——我们如果生吞活剥地硬把它们应用到新诗里边来，的确是会造成错误的，而且也是不可能的。但是这情形并不妨碍我们为新诗建立它自己的具体格律，为它找到一套适当的能产生整齐节奏的方法。有些诗人和一般人一样，把韵文当作必然押脚韵的文字。那是一种误解，我在前面已有过说明，这里不必重复。还有，一般人又以为押了脚韵的分行作品一定好，一定是诗，那当然也是错误的，因为有时候吃力不一定讨好，何况押了脚韵的分行作品如果音节数不整齐也还连韵文都称不上，只是所谓自由韵文或“自由诗”而已，而分行或不分行的作品即令确是韵文而且还押了脚韵，也还不一定是诗。

有人以为矫枉必须过正：因为有些人写了押韵脚而不是诗的作品，所以应当说凡是押韵脚的东西都不是诗。那是不够理智的闹意气的说法，有因噎废食之弊；过正如果变成了太偏，是不会有好结果的，会造成一种扶得东来西又倒的情势。试问押了韵脚而不是诗的作品，假如把韵脚去掉，是不是马上会变成诗意充沛的好作品了呢？硬押脚韵是一个艺术上的毛病，但病根不在“韵文的雕琢”，而在于没有雕琢好或雕琢本领不高——最好的雕工不露刀痕，浑然如造化所形成，所谓巧夺天工。又如说散文一定比韵文美，以及口语是最理想的散文等等，那都是些情绪激动头脑不清的话，解决不了问题，却能造成误解和偏差。须知从这样的说法得出的结论便会是：只要会讲口语的全是最好的诗人，只要不光记录口语而加以铸炼剪裁的便全是矫揉造作的最坏的诗人；或者说，因为口语人人会讲，所以所有的人全是最好的诗人，而所有在写作过程中致力于艺术加工的人则全是最坏的诗人，这岂不成了笑话吗？我恐怕这思想背后是卢骚的返归自然的思想，那还是18世纪欧洲的产品，并不怎么新，那是与进步为敌的原始粗野状态的崇拜，应当受到严正的批判。

总而言之，自由韵文一味自由散漫，用诗歌（作为时间关系的艺术）形式方面的基本性质来衡量它，乃是虚无主义的一种形态，毫无井然有序的节奏美可言。它除了在破坏性这一点上貌似革命之外，可说与革命并无相同之处。而我们知道，革命只是把破坏当作除旧布新的一种手段，决不把它当作最后的目标。自由韵文如果在“五四”当年确有它的纯粹破坏性的历史任务，那任务今天早已完成，它便不该逗留不去，强占着新诗的几乎全部的领域。和文言文一样，文言诗跟着封建社会的死亡一同丧失了远大的前途：它的表现媒介文言，已不复能适应我们在意义上和风格上的需要，同时它的具体格律也早已发展到了极限，在今天当然更不可能容纳我们的诗歌内容了——这内容势所必然要比文言诗里的内容更为复杂、广大、强烈、丰富和致密。换句话说，我们的诗歌的表现媒介从文言改变成白话时已改变了它的性质，它的节奏的具体形态和造成那节奏的具体形态的方式也势必非有很大的变动不可；然而，从七言到九言、十一言、十三言等即使也是一种变动，却还是一条变动得不够大的、与老路同一个方向的、走不通的死路。但是若以为从此就不应当再有普遍的格律原则，不应当有合于普遍格律原则的、适应新需要的、形成语体韵文的整齐节奏的方法，若以为从此在中国语言文字里诗歌应当以无形式为“形式”，或者诗歌这个领域实际上应当由散文来吞并统一，则便是个莫大的错误。今天新诗很不发达，在新文艺中成绩最差，最不受人喜爱和重视，除了一些年轻人因为要表现情思而且觉得容易写作（实际上最难），所以读一读作为自己的模仿对象之外，可以说是不大有人阅读和写作的。症结所在，没有建立起它所应有的宽严适度的格律。（节奏、音组、韵律），乃是一个重大的原因。

我在前面所引的五段分了音节的我自作的和翻译的诗行，可以表示我所建议和实践的新诗的具体格律大体上是怎样一种情形。在划分音节上有人可能有不同的意见，会奇怪为什么有些“的”和上面的形容词与名词联在一起，有些则脱离了形容词与名词的基本部分而附着于下面的名词上面：譬如说，为什么是“有色的｜朋友们”，“当年｜的啸傲｜和自由”，“大英｜西班牙｜的奸商”，而不是“有色｜的朋友们”，“当年的｜啸傲｜和自由”，“大英｜西班牙的｜奸商”？我的答复是：作这样调节性的运用而不作呆板的规定，其原则是要尽可能地做到两个音节的时长之间的平衡。“的”从纯粹文法上讲，应联在上面的形容词与名词一起，但在诵读诗行时，一般讲来，和下面的名词联在一起我觉得更合于自然的语气：这就是我在前面所说的“……基本上被意义或文法关系所形成的……语音组合单位”，而不是完全或绝对“被意义或文法关系所形成的……语音组合单位”。可是这情形只是一般讲来是如此，遇到和音组的更基本的原则“时长相同或相似”这一点抵触时，则就得服从这原则而恢复原来的意义或文法关系。这就是说，“西班牙的”与“的朋友们”这样两个音节，和它们上面与下面两个音节相形之下，在时间上相差太多，所以“的”应分别隶属于下一个与上一个音节。这是我这音组机构所须要再加说明的第一点。

其次，我在前面所引的第一段诗行，大多数在行末都没有句逗，读起来非连续读到下一行去不可：这样的情形我在这一段所从引来的那首长诗里有特殊的作用（反映那社会的混乱、生活节奏的促迫、劳动人民生命力的势不可挡等等），没有这般形式适应内容的以及类似的必要时，跨行是不宜太多的，因为我们的诗歌读者对于跨行还不很习惯。但是以不习惯为理由而根本反对跨行也是不合理的；诗歌分行写和分行印刷不也是我们原来所没有的吗？我们怎么已经很习惯了呢？

最后，跨行时行末不应当有“的”，至少应当极力避免，因为否则便会给人一个分行的散文的印象，那是不好的。可是如果不是跨行，就是说，行末有句读时，“的”就不妨事，不必一定要避免。当然，要使作品不是分行的散文，光注意这“的”是不够的，更重要的是内容和表现、音组之间的艺术性的统一；但假定内容和表现、音组之间大体上是统一了，这细枝末节的“的”也还是不应当忽略的，不应当认为无关轻重。

自有新诗以来，关于具体格律或形成节奏的方法的建议，除掉我所一贯实践和在这里第二次提出的以外，不外是我在上文已经讨论过而认为不正确的所谓“自由诗”的“形式”、等音计数主义的“豆腐干诗”、旧诗翻新的计数主义格律和重轻或高低或长短相间说等四种主张。这些主张不是根本违反了节奏和音组原理，便是幼稚粗糙而机械，再不然就是和我们的语音情况不相适合的，只企图把某一种外国语文里的具体办法硬加进新诗里边来的错误的主张。所以如果有人说，我这音组机构不够标准，因为“不自由”，或不计数，或没有相间，我的回答是：你要“自由”还是写散文去，计数乃是机械的死办法，相间更是与节奏没有必然关系的错误观念。另外还可能有这样的批评，说我这音组机构里的音节单位太不整齐一致，所以给人的节奏感不够鲜明。我的答复是，作为一个个长短相同或相似的时间单位，那些音节大多数可以用这样的形状表示出来：

○○　◦○○　○○◦　◦◦○

另外，也有较少数的音节是这样的——

○w　○∧　◦○　○◦　○○○

而○○○这音节在实际诵读起来是很可能变成◦○○、○○◦或○◦○的。经过这般分析之后，我信我所提出的这音节组织就不会显得太不整齐，同时这音组所给人的节奏感也不致不够鲜明了。要晓得韵文节奏过分鲜明倒反是一个毛病；古今中外的韵文哪有读起来完全像机器声音那样读法的㊷，千篇一律，毫无变化？

最后，关于押韵和韵律也必须有一个正确的了解。我在上面曾经一再说过，诗歌要用有音组的韵文写作，但韵文，以及用了它所作成的诗歌却并不是非押韵脚或脚韵不可的，如世界诗歌宝库里有些长篇巨制就并无脚韵。可是这并不等于说，一切诗歌作品都是不押脚韵或不应当押韵脚的；反之，一般说来，较短的篇章大都还是而且应当押韵脚的，除非有特殊的理由。以我们的民族传统来说，绝大部分诗歌都是押韵的。所以我们的新诗歌大体上也应当押韵，上千行的长诗则可以押，也可以不押，须视作品的性质和内容而定。韵脚或脚韵㊸，只要善于运用，一方面有助于语音之间的和谐；另一方面能点醒诗行的终迄，加强三级节奏；第三方面可以和内容互相应和，发出声音上的共鸣，增加意境和情致的效果；而同时又是一种装饰，能使背诵者便于记忆。

如果脚韵是可以押的，那么，押起来也得有一点方法，若干规律。这便是韵律。韵律不可以死板地规定，如只准奇数行相押，偶数行相押，四行相押等，正好比音组不可以死板地规定为每行三音节或四音节一样。韵律和音组机构须得有秩序，有计划，而这秩序和计划则必须在运用表现媒介表达内容的过程中得到体现，找出规律。这一切对于诗歌作者要求高度的艺术手腕——结合优越的才赋和艰苦的劳动所产生出来的精练的加工。如果以为任何人生来就会，毋须学得，乃是小觑了这件颇不容易的工作。如果以为一定要顺口诌，随手写，弄出来的东西必须要千篇一律，淡而无味，乱糟糟的一团，才算合于工农兵大众的口味，那是轻视工农兵，把工农兵的文艺方向庸俗化。我们是不是有人没有看过《曙光照耀着莫斯科》那个剧本呢？工农兵欣赏和创造优秀诗歌作品的前途是异常广大的；他们吸收文化、创造作品的毅力和能耐是惊人的，不过目前没有充分发展出来罢了。不错，工农兵诗歌创作的现状，毋庸讳言，一般说来还没有能大大地提高，还在萌芽状态中。我们应当培育大量的幼苗，欢迎这些还在萌芽状态中的读者和作者茁壮成长起来，使能在十余二十年之后绿树成林，花红果硕。可是这并不等于要把现在所有的为数不多的翠柏和苍松都一股脑儿砍倒和伐光，使山上和原野上绝无一棵乔木。革命并不要求这样做。硬要这样做的恐怕只是小资产阶级的“左派”幼稚病和主观唯心主义（割裂内容与形式的二元论观点）。须知远在周朝所采集拢来的《诗经》所收的诗里，我们的祖先就已经有了极丰富多样的押韵方法。我们今天如果坚持单调贫乏的韵律，甚至反对押韵，岂不成了自甘退化的不肖子孙吗？

话说远了去；我是说写作诗歌的不太容易的艺术和技巧，作为有效地表现内容的方法和手段，是可以予以适当的注意的。因此，韵律也就有它的一定的地位，不该被视为压迫剥削阶级的特有财产或专利品。同时，素体韵文，十四行体、八行韵、连锁韵等外国诗歌里的不押韵方式和押韵方式的韵律，尽管目前对于我们有一点生疏，不能说是民族形式，可是也不妨介绍进来，遇到用得到时就用它那么一用。素体韵文上面已有过举例，我曾经用它翻译过三千行左右的莎士比亚的戏剧诗，觉得还合用；莎剧的原作，我们知道，并不是用散文写的、或断片的散文写的话剧，支离破碎，补缀成篇，如有些译本所显示的那样，而是内容与形式完整统一，光华璀灿、震烁古今的艺术品。十四行体的韵律则大体上有两种：一是意大利式，押韵方式是甲乙乙甲、甲乙乙甲，丙丁戊丙丁戊（或丙丁丙丁丙丁），前八行与后六行之间有一个意义上的中断；二是英国式，押韵方式是甲乙甲乙，丙丁丙丁，戊己戊己，庚庚——这两种体式通常都是用五音节，（音步、音段）韵文行构成的。我前面所引的第二段例子，便是意大利式十四行体的后面六行。还有，八行韵（ottava rima）也产生于意大利，韵律是甲乙甲乙甲乙、丙丙，音组通常是四音节的。我在这里不是要作专门的关于外国的具体韵律的介绍，所以只提到外国古典诗歌里的这几式韵律，以见一斑。这些韵律我承认都是外来的，目前还称不上民族形式。可是我以为我们如果爱民族形式，并不一定要反对它们，正如介绍了它们并不意味着反对民族形式。爱国主义允许我们吸收各兄弟民族文化里的具体的文艺形式，所以和国际主义是手携手地并肩着进行的；狭隘的民族主义则唯我独尊，坚决排外。要晓得形式这东西是可以民族化的，一遭生，二遭熟，用过许多回就变成了自己的东西，并不奇怪了。马克思列宁主义、人民民主制度、宪法、社会主义建设，都不是土生土长的民族形式。我们身上穿的呢料、皮鞋、制服的式样，用的钟表、钢笔，吸的烟草和点的火柴，吃的西瓜、葡萄、石榴、胡桃、菠菜，戴的眼镜，写的阿拉伯数字，听的除钟鼓琴瑟等少数乐器外的全部古乐和整个西乐，看的电影、话剧，以及西方传来的科学技术和医学卫生等等，哪一件是原来就有的？苏联的芭蕾舞，好像是道地的民族形式了，但大家知不知道，实际上却也是从意大利传到法国，由法国传到沙俄，再由沙俄留传下来的艺术类型？我们的山歌和古典诗歌（尤其《诗经》）里的好些韵律值得我们去采用；对于外国诗歌里的素体韵文和各式韵律，我们也不必闭关自守，坚决拒绝。

过去或许有人以为了解了诗歌的韵文原理是会妨碍创作和欣赏的，至少是并无必要，多此一举，会使人意兴索然。现在我们知道那样蒙着眼睛的看法是不对的。明白了普遍的原理和一些具体的情况，非但可以增进兴趣，加强信心，而且还可以帮助我们在大体上看清楚新诗今后的发展方向，避免暗中摸索；因为内容无法脱离了形式而独立存在，而语音进行时的节奏的具体表现音组，是形式的两个不可缺少的成分之一，正如文字的形体和安排作为表达意境的媒介（必须有意义，有风格），也是形式的两个不可缺少的成分之一。我们知道文言诗词歌曲的整个活的传统，在格律方面可以说基本上是倚傍着乐律的，没有太多的独立性。后来的仿作，如唐以后的绝、律诗和宋以后的词等，则只是追踪着前人步趋的行动，不复有活跃的生命和生气蓬勃的前途，虽然也有杰出的作品。我们也知道文言里的五、七言古、今体诗是我国诗歌向自订格律这条路上走去的进程。不过它们早已在它们自己的范围里登峰而造极了，无法再发展下去；原因是除了文言的局限性以外，还受着等音计数观念的限制。而五、七言绝、律尤其篇幅太小，音乐性太浓，格律过分谨严，因而不复有再向前发展的可能。

我们知道最古的诗歌原来是歌唱与舞蹈不曾分离时的语言成分。诗歌这一部分渐渐生长起来的时候，它就脱去了乐与舞的外衣，起初是把舞蹈褪去，然后把乐调卸除，而诗歌的节奏方式，它的音组，就在这时候渐渐地独立形成了起来——要不过分谨严，也不过分自由（谨严得足够形成整齐而有变化的节奏，自由得不致节奏凌乱，像散文一样），方才具备着健全发展的条件。目今正当我国诗歌开始运用这现代民族语言的当儿，如果采用了我上面所阐明和举例的音节和音组制度，易言之，即自行裁定了它的适当的格律，我相信新诗是会有它的远大而宽阔的将来的。我认为这具体的音节和音组制度是新诗的适当的格律，因为第一，它从语言里来，合于民族形式的条件，不太严也不太宽，一个音节就是基本上根据语言的意义和文法结构所连结成的一个字到四个字的语音单位（一个字或四个字的比较少，两、三个字的比较多）；第二，它顺利地承接了我们自己的古典传统，这音节单位在民族诗歌遗产里有从“关关｜雎鸠，‖在河｜之洲”以来的悠久的历史根源；而第三，它也合于普遍的音组原理，和国际间的从古到今的一些实例和标准是一致的，虽然也有具体的不同之处。

以上我企图说明的是一件进行着的事态，一种动作，想要说明它的普遍的原理和在几种语言文字里的具体的表现状况，并且特别讲到了在我国语文里的这具体状况的历史发展：因而千言万语，问题显得非常复杂。可是要直接感觉到这种种却并不过分困难，反而是显得相当单纯容易的，这是因为我们不惯于说明，尤其不惯于从说明里了解一件动的事态的缘故。但九九归原，我们的最后目标无非是要建立新诗里的韵文节奏的方式——它的音组。而经过了这番说明之后，上文所引的五段实例所以果真是语体韵文而不是散文的断片，我相信也就容易被了解、被接受了。而说到最后，我们对于新诗的格律（节奏、音组、韵律或不押韵），当然决不是要把它过分重视，而是只把它作为我们作品的四种成分之一：我们要用有特殊意义和风格的语言文字作媒介，来表现我们的诗的意境，这些千殊万异的具体意境必须恰好传达出我们自己的和唤起适当读者的双方一致的优美情感，同时我们的语言文字却又少不得要含有好比是呼吸与脉搏的格律。而这四者之间又应当有一个有机的统一，一片无间的和谐——这样一首诗方才算得是一篇成功之作。格律的作用原来如此，不多也不少。

1954年12月

补充说明

《诗歌的内容和形式》全文，特别是上面所发表的讨论格律的这一部分写完后，半年内手稿经过传阅，曾经五六位同志提出了许多宝贵的意见，其中有不少已经接受并且容纳在文内。在这里我要向他们致深切的谢意。随后，在六月初，我曾在复旦大学科学研究讨论会外文系一个小组上作了一次关于诗歌格律的简略的报告，又经过几位到会的同志提出了若干点宝贵的意见。不论私下提出的或开会时公开提出的意见，我认为有重要性而不能同意的，或者由于我的论点不够明确而引起了误会的，我特地在这里作一些附加的说明，以补充和加强我原来的理由。

一、有人说，我主张写格律诗，批判或反对"自由诗"，把"自由诗"的好处一笔抹煞，未免持论偏激，而对于惠特曼的否定尤其很不适当。我必须声明我并不是无条件地反对"自由诗"，只是说有些人无条件地反对格律诗，认为写"自由诗"方是正路，写格律诗便是封建，乃是完全错误的。我主张散文、散文诗、自由韵文和格律诗，都可以随各人的喜爱，自由写作，不过对于这四种写法如果想作一个科学的认识，应当知道散文诗和自由韵文只是散文和诗歌（即格律诗）两者中间的交界地带，而不是和格律诗势均力敌、平分诗国秋色的写作方式。我并未否定惠特曼，只是批评他，说他在形式方面是西欧和美国现代派诗歌的开端，说他的作品混乱了诗歌与散文的形式，或者说，摧毁了诗歌的形式，如此而已。至于他的该被肯定的地方我是肯定了的，并未抹煞。

二、有人以为我所说的诗歌的艺术内容之一的情致，非但与诗歌的思想性、政治性、阶级性不可分，而且即令在分析时也不应当分别讨论；如果勉强加以划分，就会把一件不可分割的东西割裂开来，因为人们不可能有脱离阶级的独立的情感。这话我不能同意，虽然有些文艺理论的书上仿佛有这样的主张。我认为那些文艺理论的书上所说的是：在马克思列宁主义的指导下，诗人们处在阶级社会里，他们所写作的诗歌应当把诗歌的艺术内容之一的情致，和诗歌的思想性、政治性、阶级性，完全结合起来，使成为融洽无间的无产阶级情感在诗歌里的反映。但我所作的是包括马克思列宁以前和以后的广大客观事实的一个科学性的说明。我们晓得，从远古一直到遥远的将来，诗歌里所反映的情感不一定永远是阶级情感，或显而易见的阶级情感。我们可以想象，原始共产主义社会里的诗歌，那里边也有情致，可是当时还没有阶级，所以那情致只是情致而已，却还没有阶级性。又如将来全世界实行了共产主义、人们头脑中的阶级意识完全消失了的时候，诗歌还是会继续被人写作的，那时候的诗歌里我相信还是有情致的，但那情致将不复有我们现在所了解的思想性、政治性、阶级性，而只有个人性、社会性与全民性。其次，我们举一首大家所熟知的唐诗（一首古代阶级社会里的作品）作例，来更具体地说明我们的问题：

床前明月光，
疑是地上霜；
举头望明月，
低头思故乡。

这首诗里边的情致是旅居客地，思念故乡的那种情致。试问这二十个字里所表现或反映的是怎样的阶级情感呢？若仅仅从字面上观察，我们可能会有一个错觉，以为这首诗所反映的情感或许是一个穷苦农民的情感，因为作者或许是个穷苦的农民，但看他所住的房子多么简陋，所以霜花竟会落到他床前的地上去，使他疑惑月光是“地上霜”。可是这首诗的作者我们知道是李白，李白相传曾经当着唐玄宗叫高力士脱过靴，我们因而（也从其他方面）知道这位诗人是有进步性的；我们同时也知道，李白由于他的诗人气质，虽然没有做过实职的官，却仍然是属于当时的士大夫阶级的。那么，我们如果不陷入把事情看得太简单的错觉中去，就应当说，就这首诗本身（仅仅二十个字）而论，它的情致或它所表达的作者的情感，是看不出什么显著的思想性、政治性、阶级性的。但是从这二十个字里看不出思想意识和阶级成分，是否就证明这首诗完全没有这些东西了呢？那又不然。这首诗好像一棵树，从树干与枝叶上我们看不出它的思想意识和阶级成分，但是向它的根里挖掘进去是可以找到这些成分的；而它的根就是这些东西：作者是李白，李白属于当时的士大夫阶级，可是从他的全部作品里可以知道他是个富于人民性的思想进步的诗人，不过尽管如此，我们不能说他是个穷苦的农民诗人，因为当时的穷苦农民，一般说来，是不可能受教育受到能作出他那样的全部诗作的，不论他个人的天才有多高，努力有多大。这种种（他的身世、社会关系和全部作品）所以是这首诗的埋在地下的根，乃是因为若仅从这二十个字看来，我们看不出这些东西，甚至会陷入错觉中去。而这样的诗在我们的古典作品里是多得难以计数的。假使说任何一首诗歌所反映的情感必然是明显的阶级情感，不是革命的、前进的阶级情感，便是落后的、反动的阶级情感，那么，我们在观察“床前明月光”这首诗或类似的作品时就会遇到不可克服的困难，或者陷入教条八股中去，因为仅仅从这二十个字里我们分明看不出明显的阶级情感的反映。我在文章里所分析的一首诗的艺术内容和形式，乃是就诗歌作为语文艺术的类型之一，就古今中外的任何一首完整的诗歌作品来说的。当然，我们若从前面所说的根里再挖掘进去，可能推想李白的乡思里所想念到的故乡乃是怎样的一幅图画、一个社会，等等。不过这些东西在这首诗里都没有表现或反映出来，于是属于其他阶级的人也可以欣赏这首诗里的仅仅道及思乡的那种范围很广的情致，而不会觉得生疏、隔膜，甚至对立了。我所以把艺术内容之一的情致和思想性、政治性、阶级性划分开来，目的是要把一首首诗的艺术内容和思想内容加以区别，以便把艺术内容和艺术形式的关系弄清楚。当然，谁都知道，我们今天实际上写作起诗歌来，艺术内容应当与思想内容打成一片，两者是无法或难于、也不应当被勉强划分开来的；或者说，统一的艺术内容与形式应当为革命的政治思想、无产阶级的利益服务。可是在分析问题时分开来讲是不妨事的，因为我已经声明过，思想意识和阶级成分是一首诗的前提、基础、根株。同样，我把一首诗的艺术部分分析成四个因素，并不意味着它们是彼此分离而不相干的，而是确认它们共同构成了一个完整的有生命的有机组织。我们不是常说起一首诗的思想性与艺术性吗？我们不是说一首诗应当表现进步阶级的情感吗？在这两种说法里，“思想性”一词不是和“艺术性”一词虽然并在一起，却还是用两个词吗？而“进步阶级的情感”，尽管是一个词，可不还是两个词所构成的吗？就在这两种说法里，我们就看到了分析；或者说，这里就有了“割裂”。可是这“割裂”并不是真正的割裂，正如更细密的分析并不割裂我们所企求的思想内容与艺术内容之间、艺术内容与形式之间的密切关系，而是大大有助于我们对于这些密切关系的了解的。总之，我这说法比较把古往今来的所有的诗歌的每一首都简单机械地说成有阶级性、甚至有显而易见的阶级性，要更合于事实，更有科学性。

三、有人说，我把诗歌里语音的进行形式化为三三两两的时间单位，未免把诗中的情致拘束住了，使不能自由发挥。我认为那种说法就是中了“五四”新诗以来的主张只有所谓“自由诗”才可以写的那种错误理论的毒。那个错误的看法我已经批判过，如今不预备再说了。现在只要再举一个例子来加强我的论点。譬如舞蹈，我们欢乐（情感激动）时的步子还是须要合拍子，有节奏，方能自由发挥我们的情感。如果以为必须乱蹦乱跳，弄乱了时间，破坏了节奏，方能自由发挥我们的情感，那是完全错误的。

［注释］

① 关于语言及其节奏是从人类文化黎明前的劳动过程中产生出来的这一论点，恩格斯有很精辟的说明：

> ……由于手的发展，由于劳动，人开始了对自然的统治，这种统治随着每一个新的进展而扩大了人的眼界。他们从自然对象中不断地发现新的、已往所不知道的各种属性。另一方面，劳动的发达必然帮助各个社会成员更紧密地相互结合起来，因为它使互相帮助和共同协作的场合增多了，并且使这种共同协作的好处对于每一个人都一目了然了。简单讲来，这些在形成中的人已经到了彼此间有什么东西非说不可的地步了。需要产生了自己的器官：猿类不发达的喉管，由于音调的抑扬顿挫之不断加多，缓慢地然而一定不移地改造起来了，而口部的器官也逐渐学会了连续发出一个个清晰的音节。
>
> 语言是从劳动当中而且和劳动一起产生出来的，这个解释是唯一正确的解释，这拿动物来比较就可以证明。
>
> 首先是劳动，在劳动之后并且和劳动一起的是语言——这两者乃是最主要的推动力，在它们的影响下，猿的脑髓才逐渐地变成虽然十分相类似但是较大和较完善的人的脑髓。
>
> （以上见《劳动在从猿到人转变过程中的作用》第五至七页，人民出版社，1952，北京。）

19 世纪末年德国人毕于休在他的《劳动与节奏》（Karl Bücher: *Arbeit and Rhythmus*）里说得更为明确：

> ……劳动中身体动作如果做得有节奏，就会最有效而且最不易发生疲倦。像运用斧头或连枷之类工作的动作自然地生出节奏的模样，并且，人们在集体用手

劳动时，须得有节奏地配合他们的动作，以便把这些动作有效地联系起来。有节奏的工作到了高度筋肉紧张时，他们就发出哼哈哎哟的声音。原始人在这些声音上附加一些字，随后又在声音与声音的空隙中填些别的字，结果就有诗歌。

（见哈拉普《美术的社会起源》中译本第四页，朱光潜译，新文艺出版社，1951 年，上海。）

在各国文字里，讲到古代的歌、乐或舞时，总是三者并称的。对于认为诗歌、音乐、舞蹈出于同一源流的说法，我们知道古典希腊时期遗留下来的历史事实提供了确凿的证据。如荷马史诗《伊利亚特》第十八章内描写火神与冶铸神赫淮夷斯托斯在阿喀琉斯那有名的盾牌上铸下了一个童子，那少年一边在六弦琴上弹着，一边在唱歌，同时其他的人跳着同一的步子，和着那乐音与歌声。还有《奥德赛》第八章有同样情形的叙述。此外，柏拉图在《法律论》第二章里，对于舞蹈、歌词和韵文的关系也有所说明。再看我们的《墨子》。这部战国时的著作有“诵《诗》三百，弦《诗》三百，歌《诗》三百，舞《诗》三百”的说法（《公孟》篇）。可见《诗经》里的诗原来都是既可以朗诵，又有乐器相和：既可以歌唱，又有舞蹈伴演的作品。《史记·孔子世家》说道：“三百五篇孔子皆弦歌之，以求合于《韶》、《武》、《雅》、《颂》之音。”这是只说“弦歌”，不提舞蹈的开始，往后年代相隔很久，就有人主张《诗经》里的诗当初只有一部分入乐：如宋程大昌（《〈诗〉议》）认为《南》、《雅》、《颂》都是入乐的诗，其余十三《国风》则全是徒诗，清顾炎武（《日知录》卷三《〈诗〉有入乐不入乐之分》）说二《南》、《豳风》的《七月》、正《小雅》十六篇、正《大雅》十八篇和三《颂》是入乐的诗，其余都不入乐。我的看法是《墨子》和《诗经》相去年代还不太远，当然比较可靠，《史记》虽然距离《诗经》已有四百多年，并且没有提到舞蹈（没有提到并不证明当初没有舞蹈），但在记载“皆弦歌之”的一点上是完全可靠的。宋郑樵主张《诗经》里的诗全都可以歌唱入乐，他在《通志》里说得好：

当汉之初，去三代未远。虽主经学者不识《诗》，而太乐氏以声歌肄业，往往仲尼“三百篇”，瞽史之徒，例能歌也。奈义理之说既胜，则声歌之学遂微。东汉之末，礼乐萧条。……曹孟德平刘表，得汉雅乐郎杜夔；夔老矣，久不肄习，所得于“三百篇”者，惟《鹿鸣》、《驺虞》、《伐檀》、《文王》四篇而已，余声不传。太和末又失其三，左延年所得，惟《鹿鸣》一篇。……至晋室，《鹿鸣》一篇又无传矣。

（见蒋善国《〈三百篇〉演论》第三二二至三二五页，商务印书馆 1933 年，上海。）

至于舞蹈，由于改朝换代历经战乱和儒家的藐视与反对，年久失传更是意料中事。其实我们不难想象，当初庆祝凯旋，举行郊庙祭祀，祝贺丰收和渔猎所获，逢到喜庆丧葬，君王、贵族和民众每当节日，仪礼（如国王宴乐诸侯、两君相见，如乡饮酒礼、乡射礼、燕礼之类）与社集场合等等，一定可能有各种各样的、从个人临时编造出来的到经过长期训练的歌舞乐队的歌舞演奏。所以我觉得，像阮元那样（《揅经室集，释〈颂〉》）认为只有三《颂》是舞容，为的是《颂》字古与“容”字相通，意即舞蹈的样子或姿态，而《风》与《雅》，则考不出它们在文字学上与舞蹈的关系，因而就断定它们和舞蹈一律无关，那样的论断是不能使人信服的。

② 一首诗的语文风格就是那篇语言文字的意趣、风度、神情以及这三者所显示的那篇语文的品格，这意趣、风度、神情和品格，一方面表露出作者的心灵和品性（“文如其人”，“风格就是人格”），另一方面则和诗中的意境形影不离，而且通过意境酝酿出作品的情致。我国最早的较有规模的诗歌批评和诗论，钟嵘的《诗品》和司空图的《二十四诗品》，就是一种很好的风格批评和一篇很好的风格论。

③ 这正和有些“革命家”，如虚无主义者和无政府主义者，犯着同样的毛病，虽然方向不同，程度或许有别。那些“革命家”因为反对专制的反动的政府，反对压迫社会的法律，就以为必须反对一切政府和法律，反对政府和法律这种观念本身，于是他们深信新社会不应当有任何政府和法律，有这两件东西的社会一定有压迫、不自由、桎梏、镣铐。再把经济来打譬：我们从资本主义社会跨入社会主义社会时，所必须革除的是资本主义的生产方式，而不是任何生产方式；为了替代那不适用的旧时代的生产方式，必须建立一套社会主义的生产方式，而不是满足于没有方式的“生产方式”，就是说，“自由”的混乱或混乱的“自由”。

④ 自由韵文（法文为“vers libres”，英文为“free verse”）往往被称为“自由诗”。了解了上文广义的诗与狭义的诗、诗与散文，散文与韵文的区别和对比关系的分析的人，应当一望而知不用引号的“自由诗”这名称是不适当的。须知“自由”乃是指韵文的格律而言，对整首诗来说，“自由”一语就显得无的放矢。一首完整无缺的诗，上面已经说过，在艺术上含有四种成分：情致、意境、表现、格律。世界各国的古典诗人如荷马、索福克勒斯、但丁、莎士比亚、弥尔敦、歌德等辈，和我们的古典诗人如屈原、李白、杜甫、苏轼、辛弃疾等人的优秀作品，表现得非常完美，意境情致完全能传达自如，挥洒入神。他们那些作品，没有不运用格律的（苏、辛突破词律处是一种可贵的探索，和自由韵文的虚无幻灭与泛滥横决不同）。那些作品尽管在表面上各各不同，但各有自己的一套，而这各不相同的一套却都遵从着音组和节奏的基本原理，则是没有疑问的。但是那些杰出的古典诗人并没有因此失去了他们的自由。不错，偶有少数不用格律的例外，确是事实，但例外毕竟是例外，而且正足以证实例内。反之，自由韵文的写作者，一些西欧现代诗派的诗人，以及受他们影响的一些人，他们的作品里固然扫除了韵文规律的“不自由”了，可是他们并没有写出什么了不得的自由博大的杰作，能够经得起时间的洗练而不被淘汰，除自由韵文被不恰当地称为“自由诗”而外，还有素体韵文（blank verse），即不押韵脚或脚韵的韵文，常有人称之为“无韵诗”，如“莎士比亚的无韵诗”之类：这是同样的分不清诗与韵文的区别的纠缠不清。

⑤ 这主张在他的《草叶集》里一篇题名 *Had I the Choice*（《假如由我来选择的话》）的短作里曾提到过：

这些，这些，海啊，这一切我全都愿意交换，

只要你把一个浪头的起伏，把它的诀窍传授给我，
或者把你的呼吸吹到我的韵文上面，
使它那气味留下来。

关于他的自由韵文，他自己曾这样说道：

它不像巍峨坚实的宫殿，也不像装饰宫殿的雕像，也不像殿堂墙上的绘画。它的比类是海洋。我的韵文行是流动的、波涛起伏的浪头，永远在上升和下降，或者有阳光照耀着而波平如镜，或者风涛险恶，永远在掀动、永远像翻滚的浪头似的彼此相像，但差不多没有两行在规模上或程度上完全一样，决没有完成和静定的意味，永远暗示着未来。

（见 E. De Selincourt 在世界古典名著丛书《草叶集》序文第 9 页上所引 H. Traubel 著《和华尔特·惠特曼在坎磨屯》。）

⑥ 亚里士多德语，见《修辞学》（“*Rhetoric*” Ⅲ, ⅷ.）。

⑦ “节奏”一词（法文为“rhythme”，英文为“rhythm”，德文为“rhythmus”）在拉丁文为“rhythmus”，希腊文为“ρuθμoε”，解作“有计量的动作、时间、计量。”在希腊修辞学家所下的一些定义里，当推公元前 4 世纪末 Aristoxenus 所下的最有名：“节奏为时间段落之列序（或规定的时间段落之列序）”。这定义太简略，且与音组不分，不尽令人满意。近世韵文学家人数很多，但他们的界说大都远不如 Aristoxenus 所下者，常把时间这一层根本缺漏不提。他们不是说节奏是韵文的进行或行动，便是说它不是音组，再不然就说它被长短缀音或重轻缀音所决定。不消说，这些定义都不能令人满意。

⑧ E. A. Sonnenschein: *What Is Rhythm*? 第 6 页，1925，Oxford 这本小小的只两百多页的书是他对于这问题进行了二十五年的研究的结晶。

⑨ 关于节奏和音步（音节、音段）存在于韵文中，哪个在先，哪个在后，好比蛋和鸡，很难做决定。不过正确的理解应当是先有节奏，将节奏加以分析的结果才是音步（音节、音段）和音组。古希腊的韵文理论家们，据说都是持这样看法的。近代有些韵文学家以为韵文是天造地设地先有了音步（音节、音段）和音组，然后才有节奏的，这见解与事实不符。譬如说，有些编唱歌词的人，不论在古代或近代，甚至连字都不认识，他们对于音组的原理当然说不上有什么自觉的理解或研究，但是他们所编的歌词里往往绝少例外地总有整齐有度的节奏。总之，这样的情形大概是就韵文和乐律、和舞步脱离了关系，韵文开始独自成长发展的早期或初期来说的。可是对于对节奏不大敏感的，甚至完全失掉了节奏感的我们来说，要求作者不自觉地写作出原来就有爽朗的或精妙的节奏的韵文，事后分析起来又是律吕井然的音组，那是行不通的事。Aristoxenus 说道：“一个音步是我们用来显示节奏、使它能被觉察到的那东西。”Aristides 则说道：“一个音步是节奏的一部分，我们依靠它去把握那整体。”（均见卓能享《节奏是什么？》第 8 页脚注。）所以把步骤颠倒过来，却是切合实际的办法：假定写作的时候诗人们早就讲究了音组，预先去造成那样的分析效果，那么，等写作完成之后那井然有度的节奏便自

然会存在于韵文中了，因此，也可以说，古代的天才诗人、歌辞编唱者和创作歌谣的社集民众等，尽可以并不知道音组这东西，可是他们在运用直觉和敏感、给予作品以节奏时，不知不觉间却已先自实施了音组的原理了。

⑩ 这里要请读者特别细心地思索一下，注意三件东西的精密区别，第一，我在这里为尽可能避免模糊起见，不用“语音”一词，因为我只着眼于音长或持续方面的语音，不牵涉到音高、音势和音色方面的语音；如果用了“语音”一词，那三种现象或因素势必混进我们的观念里边来，纠缠不清。第二，为绝对准确起见，我也不用“音长”一词，因为音长不是一整个语音，而是语音的持续，即它的四个方面之一；我只在把一个语音分解成四个现象或因素、并且只在指它的持续方面，以及排除了其他三个方面的时候才用“音长”一词——因此，音长只是在我们观念世界里或科学分析时而不是在我们实际经验中存在的一件东西。第三，我所说的是“音长”（加引号的）一词，意思是指一个完整的语音，不过作为造成节奏感的基本的或不可缺少的因素的只是音长方面的语音，不牵涉到其他方面，虽然那三种现象或因素必然是跟着音长一同来的。

⑪ 一般散文作者不去顾虑到字音们的长短，但并非没有人讲究此道。古典希腊罗马的散文家、雄辩家、修辞学家对于散文节奏早有过精密的研究。他们特别注意文义着重处（多半在句末读尾）的音调（cadence），即拉丁文里的所谓 cursus（分 planus，tardus，velos 等三种）者是。西方近代的散文家、演说家、修辞学家中，对散文里一般的节奏形式和句末读尾的音调，也有刻意求工或专精研究的人。总之，散文里可以有节奏，但必须是参差变化较大的节奏：我们能形表此等节奏为各自为政的音步，唯不能贯串此等音步为整齐合律的音组和韵文行。我国文言里的骈文和四六就是把散文韵文化，使字义和字音都成双作对，因而互相牵制着，音节之间则段落分明，结果是往往平仄讲究得过了分，意义太铺陈堆砌，便跌进了形式主义的陷阱里去。

⑫ 同一篇韵文里各单位所含的音数相同固然可以（在一篇很短的作品里这是很可能的，但如果一篇韵文相当长，因而各单位音数相同得时间太久了，那篇作品就会变成单调呆板），不相同也并不妨碍（但变异得太多或经常不同便会失去规律性）；唯大致以一音到四音为度，到了五音则除非有特殊的情形（如在节奏性特别明显而精密或特别粗疏而松懈的某些语言的韵文里），容易分裂成两个单位。举两个实例来阐明前面一点。在语音长短很分明而格律很谨严的古典希腊拉丁语韵文里，某一首诗的典型音步如果是一短缀音与一长缀音（iambic foot），那首诗尽可以有不少于三个短缀音的音步；或者另外一首诗的典型音步如果是一长缀音与二短缀音（dactylic foot）。那首诗尽可以有不少于两个长缀音的音步。在同一篇韵文里，各音步所含有缀音数虽然可以这般参差，各音步的时长却仍然显得相同或相似：这是在应用所谓分拆法（resolution）和代替法（substitution）。对语音长短难于辨认而格律很宽的英语韵文来说，缀音的数目和重缀音与轻缀音的相间都不是决定一个单位（音步）的真正标准，虽然过去有些理论家曾有过那样的主张。那主张从 16 世纪末年起即已有人（G. Puttenham: *The Art of English Poesie*，1589）提倡，但诗人们在实践中分明并未加以重视。到了 18 世纪，主张每音步须含一定的缀音

数与重缀音数以及奉重轻相间为金科玉律的韵文学说风靡一世，Edward Bysshe于世纪之初把这些定律缕析了出来（*The Art of English Poetry*，1702），于是一方面造成理论与实践之间的严重脱节，一方面那行不通的主张深入到多数理论家、极少数韵文作家和广大读者的心中，贻害不浅，至今那误说还在流传散播，而且曾被介绍到中国来。根据Bysshe他们的主张，即令Bysshe的信徒如蒲伯（A. Pope）、约翰荪（S. Johnson）——就连他们的韵文也不能完全合于标准，其他所有英伦和苏格兰的古歌谣，莎士比亚和弥尔敦以次许多大诗人的作品，可说全都不能够站得住脚：这“诗律”这样没有人奉行，岂不充分证明它是毫无用处的废物吗！

⑬ 譬如说，法语韵文的念法是顺着法语的念法把每一个单位里最后一个缀音提高延长着重一些，大部分英语韵文的念法是顺着英语的念法把较多数单位里的最后一个缀音着重一些（轻重与轻轻重），在古典希腊拉丁语史诗的韵文里是顺着古典希腊拉丁语的念法把每一个单位里的最后一个缀音延长一些（dactyl＝长短短，spondee＝长长）。这般把全体或大多数单位里的“音长”顺着各种语言里语音们的最显著的特性连列成差不多的形式，无非是一种很有效的醒耳法，使听觉容易辨别每一个单位的个体性。

⑭ “淹滞”（pause）是淹留延滞的意思，在音步、音节或音段里起时间上的调剂作用。这现象在西方音乐里是常有的，在乐谱上用 ᨀ 或 𝄐 去标明它。韵文学讲时间虽不及乐学那么精密，但两者只在程度上有精粗的分别，不是在性质上有根本的不同。这“淹滞”在现代语言的韵文里很普遍，不过通常韵文学书籍上难得提起它。（见T. S. Omond: *A Study of Metre*. pp. 6—12. 1920，London及Egerton Smith: *The Principles of English Metre*. pp. 42—54，1923，Oxford）事实上在所有有“淹滞”的韵文里，诗人们可说全都直觉地知道怎样去应用这个现象。奇怪的是韵文学家中十有八九竟不知此理。

⑮ 这“静默”和前面所说的无声的“休止”（rest）虽然都是声音的停歇，却显然有别，不得相混。一行韵文里尽可以没有“休止”，但仍能有这个两字之交的语音间的瞬刻“静默”。这“静默”的片段，在音组机构的解剖方面来说，是不计在韵文行的时间里的，但它的存在则是事实，它的重要也不在“休止”之下。在差不多所有的语言的韵文里，那“休止”的存在与否是没有定律的，有时有，有时没有，须视用不用得到它来补足一个单位里的时长；但是这“静默”比较上要应用或遇到得多些。“静默”可分两种。一种是相当规律化的，为某几种语言的韵文之全部及其他许多种语言的韵文之大部分所一律注重的东西：行末意义间断处（句）或稍息处（读）的“静默”和行中间在规定处的、却不管意义是否停逗的“静默”（譬方说，在古典希腊语史诗的韵文内——叫做“cæsura”，意即“切断”——通常发生于第三音步中间或第四音步中间，在盎格罗萨克逊语韵文内总在一行之半，在法语韵文内——名“coupe”或“césure”——往往在十缀音行内之第四缀音后及古典体亚历山大行内之第六缀音后）都可以归入此类（见Smith，pp. 23—34）。除了这种规则化因而见得很显著的“静默”之外，另有一种不规则的“静默”。这第二种“静默”完全听命于句子的意义及构造，不为韵文的格律所规定在什么地方，所以在有些语言（如英语）的韵文行内几乎到处可以遇到，颇为自由（见Smith，

p. 27 第七节）。唯其如此，所以它在音组，特别是英语素体韵文的音组的流走性与动力方面效用极大。[见 G. Saintsbury: *History of English Prosody*. pp. 368 (note). 410—412. Vol Ⅰ；p52, Vol. Ⅱ. 1923, London] 这两种"静默"性质不同：第一种是格律方面的工具，第二种基于逻辑（用意和构句）的必然性。但它们并不冲突；前一种往往利用后一种，虽然它并不绝对依附它。

⑯ 一音步（音节、音节）或七音步（音节、音段）不大容易成行；就是偶尔能成，也不容易长久继续下去。一音步（音节、音节）给人的印象比较零碎，我们不易觉察到它的存在或行的存在，或两者的分别。七音步（音节、音段）为时过久，在生理上超过平常一口呼吸的容量。在心理上难于继续维系读者或听者的一贯注意力，结果会很自然地分裂成四个音步（音节、音段）与三个音步（音节、音段）的两行。

⑰ 因此，音组，就是说，这些单位的连贯衔接以成行，便是韵文的被计量状况。这就正合于"metre"一字的梵文原义：音组就是计量。

⑱ 韵文学学者中见到这一点的人不多，流行的误解是英、德语韵文里的重轻缀音即相当于古典希腊拉丁语韵文里的长短缀音（相间说就是从这里来的），于是重轻便一跃而为音步的主要材料之一——英、德语韵文里的节奏的所谓基础了。Omond 辟此说之不当非常明显（见 *English Metrists*, pp. 42—45, 1921, Oxford）非但如此，重读和轻读不能在我们心理上发生一个相当明确的比例关系。古典希腊拉丁语韵文内一个长缀音的持续相当于两个短缀音的持续：这在理论上有定则，在应用上被公认，在事实上也相当准确而易于觉察。但长短难决，重轻显著，而重者未必长，轻者未必短的英、德语韵文里的语音想照样办是不可能的。尽管重轻很显著，我们却不能确定一个最音的重轻等于一个轻音的重轻的多少倍，因为我们听不清重轻的度数，我们耳朵里的生理机械没有这一种设备。（参看 Sidney Lanier: *The Science of English Verse*, pp.38—39, 1927, New York）更何况语音的重轻度数即使分得清的话，我们也不能靠这一区别来形成节奏之感，因为音组之于时间正像鱼之于水，音组脱离了时间（就是说，谈音组而不顾时间，不管语音的持续，只讲重轻）而还以为它依旧保有着生命——它的节奏，便无异于把一条条死鱼、一条条木鱼当作一条条活鱼看待。

⑲ 做得不甚周到，也不可能十分周到，因为诗歌里的语音重轻（以及长短高低）须服从语言习惯，不能像乐音似的完全由作曲者加以严格的规定。在英语韵文里，重轻缀音的安排如果太规则化了，反而会呆板单调，如 A. Pope 等人的作品。

⑳ 在各个音步里语音长短固定而排列法规律化的、那种初级节奏所由显示的"音长"间的比例关系，可以叫做节律（如"iambic thythm,""trochaic thythm,""a thythm,""different thythms"等），在古典希腊拉丁语韵文里是诗人们写作韵文时的注意中心，是每一首诗歌的具体音组的起点。在 18 世纪英语韵文里有人把重轻缀音来作为古典语韵文里长短缀音的化身，他们特别把轻重相间来模仿古典语韵文里的短长相间，结果因为重轻缀音并不等于长短缀音，而且他们只是机械呆板地以轻重来相同，完全不懂得（即令是不正确地）模仿古典韵文的分拆法和代替法，所以他们写得的韵文在音组的变化和流走性上是非常失败的。

㉑ Isosyllabic verse，见 Sonnenschein. pp.41—44。

㉒ 见前书 pp.44—46。

㉓ 见前书 pp. 47—59。

㉔ Sonnenschein 论英语韵文的节奏（音步与音步间的比率）、英语缀音的计量方法、和音步里缀音与缀音间的比率，是非常精密的（见前书第七、第八、第九等三章）。他的理论基本上是正确的；如果有缺点，便是有时候精密过度，不免琐细。此外，前面注解中提到过的 Omond 和 Smith 书中的主张也都基本上正确，不过没有像他这样致密和清楚而已。

㉕ 这里的所谓长缀音和短缀音只是根据听觉的比较说法，并不一定有二对一的比例关系。其实古典希腊拉丁语韵文里所规定的长缀音的"音长"相当于短缀音的"音长"的一倍，也只是规定而已，并不见得绝对准确，虽然大体上是根据实际情况的，不致太不准确。

㉖ 宋程大昌《〈诗〉议》说道："'南'、'雅'、'颂'，乐名也，若今乐曲之在某宫者也。"宋郑樵在《〈诗〉辨妄》和《风、雅、颂辩》里说："'风'、'雅'、'颂'，《诗》之体也。……三者之体，正如今人作诗有律有吕有歌行是也。"宋朱熹在《语录》里面说："'风'、'雅'、'颂'者，声乐部分之名也。"又说："'风'、'雅'、'颂'乃是乐章之腔调，如言'仲吕调'、'大石调'、'越调'之类。"程大昌和朱熹解释"南"、"风"、"雅"、"颂"是乐章的名称，是不错的，但他们和清顾炎武把有些篇章除外，认为当初并不入乐（见本文注①），那是没有充分的理由的。近人皮锡瑞在《经学通论，论〈诗〉无不入乐，〈史〉、〈汉〉与〈左氏传〉可证》里主张《诗经》里所有的诗当初都有乐声伴奏。他除引证《墨子》和《史记》外，还引了《汉书》和好些《左传》里的文字，充分证明他的说法。蒋善国补充皮说，说"《左传》、《国语》等书所载之赋诗不下数十条，中多'国风'。……春秋时的赋诗，等于现在的点戏。那时的贵族家里，都有一班乐工，正如后世的内庭供奉及家伶。贵族宴客的时候，他们在旁边侍候着。贵族点赋什么诗，他们就唱起什么诗来。客人要答什么诗，也就点了要他们唱。"他又引了《左传》襄公二十九年吴公子札来聘的那段，更充分地证明诗与乐密切关系的事实。（以上详见蒋善国《〈三百篇〉演论》一八六页及三二七至三三二页。）

㉗ 见前书第三三二页至三三四页。"舞也叫做万。其实万就是舞名，《礼记外传》说武王以万人同灭商，故谓舞为万。《商颂》有'万舞有奕'，《鲁颂》有'万舞洋洋'。《卫风》有'公庭万舞'。"吴树声说二《南》都是乐舞的诗，"《南》，'南''籥'也，舞也。凡舞皆有'南'、'籥'二部，故称二'南'。"阮元在《释〈颂〉》里考据"颂"字就是"容"字，断定三《颂》都是舞容。王国维在《乐府考略》和《说〈周颂〉》里否认三《颂》都是舞容，却承认有些篇确是舞诗。我以为归根结蒂恐怕还是《墨子》里"舞《诗》三百"的说法最可靠。因此，蒋善国提出的点了诗要乐工唱（见上注）的说法也许可以作这样的补充：就是，乐工们一方面歌唱，一方面用乐器相和，另一方面还可能用舞蹈来表演。

㉘ 参看前书第二三九页至二四四页。

㉙ 叠唱在《诗经》里和词里很普通。现举《阳关曲》和它的"三叠"来作例子。《阳

关曲》本名《渭城曲》，原来是唐朝最负盛名的几首七绝之一，为当初王维在首都长安城西三十里渭城，写来送他的朋友元二到安西去的一首赠别诗。

渭城朝雨浥轻尘，
客舍青青柳色新。
劝君更尽一杯酒，
西出阳关无故人。

北宋诗人秦观说道（根据《乐府诗集》）："《渭城曲》绝句，近世又歌入'小秦王'，更名《阳关曲》，属'双调'，又属'大石调'。"（见《钦定词谱》）南宋胡仔《苕溪渔隐丛话》讲到长短句时（后集卷三九）说道：

> 唐初歌辞多是五言诗或七言诗，初无长短句，自中叶以后至五代渐变成长短句，及本朝则尽为此体。今所存止《瑞鹧鸪》、《小秦王》二阕，是七言八句诗并七言绝句诗而已。《瑞鹧鸪》犹依字易歌，若《小秦王》，必须杂以虚声，乃可歌耳。

在胡仔写这段话以前约一世纪，苏轼曾论"三叠"歌法（见《钦定词谱·阳关曲》调后附注）道：

> 旧传《阳关》"三叠"。然今世歌者，每句再叠而已；若通一首言之，又是四叠，皆非是。或每句三唱，以应"三叠"之说，则丛然无复节奏。余在密州，文勋长官以事至密，自云得古本《阳关》。其声宛转凄断，不类向之所闻，每句皆再唱，而第一句不叠，乃知古本"三叠"盖如此。及在黄州，偶读乐天《对酒》诗云："相逢且莫推辞醉，听唱《阳关》第四声。"注云："第四声：'劝君更尽一杯酒'。"以此验之，若一句再叠，则此句为第五声；今为第四声，则第一句不叠审矣。

这说法似乎并没有解决问题，因为如果第一句唱一遍，第二、三、四句各唱两遍，则"劝君更尽一杯酒"当是第四与第五声，和所引的诗注还是不尽契合。宋末郭茂倩《乐府诗集》（明汲古阁本，卷八十）在《渭城曲》歌辞前面有这样的说明：

> 《渭城》一曰《阳关》，王维之所作也；本送人使安西诗，后遂被于歌。刘禹锡《与歌者》诗云："旧人唯有何戡在，更与殷勤唱《渭城》。"白居易《对酒》诗云："相逢且莫推辞醉，听唱《阳关》第四声。""《阳关》第四声"即"劝君更尽一杯酒，西出阳关无故人"也。《渭城》、《阳关》之名，盖因辞云。

郭氏编《乐府诗集》时，手边当有苏东坡所用的白居易《诗集》的同一版本，而且是看了《对酒》诗的注文的，所以有这样的解释。如果我这假定是对的，则苏公想是一时疏忽，把诗注里的诗句看漏了一句，或者事后追记在密州和黄州时的经过，因年久记忆已经模糊，再不然就是这两种情形加在一起，所以下了那样的结论。文勋所传的"古本"唱法，尽管"宛转凄断"，可是是否即为唐代的"三叠"，却还很成问题。我觉得第一句只唱一遍，第二句却唱两遍，是不合适的：一二两句之不可分，正如三四两句之不可分。苏东坡自己告诉我们，他那时候一般的唱法是把歌辞的每一句唱两遍，这办法他觉得不对；从这件事上可以知道，由于“三叠”歌法已经遗忘，可是这首歌辞的吸引力太大，所以造成了一种混乱的情形。文勋的“古本”唱法，安知不也是由于大家非常喜爱这歌辞，所以任意加以猜测、揣摩、虚构、附会，因而造成了的那混乱现象之一呢？虽然那调子唱起来很动人，有凄然惜别之意。我的看法是这样的：王维那首赠别诗当初作成后不久，就被歌伎们采用了，唱时和其他的歌辞一样，有箫笙琵琶之类的乐器伴奏；后来名声愈来愈响，什么人在酒楼上长亭里饯行送别，有歌姬来唱曲时总要唱它；而歌唱时末了两句总要唱三遍（中间可能稍隔片刻），每唱一次主人总要向客人劝酒一杯，“三叠”之名便因此而来。我这说法似乎过分简单化，但只要记得这是一支送行曲，不是唱来供随便欣赏的；而且要想象在多少次送别至亲好友的过程中，那原来只是四句歌辞的曲调在实际歌唱里会起怎样的变化，那么，就会觉得我这解释是近情而合理的，过去的揣摩、捏造、附会、神秘化和复杂化是不对的。至于白居易的“听唱《阳关》第四声”，是他《对酒》二首里的第二首末一句，原诗云：

百岁无多时壮健，
一春能得几天晴？
相逢且莫推辞醉，
听唱《阳关》第四声。

据我了解，这无非是劝人或对他的朋友这样说：“请莫用已经酒醉的话来推辞；《阳关曲》第四句说得好，请听听‘西出阳关无故人’那句歌辞吧。故人难得聚首欢饮；你若离开了此地，远走他乡，那里是不会有朋友的。”他把这句话称为第四声，因为在歌辞里它是第四句。不错，它也是“三叠”里的第六和第八句；可是诗不是说理和考据的文章，要含蓄，须意会，不许可啰嗦。我这说法和郭茂倩所引的诗注全文我信是不相冲突的，因为诗注的目的是要说明“《阳关》第四声”所指的是含有“劝君更尽一杯酒，西出阳关无故人”这么两句的《渭城曲》或《阳关曲》的第四句歌辞。而我这里则企图消除宋朝以来的误会和附会，说清楚“三叠”究竟是怎么一回事，以及阐明白居易那句诗的本意。我相信因为古人太心爱这歌辞了，所以在苏东坡以后，猜测、揣摩、虚构、附会还没有停止，而且正因为有了这样一位大诗人的考证，爽性造出一段歌辞来迎合他的说法。因此，据清康熙《钦定词谱》说，元《阳春白雪》集有“大石调”《阳关三叠》词（查元杨朝英《阳春白雪》集中并无此调）如后：

渭城朝雨，一霎裛轻尘，更洒遍客舍青青，弄柔凝，千缕柳色新，更洒遍客舍青青，千缕柳色新；休烦恼，劝君更尽一杯酒，人生会少，自古富贵功名有定分，莫遣容仪瘦损；休烦恼，劝君更尽一杯酒，只恐怕西出阳关，旧游如梦，眼前无故人，只恐怕西出阳关，眼前无故人。

这词调骤看起来似乎与苏东坡讲起过的文勋的“古本”相符，但即令在元朝能唱，而且唱来很好听，恐怕也决不是唐朝的《阳关三叠》了。我们知道胡仔在南宋时还说“‘小秦王’必须杂以虚声”，但是这词调里分明已没有虚声的余地了，都被衬字占了去。总而言之，唐朝之有《阳关三叠》是无可置疑的事实，并且是为了适应歌唱情形的需要而有的，决不是建筑在等音计数法上的刻板东西，也无所谓“自由”或“不自由”。

㉚ 和声就是大家合唱。唐代教坊曲“竹枝”和“采莲子”可以作为例子：

山桃红花（竹枝）满上头（女儿），
蜀江春水（竹枝）拍江流（女儿）；
花红易衰（竹枝）似郎意（女儿），
水流无限（竹枝）似侬愁（女儿）。

——刘禹锡

刘禹锡说道：“‘竹枝，巴歈也，巴儿联歌吹短笛击鼓以赴节，歌者扬袂睢舞。其音协黄钟羽，末如吴声，含思宛转，有淇濮之艳焉。”（《乐府诗集》卷八一。）

菡萏香连十顷陂（举棹），
小姑贪戏采莲迟（年少）；
晚来弄水船头湿（举棹），
更脱红裙裹鸭儿（年少）。

——皇甫松

括弧里的“竹枝”、“女儿”和“举棹”、“年少”都是和声，大家一起合唱，唱时大概还要拍掌和踏脚。

㉛ 减字可举“木兰花（令）”和“减字木兰花”为例：

独上小楼春欲暮，
愁望玉关芳草路：
消息断，不逢人，
却敛细眉归绣户。
坐看落花空叹息，
罗袂湿斑红泪滴：
千山万水不曾行——
梦魂欲教何处觅？

——韦庄

（欧阳炯《花间集》和万树《词律》还载有毛熙震所作五十二字体和魏承班所作五十四字体。）

歌坛敛袂——缭绕雕梁尘暗起；
柔润清圆——百琲明珠一线穿。
樱唇玉齿——天上仙音心下事；
留住行云——满座迷魂酒半醺。

——欧阳修

（万树《词律》还选有张先所作五十字体的“偷声木兰花”。）

添声可举“杨柳枝”与将和声填了字加入词内的“添声杨柳枝”作例：

一树春风万万枝，
嫩于金色软于丝；
永丰西角荒园里，
尽日无人属阿谁？

——白居易

秋夜香闺思寂寥，漏迢迢；
鸳帏罗幌麝烟消，烛光摇。
正忆玉郎游荡去，无寻处；
更闻帘外雨潇潇，滴芭蕉。

——顾瑶

我们知道，词调的音节时间和当时曲调（乐律）的节拍时间是一致的。因为词句是倚傍声律的，所以歌辞里的字数是有伸缩性的，如下面所引唐名歌伎刘采春所唱的两种体式的“啰唝曲”（一种五言四句二十字，一种七言四句二十八字）所显示的那样：

不喜秦淮水，
生憎江上船：
载儿夫婿去，
经岁又经年。

闲向江头采白蘋，
常随女伴赛江神；
众中不敢分明语，
暗将金钱卜远人。

唐范摅《云谿友议》记载这词调的源流道：“金陵有啰唝楼，乃陈后主所建。‘啰唝曲’，刘采春所唱，皆当时才子五、六、七言绝句。”（见林大椿《词式》上册卷一。）这就是说，五个字、六个字、七个字都可以融合在有固定长短的一声曲调里。那么，我们可以断定，五言体里各句的最后一个字“水”、“船”、“去”、“年”都得延长了歌唱，七言体里各句的最后三个字“采白蘋”、“赛江神”、“分明语”、“卜远人”都得挤紧缩短了歌唱，然后方能和其他含两个字的音节差不多长短。在元、明散曲里这样的情形尤其显著。譬如说，在元杨朝英选的《阳春白雪》集里，同一曲调的曲词有相差十个八个字的。录前集卷二“蟾宫曲”条下庾吉甫、盖志学各一段（任讷散曲丛刊本，中华书局）：

环滁秀列诸峰；山有名泉，泻出其中；泉上危亭，僧仙好事，缔构成功；四时朝暮不同，宴酣之乐无穷；酒饮千钟，能醉能文，太守欧翁。

陶渊明自不合时：采菊东篱，为赋新诗；独对南山，泛秋香有酒盈卮；一个小颗颗彭泽县儿，五斗米懒折腰肢；乐以琴诗，畅会寻思；万古流传，赋《归去来辞》。

㉜ 衬字在曲子里不算在音节的时间内，如“虽则是”、“却原来”、“因此上”之类，多半是虚字。举王实甫《西厢记》第三出“拙鲁速”调的曲词为例：

（对着盏）碧荧荧短檠灯，（倚着扇）冷清清旧围屏；灯儿（又）不明，梦儿（又）不成；窗（儿）外（淅零零的）风儿透疏棂，忒楞楞（的）纸条儿鸣，枕头（儿上）孤另，被窝（儿里）寂静：（你便是）铁石人，（铁石人）也动情。

括弧里的字都不算在音节里边，只是顺口带过而已。

㉝ 这说法似乎与前面所讲诗人们利用语音之间的黏着性以形成音节的论点正相冲突。其实不然。那黏着性的根源无疑是意义或文法所决定的语音关系。但这种划分音节或联成音组的习惯在文言诗的写作和诵读里一经建立起来之后，这形式化的秩序便使得语音们往往（虽然未必一定）舍弃了意义或文法所决定的语音关系而服从它自己。譬如说，“在河之洲”若照意义或文法所决定的语音关系读，应作“在｜河之洲”，但我们通常读起《诗经》的《周南·关雎》来不那么念，而念成“在河｜之洲”。又如这里“皎皎当窗牖”、“纤纤出素手”、“荡子行不归”和“空床难独守”，讲究意义或文法结构都应当读成“二一二”，但这里音组力量分明占据优势，意义或文法所决定的语音关系便得服从它。不过这样的情形不是绝对而机械的，在别处也有可能意义或文法所决定的语音关系较占优势，要看具体情况而定。

㉞ 举几首唐初五、七言绝、律作例：

江送巴南水，
山横塞北雪；
津亭秋月夜，
谁见泣离群？

——王勃《江亭夜月送别》二首之一

浮香绕曲岸，
圆影覆华池；
常恐秋风至，
飘零君不知。

——卢照邻《曲池荷》

独有宦游人，偏惊物候新。
云霞出海曙，梅柳渡江春。
淑气催黄鸟，晴光转绿苹。
忽闻歌古调，归思欲沾巾。

——杜审言《和晋陵陆丞相早春游望》

北阙彤云掩曙霞，
东风吹雪满山家；

琼章定少千人和，
银树长芳六出花。

——宋之问《奉和春日玩雪应制》

卢家少妇郁金香，海燕双栖玳瑁梁。
九月寒砧催木叶，十年征戍忆辽阳。
白狼河北音书断，丹凤城南秋夜长。
谁谓含愁独不见？更教明月照流黄。

——沈佺期《古意呈补阙乔知之》

㉟ 据说这两种五言体式大概是从两种四言体式“平平仄仄，仄仄平平，仄仄平仄，平平仄平”和“仄仄平仄，平平仄平，平平仄仄，仄仄平平”发展出来的，发展的过程是在这两种四言体式的各句齐腰第二与第三音之间各加进“平、仄、平、仄”四个字音，加入之后便成了甲和乙这样两式五言绝句。如果再推溯上去，这两种四言体式的不同之处，分明是在形成它们的“平平仄仄，仄仄平平”和“仄仄平仄，平平仄平”这两对四言句的次序先后上面：第一对四言句在前而第二对在后便形成第一种四言四句体式，把次序倒过来便形成第二种四言四句体式。这是五、七言绝、律的最原始的根源或萌芽，一切近体诗的平仄安排全都是它们的繁衍或发展。

㊱ 正负、向背、顺逆或阴阳的调和配合，是我国古代文化里最熟悉的一种感觉，一种观念，实际上也就是矛盾的统一，辩证法的根源（如果把它玄学化起来而且任意加以滥用，那是钻进了牛角尖，当然是会出毛病的）。我这里的所谓阳调句和阴调句乃是从它们的以平声收尾或以仄声收尾来称呼它们的。我所谓的音组句是完全以两个平声和两个仄声互相交替着来形成的。我所谓的旋律句（含旋律酵母的句子，即句末一个半音节有计划地不符合音组调子的句子）实际上也就是应用负、背、逆或阴的原理来形成的，使四式七绝不完全为音组句所构成，免致陷入十分呆板之中。因此，旋律句和音组句的调和配合，就很自然地起着愉快的旋律作用；而一句阴调的旋律句和一句阳调的旋律句（“仄仄平平平仄仄”和“平平仄仄仄平平”）互相配合起来，亦复如此。还有，我所谓的旋律酵母，极像西方语言散文里的所谓音调（cadence）。清王士祯《古诗平仄论》、赵执信《声调谱》和董文涣《声调四谱图说》，以他们所主张的所谓拗和救来分析古今体诗，以至制成图谱，也就是根据正负、向背等互相调剂的原则来立论的。不过他们的分析和图谱病于拘泥烦琐，只能勉强地说明若干首古诗的平仄和拗救，没有概括全体诗歌的科学性。我们知道，平仄声的划分，前者自成一类，分上平下平，后者包括上、去、入三声，便是用正负、向背，顺逆或阴阳的原则来归类的。平声读起来显得宽广明朗，不高不低，同时也很长；上声一直维持高亢的调子，比较短些；去声由低而高，比较更短促，忽然而止；入声则低钝沉重而极短。划分四声的方法（实际上是划分平、上、去三声的方法，叫做“声明”，因为入声是我们自己所特有而不能归入上述三声中的独自一类，故合起来总称方为四声）和因明（相当于西洋传来的逻辑）当初随着佛教从印度传到中土（见陈寅恪：《四声三问》，载《清华学

报》九卷二期）；后来到齐梁间，周颙和沈约著《四声切韵》和《四声谱》加以规则化，再后来到唐初，为了诗中音组和旋律的需要又被归并为平仄二类。把它们归为平仄二类分明并不是按着长短或高低或重轻来区分的，而是根据阳明宏放和阴沉哑哨两个显然对立的感觉来分野的。

㊲ 素体韵文是不押脚韵的韵文，有音组，有整齐的节奏；它虽然不押脚韵，可是绝不是漫无法度的散文的断片，即有些人所了解的所谓“自由诗”。参看本文注⑤和注⑨。

㊳ Milton：*L'Allegro*.

㊴ 有人极力反对十四行体，对它深恶痛疾，认为是绝对要不得的一种体制，那看法和态度我觉得都是不对的。十四行体不大容易写作，这一种体式的具体格律相当谨严，韵脚比较难安排，乃是事实。因此，我们不必大肆提倡，不应当劝大家都来写作。但如果有人把这形式用具体的作品介绍进来，同时也训练他自己运用诗歌语言的高度艺术和技巧，那又有什么不可以呢？要晓得文言诗词和自由韵文尚且有人写作；十四行体比文言诗词要容易得多，比自由韵文要合理而正常得多，不能想象有什么不准写作的理由。在苏联，翻译莎士比亚的十四行体诗集，曾经得到过斯大林文艺奖金的鼓励。我们有许多事情都落后于苏联，在这一件欣赏一种诗歌体制的事上也是如此。在苏联假使有人痛切反对十四行体，说它束缚诗人们的“自由”，那样的人如果不是个一知半解的中学生，一定会被认为是个半知识分子。记得近三十年前胡适曾经反对过新诗里有任何格律，并且特别死硬地反对十四行体，说那是“缠外国小脚”。有人会说，胡适反对的东西不一定全是好的，缠小脚便是一个例子。我的答复是，小脚固然不好，但是他这譬喻是错误的，因为他不懂格律（节奏、音组、韵律）对于一首完整的诗歌所起的作用，所以说出那样的外行话来。还有，闻一多先生曾经说过诗人们应当戴了脚镣跳舞；这说法虽然是答复反格律论者的，可是也是不适当的，能引起绝大的误会，因为格律之于诗歌并不等于脚镣之于人。

㊵ 见《闻一多全集》（1947 年，上海）第三册丁集二四五至二五三页《诗的格律》一文。《死水》一诗见丁集十六至十七页。

㊶《闻一多全集》第四册辛集《现代诗钞》六五〇至六五一页。这首诗在内容和表现上病于堆砌。

㊷ 有人把我这里叫做音节的，名之曰“顿”，并且和法文韵文里我叫做“切断”（césure）的以及叫做音段的都当作同一件东西：这是会引起莫大的误会和混乱的，颇为不妥。“顿”如果解作一个语音的延长或“淹滞”（见注⑲和正文里括弧内的说明），则在“关关｜雎鸠，‖在河｜之洲”和“我隐约｜能窥见｜你们｜将来‖最后｜那一天｜胜利｜的荣光”里。举例来说吧，我们却是不应当把每一个音节里的最后一个语音拉长了念的。有人会说，在后一个语音韵文的例子里，每一个音节的末了一个语音，的确是不能拉长了念的；但在前一个文言韵文的例子里，如果吟哦起来，每一个音节的末了一个字音，的确要比上一个字音长得多重得多。不错，那是把文言诗吟哦起来，把它音乐化的时候才那样做；不把它当作音乐化的材料，而仅仅作为脱离了音乐的韵文节奏的材料时，便不应当吟哦而只宜于诵读，而在诵读时却不可以把每一个音节里的第二个字音延长了念。我们读文言诗所以时常

要吟哦起来，乃是由于计数主义势力太大，各个音节里的字数太整齐，因而念起来感觉得单调，于是用吟哦来破除单调，避免沉闷，但无论如何，音乐化的吟哦不能算在韵文节奏或音组的账上。其次，如果把“顿”字解作没有语音的“休止”（亦见注⑲和正文里括弧内的说明），则不论在文言诗或在白话诗里，在每一个音节的终了时，语音之流便得停止一下——这样把一行韵文断成不相衔接的一橛橛，岂不变成笑话？要晓得我们在分析时在音节与音节之间固然可以用线条划分，但在诵读时都切不可一橛橛地加以中断。音节如竹节，段落分明，但不中断。再说，法文古典亚历山大行韵文里的“切断”（césure，参看注⑳），那是有规定的地位的，是“静默”的一种，在一行里只有一处而且一定有一处，因此把我们的一个音节和它等同起来也是不对的，何况把新诗的每一行都断成两橛，也不成体统。最后，法文古典亚历山大行每行有四个音段，“切断”的地位只在第二与第三个音段之间；现在把每一个音段叫做一个解作“切断”的“顿”，分明也是不适当的。韵文原理和现象是非常复杂，因而极难状述和分析的一个理论和一些事态，状述和分析时所用的术语必须十分精确，要不可能引起种种的误会，方有希望把事情弄清楚，否则会愈讨论而愈糊涂。

㊸ 西方韵文学家们把韵（rhyme）分作三种。一是头韵（alliteration），相当于我们的双声：即一个字的开首一个缀音的元音（vowel），它前面的辅音（consonant）和另一个字开首一个缀音的元音前面的辅音相同或相似，那样两个缀音便是协头韵的；如果两个字的开首的缀音都没有元音前面的辅音而它们的元音是相同或相似的，那也构成了头韵；还有，在两个字中间，如果各有一个重读的缀音有上述的相协情形，这两个重缀音也是押了头韵。第二是中韵（assonance）：即两个缀音，它们的元音彼此相同，可是元音前面和后面的辅音彼此各不相同，那样的两个缀音就是押了中韵。第三是尾韵（end-rhyme）：即两个字的最后一个缀音，它们的元音相同，元音后面的辅音也相同，但元音前面的辅音则不相同，这样两个缀音就叫做尾韵相协。我们的汉语语音，除广东福建等地的方音外，通常在元音之后没有显著的辅音，所以对于我们来说，中韵和尾韵不分，是同一件东西，就是韵。至于我们所区别的叠韵和脚韵，前者是在同一句韵文内发生得很近的或发生在上下两个字（往往是连系词）里的韵，后者是在两句韵文的句尾发生的韵。在中国文言诗歌里，《诗经》早就已经用脚韵；双声叠韵则从《诗经》开始，在文言诗歌里作为谐和的美化效果，向来是司空见惯的。据说在梵文、阿拉伯文和波斯文里，脚韵也是老早就有了的。在欧洲，古典希腊拉丁语诗歌不用韵，古条顿语诗歌用头韵，其作用是划分音段，古法语诗歌和西班牙语诗歌用中韵，协在行尾。欧洲近代语诗歌，除西班牙语诗歌仍用中韵外，其余的一般讲来是用韵的，而那韵都是尾韵，用法和我们所谓的脚韵和韵脚相同；不用韵的只有素体韵文和自由韵文，后者严格讲来不能叫做韵文。

* 此文写作于 1954 年。《诗歌底格律》曾在《复旦学报·人文科学》1956 年第二期和 1957 年第一期发表过，并曾收入《孙大雨诗文集》中。

我与诗

我七十年前在上海读中学时爱好数学和诗歌，曾经冀希学天文学。1922年夏考入清华学校后，我兴趣朝诗歌方面发展，特别是英文诗歌。我向往雪莱的高渺幽微的激情遐思和弥尔敦的崇高浩瀚的气魄意境。雨果的《悲惨世界》和罗曼·罗兰的《米凯朗杰罗传》、《贝多芬传》和《约翰·克列斯多夫》等散文作品虽然能使我兴奋而神驰，但我更向往于诗歌里情致的深邃与浩荡，同格律声腔相济相成的幽微与奇横。到了最近这几十年来，兴趣扩大到欣赏中英文诗歌及其作者以及翻译中、英文诗歌杰作。

自从1917年有些富于新思想的高级知识分子开始写白话文的新诗，我在20年代中期总觉得新诗的意境太淡漠空泛，粗疏平淡，声腔节奏跟白话散文怎么那样差不多，可说并无显著或微妙的区别。胡适所提倡的散文里的明白清楚，为了使读者理解学问的实际情况，固然有它的必要，但诗歌若仅仅止于理解现实的细关末节，没有想象与玄思的微妙、光焰、气氛、超脱、深沉、广大与隆重，那它跟散文还有什么多大的区别？散文为说明理路，分析问题，跨着明确、细致、翔实、阔大的步子向前、向后、向四面八方探索，固然可以解决它自己的问题。但如果要旋转，要酣畅，要舞蹈，要跋扈，要奔腾，要飞扬，跨着散文的细小而平凡的步子就不能济事。

韵文，不光在句逗的关节处押上韵，在它整个行进中还得有风姿、神采、气势、声威、魄力、隆重。韵文也可以不押韵脚或脚韵，但须得有上述的风神气度。

1925年夏天，我在清华学校毕业后，根据学校当时的新规定，申请暂不到美国去留学，耽在国内一年，对于我国的文化和社会加深点接触和认识。我到浙江海上普陀山佛寺客舍里去住了两个来月，想寻找出一个新诗所未曾而应当建立的格律制度。结果被我找到，可说建立了起来，我写得了新诗里第一首有意识的格律诗，并且是一首贝屈拉克体的商乃诗。翌年 1926 年 4 月 10 日发表在北京《晨报・诗镌》上。而闻一多在 4 月 15 日的《晨报・诗镌》上发表他的第一首格律诗《死水》是在五天之后，不是有人在 1979 年说闻一多在“半世纪以前”，而我在“四十年前”发表新诗中最早的有意识的格律诗吗？事实上还是我在前。我 1930 年在美国纽约市、科伦布（俄亥俄州）和回国后早期所写的《自己的写照》三百八十行那残篇的开头，在 1931 年新月书店出版的《诗刊》上发表出来［后来在《中国新文学大系（诗集）》上转载］，起初三百行有九十处印误，真使我扼腕可惜。我那首《自己的写照》长诗只开了一个头的未完成的残篇，诗行脉搏里冲击着一个现代人在一个现代化的大都市中的意识、感受和遐想，奔腾飞扬、磅礴浩瀚，气象万千，化恣肆纷扰为绵密的协调，在严峻的和谐中见杂乱繁芜，正如第一行所总括的：“森严的秩序，紊乱的浮嚣。”这首未能完成的长诗，它的题目和它所咏叹的现象之间的哲理方面的关键，是法国 16 世纪末到 17 世纪中的哲学家笛卡尔的一句妙谛：“我思维，故我存在。”思维的初级阶段是耳闻、目睹等的种种感受，即意识，用凝思和想象深入、探微、绵延、扩大、张扬而悠远之，便由遐想而变成纵贯古今、念及人生、种族与历史的大壁画和天际的云霞。这样写法我不知西方有哪一位现代诗人曾企图写作过。这首诗的挥洒用每行四个音组的韵文行来表达，但由于它的气质是那样蓬勃横溢，故多多运用飞扬沸腾的跨行或泛溢来表达。这首残缺的诗，未经它的作者解释，五十多年前发表它的片段时，能领略以及欣赏它的人恐怕只有三五人。有人因为茫然不懂它，讥之为“炒杂脍”。我敝帚自珍，惋惜他炒不出这样的杂脍。

关于我对莎士比亚的学习、研究和翻译，今年将有我所译四大悲剧的集注本在上海译文出版社出版，这里因篇幅所限，只能不谈了。

原载《新民晚报》1989 年 2 月 21 日第八版

格律体新诗的起源

自新诗诞生七十多年以来，有人写自由体新诗，也有人尝试写格律体新诗。至于新诗究竟应否具有格律以及如何创建良好的格律形式等等理论与实践问题，本文不拟涉及，只想罗列一些有关格律体新诗的历史事实。

《文汇月刊》1989 年末一期登载卞之琳的《我和叶公超》一文，其中谈到关于我的有一点叙述与事实不符，我在这里提出来加以是正。

他说他“现在读到公超 1937 年发表在孟实主编的《文学杂志》创刊号上的《论新诗》一文，发现更多深获我心的见解。例如新诗建行单位不应以计单字数而应计语音的音组，比孙大雨先生通过长期实践到 30 年代开始译莎士比亚才提出‘音组’说法似还早一步”。

初期写相当数量的新诗、出诗集的如胡适、康白情、俞平伯、郭沫若等，都注意到要挣脱文言文旧诗五言、七言、乐府等传统格律的束缚，但并没有怎样注意到要建立新诗所应有的自己的格律。以胡适为例，他曾对我坚决表示过新诗不应当有什么格律，他认为那种想观摩近、现代英、法、德文诗歌文学的格律机构，作为参考，以建立我们自己的汉语白话新诗的格律，就是误入歧途，“缠外国小脚”。但我年轻时却就不以他的这一主张为然，虽然他比我年长十多岁，当时已赫赫有名。我感觉到要用以华北为首的广大地区的口语或“白话”来写作我们的新诗，当然要挣脱文言文的句法结构及惯用的辞采，而且还应当博采我们日常生活中的行动、思维、快意、感受、悬念、企盼和可能想象到的一切，凝练成一个个语辞单位，加以广泛运用，以充实我们的表现力。并且应该，也完全可以借鉴外国诗歌文学的格律机构，作为参考，以创建我国白话新诗的格律。

我最早在1926年4月10日，远在叶公超于1937年在朱光潜所主编的《文学杂志》创刊号上《论新诗》文内提到“音组”之前十年多，就已在发表的作品中，公开实践了我以语辞音组的进行造成诗歌节奏的具体行动。我在北京《晨报·诗镌》上述日期的1376号上发表了一首意大利式的商乃诗（十四行诗）《爱》，当时署名孙子潜，因篇幅不长，现转录如下：

往常的天幕是顶无忧的华盖，
　　往常的大地永远任意地平张；
　　往常时摩天的山岭在我身旁
峙立，长河在奔腾，大海在澎湃；
往常时天上描着心灵的云彩，
　　风暴同惊雷快活得像要疯狂；
　　还有青田连白水，古木和平荒；
一片清明，一片无边沿的晴霭；

可是如今，日夜是一样地运行，
　　星辰的旋转并未曾丝毫变换，
　　早晨带了希望来，落日的余辉
留下沉思，一切都照旧地欢欣；
　　为何这世界又平添一层灿烂？
　　因为我掌中握着生命的权威！

当时我在这首发表的诗后面没有声明它是一首据我所知最早有意识书写的语体文格律诗，虽然我自知它是我从观摩英文名诗作品里所借鉴引进来的一首意大利式或称贝屈拉克体的商乃诗（Italian or Petrachan sonnet）。我虽然已经有意识地运用二至三个字成一个单位，积五个单位成一个诗行，但我当时尚未把这样的单位定名为“音组”。我作出“音组”（字音小组）那个定名乃是以后的事，我记得是于1930年在徐志摩所编新月《诗刊》第2期上发表莎译《黎琊王》一节译文的说明里。总之，“音组”一词在我国语言文字里，据我所知，从来还没有过，乃是我为了要区别西方古希腊文、拉丁文及近今英文、德文诗歌文字里相当规范化的格律单位“音步”，专为说明我自己诗行里的节奏单位，而由我首创的。叶公超1937年发表的文章里说起“音组”一词，很可能他是看到了我1930年在新月《诗刊》上的文章而顺手沿用的。

1925年夏季，我在北洋政府以美国老罗斯福政府退还庚子赔款余数作为基金所设立的专为教育学生、使他们毕业后能到美国去留学的北京清华学校毕业后，没有和同班同学一起立即出国，而在按照当时学校的新规定可呆在国内一年，去访问名胜古迹、“接触社会”，旅居在浙江海上普陀山前山佛寺圆通庵的客舍里，上面所录的我这首商乃诗，就是在那里构思写成的。

闻一多的第一首格律体新诗《死水》，他后来用作他出版诗集的题名，发表在1926年4月15日的北京《晨报·诗镌》第2期上，比我这首商乃诗晚五天问世。卞之琳在他于1984年在三联书店出版的《人与诗：忆旧说新》一书内《与周策纵谈新诗格律信》（一一六页上）中说，我在“40年前……用了这个词（按系指“音组”）”，而闻一多则在“半世纪以前”即已说起“英尺”；实际上闻所说的英文诗里的“英尺”（foot feet）是“英步”的误称，而卞说闻一多比我早十年是个颠倒先后的误解。

原载《文艺争鸣》1992年第五期

诗韵自述 *

我在七十多年前在上海读中学时就爱好诗歌，在 1920 年 5 月 15 日的《少年中国》上发表了我的新诗处女作《海船》，那时我才 15 岁，这首习作只是寄托了一个少年纯真的情怀，当然不够成熟。1922 年夏考上北京清华学校后，我的兴趣朝诗歌方面发展，特别是英文诗歌。我向往雪莱的高渺幽微的激情遐思和弥尔敦的崇高浩瀚的气魄意境。雨果的《悲惨世界》和罗曼·罗兰的《米凯朗杰罗传》、《贝多芬传》和《约翰·克列斯多夫》等散文作品虽然能使我兴奋而神驰，但我更向往于诗歌里情致的深邃与浩荡，同格律声腔相济相成的幽微与奇横。在清华时，在西单梯子胡同的住所，我们所谓的"清华四子"(子沅——朱湘、子离——饶孟侃、子惠——杨世恩、子潜——孙大雨)，常常热烈讨论或甚至争论新诗的发展和形式问题。我极力主张新诗也必须有韵律，从那时起我就致力于探讨语体文诗歌格律的创建，并形成了初步的构想。

自从 1917 年有些富于新思想的高级知识分子开始写白话文新诗，我在二十年代中期总觉得新诗的意境太淡漠空泛，粗疏平淡，声腔节奏跟白话散文怎么那样差不多，可说并无显著或微妙的区别。胡适所提倡的散文里的明白清楚，为使读者理解学问的实际情况，固然有其必要，但若诗歌仅止于理解现实的细关末节，没有遐想与玄思的微妙、光焰、气氛、超脱、深沉、广大与隆重，那它跟散文还有什么区别？散文跨着明确、细致、翔实、阔大的步子向前、向后、向四面八方探索，固然可以解决它自己的问题，但如果要旋转，要酣畅，要舞

---

* 此篇名为编者所加。

蹈，要跋扈，要奔腾，要飞扬，则跨着散文的细小而平凡的步子就不能济事。

初期写相当数量的新诗、出诗集的如胡适、康白情、俞平伯、郭沫若等，都注意到要挣脱文言文旧诗五言、七言、乐府等传统格律的束缚，但并没有怎样注意到要建立新诗也应有自己的格律。胡适曾对我坚决表示过新诗不应有什么格律，他甚至认为那种想借观摩近代英、法、德文诗歌的格律机构，作为参考，以建立我们汉语白话文新诗的格律，就是误入歧途，“缠外国小脚”。但我年轻时却就不以他的这一主张为然，虽然当时他比我年长十多岁，并已赫赫有名。我感觉到要用“白话”来写我们的新诗，当然要挣脱文言文的句法结构及惯用的辞采，而且还应当博采我们日常生活中的行动、思维、快意、感受、悬念、企盼和可能想象到的一切，凝练成一个个语辞单位，加以广泛运用，以充实我们的表现力。并且应该，也完全可以借鉴外国诗歌文学的格律作为参考，以创建我国新诗的格律。

1925 年夏天，我在清华毕业后，根据学校当时的规定，申请耽在国内游历一年。我到浙江海上普陀山佛寺客舍里去耽了两个来月，想寻找出一个新诗所未曾有而应当建立的格律制度。结果被我找到了，那是以两个或三个汉字为常数而有各种不同变化的“音组”结构来实现的。翌年（1926 年）4 月 10 日我发表在北京《晨报副刊·诗镌》上的十四行体诗《爱》，可谓运用“音组”有意识地撰写格律体新诗的首次实践。这首诗每行均有规范严整的五个音组，为节省篇幅，这里只引用该诗开首四行为例：

|往常的|天幕|是顶|无忧的|华盖，|

|往常的|大地|永远|任意地|平张；|

|往常时|摩天的|山岭|在我|身旁|

|峙立，|长河|在奔腾，|大海|在澎湃；|

以后我用这个方法创作和翻译了约三万行左右的诗行。

早期我创作的格律体新诗为数并不多，已收在1990年出版的《中国新诗库·孙大雨卷》中；近几十年来我的兴趣扩大到莎士比亚诗剧以及中、英文诗歌杰作的翻译上。我开始尝试用音组这一格式对应莎剧诗行中的音步，作了莎剧翻译的实践，那是在1934年9月。我首先译了莎氏著名悲剧《黎琊王》(*King Lear*)，至1935年译竣，后经两度校改修订，又因八年抗战的耽误，直到1948年11月才由上海商务印书馆出版。六十年代后我又译了其他七部莎剧，现正由上海译文出版社陆续出版。莎剧原文每行五个音步，我的莎译每行为五个音组，跟朱生豪、梁实秋的散文译品不同，我自信要比较接近于莎氏原作的风貌。

到了晚年，在七十年代中期，在“文革”中极其艰难的境况下，我花了四年时间，英译了包括《离骚》在内的屈原诗作，这本《屈原诗选英译》将由上海外语教育出版社出版。

几十年来我写的一些论说文，也都是围绕诗歌或莎译展开。早年我所写的《论音组》一文和五十年代发表在《复旦学报》上的长篇论文《诗歌底格律》可说是我的诗歌理论和实践的总结。总之，我回顾自己一生的创作活动无不与诗歌联系在一起。

诚然，自新诗随白话文的兴起而诞生以来，历经七十多年，有人写自由体新诗，也有人写格律体新诗，这是各人的爱好与自由，尽可百花齐放；但我至今仍认为必须赋予新诗以一定的格式，俾新诗臻于成熟。我国的旧体诗词中有四言、五言、七言以及长短句的词等形式，每行都有固定的字数与韵律，读起来朗朗上口，人们当很容易将它们与一般的古文相区别；同样地，我们不能仅仅满足于将语体文分了行就视为新诗，我深感现在新诗的不如小说、散文繁荣，除其他种种因素外，新诗的迄未“定型”也是症结之一。

我几十年来所极力主张的用“音组”结构撰写新诗的理论与实践，虽是我的一家之言，但我敝帚自珍，相信至今仍未见有更好的形式来取代它。

闻一多也是格律体新诗的倡导者之一，他的第一首格律体新诗《死水》发表在 1926 年 4 月 15 日的北京《晨报·诗镌》第二期上，比我的商乃诗《爱》迟 5 天问世。他主张新诗的“建筑美”，他把格律之于新诗看作是“戴着镣铐跳舞”；我则认为格律之于新诗决不是“镣铐”或桎梏，当然，它的前提必须是要能把格律机构运用裕如。格律之于新诗将使诗行富于节奏感，并使其与寻常的散文区别开来。

原载上海教育出版社、上海社科院文学研究所编：

《中国作家自述》658—660 页，1998 年 9 月

• 翻译论述 •

略谈英诗中译的艺术

——评《新译英国名诗三篇》举例

文学作品特别是诗歌的翻译，要求移植者对于原文和所译文字的造诣都异常高，要能深入理解和摄取原作的形相到奥蕴，又善于挥洒自如地表达出来，导旨而传神，务使他能在他那按照原作的再一次创作的成果里充分体现原作的精神和风貌。

《译林》季刊在1982年第二期里发表了卞之琳的《新译英国名诗三篇》。我对译文有一些意见，现在提出来供大家商讨，作为移译中兼顾形神的具体实践所要求的纠错和修整。

第一首格雷的诗，题目 *Elegy Written in a Country Churchyard*，据译注说“沿用郭沫若旧译名”，故作《墓畔哀歌》。我认为并无必要这样做，虽然郭译对原题名没有太大的出入，但既然称新译，则以译作《乡村墓园挽歌》为是。

此诗第二十一节原文为：

Their name, their years, spelt by th' unletter'd muse,
The place of fame and elegy supply;
And many a holy text around she strews,
That teach the rustic moralist to die.

卞译为：

无文的野诗神注上了姓名、年份，
另外再加上地址和一篇诔词，

她在周围撒播了一些经文，

教训乡土道德家怎样去死。

“年份”（years）是就字直译，宜作“生卒年”，较为明晰。第二行“再加上地址”是个不该有的理解上的严重错误。原意为“用来代替荣誉和悼念的挽诗”，乃是说他们没有什么荣誉和挽诗可供纪念和铭志，只有姓名和生卒年被无文的野诗神留下来。“Supply the place of ...”只是“代替”的意思，绝对不是什么“地址”。不说“take the place of fame and elegy”或“meet the need of fame and elegy”而用“supply”是出于格律（轻重格）和押韵（“supply”和“die”）的需要。第三行译文“她在周围撒播了一些经文”也不妥，应作“她到处散播《圣经》里的引言”，既清楚地说明了所谓经文是基督教《圣经》里的文句，又跟上面改易的“生卒年”押了韵。第四行“怎样去死”不好，是死译，原文意思是“(how) to die”，在怎样的情形中去世才合适，故应译为“教训乡间道德家怎样死才合时”，即合乎时宜。

第二十四节第一行译文缺少一个音组，并且将原文“For thee, who, mindful of th’ unhonour’d dead”译为“你关心这些陈死人”，这口气近于辱骂，殊不得体，应改为“无华的已亡人”。

第二十六节第四行“And pore upon the brook that babbles by,”被译为“悉心看旁边一道涓涓的小溪”，“悉心看”三字用意太重，宜作“凝视着”或“目注着”。

二十七节第二行“Mutt’ ring his wayward fancies he would rove”被译为“念念有词，发他的奇谈怪议”很不适当，因为“念念有词”和“发奇谈怪论”（为了押韵，改“论”为“议”）是耻笑讥讽的语气，在报章杂志上用来挖苦人已用得很滥，相当于鄙薄和奚落，而原文并无这样的含义，故应译为“边走边低声哼他古怪的幻想”，方不致使读者有用意厌恶或风格庸滥之感。记得译者在他的《哈姆雷特》的译文里用上“我王万岁”和“大张旗鼓”等疲滥的现成词句，在他现在这三首译诗的《希腊古瓮曲》里用“头头是道”、“男男女女”等语，也都欠适当。

这首诗第二十七节第三行“Another came；”被误译为“第二天早上”，应当是“另有人来了”，却不见他在溪流旁，草地上，林木间来到。第二十八节第一行“The next with dirges due in sad array”是说“The next (morn),”译文由于上面的误解而这里译成了“第三天”，这一错误是由上一个错误绵衍下来而产生的。若照卞译所理解，格雷可不说“Another came”而作“He came not th' next,”而下面的“The next”可作“The third。”

《墓铭》第一行“Here rests his head upon the lap of Earth,”译文作“这里边，高枕地膝，是一位青年”也不大适当，应为“这里，在大地肚兜里，躺一个青年”。第四行“for her own”毋须译为“认作宠幸”，译为“认作亲人”就切合无间。

《墓铭》第二节：

He gave to Mis'ry all he had, a tear,
He gain'd from Heav'n ('twas all he wish'd) a friend.

译文作：

他给了“坎坷”全部的所有，一滴泪，
从上苍全得了所求，一位朋友。

应加两个“他”字，“……他全部的所有，……”和“……全得了他所求，……”。

最后一节第一行缺少一个音组，“表彰他的功绩”可改为“表彰他的事业功绩”。

综上所举的错误缺失，共十五点，有的很严重，负责看译诗稿的编委似乎应当加以纠正修改。

第二首是雪莱的《西风颂》，原诗作于1819年他在海滨遇风暴去世前约三年，当时他约二十七岁。这首七十行的名篇，气势雄劲，一气呵成，但又构思绵密精微，格律谨严，叶三行连锁韵（terza rima）如但丁的《神曲》。

原文第七行里“The winged seeds”在译文第五行里变成了“飞英”，是与本意大相径庭的错误。“英”字在我们汉字里相当于“华”、“花”或“花瓣”，偶尔也可解作叶，但极难得，可是不能解作“籽”或“种子”。而且原文这一行的末一字“thou”跟第七行和第九行末一字“low”与“blow”押韵；可是译文“英”与“下”和“叭”完全不能相叶。译注里说雪莱原诗“韵式是aba，bcb，cdc，ded，ee，译文照押”，但这里分明出了格。

译文第八行末“发僵”，原作并无此意，是译者为了要跟第十行“成行”和十二行“生香”押韵而自加的。

第十一行原文为：

Driving sweet buds like flocks to feed in air

译文作：

把花蕾赶出来，像放羊去吃草尝新，

雪莱诗思的妙处是在最后四个字里，意思是春神将吹响她的号角，唤醒还在梦中的原野；赶着鲜嫩的芽苞、花蕾、枝桠去吸取生机和活力，它们仿佛是羊群（去吃草）一般。这个很美的意象在译文里完全失掉了，而代之以“吃草尝新”四个字，完全消失了原来的意趣。

第二大节第四行是说“在你的急流里，乱云像雨阵和闪电的神使群”。译文作“雨电的神使”，既不合原文（雨和电），也不合中国语文的习惯用法。我们说“雨雪”，“雨露”，但不说“雨电”。当然，也可以创新，可是这一创新使人有与中国语文格格不入之感。

第二大节第七行原文“fierce Mænad,”在译文第六行里是“凶狠的麦纳德”，这里发音不大对，æ应读为e，音译为“弥（或米）纳特”。

同一大节第八行译文“并不掉落”，原文无此意，是为跟下面的第十行“夜色四合”和第十二行“气魄”押脚韵而凑的。至于第十二行的“集聚的气魄”用来译原文“congregated might”也不妥；“might”应译为“威力”或“威势”，“气势”也还可以，但“气魄”则不对。

第三大节第二行译文“不叫它再舒躺”，最后两字用在一起有僵硬不自然之感，译文为了要跟下面第四行的“小鸟旁”和第六行的“荡漾”押韵才这样勉强应付。

原文第六行“Quivering within the wave’s intenser day”，译者没有懂得“the wave’s intenser day”含蓄着非常丰富的用意，竟译为“在烈日临照的轻波微澜里荡漾”。雪莱的原意是说，在古代当年，那些宫阙堡邸曾荣盛一时（因为它们的主人们都很显赫），掩映震颤在波澜里，如今“晋代衣冠成古丘”，他们都已消逝，那些宫堡上则长满了苔藓花草。

这一大节的末一行原文内“despoil themselves”是说海底的林木听到西风在天际空中轰响，都因受惊而纷纷脱叶摇落，（“despoil”即to strip of belongings)，并不是译文所谓的“自相纠缠”。

第四大节第二行原文“swift cloud”译为“流云”也失真，应译为“飞云”。

这首诗连同它的注文有轻重不一的错误阙失十二处。

第三首译诗《希腊古瓮曲》第一行“还未曾失身的新娘”，原文是“unravish’d bride”，济慈这首诗的整个情调气氛可以用“优美”两字来概状。在我国文字语言里，“失身”两字是指青少年女子未曾正式婚嫁而与男子（或者成年的有夫之妇与丈夫以外的男子）发生性交关系，失去贞操，或者受骗被诱奸，或者自愿但还是不正常，甚至被强奸。原文“unravished”，“un-”这个字首是“未曾”的意思，“ravish”这字有三个意义，一是“绑架”或“掳获”，二是“强奸”，三是“狂欢极乐”。济慈的用意分明说“尚未与新郎同床的新娘”，是采用第三个含义。卞译谓“还未曾失身的新娘”，这是个严重的错误：试问新娘怎么会失身给新郎？这不仅是个没有分寸措辞不当的缺失，而是个破坏整首诗非常优美的风神和气氛的悖谬，翻译或讲解任何外文的诗歌时不能允许这样的错误。辞典上说卓文君失身给司马相如，因两人私奔，未行正式婚礼而为夫妇。莎士比亚晚年的喜剧杰作《暴风雨》里，米兰公爵泊洛斯潘如的独生爱女蜜亮达（Miranda）与拿波里王子斐迪南（Ferdinand）相爱时，他们尚未举行婚礼，他情不自禁，想要先发生欢合的关系；她不同意，劝他暂时隐忍一下，等成婚后才可以如此。当然，在现代生活中，不行正式婚仪而同居的自然婚姻比比皆是，而在婚前先行燕尔之欢的更是不可胜数。但这并不能改变19世纪初那个年代济慈写这首诗时，他对于他所向往的古希腊时代的真善美理想境界的憧憬；尤其他在写这首诗时，面对着这只希腊古瓮上无比优美的浮雕，他的感受是丝毫没有阴影的，绝对没有什么“强奸”、“和奸”、“失身”、“污辱”之类的联想或杂念。不说“失身”，说“破身”也不行，因为“破”字的联想也不好，这里只能说“含苞未放”或“尚未曾合欢”，虽然前者在设想上与原作用字含义不尽贴切，但却是符合原作精神的活译，在字典辞书上找不到。我在本文开首时所说的“再一次创作”就是这个意思。

译文第二行“抱养的女孩”用来译原文“foster child”也不妥，“抱养”两字太现实，显得粗俗。没有光彩的译文是“义女”，但在这里不能用，因必须利用行末的“女孩”跟第四行行末的“风采”相叶韵。“螟蛉”两字可用，虽然在昆虫学里科学的事实是，蚂蚁要把螟蛉吃掉，不是要养育它；但在几千年的文字里既已养成了习惯的含义，也就不妨采用它，正如我们说“放心”、“存心”、“忧心忡忡”，而不说“放脑”、“存脑”、“忧脑忡忡”。

译文第八行“什么样小女人”，用来译原文“what maidens”也很不适当。“maiden”这字在英文里有它优美的光彩，“小女人”在中国语文里则不像话。我们语文里有“小姑”或“小姑娘”这样的称呼，为何不用？明朝小说里则称“小娘”或“小娘子”。

译文第九行“怎么样猛追”用来译原文“what mad pursuit？”也欠斟酌。“穷追”顺而不滥，但意义不同。“猛追”一辞僵硬而不协调，是由于生僻。应译为“多么疯魔的追求”，既文从字顺，又与原义贴切无间。

译文第十行“什么笛，什么铙钹”有两个错误：原文“What pipes and timbrels”，前者是竖直吹的箫管，不是横吹的笛，后者又名“tambourines”，应译为“铃鼓”，是拿在手里的小扁鼓，周围缀以小铃或可以摇动的小金属薄片、圆环之类，用手指轻轻敲响鼓面，同时摇晃摆动而使小铃铛轻盈地齐鸣。这种圆而扁的铃鼓绝不是译文里所说的铙钹。严格讲来，铙与钹本为两物。铙即钲，形如铃，但无舌；敲响金铙，以止鼓声；它是古器。我们现在讲铙钹，乃是指钹。我们的铙钹是用两只手把两片圆形的铜皮（中间鼓凸出来并有一个小洞，洞里穿一根细绳，细绳在铜皮的两边各打一个小结，碰者手持两根细绳而鸣响之）互相碰撞，声音尖脆、响亮，喧闹震耳。在英文里，铙钹名叫 cymbal，任何合格的英文字典里都可以查到，且绝不会与 timbrel 相混。铃鼓则是舞女用一只或两只手的手指弹弄鼓面，同时把它摇晃，铃铛声声，轻盈可喜。碰铙钹跟弹弄铃鼓，两者的气氛大不相同。济慈原诗的意境完全被破坏掉。

译文第二节第二行又是"笛管"，而且是"柔和的笛管"，只恐笛管声不怎么柔和，却很尖峭，柔和的是直吹的箫管。

译文第二节第七行"勇敢的钟情汉"，原文为"bold lover""勇敢的"为钉着字典定义的直译，"钟情汉"的"汉"字则有问题。这个字有粗鲁猛烈的含义，如"绿林好汉"，"梁山上下来的几条汉子"，用在钟情者身上颇不适合。

译文第三节第七行"永远的喘气"是硬译死译原文的"Forever panting"，效果跟处在它那本来环境里的原文大不相同，使读者有滑稽的感觉，不懂英文诗的人会误认是作者的败笔。

译文第三节第八行"远远的超出了人欲的纠缠不清"，乃是译原文的"All breathing human passion far above"，即"All breathing far above human passion"，是在诗歌里常有的为押脚韵而倒装的句法。怎么在译文里变成了"人欲的纠缠不清"，使人难于理解。译者在上一首译诗里第三大节末一行说"自相纠缠"，这里又说"纠缠不清"，不知他为何对此想法与措辞有如此的偏爱。细按原文，我们知道济慈在这一行里所要说的乃是"一切都抒发出远远超脱了人间激情的气氛"，是这浊世的激情使我们心中满是悲伤和腻烦，额上发烧，舌头干焦。这涉及他自己的失恋和得了严重的肺结核。

第四节第九行"也没有那一位能讲得头头是道"，为了要跟第六行“太平的城堡”押韵，所以用这样一句疲滥不堪的老调“头头是道”，使人起厌恶之感。这样的措辞在英文里叫做“hackneyed phrase”，在散文里尚且不宜用，在诗篇里则切忌，而在这首诗里尤其如此。在诗歌里为要形成意境，以传达情致，最要讲究风格，而风格和气氛的创建则要靠用字遣辞来实现。下译尽用些“头头是道”、“纠缠不清”、“念念有词”、“奇谈怪议”、“男男女女”等文字来飨读者，真使人啼笑皆非。

第五节第二行“雕饰了大理石的男男女女”，原文为“Of marble men and maidens over wrought”。大理石（marble）与北京用来作装饰柱子用的玉石不同。玉石都是白石，质地不甚坚固，不发亮，容易风化；而大理石是质地坚硬、光洁发亮的石灰岩，有时纯白色，但有时有青灰色的不规则条纹，而且不易风化。我们的大理石产于云南省大理的点苍山。古希腊用来作神庙、雕像和济慈这首诗里的古瓮用的当然不是我们大理的那种石头，但质地相同。译文作“男男女女”，好像是报纸上的新闻报道；原文为“men and maidens”，这语辞的风貌与“men and women”大有不同，译者却没有感觉到。

本节第三行行末原文“the trodden weed”（被脚踩的草皮）是为要跟第一行的“brede”押韵，在译文里成了“青草在脚底下起伏”，在脚底下被踩倒、踏伏是必然的，但起来则不可能。

原文第五行“Cold Pastoral!”是惊叹这古瓮上的浮雕有如一首凝冻了的田园诗或牧歌，虽是石雕，却栩栩如生，脉脉情切。译文以“冰冷的牧歌！”译原文，加上“冰”字，未能把这个含蓄的意思表露出来，使读者感觉到。

第七行原文“Thou shalt remain”（你将会留存）的肯定说法，在译文里却变成了否定说法“你不会存在”。

以上对于第三首译诗——原文无比优美——也提出了十五点有关

理解与风格方面（修辞）的意见，与译者和读者商讨。

纵观这三首译诗，我认为共有四十多处各种各样关于翻译艺术的问题，从不了解简单的原义到昧于丰富的含蓄，从颠倒正反到破坏优美气氛的疲滥语调等措辞、风格上的毛病，从缺少诗行的音组数（格律问题）到勉强凑韵，都是移译诗歌所不应忽视的：是否有当，请高明不吝指教。在“百家争鸣、百花齐放”的双百方针倡导之下，在批评与自我批评、人们各抒己见，以求得建设社会主义精神文明真、善、美境界的实现起见，我提出以上自以为的一得之见，可能有错误，供对于翻译工作有兴趣的同仁们参考。

原载《华东师大学报·哲学社会科学版》1983 年第五期

关于以格律韵文英译中国古诗的几点具体意见

近来，有机会在一份时下的刊物里读到两首驰名中外的唐诗英译文。译者是素来为人称道的贾尔斯和宾纳，他们的作品有人推荐选作英文教材读物①。我觉得他们二人对我国古诗的理解还有待评议，再则，他们以格律韵文的形式英译中国诗的能力也存在问题。

第一首是中唐前期（618—907 年）诗人常建（约 703—770 年）的近体或今体五言律诗。相传作者是当时的京都长安人。

题破山寺后禅院

清晨入古寺，初日照高林。
曲径通幽处，禅房花木深。
山光悦鸟性，潭影空人心。
万籁此俱寂，但余钟磬音。

这首诗歌咏的是破山寺的景色（“破山”系一位有名的方丈的法名）。破山寺即今江苏省常熟县的兴福寺。诗的英译文首次刊载在 1898 年出版的《韵文英译中国诗》上。译者是著名的汉学家、英国人赫勃脱·埃·贾尔斯（1845—1935），当时任英国剑桥大学中国文学教授。译文如下：

Dhyana’s Hall

At dawn I come to the convent old,

While the rising sun tips its tall trees with gold, —
As, darkly, by a winding path I reach
Dhyana's hall, hidden midst fir and beech.
Around these hills sweet birds their pleasure take,
Man's heart as free from shadows as this lake;
Here worldly sounds are hushed, as by a spell,
Save for the booming of the altar bell.

诗的题目应译为 *Dhyana Hall*，而不是贾尔斯的译文 *Dhyana's Hall*。据1961年第三版《韦氏新国际英语大辞典》，"dhyana"的音标为"dē'ānə"，自梵文"dhyāti"演化为"dhyāna"，意即"他思索"。依印度教、佛教及耆那教，意为"参禅"（或禅思），专指对某一持续的、集中的精神活动或超脱凡尘的禅思。据1974年第十五版《大英百科全书》"Dhyana"条解（此词的汉语、日语的音译为Ch'an、Zen，意均为"禅"），佛教禅宗认为参禅可使生灵顿悟天地万物的真谛。参禅是佛教修炼的重要功课，附带独特的修炼法及戒律，发源于印度；其中带有道家色彩的成分则为中国影响所致。而"禅"系出自梵文的"思"字：dhyana——即禅。由此可见"dhyana"一词从文法上分析是普通名词，意思不外乎从静思或参禅去寻求宗教的启示。在dhyana后加上"'s"使它成为所有格显然是个大错。当然，把"dhyana"的首字母大写，使变成专有名词再加"'s"来指明这后院系属佛门禅宗，也未始不可。

常建的原诗第二、四、六、八行押脚韵；而译文用的是双行骈韵。从格律上看，贾尔斯的译文是四音步和五音步诗行的混合体。过于频繁、不适当的韵脚造成了单调的丁当音响，违悖了原诗作者的意图。"曲径通幽处"（winding paths lead to secluded spots）和"禅房花木深"（the dhyana hall is embowered amidst trees and flowers）的译文为“darkly, by a winding path I reach Dhyana’s hall, hidden midst fir and beech”，至少是欠妥，与原文不符。“山光”一词因译者不明白其为何物而略去。下一行“潭影空人心”则完全给理解错了。“影”的原意是树木和山峰在一镜潭水中的反射或倒映，而译者却认为是黑影子而把这句译成“Man’s heart as free from shadows as this lake”。“lake”(湖)中的影子原本是译者的误解，所以他在译文中把“湖”中的影子与人心中的影子所作的比拟是杜撰，原诗决无此等涵义。这样，在一行译文中就一连出了三处差错。事实上，破山寺现在还有两个小潭；其中之一名“空心潭”，直径仅 4—5 英尺。译者为了押双行韵竟将小小水潭的面积无限制地扩展为湖泊，那怎么行？“山光悦鸟性”，“潭影空人心”这两行诗实际上是一组平铺直叙的对仗句，写的是（如此景色）在人或甚至鸟心中都添增了轻快、明朗的感觉。后一句的涵义是潭水的倒映或反射的映象涤尽了人心中所有凡俗的忧虑和垒块，使心境变得澄澈通明，无牵无挂。寺庙中的磬用青铜制成，状如钵，半圆形，直径有的 10 英寸，有的 1 英尺或更长些，壁厚约半英寸，是念经或礼佛时用的法器，用一根 4—6 英寸长的木棒敲击；每次击磬间歇较长。如果英文里一时找不上匹配的词（因为锣显的太大，也太扁些，而且音量也过大），可以借助于音译。通览贾尔斯的译文，可以看出，他不但对中国古典诗词的研究不够深入，缺乏真正的情感，并且在把中国古典格律诗译成英文韵文方面，在形式上使各行的韵脚与原诗相同，使各行的音步数一致等问题上也远未成功。

第二首是题为《静夜思》的那首脍炙人口的五言绝句。作者是大名鼎鼎的唐代大诗人李白。原诗如下：

床前明月光，
疑是地上霜。

举头望山月，

低头思故乡。

清代中期的那本通俗诗选《唐诗三百首》把原诗的题目讹减成“夜思”，把原诗第三行的“山月”误改为“明月”，败坏了原来的诗文。维脱·宾纳在1929年出版的《玉山》中的英译文如下：

In the Quiet Night

So bright a gleam on the foot of my bed —

Could there have been a frost already?

Lifting myself to look, I found that it was moonlight,

Sinking back again, I thought suddenly of home.

宋、明以及早期清朝的各部闻名的选集或全集的版本如郭茂倩的《乐府诗集》，1707年的《全唐诗》，1717年康熙五十六年缪曰芑刻本《李太白文集》以及1758年乾隆二十二年王琦刻本《李太白全集》，都保留了原诗的本来面目，题目为《静夜思》，“明月”为“山月”②。诗人极可能是在一所窗户朝南的房屋或草屋中写就这首诗的。当时的窗自然不是玻璃窗，可能只是在窗棂上蒙上一层亚麻纤维织物，有纸帘卷在窗顶上，向外可望见窗外景物。作者就是从这种窗口望见远处的小山峦或较远的大山峦的。时令是冬季的夜晚，接近半夜了。就在此刻，明月升起在远远的山峦之上，把银霜似的一片光芒洒满了作者床前的地上。而在此刻之前，月亮还未升上山冈，给挡住在山后。这就是作者用“山月”两字的背景。其时，城中及邻里之间的一切纷扰、喧嚷均已平息。此所以诗题告诉我们这不只是夜思而是静夜思。原诗的“床前”宾纳误译为“on the foot of my bed”。唐朝我们的祖先白天就在草荐上席地而坐，至多在草荐上再添一条毯子。晚间所睡的床也与今天我们的床迥异。那时的床就用木板铺在地上，板上加一厚层干芦苇或柴草作垫子，垫子又蒙上一层大麻、亚麻或丝织物（帛）作面子。当时恐怕还没有棉花，所以也不可能有像我们用的棉织品床单。长安现名西安，地处北纬34°左右，气温与徐州大体相似，较低于南京。李白这首诗如写就于京都，这床就绝不可能铺设在高于地面的土炕之上，烧炕取暖的地区一般还要往北些。故此，床前就是指的床前地上，并不是宾纳所译的“on the foot of my bed”。诗人的床既无木腿，更没有金属腿。诗人怀疑地上的月光像是霜，该句就是这种疑惑的陈述句，英译时毋须改为疑问句。“already”一词也添得不对，因为李白写诗时正是冬天，而并非译者假定的深秋。原诗的“举头”给译成了“lifting myself”，意思并不一样。原诗的真本“山月”（虽则在通俗本中“山月”已误改为“明月”）译文成了“moonlight”，比讹传的“明月”离得更远。最后一行“低头思故乡”译成了“Sinking back again, I thought suddenly of home”：“Sinking back”是不对的；“again”也不对；“suddenly”就再一次不对。宾纳的译文说明：他不很懂得中国的文学语言。从英文韵文的格律看，宾纳的译文竟然是一对四音步诗行和一对六音步诗行。由此可见，他也同样是未能熟练地运用他本国的文学语言。

最后，尽管我们用了不少贬义的文字指出了贾尔斯与宾纳学识之不足，他们对中国文字理解之粗浅以及他们英译我国古代诗歌中两颗稀世珍宝的技巧上的贫拙，但我还是要对他们表示我的赞赏。我赞赏他们两位对中国文化的一番挚情和热爱，赞赏他们不惧中国文化与他们相距如此之远而仍试图去掌握它，赞赏他们在这方面所作出的辛勤劳动。与其他一些汉学家相比，他们的贡献显然不能过于被轻视。

以下罗列这两首诗的其他一些译文，以资参考：

The Hall of Silenee

Where the sun's eye first peers aboue the pines,
On the ancient temple early daylight shines.
To retirement guiding leads the winding way：
Round the Cell of silence flowers and foliage stray.
Hark! the birds rejoicing in the mountain light!
Like one's dim reflection on a pool at night.
Lo! the heart is melted wav'ring out of sight.
All is hushed to silence. Harmony is still.
The bell's low chime alone whispers round the hill.

— W. J. B. Fletcher

A Buddhist Retreat

Behind Broken-Mountain Temple

In the pure morning, near the old temple,
Where early sunlight points the tree-tops,
My path has wound, through a sheltered hollow
Of boughs and flowers, to a Buddhist retreat.
Here birds are a live with mountain-light,
And the mind of man touches peace in a pool,
And a thousand sounds are quieted
By the breathing of a temple-bell.

— Witter Bynner

The Moon Shines Evrywhere

Seeing the moon before my couch so bright

I thought hotr frost had fallen from the night.
On her clear face I gaze with lifted eyes：
Then hide them full of youth's sweet memories.

— W. J. B. Fletcher

Thoughts in a Tranquil Night

Athwart the bed
I watch the moonbeams cast a trail
So bright, so cold, so frail,
That for a space it gleams
Like hoar-frost on the margin of my dreams.
I raise my head,
The splendid moon I see：
Then droop my head,
And sink to dreams of thee —
My fatherland, of thee!

— L. Cranmer-Byng

Night Thoughts

In front of my bed the moonlight is very bright.
I wonder if that can be frost on the floor?
I lift up my head and look at the full moon, the dazzling moon.
I drop my head, and think of the home of old days.

— Amy Lowell

On a Quiee Night

I saw the moonlight before my couch,

And wondered if it were not the frost on the ground.

I raised my head and looked out on the mountain moon,

I bowed my head and thought of my far-off home.

— S. Obata

Still Night Thoughts

Moonlight in front of my bed —

I took it for frost on the ground!

I lift my eyes to watch the mountain moon,

Lower them and dream of home.

— Burton Watson

下面是我对这两首诗的英译文：

The Rear Dhyana Hall of Puh San Bonzary

Tsang Jian（703—770）

| Whēn āt dáwn | Ī rēpáired | tō thē bón | zāry óld, |

（*anapaest*）

| Thē first beáms | ōf thē rís | īng sún shóne | ōn treés táll. |

（*bacchius*）

| Wíndīng páths | lēd tō cóv | ērt, sēclúd | ēd gróves |

（*amphimacer*） （*iambus*）

| Whēre lúsh thíck | ēt ānd flów | ērs ēnclósed | t h’dhyānā háll. |

（*paeon quartus*）

| Th’ráre áurā | ōf thē móunt | pleásed thē ná | tūre ōf th’bírds; |

（*antibacchius*）

| Ímāges īn | róck pít póols | fréed thē mínd's | úp ānd dówns. |

(*dactyl*) (*molossus*)

| Áll thē húb | būbs ōf mén | wēre húshed ās | bȳ ā spell; |

(*amphibrach*)

| Thēre wās nóth | īng léft būt | thē béll's ānd | *chíng*'s clángs. |

(*spondee*)

Thoughts in a Still Night

Lih Bai (701—762)

| Thē lú | mīnōus | móonshíne | bēróre | m̄y béd |

(*pyrrhic*)

| Īs thóught | tō bē | thē fróst | fáliēn | ōn thē gróund. |

(*trochee*)

| Ī líft | m̄y héad | tō gáze | āt thē | clíft móon, |

(*spondee*)

| Ānd thén | bów dówn | tō múse | ōn mȳ dís | tānt hóme. |

第一首是抑抑扬格八行诗，属四音步格律的诗行。第二首是抑扬格八行诗，单行是三音步诗行，双行是二音步诗行。两首诗在音步上均有相应的变化。

勃顿·渥曾（Burton Walsin）的译文"I lift my eyes"与我的译文"I lift my head"是截然不同的两回事。"I lift my head"不仅从原文措辞"举头"上讲是准确的翻译，还与"山月"的意境有关。渥曾的译文意似这"山月"（mountain moon）并不高，而我的译文根据原诗则表明"山月"（clift moon）从山冈后面爬上来是很高的，以后诗人感到光靠往上转动一下眼球还不够，必须抬起头来看看。这山的高低之分对于诗的命题以及引起诗人灵感的环境关系甚大。不妨再提一下：是接近夜半的时候了，周围异常宁静，所以诗题是《静夜思》。

在1981年第五期《外国语》中读到范存忠教授的博学文章：《中国诗歌及英文翻译》。文中提到近代杰出的传记作家历顿·史屈莱契（Lytton Strachey，1880—1932）对贾尔斯英译李商隐的一首近体或今体七言绝句，曾作过热烈的赞扬。

夜 雨 寄 北

君问归期未有期，
巴山夜雨涨秋池。
何当共剪西窗烛，
却话巴山夜雨时。

贾尔斯的译文为：

You ask when I'm coming：alas not just yet ...
How the rain filled the pools on that night when we met!
Ah，when shall we ever snuff candles again，
And recall the glad hours of that evening of rain?

史屈莱契虽则是布鲁姆丝布莱派（Bloomsbury School）的一位才华横溢的散文大师；贾尔斯在他的《中国文学之瑰宝——诗》中有些译品也有所建树，但是贾对李商隐这首诗的译文是有问题的、错误的。我的译文、注释及对贾的评点如下：

Lines Sent to the North Written during Night Rains

Lih Saung-yin (813—858)

| Bē īng ásked | fōr m̄ȳ hóme | cōmīng dáte. |

| Ī tēll thée | I’m̄ nōt súre | whēn thāt’ll bé, |

| As̄ níght ráins | ōn thē móunts | ōf Pár fáll |

| Ānd aútūmn | póols āre brímmed | frōm thē léa. |

| Thēn wē shāll | bȳ thē wést | wíndōw sít, |

| Clíppīng | thē cándle-wīck | īn sōme níght, |

| An̄d tálk ōf | thē níght ráins | ōn th’Pár móunts, |

| Whīle Ī thínk | ōf thée wīth | múte dēlíght. |

古代处于蜀地的三巴即今四川省东部丘陵地区。这首诗是作者在唐代宣宗大中二年出游巴蜀地区时写给他妻子王氏的。诗中描述的曲折交错的情境以及作者的感受引起人们对思乡之情的极为美妙的憧憬。写诗时，诗人就在这巴蜀山区；夜晚，屋外下着雨。他无法断定何时才能回到家中和妻子一起凭西窗而坐，剪烛拨亮烛焰，把一片思念之情向她尽情地倾吐。贾尔斯的译文把眼前的事误认为是过去的情景。译者认为诗中描写的是作者期待着和妻子会面可以畅叙这“过去的情境”。实际上诗人写的是即时的此情此景，诗人向往的是将来他回家之后能和妻子一起坐在西窗下欢叙这段引起他诗兴的“此情此境”。烛芯要时时修剪，使烛光明亮些。剪烛并不是把烛火减熄，夫妻上床。“snuff”一词意为把烛芯的枯焦部分（俗称灯花）剪去而拨亮烛火，也可以指把烛火熄灭。为了避免疑似两可，准确地表达命意，用“clip”或“trim”，我认为较好些。此外，“巴山”一词在短短

二十八字的原诗中出现两次，足以说明它曾激起诗人满怀联翩浮想："巴山"使他联想到夜晚的雨声，想到涨满水的池塘，想到诗人对妻子的眷恋和思念，想到诗人是何等急切期待着能在不久将来的一天夜晚和妻子相会，却又因为这日期定不下来而怅惘不已。然而贾尔斯在译文中竟根本把"巴山"抹掉了，这不能不叫人认为是一大败笔。诚然，我们没法叫诗人的联想和感受重新再现，让人体验一下，但是，对"巴山"作个注释至少或可作些补偿，即使能让人再领受到诗人十分之一的激情或者哪怕是部分的十分之一也是好的。可惜，由于译文把"巴山"一词一笔勾销，作注释就成了无本之木了。

下面我们再讨论范文中路伊斯·史屈朗·海孟（Louise Strong Hammond）对贾岛的一首五言绝句的翻译。原诗如下：

寻隐者不遇

松下问童子，
言师采药去：
只在此山中，
云深不知处。

我也碰巧译过这首诗。海孟的译文如下：

Seeking the Hermit in Vain

"Gone to gather herbs" —
So they say of you.
But in cloud-girt hills,
What am I to do?

显而易见，好多意思漏译了。我的译文则漏译不多：

A Call on the Recluse Without Meeting Him

Chia Tao（779—843）

| Ī ásked | thē bóy | bēnēath thē | píne trée, |

(tribrach)

| Whō sáid, | "Thē Más | tēr's góne hérbs | tō píck; |

| Hē múst | bē sóme | whēre róund | thēse clíffs, |

| Cōncéaled | ūnséen īn thē | clóuds thíck." |

诗人直截了当地描写了他拜访一位隐居的朋友的情况：诗人向童子的问讯以及童子轻灵的答话。我们一下子就会想到，也应该想到，这位遁世之士带着小童就隐居在这山上的小屋里。远离尘世，他一心想采集仙草以求长生不老。这时，他正在山顶上，藏身于浓厚的云雾之中。海孟的译文中，童子变成了"they"，译文表达了诗人访友不遇而怅然若失、不知所措之感，而原诗中却丝毫见不到这类失望或困惑。为了与第四行的"do"押韵，在第二行引用了"you"，这一下给人的印象是诗人似乎对这位隐士稍有责备之意，而这种含义又是原诗中所没有的。

我还见到海孟所译李白三首盛赞杨贵妃美貌的诗中的第一首，即唐玄宗与杨贵妃在沉香亭观赏牡丹：

清 平 调 词

云想衣裳花想容，

春风拂槛露华浓。

若非群玉山头见，
会向瑶台月下逢。

海孟的译文如下：

Cloud-like garments, flower face,
Lattice which spring breezes trace.
Such are seen on Jade Hill Heights,
O’r some moonlit, mystic place.

“和前一首一样，又漏译不少。这是为了遵循‘一个汉字顶一个英文词音节’这原则的必然结果。”我认为这太机械了，没有必要这样做。看原诗多么令人心旷神驰，而译文却像一则打电报的文字；原诗是如此的曼妙、富丽、丰满、生动，对比之下译文只是一具枯槁的骨骼，一副残骸，一抹淡漠的影子。为了坚持一种不正确的主张，作出偌大的牺牲，太不值得。我的译文如下：

For *Tsing-bing* Tunes

Lih Bai (701—762)

Tínged clóud	lēts āre lík	ēned ūntō	hēr ráimēnt
And thē flów	ērs ūntō	hēr míen.
Spríng zéph	ȳrs ālōng	thē bál	ūstráde
Géntlȳ brúsh	thē cryýstāl	déws’shéen.
Īf nōt séen	ōn thē wón	drōus Móunt	ōf Géms
Āt sóme	ēnchánt	ēd stránd,

| Shē cóuld | bē mét wīth | ōn thē Mág | ī c Tower |

| Īn thē móon | līt fáir | ȳlánd |

（译文是抑扬格和抑抑扬格混合格律）这首诗和其他两首都是准备配乐的，诗人把曲调定名为清平调。原诗中的花即牡丹花，花朵丰硕圆润，粉红、大红、净白或淡绿的色泽，多么雍容华贵。开始两行也可译成：

Tinged cloudlets are thought of as her raiment

And the flowers as her mien.

群玉山和瑶台传说在西王母的仙境。《穆天子传》（周朝的一位君主，公元前1001至前946在位）有穆天子远游西方寻访仙境，西王母待为上宾之说。《穆天子传》的竹简册子共六章，晋太康二年（281年）由臣民不准从魏襄王陵墓中掘得。不准犯了盗王墓的罪，这册书成了赃物。

最后我还想讨论一首上古的民歌，其年代已无从稽考了。这首歌已被译成英文。相传它是陶唐帝尧时八九十岁的老人们击壤作戏时哼唱的。据皇甫谧《帝王世纪》，帝尧于公元前2357—公元前2257年是古中国的君主。壤形似木鞋，像现代的木屐，它的前部较宽阔，往后渐收狭，跟作圆形。击壤者先把一只木鞋似的木块放在地上，击壤手拿了另一块壤走三四十步远就向地上的木块掷去，击中者获胜。美国知名的意象派诗人厄泽拉·庞德（Ezra Pound）以自由韵文把这首歌译成英文，如下：

Sun up；work

Sun-down；to rest

Dig well and drink of the water

Dig field；eat of the grain

Imperial power is? And to us what is it?

— *Canto XLIX*

原诗及我的译文如下：

击　壤　歌

日出而作，

日入而息，

凿井而饮，

耕田而食。

帝力于我，

何有哉？

Song of Clog-throwing

(an Ancient Ballad)

| Wórk āt | súnrīse; |

| Rést āt | súndōwn; |

| Díg wélls fōr | drínkīng; |

| Tíll fiélds fōr | eátīng. |

| *Tíh*'s pówēr, | thóugh gréat, |

| Whát's īt tō | mé ānd ús? |

这首上古的民间歌曲的思潮颇有点老、庄的味道。庞德的译文是我从

翁显良先生1981年第六期《翻译通讯》中《译诗管见》一文内见到的。庞德在译文中竟丝毫不提这首歌的题目，也不谈哼这首歌的情境，而只是注上了他诗集的号码*XLIX*。对于普通的讲英语的读者来说，因不明白民歌的历史和社会背景，译文简直是不可思议的、没有什么作用的名堂；对于西方知识阶层说，至多也不过是一篇显示农民生活风尚的诗歌而已。

［**注释**］

① 见朱炳荪《读Giles的唐诗英译有感》，1980年2月版《外国语》第43—44页。

② 事实上，在这些版本中还可以见到原诗真正的第一行为“床前看月光”（The sight at the moonshine before my bed），但我们不想在这里对版本问题作过细的评论。

＊原载上海外国语学院学报《外国语》1983年第二期。原作为英文，后经吴起仞中译，载《河北师院学报·哲学社会科学版》1986年第二期。此中译业经原作者认可。

关于莎士比亚戏剧的几个问题

莎士比亚所写三十七个剧本，在性质上究竟是戏剧还是诗这个问题，在有些人心目中颇有点模糊，应当澄清一下。他们论莎剧把戏剧和诗当作两桩对立的东西，然后把诗的成分排除出去，予以否定，认为这些剧本从莎氏当时一直到今天，明明是在舞台和银幕上演出的戏剧，与诗无关：那是由于不了解莎剧的来由，产生莎剧的社会气氛和作者的秉性或气质。莎剧的来龙是古希腊三大悲剧诗人埃斯库罗斯（Æschylus，公元前525—前456）、索福克勒斯（Sophocles，公元前496?—前409）、欧里庇得斯（Euripides，公元前480—前406）和一大喜剧诗人阿里斯托芬（Aristophanes，公元前446?—前385）他们所流传下来的作品，悠远地承袭那些作品的即莎剧，乃是希腊戏剧在西欧文艺复兴时期发展的成果，而那些古典作品则都是戏剧诗。公元前4世纪的哲学家和文艺理论家亚里斯多德（Aristotle，公元前384—前322）在他的名著《诗学》（*Poetics*）里论定诗分三种，戏剧诗是其中之一，它模仿人们生活中的言谈行动。其他两种为抒情诗与叙事诗，后者即史诗。罗马时代的普劳图斯（Plautus，公元前254?—前184）、忒伦斯（Terence，公元前190?—前159）与散尼格（Seneca，公元前4—公元65）直接继承这种分类法。莎氏在他的《罕秣莱德》第二幕二景三八一、三八二行里借朴罗纽司（Polonius）之口说起散尼格和普劳图斯，作为罗马悲剧诗和喜剧诗的作家。到文艺复兴时期，在14、15、16世纪的西欧，秉承古希腊、罗马的学术、文艺的传统而加以发展，在戏剧方面也还是这么样着眼和从事写作与演出的。文艺复兴以意大利为首，传播到法国、英国和西班牙。莎氏的作品即处在此传统中，他的剧作百分之九十左右的文字都出以有格律的韵文（metrical verse，非漫无规范的片言只语所形成的自由韵文，free verse，有人叫作“自由诗”的），所以也是戏剧诗（dramatic poetry），因而虽可以叫作戏剧，却不能排除其诗的成分。

此外，产生莎剧的当时社会是富于诗情和遐想气氛的。1492 年发现北美洲的哥伦布（Christopher Columbus，1451—1506）虽是意大利人，1520 年发现南美洲麦哲伦海峡的麦哲伦（Fernando Magellan, 1400？—1521）虽是葡萄牙人，但英国也有它自己的饶莱爵士（Sir Walter Raleigh，1552—1618）和特雷克爵士（Sir Francis Drake，1540？—1596），他们航海到新大陆，带回来许多新奇的事物和传闻，激发起人们的想象和憧憬。西班牙的无敌大舰队（The Invincible Armada）于 1588 年入侵英国，差不多被英伦的水师与风暴所完全击灭，胜利欢乐的心情遍及朝野。与意大利各地交往的学子和商人来往不绝，而莎剧中歌唱悲欢离合、钟情失恋的人物与际遇的、动辄出之以配乐的短歌，与莎氏同时的剧作家们亦复如是，而谱写短歌的伊丽莎白时代的抒情诗人和乐曲家们更是相习成风，弦歌不辍。关于上帝所创造的人，罕秣莱德说得好：“人是多么神奇的一件杰作！理性何等高贵！才能何等广大！形容与行止何等精妙和惊人！行动，多么像个天使！灵机，多么像个天神！万有的菁英！众生之灵长！”（《罕秣莱德》二幕二景二九五至二九九行）。关于演戏，罕秣莱德对戏中戏的第一个伶人说道：“须知演戏的目的，……是要仿佛端着镜子照见人性的真实；使美德显示它自己的本相，叫丑恶暴露它自己的原形，要时代和世人看到自己的形象和印记（三幕二景，十九至二十三行）。”总之，世人都公认莎氏是位空前，而且可说是绝后的大诗人；虽然他也写得有两首长诗和一部《商乃诗集》等，他绝大部分的作品却是他的戏剧诗。他把剧中人物表现性格的言谈、行动、冲突、和谐、悲欢和生死等情节谱写成鸿篇巨制的大诗章——戏剧诗，在舞台上演出。

1979年上海辞书出版社的新《辞海》“戏剧”条说，“在西方，戏剧（drama）即指话剧”——这是个不小的错误。中国戏剧大致肇自春秋时楚国的贤臣优孟，我们文言里有优孟衣冠的说法，又称演员为优伶或倡优，是歌唱、弹奏、舞蹈、平话、杂技等相结合的产物，经唐逐渐鼎盛而有宋、元的戏曲，随后产生了昆曲、皮黄和多种地方戏，都陪以歌唱和音乐，而且用韵文写作，有节奏，有旋律，故也不是话剧。在西方，除古希腊始自合唱（chorus）和舞蹈的诗情洋溢的戏剧诗及其传统外，还有文艺复兴时意大利产生的歌剧（opera），除格律韵文的背诵外，有音乐陪奏和单唱、双唱、合唱等曲调，加上相当的服装、布景及灯光等。在我国，在1919年“五四”运动前开始介绍进来了挪威的易卜生（Henrik Ibsen，1828—1906），他的问题剧被转译为话剧。随后又有挪威的般生（Bjørnson，1832—1910）和英国的萧伯纳（G. B. Shaw，1856—1950）等人的作品被译为话剧。有些人被这短暂的六十多年的经历所局限、拘囿而迷惑，以为戏剧是戏剧，诗是诗，二者泾渭分明，各不相关。其实并不如此，我们对于莎氏的剧作应当有流衍有自的理解。

必须声明，我并不反对话剧，不过认为它是近代和现代的一种文艺体制，有它应有的存在和价值。我完全赞成有人全力提倡话剧，不涉及戏剧诗传统里的莎氏作品。不过尽管要涉及也不妨，而且该受到欢迎，可不应当认为莎氏的剧作只是话剧，与诗无关，叫话剧吞并掉莎剧所固有而应有的独立存在，如《辞海》“戏剧”条作者那样地认为。以为莎剧只是话剧，不是戏剧诗，绝无诗的成分，把它的两个成分合成、融和而不可分的事实以及我们对它的完整的观念分离割裂开来，使二者互相对立，然后排除它的诗的成分，在认识上以为把莎剧当作戏剧诗只是几个枯燥的学者在研究学问，专弄学术研究、考据或玄虚，甚至反对在舞台上演出的老学究们怪僻的想入非非，那是一种莫大的误解，穿了中山装或时下的军服，在舞台上演出传统的京剧或昆曲是不适当的，正如演话剧时不宜于唱《空城计》或《游园惊梦》的剧词，那不是味儿。我热烈希望莎氏的剧作纵使经过翻译（但须是精良的翻译），以逼肖它本来面目的风貌在舞台上或银幕上演出，如同它们在英语民族的国家里舞台上或银幕上郑重地、内行地演出差不多。应当如 18 世纪英国的名演员盖律克（David Garrick，1717—1779，他也是一位诗人和剧作家）那样，或本世纪三四十年代美国、英国舞台和银幕上的 John Barrymore，Norma Shearer，Robert Taylor，Laurence Oliver 他们那样把原作的素体韵文朗诵出来而显得浑然天成，不瘟也不粗俗。要认真介绍莎剧给我们的读者与上我们的舞台，真是难上加难，应当首先需求精良的译本；译者进行翻译要迈出的起初几步路是必须深知莎剧的素体韵文（blank verse）是怎么一回事。这就要排除一般的散文译本，其次也要排除不大懂原文深意、崇尚浅薄的所谓译品，以摒绝庸俗气氛长驱直入，读者与观众应当能上升至高华境界的意识之中。当然，另一方面我也完全赞成有人专写话剧，演出话剧。我可不赞成模糊莎剧跟现代话剧的区别。它们应当并行而各自繁荣，这是符合万紫千红、百花竞秀的原则的，不应当使莎剧名存而部分地实亡，被当作话剧而存在及演出，给抹煞掉它的作为戏剧诗的原来性质。

还有一点也必须明确，虽然问题不大。上面所说是体制的本质问题，现在要切中它的名称来阐明一下。人民文学出版社的《莎士比亚全集》在《前言》里称莎剧为“诗剧”，但译文全是散文，此外也有人这样称呼它们，而一般的译文则大都是分行的散文，毫无韵文格律可言。莎剧既然是古希腊戏剧诗在文艺复兴时期的发展，我们应当认为它们是戏剧诗，也可以简称为戏剧，但不太宜于称它们为“诗剧”（poetic drama），在英文里，在文学史上或关于莎剧的论评里，素来不是这样惯常称呼它们的。在辨明它们不是散文剧或话剧，而是韵文剧或“诗剧”时，尽可以这样说；但最适当的名称还是“戏剧诗”而不是“诗剧”。我认为比如19世纪1818到1820年英国诗人雪莱（P. B. Shelley，1792—1822）所作《普罗米修斯之解放》（*Prometheus Unbound*）才是不上演，只供吟诵欣赏的诗剧——不是写来在舞台上演出的“抒情诗剧”。这部诗剧是对古希腊悲剧诗人埃斯库罗斯伟大的悲剧诗篇《普罗米修斯》的回响，它歌颂人类精神的自由和胜利，寓意于这位大神过去之被缚和终于得到解放。到了18世纪，英国有完全用散文写的戏剧，只能称为戏剧或散文剧，也并不叫话剧。莎氏的剧作则大体上都出以有格律的韵文，早期的往往押脚韵，晚期的则不押，但还是分行的韵文。莎氏在1616年去世，在他去世后的17世纪英国，有一位诗人、戏剧家、批评家和翻译家约翰·德莱顿（John Dryden，1631—1700），写得有一篇论文名《论戏剧诗》（*An Essay on Dramatic Poesy*），虽然为维护他的主张剧辞韵文行要押脚韵，但总的看来更可以充分证明莎剧的应有名称与实质，和本文前面的论点。本世纪早年，我记得有Lascelles Abercrombie氏撰一短论研讨戏剧诗这一高华的文艺领域。但1966年开始的“文化大革命”，把我全部的手稿（包括《罕秣莱德》、《奥赛罗》、《麦克白》、《风暴》、《冬日故事》）和乔叟（Geoffrey Chaucer，1340?—1400）的《康忒勃垒故事集·序诗》等诗译、书籍、文物和一切生活用具扫荡洗劫而去，至今已过了十六年有余，我仍然无法接触到印有我那篇文章的那本论说短文选小书（牛津大学出版社的《世界古典作品丛书》）和德莱顿的《论戏剧诗》那册精印的珍本。

另外，还有一点事实须说明，一个名称需要解释。上文曾说过，莎氏的剧作大部分是用素体韵文①写的，特别是他晚年的成熟作品，都是用不押脚韵（end rhyme）的韵文写的。有人说，既然不押脚韵，怎么又叫韵文，这不是自相矛盾吗？不，持这种见解的人，对于我国的传统诗律知识，尤其对于比较诗律学，非常生疏，所以不懂“韵文”一词的真正涵义。在中文里，“韵文”一词应作为有格律的文字解，而不应作为押韵脚的文字解。到此，有必要重申二十六年前即1956年我在《诗歌的格律》那篇长文里论“韵文”一词的那段阐述（见《复旦学报·人文科学》1956年第二期，第24—25页）：

“韵文”（拉丁文为“versus”，法、德文为“vers”，英文为“verse”）一词不作押韵脚或脚韵的文字解，而是指具有规律化的节奏的、或具有音步或时间段落的韵致的文字而言。在外国文字里不押韵脚或脚韵的韵文有许多闻名的例子。譬如说，古希腊史诗荷马的《伊利亚特》与《奥德赛》，古希腊、罗马的戏剧（诗歌的一种），古罗马史诗阜杰尔的《伊尼特》（实际上是除晚期拉丁诗外的全部古典希腊、拉丁诗篇），盎格罗萨克逊史诗《裴服尔夫》，莎士比亚的戏剧诗之绝大部分，弥尔敦的《失乐园》等等，这些诗篇都是用不押脚韵或韵脚的韵文写的。此外，在日本文里诗素来不押韵脚，偶尔押一下只是一种技巧的戏弄罢了。我国文言韵文虽然大都押脚韵，但严格讲来，不应当认为因此而得韵文之名。以韵文为仅仅押韵脚的文字，是个不正确的，至少是片面或皮相的见解。顾炎武在《日知录》卷二十一《五经中多有用韵》篇里说道：

古人之文化工也：自然而合于韵，则虽无韵之文而往往有韵；苟其不然，则虽有韵之文而时亦不用韵，终不以韵而害意也。三百篇之诗，有韵之文也。乃一章之中有二三句不用韵者，如《瞻彼洛矣》、《维水泱泱》之类是矣。一篇之中有全章不用韵者，如《思齐》之四章五章、《召旻》之四章是矣。又有全篇无韵者，《周颂》、《清庙》、《维天之命》、《昊天有成命》、《时迈》、《武》诸篇是矣。说者以为当有余声。然以余声相协，而不入正文，此则所谓不以韵而害意者也。……太史公作赞，亦时一用韵，而汉人乐府诗反有不用韵者。

由此可知，用韵脚不用韵脚不能作为一篇东西是不是一首诗的判别准则，因为那只是从表面现象、从形式来看问题，并不可靠。从六朝到唐，由于范晔、谢庄、沈约、谢朓、王融等人试用四声规律于字里行间（沈约还有“八病”之说），所以当时有韵的文字叫做文，包括诗歌与骈语，无韵的文字叫做笔，就是散文。刘勰《文心雕龙·总术》篇说道：“今之常言，有文有笔，以为无韵者笔也，有韵者文也。夫文以足言，理兼《诗》、《书》，别目两名，自近代耳。”肖绎（梁元帝）《金缕子·立言》篇下篇云：“吟咏风谣，流连哀思者谓之文。”又说道：“至如文者，惟须绮縠纷披，宫徵靡曼，唇吻遒会，情灵摇荡。”就这所谓文来说，诗歌固然要押韵脚，骈语却是不押的（至于骈文要不要得那是另一问题），可是它们都得讲究行句间的声调节奏。黄侃《〈文心雕龙〉札记》简括各家说法和历史事实，说得很清楚：

愚谓文笔之分，不关体制，苟愜声律，皆可名文，音节粗疏，通谓之笔。此永明以后声韵大行时之说，与专指某体为文，某体为笔之说，又自不同。然则以有韵为押韵者隘矣。

又说道：

永明以来，所谓有韵，本不指押韵脚而言。

（以上见范文澜《〈文心雕龙〉注》，卷九《总术篇》第二十至二十二页，1936年，上海。）

上面我是说韵文这名称不作为押韵脚的文字解，而是作为具有节奏的韵致的文字解，因为在世界文学宝库里尽管有很大部分的韵文是押脚韵的，也还有不小部分很优秀的韵文是不押的，而且押了韵脚的文字也不一定就是韵文。《千字文》、《百家姓》、一些应用的歌诀等是押韵的，但说不上有什么韵致，故不能称韵文。可是我这些关于事理真相的说明，这里必须声明，并不意味着我反对用韵脚或脚韵。

最后，我们要了解莎剧的特殊优越处，除掉是戏剧诗外，又是什么。它们一个个剧本除各别的动人心魄的气氛外，同样重要的是作者在各篇作品里所创造出来的八百多个剧中人物的性格，活生生各不相同，妙笔传神，令人惊叹，非任何别的剧作家所能企及。正如在《罕秣莱德》里那主人公所说的，作者是举起镜子照见了一个个角色的性情品格，总的说来是举明镜以照见人性。人性绝不是所谓“资产阶级”的“唯心主义”空想，而是任何一个社会里因为不能没有人所以是确实存在的一种东西。一般的读者和观众只以为莎剧的故事都非常真切动人，它们的优越处也就在这里；他们可没有知道，那些故事都来自民间传说，尽是从希腊、罗马、欧洲各民族那里和英国历史上流传下来的，虽然都很不错，但非莎氏的创作，可是剧中人物的性格则都是莎氏的创造和描绘，非原来的故事或史实所神采奕奕地固有。以为莎氏的一个个剧本只是一个个故事，把它们当作查理·兰姆和玛丽·兰姆（Charles and Mary Lamb）所作《莎氏乐府本事》（*Tales from Shakespeare*）来看，那是肤浅幼稚的鉴赏，未曾接触到莎氏戏剧诗的精髓或灵魂。

［**注释**］

① blank verse 应这样翻译，不是所谓“素体诗”、“素诗体”或“无韵诗”（不是自由诗），把“vers libre”和“free verse”译为“自由诗”也同样是错误的。

原载《外国文学研究》1983 年第一期（1982 年 11 月 30 日）

莎士比亚戏剧是话剧还是诗剧?

莎士比亚（1564—1616）出生于英国中部沃列克郡（Warwickshire）内蔼汶河畔的斯德拉福特镇（Stratford-on-Avon）。他大概五岁时就进了当地的文法学校，在幼年班上学，先在那里学了两年从启蒙开始的英文，后来1571年七岁时升入文法学校正科，开始学拉丁文和拉丁文学。他读的拉丁文学里的喜剧作品有古罗马喜剧诗人普劳图斯（Plautus，公元前254？—公元前184）和忒伦斯（Terence，公元前185—公元前159）以及悲剧诗人散尼格（Seneca，公元前4?—公元65）的作品。莎士比亚的戏剧作品约有百分之九十的文字出以有格律的诗行，就是韵文，除了剧中的歌辞以及早期作品里的少数片段外，都是不押脚韵的素体韵文（blank verse）。

这些古罗马戏剧诗人的来龙是古希腊三大悲剧诗人埃斯库罗斯（Æschylus，公元前525—公元前456）、索福克勒斯（Sophocles，公元前496？—公元前456）、欧里庇得斯（Euripides，公元前480—公元前406）和一大喜剧诗人阿里斯托芬（Aristophanes，公元前448—公元前380）。我们知道，据莎士比亚的朋友班·江荪（Ben Jonson，1573—1637）所说，莎士比亚虽没有在多大程度上直接读过这些古希腊戏剧诗人作品的原文，但分明是通过罗马戏剧家作品的信息，远绍了古希腊的传统，在西欧文艺复兴的鼎盛时期，发扬光大而超越了前人。惊人而不可思议的是：他约于1579年十五岁时就失学，离开了学校，在他父亲的牛肉庄里当学徒；1585年离乡约两年，到邻近村镇去当孩童学校的非正式老师，为避免曾到附近的汤麦斯·鲁赛爵士（Sir Thomas Lucy，1532—1600）庄园里去偷猎野鹿而受到法律控诉；1587年二十三岁时就到首都伦敦去谋生，从此便忙着过伶人生活——他怎么竟会有悠闲和沈潜的机缘和时间，去进行精神上的深入和提高——起初是加入戏班当伶人，上台去演戏，接着就修整或改编旁人的剧本，终于利用流行的欧洲各国的故事和英国历史的遗文，创作出他自己的三十七部不朽的戏剧。他运用英文格律诗的语言文字，创造了八百多个性格各不相同的舞台上的人物，真是文艺领域中的奇迹！

莎士比亚的历史、社会、宗教、文化方面的大背景是文艺复兴（Renaissance）、宗教改革（Reformation）和人文主义（Humanism）思想。欧洲中世纪（476—1453）时的政、教、学术、文化被蛮悍的日耳曼部落和专制的天主教会所彻底破坏。土耳其人 1453 年攻破君士坦丁堡（Constantinople），灭亡了东罗马帝国后，希腊的学者、文士们逃亡到意大利，同古罗马的孑遗文人、学士们一起，讲述和教学古典时代希腊、罗马的艺术、文学和学术，荟成风气，大大影响到法国、英国和西班牙。16 世纪时，以德国的马丁·路德（Martin Luther，1483—1546）为首，法国有凯尔文（John Galvin，*原名* Jean Chauvin，1509—1564），瑞士有茨温格理（Ulrich Zwingli，1484—1531），苏格兰有诺克司（John Knox，1505—1572），他们在 1529 年公开声言，反抗神圣罗马帝国（Holy Roman Empire）的斯湃尔司宗教会议（Diet of Spires）命令教徒们绝对服从罗马梵蒂冈（Vatican）教廷的通令——他们就是反抗天主教旧教（Catholicism）的新教或耶稣教徒（Protestants）。人文主义（Humanism）思想或态度则是在文艺复兴和宗教改革的影响下，西欧诸邦先是在知识阶层中酝酿，渐次弥漫到整个社会，使人们认识到他们现世的生活、兴趣、价值、才能、尊严和成就的重要性，是一股旺盛的民主思想，摆脱了天主教情绪、信仰里的教条和虔诚的桎梏，不再去追求神学方面的抽象的存在和问题，以及想入非非的玄思、幻念。在 16 世纪中叶，波兰的天文学家科本涅格（Nikloaus Copernicus，1473—1543）根据他实际的观察，提出宇宙以太阳为中心的论点，跟天主教所支持的2世纪时亚列山特列亚（Alexandria）的晚希腊天文学家、教学家和地理学家韬勒梅（Ptolemy）的大地中心论针锋相对。可是当时仍然有教廷牢牢控制住的思想信仰的重雾迷漫着不散，故而意大利的哲学家勃吕诺（Giordano Bruno，1548?—1600），因反对大地为宇宙中心说，主张太阳是中心，而遭到火刑烧死。

诗人或戏剧家不可能超脱他的时代背景和历史传统。莎士比亚在英国文艺复兴的辉煌时代成为一位光耀千古的大戏剧家，影响他的同时因素是较他早些时候和同时的一些戏剧作家及剧坛情况。英国最早的喜剧是乌达尔（Nicholas Udall，1505—1556）的《拉尔夫·劳益斯透·陶益斯透》（*Ralph Roister Doister*），约1553年写得，1561年出版，用短行的押韵打油诗所作。瑙敦（Thomas Norton，1532—1584）和萨克维尔（Thomas Sackville，1536—1608）合写的《杲鲍突克》（*Gorboduc*）1561年演出，是英国最早的悲剧作品之一，用不押韵的素体韵文作成。还有《聒茂·勾敦的针》（*Cammer Gurton's Needle*），那是第二出最早的英国喜剧，用押韵的长行打油诗所写，作者为约翰·史镝尔（John Still，1543—1608），1566年演出，1575年出版。这些都是比莎士比亚早的作者和他们的作品，虽然很粗糙，甚至庸俗而不足道，但也是受罗马戏剧诗人们的影响写作的。

莎士比亚同时代的剧作家，那些牛津和剑桥大学出身的“大学的才子们”（University wits），如：列莱（John Lyly，1554?—1606），披尔（George Peele，1558?—1597），葛琳（Robert Greene，1560—1592），马洛（Christopher Marlowe，1564—1593），骆琪（Thomas Lodge，1558?—1625）和奈虚（Thomas Nash，1567—1601），他们的戏剧，大多数都是用有格律的韵文写的戏剧诗。即使不是所谓“大学的才子们”的剧作家，如当时极有名的台尼尔（Samuel Daniel，1562—1619），他同时也是个诗人，他的戏剧名作《克丽奥贝忒拉》（*Cleopatra*）也是用有格律而不押脚韵的素体韵文写的。还有凯特（Thomas Kyd，1557？—1595），他的《西班牙悲剧》（*The Spanish Tragedy*，1592 年上演，1594 年出版）和《庞贝大将》（1595 年出版）也都是用素体韵文写的。后来到了复辟年代（Restoration），在英国历史里查理二世（Charles Ⅱ）在 1600 年恢复王位直到 18 世纪，由于政治和社会的种种复杂原因，剧作家们才纷纷写散文剧。但他们之中的翘楚德莱顿（John Dryden，1631—1700）还是用韵文创作剧本，而且写得有一篇著名的文章《论戏剧诗》（*An Essay on Dramatic Poesy*，1668）。诗魂从英国戏剧里消亡了约整整两个半世纪之后，原籍美国的现代英国诗人艾略忒（T. S. Eliot，1888—1965）在 1928 年的《论诗剧的对话》（*A Dialogue on Poetic Drama*）里，以微弱的呼声招戏剧诗之魂。总之，莎士比亚的前人和同时人写作剧本都是用韵文（大都不押脚韵）写戏剧诗，而不是有些人所理解的那样，是什么话剧。

最初翻译莎士比亚的整篇剧本到我国来的是田汉（1898—1968）。清末民初的林琴南（1852—1924）把英国 19 世纪初查理与玛丽·兰勃［Charles（1775—1834）and Mary Lamb（1764—1847）］兄弟与姊姊所合写的《莎氏乐府本事》（*Tales from Shakespeare*，1807）——对莎剧情节叙述一个梗概的记叙文，用中文文言移植过来，出版了他的《吟边燕语》。田汉首先用当时新兴的白话文翻译了两个剧本——《哈孟雷特》和《罗密欧与朱丽叶》。可惜他翻译的是日本人平内逍遥的日文译本，不是莎翁原作，所以跟原作不免多隔了一层。田汉以后的莎剧译本陆续有出版，企图译全集的有梁实秋、曹未风、朱生豪三家。曹不了解原作分行是有格律而不押脚韵的韵文行，把原文一行翻成译文也是一行，但并无格律。在他之后，曹禺、方平和英若诚等的译本也都出以没有格律的分行。朱也不明白莎剧原文基本上是用格律诗行写的，也不知怎样用语体韵文传达原作的风貌，故根本不对原文的诗行作任何考虑，完全译成了散文的话剧。梁则考虑到这个问题，且听说于1967年已在台湾出版了他的莎剧全集。关于他翻译的文字性质，是散文还是不押韵的韵文，他在30年代出版的几个莎剧译本弁首的《例言》里曾作说明："莎士比亚的原文大部分是'无韵诗'（Blank verse），小部分是散文，更小部分是'押韵的排偶体'（Rhymed Couplet）……凡原文为'无韵诗'体，则亦译为散文，因为'无韵诗'中文根本无此体裁；莎士比亚之运用'无韵诗'体亦甚自由，实已接近散文，不过节奏较散文稍为齐整；莎士比亚戏剧在舞台上，演员并不咿呀吟诵，'无韵诗'亦读若散文一般。所以译文一以散文为主，求其能达原意，至于原文节奏声调之美，则译者力有未逮，未能传达其万一，唯读者谅之……"

莎剧在英国、美国舞台上、银幕上演出，虽然并不"咿呀吟诵"，但我们知道是用比较散文剧稍慢的速度从容朗诵出来，有协和声调节奏之美，并不"读若散文一般"，因为有格律、有规则的节奏的韵文朗诵跟念散文是有微妙而显著的区别的。我热烈希望莎剧纵使经过翻译（但须是精良的翻译），仍以逼肖它本来面目的风貌在我国舞台上或银幕上演出，如同它们在英语民族的国家里舞台上或银幕上郑重地、内行地演出差不多。应当如18世纪英国的名演员盖律克（David Garrick，1717—1779，他也是一位诗人和剧作家）那样，或本世纪三四十年代美国、英国舞台和银幕上的John Barrymore，Norma Shearer，Robert Taylor，Laurence Olivier他们那样，把原作的素体韵文朗诵出来而显得浑然天成，不瘟也不粗俗。要认真介绍莎剧给我们的读者与上我们的舞台，真是难上加难——应当首先需求精良的译本：译者进行翻译要迈出的起初几步路是必须深知莎剧的素体韵文（blank verse）是怎么一回事。这就要排除一般的散文译本，其次也要排除不大懂原文深意、崇尚浅薄的所谓译品。当然，另一方面我也完全赞成有人专写话剧，演出话剧。我可不赞成模糊莎剧跟现代话剧的区别。它们应当并行而各自繁荣，这是符合万紫千红、百花竞秀的原则的。不应当使莎剧名存而部分地实亡，被当作话剧而存在及演出，给抹杀掉它作为戏剧诗的原来性质。

梁先生说，莎剧原文大部分为“无韵诗”，又说“中文根本无此体裁”，是可以讨论的。关键在于语体（白话）诗或新诗里有没有造成微妙节奏的格律。它们原来所没有、可是需要的东西，我们可以创建、形成出来，以满足我们的需要。如果有了，就可以有他所说的“无韵诗”，或我所说和已经写出并部分发表过的素体韵文，即不押韵而有格律的诗行。早在1925年夏天，我在浙江海上的普陀山开始有意识地寻找出一个新诗的格律制度；翌年，1926年4月10日，我用“孙子潜”的具名，在北京《晨报·诗镌》上发表了我的那首《爱》，它非但每行有五个音节的格律（这字音段落，我后来在1934年9月间开始翻译莎剧《黎琊王》时定名为“音组”），而且是新诗里第一首完整的意大利体或佩脱拉克体的商乃诗（Italian or Petrarchan Sonnet）。别人也许无意或有意，在新诗里比我较早已经写了且发表过有格律的诗作，可是我不知道。不过我自从《爱》那首诗以后，在太平洋海舶上写的《海上歌》，以及在国外求学时寄回来的《一支芦笛》等格律诗作，曾在《新月诗刊》上发表。嗣后我发表而未能完成的《自己的写照》（登《新月诗刊》第二、三期，但其中印误颇多，及天津《大公报·文艺》）三百八十行，翻译的勃朗宁的《安特利亚·特尔·沙多》和弥尔敦的《欢欣》各两百多行，加上未曾发表和出版的译其他英文短诗百余首及莎剧八部（其中《黎琊王》已在1948年出版）的翻译，总共有约两万行有格律的韵文（verse）。

梁先生说：“‘无韵诗’，中文根本无此体裁”。大致说来，他是不错的，因为我们中国汉族的诗歌，从《诗经》开始，绝大多数都押韵脚。可是并不绝对如此。早在《诗经》里，正如顾炎武在《日知录》卷二十一《五经中多有用韵》篇里所说，“三百篇之诗，有韵之文也，乃一章之中有二三句不用韵者，如《瞻彼洛矣》、《维水泱泱》之类是矣。一篇之中有全章不用韵者，如《思齐》之四章五章、《召旻》之四章是矣。又有全篇无韵者，《周颂》、《清庙》、《唯天之命》、《昊天有成命》、《时迈》、《武》诸篇是矣”。所以我们翻译莎剧，要尽可能使原作的音容笑貌口齿声腔、格调节奏在译文里纤毫无遗地反映出来，就必须把那有格律而不押脚韵的诗行如实地加以传达表现，尽管对于我们来说，不押韵的韵文行是比较生疏而不习惯的。这样，就不能满足于用散文把莎剧译成话剧。可是，人民文学出版社的朱生豪译本也完全是话剧。十一卷本的《莎士比亚全集》（1978 年）“前言”一开始就说，“他的创作……是用无韵体写的诗剧三十七部”，在“前言”近尾处的十四页上，又说，“他的戏剧主要是用无韵体写成的诗剧……有音韵节奏之美……”但是《莎士比亚全集》里所有剧本都是散文译笔，看不到一点原文绝大部分用不押脚韵的格律诗行写作的迹象。同样，或者更可怪的是，大量发行的新《辞海》，它的“戏剧”一词的解释里竟说，“在西方，戏剧（drama）即指话剧”。这就一笔抹煞了古希腊、罗马的戏剧诗人们、英国的莎士比亚和马洛（Christopher Marlowe，1564—1593），法国的高乃伊（Pierre Corneille，1606—1684）和拉辛（Jean B. Racine，1639—1699）他们的戏剧诗或诗剧作品的存在。无怪大约三年前《艺术世界》双月刊上有人误以为莎剧是用散文诗写的剧本。

为了求得一个对莎剧的正确认识，也就是对翻译莎剧所要求的精确而适当的方式方法，必须对莎剧的文字有一个真切的理解。莎剧是戏剧，同时又是诗，而且基本上是用有格律的韵文行所组成，所以古时叫做戏剧诗（dramatic poetry），近今叫做诗剧（poetic drama），是浑然一体的一种文艺作品。有些人以为“戏剧是戏剧，诗是诗，‘桥归桥，路归路’，这两桩东西合不拢到一起，最多只能说莎士比亚的一些富于悲惨激情的剧本和一些富于欢乐激情的剧本都含有充分的诗意，所以叫它们为诗剧，实际上它们并不是诗，只是话剧——像孙大雨这种钻学问牛角尖的人硬说什么‘戏剧诗’，那是他对诗有偏爱的怪僻意见，可以不必理睬他，我们还是用话剧形式翻译莎士比亚，在舞台上用话剧演出我们的译本，而在我们谈论、写文章、做报告、进行宣传时不妨随意称莎剧是话剧或诗剧都无不可”。这些看法的问题在于一知半解、似是而非，没有真正、彻底懂得莎剧的原作。读过十年、八年英文的人只需打开一本英文《莎士比亚全集》，随意翻几页仔细看看，就可以发现书上所排印的文字一行行稍有长短，大致整齐，跟英文报纸、杂志和一般书籍上的散文不同。原来它们是诗行，是韵文行列！要了解莎翁戏剧作品的诗行或韵文行，可不是那么容易，必须再花上几年认真地学习，方能懂得英文古典诗歌的韵文规律。

要了解莎士比亚的戏剧是话剧还是诗剧，必须先对于诗和韵文以及它们之间的关系有个明确的认识。讨论或争辩诗情诗景、诗、诗歌的格律、韵文、素体韵文（blank verse，或有人称之为“素体诗”，或“素诗体”，或“无韵诗”，或“素韵诗”，或“白体诗”，我以为都不如“素体韵文”这名称较为适当）、自由韵文（或自由诗）时，往往因涵义不同或用词相同或互异，而造成一片混乱，得不到什么结果。关于“诗歌”一词，应当了解它是“诗”和“歌”的混合称呼，有时为简要起见，也可以总称为“诗”。为概括上述的对比和区别，可以提出三十年前我的一篇论文《诗歌的格律》开首时一张扼要的对比图表来说明问题。我那篇文章，由于当时漫天盖地的气氛的影响，在认识某些大问题上思想失去了平衡，有时陷入重大的谬误，不过经过1957到1959年的“整风反右”运动和1966到1976年的“无产阶级文化大革命”，对于那些大问题的认识，我有了根本的改变。可是对于诗歌格律问题的见解，那篇论文是无可非议的。现在要讨论对于莎剧的根本认识和翻译方法时，有必要重新提出来供大家参考。

诗情、诗趣、诗意、诗景是广义的诗。广义的诗跟韵文融合起来就是狭义的一首一首的诗。许多首诗和歌总起来可称为诗歌，它们是诗人们所写作的，歌也有民间所流传而记录下来的，不知作者姓名；诗歌可以简称为诗。韵文（verse）是有格律的文字，有韵致，故这样称呼它。韵文可以押韵，也可以不押韵，不押韵时可叫它为素体韵文。但自由韵文（free verse，vers libre）摆脱格律，写成有诗意的文字，它字句简短，形态有点像格律韵文；而散文诗则篇幅比较长，像一段段短篇的散文，当然也没有韵文格律。所谓韵致，主要是指节奏而言，但如果一篇或一段韵文，节奏调剂得相当不错，可是内容（意义）粗俗、枯燥、空虚、滑稽可笑、无意义、丑陋、庸俗、怪诞或恶劣，它还是称不上诗。形成节奏感，在古希腊、拉丁韵文里，依靠一个个语音的长短来作适当的安排，因为语音的长或短是欧洲古典文字的特性，但也有介乎长和短两者之间的中性语音，所谓两可者。古希腊、拉丁文诗歌里，行末不用脚韵或韵脚。我们中国古诗如《诗经》里的“风”、“雅”、“颂”，由于运用的是单音文字，一字一音一义，一般都是两个字联在一起成为一顿，两个顿成为一句，以形成节奏感，但偶尔也有单独一个字或三个字联起来成为一个节奏单位的。我国古代的诗歌，一般都有句末的脚韵，但不绝对，也偶有不用韵的，如前面所举《诗经》里的例子。到了六朝齐（479—502）、梁（502—557）时，周颙（430？—490？）、沈约（441—513）他们提出四声之说。到唐初，沈佺期（约656—713）、宋之问（约656—712）他们提倡写律诗，分五言、七言两式，也偶有六言的，二、四、六、八句押韵，第一句（与二、四）押否随便，也有一韵到底的，还有长律。汉、魏乐府则有如希腊的Pindaric ode，句子长短比较自由。到了词里，节奏的进行则跟随弦索的音乐调子定长短。

追溯我国语言里关于音质的初步分类，叫做“声明”，分平、上、去三声，那还是远在东汉明帝永平十年（公元67年）时，和“因明”（相当于逻辑，“逻辑”这名称则是清末严复对自西洋传入的“logic”一词的译音）跟佛教一同从印度传来中国，到了齐、梁间，周颙和沈约在《四声切韵》和《四声谱》里，加上我们自己所独有而印度没有的入声，共分为四声。（见陈寅恪：《四声三问》，载于《清华学报》九卷二期）

在诗歌里要造成有规律的节奏——语音进展时能给予读者一种愉快的循环往复的波动感，需要格律。格律是运用某一种语言的语音特性，将语音在可能范围内（合乎逻辑、文法和那个语言文字的诗歌的传统或新创的习惯）加以适当的安排，使读者产生微妙而愉快的节奏感的方式方法；掌握它虽然有一定的艰难度，但它不是，也不应当是运用思维、表达诗思时的镣铐。我国汉文的文言诗，从唐代开始到本世纪一十年代，已大致上穷尽了它的可能性。我们运用汉族现时的口头语言，在写作散文的同时，不妨参考西方语文里的诗歌的方式方法，也不排除向我们的古典诗歌酌量而度情地学习，创作出我们的语体文新诗歌。而翻译别国文学里的杰作，则可以提供给我们一个辽阔的原野。

在我们的语体（白话）文新诗歌里，当然不应当，也不可能，像在传统的旧诗里那样，运用平仄声和对偶，写作沈、宋体的五律或七律那样的作品，在我们现在的普通话里，原来平仄声的字有很大的声音上的变迁，入声在很大程度上变成了平、上或去三声，例如“着”念成了“招”，却念得很轻，“可”有时也念得很轻，而且时常有虚字“的”、“地”、“在”、“些”，“里”、“上”、“下”、“去”、“了”、“么”等加入语辞中，在文言诗里往往只意会而不言传。

记得 1931 年有一个秋日，胡适在他北平的家里谈起我在当时的《诗刊》第一期上发表的三首意大利体商乃诗时，笑说那是缠外国小脚。他以一十年代中、后期在《新青年》上反对写旧诗的倡导人的身份，反对新诗中有格律，那是可以理解的。可是，在现时的诗人中，也有主张写诗应写得完全跟散文一样才好的，这就难以令人理解。

讲到诗歌的格律，不能不首先提起简单而机械的等音计数主义（Isosyllabism）的典型例子。它和我们 20 年代的“豆腐干”诗体见解相同。据 E. A. Sonnenschein 氏在他的研究了二十多年的成果《什么是节奏？》（*What Is Rhythm*?, Basil Blackwell, Oxford, 1925）一书里所介绍的古伊朗文（波斯文）的拜火教圣经《阿梵斯泰》（*Avesta*）是用不分语音长短、重轻或高低，不区别音质而仅仅计算音数以分行的方法，形成分行的标准。书中所引的三行译文原文英文如下，但要了解译文语辞里的重音和轻音是不估计在行文里的①：

| ○○○○○○○○○ | ○○○○○○○○○ |

| Who was the first of all mortals ‖ to honour thee on earth, Homa? |

| What reward was bestowed on him, ‖ what honour was conferred upon him? |

| Vivaswan was the first mortal || to do me honour upon earth. |

行中间第八与第九缀音之间有一分截（diæresis），还有行与行之间也有一下意义停逗的“静默”。这样每行十六个缀音分成同样数目的两段，在理论上我们不能说它完全没有节奏，但这节奏分明是一种很机械死板的节奏，难于在听觉上被觉察到，而事实上则因为没有利用那种语言的语音特性，把这些语音组织成规律地进行着的单位，所以这样一行行的语音势必会显得松懈散漫，缺少节奏。

在 12 世纪的法兰西语早期韵文亚历山大行（Alexandrine）里，也实行等音计数主义，虽然跟波斯文里的《阿梵斯泰》无关。它们被称为亚历山大行，因为最早见之于叙述和歌颂希腊北面马其顿国（Macedonia）的亚历山大大王（Alexander the Great, 公元前 356—公元前 323，他 20 岁登上王位，征服了希腊、波斯帝国和埃及，33 岁去世）的一些篇韵文传奇里，在那发轫期的亚历山大行里，每行十二个缀音，中间第六与第七缀音之间有一个短暂的停顿，此外则别无造成节奏感的规律。

在英国，近代英文诗的开山祖师乔叟（Geoffrey Chaucer，1340?—1400），他的《康透勃垒故事集》（*Canterbury Tales*）序事长诗（约一万七千行，未完成）每行至少九个缀音，至多十四个，大部分是用五音步双行骈韵体（heroic couplets）写的，个别故事用七行一节或八行一节的韵文行叙述，还有一篇是散文的翻译。英文缀音的发音大致上可分为两类，重音和轻音。英文格律诗以重音和轻音相配合，一行至少两个音步（foot，feet），但较少见，最常见的是三个、四个、五个或六个音步，七音步一行也较少见。轻音与重音配合的方法是：一轻一重名叫 iamb 或 iambus，两轻一重名叫 anapest，一重一轻名叫 trochee，一重两轻名叫 dactyl。在古希腊、拉丁文里，三部史诗荷马的《伊利亚特》和《奥特赛》以及阜杰尔的《伊尔亚特》，都以一长音两短音或变动的两长音作为一音步的六音步韵文行所写。莎士比亚的剧本约百分之九十的文字用诗行，即韵文行写，它们基本上是用轻重格五音步素体韵文行写的。但由于语言文字是活的，不可能在重和轻的安排上配置得机械地一律，必须同时受意义、文法、逻辑的约束，所以往往有变动（variation）；而如果毫无变动，呆板地一律了，反而会显得机械、单调，所以在上述格式的韵文里时而有例外的音步，如两个重音的 spondee，两个轻音的 pyrrhic，三个轻音的 tribrach，一轻一重一轻的 amphibrach，一重一轻一重的 amphimacer 等。

法文 17 世纪开始的高乃伊（Pierre Corneille，1606—1684）和拉辛（Jean Racine，1639—1699）等诗人的古典亚历山大行有十二个缀音。在行中第六和第七个缀音之间有一个停逗（cesure，英文叫 caesura）：

|○○○○○○‖○○○○○○|

停逗前后各六个缀音可以随着文法结构和意义的关系念成一五，或二四，或三三，或四二，或五一；而念成一五时在一和五上稍微提高、着重、拉长一点，念成二四时在二和四上稍微提高、着重、拉长一点，念成三三时亦然，在两个三上稍微提高、着重、拉长一点，念成四、二时在四和二上稍微提高、着重、拉长一点，念成五、一时在五和一上稍微提高、拉长、着重一点：这样，一行古典亚历山大行就成了四个音节段落。

莎士比亚的戏剧诗或诗剧，约百分之九十的文字都是用轻重格五音步（iambic pentameter）素体韵文（blank verse）行写作的，举一行作为例子：

An̄d lét | mȳ lív | er̄ ráth | er̄ héat | wīth wíne.

或再举一行作例：

| Whēn wé | hav̄e shúf | flēd óff | thīs mór | tāl cóil, |

我所提出的新诗或语体韵文的音组机构，以两个字为常态，而有各种不同的变化，那些音节大多数可以用这样的形状表示出来：

〇〇　○〇〇　〇〇○　〇○〇

另外，还有些变异是这样的：

〇～～　〇∧　○〇　〇〇〇

它们都以吐字发音的时间段落长短为标准，同时又结合字与字之间的黏着性。〇～～可以代表“啊”或“唉”之类的感叹词，由于声音的延长，占据着一个音组单位的时间。∧则代表无声的静默；〇∧可以代表韵文中的“嘿”，占据一个音组单位的时间。〇〇〇这个音节在实际诵读起来很可能变成○〇〇或〇〇○或〇○〇。我所设想的音组机构很容易用来译出莎作原文里的音步，所以将莎作原文一行译成我们意境或风味上提高了的普通话译文一行，一般不会有多大困难；而如果必须比原文长一个或短一个音段，反正有跨行或泛滥的方便，可以视情况便宜行事，毋须削足适履，或勉强以芜辞充数，填塞韵文行里的时间。

1951 年 11 月我到北京参加翻译工作会议，带了两部 1948 年出版的我的莎剧《黎琊王》译本，将一部顺便送给了卞之琳；几年以后，他译出了他的《哈姆雷特》。他的译本是除我的《黎琊王》外，在1983年林同济（他也受益于我）译本出来之前，唯一懂得莎作原文基本上是有格律的素体韵文、并且译成了中文的素体格律韵文的译本。其他的译本，所有梁译、朱译、顾（仲彝）译、曹（未风）译、曹（禺）译、方（平）译、英（若诚）译，以及七长八短、虽分行而实际上并无格律的单独或多剧译本，都把莎剧译成散文（或实际上是散文，尽管形式上分行）的话剧，对于原文是戏剧诗或诗剧（这个所谓“诗”是大体上用有格律的韵文行——metrical verse——写的）可说没有懂得，或虽有所知（如梁译），却不知怎样用中文表达出来。卞的《哈姆雷特》译本在1956年8月出版，他在北京中央戏剧学院戏剧杂志社1986年出版的《莎士比亚戏剧节专刊》上，发表他的《莎士比亚四大悲剧译本说明》一文里，对我表示得到示范教益的谢意。林同济却错误地提出他所谓“素韵诗”在行内随意押韵的“韵脚散押法”，那好像丰姿绰约身段优美的妇女在脸上不施脂粉，却在背上、腹上扑粉点胭脂，没有懂得 blank verse 是一串串璞玉，要人欣赏它的节奏美，不允许涂红着绿。

最后，引几段莎作原文和通行的散文译本及我的译文，以见译文中格律韵文之有必要。

Benvolio：| Tút，| yōu sáw | hēr fáir，| nōne élse | bēin̄g bý，|
Hērsélf	póised wīth	hērsélf	in̄ éi	thēr éye：
Būt iń	thāt crýs	tāl scáles	lēt thére	bc̄ wéigh’d
Yoūr lá	dȳ’s lóve	āgáinst	som̄e óth	ēr mŕaid
Thāt Í	wīll shów	yōu shí	nīng āt	thīs féast，
An̄d shé	shāll ścant	shów wéll	thāt nów	shóws bést.

（*Romeo and Juliet*）

班伏里奥：嘿！你看见她的时候，因为没有别人在旁边，你的两只眼睛里只有她一个人，所以你以为她是美丽的；可是在你那水晶的天秤里，要是把你的恋人跟另外一个我可以在这宴会里指点给你看的美貌的姑娘同时较量起来，那么她现在虽然仪态万方，那时候就要自惭形秽了。

——朱生豪 译

班服里欧：| 得了，| 你见到 | 她美，| 因没人 | 在近旁，|
她对比	她自己，	在你	眼中	恰相当：
但在你	水晶	秤盘里，	让我	给你看
有一位	绝色	的姣娘，	也今宵	赴宴，
你将	你所	钟情的	意中人	和她比，
你的爱	会风韵	平凡，	虽如今	仪态奇。

——孙大雨 译

Lorenzo：| Hōw ẃeet | thē mó on | liǵht | sleéps | ūpón | thīs bánk! |
Hére wíll	wē sít	an̄d lét	thē soúnds	ōf músīc
Ćreepīn	oūr éars：	sóft stíll	nēss ānd	thē níght
Bēcóme	thē tóuch	es̄ ōf	sw̄eet hát	mōnȳ
Sít, Jés	sīcā. Lóok hów	thē flóor	ōf héavēn
Is̄ thíck	in̄laíd	wīth pā	tínes ōf	bŕight góld：
Thēre's nót	thē smáll	es̄t órb	whīch thóu	bēhóld'st
Būt, iń	hīs mó	tiōn líke	ān án	gēl sińgs,
Stīll qúir	íng tō	thē yóung	eȳed chér	ūbińs;
Sūch hár	mōnȳ	is̄ in̄	im̄mór	tāl sóuls;
Būt whílst	thīs múd	dȳ vés	tur̄e ōf	dēc áy

| Dōth gróss | lȳ clóse | ī̄t in̄, | wē cán | nōt héar ī̄t. |

(*Merchant of Venice*)

罗兰佐：月光多么恬静地睡在山坡上！我们就在这儿坐下来，让音乐的声音悄悄送进我们的耳边，柔和的静寂和夜色，是最足以衬托出音乐的甜美的。坐下来，杰西卡。瞧，天宇中嵌满了多少灿烂的金钹，你所看见的每一颗微小的天体，在转动的时候都会发出天使般的歌声，永远应和着嫩眼的天婴的妙唱。在永生的灵魂里也有这一种音乐，可是当它套上这一具泥土制成的俗恶易朽的皮囊以后，我们再也听不见了。

——朱生豪 译

洛良佐：| 多甜啊，| 月光 | 躺在 | 这坡上 | 在睡眠！ |
我们	就在此	坐下，	让音乐	的声响
沁入	我们的	耳朵：	柔和的	寂静
与良宵，	跟乐声	的和谐	调融	为一。
坐下来，	洁雪格。	你瞧，	这浅碧	的天宇
嵌满了	灿烂	的闪闪	金光	小碟儿，
你所	见到的	每一颗	最小的	天球，
无不	在它	转动中	天使般	唱着歌，
永远	应和着	幼眼的	天童们	的歌唱；
永生的	灵魂	都含有	这样的	和谐；
但当	这些个	泥污的	腐朽	臭皮囊
在外面	包藏着，	我们	便无法	听见。

——孙大雨 译

Macbeth：| Tō-mór | rōw, ańd | tō-mór | rōw, ańd | tō-mórrōw. |

| Créeps in | this pét | tȳ páce | frōm dáy | tō dáy, |

| Tō thē | lāst sȳl | lāble ōf | rēcórd | ēd tiḿe, |

| And áll | oūr yés | tērdáys | hāve light | ēd fóols |

| Thē wáy | tō dúst | ȳ deáth. | Oút, oút, | brief cándle! |

| Life's bút | ā wálk | ing shád | ōw, ā | póor pláyēr |

| Thāt stŕuts | and fréts | hīs hóur | ūpón | thē stáge |

| And thén | is héard | nō móre：| it iś | ā tále |

| Tóld bȳ | ān id | iot, fúll | ōf sóund | ānd fúrȳ, |

| Signi | fȳing | nóthing. |

(*Macbeth*)

麦克白：明天，明天，再一个明天，一天接着一天地蹑走前进，直到最后一秒钟的时间；我们所有的昨天，不过替傻子们照亮了到死亡的土壤中去的路。熄灭了吧，熄灭了吧，短促的烛光！人生不过是一个行走的影子，一个在舞台上指手划脚的拙劣伶人，登场片刻，就在无声无臭中悄然退下；它是一个愚人所讲的故事，充满着喧哗和骚动，却找不到一点意义。

——朱生豪 译

麦克白：|明朝，|再一个|明朝，|又一个|明朝，|

|便这般|一天|又一天|细步|趑趄去，|

|直到|有记录|的时间|最后|那一刹；|

|我们|所有的|昨天|照亮了|芸芸|

|痴愚，|上归土|的泉路。|熄灭，|熄灭，|

|匆匆的|烛照！人生|只是个|阴影|

走着路，	一介	可怜的	伶人	上台来，
雄视	阔步	和气急	败坏地	演一番，
转眼	便声息	杳然：	它是个	白痴
嘴里的	故事，	讲时节	好慷慨	激昂，
说来	却意义	全无。

——孙大雨 译

麦克白听到报信，说凶杀邓铿篡位、成了王后的他的夫人已死，受不了一天又一天日子的难熬，来这段有名的独白。这里第一行在Sonnenschein的《什么是节奏?》一书中（见第97页）划分重轻音时，由于疏忽，被认为只有三个重音，都在mor上。我深信在莎士比亚的原意，两个and都应读重音，以表示在他意识中，日子一天又一天来，实在受不了。

莎士比亚的戏剧作品，前面已经说过，远绍古希腊、罗马戏剧诗人们的优良传统，是戏剧诗或诗剧，戏剧与诗两种成分并不矛盾、抵触，而是融和为一，在西欧文艺复兴的鼎盛时期里登峰而造极。他写作它们，作为在舞台上演出的脚本，原来是戏班子里的财产，所以并不把它们印刷成书出版，因为怕出书之后会减少戏院里的营业。所以他生前那些四开本的他的戏剧都是经不正常或非法的途径，由旧书铺和印刷作场派人在剧本上演时速记下来，或经由与有些伶人勾结了从脚本上偷抄下来的。尽管如此，我们有的人以为莎剧只是供站在池子里“摩肩接踵”的人民大众所欣赏，跟坐在包厢里的“贵族、诗人”不相干，这是不对的。要知道莎翁自己是一位无比深沉伟大的戏剧诗人，他的剧作的演出是雅俗共赏的艺术品和精神食粮，对于人生有深切的见解和智慧，能提高观众对于社会和自己的认识和体会，而同时这些作品又是基本上用有格律的韵文写的，有优美的节奏和激情，有时有对人生的深沉哲理的发挥，可是有时也偶尔开一下粗俗的玩笑，以供店员、工匠、学徒们哈哈嬉笑一下。现在且引一段《罕秣莱德》剧中最知名的独白，以见作者深沉博大的剧词，非一般小市民所能一听而了然于心。

Hamlet：| Tō bé | ōr nót | tō bé： | thāt ís | thē quéstiōn： |
Whéthēr	'tīs nó	blēr in̄	thē ḿind	tō súffēr
Thē slíngs	an̄dár	rōws ōf	oūtrá	gēous fórtun̄e,
Or̄ tō	také aŕms	āgáinst	ā séa	ōf tróublēs,
An̄d bȳ	ōppós	in̄g eńd thēm?	Tō dié;	tō sléep;
Nō m̄ore;	ānd bȳ	ā sléep	tō sáy	wē eńd
Thē héart-	ac̄he an̄d	thē thóu	sānd	nátū	rāl shócks
Thāt fĺesh	is̄ héir	tō, 'tís	ā cón	sūmmátiōn
Dēvóut	lȳ tō	bē wísh'd.	Tō díe,	tō sleep;
Tō sléep!	pērchánce	tō dréam：	áy, thére's	thē rúb;
Fōr in̄	thāt sĺeep	ōf deáth	whāt dréams	māy cóme
Wh̄en ẃe	hav̄e shúf	flēd óff	thīs mór	tāl cóil,
Mūst gíve	ūs páuse：		thére's th̄e	rēspéct
Thāt mákes	cālá	m̄itȳ	ōf só	lońg lífe;
Fōr whó	wōuld béar	thē whíps	an̄d scórns	ōf tíme,
Thē oppŕess	ōr's wŕong,	thē próud	mán's cón	tūmelȳ,
Thē pángs	ōf dēs	písed lóve,	thē láw's	dēláy,
Thē iń	sōlēnce	ōf óf	fíce ānd	thē spúrns
Thāt pá	tiēnt merīt	ōf thē	ūnwór	thȳ tákes
Whēn hé	hīmsélf	migh̄t hīs	qúiē	tus̄ máke
Wīth ā	báre bód	kīn? Ẃho	wōuld fár	dēls béar,

| Tō grúnt | an̄d swéat | un̄dēr | ā wéa | rȳ lífe, |

| Būt thát | thē dréda | of̄ soḿe | thin̄g áf | tēr déath, |

| Thē ún | dīscó | vēr’d cóun | trȳ frōm | whōse bóurn |

| Nō tŕa | vēllēr | rētúrns, | púzzl̄es | thē ẃill |

| An̄d mákes | ūs rá | thēr béar | thōse íl̄ls | wē háve |

| Thān fl̄́y | tō ó | thērs thāt | w̄e ḱnow | nōt óf? |

| Thūs cón | sciēnce dóes | māke ców | ar̄ds ōf | ūs áll; |

| An̄d thús | thē ná | tīv̄e húe | ōf ré | sōlútiōn |

| Is̄ sićk | liēd ō’er | wīth thē | pále cást | ōf thóught, |

| An̄d én | tērpŕi | sēs ōf | gréat píth | an̄d mómēnt |

| Wīth thiś | rēgárd | theīr cúr | rēnts túrn | awr̄ý |

| An̄d lóse | thē náme | ōf áctīon. |

哈姆莱特：生存还是毁灭，这是一个值得考虑的问题；默然忍受命运的暴虐的毒箭，或是挺身反抗人世的无涯的苦难，通过斗争把它们扫清，这两种行为，哪一种更高贵？死了；睡着了；什么都完了；要是在这一种睡眠之中，我们心头的创痛，以及其他无数血肉之躯所不能避免的打击，都可以从此消失，那正是我们求之不得的结局。死了；睡着了；睡着了也许还会做梦；嗯，阻碍就在这儿：因为当我们摆脱了这一具朽腐的皮囊以后，在那死的睡眠里，究竟将要做些什么梦，那不能不使我们踌躇顾虑。人们甘心久困于患难之中，也就是为了这个缘故；谁愿意忍受人世的鞭挞和讥嘲，压迫者的凌辱、傲慢者的冷眼，被轻蔑的爱情的惨痛，法律的迁延、官吏的横暴和费尽辛勤所换来的小人的鄙视，要是他只要用一柄小小的刀子，就可以清算他自己

的一生？谁愿意负着这样的重担，在烦劳的生命的压迫下呻吟流汗，倘不是因为惧怕不可知的死后，惧怕那从来不曾有一个旅人回来过的神秘之国，是它迷惑了我们的意志，使我们宁愿忍受目前的磨折，不敢向我们所不知道的痛苦飞去？这样，重重的顾虑使我们全变成了懦夫，决心的赤热的光彩，被审慎的思维盖上了一层灰色，伟大的事业在这一种考虑之下，也会逆流而退，失去了行动的意义。

——朱生豪 译　吴兴华 校

罕秣莱德：|是存在|还是|消亡：|问题|的所在：|
要不要	衷心	去挨受	猖狂	的命运
横施	矢石，	更显得	心情	高贵呢，
还是	面向	汹涌	的困扰	去搏斗，
用对抗	把它们	了结？	死掉；	睡去；
完结；	若说	凭一瞑	我们便	结束了
这心头	的怆痛	和肉体	所受	千桩
自然	的冲击，	那才	真是个	该怎样
切望	而虔求	的结局。	死掉，	睡眠；
去睡眠；	也许	去做梦；	唔，	那才绝；
因为	摒弃了	这尘世	的喧阗	之后，
在那	死亡的	睡眠里	会做	什么梦，
使我们	踌躇；		顾虑	到那个，
便把	苦难	变成了	绵延的	无尽藏；
因为	谁甘愿	受人世	的鞭挞	嘲弄，
压迫者	的欺凌	虐待，	骄横者	的鄙蔑，
爱情	被贱视，	法律	迁延	不更事，

官吏	的专横	恣肆，	以及那	耐心而
有德	之辈	所遭于	卑劣者	的侮辱，
如果他	只须用	小小	一柄	匕首
将他	自己	结束掉？	谁甘愿	肩重负，
熬着	疲累的	生涯	呻吟	而流汗，
若不是	生怕	死后	有难期	的意外，
那未知	的杳渺	之邦，	从它	邦土上
还不曾	有旅客	归来，	困惑了	意志，
使我们	宁愿	忍受	现有	的磨难，
不敢	投往	尚属于	未知	的劫数？
就这样，	思虑	使我们	都成了	懦夫，
果断	力行	的天然	本色，	便这么
沾上	一层	灰苍苍	的忧虑	的病色，
而能令	河山	震荡	的鸿图	大业，
因这么	考虑，	洄流	误入了	歧途，
便失去	行动	的名声。

——孙大雨 译

我以上的论述，说明莎剧原文是大体上用格律的素体韵文写的戏剧诗或诗剧，译成中文也应当呈现它本来的面目。原文的格律韵文部分每行可分为五个音步，我所要求的译文也可分成五个音组，虽然在原文是一行，在译文里并不绝对也是一行。对于莎剧，我认为应当这样翻译，才是得体的忠实的翻译。译成毫无韵文格律的话剧是不合适的，因为原文韵文行的节奏，语音流的有规律的波动，若变成散文的话剧，或莫名其妙的分行的散文的话剧，便完全丧失掉原作的韵文节奏，面目全非了。朱生豪在抗战的艰难岁月中，贫病交迫，译出了三十一部莎剧，为他喜爱而崇敬的工作付出他年轻的生命，三十三岁逝世，我们应当无比地敬佩，并且该好好厚待他的家属。但这并不等于说，他的译本便因此是理想的译本，即令有人曾加以校对和补译，对于我们的合理而严峻的要求，还相差很远。梁实秋先生付出三十多年辛勤，经历两次内外的战争，以散文译毕了全部莎剧，以他的学养超越了即令校订过的朱译，虽对于我们理想中的要求尚有距离，但也应受到广泛、深厚的敬佩。此外，在莎译方面曾经努力的人，不论水平高低，成果如何，总是在从外到内的文化交流上努力辛勤过，也无可厚非。不过这并不等于说，我们放弃了对于莎译的理想的追求和期望。

在演出方面，把莎剧演成（根据散文译本）话剧，也并无不可，正好比把莎剧演成皮黄京戏，或昆曲，或绍兴越剧，或安徽黄梅戏，或上海沪剧，或宁波甬剧，广东粤剧，或山西梆子，或高腔的川剧，或唱成大鼓，各各另编剧辞，都并无不可。但最最基本的是要把原文译成有格律的、相当提高的普通话素体韵文诗剧，作为底本或基础，一切其他剧种的演出都以此作为底本，加以变化。

可是若不知道原作的性质究竟是怎么一回事，若把将就译成散文的话剧作为理想的基础，希望仅仅表现一些故事轮廓，作为任务观点或形式主义来从事，或作为宣传手段，那就不够成熟了。莎剧精妙和正确的译文及演出，应当雅俗共赏；莎剧决不止仅仅是一个个故事，它们还是一篇篇戏剧诗章。把它们作为工农兵、小市民、职员、一般干部的消遣品当然也并无不可，但必须同时可作高级知识分子的精神食粮，是提高和净化高级政经人员思想情操的药石。

当然，现在重视莎剧的演出，由外到内文化交流的风气，比“文革”中践踏莎剧要好得多。当时有人曾指着我说：“没有你的莎士比亚，太阳照样从东方升起来，到西方落下去。”如今风气已经变了，但愿在广泛传播的同时，也能注意到深入和提高。

[**注释**]

① 这里 Sonnenschein 所引的三行译文系转引自 Charlton M. Lewis：*The Foreign Sources of English Versification*, Berlin，1898。

原载《华东师大学报·哲学社会科学版》1987 年第二期

莎译琐谈

威廉·莎士比亚，是一位空前而且也可说绝后的伟大戏剧诗人。虽然他较早也写得有两首长诗和一部一百五十首的《商乃诗集》等，但他的绝大部分作品却是戏剧诗，或称诗剧。莎翁一生共写了三十七部诗剧，他运用英文格律诗的语言文字，创造了八百多个性格各不相同的人物；把剧中这众多人物表现性格的言谈、行动、冲突、和谐、悲欢、生死等情节谱写成鸿篇巨制的大诗章，这在文艺领域中堪称奇迹！

但是有关莎剧的性质——是戏剧还是诗、是话剧还是诗剧这个问题上，在好些人心目中颇有点模糊，似应澄清一下。大量发行的新《辞海》，它的“戏剧”一辞的解释里说，“在西方，戏剧（drama）即指话剧。”这就一笔抹煞了古希腊、罗马的戏剧诗人们、英国的莎士比亚和马洛、法国的高乃伊和拉辛他们的戏剧诗或诗剧的存在。无怪几年前《艺术世界》双月刊上有人误以为莎剧是用散文诗写的剧本。即以大陆朱生豪的以及台湾梁实秋的两种《莎士比亚全集》版本而言，书中全部莎剧也都是散文译笔，看不到一点原文绝大部分用不押脚韵的格律诗行（*即所谓“素体韵文”*）写作的迹象；虽然他们的散文译笔不错，但毕竟与原作风貌不尽符合。

莎剧原作，特别是中、晚期的作品，约百分之九十的文字是用素体韵文（blank verse）所写。所谓素体韵文，是指不押脚韵而有轻重音格律的五音步（iambic pentameter）诗行。换言之，莎剧基本上是用轻重格五音步写的，每行都有规范严整的五个音步。从这个意义上说，我们绝不可将莎剧误解为散文的话剧。

我们知道，莎剧在英、美国家舞台上、银幕上演出，是用比散文话剧稍慢的速度从容朗诵出来的，有声调节奏谐和之美，并不读若散文一般，因为有格律、有规律节奏的朗诵，跟念散文有微妙而显著的区别。我热切希望莎剧能以与其本来面目酷似的风貌、声调在我国舞台上演出，如同在英语民族的国家舞台上郑重地、内行地演出差不多。

要做到这一点，首先必须要有符合原作风貌的精善的译本。文学作品，特别是诗歌和莎剧的翻译，要求移植者对于原文和所译文字的造诣都异常高，译者不仅要能深入理解和摄取原作的形相和奥蕴，而且要善于挥洒自如地表达出来，导旨而传神，务使他能在他那按着原作的再一次创作的成果里充分体现原作的精神和风貌。所以，要恰当地翻译世界文化瑰宝的莎剧，乃是难上加难之事。

谈到莎译，最初翻译莎士比亚的整部剧本到我国来的是田汉，他首先用当时新兴的白话文翻译了两个剧本——《哈孟雷特》和《罗密欧与朱丽叶》，可惜他是从平内逍遥的日文译本转译的，所以跟原作又不免多隔了一层。此后迄今在我国已有了诸多莎剧翻译版本，但多数不对原作诗行作任何考虑而译成了散文的话剧，或者虽然依样分了行但却没有韵律。梁实秋虽然考虑到了莎剧的韵文性质，但他在30年代出版的几个莎剧译本弁言里曾说："莎士比亚的原文大部分是'无韵诗'(blank verse)。小部分是散文，更小部分是'押韵的排偶体'……凡原文为'无韵诗'体，则亦译为散文。因为'无韵诗'中文根本无此体裁……莎士比亚戏剧在舞台上，演员并不咿呀吟诵，'无韵诗'亦读若散文一般。所以译文一以散文为主，求其能达原意，至于原文节奏声调之美，则译者力有未逮，未能传达其万一，唯读者谅之……"

莎剧在英、美国家舞台上演出，虽然并不"咿呀吟诵"，但诚如上述，我们知道郑重的、内行的演出是用比散文剧稍慢的速度从容朗诵出来的，有协和声调节奏之美，并不"读若散文一般"。至于梁先生说，莎剧原文大部分为"无韵诗"，"中文根本无此体裁"，那也是可以讨论的。关键在于语体（白话）诗或新诗里有没有造成微妙节奏的格律。我们原来所无、可是需要的东西，我们可以创建、形成出来，以满足需求。

1925年我从北京清华学校高等科毕业后，按当时的规定在去美国留学前可在国内游历一年。那年夏天，我在浙江海上普陀山佛寺园通庵客舍中开始有意识地寻找一种新诗的格律规范，结果找到了，那是以二三个汉字为常态而有各种不同变化的“音组”结构来实现的。翌年4月10日的北京《晨报副刊·诗镌》上发表了我所创作的十四行体诗《爱》，这是我有意识地运用“音组”结构撰写的第一首有严谨格律的新诗，每行均有严格的五个音组，因篇幅不长，现照录如下：

往常的	天幕	是顶	无忧的	华盖，
往常的	大地	永远	任意地	平张；
往常时	摩天的	山岭	在我	身旁
峙立，	长河	在奔腾，	大海	在澎湃；
往常时	天上	描着	心灵的	云彩，
风暴	同惊雷	快活得	像要	疯狂；
还有	青田	连白水，	古木	和平荒；
一片	清明，	一片	无边沿	的晴霭；

可是	如今，	日夜是	一样地	运行，
星辰的	旋转	并未曾	丝毫	变换，
早晨	带了	希望来，	落日的	余辉
留下	沉思，	一切都	照旧地	欢欣：
为何	这世界	又平添	一层	灿烂？
因为	我掌中	握着	生命的	权威！

自从《爱》这首诗以后，我运用“音组”结构创作（包括长诗《自己的写照》等）和翻译（包括八部莎剧以及弥尔敦、乔叟的诗等）了总共约两万行有格律的韵文。

梁先生说，“‘无韵诗’，中文根本无此体裁。”大致说来，他是不错的，因为我们中国汉族的诗歌，从《诗经》开始，绝大多数都押脚韵。可是并不绝对如此。早在《诗经》里，正如顾炎武在《日知录》卷二十一《五经中多有用韵》篇中所说，“三百篇之诗，有韵之文也，乃一章之中有二三句不用韵者，如《瞻彼洛矣》、《维水泱泱》之类是矣。一篇之中有全章不用韵者，如《思齐》之四章五章、《召旻》之四章是矣。又有全篇无韵者，《周颂》、《清庙》、《唯天之命》、《昊天有成命》、《时迈》、《武》诸篇是矣。”所以我们翻译莎剧，要尽可能使原作的音容笑貌、口齿声腔、格调节奏在译文里纤毫无遗地反映出来，这就必须把有格律而不押韵的诗行如实地加以传达表现，虽然对于我们来说，不押韵的韵文行是比较生疏而不习惯的。这样，就不能满足于用散文把莎剧译成话剧。

为了求得一个对莎剧的正确认识，也就是对翻译莎剧所要求的精当的方式方法，必须对莎剧的文字有一个真切的理解。莎剧是戏剧，同时又是诗，而且基本上是用有格律的韵文行所组成，所以古时叫做戏剧诗（dramatic poetry），近今叫做诗剧（poetic drama），是浑然一体的一种文艺作品。这些戏剧诗既可供演出，又可在书斋里诵读品味。

我开始尝试用汉字音组这一格式对应莎剧诗行中的英文音步，作了莎剧翻译的实践，那是在三十年代初，所译《黎琊王》（*King Lear*）片段曾发表于徐志摩主编的新月《诗刊》第二期上。1934 年 9 月，我正式翻译了这一莎氏著名悲剧，至 1935 年译竣，后经两度校改修订，迨至 1948 年 11 月才由上海商务印书馆出版该书两卷集注本。由译毕到成书相隔这么多年，其主要原因是这期间经历了八年日本侵华战争的浩劫，所以我在此书扉页上作了以下题字：“谨向杀日寇斩汉奸和歼灭法西斯盗匪的战士们致敬！”

在遭受了1957年的政治风暴所强加给我的不公正待遇后，在极其艰难困苦的状况下，我又于60年代初，“文革”前的几年中翻译了《罕秣莱德》（*Hamlet*）等五部莎剧集注本。直到1991年5月才由上海译文出版社出版了我的第二部莎译《罕秣莱德》集注本，此书从译毕到成书竟相隔了二十多年，经历的坎坷比《黎琊王》有过之无不及，个中缘由当然是因为国家民族又经历了另一次浩劫——文化大革命所致。两部莎译出版的遭遇，只能说是一种命运的巧合。

我的莎译力求符合原作风貌，原作每行五个音步，我的译文每行为五个音组。但也毋庸讳言，译文距理想的实现还有距离。一方面是缘于无法制胜的英汉两种文字上相差奇远的阻碍，另一方面则许因译者的能力确有所不逮，虽然译者已竭尽了心力。梁实秋先生在1976年8月10日的台北《联合报》副刊上发表的《略谈“新月”与新诗》一文中说道，“这时候（指徐志摩创刊《诗刊》时）还有一位孙大雨，他写诗气魄很大，态度也不苟且，他给《诗刊》写诗，好像还写过一首很长很长的诗，这该是第一次长诗的出现。孙大雨还译过莎士比亚的《黎琊王》，用诗体译的，很见功。”多谢他对我的莎译的赞誉。我与梁先生是北京清华学校的同学，他比我高三级。1933年下半年，我接受了时任山东青岛大学外文系主任的梁实秋先生的邀请去了青岛，但只与他共事了一个学期就分手了，因为学期结束后我没有收到他的续聘书，此乃事出有因：梁先生早就有翻译莎翁全集的雄心壮志，但他却认为莎剧有严谨格律的每行五音步的素体韵文，用中文无法移植。直到80年代台北远东图书公司出版了他所译的《莎士比亚全集》，他在例言中仍说：“原文大部分是‘无韵诗’，小部分是散文，……译文一以白话文为主……”，可见他在实践上也是把莎翁有格律的戏剧诗译成了散文的话剧，尽管以梁先生的学养，他的译文很值得称道。当时都是因为年轻，涉世不深，我在课堂上随意批评了梁先生所认为的中文无法移植莎剧五音步素体韵文的观点，遂引起了梁先生的不快，于是有了学期结束后不再发给我聘书的结果。现在客观地来看这件事，只能归结于当时双方都是年少气盛的缘故。时隔四十三年之后梁先生在报刊上称誉我的莎译，可见梁先生早已忘怀了当年我对他的批评的不恭，表现出了他的学者风度。当然，对于他的解聘我，我也从未耿耿于怀。现在来谈这近六十年前的往事，无非聊作轶事的谈资而已。可惜几十年来我与他再没有机会谋面，更无从当面切磋莎剧译艺。如今他已作古，我也到耄耋之年，每每想起往事，有恍如隔世之感。

总之，我认为：既然莎剧原文大体上是用有格律的素体韵文写的戏剧诗或诗剧，译成中文也应当呈现它的本来面目。原文格律韵文部分每行可分为五个音步，我所要求的译文也可分成五个音组，虽然在原文的一行，在译文里并不绝对也是一行。我觉得这样的莎译，才是得体的忠实翻译。译成毫无韵文格律的话剧是不合式的，因为原文韵文行的节奏、语言流是有规律的波动。若变成散文的话剧，或莫名其妙的分行的散文的话剧，便完全丧失掉原作的韵文节奏，面目全非了。

以下引著名悲剧《罕秣莱德》（*Hamlet*）中举世闻名的一段独白的原文和通行的散文译本以及我的译文，以见译文中格律韵文之有必要，并供同道讨论指正：

Hamlet：| Tō bé | ōr nót | tō bé：| thāt ís | thē quéstiōn：|
| Whéthēr | ’tīs nó | blēr in̄ | thē ḿind | tō súffēr |
| Thē slíngs | an̄dár | rōws ōf | oūtrá | gēous fórtun̄e, |
| Or̄ tō | také aŕms | āgaínst | ā séa | ōf tróublēs, |

| Ān̄d bȳ | ōppós | in̄g eńd thēm? | Tō dié; | tō sléep; |

| Nō m̄ore; | ānd bȳ | ā sléep | tō sáy | wē eńd |

| Thē héart- | ac̄he an̄d | thē thóu | sānd | nátū | rāl shócks |

| Thāt fĺesh | is̄ héir | tō, ’tís | ā cón | sūmmátiōn |

| Dēvóut | lȳ tō | bē wiśh’d. | Tō díe, | tō sléep; |

| Tō sléep! | pērchánce | tō dréam: | áy, thére’s | thē rúb; |

| Fōr in̄ | thāt sĺeep | ōf deáth | whāt dréams | māy cóme |

| Wh̄en ẃe | hav̄e shúf | flēd óff | this̄ mór | tāl cóil, |

| Mūst giv́e | ūs páuse: | | thére’s th̄e | rēspéct |

| Thāt mákes | cālá | m̄itȳ | ōf só | lońg lif́e; |

| Fōr whó | wōuld béar | thē whiṕs | an̄d scórns | ōf tiḿe, |

| Thē op̄ṕress | ōr’s wŕong, | thē próud | mán’s cón | tūmelȳ, |

| Thē pángs | ōf dēs | piśed lóve, | thē láw’s | dēláy, |

| Thē iń | sōlēnce | ōf óf | fiće ānd | thē spúrns |

| Thāt pá | tiēnt merit̄ | ōf thē | ūnwór | thȳ tákes |

| Whēn hé | him̄sélf | migh̄t his̄ | qúiē | tus̄ máke |

| Wi̇̄th ā | báre bód | kin̄? Ẃho | wōuld fár | dēls béar, |

| Tō grúnt | an̄d swéat | un̄dēr | ā wéa | rȳ liḿe, |

| Būt thát | thē dréda | of̄ soḿe | thin̄g áf | tēr déath, |

| Thē ún | dis̄có | vēr’d cóun | trȳ frōm | whōse bóurn |

| Nō tŕa | vēllēr | rētúrns, | púzzl̄es | thē ẃill |

| An̄d mákes | ūs rá | thēr béar | thōse il̄ls | wē háve |

| Thān fĺy | tō ó | thērs thāt | w̄e kńow | nōt óf? |

| Thūs cón | sciēnce dóes | māke ców | ar̄ds ōf | ūs áll; |

| An̄d thús | thē ná | tiv̄e húe | ōf ré | sōlútiōn |

| Is̄ sićk | liēd ō’er | with̄ thē | pále cást | ōf thóught, |

| Ān̄d én | tērpŕi | sēs ōf | gréat pi̍th | ān̄d mómēnt |

| Wīth thi̍s | rēgárd | theīr cúr | rēnts túrn | aw̄rý |

| Ān̄d lóse | thē náme | ōf áctīon. |

哈姆莱特：生存还是毁灭，这是一个值得考虑的问题，默然忍受命运的暴虐的毒箭，或是挺身反抗人世的无涯的苦难，通过斗争把它们扫清，这两种行为，哪一种更高贵？死了；睡着了；什么都完了；要是在这一种睡眠之中，我们心头的创痛，以及其他无数血肉之躯所不能避免的打击，都可以从此消失；那正是我们求之不得的结局。死了；睡着了；睡着了也许还会做梦；嗯，阻碍就在这儿：因为当我们摆脱了这一具朽腐的皮囊以后，在那死的睡眠里，究竟将要做些什么梦，那不能不使我们踌躇顾虑。人们甘心久困于患难之中，也就是为了这个缘故；谁愿意忍受人世的鞭挞和讥嘲，压迫者的凌辱、傲慢者的冷眼，被轻蔑的爱情的惨痛，法律的迁延、官吏的横暴和费尽辛勤所换来的小人的鄙视，要是他只要用一柄小小的刀子，就可以清算他自己的一生？谁愿意负着这样的重担，在烦劳的生命的压迫下呻吟流汗，倘不是因为惧怕不可知的死后，惧怕那从来不曾有一个旅人回来过的神秘之国，是它迷惑了我们的意志，使我们宁愿忍受目前的磨折，不敢向我们所不知道的痛苦飞去？这样，重重的顾虑使我们全变成了懦夫，决心的赤热的光彩，被审慎的思维盖上了一层灰色，伟大的事业在这一种考虑之下，也会逆流而退，失去了行动的意义。

——朱生豪　译　吴兴华　校

哈姆雷特：死后还是存在，还是不存在，——这是问题；究竟要忍受这强暴的命运的矢石，还是要拔剑和这滔天的恨事拼命相斗，才是英雄气概呢？死，——长眠，——如此而已；合眼一睡，若是就能完结心头的苦痛和肉体承受的万千惊扰，——那真是我们要去虔求的愿望。死；——长眠；——长眠么！也许做梦哩！唉，阻碍就在此了；我们损弃尘世之后，在死睡当中会做些什么梦，这却不可不加思索；苦痛的生活所以能有这样长的寿命，也就是这样的动机所致；否则在短刀一挥就可完结性命的时候，谁还甘心忍受这时代的鞭挞讥嘲，高压者的横暴，骄傲者的菲薄，失恋的悲哀，法律的延宕，官吏的骄纵，以及一切凡夫俗子所能加给善人的欺凌？谁愿意背着负担，在厌倦的生活之下呻吟喘汗，若不是因为对于死后的恐惧，——死乃是旅客一去不返的未经发见的异乡，——令人心志迷惑，使得我宁可忍受现有的苦痛，而不敢轻易尝试那不可知的苦痛；所以"自觉的意识"使得我们都变成了懦夫，所以敢作敢为的血性被思前想后的顾虑害得变成了灰色，惊天动地的大事业也往往因此而中途旁逸，壮志全消了。

——梁实秋　译

罕秣莱德：|是存在|还是|消亡：|问题|的所在：|
要不要	衷心	去挨受	猖狂	的命运
横施	矢石，	更显得	心情	高贵呢，
还是	面向	汹涌	的困扰	去搏斗，
用对抗	把它们	了结？	死掉；	睡去；
完结；	若说	凭一瞑	我们便	结束了

这心头	的怆痛	和肉体	所受	千桩
自然	的冲击，	那才	真是个	该怎样
切望	而虔求	的结局。	死掉，	睡眠；
去睡眠：	也许	去做梦；	唔，	那才绝；
因为	摒弃了	这尘世	的喧阗	之后，
在那	死亡的	睡眠里	会做	什么梦，
使我们	踌躇：		顾虑	到那个，
便把	苦难	变成了	绵延的	无尽藏；
因为	谁甘愿	受人世	的鞭笞	嘲弄，
压迫者	的欺凌	虐待，	骄横者	的鄙蔑，
爱情	被贱视，	法律	迁延	不更事，
官吏	的专横	恣肆，	以及那	耐心而
有德	之辈	所遭于	卑劣者	的侮辱，
如果他	只须用	小小	一柄	匕首
将他	自己	结束掉？	谁甘愿	肩重负，
熬着	疲累的	生涯	呻吟	而流汗，
若不是	生怕	死后	有难期	的意外，
那未知	的杳渺	之邦，	从它	邦土上
还不曾	有旅客	归来，	困惑了	意志
使我们	宁愿	忍受	现有	的磨难，
不敢	投往	尚属于	未知	的劫数？
就这样，	思虑	使我们	都成了	懦夫，
果断	力行	的天然	本色，	便这么
沾上	一层	灰苍苍	的忧虑	的病色，
而能令	河山	震荡	的鸿图	大业，
因这么	考虑，	洄流	误入了	歧途，

|便失去|行动|的名声。|

——孙大雨　译

我国现有的诸多莎译版本，可说各有成就，并且已出版了大陆上以朱生豪为主的以及台湾梁实秋的两种莎士比亚全集。朱生豪先生（1912—1944，浙江嘉兴人）在抗战的艰难岁月中，贫病交迫，译出了三十一部莎剧，为他喜爱而崇敬的工作付出了年轻的生命，三十三岁即英年早逝，我们应当无比地敬佩。梁实秋先生（1903—1987，浙江杭县人）付出数十年辛劳，以散文译毕了全集，也应受到广泛、深厚的钦佩。但这并不等于说我们已可放弃对于莎剧翻译的理想追求和期望。我们应该有更符合原作风貌的用格律韵文翻译的莎翁全集。由于过去蹉跎岁月的耽误，我至今只译了八部莎剧，而现在到了耄耋之年，恐已无力完成用韵文译竣全集这一艰巨的工程。我殷切期望同道共同努力，并且盼能早日完成这个伟业！

（孙近仁记录、整理）

原载《中外论坛》1993年第四期

有关姓氏音译的推敲

（一）

英文 Chaucer[①] 这姓氏，商务印书馆出版的《综合英汉大辞典》音译为“绰塞”，没有意义。方重译为“乔叟”，一个姓乔的老头儿。他去世时约六十岁，确是一个老头儿，“叟”。但他出生时，直到二十、三十、四十岁，并不是个老头儿，所以说他是个姓乔的老头儿并不适当。我音译这姓氏为“趫飕”，“趫”为健步，“飕”为风声，“趫飕”为“健步如飞，发出飕飕的风声”。当然，一个人从出生到死，不可能健步如飞发出飕飕的风声。但这是一个颇有诗意的命名，所以似较“乔叟”为好。

（二）

《萝密欧与琚丽晔》在莎氏一生所写的三十七部诗剧中，是知名度较高的一出戏，这大概与人们感兴趣的爱情这一文学的永恒主题贯串全剧有关；但它是莎氏较早期的作品，在人物性格刻划与写作技巧上并不算莎氏最成熟的作品。

本剧两个主角的名字过去往往被音译为罗密欧与朱丽叶。罗与朱在中文里都是姓氏，而萝密欧则是一位青年的名字，他姓芒太驹，琚

---

① Geoffrey Chaucer（1340?—1400）英国近代英文诗歌之父。孙大雨先生曾用格律诗体译有趫飕的著名长诗《康透裒垒故事集序诗》共 858 行。（这一段文字是孙大雨先生在翻译这首序诗期间信手写在一张纸片上的。）

丽晔是一位姑娘的名字，她姓凯布莱忒，为免一般读者在姓与名上的习惯联想，我将这出戏的题名译为《萝密欧与琚丽晔》。也有将男主角音译为柔蜜欧的，虽未尝不可，但我以为这出戏尽管以爱情为主线，一对男女又爱得死去活来，然而男主角的性格有勇武刚强的一面，并非那种性格软弱只有柔情蜜意的多情公子，为免读者不适当的联想，即使是音译，似乎也有值得推敲的地方。

（摘自莎译《萝密欧与琚丽晔》译序）

· 附录　耿介清正：孙大雨纪传 ·

引 言

父亲生命历程中最后一年多的日子，是在上海华东医院度过的。住院期间他与一位六十多岁的上海警备区的军队领导干部同住一室；这位病友是植物人，有一次他从住家楼梯上不慎摔下，就此丧失了意识，但他的生命力很强，已住院三、四年，仍维持着呼吸与心跳；不知何故，他染上了感冒，接着父亲也感冒了，九十二岁高龄的父亲终因年老体衰抵抗力低下，又并发肺炎与心力衰竭，经五天救治无效，于 1997 年 1 月 5 日下午 3 时 28 分溘然长逝。

临终时我们侍候在侧，见父亲遗容十分安详，似沉睡一般；尽管弥留之际他没有留下遗言，但我们揣度他一定是觉得此生无愧于这个世界：他留给了后人十二部上乘的著译；并且活到九十二岁高龄，已是四世同堂；他亲眼目睹了“四人帮”一伙恶魔覆灭的可耻下场，见到我们的国家和社会有了转机并日益兴旺起来，中华民族的优秀文化将后继有望……总之，他虽然后半生历尽坎坷，但以结局来看也可算是有福之人，因此毋须嘱咐可以撒手西去，长眠地下了。

不过，在我们回顾父亲的一生、特别是他后半生的坎坷遭遇时，我们在思考，为什么像父亲这样一位学贯中西的大学问家和爱国民主人士，会受到如此严酷的磨难？这决不能简单地从他个人的性格耿直刚正、宁折不弯因而难容于社会等方面来寻找答案，应该说，这是整整一代知识分子的悲剧！在我们抚今追昔、痛定思痛的时候，但愿今后类似的历史悲剧不再重演。当我们站在父亲的遗体旁，注视着永远离开了我们的父亲的遗容，缅怀他在文学上所创造的业绩以及他在民主革命中所作出的贡献，追思他曾蒙受的种种屈辱和苦难时，不禁悲从中来，涕泪滂沱。

我国向来有“盖棺论定”之说，诚如孙大雨教授治丧委员会在1997年1月15日追悼会上的悼词中所言：

我国著名的文学翻译家、莎士比亚研究专家、中国民主同盟盟员、离休干部、华东师范大学教授孙大雨先生，不幸于今年1月5日下午3时28分因病在华东医院逝世，享年九十二岁。今天，我们怀着十分悲痛的心情，沉痛悼念孙大雨先生。

孙大雨教授，1905年1月生，原名孙铭传，字守拙，号子潜，浙江诸暨人。1925年毕业于北京清华学校高等科。1926年8月赴美国留学，1928年毕业于新罕布什尔州的达德穆学院。后在耶鲁大学研究院研究英国文学，1930年秋回国，先后在武汉大学、北京师范大学、北平大学女子文理学院、北京大学、青岛大学、浙江大学、暨南大学、中央政治学校任教。抗战胜利后，从大后方回上海，应聘到复旦大学外文系任教。同时在上海市立师范专科学校兼课。1950年7月，孙大雨教授任复旦大学外文系主任。1980年9月起任华东师范大学外语系英美文学教授，并于1986年11月起在华东师范大学离休。

孙大雨先生的一生是不平凡的一生。他热爱祖国、热爱党的教育事业。孙先生早在1946年10月就加入了中国民主同盟，1947年春参加上海大学教授联谊会，曾担任临时召集人、干事和代理主席，积极参加爱国民主运动，为国家和平、民主、统一、团结而努力奋斗。不久，由于国民党反动派对民主人士进行迫害，民盟转入地下斗争，孙大雨先生担任了民盟上海市支部第五区分部主任，1948年4月担任宣传委员，经常执笔起草大教联的民主革命宣传文件，支持爱国学生参加反暴行、反饥饿、反蒋、反美的斗争。上海解放前夕，巴黎拥护世界和平大会召开时，他起草了《我们对于世界和平的意见》书，参加发起组织上海、南京、苏州、杭州教育工商界人士二百余人签名并在《大公报》、《文汇报》上发表，其英文宣言在《中国评论周报》发表，并经塔斯社发往莫斯科、巴黎、布拉格等地，并由许广平团长在大会上宣读。1949 年 3 月，上海民盟组织成立解放工作委员会，领导迎接上海解放的各项工作，孙大雨教授是二十人委员会委员之一，在中共地下党和民盟组织的领导下，他为迎接上海解放，作出了可贵的贡献。同时，孙大雨教授还积极参加社会活动，他曾任上海市人民政府文教委员会委员，上海市人大代表，上海市政协委员等职。

孙大雨教授治学严谨，成绩辉煌。他长期担任高等学校英国文学等方面的教学及研究工作，对英国文学的中译和中国古典诗歌的英译，有极深的造诣。早年是“新月派”的代表诗人，所作十四行诗和长诗《自己的写照》在中国新诗史上占有重要地位，后长期致力于莎士比亚研究，是中国用韵体诗翻译莎士比亚剧作的第一人，译有莎士比亚的《黎琊王》、《奥赛罗》等八种莎士比亚剧作，以及莎士比亚、华兹渥斯、雪莱、济慈等著名英国诗人的名作百余首，近年不顾年迈体弱，坚持把楚辞和唐诗译成英文出版。他是我国少数“全面地有计划地翻译莎士比亚”的专家之一。他为国家和人民的文化教育事业作出了卓越的贡献，为中西文化交流贡献了毕生精力。

孙大雨先生一生为人耿直，经历坎坷。他曾于 1957 年 7 月被错划为右派，“文革”中又被戴上“反革命分子”帽子。党的十一届三中全会以后中共复旦大学党委于 1984 年 7 月对其错划右派作出复查改正结论；上海市公安局于 1984 年 6 月对其文革中的错案给予了平反，恢复名誉。

孙大雨教授在华东医院住院期间，上海市委统战部、民盟上海市委、华东师范大学有关部门和单位，多次派人对他进行探望与慰问。孙大雨教授虽然离开了我们，但他的爱国热忱及严格的治学精神一定会在我们中间得到发扬光大。

孙大雨先生千古长存！

由华东师大中文系邓乔彬先生拟的追悼会会场挽联为：

莎剧东行，屈赋西去，吐纳英华斵轮手
贞刚有质，茕独无虞，莫非情性济世心

著名书法家任政的挽联为：

志同松柏清同竹
言可经纶行可师

父亲的学生谭世球（上海社科院）、朱立人（北京首都大学）、阎庆甲（重庆科技情报所）的挽联是这样称颂老师的：

为学严谨学贯中西堪称一杰
培育英才经世致用功在国家

父亲的挚友、清华同窗、著名民主人士彭文应先生的子女彭燕妮、志一、志康、薇薇、苓苓的挽辞为：

铮铮铁骨　句句真言
莎坛巨匠　博学渊源
一朝殒落　大地同悲
生死之交　世世代代

父亲安眠在鲜花丛中。父亲，您安息吧！正如父亲在复旦任教时的学生、首任驻美大使韩叙的夫人葛绮云在唁函中所说：“尽管孙大雨先生经历坎坷，但他的为人和功绩将永为世人所称颂。我相信，他一生致力的事业，在祖国大踏步振兴之际，后继定有人。”

作为子女，我们将永远缅怀父亲不平凡的一生……

目录

上　篇

家 世

父亲祖籍浙江诸暨，但严格地说，远祖真正的籍贯是在山东乐安郡，在六朝五胡乱华时期，为避难，从山东迁徙到诸暨。家谱上言为孙武之后，又言与司马氏合家。在诸暨孙氏为大族。

清末，我的太曾祖父鄂生公从诸暨乡下来到上海谋生，当时的全部家当只是一肩挑，非常贫困。曾祖父恕斋公，经过艰苦努力，从做小生意开始，逐渐发迹，他中年时经营沙船业，很兴旺，曾聘川沙王港乡秀才米兰亭公为沙船业管理，并兼祖父的塾师。但后来沙船一条条都沉没海底，有一次曾祖父在海上漂流三天三夜未死而得救，沙船业终于破落。到祖父廷翰公时在四马路开有一爿振昌盛百货铺，主要经营各类丝线、特别是扎辫丝线的买卖——因为清朝人背后都拖有一根长辫，扎辫丝线自然销路很好，生意兴隆，财源茂盛。祖父辈时，家中每月可从店中支取二百元银洋用于日常开销，由此可见当时做生意收入之丰。

鉴于自己没有文化之苦，以及创业的艰难，曾祖父全力培养自己的儿子，也即我的祖父读书。祖父名廷翰公，字问清，天资聪颖，刻苦用功，成为清朝末科翰林，但他一生未能实职做官步入仕途。考取翰林后，他在南市老城隍庙附近的昼锦路一百三十三号建造了一幢二层楼前后五进的住宅。一直到“文化大革命”前我还见到老宅里藏有“肃静”、“回避”一类的牌子。祖父颇有学问，爱好书画，但生活上却放荡不羁。正室陆氏未能生育即早亡。续弦徐氏，是硖石人氏，与徐志摩同宗；尽管日后父亲与徐志摩成为莫逆之交，彼此以朋友相处，但父亲多次说过：“按辈分我还要称徐志摩为娘舅。”可是徐氏也只生育三个女儿。“不孝有三，无后为大”，祖父又将父亲的生母戴教民娶回做偏房。徐氏忠厚老实，戴氏练达能干，进门不久即掌握家中实权，并且竟连生三个儿子。

清光绪三十年（甲辰）十二月十六日（公元1905年1月21日）父亲诞生于上述老宅第二进右侧厢房里，排行老二，取名铭传，由于我祖父见惯了当时官场中一些“聪明”人的种种丑行，愿他的儿子“守拙若愚”，所以又为他取号“守拙”。所以父亲是庶出，他生前多次提及，从不避讳。

戴氏所生三子中，老大、老三喜好吃喝玩乐，均未成材；且老大早夭，死于赛马场中；只有老二——我的父亲从小用功读书，成绩优异，最有出息，家中人昵称他为伽弟（上海土语：能干的意思）。

风华正茂一少年

父亲五岁启蒙，我祖父延聘清朝末科秀才、嘉定南翔人徐葵生老先生在家里教读，先识方块字，继而读《论语》、《孟子》，九岁起又跟表哥、傅家三少爷学英文。十三岁时，祖父去世，家庭失去支柱，无力继续聘用私塾老师，这种家塾式的启蒙教育于是终止。祖母遂决定送儿子进收费较低的洋学堂就读。

1918 年父亲十四岁时被送往基督教教会办的上海青年会中学（现虹口浦江中学）附小插高小班。该校离家较远，祖母允许父亲来回乘黄包车，每月给两元银洋作为车资零用，但他从不乘黄包车，认为这是违反人道的，由此可见他从小就有同情弱者和劳动者的博爱胸怀。

少年时期的他勤奋好学，成绩优异，高小毕业后即直升青年会中学，其间连续跳级，到 1922 年中学毕业。

在 1918—1922 年青年会中学读书期间，正值“五四”新文化运动蓬勃发展时期，各种新思潮传入中国，影响了整整一代人。在中学里他接触到各种报章杂志，他尤其爱读《时事新报》、《新青年》、《少年中国》、《新潮》、《小说月报》、《解放与改造》等刊物，这些刊物激发了他热烈的爱国情操，滋养了他的文学天赋。

继“五四”之后，上海爆发了“六三”爱国运动。他积极参与敦促租界商店罢市、抵制日货等的爱国活动。他还与同学一起办义务学校，为不能入学的穷孩子进行普及教育。

“六三”运动后，青年会中学学生会创办了以中学生为阅读对象的校园刊物《学生呼》，他担任编辑，每期的社论、评论、学生运动消息、新诗……几乎都是他一人包办。《学生呼》每期出版四百余份，受到师生们的欢迎。后因经费无着，仅出两期即停刊。

说起《学生呼》，由于它评论时政，还对校内教育弊端提出批评，由此引发一场风波：青年会中学系教会所办，每晨课前师生必须集合礼堂前，例行诵读《圣经》，校长训话。教义中认为人是上帝所创造之说与当时业已传播的达尔文进化论中的由猿进化而来的理论相刺谬。受新思潮浸礼的他在《学生呼》上撰文，宣扬进化论，给校长写信，指明上帝创造人之说的谬误。这一大逆不道的行径极大地触怒了校长，于是在暑假里家中收到成绩报告单的同时，又收到一纸开除学籍的决定。父亲并未因此害怕退缩，他旋即又给校长去信，声言将就此要在报上与校长公开辩论。大概校长因慑于当时新思潮的不可阻挡之势，只好派副校长登门收回开除成命，条件是请我的祖母劝阻儿子不再在报上写文章辩论。

从这件事可以看出，他在少年时代就有宁折不弯敢于抗争的叛逆性格。

我父亲少年时充满幻想，憧憬未来，曾想攻读天文学，但是后来在各种机遇因素的促成下，他却走上了文学的道路。其时受“五四”新文化的熏陶，看到《时事新报 · 学灯》副刊上发表的弥尔敦、雪莱等名家的作品，使他对文学特别是诗歌产生了极大的兴趣，并诱发他尝试创作新诗。他十五岁时，在 1920 年 5 月 15 日的《少年中国》第一卷第十一期上，发表了处女作新诗《海船》——或许可以说，这是他走上文学和诗歌道路的“敲门砖”。

一

黑沉沉的海，
澎澎湃湃的恶浪，
呜呜的风，
四边环绕着。

二

重重叠叠的云，
铁壳似的四围包着。
向外眺望，
不见一些儿微光。

三

努力前进，
浪愈急，风愈猛；
但他摇摇摆摆的东荡西飘，
没有一些儿疑虑和恐惧的样子。

四

澎澎滂滂的努力前进。
他前进的愈快，
海浪狂风攻击得愈猛。
四面的沙滩暗礁都渐渐的拢来了。

五

四面的沙滩暗礁都渐渐的拢来了。
海浪狂风攻击得愈猛，
他前进的愈快。
前面一点灯塔的微光也渐渐的拢来了。

这首以守拙具名的稚嫩的诗篇，有着“五四”时期自由诗的共同特色，而在二十年代中期以后的数十年中他的诗歌理论和实践却是以提倡韵律著称。《海船》塑造了在狂风巨浪中奋力行进的象征意蕴，洋溢着“五四”时代的青春气息，显示出作者为追求光明而奋斗的思想痕迹。同时也展现了他们那一代激进青年对于未来的执著和向往。

接着他又在1922年8月7日的《时事新报·学灯》上发表新诗《水》一首，同年《小说月报》十三卷第五期上发表《滴滴的流泉》小诗三十三首，前者赞美“清洁可爱”、“能洗除一切尘垢污泥”的水；后者抒发对自然、人生、青春、爱情的思索和感受。这些诗作明显受到当时“泰戈尔体小诗”的影响，但大多晶莹可爱、清新可诵。

父亲少年时代这些习作的初试成功，无疑是他文学生涯的良好开端，从此使他在新诗创作的道路上勇往直前，在中国年轻的新诗坛上崭露头角。

步入清华

1922 年冬，父亲从上海青年会中学毕业后，面临着前程的抉择。五年前我的祖父已去世，祖母虽然颇为能干，但只是表现在擅长处理日常家务上，父亲难以从她那里得到求知和前程方面的指导性意见，他的兄弟耽于玩乐，学业上不思长进，对父亲更不可能提供任何帮助。因此，主意还得他自己拿。经过深思熟虑，父亲决意报考北京清华学校（清华大学前身），然而经历了两次报考才得以考入该校；第一次在南京考区报考，结果名落孙山，后经一年苦读，有志者事竟成，父亲于 1922 年在上海考区再次报考，终于以第二名的好成绩被录取。那一年上海考区只录取五名考生，第一名王守競，不知何故，后来并未去就读，且日后不知所终，此事父亲直至老年仍念念不忘，表示惋惜。第三名童寯，后来成为著名的古建筑学家。

父亲考取的是清华学校高等科。按当时学制，前四年属中等科，后三年为高等科；只要修完高等科，就取得官费去美国留学的资格。所以那时的清华学校实际上是留美预备班，也因此报考这所学校，竞争激烈，难度很大，被录取颇为不易。

父亲的选择没有错，日后他终于获有机会去美国留学深造。

接到清华录取通知，他兴高采烈，寡居多年的老母见自己的儿子有出息也欣慰异常：孙府书香门第后继有人了。离开学日子一天天临近，老母谆谆嘱咐儿子："离家千里，没有娘在身边照料，冷暖、饮食等一切自己要多加小心。你一向读书用功，这方面娘很放心，用不着多言；就是你自幼性格耿直倔强，到了外边与人相处务必要学会随和。"他倾听着慈母的嘱咐，虽然频频点头称是，然而，"江山易改，本性难移"，出于他天赋秉性所使然，老母对他的"与人相处要随和"

的教诲在他日后的生涯中，并未起到多少作用，这也给他的一生带来许多麻烦，增添无数痛苦。

1922 年秋，他告别生活了近十八年的上海，乘上北去列车，走进令多少青年学子向往的清华学校的门槛。清华学校是北洋政府以美国老罗斯福政府退还的庚子赔款余额创办的。清华园毕竟是人材荟萃之地，培养出一批又一批的精英，他们中的许多人日后成为闻名遐迩的人物，为国家民族作出了杰出的贡献。

进入清华学校高等科后，喜爱文学诗歌的父亲不久（约在 1922 年 10 月前）就加入了“清华文学社”。“清华文学社”可谓中国新文学史上第一个校园纯文学团体，成立于 1921 年，主要成员有闻一多、梁实秋、顾一樵等，由于其大部分成员于诗歌情有独钟，所以诗歌就成了文学社的中心。文学社中的老大哥们对已在《少年中国》、《小说月报》等在国内颇有影响的刊物上发表了诗作的新生孙铭传（父亲的本名，1930 年由美归国在武汉大学任教时开始用孙大雨）自然刮目相看，很快就接纳他加盟其中。闻一多在 1922 年 10 月 27 日致梁实秋的信中谓“我们加入了两位新会友——郑君骏全和孙君铭传”记述了此事。

文学社分为小说、诗歌、戏剧三组，但实际上由于大部分成员喜好诗歌，所以社内活动，主要围绕着诗歌进行。当时诗歌组的活动计划为：第一步研究西方诗歌理论，并参照传统说法，“以求一条圆满的诗歌定义”；第二步选读英文诗歌经典作品；第三步以此为基础衡量国内现在的诗歌创作。

在实施这一活动计划的过程中，我父亲在研究了西方诗歌理论、选读了西方诗歌名篇之后，结合当时国内诗歌创作的实际现状，感到随着“五四”以后白话文兴起才应运而生的新诗，为反叛旧体诗格律的束缚，倡行自由体新诗诚可理解，但若一味放弃格律（当然其时新生的白话诗歌尚未找到它应有的格律），似有自由化泛滥的倾向，除了分行这一形式，新诗与白话散文没有明确的标志性的区别，缺乏旧体诗如五言、七言……特有的形式和格律，而旧体诗与寻常的古文则有明显的区分。有鉴于此，他觉得新诗也应有它自己的韵律。他在苦苦探索，直到1925年夏，他于清华毕业后在国内游历时，旅居浙江普陀山佛寺客舍期间，终于摸索出汉语白话文诗歌、也即所谓新诗的格律形式，创建了他的“音组”理论（详见“格律体新诗的倡导者”篇）。

父亲到晚年回忆道：“受‘五四’新文化运动的影响，那时在清华校园里文学活动十分活跃，我们经常聚在一起讨论新文学的有关问题，并在《清华周刊·文艺副刊》上发表诗文。”（孙大雨：《暮年回首》，《中外论坛》纽约版，1994.9）

他先后参与《清华周刊·文艺副刊》的编辑工作。由于闻一多、梁实秋先后赴美留学，《清华周刊·文艺副刊》一度停刊，“后经我等努力于1924年10月17日得以复刊，我任文艺栏主任，一共编辑了四期文艺副刊”。（见《暮年回首》）他还在该刊发表了新诗《秋夜》、《荷花池畔》、《舞蹈会上》，而且连载长篇论文《郭沫若——“女神”与“星空”》（未完）以及《十四行诗和连锁韵》，探讨“五四”以来新诗创作的成就和不足，并开始注意到创建新诗格律之必要。正如他晚年回顾所言：“1922年夏考入清华学校后，我兴趣朝诗歌方面发展……但我更向往诗歌里情致的深邃与浩荡，同格律声腔相济相成的幽微与奇横。”（孙大雨：《我与诗》，上海《新民晚报》1989.2.21）

此时父亲别号子潜，在清华文学社内，还有朱湘称子沅，饶孟侃称子离，杨世恩称子惠。闻一多首先称他们为诗坛“清华四子”，以后这四人又参与以徐志摩为首的“新月”诗派，故又被称为“新月四子”。

“清华四子”那时住在北京西单梯子胡同两间房子里，朝夕相处，他们写诗作文，吟咏酬唱，意气飞扬，豪情满怀。他们常为新诗的发展和形式问题，为新诗要不要有韵律，展开热烈的争论，各抒己见，各执一词，往往争得面红耳赤，但大家又都乐呵呵地融洽无间，情同手足。

子沅朱湘与我父亲友谊较深。在清华读书时期，孤傲执拗，甚至有点怪僻的朱湘不满于学校呆板的教育方式，直至为学校当局所不容，父亲回忆道："1924年朱湘行将在清华毕业时被学校开除，原因是他故意抵制斋务处（相当现在大学里的总务处——笔者）规定的在学生吃早饭时的点名制度，这在当时是作为学生应遵守的一种纪律，他却反对，经常不到食堂。按校方规定：三次不到构成一小过，三次小过积成大过，三次大过即予开除。"（孙大雨：《我与诗人朱湘》，《济南日报》周末版随笔栏，1993.8.7或《孙大雨诗文集》323—325页）那是在1923年末。后来朱湘在1925年6月29日给罗念生的信中谈及此事时说："你问我为何要离开清华，我可以简单回答一句：清华的生活是非人的，人生是奋斗，而清华只是钻分数；人生是变换，而清华只有单调；人生是热辣辣的，而清华是隔靴搔痒。我投入社会之后，怪现象虽然目击耳闻了许多，但这些是真正的人生。至于清华中最高尚的生活，都逃不出一个假，矫揉。"（《朱湘书信集》一百四十八页）

朱湘被学校开除后，处境困难，只得南下谋生，先期到了上海，此时我父亲给予朱湘及时的援助。父亲接着回忆道："出于友情，我写信给老母，让朱湘在我们位于南市老城隍庙附近的老家安顿下来。那时我们家境小康，家中有专门的厨师，老母待客周到，每餐均供应四菜一汤给他一人享用。但在住了一些时候之后，有一天厨师勤生将晚饭的菜与中饭重复了，按常理这不应构成问题，然而性情怪异的朱湘竟将饭菜倒合在餐桌上，给居停主人留下不好的印象。"（见孙大雨：《我与诗人朱湘》）但是朱湘并不是那种不知好歹的人，1927年10月16日他从美国（此时他在美国劳伦斯大学留学）给我父亲来信中谓："再者，前在沪上寄寓府上时，蒙伯母大人备加帮助，感激之至。祈于函中代为问好。伙食车费，并蒙代垫甚多，希望能于暑假前归赵吾兄也。"（罗念生编：《朱湘书信集》二百零九页，天津人生与文学社印行，1936.3）事实上以后垫资并未归还，父亲也不可能要他归还。

"清华四子"中，除了杨世恩性格随和，与人无争外，其他三子性格十分相似，都很急躁暴烈。而三子中尤以朱湘更为孤傲。他们在相处中，虽有共同之处，但也因性格的暴烈孤傲，而会产生不少大大小小的争执和磨擦，难免发生一些不愉快的事情。

1925年冬，朱湘在外飘泊一年多后回到北京，任教于适存中学，子离饶孟侃也在该校任职。"四子"又相聚于西单梯子胡同的两间屋子里。有一次，朱湘为要写作，竟叫厨师令子离离开饭桌。闹得子离对他很有意见。父亲为了关照朱湘的身体，劝告他不要看那些不健康的书籍，他由此与父亲产生隔膜。子惠杨世恩负责编辑《诗镌》的稿子，朱湘竟然在电话里指责子惠不该把他的作品排在别人的后面。其实那不是子惠的过错，子惠并没有编排。

他们有一个相似的性格，对那些赫赫有名，有权有势的人物都表现出一种桀骜不驯，以狂妄和怪诞的方式向他们进攻和挑战。

1926年秋季，朱湘重返清华学习，当时学校缺少英文教师，准备聘请《现代评论》的大主笔陈西滢来校执教，朱湘得知这个消息后非常反感，便放出风声说："我教他倒差不多！他来教我，我就退学！"结果把陈西滢来清华教书的美差闹吹了。这是他不畏权威和名人，敢于冲破禁锢的挑战的体现，而这种精神，在子离（饶孟侃）、子沅（朱湘）和我父亲身上都存在。

他们虽然有时会因某些小事磕磕碰碰，但是，很快他们又和好如初。比如，入不敷出的朱湘在阴历年底连膳食费都无着，父亲就将自己的黑缎卍字花纹皮马褂送进当铺换钱支助朱湘。

1926年父亲与罗念生为朱湘复学事去向校长曹云祥说情。父亲学习成绩优秀，曹校长对他颇有好感，比较信任。他们申言朱湘确有才华，曹校长问："真的有才气？"回答是肯定的："绝顶聪明"，为爱惜人才，曹校长终于答允让朱湘回到学校。

朱湘的才华在清华做学生时已崭露头角，据罗念生说："他在英文班上将他的得意之作《咬菜根》一文当堂译成英文交卷，史密斯先生给了他E（Excellent）加花，叫他不必上课了，大考时再加一篇作文就行了。"（罗念生：《中国现代作家选集·朱湘》序）他在芝加哥大学就读时，连美国学生的英文诗也请他修正，足见他的英文程度之高。

朱湘也是一位有气节的中国人，1927年赴美，在劳伦斯大学留学期间，有一次，法文课念都德的游记，说中国人像猴子，学生哄堂大笑，朱湘愤而退出课堂，尽管讲授这一课文的教师向他表示了歉意，但他仍愤愤不平，执意转学到芝加哥大学进修德文与古希腊文去了。朱湘无媚骨，这正是中国优秀知识分子的传统美德。

他在芝加哥大学也未读完，因教员疑心他借书未还，他认为侮辱了他的人格，遂又愤而转学至俄亥俄州大学，不久又辍学回国了。按当时公费留学期限可至五年，而朱湘在美国却只住了两年。"回国后开始在安徽大学任英文系主任，月薪三百，生活优裕。到1932年暑假他自动离开安大，从此南北奔波，找不到职业；到后来竟致连诗文都无处发表，……"（《孙大雨诗文集》三百二十五页）最后朱湘选择了一条绝路，于1933年12月5日在长江轮船行经南京附近的江面上，他"一边喝酒，一边吟诵海涅诗作，喝完酒，吟罢诗，便纵身跳入江流"……年仅二十九岁，但他生前却留下了许多"字字如玑珠"的诗作（罗念生语）。

投江前，朱湘曾写有一首近乎谶语的诗篇：

虽然绿水与紫泥，
是我仅有的殓衣，
这样灭亡了也算好呀，
省得家人为我把泪流。

我父亲得悉朱湘自沉后，痛惜不已，1934年曾译美国现代女诗人文森特·米兰的《海葬》一诗以资哀悼纪念：

海　葬

——为子沉自沉一周年纪念译

我这个肉身该死在海中间，
我要的不是在一块新坟
六尺来见深的土里去长眠，
我要在汹涌的海水里浮沉。
让骇人的巨鱼噬我的骸骨，
你们生人想起了得发抖；
让它们吞我趁我在新鲜时，
别等我死了一年半载后。

近六十年后，父亲在忆及他早年与朱湘的交往及朱湘之死时说，朱湘的死，虽然与他性格上的孤傲怪异因而不能见容于社会有关，但是人们对不合理的社会环境应当抗争，决不可一死了之。父亲正因为具有在逆境中抗争的精神，才能在历尽磨难之后仍然挺立于世。

“清华四子”中，子沉朱湘、子惠杨世恩均早逝。子沉自沉，子惠在清华毕业后不久，即因患时疫在杭州病故。

子离饶孟侃解放后曾任教于中国人民大学，于 1966 年病逝。

“清华四子”中只有我父亲活到九十二岁高龄。

在清华三年中，有一件事值得一叙：1924 年春夏之交，发生了一件轰动中国文化界的大事，那就是由徐志摩一手促成的，1913 年诺贝尔文学奖得主印度“诗哲”泰戈尔应邀访华。1924 年 4 月 23 日泰戈尔由沪抵京，之后为他安排了一系列欢迎、祝寿、演讲等频繁的活动，在这期间我父亲怀着敬仰的心情曾去清华荷花池畔的泰戈尔下榻处求见，受到泰翁亲切热情的接待，他们用英语交谈，议题的中心是诗，临别泰戈尔赠予亲笔书写的题词，这份珍贵的纪念品历经“文化大革命”抄家劫难，竟意外奇迹般地遗留下来，至今仍在家中珍藏着。这页题词用孟加拉文与英文两种文字书写，英文题词如下：

Insult not truth when courting man.

Rabindranath Tagore

April 5，1924

1925 年父亲从清华学校高等科毕业后，按照当时学校的新规定可待在国内一年，去游历，接触社会。他曾去湖南长沙、岳阳等地，他到湘江沅水去寻屈原的诗魂，可是才到第一站——屈子庙所在地的君山时，就听说那里有土匪出没，诗意的遐想终于被动荡不安的社会现实所击碎，只得扫兴而归。后来他又来到浙江海上普陀山佛寺圆通庵的客舍中盘桓了两个月，在清静的氛围里聆听晨钟暮鼓，与青灯明月为伴，苦思冥想，潜心探索新诗所可能采用的格律形式，终于创建了他的“音组”理论。所谓“音组”，那是以二或三个汉字为常数而有相应的不同变化的结构来体现的，这样的命名也是为的有别于英文格律诗中的“音步”（feet，闻一多译为“音尺”，父亲颇不以为然。按：

英文 feet 的义解为步、尺等，诗歌与舞蹈有很大关联，都与节奏有紧密关系，所以用在诗中，应以译为“音步”为宜）。

接着他便付诸实践，写出了第一首有意识运用音组结构的十四行体新诗《爱》，发表在 1926 年 4 月 10 日的北京《晨报副刊·诗镌》上：

往常的	天幕	是顶	无忧的	华盖，
往常的	大地	永远	任意地	平张；
往常时	摩天的	山岭	在我	身旁
峙立，	长河	在奔腾，	大海	在澎湃；

往常时	天上	描着	心灵的	云彩，
风暴	同惊雷	快活得	像要	疯狂；
还有	青田	连白水，	古木	和平荒；
一片	清明，	一片	无边沿	的晴霭；

可是	如今，	日夜是	一样地	运行，
星辰的	旋转	并未曾	丝毫	变换，
早晨	带了	希望来；	落日的	余辉
留下	沉思，	一切都	照旧地	欢欣：
为何	这世界	平添	一层	灿烂？
因为	我掌中	握着	生命的	权威！

这首诗每行都有严格的五个音组。从此以后，他用这一格式撰写与翻译了约三万多行的诗作。

他在清华毕业后，赴美留学前在国内的一年中，除在外地游历外，有一段时间仍住在北京，其时朱湘已回北京，恰在此时，当年清华文学社的骨干闻一多留美后回国，就任北京艺专教务长，且与余上沅等借住西单梯子胡同，与“清华四子”住处近在咫尺，因此，昔日的诗友又得重聚，经常在一起畅谈新诗的发展。

当闻一多因子女来京，又搬到西京畿道三十四号寓所时，“四子”又常去这一新居，其时徐志摩在蹇先艾介绍下，也来到这个诗歌“沙龙”，徐志摩曾著文详述闻一多的那三间画室，说这是清华那群新诗人的“乐窝”。我父亲与徐志摩的认识和交往，就是在这里开始的。日后他们之间的友情发展到过从甚密的程度，徐志摩与陆小曼在上海同居期间，我父母与他们经常来往，徐志摩与我父亲是诗友，陆小曼与我母亲是画伴，至今家中还保留着陆小曼画赠月波的画册。小时候我常与母亲一起到陆小曼家中去玩，我的印象陆小曼憔悴枯瘦，似与“美人”两字无缘，现在知道她那时是吃上了鸦片所致。

负笈美利坚

1926年8月下旬，父亲乘麦金莱（Mckinley）总统号邮轮赴美留学。在许多天的海上枯燥乏味的旅程中，在邮轮的甲板上，或遥看一望无际的海天，或百无聊赖地躺在船舱里面壁，不禁浮想联翩。轮船离故乡上海和亲人越来越远，对老母的思念也就愈加强烈，父亲早亡，寡居的老母把自己养育成人实属不易，送别时老母泪湿满襟的情景时时在眼前映现，他默默祝祷老母安康，也决心去美后一定埋头苦读，不辜负亲人的殷切期望。

碧海蓝天，白云飞逝，激动着年轻诗人的心田，他臆想着大洋彼岸将面临的一切，憧憬和向往着未来的美好生活，兴会无前，面对碧波万顷的海洋，驾着幻想的翅膀，文思泉涌，诗意正浓，情不自禁地挥毫写下了诗篇《海上歌》：

我要到海上去，
　　哈哈！
我要看海上的破黎。
　　破黎张着一顶嫩青篷；
　　太阳出在篷东，
月亮落在篷西，
点点滴滴的大星儿渐渐消翳。

我要到海上去，
　　哈哈！
我要看海上的风波。

浪头好比千万座高山；
大山是一声喊，
小山是一阵歌，
山坳里不时浮出几只海天鹅。

我要到海上去，
哈哈！
我要游水底的宫廷。
龙皇生满一身的毛发，
鲨鱼披着银甲，
星鱼衔着银灯，
响螺同海蚌在石窟底下吹笙。

我要到海上去，
哈哈！
我要会海上的神仙。
神仙不知道住在何方：
好像是在海上，
好像是在天边——
我寻了许久寻到虚无缥缈间。

这首诗后来寄回国内，发表在1928年4月10日的《新月》月刊第二期上。1980年出版的台湾诗人舒兰（戴书训）的著作《北伐前后的新诗作家和作品》一书中的“孙大雨”一节中，评论《海上歌》这首诗的情景“很旷达深远，不失新诗中清新脱俗的情趣，在诗人的角色中，他的确……很成功”。

去美国后，他来到美国东北部的新罕布什尔（New Hampshire）州的哈诺阜（Hanover）镇的达德穆斯学院（Dartmouth College）。这所大学历史悠久，在美国立国前即已创办。他插班读三年级，主修英文文学，兼学西欧哲学史及美术史。

哈诺阜镇是北方一个小镇，人口不足一万，商店没有几家，遑论娱乐场所，这样的环境颇利于大学生们闭门读书。那里的冬天积雪很深，十分寒冷。在达德穆斯学院两年中，父亲刻苦学习，生活则俭朴得无以复加，他的常食是五分钱一罐的大豆——这是最便宜的罐头食品了，但却富有营养，真可谓价廉物美。不过，日复一日地吃着同一食品，恐怕连山珍海味也会如同嚼蜡，何谈大豆！镇上的其他商店他从不去光顾，惟有书店是他经常驻足的场所，他一生爱书如命，见到好书他会毫不犹豫地把平时省吃俭用节约下的官费用来买书。

苦读的结果，第二学年他就获得奖学金；两年以后，即1928年毕业时获高级荣誉称号（Magna Cumlaude）。

在达德穆斯学院时，有一位哲学教授见他哲学课考试成绩优秀，曾劝他专攻哲学，愿意收他为门徒；但他因热爱文学钟情诗歌，斟酌再三，还是婉拒了这位教授的美意。

毕业后，他不满足于自己已学到的知识，渴望继续得到深造，且因当时官费留学期限可达五年，故又只身来到纽约，进入耶鲁大学（Yale University）研究生院进修，继续攻读英文文学。

纽约的繁华与他无缘，他在纽约两年中仍旧过着简朴的生活，其他学生嚼牛排喝啤酒，而他一日三餐总是吃面包喝清咖啡，他埋头于图书馆中苦读，徜徉在知识的海洋中，在书本中寻求乐趣，满足自己的求知欲。

在纽约，除读书外，他最大的兴趣是买书和参观纽约现代艺术博物馆。他生活上十分节俭，但为买到好书却从不吝惜，他归国时带回成箱的书，其中不乏珍本，有些限印本，印数极少即已毁版，印刷极其精良，可惜在“文化大革命”抄家中已散失不少，令人惋惜！在艺术博物馆，他一次次浏览观摩名家的原画或摹本，莫奈、雷阿诺、台加斯、塞尚、高更、毕加索、凡·高……他们的杰作震撼着他的心灵，引得他流连忘返。艺术的熏陶增补了年轻诗人的营养。

偶尔他也抽空去观光市容，参观工厂区、贫民窟，……纽约这一新兴的现代化城市留给他深刻的印象，1928 年他写下诗篇《纽约城》：

纽约城纽约城纽约城
白天在阳光里垒一层又垒一层
入夜来点得千千万万盏灯
无数的车轮无数的车轮
卷过石青的大道早一阵晚一阵
那地道里那高架上的不是潮声
打雷却没有这般律吕这般匀整
不论晴天雨天清早黄昏
永远是无休无止地进行
有千斤的大铁锤令出如神
有锁天的巨链有银铛的铁棍
辘轳盘着辘轳马达赶着引擎
电火在铜器上没命的飞—飞—飞奔
有时候魔鬼要卖弄他险恶的灵魂
在那塔尖上挂起青青的烟雾一层

这首诗原载 1928 年 10 月 2 日北京《晨报副刊·晨星》第三期，发表后引起诗坛的注目。朱自清对这首十五行短诗给予了很高的评价，他说：“纽约城全体是以作现代的英雄而为‘现代史诗’的一例，是无疑的；这首短诗正可当‘现代史诗’的一个雏形看。”《诗人宝库》（*Poet Lore*）一书中哈罗特·金（Harold King）在《现代史诗——一个悬想》一文中谓：“群体才是真正的英雄；歌颂群体英雄的便是现代的史诗。”这便是现代史诗之说的由来。

《纽约城》全诗不用一个标点，读起来朗朗上口，一气呵成，它以客观、物化的场景生动地展现了一幅现代化工业城市的草图。朱自清称它为“现代史诗的雏形”是恰当的评价。

如果说《纽约城》是“现代史诗的雏形”，那么他在回国后所拟写的千行长诗《自己的写照》（实际只发表了近四百行），则是通过作者独特的视角去观察纽约城的形形色色，“用粗犷的笔触，批判地勾绘出现代人错综意识的图像。”台湾著名诗人痖弦说它“为中国新诗后来的现代化倾向，作了最早的预言”。称其为“中国早期新诗坛一座未完工的巨大纪念碑。”（痖弦：《未完工的纪念碑——孙大雨的〈自己的写照〉》；台北《创世纪》第三十期，1972.9）

在纽约期间，他曾到加拿大去游览，访问了麦古尔大学，后来这所大学的图书馆曾给他寄去为期五年的聘书，并许以高薪，希望他前去工作，但他对图书馆的那份工作没有兴趣，最终还是回到中国。在“文化大革命”期间有一次父亲闲谈中提起此事，母亲接口道：“那时你要是去了加拿大，也不至于吃现在这么多苦头！”父亲默然无言良久，但后来还是迸发出一句回答：“我这是为了爱国！”

父亲在耶鲁大学只待了两年，就辍学回国了，按规定他在美可留学五年，换言之，他是舍弃了最后一年提前回来的。具体原因不大清楚，可能与下述一件事有关：在留美期间，由于他学习成绩优秀，第二年就得到学校数额可观的奖学金，可是那时的清华学校留美学生监督处的官员却致函美国学校当局，说是孙铭传已有官费助学，不必要再予奖学金，否则就是拿了双份，云云。美国大学乐得省钱，于是停发了他的奖学金，而有的学生因为给了官员一些好处，就既拿官费又拿奖学金。在交涉无效的情况下，他愤而结束学业，毅然决定回国。其实，在一般人看来，学位和毕业文凭应比奖学金更重要，权衡之下，吃亏的自己往往采取让步或妥协的态度；然而他却认定奖学金乃因学习优秀所应得，清华和使领馆的某些人的无端干预、破坏实属无理；不合理之事必须反抗，于是置耶鲁的学位和文凭而不顾，中断了最后一个学年的学习，回到了灾难深重的祖国。所以他在美留学的实际时间是四年，没有待满按当局规定可以待的五年。

教书生涯

父亲于1930年学成归国，起初由徐志摩介绍，受聘于武汉大学外文系任教，此时正式启用孙大雨名字，时年二十五岁，已是教授职称，月薪二百元银洋，当时两元银洋可购一石米，由此可见教授待遇之丰。当时陈源（字通伯，笔名西滢，与鲁迅颇有一段笔墨官司）为武大文学院院长兼外文系主任，是徐志摩的朋友；他的夫人、女作家凌叔华女士后来长期旅居伦敦，1983年第一期《新文学史料》九十六页载有凌叔华的《谈徐志摩遗文——致陈从周的信》，信尾谈到“我到西方快三十年了，文学写作未离岗位，对往日的朋友说来，还不惭愧改了行。孙大雨现尚在沪否？在日本占上海时，他和郑振铎到旅馆来看我，教给我一些行路难方策，帮我逃出敌人陷阱，如见面乞代致意。1982年10月15日”。据说她还指出过，在《徐志摩年谱》中未提及孙大雨，是一种不该有的疏忽。其实这显然是出于当时政治上的顾忌，不是疏忽，而是有意回避。

顺便说一下，在柳无忌先生为父亲的《屈原诗选英译》一书所作的序中，也有这样一段话：“我有幸与孙大雨学长同在北京清华学校先后肄业，又在美国耶鲁大学同学一载。当年在清华读文学的学生阵营齐整，与孙大雨同时而较早的有闻一多与梁实秋，较晚的有朱湘、陈林率（石华父）、罗念生、李健吾诸人，而我亦正好在此时从化学改读文学，孙大雨在美学成返国后历任武汉大学、北京大学、浙江大学、复旦大学等校教授，遂长期住家上海，因此与先父柳亚子亦有交情。1944年我父亲离沪去香港前夕，有诗《留别孙大雨与月波伉俪》，句云‘旧雨新知感德馨，文坛艺苑各驰名’”。这里要加说明的是，1944年柳亚子去香港是为逃避将至的迫害，船票是我父亲费尽周折设法代购的；我母亲是画家，这两点将有助于理解这两行诗句的涵义。

从以上两件事可见父亲在他人处于患难境地时助人为乐的品质。

此后，父亲先后在北京师范大学、北平大学女子文理学院、北京大学、青岛大学、浙江大学、暨南大学、中央政治学校、复旦大学、华东师范大学等校任教。

1933 年初，父亲应胡适之先生之邀去北京大学外文系任教，在这之前，父亲曾与胡适讨论过新诗的格律问题，虽然我父亲和胡适意见相左，但并不影响他们之间的友谊，我听母亲说 1933 年我父母在上海新新公司楼上举行婚礼时，胡适曾到场亲自致辞祝贺。

1933 年下半年，父亲接受了时任青岛大学外文系主任的梁实秋先生的邀请去了青岛。在北京清华学校读书时梁实秋比他高三级，都是“清华文学社”的成员，既是同窗又是文友。但他们只共事了一个学期就分开了，因为学期结束后没有收到续聘书。半个世纪之后，父亲在 1992 年 12 月 5 日发表的《我与梁实秋》（原载《济南日报》周末版“随笔”栏）一文提及此事时有过详尽的说明：

我被梁实秋先生解聘一事，乃事出有因：梁先生早就有翻译莎翁全集的雄心壮志，但他却认为莎剧有严谨格律的每行五音步的素体韵文，用中文无法移植。直到八十年代台北远东图书公司出版了他所译的《莎士比亚全集》，他在“例言”中仍说：“原文大部分是‘无韵诗’，小部分是散文……译文一以白话文为主……”可见他在实践上也是把莎翁有格律的戏剧诗译成了散文的话剧，尽管以梁先生的学养，他的译文很不错。当时我就不同意他的观点，我认为可以找到中文的恰当形式去翻译莎剧的素体韵文。因为在 1925 年夏天，我在国内游历时，在浙江海上普陀山佛寺客舍盘桓期间，已开始有意识地寻找一种新诗的格律规范，那是以两三个汉字为常态而有各种不同变化的“音组”结构来实现的。接着我就付诸实践，在 1926 年 4 月 10 日的北京《晨报副刊·诗镌》上发表了我所创作的十四行体诗《爱》。这是我有意识地运用音组结构撰写的第一首有严谨格律的新诗，每行均有严格的五个音组。以后我即尝试用音组这一格式对应莎剧诗行中的音步，作了莎剧诗译的实践，莎剧原作每行五个音步，我的译文每行也正好是五个音组。……当时都是因为年轻，涉世不深，我在课堂上随意批评了梁先生所认为的中文无法移植莎剧五音步素体韵文的观点，遂引起了梁先生的不快，于是有了学期结束后不再发给我聘书的结果。现在客观地来看这件事，只能归结于当时双方都是年少气盛的缘故。……

可是到了四十三年后的1976年，在8月10日的台北《联合报》副刊上，梁先生在他的《略谈"新月"与新诗》一文中，却有以下一段话："这时候（指徐志摩创刊《诗刊》时期——笔者）还有一位孙大雨，他写诗气魄很大，态度也不苟且，他给《诗刊》写诗，好像还写过一首很长很长的诗（指长诗《自己的写照》——笔者），这该是第一次长诗的出现。孙大雨还译过莎士比亚的《黎琊王》，用诗体译的，很见功。"多谢他对我写的新诗和莎译的赞誉，可见梁先生早已忘怀了当年我对他的批评的不恭，表现出了他的学者风度。当然，我对他的解聘，也从未耿耿于怀。现在来谈这件近六十年前的往事，无非是聊作轶事的谈资而已。可惜几十年来我与他再没有机会谋面。如今他已作古，我也到耄耋之年，每每想起往事，有恍如隔世之感。

唉，现在我的父亲也已过世，海峡两岸的两位莎士比亚翻译家都已进入天国，再也没有机会谋面共同切磋莎剧译艺了。

在青岛大学期间，父亲还结识了沈从文。沈从文在1934年《人间世》《人物志》栏专门为他撰写了一篇文章：《孙大雨》（《二十今人志》，上海良友图书公司1935年版），为刚到而立之年的他“画像”：“……十分草率的外表，粗粗一看，恰恰只是一个人的坯子。大手大脚，还在颀长俊伟躯干上，安置了一个大而宽平松散的脸盘。……然而这个毛坯子似的人形，却容纳了一个如何完整的人格，与一个如何纯美坚实的灵魂！多力、狂放、骄傲、天真。倘若面对着这样一个人，让两者之间在一种坦白放肆的谈话里使心与心彼此对流，我们所发现的，将是一颗如何浸透了不可言说的美丽的心。”在沈从文看来，他比许多人更认识“美”，而许多人却比他更明白“世故”，认为他是一个“有脾气有派头的人”。沈从文感到，他为人直率，不能同懦弱和虚伪妥协，难以得到周围人的理解，自己也常受感情之累。他既不能与世俗妥协，又充满入世斗争的精神，这一切对少数理解欣赏他的朋友也难免为他担心。事实上，父亲这种嫉恶如仇、勇于斗争、单纯天真、毫无世故的性格，终于造成了他后半生的磨难与坎坷。

离开青岛大学以后，1934年他应聘到浙江大学外文系任教。在那里他遇见一位叫胡鼎新的青年学生，父亲回忆道：“可以说，我从未碰到过如此勤学好问的学子。在课堂上他会不断提问，对课文定要达到彻底弄懂为止，而我最赏识这样的同学，我也乐于答疑，他给我留下了深刻的印象。后来知道这位名叫胡鼎新的同学参加革命改了名字，他就是胡乔木同志。”（《孙大雨诗文集》，三百二十页）那时父亲书房中藏书很多，胡鼎新课余成了书房中的常客。1985年4月25日父亲在一封信中提及：“我在浙江大学外文系任教授职时（1933—1934）所作的《论现代英文诗》的讲演稿一篇，用英文写，二十页，系应学生代表胡鼎新（即胡乔木）、徐彭麟等之请所作。”解放以后，师生间有过两次会见：第一次是在1955年初，父亲去北京参加全国翻译工作会议，会议期间，胡乔木在家中接待老师，畅叙了师生情谊，父亲向他反映了上海高教界的一些问题，胡乔木因急于到外地出差公干，便征询老师的意见准备介绍另一位中央负责同志与他谈话，当父亲知道是陈毅时，便欣然同意。陈毅当时已到中央工作，但还兼任上海市长，在父亲看来，这当然是合适人选了。陈毅派人将他接到家中谈话，父亲毫无保留地反映了一些情况，临别陈毅向他保证：会通知上海有关方面协调解决问题，不会对他进行任何报复。

第二次会见是在“文化大革命”后的1986年11月1日上午，时任中共中央政治局委员的胡乔木在上海出差，他派秘书接老师去他下榻的宾馆，师生俩回顾了三十年代在浙江大学的一段经历。父亲介绍了他近年来从事的《楚辞》、唐诗英译以及莎剧中译等的工作情况。胡乔木对他的工作表示赞赏，并认真听取了他对落实知识分子政策等问题的意见和看法。难能可贵的是，胡乔木歉意地向老师表示：在“文化大革命”中由于他“自顾不暇”，因而无力关心照顾到老师。事实上胡乔木是时时关心着老师，有一件事可资证明：1986年初，父亲接到人民文学出版社来信，谓去年（1985年）胡乔木向他们建议重印出版解放前由商务印书馆出版的父亲所译莎剧《黎琊王》集注本，胡乔木政务如此繁忙，还想到老师一部译作的出版事宜，可谓是关怀备至了。

我们与父亲谈及胡乔木时，曾戏言询问：“如果胡乔木不去参加革命，他在学术上会是怎样？”父亲非常肯定地回答：“他一定会成为一名学者。”

1935—1936年父亲在北京接受胡适主持的“中华文化教育基金会”资助，翻译莎剧《黎琊王》集注本，后因抗日战争爆发，此书延至1948年才由上海商务印书馆出版。该书扉页赫然题词：“谨向杀日寇斩汉奸和歼灭法西斯盗匪的战士们致敬！”父亲是如此的大义凛然、爱憎分明！《黎琊王》是我国第一本比较符合原作风貌神韵的用诗体翻译的莎士比亚剧作。

1937 年父亲由北京回沪，任教于设在真如的国立暨南大学外文系。期间因反对校长何某、总务长杜某等非法利用公款十万元老法币做投机买卖造成亏损的案件而招致解聘。有关文件他一直保存着，直到“文化大革命”抄家掳走才不知所踪。

有关这一事件的情况，父亲在 1987 年写的一篇《我所知道的方光焘先生》的短文中有过披露：

方光焘先生，字曙光，是 1936 到 1941 的五年半内我在上海暨南大学外文系的同事。他为人朴实正派，诚恳好学，富于正义感；早年曾留学日本，就学于早稻田大学，攻读英国文学和语言学。1919 年的五四运动对他有深切的影响。

我与他同事期间的中后期，当时上海已是个三面被日寇围困的“孤岛”，学校在租界小沙渡路上课，他曾有七八次约我到王裕和等酒肆里问讯于杜康，同座的有开明书店的章锡琛、作家书屋的姚蓬子等。

1941 年夏，我因连续两年反对暨大校长何 ××，总务长杜 ×× 等贪污暨大校款老法币十万元，在校教师三十多人因而得到普遍加薪每人二十元，而我则遭到解聘。1941 年秋天我离沪经香港到重庆，了解到当局不会处分暨大的当权贪污集团。

1945 年美国在日本广岛和长崎丢下两个原子弹，日本军阀在 8 月间向我国无条件投降。我在当年 12 月回上海，我到了复旦大学，曙光则到了南京中央大学。

1941 年 10 月底我父亲去香港，12 月 7 日应四川大学之邀飞抵重庆。张道藩力请留在抗战时期的陪都重庆的中央政治学校外交系任教，老同学顾毓琇、任泰也从旁劝说，开始时父亲不肯，表示难以向四川大学交待，张道藩说一切由他出面打招呼，方才解决此事。在重庆一直待到1945年底。这几年中我与母亲留守上海，母女俩相依为命，住在梅龙镇酒家楼上一间小屋里，只靠母亲做小学教师的菲薄薪金度日，生活十分清苦，附近面包房五分钱一只的罗宋面包对于我这个小学生也是难得的美餐，用水要到楼下用水桶提，因为年幼力弱，至今我仍记得拎着一桶桶水攀扶楼梯的艰难情景。

有一天家中来人，说父亲托他带两套西装去重庆，善良敦厚的母亲不知有诈，满心欢喜寻出西装并一些日用品交给来人，谁知以后父亲回来谈起此事，他并未托人，当然也从未收到这些物品。

在内地几年，父亲思家心切，1943年《民族文学》第一卷第二期与第四期发表了他的题名为《遥寄》的四首十四行体诗，这组十四行诗是他在山城重庆写给远在上海的妻子的，表达了他对在远方的妻子的深切思念和眷恋之情，同时也谴责了日寇的残暴行径：

一

莫再在枕上双垂两泪吧，要如果
往后清早时又迎着万里外的归鸿。
你知道这杀满海天的烟燎处处中，
有多少人家曾横遭奇惨的灾祸；
遍地是楼台化成的瓦砾堆，无数
不返的征夫焚躯碎骨于高空
海陬，妻幼丧残或亲者也逢凶，
太寻常，还有被囚，被刑，作寇奴。

我们虽东西相隔着万水千山，
不得齐眉喜谐趣，旦夕问寒温，
悲愁没处诉，焦思昼夜地牵连；

但比起身亡家毁或受辱的那般
命蹇者，毕竟还留得花香灯影，
品诗赏画时，隐约在天际云间。

二

杜鹃该已经漫山遍谷地殷红，
但今年在病里消磨了一半春阴，
不复有登临的逸致。杜鹃一声声
啼着“不如归”，可是遥望江之东，
淞之浦，寇氛正幂天扑地似的浓，
纵使有家怎得归？没奈何，向亲人
只得传语道，“还是你西来，待明春
鸟啼声里折山花，悲偕喜也同。”

别时方黄叶初残。日永如长年，
到如今一整度寒暑早已挨过，
山色再回青，春又韶华快要老。
可恨未荡平丑类，烧绝倭巢前，
（悭吝的飞行堡垒迟迟不西渡！）
只有你历尽了辛苦千重来的好。

三

要劝你别凄凄切切竟日地伤怀，
我望着雾锁的群峰，叹一声山遥
路远在天涯，一封信轻易难得到；
纸上的言辞又怎叫你颜开眉展？

等蝇头的细草连翩地落笔，三三
两两把长笺写满了好些张，多少
譬喻都用罄，还是嫌文思不够妙——
哪里来宋玉的光华，易安的哀婉！

倒不愁越岭又翻山，或黑夜穿林，
或风中渡水，要经过辛劳千万遍，
我不能亲自来抚慰，只为了蛇豺
挡着通回家的道。否则受不尽
见鸡豕狐鼠作人行的心中烦厌，
我早就鄙弃了一切，徒步也归来。

四

杜鹃催归去的鸣声已逐渐稀疏，
虽在急雨荒苍的山中深夜时，
由远而近又由近而远地消逝，
偶尔听到她，显得更迫切、更凄楚。
画眉很早就开始她嘹亮的欢呼，
仲春便闻见，如今虽炎夏将至，
连日来在窗后山前绿树苍枝
密密间，却依旧阵阵地酣歌细诉。

你无从听到此地鹃鸟的悲啼；
她正道出了你我胸中的别恨，
那可是巧合，还是何处来的灵机？
你闻惯我们那爱雀的凌云高唱，

（五年前她羽化而去）；怎奈如今
我们不能同对着这青山来聆赏！

在《中国百家名诗赏析》（许霆等编著，江苏教育出版社 1995 年版）一书中是这样评论《遥寄》的："如果说孙大雨早期那些爱情十四行诗曾激情满怀地写出了失恋的痛苦和爱情的可贵；那么抗战的炮火，严酷的现实，已使步入中年的诗人变得深沉和成熟起来。写于 1943 年的十四行组诗《遥寄》可为证。那正是抗日战争的后期，孙大雨只身执教于西南大后方，而他的妻子却滞留于沦陷区的上海，所以说'东西相隔着万水千山'，彼此只能通过书信来表达无尽的思念。《遥寄》四首就是孙大雨写给远方妻子的，内容不再仅仅抒写儿女情长，而是交织着沉重的家国之恨。……总之，在中国抗战文学史上，孙大雨的抗战十四行诗别具一格，是值得书写一笔的。"

在抗日战争期间的 1941 年底至 1945 年底，父亲在重庆的中央政治学校待了整整四年。1942 年 3 月由孙科、梁寒操介绍，他加入了国民党。那时周末他常去市区孙科寓所叙谈，孙科的演讲集《中国的未来》一书的英文版《The Future of China》，就是孙科请他执笔译成英文的。中央政治学校是为国民党培养高级干部的，校长是蒋介石，蒋每周要来校陪教授们用餐一次。据父亲回忆：蒋这个人不苟言笑，表情严肃。在国民党统治时期，全国大中小学，周一规定全校师生要集合作"总理纪念周"，唱国民党歌，宣读《总理遗嘱》并鞠躬如仪，可是父亲说他厌恶这一套，从来不去。

父亲之所以未去四川大学，而留在重庆中央政治学校，除了张道藩的极力挽留以及顾毓琇等人的劝说外，据他自己坦言，还有一个原因是他想留在陪都重庆，观察一下国民党政府的内部情形，如有可能他还想乘机把暨南大学当局挪用校款投机损失案弄个水落石出，但是后来顾毓琇告诉他，陈立夫根本不想过问此事，这使他十分失望，从而加深了他对国民党，尤其是CC的厌恶，也由此得出结论：只要绝对服从他们，任何作恶的事都可以去做，无论怎样可耻的小人都会受到庇护。因此，以后他的老同学任泰受当时的教育部长陈立夫之托前来要他去当教育部、实际上就是陈立夫的英文对外宣传秘书时，他断然予以拒绝。

在重庆的四年中，他目睹国民党的种种恶劣行径，他不断地公开评论讽刺他们的作为，甚至当着上千学生的面抨击独裁，称颂民主。

抗战胜利后不久，在1945年底，他决心与中央政治学校脱离关系，义无反顾地回到了上海。

1946年上半年，他在上海临时大学任教，下半年应聘到复旦大学外文系执教，直至1958年。

1946年10月他加入民主同盟，介绍人是罗隆基。父亲告诉我，在这之前董必武与他有过一次长谈，给他很多启发。另外，闻一多、李公朴的被暗杀，极大地刺激了他，使他决心加入组织，投入到民主斗争的行列中去。1947年春，又由彭文应介绍，他成为上海大学教授联谊会的成员，以后并担任过“大教联”的领导成员。解放前夕的二、三年中他积极投入到民主革命的斗争中去，作出了他应有的贡献(有关这方面的事迹将另文叙述)。

解放初期，他曾任复旦大学外文系主任。据说第一次全国高校统考的英文试卷是他命题的。有一天他的同父异母的姐姐来到虹口新陆村他的住所，吞吞吐吐说她的儿子今年要考交通大学，各门功课都好，就是英文没有把握，言下之意想请舅舅通融一下。父亲听后正色道：“叫他快去苦读，在我这里没有捷径可走。”姐姐只好面带愧色地回去了。后来这位外甥毕竟还是考取了交大，日后成为一名造船专家。父亲在日他每年春节均来看望娘舅，丝毫没有一点芥蒂。

我是家中的独女，是父母的掌上明珠，但作为民主人士的父亲积极支持我在 1950 年参加军事干校，在南京海军部队服役三年。1954 年复员到江苏省扬州医士学校就读，1957 年毕业后，正值反右运动开始，父亲陷入运动漩涡，在上海有关方面安排下我回到上海工作。

父亲被打成“右派分子”后，1958 年 5 月复旦大学宣布开除其公职。1976 年粉碎“四人帮”后，各项政策逐步得到落实，直到 1980 年 9 月 18 日才被安排至华东师大外语系工作。父亲被剥夺教书育人的权利长达二十二年之久！显然，这决不仅仅是他个人的损失。同年 11 月 14 日上海《文汇报》报导：“华师大在市有关部门支持下，聘请著名学者孙大雨任教”。父亲在湮没了二十多年后首次在新闻媒体上亮相，向世人告示他尚活在人间——因为此前在社会上多有传闻，他早已不在人世了。

由于父亲沉冤二十多年，在文坛、教坛几近消失，早为人们所遗忘。为此，艾以先生有感而发，于 1994 年冬，曾写过一篇题为《孙大雨先生健在》的文章，提及一件令人啼笑皆非的事情，兹摘录于下：

1984 年 12 月，中国作家协会出版了一本《中国作家协会会员名册》，实际上是一本会员通讯录，分寄给有关部门。在这本会员名册的后面，还附录了一份二百一十九名已故会员名单，我无意中惊奇地发现，建国后长期定居在上海，现仍健在的现代诗人、教授、著名文学翻译家孙大雨先生的名字，也被赫然列入已故作家名单中（见该会员名册一百二十八页）。

为了证明孙先生确实健在，我这里找到一封孙先生 1987 年 4 月 8 日写给我的短简，现照录于后：

艾以兄：

关于方光焘的这一点点东西，写得极不满意，但实在没有资料可写。请您决定吧，若觉得太空洞乏味，可不必寄去派用场，空占篇幅。

祝

安好

孙大雨

87.4.8

由于孙先生这封信写得过于简略，还需作些说明。

我是浙江龙游县人，属衢州市辖。我国早期的创造社作家、左联成员、语言学家方光焘先生也是衢州人。抗日战争时因避战乱，滞留在故乡衢州，被聘任衢州中学语文老师，直接教授过我的三哥。当年我曾有机会跟着三哥多次去看望过方先生。

建国后，方光焘先生任南京大学教授，中文系主任，兼任江苏省文化局局长、江苏省文联主席。当时我在上海作协主办的《文艺月报》（即《上海文学》前身）担任理论编辑，曾经常就文艺理论和创作上的一些问题写信求教于他，他也曾多次来上海。每次来沪，只要有时间，他都到上海作家协会来看望孙石灵同志和我，直至1957年那场席卷全国的政治风暴之后，我被戴上右派帽子，就再没见到过方先生。

1986年，家乡政协出版《衢州文史资料》，考虑到方光焘先生在中国现代文学史上的地位和影响，特别是抗战胜利后，方先生随暨南大学复校回上海，积极参加上海教育界反内战、反独裁、反饥饿的斗争，和一些进步教授一起营救受迫害学生，其中就有衢州籍学生。因此，《衢州文史资料》决定为方先生出版纪念特辑。

家乡政协的同志知道我和孙大雨先生时有交往，而孙先生和方光焘先生曾在暨南大学共事多年，所以来信要我去请孙先生写一篇有关方先生的回忆文字。我随即专为此事去看望了孙先生，这封信就是他接受我的邀约写好方先生的回忆文字后一并寄给我的。

孙先生的回忆文章很短，只有五百字（全文已转录于前）。当我把它转去《衢州文史资料》后，大概出于统战或其他原因的考虑，有关方先生的文章结果被退了回来，未被采用。

事后，我在征得孙先生的同意后，他的那篇回忆方光焘的五百字的短文，就一直由我珍藏着。

1991年，我应汉语大辞典出版社邀约，主编一部《现代作家书信集珍》，我想起了孙先生寄给我的这封信，就决定把它收进了《集珍》。但好事多磨，转眼四年过去了，书稿还压在出版社，据说近期可望提上议事日程来。我之所以要把孙先生这封短简公之于众，为的是要向世人证明，孙先生还健在。

正好最近《书城》的主编向我约稿，我决定把孙先生的这封信，并围绕这封信，有感而发写的这篇短文章一并交给《书城》。

我想，孙大雨先生写给我的这封信，虽然简短，但它却千真万确地证明孙先生仍然健在。而且需要明白无误地告诉世人，特别是孙先生的亲朋故友和学生，距中国作家协会编印出版的那本《中国作家协会会员名册》十年之后的今天，孙先生仍然健康地活着，并为他的陆续问世的莎翁译作忙个不停（由上海译文出版社有计划地出版）。

当然，单就孙先生写给我的短简而言，本身并无多大意义。但和这封短简联系着的那篇五百字的短文，重读之后，倒觉得文章虽短，但却有其一定的内涵和史料价值。至少，它给我们披露了在国民党时期，在最高学府中曾经发生过这样一件不光彩并鲜为人知的事情。因此，我把孙先生写于八年前的这篇短文作为“附录”，一并发表。

孙大雨先生生于1905年，今年正好九十高龄，在此祝他健康长寿。

1994年冬，上海

话题还得拉回来，把父亲安排到华东师范大学工作，这中间还有一些曲折值得一谈：粉碎“四人帮”后，父亲多次向上海市委以及中央申诉，至1978年8月21日上海市公安局决定对他的“反革命”案“平反，恢复名誉”，但是他的“右派”问题有关方面仍拒绝“改正”，尽管如此，按照政策，被剥夺了二十多年的工作权利似乎没有理由不予解决，这么多年来所谓“养起来”、“给出路”的政策似乎对他并不适用，现在“文化大革命”结束已经四年，要拨乱反正，工作总得给做，饭总得给吃吧？安置他的工作总得提到日程上来。因为父亲的“右派”帽子以及由此引发的种种问题是在复旦发生的，回复旦工作应是顺理成章之事。父亲也曾表示过：在哪里跌倒，就在哪里爬起来，为此在“文化大革命”期间还与陈丕显一起，遭到“四人帮”的上海爪牙在全市范围内通报传达批判。据说市有关部门开始也有意让他回原单位工作，岂知那时的复旦某当权者拒绝接纳他。多年前本书作者之一曾去徐家汇万体馆旁的某幢高层住宅中的陈仁炳先生的寓所拜访陈老，据他告知，某复旦主要负责人坚决拒绝孙大雨回校，扬言：“孙先生回来，复旦就完了！”父亲在他心目中竟成为洪水猛兽。这真是奇谈怪论！这位复旦主要负责人是一位著名学者，在反右运动中虽然平安度过，在“文化大革命”中却也吃了不少苦头。他的领导者的胸怀、学者风度以及同情心又在哪里？！历史已经过去，历尽沧桑的人们即使有过个人恩怨，为何不能相逢一笑泯恩仇？人啊人！何况已近八十高龄的父亲经受了这么多的磨难，即使回到复旦又怎会成为麻烦？更何况，对一位耄耋老人来说，竟还会有这样大的能量，去了复旦，复旦会完了？这真是天方夜谭！事实上他后来被安排去华东师大后，除开始时在某一次校庆去作过一次有关唐诗英译的学术报告而外，既未去上过课，也未参与任何活动，只是在家著译或养老罢了。

父亲的性格有嫉恶如仇的一面，但另外一面的他，却从不因个人恩怨而记仇，他天性单纯、天真，没有心机。上述某复旦主要负责人，他是父亲在1958年因所谓“诽谤诬告罪”而获刑6年的16名原告之一（一个案件有这么多的原告，他们是如何联系在一起的，难以明了）；“文革”期间，当父亲得悉此人也蒙受苦难，其夫人因不堪凌辱愤而自杀时，父亲当即表示了极大的同情。原复旦外文系的杨岂深教授也是16名原告之一，但“文革”结束后父亲曾写信给他，约他来家中叙旧，毫无芥蒂：

岂深先生：

奉书祇悉。多年不晤，谅亦早已离休。旧译《罕秣莱德》最近方在译文出版社出版。……拙译祈赐教。……敝寓近徐家汇，欢迎驾临。

祝好

孙大雨

91.6.28

后来华东师大党委书记施平同志在安排我父亲去该校工作这件事上起了决定性的作用，终于在1980年8月中旬宣布了这一决定。之后施平书记还多次登门造访，1981年5月26日他还写信给市委宣传部负责人陈其五同志，希望解决孙大雨的遗留问题。

所以父亲的实际教书生涯，从1930年从美国留学回来到武汉大学任教算起，到1958年复旦大学开除其公职为止，共计二十八年。此后的漫长岁月被政治运动葬送掉了。

诲人不倦的严师

父亲在大学讲坛耕耘数十年，堪称诲人不倦的严师。说到“严”，它的涵义是两方面的，首先是他对自己严格要求，再推己及人，对学生要求严格。尽管他学识丰富，学贯中西，但他为了讲授好每一堂课，总是认真备课，博览群书。他教的莎士比亚与英诗课程，课文中每一细微末节都要求学生彻底弄清楚，要求学生对课文的每一句、每一行都要弄懂、融会贯通。他尝谓，学生上他一节课，至少课前要预习三、四个钟点才能听懂他的讲义，应付课堂上的提问。如果哪个学生偷懒没有用功预习，就难免过不了课堂提问这个关。许多学生到了花甲之年回忆当时情景都说，上孙老师的课总有点提心吊胆，甚至有如履薄冰之感。但是尽管如此，他们对此并无丝毫抱怨，恰恰相反，他们感到受益匪浅。

八十年代中期父亲因落实政策迁至徐家汇附近一幢高层住宅，楼内住着许多知名高级知识分子。著名学者王元化住在我们楼上，他的夫人张可是我父亲在上海暨南大学任教时的学生。前几年张可有时会来探望老师，有一次张可走后父亲谈及往事：“张可在暨大念书期间，还是一个活泼的小姑娘，有一段时间她迷上了演话剧，分了心，上英文课前疏于预习，有一次上课我连提几个问题她都未能很好回答，被我说了几句，把她晾在一边，我又去提问别的学生，她站立良久终于哭了起来。”父亲轻轻地摇了摇头，又宽容地笑着说：“那时她还是个小姑娘啊！现在她的头发都白了。”最近张可、王元化伉俪合作翻译出版了一本莎士比亚研究论文集，可见张可的英文底子还是不薄。

父亲教的功课，学生要通过考试不大容易，要取得高分更难；不像现在有些学校因以考试成绩来衡量教师的教学质量，于是难免出现高分低能现象。他的学生董雨生于1947年考取复旦大学，当时有一万二千名考生，仅录取六百多名入学，故被录取者有金榜题名的优越感，甚为得意。入学注册时，“有一位先入复旦大学的同乡对我说：‘你选大一英文的老师是孙大雨，此人是莎士比亚权威，是全校（教授中）三不pass之一（意谓很难及格）’。”（《我的老师孙大雨》：《上海盟讯》1996.6.31）

不过严格的考试最终受益者还是学生自己。反右以后，父亲从锦江饭店旁的茂名公寓迁出，回到南市老宅居住。六十年代中期的某一天傍晚，我们陪父亲沿四川南路散步，走到近南京东路德大饭店附近时，突然有人上前热情地打招呼，说：“孙老师，我是您的学生，政大外交系的，您大概不记得了吧。那时考您的英文我只勉强及格，可是毕业后到外交部工作，与其他人相比我的英文程度还算是好的，用起来很得心应手。这时我才领悟到老师对我们学生严格要求的好处。学生一生受用不尽，内心十分感谢老师，一直记着老师。今天意外得以邂逅，真高兴啊！”

董雨生在《我的老师孙大雨》一文中还说到：“孙老师的讲课真可谓之‘诲人不倦’，记得当时有一位姓叶的同学，因为上学期英文不及格，孙老师为了帮助他，每堂课都是不厌其烦地叫他站起来朗诵课文，直到他会念为止，从此可以看出孙老师的教学是极为负责的。”

另一位学生左克回忆道：“我受业于孙教授，是在抗日烽火中的大后方重庆。他那渊博的学识，诗人的气质，独特的性格，给同学们留下难忘的印象。……孙先生是一位严师，在课堂上不苟言笑，正如已故老作家沈从文所写的那样：孙大雨是‘一个有脾气有派头的人……’我记得有一天，一位四川同学未认真听课，答非所问。在英语习作中，又把英文的句点‘.’写成中文的句号‘。’。孙老师发火了，批评似倾盆大雨而来。他用粉笔使劲地敲着黑板。由于激动，把黑板点得咯咯响。他板起面孔说：‘Period（句点），Period! not Circle（不是圆圈），not circle!’为一个标点符号，先生发这么大脾气，我当时还不太理解，可现在我懂得了这种一丝不苟的精神是多么可贵！在四十多年的编辑生涯中，我一直没有忘记这堂课，严谨认真地对待工作，最终赢得了一个‘放心编辑’的称号。”接着他又说：“两个多月前，我还在《工人日报》主办的《新闻三昧》杂志上写了一篇文章：《一个标点也不要漏掉》，阐述严谨认真的作风对新闻工作的重要性。今天，我有这点认识，是离不开孙大雨老师的教导。”他还提及：“但有一件事至今难忘：在课堂上，他不讲一句中国话；走出教室，他不讲一句英语。在他看来，只有这样，才能既教好英语，又保持了中国人的自尊自重。这是给青年学生上的爱国主义教育最生动的一课。”可是现在有些人学了一点英文皮毛，就以会讲英语为荣，不拘什么场合都口吐英语，恐怕未必合适。左克是如此评价老师的：“令人尊敬的孙老师，不仅认真教书，而且精心育人。他那颀长魁伟的身躯，儒雅的风度，在我心目中树起一个形象：高山仰止。”（《孙大雨老师二三事》，《扬子晚报》1994.12.17）

父亲在课堂上是严师，课余对学生则是爱护备至的长者，许多用功的学生常到家中来聆听父亲的教诲。在复旦任教期间（1946—1958）的开头好几年，我们住在虹口四平路一侧的新陆村，它是新陆师范专科学校的教职员宿舍，因为父亲其时也在新陆师专兼职授课。那里是一幢幢日本式二层楼房，一幢房子住几户人家，每户独立进出，门前有一极小的院落，底层有一小客厅、厨房和卫生间，二楼则是卧室，总之十分小巧。解放后直到1954年才搬到市中心锦江饭店旁的茂名公寓。新陆村离复旦不远，所以学生常来。父亲习惯上见学生来，就上楼去取饼干给客人吃，边吃边谈。那时不像现在市面上糕点五花八门、琳琅满目，饼干应是算得上可以飨客的食品了。

他的复旦外文系学生梅蒸棣，毕业于解放初期，现在已年过七旬，在大学生时代，是地下党员，解放后曾任某市立医院党总支书记。在反右运动时期，由于说了“像孙大雨先生这样一位对革命作出过贡献的民主人士怎么会是右派？”就因同情大右派的罪名而被打入另册，但他从未因受老师牵连、蒙受耻辱和不幸而有过哪怕半句怨言。在父亲逝世后，他与许多古稀之年的同学一起前来参加追悼会，与尊敬的老师作最后一次告别。最近他谈起这样一件往事：“有一次我与某同学等几人到老师家中，老师遂上楼去取下饼干和一本英文书，老师一面叫大家吃饼干，一面用和善的口吻对某同学说：‘你这次作文中有一段很好的文字，你看看是不是采用了这本书的内容？’随手就翻到了那一页，又补充说：‘怎么可以不指明出处呢？’某同学顿时两颊绯红。老师婉转的言辞蕴含着严格要求的内涵，同时我们又十分钦佩老师的博闻强记和高深的学问。”上面说过梅蒸棣是地下党员。他告诉我们，那时在复旦搞学生运动，每次活动只要有孙大雨、洪深两位教授之一的支持，学生们就信心倍增。

吴起仞是父亲在复旦任教时最后一批学生之一，在校时在同班同学中年龄最小，成绩最好，五十年代父亲住在茂名公寓时他是家中常客，我们戏称他为关山门徒弟。复旦毕业后他被分配至北方某科研机构工作，五十年代中期因莫须有的罪名被发配到青海劳改长达二十多年，吃尽苦头。粉碎“四人帮”后才落实政策，得到平反。回上海后好几年没有工作，常到南市老宅父亲住处与老师一起研究学问。父亲因右派问题在 1958 年被复旦开除公职，至 1980 年才落实政策安排到华东师大，二十二年中没有工资收入，只是在粉碎“四人帮”后，才逐渐有了一点不定期的补助；即或如此，父亲也要省下一点钱给吴起彻零用。吴起彻后来在外资企业工作，毕竟是复旦外文系英美文学专业的高材生，又经过名师熏陶，他在外资企业中做的中英文翻译工作十分得心应手。近年来我们在为父亲整理《屈原诗选英译》与《古诗文英译集》两部作品时，得到吴起彻的大力帮助。父亲用英文所写有关屈原生平与诗作的研究性导论长达十万言，就是由他译成中文附于《屈原诗选英译》书末的。为父亲这两本书的出版，吴起彻花费了不少精力，可谓全心全意，他表示这是对于恩师栽培的回报。

至于父亲与胡乔木的一段师生情谊，已在《教书生涯》一节有过叙述，这里就不再重复了。

老师倾心教育学生，学生也真诚敬爱老师。在反右运动中因老师被打成大右派而表示异议，从而遭到打击迫害的学生非止梅蒸棣一人，虽然受苦遭难，但都无怨无悔，确乎令人感动。

粉碎“四人帮”后不久，客居澳门多年在该地中学任教的暨大学生冯锦钊来信，谓从某刊物上获悉老师在反右、“文化大革命”运动中曾两次入狱、备受煎熬而心痛不已，料想老师生活清苦，意欲购冰箱、彩电以赠师长，聊表心意。父亲当然婉言谢绝。但冯锦钊还是赠送一台英文打字机，希冀老师著书立说时有所方便。“文化大革命”中红卫兵抄家将父亲在美国留学时使用、归国时带回的一台英文打字机掳走，已不知去向。这时冯锦钊送来打字机真可谓是雪中送炭，用心良苦。1983 年 10 月 2 日冯锦钊从澳门来信：“孙老师，您好！许久没请安了，很是想念。这可不是一句例话。——您是我最后的一位老师哩！大学里的，更不要说中、小学的，都通通‘不在’了；同辈的老友也所剩无几！没给您多写信，固然是因为忙（少壮耽于空想，不识用功，在恶补哪）；更主要的是，不好打扰您紧张的工作。您是有函必复的温厚长者，我怎好放肆？趁我弟锦海南来之便，托带 Catalin 一瓶（Catalin 系一种治白内障眼病的新药，其时在大陆仍属珍贵之舶来品。由此可见冯锦钊对老师的无微不至的爱。——笔者）愿于您的轻度白内障微有裨益。敬祝祥和安吉笔健！学生华钤（冯的笔名，他是诗人。——笔者）百拜顿首”。后来冯回大陆探亲，曾去南市老宅探视老师，我父亲言及狱中遭受的非人待遇时，冯锦钊握着老师的手痛哭流涕，此情此景实在令人感动。

民主斗士

在这一章节里，为了更客观、更真实地反映出父亲的精神和人格风貌，拟引用来自方方面面人士对他的一些评论：

“孙大雨先生正直不阿的品格，是继承和代表了中国知识分子的优良传统”。(尚丁致孙近仁信)

“要描写孙大雨教授需要非常丰富的色彩，接触他的人都会对他强烈的个性有一个很深的印象。坎坷的生活并没有改变他的倔强执著真情、甚至有些孤傲的秉性……历史将秉笔直书一切人的功过是非。随着时间的脚步，人们将越来越会认识理解这位传奇般的学者。”(曾文恭、陈接章：《小巷深处路漫漫——孙大雨教授的外国文学生涯》，1986 年 10 月 16 日上海人民广播电台《人物春秋》广播稿)

“他在事业上是坚韧不拔，充满自信的进取者，一如他的为人。他的性格耿直倔强，豪爽热情。”(沈海燕：《在诗海中奋进——小记孙大雨教授》，《老人》1985.5)

在父亲留下的 1950 年所写的一份文字资料中，他是这样描述自己的思想行为轨迹的：

“孩童时因为自己在家庭中是第二个儿子，被相当忽视，甚至轻视（大儿子出世之前是一连串的女儿，他一出世当然被溺爱备至，等第二个男孩我出世时就不足为奇了，而这其间的待遇却相差太大），便形成了一个默默憎恶特权、对不公平起强烈反感的心理习惯，那出发点完全是自私的，而扩大为对人类的爱，对被压迫者的热烈同情，以及对专制自私、不公平等具体社会现象的极度憎恶；至于那从自己为中心的原来成分，则渐被净化、消灭。记得我还是个旧制高级中学一、二年级学生的时候，曾把这个为光明奋斗的思想痕迹，留在一首新诗里，题名‘海船’，登《少年中国》月刊某期，具名‘孙守拙’。当时我爱看的期刊是《新青年》、《新潮》、《少年中国》、《解放与改造》、《时事新报》的《学灯》等。我母亲给我两元银洋的月规，作为车费、点心、零用，我却完全用来买这些书报。人力车在中学的几年里绝对不肯坐，因为那是违背人道主义的，虽然家里人笑话我。果然有一次路遇大雨，全身淋透，过两天全身发风疹块，奇痒难熬，以后时常发作，有三年之久，但我还是坚持不坐人力车。我参加了紧接‘五四’的上海‘六三’运动，作抵制日货的街头演讲和示威游行，劝罢市罢工，积极得很。我反对代定婚姻，在家里再三反对无效之后，当就要订婚前不久，写信给对方的父亲，把事情破坏掉。虽然当时的谅解是等我中学毕业后由其父资送出国留学，而对方是豪富，我家里则已中落到将近破产。这件事我一直引以为荣，所谓越穷越硬。后来我瞒着母亲偷偷去考取了清华学校高等科的插班生，动机和此事很有关系。我那样倔强，不听话，被一个叔父训斥了一顿，骂我是‘过激党’。在学校里某次开成绩展览会前，有一个能写斗方的同学（名姚家榕，曾在租界工部局任事多年）想不出写哪几个字，我建议他写‘各尽所能，各取所需’。展览会开过后有人特地去找他，他说那八个字是一个同学的主意，他自己也不知道是什么意思，姚君告我说，他有点害怕。高中二年级时，我在学生会担任重要工作，独立编一张半月刊的会报《学生呼》，分析时事，介绍思想，批评学校行政与教学，发表文艺习作……”

少年时代，他就具备了叛逆的性格。

父亲留美归国后在许多著名大学任教，不断地变换学校，其中原因之一是他对时政和学校积弊的不满，使他激愤难平。

西安事变发生时，他正在上海真如暨南大学任教，他为抗日有望而兴奋不已。

上海“八一三”抗战发生后的一、二个月，也即在1937年八、九月间，孔祥熙从国外回到上海，父亲在英文《大美晚报》具名“S.T.Y”（孙大雨英文名的第一个字母）发表了一篇载于“读者论坛”栏的文章，痛斥蒋、宋、孔、陈乃至宋美龄、宋子良、宋子安、孔令侃、陈济棠及国民党党部贪污腐化、祸国殃民的恶行。

翌年，他又对CC系门下的暨大当权者中的某些人利用公款搞投机买卖大发国难财的行为进行揭露，1940年夏终被学校当权者所解聘。父亲遂决定到大后方去为抗日战争尽力，施展自己的才能。他应四川大学之聘转道香港，于1941年12月2日抵达当时的陪都重庆。六天以后的12月8日，太平洋战争爆发。在重庆逗留时，受清华老同学顾毓琇等的竭力劝说，张道藩的极力挽留，留在重庆任教于中央政治学校外交系。

当时正值全民抗战高潮，国共合作时期，1942年3月经孙科、梁寒操介绍加入了国民党。他深受全国人民高涨的抗日热情所鼓舞。

他留于重庆，一方面是正如上述，因为顾毓琇、张道藩等的劝说和挽留，另一方面则是他想趁机观察一下重庆政府的作为，有可能的话打算将暨南大学挪用公款投机案搞清楚。但是后来顾毓琇告诉他，陈立夫不愿过问此事，这使他十分失望，从而也对国民党政府有了更深刻的认识，他曾愤激地说：“只要绝对服从他们，任何恶事都可做，不论怎样无能无耻的人都可得到庇护！”故后来陈立夫要请他做教育部的对外宣传英文秘书（实际上是陈立夫的私人英文秘书）时，他断然回绝。

顾毓琇是我父亲清华时的同学，也是清华文学社的文友，1996年6月17日顾毓琇曾由美来信给我父亲：

大雨老兄惠鉴：

沪上晤谈，倏已十载，自1992年后，以年老体弱，已不能作长途旅行。

近从台北九歌出版社出版之《梁实秋之诗及小说》读到吾兄所作《代序》，回首往事，不胜感叹。吾兄以诗译诗，使莎翁成为诗人，而非仅为剧作家，厥功甚伟。惟不知是否全部付印。近来大陆对文学兴趣较浓，即旧诗词亦有出版者。译诗为新诗的滋养品，亦应有人注意。吾兄新诗有空前长诗，不知近曾重印否？

远道寄此，即祝　健康长寿！

弟顾毓琇敬启

丙子寅五

从上信可知，十年前即1986年顾毓琇回大陆时，在上海曾与我父亲晤谈过。这次来信是他见到台北九歌出版社出版的梁实秋的《雅舍小说和诗》一书，书首有我父亲所撰《我与梁实秋》一文作为《代序》，遂引起他对老友的思念。他的这封来信就是通过收集、编辑是书的华东师范大学图书馆副馆长陈子善先生转交的。陈子善在编成此书后，曾拟请我父亲写序，但其时父亲因健康原因已无法执笔，协商之下遂决定采用这篇已发表过的回忆文章权作代序。梁实秋也是二十年代清华文学社的成员，他们都是老朋友，到暮年都很念旧。顾毓琇在这封信中还关心我父亲用诗体翻译的莎剧“是否全部付印”，甚至还记得我父亲“有空前长诗”，这是指的发表于三十年代的长诗《自己的写照》，梁实秋在台湾于1976年也曾著文谈及过这首长诗。

陈子善转来此信时，父亲已生病住在华东医院。父亲对学生都是有信必复的，岂料他竟一病不起，给顾毓琇的回信终未写成。父亲逝世后，我们忙于俗事，也未能去信说明情况，深以为歉。

顾毓琇是江泽民主席1946年在上海交通大学就读时的老师。1997年江泽民主席访美，于10月30日途经费城时，一下飞机，即和夫人王冶萍以及主要陪同人员一起，特地去市中心“学术大楼”中的顾府探望老师，师生交谈甚欢。这充分体现了江泽民作为一国之尊，仍能敬老尊师的崇高美德。在这次会见中，顾毓琇书赠“和平统一兴中华、天下为公庆大同”的字幅，颇具深意。

这也使我们联想到几年前我父亲看到报上有关江泽民主席提倡敬老尊老的报道时，已近九十高龄的他禁不住说：“此人不错。”后来他在离休干部（父亲落实政策后已享受离休干部待遇）学习材料中又见到：为了加强社会主义精神文明建设，在改革开放的新形势下，为了防止和遏制腐朽思想和丑恶现象的滋长蔓延，江泽民主席指出：“必须继承和发扬民族优秀传统文化而又充分体现社会主义的时代精神，立足本国而又充分吸收世界文化优秀成果，不允许搞民族虚无主义和全盘西化。”父亲对此深表同感，他说：“江泽民这段话中的‘继承和发扬民族优秀传统文化’以及‘充分吸收世界文化优秀成果’的观点，正是我所想并所做的。我已把楚辞、唐诗等译成英文，介绍给世界人民；又翻译莎士比亚的作品，介绍给中国人民，就是为了实现这一目标。等到我的译作《屈原诗选英译》和《古诗文英译集》两本书出版后，我想寄赠江泽民同志，向他请教。”令人遗憾的是，《屈原诗选英译》出版时，父亲已病重住在华东医院，《古诗文英译集》在他逝世以后才出版，已不可能亲自题字寄赠了。不过，据上海外语教育出版社社长庄智象先生以及上述两本书的责任编辑张湘湘女士告知，1998 年下半年该出版社已将这两本书寄赠江主席，了却了我们的一桩心愿。后来时任教育部长的陈至立想要读此书，出版社也予以满足。

1941 年底至 1945 年底父亲在重庆中央政治学校的四年中，耳闻目睹国民党政府腐败、黑暗的统治，深有感触，后来他在回忆这一时期的生活时说：“那四年中新四军事件（指‘皖南事变’——笔者）

给我的印象很深，我觉得蒋、何等那批混蛋完全是流氓，国民党绝对没有希望，非打倒它国家没有出路。因此，我在抗战胜利后的那年12 月，离渝（早走弄不到交通工具）来沪，决心跟中政校绝缘。”这期间他公开抨击国民党的独裁专制，支持进步学生运动，呼吁民主自由。在许鲁野等所写《嘉陵涛声——抗战后期复旦大学的青年运动》一文中，记述了 1943—1945 年抗战时期在中共南方局领导下的重庆学生运动，谈到“陈望道、张志让、周谷城、张明养、张孟闻、潘震亚、孙大雨……越来越多的教授站在进步学生一边”。由此也可戳穿反右时诬称“他二十七年来一贯反动”的谎言。

抗日战争胜利后，1945 年 10 月 10 日国民党政府被迫接受“双十协定”，并召开政治协商会议，通过了有利于和平、民主、团结、统一的“五项决议”。但这不过是表面现象，其背后是一股逆流在涌动，正当全国民众为可能出现的光明前途欢欣鼓舞时，发生了“校场口事件”：1946 年 2 月 10 日重庆各界在校场口召集盛大的庆祝会，国民党特务公开捣乱，李公朴先生被殴致重伤，7 月 11 日晚十时许又被特务暗杀。接着，在 7 月 15 日，闻一多先生在云南大学李公朴先生追悼会上发表了义正辞严、慷慨激昂的演说之后，下午五点三十分也被法西斯暴徒刺杀。

父亲是在 1945 年底回沪的，1946 年上半年在上海临时大学任教，同年下半年受聘于复旦大学，并在上海师范专科学校兼课。李、闻的被暗杀使他震惊万分、义愤填膺，同时也对国民党当局的真正面目有了更进一步的认识。

1946 年 10 月经罗隆基介绍，他加入了中国民主同盟，决心投入到民主革命斗争中去。

后来他在一篇文章中写道：“我青年时是个相当糊涂的知识分子，虽然早在 1930 年回国后就对蒋政权起了憎恶，在抗战时已对人不断痛骂，在重庆的4年中深觉非打倒那个统治，国家没有希望，但决心走出象牙塔，参与实际的革命工作（动笔杆，口头煽动，跑腿），还有不少成分是李、闻的被杀激起来的。”

直到1993年初，《群言》杂志“专家访谈录”栏向我们征稿，我们采访了自己的父亲，写成了访谈录《说不尽的莎士比亚——孙大雨教授谈莎剧翻译》一文，文章开首提及他加入民盟一事，其中有以下这样一段话：

“父亲算得上是民盟的老盟员了，1946年10月他在上海加入民盟，介绍人为罗隆基先生。父亲不止一次和我们谈起过，李公朴、闻一多先生的被暗杀，激起了他满腔的义愤，这是促使他入盟的重要原因，而入盟前有一次与董必武同志的一席长谈，给予他很大的启发，也在极大程度上推动了他入盟的决心。”（《群言》1993年4月号二十一页）

入盟以后，他积极投入反内战、反独裁的民主斗争和迎接解放的活动中去。

纵观父亲的一生，从1946年到1949年解放前夕，在这三年多的时间里，是他为中国的和平、民主、自由而奋斗的最辉煌的时期，史实昭示：这是不可抹杀的。

1947年春，经清华同班同学彭文应先生介绍，他又加入上海大学教授联谊会（“大教联”）。“‘大教联’成立于1946年六、七月间，由张志让在重庆受周恩来的指示发起成立的。……当时参加‘大教联’的，有张志让、潘震亚、沈体兰、孙大雨、彭文应、李正文、曹未风、陈仁炳、周予同、周谷城、胡曲园、潘世兹、蔡尚思、宦乡、顾执中、张孟闻、林穆光、王子成、刘佛年、张文郁、勾适生、陈联磐、程应镠、郭森麒、冯契、汤德明、漆琪生、夏炎德、董每戡、王元美、杨村彬、徐中玉、许杰、陈旭麓、朱伯康、李平心、赵书文等教授，其中沈体兰、孙大雨、彭文应、陈仁炳、周予同、周谷城、胡曲园、潘世兹、林穆光、王子成、顾执中、张文郁、勾适生、陈联磐、程应镠、董每戡、王元美、杨村彬、许杰、朱伯康、赵书文是盟员。”“大学教授中的盟员，都参加了大教联。在上海，在解放前，民盟设十二个区分部，其中第五区分部成员，就是大专学校的教授，而孙大雨同志和彭文应同志都负过较多责任。”“此外还有路过上海而与大教联发生了关系的，如马寅初、吴晗。应当指出，大教联是党通过李正文、曹未风等党员同志来直接领导的，……”（陈仁炳：大教联简记，《纪念上海民盟四十周年》四十七至四十九页，1986.9）“沈体兰同志任‘大教联’副主席，孙大雨、彭文应、许杰、陈仁炳、董每戡、林穆光等七人担任了‘大教联’干事……”（尚丁：风雨如晦，鸡鸣不已——记解放前上海民盟的战斗，《纪念民盟四十周年》十一页）据说，父亲后来还担任过大教联干事会主席。

1947 年初，“上海的抗暴反蒋爱国群众运动，彼伏此起，声势浩大。这时候，中共中央发出了《迎接中国革命新高潮》的指示，指出：人民解放军作战的胜利和蒋管区人民运动的发展，预示着中国革命新高潮即将到来。”

……

“5 月，上海爆发了‘反饥饿、反内战、反迫害’的大规模学生运动，5 月 20 日，上海专科以上学校数万学生联合游行、示威，发生了震动全国的‘五二〇事件’。”

“……大学教授参加的‘大教联’，也公开积极支持波澜壮阔的学生运动。孙大雨同志还起草了大学教授支持学生运动的宣言，征集了七十六位大学教授的签名，盟员孙大雨、顾执中、张文郁、张定天、张光业、彭文应、楚图南、郑太朴、郭绍虞、许杰、陈仁炳等都签了名。宣言的中文稿在《大公报》、《文汇报》发表，英文本在《字林西报》、《密勒氏评论报》、美国的《民族周刊》和《新共和》上发表，塔斯社并向全世界作了广播。”（尚丁：风雨如晦，鸡鸣不已——记解放前上海民盟的战斗，《纪念民盟四十周年》十二至十五页）

在“五二〇”学生运动时，师生罢教罢课，此时教育部派但荫荪来沪劝阻复旦教授停止罢教，但荫荪先到我们家里来企图说服我父亲在复旦教授会上劝大家复课，父亲断然拒绝，反要但荫荪回南京劝朱家骅一定辞职，并劝朱莫再跟蒋介石发生关系。并声称在下午的教授会上他要动员大家继续罢教。当天下午，父亲果然在会上明确宣布主张坚持罢教，直到把殴打拘捕学生的凶手惩办了才会停止。

5 月 26 日，我父亲还与复旦大学的张志让、邱汉生、顾仲彝、卢于道等教授一起，会同交通大学、暨南大学等校教授于下午去市政府会见国民党上海市市长吴国桢，与之交涉，营救被捕学生。终于迫使当局于当晚释放了被捕的五名学生。

就在此期间，1947 年 5 月 3 日，国民党当局公布了一个所谓《中共地下斗争路线纲领》和“政治观察家”谈话，捏造“素以独立、和平、合法自诩之民主同盟及其化身民主建国会等团体，甘为中共之新的暴民工具”，诬蔑民盟“发动全面武装暴动”。5 月 14 日，国民党政府新闻局长董显光在记者招待会上称：“民盟与中共曾公开否认宪法及国民大会之合法性，该盟与反叛政府之中共既有密切关系，虽仍称系一和平之政党，然政府对该盟之态度将视其政策及行动而定。”旋于 5 月底在各地逮捕民盟成员达数十人之多。10 月 13 日，国民党御用工具“中国文化界戡乱救国总动员会”宣称：“民盟参加共匪叛乱，自绝于人民，自绝于政府，应与共匪同在讨伐明令之列”、“政府不宜承认民盟为合法之政党，而应以乱党视之，明令解散”。10 月 23 日，大批特务包围、监视设在南京的民盟总部。10 月 27 日，国民党政府发言人宣布民盟为“非法团体”，翌日中央社发布这一消息的同时宣称民盟“勾结共匪，参加叛乱”、“煽动五月学潮及上海工潮”、“企图颠覆政府”，着令“各地治安机关对于该盟及其分子一切活动自应依据《妨害国家总动员惩罚暂行条例》及《后方共产党处置办法》，严加取缔”。

白色恐怖愈演愈烈，在这种情势下，民盟总部被迫解散，转入地下，1947 年 12 月 2 日民盟上海市地下支部建立，经过三个月的紧张工作，审查了全市五百多位盟员，并按职业分别建立了十二个区分部，其中第五区分部成员是大学教授，孙大雨任主任，这一建制一直保持到解放以后。

随着国民党统治危机日益加深，美国政府在对华政策上产生分歧，美国众议院对此意见纷纭，很多议员鉴于蒋介石的独裁、不民主，主张不要再支持蒋介石。为此杜鲁门总统根据国务卿马歇尔的建议，决定派遣魏德迈将军为特使，率领考察团来中国调查民心舆论，行前白宫特别强调要在中国知识分子中间去了解他们的动向，和对国共两党的态度，以重新拟定对华政策之去向。魏德迈一行于 1947 年 7 月 11 日起程，先到南京，又去各战区考察，8 月 15 日到达上海。

此前上海民盟得悉后，经“大教联”策划，决定由孙大雨起草一份《备忘录》，揭露蒋政权的独裁凶暴、贪赃枉法等罪恶行径，要求美国停止援蒋，以之与魏德迈谈判。我父亲遂日以继夜，奋笔直书，花去十多天时间，用英文草就长达七千多字共二十页的一份《备忘录》。据他回忆，这一文件是在 1947 年 8 月初至 8 月 20 日期间写成的。对此当时“大教联”成员、现为上海师范大学历史系教授的程应镠在其回忆文章《回忆大教联片断》中说：“……大雨先生和我那时都住在绍兴路静村四号周诒春先生家里。周先生去香港时，要我和宗蕖替他照看房子。当时风风雨雨，新陆村已经不能住了，我们也乐于迁居。……周诒春先生去香港前，是国民党政府的农林部部长，于是全村居民把我们当作部长的亲戚看待。大雨先生住在这里的时候，为大教联草拟揭露蒋介石贪污、腐朽以及暴行的材料送给美国当时派到中国来的特使魏德迈，他晚上工作到深夜，白天打字，一连十几天，工作完了，自己亲自把材料送出去；怎样送的，送到什么地方，我一无所知，也从来没有问过。”

这份《备忘录》历数蒋介石及其家族统治倒行逆施的具体罪行，谴责国民党政府对高等教育的不合理措施和压制学生运动的残暴行径，明确要求美国政府做三件事：

一、撤退驻华美军，停止对国民党政府的军事援助；

二、促进中国国内和平，使能建立民主联合政府；

三、保障人权，实施民主政治。

《备忘录》还附上六十七件原始资料，以作佐证。这份《备忘录》在得到中共代表认同后，我父亲会同吴若安、沈体兰、张志让、陈逵等一行人去会见魏德迈，由他出面用流利的英语向魏德迈阐述《备忘录》的内容并表达了中国民众的意愿，对美国政府支持蒋政权反共卖国以及魏德迈为蒋政权辩护开脱进行了针锋相对的辩论，使魏德迈对蒋介石政府的腐败和中国的民意有了明确的印象。

八十年代，父亲对来访的朋友多次谈到此事，认为这是在某种程度上促使并加快蒋家王朝覆灭的一个契机。因为这么多的大学教授和知名人士亲共反蒋，这不能不引起魏德迈的警觉和思考，促使他原先的态度有所转变，从而促使美国援蒋反共的对华政策转变，魏德迈回国之后不久，美国即终止了对蒋介石的援助，这就加速了蒋家王朝在大陆的彻底灭亡。

父亲在回忆这一段历史时告诉过我们当时有这样两个细节：一是父亲说到激动处曾当魏德迈之面用英语痛骂蒋介石为“流氓”；二是魏德迈在接受这份由许多民主人士、名教授签字的《备忘录》并浏览后，随手将文件末的签字名单撕下放入裤袋里，对此父亲认为：这是魏德迈有鉴于蒋介石的残暴统治，此举有保护民主人士之意。

魏德迈在离开中国前，在沪举行的记者招待会上，发表了批评蒋介石政府的谈话，其主要内容有六、七项就是根据《备忘录》所提供的内容而来的。

有关这一段史实，1988 年 12 月 31 日《上海盟讯》载文《孙大雨笔斗舌战魏德迈》中有所披露。父亲也将这一事件视为他参加民主革命运动中最难忘的一件事。父亲在被打成右派之后，曾对朋友说，他对共产党是立过大功的。只要我们历史地看问题，父亲的话并无不当。

1948 年 3 月起，上海市民盟支部开始进行了为期三个月的组织整顿和思想教育，在此基础上着手建立组织委员会和宣传委员会，“任命罗涵先、冯亦代、陈新桂、孙大雨等为宣传委员会委员”，“重新建立区分部中，有两个区分部事实上是保持原来建制的，一个是大学教授区分部，一个是大学生区分部。这两个区分部分别在孙大雨同志和杨维骏同志（后来由何孝尧接任）领导下，工作从未间断，对革命作出了可贵的贡献。”（《纪念上海民盟四十周年》二十四至二十五页）另有文说，当时民盟转入地下，上海民盟重建的十二个区分部中，只有大学教授的第五区分部在白色恐怖下从未停止过革命活动。

“1948 年夏……中国人民解放军转入战略进攻以后……当年 6 月初，上海工人、学生举行了反美扶日大游行。6 月 4 日，民盟同志楚图南、沈体兰、顾执中、彭文应、周予同、孙大雨、陈仁炳、石啸冲、寿进文等三百二十人签名的抗议美国扶日复兴的宣言发表。6 月 17 日，上海文艺界发表宣言向美国大使司徒雷登提出正告，反对美国重新武装日本，……孙大雨……等一百余人参加签名。……7 月 2 日，上海文化界发表维护祖国安全和独立声明，费孝通、吴晗、史良、沈体兰、孙大雨、陈仁炳、程应镠……等三百九十七人参加签名……”

(《纪念上海民盟四十周年》二十七至二十八页)

“1949 年 3 月，为了适应斗争需要，经上海区执行部批准，组织了解放工作委员会，成员有冯亦代、尚丁、罗涵先、黄静汶、申葆文、张绍桢、陈仁炳、孙大雨、程应镠、林穆光等廿人，领导迎接上海解放的各项工作……”(同上，三十二页)。

“1949 年 4 月，保卫世界和平大会在巴黎、布拉格两地举行大会，盟员孙大雨、张光业、董每戡等草拟了拥护和平宣言，在严重的白色恐怖下，冒着极大危险，发动大学教授、文化界、工商界著名人士二百二十九人签名，《大公报》发表了这个宣言，《密勒士评论报》发表了宣言英文本，塔斯社发往莫斯科转往巴黎和布拉格，中国代表团的许广平同志在大会上宣读了这个宣言。”(同上，三十三页)

上述拥护和平宣言，据我父亲回忆，主要是由他执笔草拟的，题目是《我们对于世界和平的意见》，它痛斥了华尔街金融寡头及卖国军阀掀动战争的阴谋。中文稿经陈仁炳、孟宪章修改后，父亲再将它译成英文，并亲自打字油印，分发征集签名。他还亲自将宣言分送上海各报馆和外国驻沪通讯社，宣言英文稿就是由他亲自于 4 月 21 日上午送往塔斯社上海分社，发往莫斯科转发巴黎、布拉格的。为起草这份宣言，他日夜奋斗了二十余天，为避开敌人搜捕，甚至离家隐居他处；为分发、征集油印稿签名，日夜在街头奔波。期间有警察至家中搜捕，门外有便衣监视。临近解放，国民党特务头子毛森在全市实施大检查、大搜捕，他得到民盟地下组织密报，躲至瑞金路姐姐家避难……由于日夜工作疲劳过度以致两耳失聪达十多天之久。

父亲说，此事是他作为地下民盟的战士在解放前夕，向敌人放的最后一炮。

历史学家程应镠先生在他的《回忆大教联片断》这篇四千字不到的文章中提及孙大雨名字的有十六处之多，现摘录几段如下：

1947年秋，我任教于上海市立师范专科学校……师专同事，和我来往最密切的是孙大雨和戴望舒。……大雨先生则是我的老师闻一多的同学，沈从文先生的好友。……孙大雨和戴望舒介绍我参加了大教联……

时光流逝，我参加大教联的时候，才三十出头……。不是在师专教书，不是和大雨、戴望舒两位先生一同支持学生的斗争，我大概得和汤德明、冯契、郭森琪一样，到1949年解放之前才能入会的。

大教联当时的活动是不公开的，开会的地方也常常变换……开会是没有书面通知的，只口头传达。我去参加会议，都由孙大雨通知。我和他……往往相约同行。大雨先生是每会必到的。……

1948年的夏天，吴晗从北京来上海，住在他弟弟春曦家里。大雨先生通知我，大教联要请吴晗谈北京的情况，夜里在麦伦中学开会。我们都住在四平路的新陆村，当时叫其美路。……当时却人迹稀少。望舒已被迫去香港了。我和大雨从其美路雇了一辆三轮车去麦伦中学。会议由沈体兰主持（沈时任麦伦中学校长——笔者），吴晗讲了北京的情况……。这次集会，很晚才结束，大雨先生和我就从麦伦中学散步似的回到新陆村，走进家门已经过十一点了。

吴晗来上海之后去了解放区，我在喜来饭店请他吃饭。这一年，他正四十岁，我说："就算是为你祝寿吧。"席上有春曦，好像还请了陈仁炳作陪，他们两人同年，因此一直留在我记忆中。我和吴晗说了我所知道的大教联的情况，对于孙大雨这样走出艺术宫殿颇使他感到喜悦。他对大雨先生的过去了解得很多，也很熟悉大雨在北京的朋友。

……淮海战役之后，我几乎每夜都在孙大雨家里收听解放区的广播，我们估计中国的解放已经不远了……"（见《纪念上海民盟四十周年》）

程应镠先生文中提到的在我们新陆村家中收听解放区广播一事，事实上那时一些进步教授和学生中的地下党员都来收听广播的。林天斗先生于 1990 年 2 月 6 日在《解放日报》撰文也提及他是其中之一。这架有短波的美国收音机，当时价值二两黄金，是父亲专为收听解放区广播而购置的，可见那时他的思想倾向是何等的进步，也由此可以想见他日后遭到误解及打击迫害是何等的困惑和痛苦！这架具有历史意义的收音机在“文化大革命”抄家时被劫去，至今下落不明，诚为可惜。

解放初期的风风雨雨

1949年初，上海民盟已把工作重点转移到迎接解放方面。三月份，经民盟上海区执行部批准，成立解放工作委员会和政策研究会。解放工作委员会的任务是领导迎接上海解放的各项工作，我父亲也是其中的一员。

5月25日上海苏州河以南地区获得解放，26日上海《大公报》即刊载民盟上海市支部《热烈欢呼上海解放》宣言以及《为上海解放告同胞书》。

5月28日上海宣告解放。上海的广大盟员欣喜若狂，全体参加了欢庆上海解放的大游行。我父亲回顾往事，心潮澎湃，决心投入到建设新中国的行列中去。为此，他愿意竭尽绵薄之力。

但是就在这欢庆上海解放的时刻，上海宣告完全解放的前夕，即1949年5月27日，却发生了一件令我父亲莫名和震惊的事：那天他和彭文应、程应镠等在大世界附近一家饭店参加上海工商界人士的聚会，突然接到"大教联"开会通知。他们匆匆赶到开会场所培成女子中学，看到了离开上海多时，现已穿上解放军装的"大教联"成员李正文，原来他是去了解放区，现在随军返沪。陈望道、章靳以等复旦成员也到了。大家很久不见，父亲很高兴，以为可以畅谈了，而且特别希望从解放区来的人能多谈一点他们渴望知道的有关解放区的情况。然而会议主持者李正文却仓促宣布改选"大教联"干事会，此事事先并未在干事会成员之间有过任何协商，此举确乎令人感到十分意外。选举结果，"大教联"干事会中的民盟成员全部落选。曾代理干事会主席职务的我的父亲仅被增选为候补干事。这一事件对我父亲的打击极大，他一直认为这次选举是预谋的非法的过河拆桥行为；

这一事件对他的后半生影响极大，几乎是成为他日后饱受磨难的起因和起点。

有关此事，不妨再听听程应镠是怎样说的：

5月28日，上海解放了。月底或6月初，孙大雨、彭文应和我正在大世界附近一个饭店里，参加上海工商界人士（其中我清楚地记得有张䌹伯、胡厥文）的聚会，忽然通知大教联开会，我们都去参加。其时，陈仁炳还在南京没有回来。会上，我看见李正文穿了军装，他离上海已多时，现在跟着解放军回来了。还是第一次见到李亚农，我知道他已久了，也穿了军装。章靳以、张明养、陈望道，复旦大学的人大部分都到了。见到这些人，我是很高兴的。都已经很久不见了，要说的话很多。我特别希望从解放区来的人，多谈一点我们希望听到而实陌生的人和事。但主持会议的人，却十分匆促地宣布改选干事会，使我感到非常吃惊。这是为什么呢？民盟在干事会中的人都落选了。但这却是大教联最后的一次集会。多少年来，这件事使我深思，使我在前进道路中时萌退志。（程应镠：《回忆大教联片断》。）

或许可以这么说，曾经在民主革命斗争中发挥了巨大作用的上海大学教授的进步群众团体——“大教联”，此时此刻已经完成了它的历史使命，可以画上句号了。

这件事在我父亲的心灵上所投下的阴影和造成的创伤是很巨大的，也由此引发了一系列事件（这在下面还要再谈），同时也导致了“大教联”的不团结和分裂。

尽管如此，在解放初期，以民主进步教授面目出现的父亲，对生活还是充满激情，对前途也充满信心。他一如既往，一面在复旦外文系任教，一面积极参与盟务和各种社会活动。

1949 年 7 月 15 日，他在《上海盟讯 · 李、闻、陶、杜四先烈殉难纪念特刊》上撰文，题目为《悼念人民英雄》，谓：“我年轻时是个相当糊涂的知识分子，虽然早在 1930 年回国后就对蒋政权起了憎恶，在抗战前已对它不时痛骂，在重庆的四年中深觉非打倒那个统治，国家没有希望。”但“决心走出象牙塔，参加实际革命工作……还有不少成分是李、闻被杀激起来的”。同月 27 日，他又草拟了一份《地下时期工作报告》，回顾总结自己参加民主革命斗争的重大事件。不容否认，他的革命活动为新中国的到来作出了应有的积极贡献。

1950 年他毅然支持自己的独女参加军事干校一事曾成为当时人们的美谈，受到一致好评。那时正值抗美援朝运动风起云涌，父亲也曾参加上海市抗美援朝保家卫国代表大会；我所就读的中学与其他学校一样，都在开展动员学生参加军事干校的活动。因受家庭的熏陶，在解放前几年中父亲积极参与民主革命斗争和解放后参加社会活动的热情影响了我，我便提出了申请，报了名。回到家里当我告诉了母亲，她顿时呆了，怪我怎么不事先商量一下；父亲则显得平静而又高兴，表示支持。后来我到南京海军部队服役了三年，到 1954 年复员转业到扬州医士学校去读书，在这里我认识了比我高一年级的同学孙近仁，日后他成为我的终身伴侣。

1950 年 9 月父亲被民盟推选为上海市人民代表大会代表。

1951 年 10 月 23 日，在上海市民盟第一次盟员大会上，他被选为上海市第一届支部委员会十七名委员之一。1953 与 1956 年又连任第二、三届支部委员。

1954 年 8 月又当选为上海市人民代表，任上海市人民政府郊区土改委员会委员及文教委员会委员。

1955 年 12 月任上海市政协委员兼教育委员会副主任及政治委员会委员。

繁忙的教学和社会活动虽一度冲淡了因“大教联”改选事件所给予他的不快，但这一事件毕竟对他的刺激太大，创痕极深，阴影笼罩在他头上，无法消散。他百思不得其解：“大教联”在解放前几年的严重白色恐怖下，坚持进步，反对蒋政权的独裁罪恶统治，干事会民盟成员，包括他自己在内，有一时期，几乎是出生入死投入革命工作中去，为新中国的诞生贡献了力量，起到了不可替代的作用。革命成功之后，“大教联”似应仍可发挥其应有的作用。为何在上海全部解放的前夕，1949 年 5 月 27 日，要在这样的时刻，突然改选“大教联”干事会呢？而且为何在改选前，原干事会许多成员并不知情，只是在非常突然的情况下收到通知的，在开会时才知道要改选、而改选的主持者又是身穿军装代表新政权的人呢？他思索再三，并不认为这是新政权的组织举措，而是少数当事人排挤、打击异己的行为。

由于这一事件来得意外，十分突然，且太不合情理，所以，这种看法他坚持经年，无论在感情上和思想上都不能接受。他觉得有必要揭发这种有损于党和新政权声望和信誉的事件以及有关的人。他按照自己的思维逻辑推理，越想越激愤难平，终于在 1949 年 8 月 5 日和 9 月 18 日两次致函政务院总理周恩来和副总理董必武，反映“大学教授联谊会内不大好的情形”，指责某些人在“大教联”搞“小集团”，操纵 5 月 27 日“大教联”干事会的选举。信中还附寄了孙大雨《地下时期工作报告》以及他所征集到的反映他在民主革命时期草拟的宣言等共二十个文件。

中央对此非常重视，先后派人到上海调查，研究解决办法。1953 年 1 月，许广平、范朴斋率全国政协视察团来沪邀请孙大雨等八位教授座谈，调查核实，7 月，中央派高教部副部长曾昭抡到沪召开座谈会，讨论孙大雨上告信所提出的问题。这次会议取得了一些成果，为此中共华东局统战部于 1953 年 7 月 21 日还转发了《关于孙大雨问题的座谈情况》的报告。这次座谈会由中共上海市委党校工作部部长兼高教局局长陈其五主持，孙大雨、沈志远等有关当事人共十八人参加了会议。会议从上午九时一直开到下午七时，经过一整天紧张而又热烈的讨论，取得了比较一致的意见，最后陈其五作总结发言，表示“大教联”改选时“对孙大雨照顾不够是一个缺点”，但“大教联”内并无宗派小集团和挟嫌报复之事，这些均属误会。并充分肯定了会上大家开诚布公、输诚相见的态度。澄清了误会，也批评了个别中共干部工作作风与工作方法方面存在的问题，同时也希望孙大雨能注意加强团结。并认为孙大雨、陈子展、张孟闻和李正文之间有误会，其实彼此是一条心。父亲对此结论不服，认为曾昭抡、陈其五的劝解是“糊涂官断糊涂事，原被告各打五十大板了事”。

应该说，这次会议还是开得比较成功的，我父亲也向陈其五表示比较满意。

但是，“大教联”干事的落选对我父亲的影响是很深远的，刺激实在太大，随着时间的推移，这件事在他脑海里竟形成了死结，且越抽越紧，甚至造成这样一种思维逻辑：他认定在解放前几年的民主革命中自己的所作所为是革命的，尔今那些反对、打击他的人显然就是“反革命”。然而，他实在是书生气十足，事情哪会这么简单，这种思维逻辑当然会构成问题！但是据说在以后的岁月里，被他指控为“反革命”的知名人士达数十人之多。

对此，后来他也作过检讨，说是他认定这些人为“反革命”，是根据自己十多年来的回忆，从周围一些朋友在思想改造运动以后几年的接触中经意或不经意的谈话里，陆续积累收集起来的。对被指控的人多半有二、三件认为可靠的证据，多的有十件八件。如此看来，他的思维定势有时也实在单纯得可以。

1955 年 2 月初他给当时兼任上海市长的陈毅副总理写信，两天后的2月9日晚陈毅约请他在上海文化俱乐部谈话，当时市委第一书记柯庆施、统战部长刘述同、高教局长陈其五也在座。陈毅说："哪有那么多反革命？"柯庆施则说他"钻进了牛角尖"。谈话临结束，陈毅表示：我们是朋友，我今天代表党来批评你，是很温暖的。将来绝不会有任何人对你打击报复。

其后父亲去北京参加全国翻译工作会议，与胡乔木有了解放后的第一次会见，并经胡引见，在陈毅家中谈话。

遗憾的是父亲并未因此转过弯来。1955年10月间他写了准备检举揭发的八万言上诉书。

1956年2月他又去北京参加民盟第二次全国代表大会，并带去八万言书，罗隆基看后劝他：将党所信任的党员干部说成"反革命"要犯大错误，其他一些人也劝他不要将上告信发出。

但是父亲一意孤行。

回沪后，延至4月又将八万言书寄至中央，指控上海"反革命集团分子"问题。其后，陈毅又召开座谈会，会上对解放后有关孙大雨的人事安排不当，党内有关同志作了自我批评，然而问题并没有就此解决。

12月20日，父亲在上海市政协一届三次全体委员大会上作了《明辨是非，分清敌我》的长篇发言，指控多人为"反革命"，在这样的场合作如此发言实属不当——社会主义国家的政协毕竟不是资本主义国家的议会。28日，他又在市二届一次人代会小组会上作了同样内容的发言。

就在市二届一次人代会期间，陈毅又邀请许多党内外人士，在锦江饭店设宴调解此事。从白天谈到晚上，陈毅再次说明没有那么多的"反革命"，希望大家团结起来，不要互相指责，并为对孙大雨照顾不周亲自表示歉意。陈毅很动感情地发表了长篇讲话，颇令在场的人感动。可是，听父亲自己说那天他与陈毅同桌。席间，父亲曾十分激动地拍了桌子并站起来指责了一些人，使在座的陈毅感到吃惊和意外。宴会结束握手道别时，陈毅对他说："孙先生，我钦佩你的斗争精神。"

在解放初期的几年中，尽管有这些恩恩怨怨、是是非非和风风雨雨，但是毕竟父亲还是受到了礼遇；而从1957年开始的反右运动和以后发生的十年浩劫——"文化大革命"，则使他备受磨难，遭到灭顶之灾。

近仁自1956年扬州医士学校毕业，即被选送进上海第二医学院深造；1957年我从该校毕业后也回沪工作。这时开始，我和近仁之间从恋爱发展到结婚，也是从这时开始，近仁与我父亲有了接触，直到1997年父亲去世，他们翁婿间有了长达四十年的交往。

父亲的清华同学和至交罗念生先生于1984年9月29日由北京来沪，住在父亲家中，阔别半个多世纪的老友相聚，自有许多话要说。在1985年2月1日的罗念生致近仁信中，还谈起："大雨说，你待他很好。"父亲的性格是不轻易说好的，由此可见他对女婿的态度，并可推论他们翁婿之间的关系，父亲逝世后，他的学生冯华来家中吊唁，谈起父亲曾对她说过："我的女婿比女儿还要好。"近仁为此还向我说："你可不要介意，没有女儿哪里来女婿？"

所以，我写的上篇到此结束，自1957年起的下篇，还是让近仁来说吧。

下　篇

初识孙大雨教授

我是在1957年开始认识孙大雨教授的，相识的媒介是他的独女孙佳始。1960年元旦我与佳始结婚，成为他的女婿。屈指算来，从与他相识并成为他的女婿迄今，已有四十多年历史，时间不可谓不长。

1957年夏开始，一场猛烈的政治风暴——反右运动席卷全国。当时上海的几家报纸铺天盖地发表批判孙大雨的文章，大右派孙大雨几乎成为家喻户晓的人物，自然也引起了我及我的同学们的注意——那时我还是上海第二医学院医疗系的二年级学生。

我有一位医学院同班女同学郭劲秋，此时她来告诉我：她姐姐任科长的某厂卫生科刚分配来一位毕业于江苏省扬州医士学校的女医生，名叫孙佳始，是已被报上点名的复旦大学教授孙大雨的女儿。末了她还特地加上一句："听我姐姐说，这位新来的女医生长得很漂亮！"她又问我："你也是扬州医士学校毕业的，是否认识她？"

我当然认识！留给我如此深刻印象的姑娘，我怎会忘掉？听到她也回到上海的消息，不禁使我怦然心动。

我连忙回答："哦，认识的，她比我低一年级。以前在医士学校读书时只听说她的父亲是上海某大学的教授，但不知就是这位大名鼎鼎的孙大雨。你姐姐说的不错，她确实端庄美丽。"

这位女同学给我带来的这一信息，便成为日后我与佳始之间恋爱、结婚的契机。以后我曾对这位成为莫逆之交的女同学戏言："你是我们事实上的大媒人！"的确，没有她传递信息作为媒介，很可能我与佳始失之交臂，抱憾终生。世上的事就有这么凑巧！这大概就是缘。

我自己的父亲在1949年就病故了，母亲在乡下务农，生活过得很艰难。1950年我考取在县城的江苏省立常熟中学，这是一所在全县算得上最好的中学，考取并不容易；老师中甚至还有留学生，日后都有调至大学去任教的，校舍设在虞山边上的中山公园内，环境很优美。可是我初中只读了一年，就因为在经济上无法维持寄宿的伙食费及学杂费而不得不辍学。说起来可怜，那时每月伙食费只相当三斗米钱多一点，一斗米为十五斤，一个月伙食费大约不过六七元钱。我记得由于伙食费交得有限，寄宿生的伙食很差，一天两粥一饭，几乎很少有荤菜吃，家境稍好一些的学生自己带一点菜来补充营养，能带一点熬好的猪油捞一块拌饭吃已是算好的了。可是就连这点小钱我也付不起。

不久，家乡小镇办起一所十分简陋的民办中学，吃饭可在家里，用不着交伙食费了，于是我就转学到这所民办中学继续求学。又隔了一年，听说常熟城里的师范学校招收一年制的师范速成班学生，当时无论县城、乡村简直无工业可言，进师范不用交学费，伙食由国家供给，毕业后能做小学教师已属较好的出路了，于是抱着求出路、不妨一试的心情去报考，不料被录取了。再过去一年，在师范毕业了，正逢整顿小学教育，据说是不需要这么多小学教师了，省教育厅安排部分师范毕业生进医士学校培养。1953年我进入扬州医士学校，1956年毕业，由于成绩优秀，我与几位同学被选送进上海第二医学院深造。

上海第二医学院的前身系法国人办的震旦大学，据说该校富家子弟较多，解放初期尽管大学生都有助学金作为伙食费，但许多学生嫌校内伙食欠佳，宁可回家用餐，学生食堂伙食费因此便有积余，每到周末晚上均有舞会，食堂还供应点心。又听说不少学生西装革履，上体育课打排球，球掉在地上都不屑于去拣，要体育教师代劳……总之，校风较差。为了改变所谓“资产阶级不良风气”，遂决定把一些政治素质好的调干生与中专应届毕业生抽调去“掺沙子”，以期改变校风，云云。因此，在1956年进上海第二医学院的新生中，调干生几乎占了半数。在这种情况下，没有受到系统中学教育的我，终于获有机会跨进大学校门，真是幸运得很！

上面说到，我是1953年进扬州医士学校的，不知何故，我那一届两个班级是清一色的男生，而没有异性，生活未免显得枯燥乏味，尤其那时校纪极严，教导主任姓丁，是从部队转业的复员军人，他大概是沿用部队的一套来对学生进行“军事管制”，平时学生不能出校门一步。他的两手缺了几节手指，据说是战争中负伤所致，同学们背后戏称他为“缺指头”。他文化程度较差，做报告时往往不知所云。他在管理上虽严厉，但为人却极好，虽然自己没有文化，但却重才，日后我能进大学深造，多亏他的支持——因为我既非党员，也没有入团，在注重政治品质选拔人才的年代，我只具备考试成绩优秀的条件，能够被选拔上大学是颇为不易的。事实上那时被选拔出来的几位同学都是党、团员，惟有我一人是群众。在这件事上据说他承担了责任。当然，我也要感谢我的恩师程仰梅，他早年是上海同济医学院毕业生，解放初期任扬州苏北人民医院医务主任，后转任扬州医士学校副校长，教我们病理课。他采用的教本竟是解放后我国的第一部病理学专著、上海第一医学院病理学家谷镜汧编著的《病理学总论》，以中专而用大学教材，可见程校长对学生要求之高了。学期结束时的病理学大考，他一共出了四道题目，都是问答题。题目的范围比较广大，我记得自己对答如流，程校长对我的试卷答题赞赏备至，后来我们的班主任何国芬告诉我：“你知道吗？那天程校长在教务处称赞得你不得了，说你回答这么好，即使大学生也不一定能达到。”程校长也在课堂上宣布我的病理课考了第一。他说：“按例可得满分，但科学永远不会到顶，所以我硬扣了分，给了九十七分。”老一辈教育工作者的严谨作风，将使我永远铭记，终生难忘。

一年后，即1954年学校里又招进低一年级的同学，这些学生中除应届中学毕业生外，还有一批从部队复员转业的调干生。这一年级的学生中竟有不少女生，其中有一位令人过目不忘、皮肤白皙、面容姣好、娴静端庄的女生——她就是佳始。

在抗美援朝、保家卫国运动中，1950年有一批初中生参加军事干校。尽管她是独女，但在解放前民主革命中作出过积极贡献、在解放初期视为进步教授、民主人士的孙大雨，还是把视若掌上明珠的女儿送去参干。佳始在南京某海军部队待了三年，便被复员安排到扬州医士学校培养。于是我们有缘成为同学。

自从低一班同学入学后，原来的校舍不够用了，我们高年级的学生便从扬州城的一端、运河边上的北河下，迁至另一端邻近扬州中学的淮海路旁的另一处校舍。所以我与佳始没有什么机会接触，可说难得一见。加以那时学校对学生管得很严，学生中几乎没有谈恋爱的。而我对佳始的好感也只好深深地埋在心田中。

岂料命运女神早已作好安排，我竟获有机会到上海第二医学院深造，佳始也会被分配回沪工作，而且她的顶头上司又是我医学院同班同学的姐姐……我们终于被月下老人的一根红线牵到了一起。

有一天我的另一位同寝室的同学姚震宇在与我闲谈中说起报上披露的有关“大右派”孙大雨的讯息，我便告诉他：这位名教授的女儿是我在扬州医士学校读书时的低一班同学。这下他竟来了兴趣，说我们何不借探望同学之名去看一看被报上描绘得形象狰狞可怕的孙大雨究竟是何许模样。那时大学里只有上午有课，下午与晚上大学生尽可自由支配时间，没有人管，比起我读中专时的严格有天壤之别。

于是有一天下午，我俩抄近路，从重庆南路、复兴中路、瑞金路，穿插到淮海路，再从一个弄堂里走到位于锦江饭店旁的十八层楼——茂名公寓。解放初期，除二十四层的国际饭店是上海第一高楼外，十八层高的茂名公寓堪称第二了。茂名公寓在解放前是英国人的产业，住的都是外国或中国有身份之人。解放后收归国有，被安置了一些社会知名人士住在里边，如“七君子”之一的王造时、我国著名的心脏病学家董承琅以及著名作家唐弢等都住在这幢高级公寓。孙大雨教授是在 1954 年从虹口四平路的新陆村迁进去的。

我们乘电梯登上七楼，按了电铃，前来开门的是一位长者，只见他身材魁梧，衣着朴素，面容庄重，一派学者风度。我料定他就是佳始的父亲，于是说明是来看望扬州医士学校的同学孙佳始的，他说佳始在单位上班，并告知家中电话号码，以便联系，态度随和客气。我们当即告辞，出来以后，谈了观感，我与姚震宇都觉得，报上漫画把孙大雨画成了张开血盆大口、口吐诬蔑之词的丑恶形象，实际上并非如此。佳始告诉我，父亲对年轻学子向来是很客气、很爱护的，尤其对用功的学生更是爱护备至。

这就是我第一次见到未来的岳父大人。

反右风云

1957 年那场规模浩大的反右运动，开始是“整风”，后来才发展成为“反右”，其结果全国约有五十多万人（这是正式公布的数字）被打成“右派分子”。

这场运动首先是在大学校园里展开的。当时在我就读的上海第二医学院，掀起的第一次反右斗争高潮中揪出的右派分子为数尚不算多，几个月后又“补课”，这一次揪出的右派数目要比上一次多了……总之，右派的数字必须达到了所要求的指标。

记得学院内第一张大字报是由比我高一年级的学生徐昌骏贴出的，不知为何，他写的大字报标题竟然是《一株毒草》；以后，他理所当然地成为校园内第一位被打成右派的人物。运动后期，他被发配到江西一个农场改造，据说几年后病死在那里。

我们扬州医士学校在 1956 年有六名毕业生被选送进上海第二医学院深造，其中有一名叫孙履平的同学在读中专时已是中共党员，可是他却在这场运动中难逃厄运，成了“右派分子”。他父母为他取的名字“履平”，大概是希望他一生顺遂，“如履平地”，岂料在这以后的二十多年中他的生活道路却崎岖坎坷。原因出在他平时好发议论，并有记日记的习惯……坏就坏在这日记：在反右初期的“交心”运动中，他所在班级的党支部有人要他交出日记以示忠心，他因心中无鬼，照办了。当然，不照办也不行。哪里知道由于他在日记中记录了寒假中回苏北农村家乡的见闻，有农民对基层干部不满的内容。例如农民挑大粪走在路上，见到骑自行车迎面而来的干部故意不让路……等，也记述了他对这类事的看法；这样的日记内容在当时的政治氛围里，是完全可以上纲上线构成“污蔑党的基层干部等于就是反党”的罪名的，于是他的日记内容被断章取义摘出，用大字报形式公布了。

在校园内反右运动已如火如荼的紧张政治气氛里，有一天傍晚孙履平竟然来我的寝室找我，我为之一怔，我未让他进门就拉他走出去，步出校门沿重庆南路转向建国路，一路走一路听他倾诉。那天下雪，建国路上积了雪，行人寥寥，天气奇寒，我们的心情则更阴冷。我十分害怕遇见同学或熟人，如果有人见到了，检举揭发“你与已被大字报点名的右派在一起搞什么名堂”？又怎么洗刷得清楚？幸好没有碰到任何熟人。

那天晚上孙履平有几句话我一直记忆至今。他十分委屈地对我说：“我出身下中农，又是党员，蒋介石如果回来会杀我的头，我怎么会反党、反社会主义？！”当时我直觉这是他的肺腑之言，这些话符合当时人们内心的真实想法。但是他的这番话向我诉说，又有何用？

他终于被定为右派分子，不久被发配到新疆农场改造。虽然他在医学院只读了一年多，但幸好有中专毕业的资历，去新疆农场劳动一段时间后，被安排在卫生所当医生，少吃了许多苦头。

他在新疆农场待了二十多年，虚掷了青春，直到“文化大革命”结束，拨乱反正后才终于落实政策，获得改正，并恢复了党籍，母校上海第二医学院按政策规定还补发给他毕业证书。当他从新疆赶来上海，手捧毕业证书给我看时，只见毕业证书里贴了一张本该是青年形象、而现在却是人到中年的照片，不禁令我感慨万千。

以后他回到家乡江苏海安卫生学校执教，几年后被评为高级讲师（相当于副教授职称，在中等专业学校已是最高职称了）；在新疆出生的一子一女，又在同一年都考取大学，在海安这个小县城成为新闻，传为美谈。他总算有了一个安定幸福的晚年，我为他庆幸。这些都是题外话了。

上面说到反右运动首先是在大学校园里开展起来的，而当时在大学里，也是北大、复旦等名牌大学领先一步，像上海第二医学院这类规模较小的技术专科性高等学府要慢一步展开。孙履平在反右运动初期，在他自己未遭厄运之前，有一次我与他课余在操场上散步聊天——他在儿科系，我在医疗系，不是经常有机会在一起——他还郑重其事地告诫我："你怎么与大右派孙大雨的女儿来往？"

对他的这种善意告诫，我当然必须慎重对待，因为那时的家庭出身、社会关系，或所谓的"政治生命"对一个人的前途是何等重要！

我必须在感情与前程两者之间抉择。权衡再三，爱情占了优势，我向孙履平表态：我不明白我与佳始恋爱，与她父亲有何干系？一人做事一人当么，为什么要祸及子女？为了佳始，我甘愿舍弃一切。将来我只指望自己成为一名普通的治病救人的医生，如此而已，别无他求。如果因为佳始而有什么其他后果，我将抱随它去的态度，我愿意承受！

然而，在以后漫长的岁月里，我作为"大右派的女婿"，当然受到了种种难以预料的歧视与难堪的遭遇。应该说，当时同学、好友为我的担心、对我的劝导，并不是杞人忧天，而我为了爱情却"执迷不悟"。

可是，时隔三十年以后，当我们六一届毕业生在1991年三十周年校友聚会时，这时改革开放的春风已吹遍全国，笼罩在中国上空的阴霾已经逐渐散去，我岳父的右派问题已获改正，我们已沐浴在和煦的阳光之下，我的一位同窗女同学向我戏言："现在一切都好了，你的岳父改正了，还是你的目光远大啊！"我则坦然回答："说不上我目光远大，只能说我这个人性格比较平淡，不求闻达，但愿做个平民百姓，所以当初也就没有了奢望和没有了顾忌，义无返顾地做了'大右派'孙大雨的女婿。"稍顷我又补了一句："哦，当初是爱情战胜了一切！"在场的同学们都会意地笑了。

现在，我完全可以这样说：我对自己的选择，即使处在最困难的时期，我从来是无怨无悔，甘愿承受!

话再回到本题。外面的世界正在大搞反右运动，而我与佳始之间则有了自己的小天地，我们的接触日渐频繁起来。但那段时期，由于我与佳始还只处于一般同学关系，约会都在外边，与未来的岳父很少接触，只能在与佳始的交谈中了解到一些情况。

有一次我与佳始行经茂名公寓旁的一条弄堂里，一位中等身材、面庞圆圆、神色凝重、约摸五十岁左右的人同我们擦肩而过，我见他和佳始互相微微点头致意。稍后，佳始告诉我，他就是王造时。这位"七君子"之一，在读中学历史时已如雷贯耳的人物与我擦肩而过，自己却浑然不知，真可谓有眼不识泰山了。尽管那时王造时先生已被报上点名为"右派"，但幼时所受的教育仍不禁令我对他肃然起敬。佳始告诉我其时王造时也住在茂名公寓里，因为同住一幢楼，此前王造时和她父亲常有来往，现在则是断绝往来了。

王造时在鸣放中因涉及基层干部中的一些作风问题而获罪，被认为是污蔑党的基层干部，报上已点名批判为右派言论。在史无前例的"文化大革命"初期，我曾从复旦红卫兵的小报（那时的小报极多）中获悉：王造时（时任复旦历史系教授）与潘世兹（复旦外文系教授）等阴谋组织反革命政党而被当做现行反革命分子揪斗。当时我就隐约敏感到这个"等"字可能有文章，因为他们两位与我岳父是多年的老朋友。事情果然不出我所料，过一段时间在另一次揪斗王、潘的斗争会上，也将孙大雨揪去陪斗。

再后来，在 1968 年 4 月 28 日岳父被捕入狱（这是解放后的第二次牢狱之灾，第一次入狱是在反右期间），关了两年八个月，于 1970 年 12 月 5 日释放回家，"戴反革命帽子，交群众监督改造"。这次被捕，其原因何在，家属毫无所知，我们曾多方设法去有关部门探听下落，均吃闭门羹。其后在1972年2月公安部门送交的一份所谓“决定书”上赫然写有：“兹因孙大雨与王××、潘××共同反对三面红旗，决定为反革命分子……”云云，尽管“决定书”中的王××、潘××的名字以“××”代替（正式文件中竟不能如实亮出名字，真是荒唐！这样的法律文书也确乎“史无前例”），还是可以断定是王造时、潘世兹无疑，这就解决了二次入狱为何的悬念。事实上反右以后他们之间没有什么来往，这件事完完全全是莫须有的诬陷。由此可见，“文化大革命”期间“四人帮”的罪恶行径是何等的黑暗！

这时报纸上连篇累牍地登出揭发批判孙大雨的文章，长达二、三个月之久，还出现了漫画。甚至发展到工人、报馆工作人员上门声讨之事。

在我与佳始约会时，我见她情绪低沉。她在1957年从扬州医士学校毕业时，开始是分配到南通市职工门诊部工作的，实际上她并未去报到。后来上海市有关部门把她调回上海，意在寄希望于她这个参加过军事干校的青年团员，以女儿的身份帮助她父亲认识错误。为此，地处陕西南路上的、童话式彩色缤纷的建筑内的上海市团委还约她去谈过一次话。她当然希望能帮助父亲“幡然悔悟”，庶几可以早日过关，“回到人民队伍中来”。但是，她父亲的态度顽固得很，他对女儿的“帮助”的回答是：“别人不理解我，你是我的女儿难道还不了解我？”

话已说到这个份上，做女儿的还能说什么呢？

的确，佳始知道，父亲在解放前白色恐怖笼罩大地、阴云密布的年代里，当许多人对革命与民主斗争退避三舍之时，他却挺身而出，不顾自身安危，积极参与反内战、反饥饿、反迫害的民主运动，和国民党反动派进行生死的抗争。

怎么忽然间父亲成了反党反社会主义的大右派呢？她百思不得其解。

岂料客观现实却是那样残酷无情，灾难正在一步步向佳始的父亲逼近。1958年6月2日，上海各报报道了上海市中级人民法院因诬陷罪判处孙大雨六年徒刑的消息。那天见报后我即在下午约见佳始。晚上见面后，开始时两人相对无言，隔了一会儿我提起此事，佳始即默默地流泪了，我的心情也极沉重，竟一时语塞。沉默良久，后来她告诉我，白天上班时获悉这一消息后，她忍不住哭了，可是她的顶头上司、厂卫生科长，也就是我在第二医学院的同班同学郭劲秋的姐姐，见状拉她到一边低声劝导她："快别哭，别让人看见！"当然，她是一番好意，因为在那样的年代，亲人因这类政治性的问题获罪受罚，被看成比刑事犯罪还要严重，正确的态度或立场应是划清界线大义灭亲，哭泣则是一种软弱和丧失立场的表现，会给自己带来麻烦。

虽然我也明知这位科长的话丝毫没有歹意，相反是一种暗示性的关切，但我为了安慰佳始，还是无话寻话说："唉，父亲受难，女儿连哭都不成吗？！"当然，这也只能是我们之间的私房话，在那时连这类话也是绝不能上台面的。

后来佳始告诉我，据他人传来的消息，那天她父亲在法庭上当听到审判员宣读处以六年徒刑的判决、嗣后被戴上手铐时，当场昏倒。

就这样，一位曾经是爱国民主人士的名教授与学者，在解放后第一次身陷囹圄，成为全国所有大右派中惟一受到刑事处分的人。

在1957年7月9日召开的上海干部会议上，毛泽东发表了《打退资产阶级右派猖狂进攻》的讲话，在这一讲话中毛泽东讲道：

"对右派是不是要一棍子打死？……像孙大雨这种人，如果他顽固得很，不愿意改，也就算了。我们现在有许多事情要办，如果天天攻，攻他五十年，那怎么得了呀！"（《毛选》五卷四百五十五页）

据说毛泽东这段话是会上有一位著名人士在发言中提出"像孙大雨这样的顽固不化分子应该一棍子打死"所引发出来的，毛泽东宽大为怀当场表示不必一棍子打死，虽然他说"不愿意改，也就算了"，但实际上这个指示并没有被执行，并没有“算了”，以后孙大雨被“办罪”的下场可以说明问题。

顺便说一下，上面提及的《毛泽东选集》第五卷是在 1977 年 4 月出版的，这时“四人帮”被粉碎为时不久，“凡是派”还在作祟，政治氛围还谈不上宽松，有一次在亲戚家谈起《毛选》五卷中多次点名批判孙大雨，这位亲戚哀叹道：“被毛主席点名批判，上了毛选，已成铁案，恐怕永世不得翻身了！”在场的人闻之默然。可是我却不以为然，隔了一会我只简单地说了一句话：“恐怕不一定。”现在来追忆这件事，把它写出来，并非表白我有什么先见之明，更没有自我标榜之意，当时无非是表示我对一系列事件认识后的并不肯定的一种见解以及内心深处的良好愿望。因为我对岳父在反右运动中的言行已作过检视，对事件的来龙去脉已大致有所了解，根据他在解放前几年的民主革命中的表现以及解放初期积极参与社会活动的种种事实，他在 1957 年的鸣放言论中，即使有出格的地方，但决不可能“反党反社会主义”，矛头直指共产党和社会主义制度。事实也是如此，对他的命运有决定性影响的、他在 1957 年 6 月 7 日在复旦大学党委召开的整风座谈会上所作的长篇发言（翌日《解放日报》即全文刊登），现在看来也只是针对某些人或事的意见。同时，经历了“文化大革命”的劫难，政治运动中的颠倒黑白、混淆是非、无中生有、造谣中伤、诬蔑陷害……实在是比比皆是。因此，我内心深处总怀有一种信念：扭曲的历史总要纠正，只不过是时间问题罢了。

现在不妨回顾一下在反右运动中涉及孙大雨的一些史实：他那时任复旦大学外文系教授，他在整风反右运动中的发言以及由此被打成右派都是在复旦大学期间发生的；让我们摘录“文化大革命”结束后编写的《复旦大学志》第二卷（征求意见稿）第一篇“历史沿革”中的第四章“整风反右”篇内的部分内容：

6月7日，校党委会召开第二次教授座谈会。会上有七个人发言，会场气氛紧张，发生了不同意见的交锋。外文系教授孙大雨发言中，指控复旦在解放前有反革命性质的“公馆派”、“文摘派”。解放后，前党委书记李正文勾结“公馆派”分子造谣、污蔑、搞阴谋。在思想改造中，对革命的人都打，对“公馆派”，地主恶霸之类都保护过关。他说，解放日报的集团分子和学校内部的集团分子勾结，对张孟闻围剿。他还说，复旦是陈立夫培植特务走狗的地盘。5月27日，是特务对复旦进步学生大打出手的日子（按：特务打复旦学生为1947年5月26日），要反革命就要“复旦”这个名字，就要这个日子。（按：解放后复旦取5月27日上海全部解放日为校庆节）

孙大雨在1947年春参加上海大学教授联谊会（以下简称“大教联”），做过对革命有益的工作，并一度代理大教联主席。1949年5月27日，上海刚刚解放，大教联立即改选，孙大雨落选。因此，他对主张改选的人强烈不满，认为有意搞他。但是他热爱新中国，拥护党中央，解放后也做过一些有益革命的工作。后来由于对在思想改造和肃反运动中所受批判不满，一直向中共中央和上海市委领导告状，控告复旦党委书记李正文、上海市高教局局长陈其五等数十人为反革命分子。为了消除孙大雨的误解，达到团结的目的，陈毅、柯庆施、魏文伯等领导同志多次向其说明，他所指控的复旦党委书记等人，不是反革命分子，“没有那么多反革命”，要他端正态度、承认错误。陈毅还在1956年10月，专门设宴招待孙大雨，劝其改正错误、加强团结。但是孙大雨态度倔强、一意孤行。这时，他利用党整风的机会又旧话重提，并扩大污蔑范围。

6月10日，校党委会召开第三次全校教授座谈会，并邀请全校讲师参加。在这次会上，教授们一方面继续向党委会提意见，帮助党整风；一方面表示不同意孙大雨在上次会上的发言，希望改正错误。……

第二天，1957年6月8日，《解放日报》全文刊登了以上提到的孙大雨的长篇发言。这一下可好了，一石激起千层浪，在接下来的二三个月里，上海各大报刊连篇累牍发表批判孙大雨的文章，非但从政治上揭发，而且从生活上进行丑化。

这一引发轩然大波的发言，如他自己在结束发言时所说："我的讲话可能是片面的。"时过境迁，现在如果客观地对这篇发言加以审视，其内容主要还是涉及某些人和事，而且是在公开场合的讲话，即使"片面"，甚至有错，也决不是阴谋中伤，更没有、也不可能有"反党、反社会主义"的出格言论。

剥孙大雨的皮的结果是，在政治上，原来孙大雨1942年即投靠反动头子孙科，由孙科、梁寒操介绍加入了国民党。抗战胜利后又参加反动头子朱家骅的爪牙、大特务但荫荪组织的上海大教协进会，和朱家骅发起的反动组织"国际文化协会"。他二十七年来一贯反动，1947年甘心充当魏德迈的走狗，替蒋介石鼓吹呐喊。在生活领域"孙大雨的好利与自私，也到了惊人的程度。他写的一本十多万字的诗论，硬要出版社按三十元一千字的稿费和最低定额来出版。因为出版社不同意，最后，不得不接受以十八元一千字计算，而这仍是出版社现行的最高稿费。反右斗争展开后，他整日装病在家，不参加会议，学校几次打电话要他到学校，每次都由他妻子拒绝了。凑巧有一次学报编辑部也同时打电话通知他结算稿费，在电话机旁的孙大雨，一听稿费二字，立即一跃而起，接过电话筒说：'我那篇文章是三万六千七百九十多字，要给我多少我也可以告诉你……'"（《中国青年报》1957.7.30）"有一次他的母亲向他要些火油，他竟说：'先交钱，后交货，否则不给。’”（《文汇报》1957年8月22日）还无中生有地揭发：他在暨南大学任教时，从真如回上海乘火车，自己乘头等车，而让妻子、女儿坐二三等车……真是弥天大谎！颠倒黑白，混淆是非，竟至如斯！

如此这般，孙大雨终于被塑造成了政治上反动、生活上自私贪婪的一类人，被彻底“搞臭”了。

自1957年6月7日的那次发言后，他经历了下面一系列的事变：

6月29日，复旦大学外文系反右斗争会上，有人要求人民检察院向人民法院提起公诉。

6月30日，《解放日报》报道：孙大雨灵魂丑恶、骨头软，肆意诬蔑好人为“反革命”，复旦教职员要求对他提起公诉。

7月5日，《解放日报》头版整版大字标题刊出“工人学生登门责问孙大雨”的报道及短评，并配以漫画。

这一闹剧的内幕直到相隔56年之后才得以揭晓。武振平（原解放日报评论部副主任）在《炎黄春秋》杂志2013年8月号上撰文《我上门批判孙大雨》中披露了这一事件的经过，现摘录如下：

1957年7月1日，《人民日报》社论《文汇报的资产阶级方向应当批判》发表，上海全市震荡，反右派斗争在复旦大学迅速展开。但是，却碰到一块“又臭又硬”的大石头——孙大雨。这位研究莎士比亚专家，解放前是上海进步教授，反对国民党独裁统治，为民主革命作过贡献。但在解放后思想改造运动中，和在“肃反”运动中，大概受过不公正“批判”，吃饱了一肚子气。在大鸣大放中，孙大雨曾经为此“出气”发泄一通，这次又被当成右派来批斗，更是怒火中烧。他耿直敢言，不但不检查自己的“错误”，反而反守为攻，开口骂人，把批判他的人都骂成“反革命”……并且拒不出席批判他的斗争会，弄得批判会也开不成。

7月4日上午，当时负责《解放日报》日常领导的总编辑冯岗，急急忙忙来到我的办公室，把我拖了就走，说："柯老"有急事，要我们马上就去。柯老是当时的上海市委书记，执掌上海的党政大权……赶到市委"海格大楼"，柯庆施正坐在办公室等我们。当时房间里只有三个人，他对我们面授机宜，亲自布置。……就想到一个办法，由《解放日报》和《新闻日报》两报派人出面，到他家里上门批判，并且发表消息。……但这是市委书记亲自布置，一言九鼎，得此"重任"，哪敢怠慢。回到报社后，冯岗就派我和另一位记者，当天下午，两人一同来到锦江饭店南楼（注：茂名公寓）孙家，进了小客厅，看到已经来了十几个两报的"工人"，不一会，孙大雨出来了，坐在凳子上，来人就围着他不断进行"责问"，电台的记者对好镜头，放好录音机，我的任务是写报导……大概搞了约一个小时，才结束收场。大家还未走出门，又听到孙大雨气愤地骂了一声"可耻！"于是我们又回过头来，继续"批判"了一番。

第二天1957年7月5日，上海《解放日报》第一版头条位置，就登载了这条"新闻"，大字标题如下：

工人学生登门质问孙大雨到底谁是反革命？

那么，这场闹剧是不是"两报工人"的自发行动？不是。闹剧的导演，正是当时的上海市委书记柯庆施。"两报工人"不过是前台的演员听从摆布而已。作为《解放日报》的记者，我不但参加了这场闯进私宅的"上门批判"，写了这场"批判"的报导，而且从源头上了解这场"批判"的精心布置的过程，了解这篇"假新闻"的精心制造的过程。"文革"后，饱受十几年（注：应为三年多）苏北农场劳改冤狱的孙大雨先生，重新恢复了他的尊严和学者地位。在他逝世多年之后，我作为一个亲历者，除了深感内疚之外，也有责任还原历史真相。

7月8日，上海民盟市委召开常委扩大会议，决议停止孙大雨盟内职务。

7月18日，孙大雨由市有关部门定为右派骨干，章罗联盟成员。

8月5日，起诉孙大雨的控诉状于当晚七点一刻送交人民检察院。

控诉状上交上海市人民检察院后，检察院立刻立案。

有关检察院立案这一层，2016年1月号《世纪》杂志刊有原检察干部房群的文章：《风骨刚毅的孙大雨教授》，他是这样写的：

1957年苦夏的台风季节，台风还没有降临，狂飙般的政治风暴席卷了上海滩。被卷入风口浪尖的是复旦大学教授、莎士比亚研究专家孙大雨。大字报铺天盖地，报纸、电台等宣传舆论都调动了起来，来势异常凶猛。

7月，毛泽东在上海干部会议上"钦点"了死不悔改硬骨头的孙大雨，他成了轰动全国的大"右派"之一。此后，市委书记亲自出马召开会议，面授机宜：由《解放日报》、《新闻日报》带上"工人"到孙大雨的家里开现场批斗会。令人惊诧的是这位被批斗的教授，非但不低头认罪，承认错误，反而指责批判他的人……

"钦点"的大右派如此嚣张怎么得了？于是，书记挂帅，四方行动，找了在公开场合被孙大雨斥责骂过的领导干部、社会名流共16人，联合向法院递了诉状，控诉孙大雨诽谤罪。上海市人民检察院为了批捕孙大雨动足了脑筋，副检察长方行连夜查阅资料找法律依据，总算找到了可以"传唤"孙大雨的法律依据。

孙大雨接到"传唤"通知……被勒令不准从面向外滩的正门进检察院，通过内部人员出入小便门（大铁门的右下角是个小铁门）进入。

我当时也不知道出于什么心情，冒着风险，一定要亲眼目睹心目中敬佩的教授。我躲在院子左边车库楼上的暗处，只见一位身材魁梧、风霜满面的学者，拄着手杖，从大铁门的小角门进来，因角门太小，只能弯腰进来。他那高大的身躯微微颤抖，步履艰难地斜穿过篮球场的边角处，踏上一方木质阶梯，由几乎碰着脑门的小便门进了检察院。这一情景此后常在我的脑中浮现。

8 月 17 日，孙大雨在市人代二届二次预备会上作检讨。

9 月 12 日，他在市人代二届二次会议上作《我的检讨与交代》发言，《解放日报》并全文刊载。

在此期间内部文件已将孙大雨定为“极右分子”，决定“撤销一切职务，开除民主党派党籍，依法处理”。

12 月 30 日市人代会依市委决定撤销其代表资格。

1958 年 4 月 28 日上海市公安局拘留审查孙大雨。

5 月，复旦大学撤销其教授职称。

6 月 2 日，上海市中级人民法院以诬陷罪判处孙大雨有期徒刑六年。

8 月，上海市高级人民法院驳回申诉作终审判决，嗣后被遣送苏北大丰农场服刑劳改。复旦大学开除其公职。

8 月 17 日民盟上海市委决定开除其盟籍。

就我岳父而言，反右运动之于他，以诬陷罪被判刑——他是海外媒体报道的百名大右派中惟一被判刑的人——而告一段落；然而他一生中更大的灾难和不幸也是从此开始。

在这种情况下，佳始和她的母亲在茂名公寓这样的高级住宅是待不下去了，事实上复旦大学也来通知必须迁出，但总算另外给了一间房子。这房子条件太差，她们母女俩商量后，决定不要。后来便迁回南市祖上留下的房子去住。

母女俩相依为命，苦度光阴。这时开始，我也成为她们家中的常客，因为我与佳始之间的感情已经过了考验：在那样的年代，佳始家中发生的巨变，她父亲的被打成大右派，并且判刑，许多人都避之不及，而我却置所谓“政治生命”及前程于不顾，相反更多地给予同情和关心，我们真正地相爱了，我们的爱情也得到了佳始母亲的认可。

瓜熟蒂落，热恋的结果必定导致结婚。婚前我们给在苏北大丰农场服刑劳改的父亲去信征求意见，当时我们还顾虑他老人家不在家，尚在吃苦遭难，我们提出结婚是否有悖人情，是否妥当；但我们很快收到回信，他表示同意并祝贺，还因不能亲临主持婚礼而致歉，他的通情达理令我深深地感动。

因为我在上海无亲无眷，单身一人前来上海求学，那时我大学还没有毕业，毫无生活基础，加以佳始家中又生变故，我们的结婚可说没有举行任何仪式，只是去区政府办了登记手续，然后在 1960 年元旦相偕去杭州旅游了几天完事。五六十年代的上海市容远没有现在那样繁华，即以与我就读的上海第二医学院相邻近的著名街道淮海中路而言，除了休息日，也是行人稀少，商店门可罗雀；但毕竟是大上海，在这里我生活了几年之后，结婚时初到杭州的观感，觉得上海比之杭州还是远胜一筹，那时的杭州似乎只有一条不长的市中心大街稍微热闹一些，高楼大厦更是少见。那时的物价也确乎便宜，我们借住的环湖旅馆，在西湖边上，算得上是中等级别吧，一间单间，约近十平方米大小，室内床、梳妆台、台凳桌椅齐全，客人一到立刻换床单、被褥，住一宿仅一元五角钱。由于元旦期间正处于隆冬季节，所以杭州的景色并没有给我留下更多美好的印象。只记得在虎跑喝茶，试着将硬币丢入杯内，水面超越杯口稍许仍不溢出，不免啧啧称奇，其实说穿了无非是虎跑水含矿物质较多，水质较浓的缘故。

时隔三十多年，当我又旧地重游之时，一方面此次前往的季节是在风和日丽、万物欣欣向荣的春天，另一方面是因为处于改革开放的新时代，心情特别好，所以对于杭州的观感便大为不同了。站在西子湖边极目远眺，湖光山色是如此的秀丽，故而才真正体会到为什么自古有“上有天堂，下有苏杭”之说了。尤其是在三个天竺之地，其环境之幽雅深邃，难怪传说中的观音菩萨要选择此处修炼了。

比起现在的青年来，他们结婚费用动辄以五万、十万计，拍一套婚纱摄影要几千上万，我与佳始六十年代初的婚礼似乎太嫌简陋了，这使我一直对佳始抱有深深的歉疚之感。她的外貌如此姣好，而她的心灵又是多么的纯真洁净，不尚虚荣，几十年来我们相濡以沫、恩爱如初，事实证明我选择她没有错。

婚后我们与佳始的母亲暂时住在一起，即住在位于南市老城隍附近的岳父上辈留下的老屋里。岳母住在西厢房，共大小三间，里边堆满从茂名公寓搬来的书籍、家具和杂物，堆满家什的三间屋已没有我与佳始的容身空间，这西厢房是祖上传下规定属于佳始父亲所有的。幸好对面东厢房空着，是属于岳父的弟弟所有，他外边另有住所，所以我们得以在东厢房占了一间。

家中暂时失去了一位男性，尔今又增添了一个男人，又有了点生气。但是由于岳父身陷囹圄，家中欢乐的气氛不多。岳母是一位外柔内刚的女性，她温顺贤淑，待人极其随和，又十分坚强，如此大的变故，仍能泰然处之，表面上不动声色，她内心的苦恼之深只有她自己知道。她常说：“唉，大雨是劝也劝不回啊！否则何至于吃这个苦！”佳始也说：“这么多人劝爸爸，他总是不听，我与妈妈实在无法可想。”岳父的性格确实刚强，甚至有点执拗，他认定一点之后，便勇往直前，宁折不弯。有言道：大丈夫要能屈能伸。韩信都能受胯下之辱，而他则不能，在强大的力量面前，其后果便可想而知了。

1958 年的“大跃进”，又折腾得厉害，违反经济规律的蛮干，必定受到惩罚。接着便是“三年自然灾害”时期，大家都吃不饱了，口粮严格限制，一个月只配给二两猪肉，因此而营养不良，患浮肿病、肝肿大的人比比皆是，甚至饿死了人。一般人尚且如此，劳改犯的处境可想而知。

在这种情况下，为了使远在苏北大丰农场劳改的岳父不至于因营养缺乏而支持不下去，岳母曾多次拖着疲惫、衰弱的身躯，携带她难以负荷的食品去探望岳父。三年自然灾害时期吃的东西是何等的昂贵，鸡、肉、蛋只好到自由市场去买，其价格是工薪阶层所难以负担的。岳母身材娇小，一向体弱多病，且已经年迈体衰，不知她是怎么支撑着携带一二十斤重的物品远途跋涉，去到大丰劳改农场的。我与佳始一方面因为一个在工作，一个在大学上学，没有时间代她前去，另一方面岳母也不要我们去，她说："还是让我去，反正我是他妻子，我也老了，无所谓了；你们则不同，不要因去探望爸爸，被认为是政治上立场不稳、划不清界线，而影响到你们。"真可谓是用心良苦。

1961年暑假，我从医学院毕业了。毕业前我已作好思想准备去边远艰苦的地方工作，倒并非因为我思想境界高，而是根据现实境况，我有孙大雨这样的大右派为岳父的社会关系，也只能作如此考虑和准备。毕业分配时却出乎意料之外，我们这一届毕业生全部留在上海各大医院工作。岳母给我预备外出工作用的皮箱也派不上用场了。

这时岳母在念叨已有一段时间没有去探望岳父了。我与佳始商量，我正处于去单位报到前一段休息时间，何不趁此机会代她走一趟？何况我还未具体落实单位，可以避开政治上的麻烦。我们把这个意思向岳母说明，她考虑再三之后，表示同意，她对我说："你与佳始结婚在大雨蒙受牢狱之灾的时候，以前他只见过你几次，恐怕没有什么深刻的印象，这次你去也可让他见识见识你这位女婿，你也算尽了一份孝心。"

临行前岳母详细向我介绍了她过去几次的旅途经验，并提前几天写信给大丰的“二等车”车主，告诉他我去的日期，以便预作准备。所谓“二等车”是利用自行车作为载客工具的一种行当，那时交通不发达，从大丰县某镇去劳改农场二三十里路只好靠“二等车”代步。岳母说，她去过几次，都由此人接送，这个人忠厚可靠。

我从上海乘火车出发，到镇江，乘江轮摆渡至瓜州，再乘汽车到扬州。这段路程以前我在扬州医士学校读三年书，往返多次，是熟悉的。到扬州后，我在一家小旅馆住了一夜，因为天气热，那时又没有冰箱，带去的烧好的鸡之类的食品恐怕变质，便商请旅馆的一位年老工作人员代为重烧一下，他乐于帮助。

离开扬州已经五年，趁此机会我去母校拜访老师，但只碰到一位年近花甲的老教师花汝舟先生，他以前是教我们组织胚胎学的，他问了我几年来的情况，当我告诉他我已与低一班的同学孙佳始结婚时，他还记得佳始，表示很高兴。

第二天我乘长途汽车赶往大丰，在县城又转车到离县城二三十里之遥的某镇，到时已近傍晚，我正愁那位“二等车”车主是否会应约前来接我时，他竟出现在我面前了；他送我到一家设备极其简陋的小旅馆住下，没有电灯，床褥是否干净也看不大清楚，只好胡乱躺下，旅途的劳顿并没有使我立刻呼呼入睡。窗外一片漆黑，偶尔远处传来狗吠声，想想自己远道而来，竟为的是探望在劳改的“罪犯”，而这个“罪犯”昔日曾经是一位民主人士、名教授，尔今又是我的岳父大人，不禁凄凉之感油然而生。

翌日一早，这位“二等车”车主就来接我上路。他叫我先坐在后边行李架上（铁制的行李架上他铺上了一块垫子），安排坐稳后，他采取前上车的方式跨上坐垫，便平稳地前进了。他的车技极好，遇到小桥都可以直驶过去，而我却总有点提心吊胆。路比较狭窄，无法通汽车，那时也没有汽车可乘，只好乘这种“二等车”。一路上我们随便聊天，他竟对我岳父的情况有所了解，大概只有我与他两个人，他还大胆地向我说道："把这样有学问的人弄到这里来劳改，作孽呵！"

坐这种"二等车"可绝不是一种享受，车后的行李架面积这么小，坐在上边很不舒服，何况身上还背着一二十斤重的东西。我不知道岳母以往几次前来，是如何渡过这艰难的旅程的。我更加觉得这次主动请求代她前来，很有必要。

到了农场，办好接见手续，叫我坐在一间空屋子里等候。在办手续过程中，所遇见的当然都是冷面孔，我是罪犯的家属嘛，还能对你笑脸相迎？我第一次尝到了"人情冷暖，世态炎凉"的滋味。

隔了好一会，我见岳父由一个工作人员陪着走进屋内，我站起身第一次当面叫了一声"爸爸"（此前在我与佳始结婚前两人写给他的信中已称呼过一次）。我们面对面坐着，离我们约三尺远外这个工作人员陪着，他一面在油印机上印着什么东西。我注视岳父，见到他那落拓、可怜的样子，与以前那种魁梧的身材相比简直判若二人，十分令人心酸。他问我："这次姆妈怎么没有来？"我告诉他：岳母身体不大好，我正好毕业后有几天休息，所以由我来看他。他点点头。说着，我拿出带来的东西，说："姆妈叫我给您带来一些吃的东西……"他立即抓起剥了壳的红烧鸡蛋大嚼起来，又撕下鸡块狼吞虎咽，他那饥不择食的状态几乎使我伤心得要痛哭流涕——可是不能，只能强忍住，因为"陪客"就在身边。吃了一阵，告一段落，他又轻声问我："家中怎样？"我还未及回答，旁边的"陪客"高声喊道："孙大雨，讲话声音大一点！"

在这种情况下，还有什么可谈的呢？况且，接见时间有限，我只得告辞了。

这是我成为他的女婿以后，与他的第一次相见，竟然是在这种场合！

回沪若干天以后，我去南市区卫生局报到，满以为即可去医院上班，岂料人事科科长告诉我，其他三位二医毕业生材料都来了，并已分别分配到市二、市九医院去工作，惟有我的材料尚未收到。我即赶去第二医学院，到学生科询问，一位女干部接待我，我问她缘何我的材料至今未送去？她面孔铁板回答我："你的材料有关方面借去了。"我又问："什么地方借去了？"她不耐烦了，冷冷地说："不该问的不用问！"我顿时觉得我年轻幼稚，问了不该问的事，问过头了。我只得怏怏地回去等待。再等了约两个星期，终于通知我去上海市第二人民医院报到，这时已是1961年9月中旬。我一直忖度：哪一个部门借阅我的材料呢？无非是因为我是孙大雨的女婿，所以要加以审查吧？此事与我前不久去大丰农场探望劳改中的岳父有无关联呢？当初我满以为毕业后未落实工作单位可以避开政治麻烦，其实我是过于天真了。

在我去苏北大丰农场探望岳父后，回沪不久，有一天我从外面回家，在楼下客堂里，佳始的堂嫂（岳父堂侄的媳妇）兴奋地朝我说："好叔要回来！"她见我一时不解，又补充说："婷婷（佳始的小名）的爸爸要回来了，刚才已经接到通知了。"我连忙走到楼上，见佳始和她母亲都在，她们告诉我：有人来通知，准许保外就医，叫我们就去提篮桥监狱接人。

我们当即赶去提篮桥，走进监狱大门，有一个干部模样的人将我们领进一间小屋，告诉我们："由于你们家属提出保外就医的申请，我们考虑，孙大雨年事已高，而且有病，所以经领导批准，准予保外就医回家养病。"接着他又告诫我们："回家以后，你们家属务必要协助政府做好规劝工作，孙大雨这个人，自己的位置是摆不大正的，以前陈毅等许多领导同志都做过他的工作，他都不听。这种情况不改变，还会犯错误！"谈话结束后，我们走出来就见他站在右侧走廊里，背上还背了一顶草帽，——这是他在田间劳动时所用的遮阳用具，带回来作纪念的。我们默默地领他走出监狱大门，叫了一辆出租车，回到家里。

在几个月前，经佳始的舅父提醒，我们商量后决定提出保外就医的申请，由我执笔，以岳母的名义给上海市中级人民法院写了一封信，料不到几个月后就有了好的结果。后来听人说，其时恰好周恩来总理来沪，有人向他反映了孙大雨的情况，总理点了头，才以保外就医的名义提前释放的。

有关方面作出决定后，遂用一辆吉普车把他从大丰农场接回上海，那天我们去接他是在1961年10月3日。自他从1958年4月28日被拘留算起，这一次他身陷囹圄共计三年五个月零五天。

“保外就医”回家甫初，因脱离桎梏而庆幸的感受尚未持续多久，家中却又蒙上一层阴影：岳父在整理东西时发现他在解放初期购得的古董，有许多件不见了。这些古董，据岳母告诉我们，是在他经受了上海正式宣告解放的前夕——1949年5月27日的“大教联”“非法”选举的打击后，内心十分苦闷，遂把兴趣转移到收买古董方面，借以浇愁的。他的好友罗念生先生还为此说过：“大雨你可不要玩物丧志呵！”古董是很昂贵的东西，但解放初期并不怎么贵，那时岳父的工资尚不算低，生活上其他方面他又很节约，所以还是能买进一些。他十分珍爱这些古董。现在他发现其中的许多件不见了，便追问岳母。岳母只得实言相告，被她卖掉了。这一惊非同小可，岳父甚至有些愤怒，问：“为什么？有什么必要卖掉呢？你不是还有工资可供开销吗？”岳母嗫嚅地回答：“每次来农场看你，买许多吃的东西带给你，这些东西都是用高价在自由市场买的。为了你的身体能支撑下去，这些就总得花吧！”不料岳父竟说：“如果是卖古董所得，我宁可不吃。”这话似乎有点绝情了，岳母也由歉意而转为伤感了。

其实，以上岳母所述卖古董的原因仅为一端；还有深一层的缘故是，岳父身陷囹圄，对岳母来说，打击是极大的；她内心极其痛苦，悲观失望，无法解脱，有时甚至显得魂不守舍、神情恍惚。正在这个时候，不知怎么搞的，原先因买卖古董而与岳父熟悉的上海古玩商店一个姓李的职工，寻上门来，对我岳母说："孙大雨先生犯事了，他留下一些古董，我们愿意收购，有些古董我们可以去换外汇，一方面你能换一点钱用，另一方面也可算你们支援社会主义建设的表现，对孙先生也有利，政府可以早点把他放出来。"一番花言巧语，骗得岳母信以为真。再说，此时岳母心境十分颓唐，有四大皆空之感，觉得人都遭难了，这些古董又有何用？于是好多古董仅以买进价格的三分之一的低价被收购去了。岳母又不谙此道，竟至于开了柜门让李某挑拣——这情况岳父总算不知道，否则更会增添他的愤慨。

后来，岳父找到这个李某理论，对他说："我所有的古董都是百年以上的古物，国家明令禁止出口的；你说收购去可以换外汇，这不是明知故犯的欺骗行为吗？再说古董买卖单据上白纸黑字印着：出售该古董必须是本人所有，你是行家，不会不懂得这一条款。这些古董都是以前我在你们商店所购，就是我所有，这一点你也是知道的。为什么你要趁我不在的时候，从我妻子那里骗购呢？"李某无言以对，却强词夺理说："我不是个人收购的，我们的店是国营商店，我是代表国家收购的！"他以"国家"来压人，当然"取胜"了。

面对岳父母之间的不和，我与佳始在旁只能劝解，一面劝岳母不要气恼，说："这些古董都是爸爸的心爱之物，以前他总是不断今天拿出这件、明天拿出那件来欣赏、揣摩、研究，现在突然失去了，怎会不心痛？他说为了古董，宁可不吃你送去的东西一类话，无非是为挚爱古董而说的偏激话；你几次历尽辛苦远道去苏北探望他，他不会不领这个情的。"岳母原本是一位贤淑随和之人，听了我们的劝解也就不计较、释然于怀了。

另一方面佳始也劝导父亲："这几年来，姆妈为了你经受了多少痛苦煎熬！单说她几次远道去苏北探望你，路途的艰难，对她这样一个弱女子真是难为了她。近仁最近去过你那里一次，这方面他深有体会，您怎能不领情，还要责怪她？"我在旁也帮腔："岳母卖掉一些古董，买东西送来给你吃，无非为了怕你缺乏营养、支持不下去。比起身体，古董毕竟是身外之物。留得青山在，不怕没柴烧，这个道理您比我们懂得。"岳父想想也对，事情也就逐渐平息了。

其实，岳母卖古董所得一些钱，除了"探监"花掉一部分，还有部分作了他用：岳父的侄儿（他大哥的独子）因故被送去教养，没有职业的侄媳拖累着几个孩子，小的正嗷嗷待哺，又同住在老屋一座房子里，岳母作为婶娘不能视而不见、置之不顾，所以贴补了不少钱给他们。按理这是岳父的族人，钱用在他们身上，岳父也应无话可说。岳母确是一位乐善好施的人，以前家中一位保姆，岳母曾给予很大帮助，她患脊柱结核的治疗费用，都是岳母无偿垫付的。1985 年岳母住院病重期间，这位保姆闻讯后从浦东赶来，置自己家中家务和孙子于不顾，日夜陪侍在岳母身边一个多星期。岳母工作的学校里有些经济困难的同事，也都得到过她的经济上的援助……

有一天，岳父无意间见到我去苏北大丰探望他那次的旅途账单，一笔笔都记得清清楚楚，而且所费极其节俭，他在岳母面前十分称赞——他是从不轻易称赞人的。这是我取得他信赖的首次。以后在长期相处中，一系列的事件逐步加深了他对我的信任，譬如在"文化大革命"动乱刚起时，我预感到情况不妙，将他的心血之作——几部莎译手稿转移藏匿，终于妥善保存到"文化大革命"结束，直到有机会出版；"文化大革命"结束后，他写的一篇有关莎译的学术论文，我建议他删去文中不合时宜的几行，他不以为然。乃至寄出后编辑部来信，建议删去的那几行正是我所事先提出过的。还有他的住房的落实以及抄家物资的归还等都是我在奔忙……所以到后期，他的著作出版事宜，由于他自己年老体衰已力不从心，都是由我经办。他给出版社写的委托书是这样措辞的："有关我的著作、译作出版的所有有关事宜，全权委托我的女婿孙近仁处理。"

我说这些用意不在表彰我自己，只是在说明一段历史罢了。相反，我躬身自问，许多地方我做得还很不够，我原希望他至少能活到看见他自己的全部著译作品的出版，最好能长命百岁，然而他在九十二岁高龄时却因感冒后并发肺炎而永远离开了我们……

1961 年 10 月 3 日岳父"保外就医"回家后不久，约在 1962 年四五月间，佳始的单位分配给她一间住房，在杨浦区控江新村，这里离她单位较近，上下班方便些，我们随即迁去，从此我们有了自己的家庭。记得搬场那天，岳母在弄堂口送行，汽车临开前，只见她眼中噙着泪花，舍不得我们离开。我们的新居地处沪东，与位于沪南的岳父母的居所相距较远，但以后我们几乎每个星期都去看望他们一次。我们所住的控江新村，和沪西的天山新村、曹杨新村，是解放初期新建的工人住宅区，规模宏大，号称"二万户"，据说还是苏联专家帮助设计建造的。不仅建筑设计十分不合理，而且设施也很简陋，仅为二层，一个门堂进去有五户人家，五家合用厨房与厕所，十分不便，邻居间的磨擦、争吵时有发生。我们在那里住了近三十年，直到 1989 年我所在单位分配给一套房子，我们的居住条件才得到改善。

在"保外就医"回家后到"文化大革命"前的五年中，岳父过的还是相对地比较平静的生活。尽管他已失去公职，没有分文收入，仅靠岳母做小学教师的工资收入以及以往省吃俭用的微薄积蓄，尚可勉强糊口度日；而且住在南市祖传的老屋，房租一项开支倒可以免去了。但更重要的是，这个时期至少政治上的打击和迫害是没有的。

偶尔统战部还送去一点生活补助费，以示关怀。岳父回家一段时间后，有一次统战部派一位干部前来访视，谈起判刑在大丰农场劳改这件事时，这位干部说："孙先生，你受委屈了！"可能这句话含有同情的意味，但是却刺痛了岳父的神经，他勃然变色，颇为生气地说："难道这仅仅是受了一点委屈？！"这在当时的政治氛围下，也似乎太不识时务了，其结果当然是不欢而散。自此以后，生活补助费便不会再有了。

解放初期的几年中，岳父除在复旦外文系任教外，还担任市人民代表、政协委员、民盟市支部（即后来的市委）委员等职务，有繁忙的社会活动，这段时间除写过一部论述诗歌理论的专著（这本书某出版社已接受出版，后因反右运动而流产）外，实在没有余暇致力于学术著述。现在反倒好了，可以静下心来搞他衷心喜爱的莎士比亚剧作翻译了。解放前在胡适主持的中华文化教育基金会的赞助下，于三十年代中期他翻译了莎士比亚四大悲剧之一的《黎琊王》，后因抗日战争的耽误，直至 1948 年才由上海商务印书馆出版。而在反右受挫之后，在 1961—1966 年期间他又译了《罕秣莱德》、《奥赛罗》、《麦克白斯》、《暴风雨》、《冬日故事》等五部莎剧集注本，在"文化大革命"期间第二次被无端投入监狱、释放后，又译了《萝密欧与琚丽晔》和《威尼斯商人》两部莎剧简注本。"文化大革命"后期与"文化大革命"结束后，还完成了《屈原诗选英译》、《古诗文英译集》以及《英诗选译集》三部译著。这一切正应了太史公司马迁所说："盖文王拘而演《周易》；仲尼厄而作《春秋》；屈原放逐，乃赋《离骚》；左丘失明，厥有《国语》；孙子膑脚，《兵法》修列……"

对于岳父而言，真所谓，苦难和不幸折磨、考验了他，而又成就了他。通过这些译作，他把中国最优秀的文化遗产——楚辞、唐诗等译成英文介绍给世界人民，又把人类的文化瑰宝——莎士比亚的作品译成中文介绍给我国大众，为开展中、外文化交流作出了他应有的贡献。这些译作水平之高已为人们所公认，被誉为“传世之作”，作为他的后人我们感到莫大的安慰。

退一步看，如果他识时务，顺潮流，陷于纷繁复杂的矛盾和事务堆中，恐怕就难以有这么多译著留存于世，从这个意义上说，好像可以套上那句“坏事可以变成好事”的名言，似乎还是值得的。当然，这是无奈的见识。真实的情况应该是，若果他不被政治运动所累，有一个良好的创作环境，那么他的作品应该更多，或许他能在生前完成夙愿——用诗体译完莎翁全部三十七个剧本等等，从而为文化事业作出更大的贡献。如此看来，蹉跎岁月耽误了他许多宝贵光阴，其所造成的损失又是多么巨大和无法弥补!

在“文化大革命”前的四五年中，他舍弃一切烦恼，在极其艰苦的条件下（首先是没有任何收入），把所有时间和精力投入到中断多年的莎译宏业中去。用他创建的独特诗体，即用汉语文字的音组对应莎士比亚戏剧中英文诗行的音步，继解放前出版的《黎琊王》之后，又译出了五部莎剧杰作集注本。在翻译过程中，为揣摩原作的风格，考订原文哪怕是一个字的涵义，寻找相对应的汉字，琢磨一行行诗句是否精确贴切。他呕心沥血，苦苦思索，力求尽可能完美，他的精神世界翱翔在丰富多彩的莎士比亚戏剧的意境海洋中，并从中得到欢乐和满足。在浩繁的集注中，也有他自己的发现和创见，每当出现这种情况时，他会喜不自持地絮絮对我解释，喜悦之情溢于言表。

在完成了五部莎译后，他曾告诉我：他的第一部莎译《黎琊王》从 1935 年译竣后，因日寇侵华战乱，延至 1948 年才出版。尔后，为了民主革命和新中国的诞生，一度中断了莎译这一他所钟爱的事业。解放以后，由于历次政治运动的冲击干扰，他又被迫中断终生为之追求的夙愿。而今虽然又译了五部莎剧，但距译完全部三十七部莎剧距离尚远。他说：“现在我已到花甲之年，以往失去的宝贵时间已无法弥补，来日又无多。我心中有一个庞大的计划，不知能否实现。为了实现这一计划，我打算再译几部有名的莎剧之后，只好暂时放弃莎译，改换其他工作。接下来我想把我国历史上第一位大诗人屈原的诗作译成英文，成为一部书。又想把灿烂的唐诗和历代的优秀古诗文译成英文，最好能译成三百六十六首一册；还想把英文名诗译三百六十六首为一本书。我不知道上帝会不会赐予我足够的寿命和时间，能不能完成这些宏大的计划。如果以上计划得以完成，接下来我准备写一部回忆录，向世人坦陈我的一生。”对于他说到的打算各译中文古诗和英文名诗三百六十六首一事，为什么产生这种想法，为何出现三百六十六首这个数字，他是这样解释的：“闰年有三百六十六天。如果读者对我的译作有兴趣，那么他每天可以欣赏一首诗，一年可读完。”有时他的想法确有独到之处。

令人遗憾的是，紧接着史无前例的“文化大革命”又爆发了，命运再次把他推向灾难的深渊，又浪费了他许多年的宝贵时光，最后只定稿了屈原诗选英译一本书，古诗文英译只完成计划中的三百六十六首的约半数，英文名诗的中译也只完成计划中的近半数（但后来我都把它们整理成书出版），至于回忆录则根本未能动笔，他的遽然长逝，使这个损失已无法弥补。“文化大革命”对文化事业破坏摧残的罪行，实在是罄竹难书。

文革苦难

人们不会忘记，在“大跃进”的年代，亩产几万斤粮食的消息赫然见诸报端；十五年内赶上和超过英国的豪言壮语喊得震天响，于是乎为了达到钢产量指标，全民炼钢，“小高炉”遍地，甚至不惜将铁门拆下去炼钢……

惩罚来临了，接着是“三年自然灾害”时期。

再下来“调整、巩固、充实、提高”大见成效，各方面的情况都很快得到改善，形势又日益见好了，饭也吃饱了。

可是，“文化大革命”爆发了，更大的灾难又降临人间。

1966 年后“五一六”通知发布后，“文化大革命”的幽灵便在神州大地逐渐蔓延、发展开来了。

《海瑞罢官》这出京戏竟然“上纲上线”到“反党反社会主义”的高度，清官居然比贪官还要坏——这样的逻辑真是闻所未闻，颠倒黑白、混淆是非一至如此，令人惊叹！这出戏的作者历史学家、著名民主人士吴晗首先成为罪人，而他在几年前的反右斗争中还是一位批判右派的勇士。海瑞的扮演者著名京剧大师周信芳也难逃厄运，我的一位同事刘医生曾亲眼目睹在天蟾舞台召开的批斗会上周信芳瑟瑟发抖的令人心悸而又难以忘怀的悲剧场面。

彭、陆、罗、杨被揪出来了。

“破四旧”开始了。红卫兵在马路上恣意勒令女士脱掉高跟鞋或尖头皮鞋，赤脚行走，用剪刀蛮横地剪开穿着所谓“资产阶级奇装异服”者的衣裤……有一天，邻近一家工厂的造反派来医院“破四旧”了，我们听到他们已在其他科室采取“革命行动”，马上劝科内一位华侨医生脱下窄腿裤，借了一条“合格”的裤子要他换上，并借给他一双他从未穿过的土头土脑的布鞋，换下他的皮鞋……现在想想未免滑稽，但这却是真实的情况。

在南京路等商店林立的热闹街道上，红卫兵也在大破“四旧”，将一些传统的名店招牌拆下砸烂……而且风闻开始抄家了。

在这样的情形下，一天傍晚我下班后赶往南市岳父家中，告诉他社会上发生的一些事——因为他自“保外就医”回家后，闭门不出，一心扑在莎士比亚戏剧译事中，除了看报，对外界的事情不甚了了。他听了我的介绍，结合他读报所知，他也感觉到“可能有更大的事变要发生”。

我说：“爸爸，现在已风闻社会上有抄家的事发生了，如果发展下去，我很担心抄家于您很难幸免。考虑再三，今天我决定来一次，想和您商量，我的意见是您喜爱的书籍、文物虽然珍贵，但毕竟是身外之物，现在风声日紧，这些已无法顾及了；我最担心和关心的是您几年来呕心沥血、一丝不苟译成的几部莎剧手稿，我想替您找一个可靠的地方去藏起来，以避过劫难。”

他稍加考虑后，立刻将已译好的《罕秣莱德》、《奥赛罗》、《麦克白斯》、《冬日故事》、《暴风雨》五部莎剧手稿交给我，放在一只当时流行的黑色人造革拎包内，乘着夜色，我怀着忐忑不安的心情，带回自己家中。

果然，抄家风蔓延开了。我牵挂着岳父的命运，一个星期天，我试着去岳父那里探听一下虚实，不料走到弄堂口，只见“大右派孙大雨的罪行”一类的大字报已铺天盖地贴满几乎整个弄堂的一面墙壁，我不及细看，便退了出来匆匆回家——幸好没有被人发现。回家后佳始怪我为什么不进去看看父母究竟怎样了？我解释道：“你别以为我怕事，所以没进去。当然我是有点怕，我怕进去后被造反派纠缠住无法脱身，或者至少引起他们想起了我们，然后来我们家抄家。爸爸的莎译手稿我们尚未安置好，怎么办？想到这里，所以我急着回来和你商议这件事。”

商量来商量去，佳始方面没有可靠的人可以寄托，我考虑再三，决定送到我一位同乡、幼时的同学夏某家中去藏匿，因为他与我有交情，而且在一家工厂当工人，这个身份一般地说与抄家是无缘的，相对比较可靠。

岂料当天半夜里一阵锣鼓声由远而近，到我家屋边骤然停下，我吃惊不小，对佳始说：“唉，抄家的人来了！”那时的风气也确乎奇怪，到别人家里去抄家又不是什么喜事，要敲锣打鼓而去，不知是何名堂？谁知只是一场虚惊，他们是到对面一户人家去抄家的，这户人家的男主人是一个“刑满释放分子”。

睡意全消了。我不无宽慰地对佳始说：“如果真是来抄我们的家，抄出爸爸的手稿，我们可以这么回答：是对文学作品有兴趣借来阅读的，这样可以赖掉转移藏匿抄家物资的罪名，你说是不是？”佳始不以为然地说：“如果真的被他们抄到了，有我们好果子吃的！你别一厢情愿自我安慰了。快睡吧，明天赶快把这些手稿送走！”

第二天我就把这五部莎译手稿送到同乡家中，他又小心翼翼地把它们藏在水箱上一个隐蔽的地方。

随着“文化大革命”运动的日益深入，抄家风逐渐蔓延发展，社会的政治氛围显得十分紧张，传闻中有一些有钱人为逃避“罪责”、减少抄家中可能发生的麻烦，竟至于将金子、首饰一类值钱的东西丢弃在垃圾箱内，成为拾荒者的意外收获，不，甚至有的拾荒者也会弃之不顾的。因为在那个疯狂的时代，由于“四人帮”的倒行逆施，已经扰乱了人们正常的思想意识，似乎无钱无产即光荣，有钱有产乃耻辱，人们对“资产阶级”四个字惟恐避之不及，因为资产阶级已被“四人帮”划进敌对阵营中去了，那时昔日的工商业者在抄家中所受到的苦难人们见得还少吗?

在这种情势下，人人自危的社会气氛紧张到令人窒息的地步，我的那位同乡按捺不住了，终于在某天来到医院把我从诊室叫到走廊僻静处，对我说:“照形势看这些书稿即使保存下来，恐怕也难有出头之日，不会有什么用处了，还是想办法丢掉吧!”我当然理解他的苦衷，如果一旦有闪失，被发现，对于他可不是闹着玩的，按当时情况，扣上一顶“转移抄家物资，藏匿封资修黑货，妄想变天”的帽子，遭到批斗处分是完全可能的，我怎么能害他?于是我问他:“你看怎么办呢?”他说:“上海天地之大实在已无处可丢，这样吧，我骑自行车到远郊偏僻处丢在什么河浜里吧!”的确，那时如何丢、丢到哪里去确实是个难题，因为在人们的感觉中总有一双无形的眼睛在监视着你，怎么能轻举妄动?我慎重考虑后对他说:“多谢你替我承担了风险。我想请你稍微再宽待几天，我一定另想办法解决!”他又追问:“什么办法?”我说:“我想请乡下大姐出来带回去，避过一阵风头再说。”我的大姐他是从小认识的，他点头表示赞同。

我当即给远在二百里外的乡下的大姐去信，请她到上海来。大姐虽然识字不多，但颇明事理，很能干。我则是全家五个兄弟姐妹中间最小的一个，也是惟一读过大学成材之人，大姐一向对我很器重，爱护备至。她听我说明情况后，义无返顾地对我说:“小弟，你放心，我一定把这份书稿保存好。”回乡后，她用塑料纸将书稿包得严严实实，置于一只缸中，埋在地下。十多年后，也就是在1976年粉碎“四人帮”后，又隔了几年，待形势稳定明朗了，我写信让大姐把书稿送来上海，这些书稿保存得十分完好。

自此我开始动手，将手稿内容逐步誊录到方格纸上。

国家的形势也愈来愈好，这些书稿终于有了出头之日，有了出版机会。这些都是后话。

再说我岳父的遭遇。下面是我在撰写本文时查找到的他留下的文字记录，特摘录如下：

1966 年 8 月 24 日下午二时许，上海海运学院的学生以六、七个人为首，总数好几十人，前来造反。他们用排笔把浆糊（装在小面盆里）刷在我脸上，用墨笔在我汗衫上写字，把纸糊的高帽子压在我头上，然后拖出去“游街示众”。汗衫和高帽子上写“反党反社会主义的大右派孙大雨”等字。当我不同意去游街时，他们拳脚交加，横拖倒拽，把我在地上从二楼倒拖下楼梯，过厨房，过碎砖铺的过道，过一段馆驿西弄的碎石路，过碎石路面的陈士安桥和方浜路，共在地上拖了二百米之遥，到邑庙前面附近，然后用绑铺盖的棕绳把我两手紧扎在运货的黄鱼车铁梗上，以致经过这十一年五个多月之久（按：这份文字记录未注明书写日期，依照这一时间推论，当在 1978 年 1 月份所写。——笔者），我右手五指的指甲完全坏掉了，至今还没有能恢复正常。

据当时目击者告诉我们：红卫兵（他们竟然还是有文化的大学生）虐待文化老人的疯狂举动——把老人在地上拖拽着走，在热闹的城隍庙地段，引来了上千人围观，即使有人同情，又奈何！？

那许多学生行凶绑我在黄鱼车上游街侮辱，送到小南门派出所，并把我一部《古文观止》、一部《古文析义》、一部官话本《圣经》等书带到该派出所，就留在那里，该所在那天晚上押送我到南市区蓬莱路分局，关押拘禁了八天，并派人提审，以打字小纸片“判处”反诬我破坏社会治安，贼喊捉贼。

这里边岳父忘记记述这样一个情节：红卫兵数十人闯入家中后，

翻箱倒柜，搜寻所谓“四旧”，用墨笔在墙上写上“打倒大右派孙大雨”、“革命无罪、造反有理”等标语，大呼“万岁、万万岁”一类口号，随意抽出书柜中的书，用墨笔划“×”。岳父一向爱书如命，一生节俭，惟有购书不惜代价，平时他的书连摺角都是不允许的，现在眼睁睁看着红卫兵撕书涂“×”，心痛不已，便要求他们住手，说：“这是文化遗产，对文化事业是有用的，请你们千万不要这样做！”这些丧失理智的红卫兵哪里肯听，仍一意孤行。岳父忽然情急生智，厉声说：“你们口头上说是破封、资、修四旧，实际上却又在搞四旧！”红卫兵们一怔，问：“你这话是什么意思？”回答是：“你们高呼万岁、万万岁的口号，山呼万岁是封建社会的一套，这岂不是四旧？”这在当时十分忌讳的斗胆回答大大出乎红卫兵的意料之外，他们一时里瞠目结舌了。撕书划“×”的行为是停止了，但等到红卫兵反应过来，他们恼羞成怒，诬指老人“矛头指向伟大领袖”，便拳脚相向，硬拖老人去游街了，岳父为这句话付出了沉重的代价。

隔了没有几天，抄家终于临到他头上了：

1966年9月6日晚六时来了三十个人（南建站水木工人等十四个，其中有一塑胶十厂工人，以王××为首，高雄中学初中学生十六人），当夜一夜不许我入睡，不许闭眼，次日亦然，然后在七日晚上七时拉到昼锦路糖业中学（现明德中学——笔者）礼堂开斗争大会，十来个人围着把我按在讲台地上用鞋底（先预备好的）大打一顿，主要打头。当时台下有居民群众上千人。他们三十个被派遣的贼强盗狗男女从9月6日晚六时侵入我住所以后，每天日日夜夜二十四小时，共盘据骚扰了二十四天，到9月30日才撤退，把我轰出住所，将房门钉起来，并以封条封住，把我的一切所有都掠劫干净，即所谓“扫地出门”！

上面所说“他们三十个被派遣的……”倒并非是空穴来风，因为按当时的情况大都是与本单位有关的人去抄家，而岳父自1958年被复旦大学开除公职后，已没有单位归属，那么又如何是偏偏由南建站与高雄中学的人前来抄家呢？这只有上帝才知道了。这些人日夜翻箱倒柜，登记财物，搜寻“罪证”，折磨老人。据岳父后来告诉我们：他们连续几天几夜不让他睡觉，只许坐着，实在支持不住了合上眼睑，他们便呵斥，用手电筒照眼睛，完全是法西斯行径。

就在那（抄家）最后一天的9月30日下午，闯来了四个穿草黄色制服的三十岁左右的强徒，臂缠“公安部造反队”的臂章（那是我第一次看到有所谓“造反队”，前此只看见抄我家的所谓“红卫兵”），来撕我去世母亲的一张照片，撕烂两轴古画和抢走我一只金手表，这只手表是一天前南建站工人留给我的惟一值钱的物资，这只金手表那四个家伙来时他们并没有见到，可是他们逼我拿出金手表来……非但如此，他们还盘问我同陈毅的关系。陈老总被林彪、“四人帮”迫害，由此可见这些人跟他们有密切的关系，是一伙。

上述一只金表是瑞士产的18K金壳马凡陀日历表，比较名贵，被这几个强徒抢走后，至今不知下落。粉碎“四人帮”后曾去信公安部查询，也毫无结果，估计是被私吞了。至于他们盘问与陈毅的关系，由此可见“文化大革命”期间政治斗争的复杂性；其实他与陈毅之间只是公事关系：陈毅在上海当政时期曾不止一次出面调解过岳父与其他人士之间的关系，他去北京开会时曾由他的学生胡乔木引见，去陈毅家中谈过话，如此而已。

正如上述，抄家结束时他们将岳父原住的西厢房房门钉死还加上封条，以封存他们的“胜利果实”、即所谓“抄家物资”。把两位可怜的老人——我的岳父、岳母赶到对面东厢房一间小屋里住，这时他们除了一张床、一张桌子及随身替换衣服，已一无所有。从此两位老人只能靠我岳母做小学教师的微薄的退休金过活。在这间小屋里他们相依为命，一直住了十多年，在粉碎“四人帮”后才落实政策，搬回西厢房原居所。

整整二十四天日日夜夜的抄家，老人目睹了毁灭文化的悲剧重演，直到家里连一页书、一张纸角全被扫荡干净，才终于恢复了平静。这是死一般的寂静，空荡荡的房子里两个老人沉默相对，常常整天、整天没有一句言语。又有什么可说的呢？

不久，他们又来将抄家物资全部运走。原来是私房的西厢房三间屋被房管所接收，再由房管所出租给两户人家，由他们收取房租；而岳父母被强制迁入的东厢房一间小屋却要按月从岳母菲薄的退休金中抽出几元钱付租金。这有什么道理可讲？

时隔两个月，又发生一件事：

1966年11月7日十一时半有复旦大学学生以吉普车迫我去复旦，开斗争王造时、潘世兹的大会，我站在旁边陪斗。斗争王、潘的大会开了一下午，有几千人，散会后已近傍晚，复旦学生对我拳打脚踢，我倒在地上他们踢我的头，行凶的有六、七人，其中有女的。

令人可悲的是，能考取复旦的都是成绩优秀的学子，将来要成为社会的栋梁。然而在那个疯狂的年代，他们中的某些人潜在的兽性在恶劣的历史条件和政治环境中却充分得以滋长并暴露出来，貌似有文化素养的大学生却在作践有高深学问的教授、学者，这难道不是人间悲剧吗？幸亏我岳父早已脱离复旦，否则如果仍在复旦任教，必然成为校内的重点斗争对象，他的脾气如此耿直倔强，很可能会被殴打折磨致死，这决非危言耸听。

这次他被复旦学生揪去陪斗，实际上是一个信号。在这之前，复旦红卫兵小报上已披露王造时、潘世兹组织所谓反革命政党；而我岳父在反右以前与他们两位常有来往，尽管反右以后已与他们断绝往还，但还是受到株连，到1968年4月28日又遭逮捕入狱，与此事有一定关系，这在以后还要谈到。

在“文化大革命”期间，岳父除上述三次被殴打外，还有以下五次——总共是八次殴打记录：

1967年5月22日下午，我被捉到陕西南路（卢湾）体育馆去斗争，当时有叶××在话筒里叫骂。大会上红卫兵迫我作长时间九十度的（弯腰）姿势时，我因体重不能平衡而倒下，压着了他们中的一个。大会过后他们六、七人一伙对我围攻拳击，使我腰背受重伤，有整整二个月卧床不起，一个多月完全不能动弹，吃参三七和中医伤药。

1968年4月初某日下午，在方浜路广福派出所，群众专政战斗小组一个青年打我头上数十下，他说他们的行动都是由公安派出所指挥的。这是为“罪行登记”作杀威准备的殴打。

1968年4月11日晚上，由于我不同意向毛主席的像下跪，因为那样做是过去奴隶主和封建统治者压迫奴隶和奴才的野蛮行动方式，我说我如果那样做就是侮辱了毛主席，于是那个工人就脱下鞋子，用鞋底痛打我的头面和两耳，把我的耳鼓打破，耳朵打聋，流黄水三个多星期，当我于4月28日被捉进第一看守所监狱时还没有好。

由于他双耳被打聋、流黄水，岳母打电话到我医院，要我去看一次。我正好是五官科医生，下班后带了一个检耳镜赶去，经检查耳鼓膜已被打破（医学术语为“外伤性鼓膜穿孔”），当即予以适当的医治，后来鼓膜破裂是治好了，但由于猛烈殴打使内耳受伤所致神经性耳聋却成为后遗症，久治不愈。这个青年打手如此殴打一位老人，用上海话来说，“真是辣手”！

1968 年七、八月间，在第一看守所监狱中时，被拖到黄浦区一菜场附近的斗争大会上去斗争，迫做九十度姿势，并被打多次。

在第一看守所被拘留审查时，自 1968 年 10 月 1 日到 1969 年 2 月 15 日，计整整四个半月；经看守所一个“管理员”先在（我）头上打一拳，教唆示意和鼓励纵容，我被一个当过解放军营长的复员转业小军官、在公交公司当高级职员的同监犯人（安徽人），殴打了整整四个半月，被一个广东人同监犯（似姓叶）殴打了一个半月，他们每天打我十几拳到几十拳，大都打头上。其他的犯人经示意教唆还有四、五个也纷纷打我。

“文化大革命”中的这次入狱，是他在解放后的第二次身陷囹圄。第一次是在反右期间的 1968 年 4 月 28 日。那天家中来了一个里弄干部，特别和气，叫他马上去居委会开会，那个人还等着陪他一起去。岳父马上站起身来，甚至没有跟岳母说一句话就跟着那个人走了。一去就是两年多。后来岳母接到通知说是被拘留审查了，什么原因不清楚，关在何处也不知道。一直关到 1970 年 12 月 5 日释放，在这两年八个月中，我们多方设法打听，均不知下落，是死是活也只有天知道。这漫长的一千天中岳母所受到的煎熬是何等巨大，局外人是无法体会的。

在第一看守所时还有一些情况，在以上所引他的记录中未及详叙。那间牢房约十多平方米，里面关押了十四名犯人，平均每人不足一平方米。牢房的门窗都用木板钉死，暗无天日，房内空气混浊得令人窒息。在百无聊赖的监狱生活中，同监犯人之间难免彼此闲聊。有一次他与同伴谈起姚文元，说姚现在“红得发紫”了，并说认识他的父亲姚蓬子，在上海“孤岛”时期有时一起在店里闲坐喝咖啡……不料这些话被同监犯人汇报，于是迫害接踵而至。狱警呵斥“红得发紫”是何用意，“红过了头不是攻击无产阶级司令部吗？”当晚就给戴上手铐，长达半个月之久，连吃饭、大小便都不松铐，手铐又上得特别紧，弄得下臂手腕血肉模糊。大概因为社会上已有传闻，姚蓬子曾是叛徒，他们心中有鬼，怕他知道底细，自然要加罪于他了。

他在狱中的监号是1083，按规定不可明示姓名，只许叫监号。但在1968年10月初，狱警走来突然别有用心地向同监犯人宣布：“1083号叫孙大雨，他是全国有名的大右派。今后你们要和他划清界线，而且还要帮助他认真改造，只有这样你们才可将功赎罪。”这分明是在暗示教唆犯人折磨他，同监犯人中不乏三教九流和鸡鸣狗盗之徒，他们领了尚方宝剑，当然为所欲为了，自此他天天无故遭到殴打，而且还经常被抢去原本已很少的食物。这样挨到1969年春，他休克昏倒在地，才被送进提篮桥监狱医院医治，方免一死。

严祖祐于1997年8月30日在《新民晚报》发表的《送孙大雨先生远行》一文中有这样一段描述：

我和孙大雨先生相识是在一个特殊的年代——1970年，其时我二十六岁；一个特殊的地方——上海提篮桥监狱；共有一个特殊的身份——我和他都是来此就医的“反革命未决犯”。

在狱中，因为有人挑唆，使我对孙先生产生误会，以为他打过我好友的“小报告”，所以借“批判会”时，对孙先生愤加嘲讽，由于语句刻薄，可以看出，孙先生当时是非常气愤的。

天幸，好友与我在八十年代初又获重生，见面后，我告及此事，好友跌足频呼大谬不然，原来“告密者”正是那个挑唆者。数天后，我和好友同去拜谒孙先生，见面后，我即就当年之事向孙先生谢罪，孙先生听了，眨眨眼，只是淡淡地说了句：“有这件事么？我不记得了。”

在日后的交往中，我深知孙先生是一位性情中人，对许多人和事，即使过了许多年，他都能记存于心，惟独这件事他却对我说：“记不清了。”谢谢你，孙先生。

就这样，我成了孙先生家中的常客。

严祖祐我也很熟悉。岳父在日，每年生日他都来祝寿，他是一位极重情义的人，也很有才华，出版过长篇小说，后来以记者为职业。他是严独鹤先生的幼子。据说在大学中文系读书时，因与要好同学说了一些玩笑话，竟遭逮捕，被判重刑，后周总理知道后予以干预，罪责才得以减轻，但仍服刑劳改十多年，浪掷了青春。

他的这篇记述从一个侧面演绎了我岳父的为人。

这里，我还想引用孙琴安（上海社科院文学研究所副研究员）1997年4月25日在《济南日报·随笔栏》发表的《孙大雨先生》一文中的片断：

孙大雨先生去世了，这无论对于中国的翻译界还是诗坛，都是一个重大的损失。

从前辈作家的文中和口中，听说孙大雨先生为人不错，就是脾气暴烈。可是在我与先生二十年的交往中，却从未看到他对我发脾气。我每次到他家去，他总是很高兴，每次都要勉励我几句，希望我要多用功，好好读书。惟有一次，我因在给他的一封回信中把“五四以来”中的“以”字省略了，他对我的态度变得很严肃。一上他门，他就拿起我的信，严厉地对我说：“你怎么可以把‘以’字漏掉了呢？

这是不行的，这样就有语病。”我说：“报纸上有时也经常没有‘以’字。再说，我这是写信，就随便了一些。”他立刻反驳道：“报纸上现在错处很多，就是你写信，也不能随便。今后凡遇到‘以来’、‘以后’、‘以外’之类的，这个‘以’字不能省，非‘以’不可。”

我见他那么认真严肃，只得表示接受。随后，他又和蔼地与我谈起诗来。此事虽小，却可以见出先生治学之严谨，为文之认真。

我与先生非亲非故，只是因为研究诗，才慕名造访先生，得到先生许多指点，获益良多，久而久之，遂与先生成忘年交。而先生也从不摆名教授架子，有问必答，循循善诱，把我当成他的学生一样。说得更确切一些，就像把我当孩子一样。所以，在我的印象中，孙大雨先生不是个性格暴烈的人，而是个和蔼可亲的长者。

其实，他不仅仅对我如此，对其他一些素昧平生的青年学子也是如此。据先生告诉我，一次，北京有个蓝棣之为了新月派的情况来拜访他，先生特地抽出一整天时间接待他。临到中午，先生还留他吃中饭，继续与他谈。先生为人之真诚热情，于此又可见一斑。

由于与先生交往多了，有时谈话就随便一些，会谈到诗以外的事上。有一次，他向我谈起了当年他与朱湘、徐志摩、闻一多等人的交往与友谊，我听了以后，颇受感动，便忍不住对他说：“先生正直，也有感情。”

不料他闻罢此言，竟潸然泪下，沉默良久，弄得我一时不知所措，深悔不该说出这话。

……

总之，在我的印象中，先生是一位耿直厚道、和蔼可亲、学贯中西、才华横溢的忠厚长者与学者。……

至于我自己，作为他的女婿，为避嫌，似乎对此不宜多言。但有一点我则不吐不快：我与他相处近四十年，我不记得哪怕有过一次他对我发过脾气。长期观察的结果，我感到他对学生、小辈、弱者都是客气、爱护、同情的，他可以与一个泥水匠平等交谈，也会关心到一个保姆的生活琐事，多年前在厨房中用的脱排油烟机刚兴起时，售价一百四五十元钱，在当时并非小数目，当他听说厨房油烟易致肺癌时，他对我说："小仙（家中的一位老保姆）天天烧菜，对她不好，快去买回来装上。"我当然照办。但他却容不得世上的一切不平，他鄙视那些身在高位的强权者和那种并没有真才实学却徒有虚名而又喜欢卖弄的所谓"学者"。他与那些欺下媚上者正好相反，他爱下傲上，"不识时务"，这是他的致命"弱点"。

他嫉恶如仇，对恶劣的人和事，他确实会勃然大怒，显得脾气"暴烈"：记得在"文化大革命"后期有一天，他到虹口去看望他的学生，回来时他的手杖断成两截，身上衣服也有泥迹。一问之下，原来他在回来的路上见一不肖青年在欺凌老者，许多人却在一旁围观，他不禁怒从中来，也不顾自己已是古稀之年，迎上去干预，用手杖去把那青年隔开，这种在光天化日之下欺凌老者的人怎会是善类？此人抓住手杖顺势一拉便将他摔倒，并夺过手杖把它折断……岳母闻之摇头叹息道："路见不平，拔刀相助，是青壮年的事，你别忘掉自己的年龄，你已七十多岁了啊！"在1935年版的《二十今人志》一书中沈从文所写《孙大雨》篇中说："对于他在课堂上与大学生的舌战，在大街上与行路人的作战，在……无一不感觉到忧虑。"看来他的"入世应战"的精力从年轻一直保持到老，难免使人"感觉到忧虑"。

话题已经扯远，再回到本题上来。1970年12月5日，家中突然接到通知，要我们去接他出狱。我们见到他时，不禁吓了一跳，原来魁梧的身材，已变得瘦弱不堪，一副病态，两颊深陷，佝偻着身躯，两下肢则肿至大腿根部，体重由原来的一百七十八斤下降至只有九十七斤，简直判若两人。当时我们的直觉是：大概怕他死在狱中所以才放他出来的。岳母见状，喊了一声“大雨”便泪如泉涌、泣不成声了。

到底有什么罪过，要遭此劫难？为什么逮捕他时或释放他时，都不需要什么理由，抓你又怎样，放你又如何！？哪里还有什么法制！哪里还有什么王法！

经过一段时间疗养，岳父的身体竟奇迹般地逐渐得到康复，这可大大出乎我们的意料之外。当然，我们十分庆幸他的新生。

岳父虽已释放出狱，但他是被戴上“反革命分子”帽子回到家中的。在所谓“地、富、反、坏、右”五类分子中他已居“反、右”双重身份，罪莫大矣！即使在家中，也在里弄“管制”之列，要强制劳动改造，有一个时期，他每天要在城隍庙附近扫街。一个高级知识分子，握笔的权利被剥夺，转而手握扫帚，这样的错位，在当时的中国实在可说比比皆是。有时岳父对此表示愤慨，发犟脾气，拒绝出去扫街，岳母劝说不听，没有办法，便自己拿上扫把代他去扫。

在他的身体日渐康复以后，便惦记起他心爱的莎译事业了。可是二十四天的抄家几乎已把家中的所有东西掠夺一空：他所珍藏的二千七百多册书籍，包括不少古籍珍本善本甚至孤本以及早年出版的各种版本的莎翁著作、辞典全被抄走。郑板桥的字画被撕掉了，任伯年的字画撕破了，明、清古瓷或摔碎或抄走、北魏铁铸佛头搬走了，来往重要信件、各种重要文件、他自己的手稿、译稿、徐志摩寄存的一小箱诗稿、信札、手迹……都没有了。在这种情况下，他怎么能再继续翻译莎翁剧作呢？他长吁短叹，惆怅满怀。岳母知道他的心事，默默地从煤球箱下捧出当年冒着风险藏起来的几本莎剧原作，他如获至宝。从此他白天扫街，夜间拉上窗帘，在昏黄的灯光下，又沉浸在莎士比亚的艺术世界中，就这样他在“文化大革命”后期又译出了《萝密欧与琚丽晔》和《威尼斯商人》两部莎剧简注本——因为抄家后他已失去了以往赖以翻译的阜纳斯的莎翁全集集注本。至此，加上解放前出版的《黎琊王》，“文化大革命”前译的《罕秣莱德》、《奥赛罗》、《麦克白斯》、《暴风雨》、《冬日故事》等六部莎剧集注本，总共他翻译了八部莎剧。

“文化大革命”中的荒唐实在是罄竹难书，下面再举一些实例：

在1966年9月那次对我岳父的毁灭性抄家过程中，为了搜寻“罪证”，造反派把十多个花盆中的泥土都倒出来仔细查找，又将废弃不用多年的一只枯井盖子打开，下井搜索，不料他们竟从废井里寻出一把锈蚀不堪的手枪来，这一阶级斗争的胜利成果大大鼓舞了他们的斗志，于是接连开批斗会逼我岳父承认是他所藏匿的武器。反右以后他被赶出原先在茂名公寓的住所，只好搬回南市祖上留下的老屋去住，哪里会料到惹出这样大的麻烦！一名教了一辈子书的大学教授，握惯了笔的手，怎会与枪有缘分？可是任凭怎样解释，造反派哪里肯听，真所谓是秀才碰到兵，有理难讲清！幸好后来他们派人去浙江，向当年在老家里做厨师的人进行“外调”，才弄清是在抗战时期为了防备盗匪抢劫所置的自卫武器。但为了这支枪，岳父却吃足苦头。

有道是：欲加之罪，何患无辞。在二十四个日日夜夜的抄家过程中的某一天，造反派突然向他宣称，他们在家中的马桶底下发现垫着一张“宝像”，这还了得！在当时人们的直觉中，这简直是弥天大罪！他们手中扬着“宝像”逼迫他承认是他所为。对此他坚决否认。到后来他们大概也感到这种卑劣造假栽赃的手法不可能使他就范，折腾了一阵子也就不了了之。

在二十四天的抄家过程中，多次召开批斗大会，其中有一次在列举了我岳父一系列“罪状”之后，造反派责令我岳母与堂嫂作证，迫于高压，她们两人违心地称是。这件事使岳父、母之间产生了芥蒂。事后岳母痛苦地陈辞："我并不是单单为了保护自己而出此下策。造反派这么蛮横凶狠，他们什么事干不出来！我当时的心情，反正没有什么是非黑白，承认与不承认都是一回事，我不愿看到大雨继续受折磨下去，干脆说是的，他们的纠缠反倒停止了。"为此，我们在岳父面前多次说项、劝解，岳父也明白岳母是被迫而为，此事逐渐地就变得淡漠了。

要坚持真理、恪守事实，应该是就是是，非就是非——这些话说说容易，要真正做到则难。在历史上，在"文化大革命"中，屈打成招的事并非鲜见。

事有凑巧，无独有偶，在"文化大革命"结束后不久，有一次我去复旦大学卢于道教授家中拜访，谈话中他告诉我在"文化大革命"中造反派批斗他时，他的老妻也出现过类似情况，虽然已时过境迁，谈起此事他仍有愤愤不平之状。我只得劝慰一番，但心中不觉思忖："文化大革命"扭曲了人性，造成了多少人间悲剧！

上面说过，我岳父在"文化大革命"期间的1968年4月28日第二次被捕入狱，至1970年12月5日在几乎奄奄一息的状态下被释放回家，到1972年2月20日户籍警向他出示一张用中文打字机打印的"上海市公检法军管会决定书"，上面印有："兹查孙大雨与王××和潘××共同反对党中央和三面红旗，当决定孙大雨为现行反革命分子。"下填日期为1970年11月　日（缺具体日期）。至此才大致清楚这次被捕与王××和潘××有关，而决定书上虽未填此两人的具体名字，只用××代表，但已能推测是过去与他有交往的王造时与潘世兹，他们两人都是复旦大学教授，王造时是无人不晓的"七君子"之一，是历史系教授，潘世兹则与岳父同系——外文系的教授。潘的父亲在解放前是上海有名的茶商，十分富有，为一著名的古籍版本藏书家，家中的藏书价值连城，解放初期继承了这份遗产的潘世兹教授曾将全部藏书捐献给国家，但是他在反右期间仍未能逃脱被打成右派的厄运。

以上我引用的我岳父留下的文字记录中有“1966年11月7日十一时半，有复旦大学学生以吉普车迫我去复旦，开斗争王造时、潘世兹的大会，我站在旁边陪斗”之说，而在这之前，复旦红卫兵小报上已披露过王、潘组织反革命政党的消息，如此看来，我岳父的入狱是与此事有关了，可是事实上这完完全全是子虚乌有的栽赃与陷害，有关这一问题将在下一个章节《春意回归》中评谈。

在结束“文革苦难”这一章节时，我觉得还有一件事值得叙述：在“反右”期间我岳父因所谓“诽谤诬告罪”第一次入狱后，岳母与佳始只得从茂名公寓迁回南市老家居住。在整理东西时，我见到诗人徐迟写给我岳父的一封信，这封信留给我十分深刻的印象，一直记忆迄今。但这封信与许多弥足珍贵的信件（如徐志摩、朱湘、罗念生、董必武等的来信）在“文化大革命”抄家中被掳去已杳无影踪。徐迟这封信是在“反右”以前，大约是1956年所写，其时徐迟正担任《诗刊》主编，岳父因译有英国著名诗人弥尔顿的名诗《欢欣》发表在《诗刊》上，为此徐迟来信，对这首译诗大加赞赏，谓编辑部一些年轻人开始时对译诗理解不深，经他解释，一旦明了后便倍觉喜爱。徐迟表示竭诚欢迎“不断惠赐佳作”，在信末特地说：“尊稿稿酬当不会低于给毛主席的稿酬标准。”——就是这句话，使当时还是一名大学生的我大为惊奇，也由此使我感到岳父的文学造诣在人们心目中是如此之高。

而也正是这句话，在“文化大革命”抄家后，我一直担心这封信有可能给徐迟带来灾难。因为抄去的岳父保存的文字资料必定会受到审查，如果查出这封信，徐迟则罪莫大焉：造反派会大做文章，指责他竟然“狗胆包天”（这是“文化大革命”中侮辱人的惯用语）将“大右派”孙大雨与伟大领袖等同对待，是何居心？如果徐迟因这封信而遭受迫害，我觉得于心不安。

“文化大革命”结束后，1978 年徐迟发表了轰动一时的《哥德巴赫猜想》，知道他安然健在，但这并不能排除他没有吃过苦头。总之，这事成了我心中的一个悬念。

后来，徐迟的一位助手徐鲁因文学上的事给我岳父来信，我便去信请他向徐迟代致问候，并特地询问徐迟有否因这封信受到牵连。回信说没有，这才使我多少年来悬着的心放了下来。

徐鲁在《最后的月光》(《新闻出版报・周末版》，1994.11.5）一文中谈及：“1987 年 11 月 3 日，一代学人梁实秋先生在台北溘然谢世。”林怀民在《一个时代的结束》文中写道：“梁先生走了，我觉得似乎象征一个时代的结束。”徐鲁说：“这里所说的‘时代’当是指‘新月派’时代。”其时在大陆的孙大雨尚在世，故徐鲁认为：“应该说孙大雨先生才是新月派‘硕果仅存’（陈子善先生语）的最后的一缕月光了。”徐鲁还有以下一段话：

孙大雨先生译的《黎琊王》，曾经影响过不少莎士比亚热爱者。就我所知，徐迟先生在四十年代读了孙先生的译本后，就曾想过要钻到莎翁诗剧里去研究点学问，而且也果真做了些学问，然而太难了，最后只好谦虚而诚恳地退了出来。他到重庆不久，就历史剧《屈原》写给郭沫若的那封信，所谈到的莎翁的诗剧《黎琊王》，我想大概是与看了孙大雨的译文有关系。后来他又多次谈到他对孙的敬佩。

由此可见，徐迟对孙大雨的看重是由来已久。

连徐迟都对莎士比亚诗剧知难而退，可见要神韵俱备翻译莎剧绝非易事。而将莎士比亚诗剧译成散文并据此演出话剧，虽未尝不可，但作为一门艰深的莎学，希冀移译能毕肖诗剧原作的风貌神韵，确是难上加难之事。

春意回归

1976年周恩来、朱德、毛泽东相继逝世，“四人帮”一伙加紧阴谋篡党夺权的步伐，广大人民忧心忡忡，十分担心国家民族的命运。

平地一声春雷，10月6日王（洪文）、张（春桥）、江（青）、姚（文元）“四人帮”被依法逮捕，这标志着“文化大革命”的寿终正寝。

消息传来，神州共庆，万众欢腾，人们原本阴郁的脸上绽开了笑容。

我的年已古稀的岳父听到这一消息，也欣慰异常，这时，多年来深居简出的他想出去看看新的世界，于是走出家门，一路走去，饱览了群众游行的欢腾场面，不禁喜从中来，精力倍增，不知不觉之间已从城隍庙走到福州路一带，眼见得墙上贴满揭批“四人帮”的大字报，许许多多群众在围观，他也便驻足观看大字报的内容。由于他长期被封闭在家中，与社会很少接触，不免“孤陋寡闻”；他将大字报一张张浏览下去，群众所揭露的“四人帮”及其喽啰们做的许多坏事、丑事，在他却是闻所未闻。兴致所至，他想抄录下来，一摸袋中有一支钢笔，还有几张碎纸，便认真地在一面看、一面抄录；正在此时走上来几个便衣警察，把他带到黄浦分局，在问明身份之后，竟遭到长达七个多小时的审问，恐吓和折磨，给他喜悦的心情上又蒙上了一层阴影。下面是他有关此事的一段文字记录：

自从去年（按：这段文字记录系1977年11月10日所写）10月31日我在黄浦分局因摘录大字报而被便衣警察所抓时说过“四人帮”打击过我，我被纠缠斗争折磨威胁恐吓迫害了七小时以上。黄浦分局四五个便衣警察扣留我三个半小时以上，他们顿脚拍桌，胁迫我写书面检查，要我承认翻案，说“四人帮”是人民内部问题，我是外部问题……他们又把我用吉普车送到广福派出所（按：我岳父住地的派出所），继续扣留威胁迫害我，也要我写检查承认翻案，也不许看更不许抄（大字报），要关起来，等等，又搞了三个小时以上。从下午三点一刻，整整折磨迫害到晚上十点钟，不让我回家吃饭，我两眼发黑，几乎倒在马路上。

一个古稀老人在这样的时间、地点、场合、情势下抄录大字报竟有如此遭遇，不禁令人惊叹不已!

事情并未了结。

第二天，11 月 1 日，奚 ××（广福派出所民警）带领另一个警察（可能是黄浦分局或公安总局的）来威胁恐吓我一下午，他声势汹汹地质问我写“红汇报”是什么用意，为什么是红（按：“文化大革命”期间所谓“四类”分子需定期写“思想汇报”上交，“四人帮”粉碎后有一段时期仍旧维持着）。我说汇报我对于粉碎“四人帮”的喜讯的思想情况，我心情跟马路上的红喜报一样，所以叫做“红汇报”，以别于以前写的思想汇报。他威胁恐吓我跟隔天几个警察一模一样。……由于我在“四人帮”粉碎后不久，很早（去年 10 月 26 日及随后不久）就表示了心情欢快，说王、张、江、姚是个“反革命黑帮”，是“四只豺狼”，“恶贯满盈一下子破灭”，是个“法西斯黑帮”，“姚文元是个痞子”，“他们搞打倒一切的无政府主义”，“恐怖统治”、“与中国人民势不两立”等，因而触痛了“四人帮”这伙帮派体系分子的心。

上述一些人未必是“帮派体系分子”，但他们在粉碎“四人帮”初期的作为，至少说明“四人帮”的流毒并不因为王、张、江、姚的被捕而立即肃清，扫除“四人帮”的毒害还有待时日。

在粉碎“四人帮”后的初期，在一段时间内，我岳父的处境还没有得到根本的改善，请看他留下的文字记录：

在今年（按：指1977年）“五一”节前的评审会议上（按：粉碎“四人帮”后里弄里还在继续着“四类分子”的定期写“思想汇报”和“评审会议”），党支书叶××出面耍无赖，找我的岔子，骗取已经户籍警于春节前所主持的评审会议上所通过了的我的《思想总结》的底稿，据他们后来说，是作为我翻案的证据。当时叶××说，我的《思想总结》里，说起“我的遭遇”乃是犯了大错，她暴跳如雷地叫嚣，要我检查认错。我当时在口头上，后来又以书面，说明“遭”与“遇”二字同一意义，是碰到的意思，可以是幸运的，也可以是不幸的。我引了《康熙字典》和《辞海》的解释，说明革命人民可以用这二字，不革命者和反革命者同样可以用，并引用斯大林的论语言（无阶级性）一文为证。他们扑了一个空，得不到我翻案的所谓证据，但是坚决不肯还那底稿，虽然我的《思想总结》的正本早已交给了他们，他们大概已经汇交给上级。但为了此事他们大动干戈，对我挑衅。

里弄干部因限于文化水准，将“遭遇”二字认作恶词，从而暴跳如雷，指证为“翻案”，现在看来令人可气又可笑，但从此也可见，在那个时代戴帽者的处境是何等艰难！

等到9月22日，广福派出所召开一街道摘帽、处理、批斗大会，有群众上千人，派出所所长在台上广播话筒里点我的名，他们布置好的一个退休工人袁某叫我站起来给他大举批斗。他说我毫无事实根据地说过“四人帮”曾打击过我，这就是我在翻案；他说我是个大右派和“现行反革命”，《毛选》五卷上三次提到我，我肯定顽固透顶，坚决不改，要带着花岗石脑袋去见上帝；……他并且说，以后四类分子不许随便写信，必须得到派出所同意批准，方能写信（掌握学习的、他们一伙的退休工人杨某在8月11日的小组学习会上，曾埋怨着说我曾写信到北京）。

接着，9月23日，户籍警与里弄干部、退休工人多人又在小组会上斗争纠缠我一小时半；我的罪状还是不该说“四人帮”打击过我。

又接着，在9月底的一个晚上，户籍警、里弄干部等三个男女，加上群众三人，又利用《思想小结》评审会议，大吵大闹骂我翻案，继续犯罪，因我说过“四人帮”打击过我，斗争折磨我一个半小时以上。

后来又在10月17日，再一次在小组会上和小组会后搞我一小时半以上，情况和以前几次相同……

自从去年10月31日我在黄浦分局说过“四人帮”打击过我，我被纠缠斗争折磨，威胁恐吓迫害了七个多小时以上……从那天起到现在（按：1977年11月10日），（在里弄里）我又被斗争折磨已有十次以上……

为了摆脱这种无休止的纠缠，他在1977年10月27日致函市委彭冲书记，反映情况，请求不再参加“四类分子”学习，说明他“这个‘现行反革命’分明是‘四人帮’乱扣帽子，跟右派问题完全是毫不相关的另一回事”。而那时市委已有指示下达，即关于右派问题拟落实政策，作为人民内部矛盾来处理。事实上他小组里另一个右派分子丁某早在此前已接到通知不再参加四类分子学习。看来，他之所以还在被强制“学习”，作“思想汇报”、还要接受“评审”，与“文化大革命”中被无端扣上的“现行反革命”帽子有关。

岳父被戴上“反革命分子”帽子后，从未承认过，他频频喊冤，要求平反。早在1973年，他就开始申诉，从1976到1978年，又连续多次写信给中共上海市委以及中央领导，要求对他的问题复查平反。

以下是他涉及这一问题的文字记录：

我为了申诉，要说明问题，有必要抄录下面两个文件。以下是上海市公安局给我看的第一个文件：

上海市公检法军管会决定书

兹查孙大雨与王××、潘××共同反对党中央和三面红旗，当决定孙大雨为现行反革命分子。

上海市公检法军管会

1970年11月　日

这文件仅凭我的回忆所得，文字上可能稍有出入，但内容大致如此。原件是1972年2月20日由广福派出所户籍警奚某夹在一个文具夹里给我看的。那是一张三、四寸长方的有光纸，用中文打字机打印。他当然不给我这个文件，如同所有的任何公检法机构历来从未给过我任何作出决定的文件一样，也没有给我抄下来。关于这个文件，绝对不能成立。我在当时即对户籍警声明，说它完全是莫须有的凭空捏造，有六、七点理由可佐证它站不住脚……说明扣我这顶“现行反革命”帽子是“四人帮”的罪恶阴谋。

为澄清此事，他于1977年的11月13日致信复旦大学党委原书记王零，现摘录下如：

复旦大学党委会王零书记：1957年7月1日我被定为右派。这事的前因，有相当大一部分，你是知道的。……1968年8月24日起我被造反抄家，扫地出门，随后在1968年被拘留审查，1970年经释放回家，进行所谓自我改造，一直到1972年美国总统尼克松来华前，我的政治身份一直是右派。但在尼克松来华前夕的2月20日，当时“四人帮”已在上海当权得势，我所在的南市广福派出所户籍警奚某来看我，拿着一张三、四寸见方的小纸片，用打字机打印一张所谓《公检法军管会决定书》；内容说孙大雨同王××和潘××共同反对党中央和三面红旗，兹决定孙大雨是现行反革命，1970年11月　日，最后是个橡皮图章。我当即对那个户籍警说出六、七点理由，证明这顶帽子是不能成立的，这罪名是莫须有，因为，决定书这名称首先就是非法的，既未经法院公开的正式审判程序，又无丝毫事实根据，而且连两个“同谋犯”的姓名都讲不出来，用四个×记号来代替，岂不是儿戏，而且“决定”的日期都没有，而年月只说1970年11月，但如果是1970年的11月，则释放我回家是在1970年12月5日，若果真11月里做了这一决定，则过了几天之后决不可能释放我回家，而且叫我在释放证上签字时，绝未提起此事。还有一个证明是，在1966年11月7日下午复旦几千人斗争王造时和潘世兹组织社会民主党而宣布他们为反革命时，我虽站在远远一旁陪斗，但从未叫过一声我的名字。……总之，我绝未参与他们的任何活动，我毫不知他们的意图，“共同反对党中央和三面红旗”是彻头彻尾的造谣诬陷。我对那警察说，那罪名是完全捏造出来的。……

信中还谈及上海市公安局的第二个文件：

下面是上海市公安局最近（1978年8月23日）给我看的第二个文件：

沪公予〔1978〕复件第136号

上海市公安局（决定）

关于撤销孙大雨反革命分子帽子的决定

孙大雨，男，1905年生，浙江省诸暨人，住本市昼锦路一百三十三号。因反革命罪于1968年4月28日拘留，1970年12月5日经上海市公检法决定“将孙大雨交革命群众监督改造”。

经复查，孙大雨1958年因诬告、诽谤罪被判刑以后，又书写反动诗词，影射攻击党和社会主义制度，这是极端错误的，应予批判。但孙刑满后已经恢复了公民权，故对孙“继续戴反革命分子帽子”不当。据此，撤销原上海市公检法军管会（70）沪公审予戴字第四十八号“将孙大雨交革命群众监督改造”的决定。

上海市公安局

1978年8月21日

从上面第一个文件里可以看出，戴我“现行反革命分子”帽子是由于我“与王××和潘××共同反对党中央和三面红旗”。现在经过复查，没有这种事实，那么，理应在复查文件中针对这一实质问题作出实事求是的明确结论，而不应回避这一问题，顾左右而言他。不否定这一捏造的诬陷“罪名”，复查结论中没有针对性，撤销的依据何在？在8月14日的初次谈话中，公安总局的那个人一再强调那1970年11月×日的第一个文件是存在的。我说我并不否认其存在，我是确认其存在而否认其成立，我问他“你怎么对成立和存在两个词都分辨不清楚？”他说不出话来。我举过八点理由证实它是凭空捏造出来的。现在第二个文件里根本避而不提此伪造的文件以及它所说明的1970年11月×日决定我为现行反革命，而把我因“反革命罪”而拘留的时期提前定在1968年4月28日，至于决定我为“反革命”的年月日则弄成为一个未知数。……至于第二个文件所说“1970年12月5日经上海市公检法军管会决定‘将孙大雨交革命群众监督改造’”，这说法又是捏造的，因1970年12月5日叫我在释放证上签名，我分明看见释放证上以打字打明“释放回家”四个字，绝无“将孙大雨交革命群众监督改造”的字样……在复查决定文件中节外生枝，无端提出了“书写反动诗词，影射攻击党和社会主义制度”，这个问题在第一个文件里并没有提及，也就是说当初决定我为“现行反革命”并不是因为“书写反动诗词……”。现在在复查决定文件中回避实质问题而支吾牵扯到旁处去，岂不是正如8月29日《文汇报》所载（第三版，《真理的标准只能是社会实践》）汪锋第一书记在新疆维吾尔自治区党委工作会议上所指出的：“有的同志不敢正视和面对现实，不尊重唯物论，工作中明明有错误，却不肯承认，不肯改正；明明是冤案错案，就是不去甄别、平反，或者勉强平了反，还硬要给人家留点尾巴，以示自己的‘正确’；有的在事实面前，无理狡辩，拿着不是当理说。”关于“书写反动诗词……”的问题，在8月23日下午向我宣布复查决定之前九天，即8月14日下午，曾有四个人（三男一女，主要都是一个四十岁左右、身材中短的男子跟我谈话……）跟我谈过一次话……在那第一次谈话中那人问我有否写过“不合原则的诗词”给王造时、潘世兹看过。那次他才点明第一个文件里的所谓王××和潘××就是王造时和潘世兹。我说我在1958年在香山路六号被拘留时曾写过几首诗，在那以前和以后也都写过，但后来从未给王和潘看过，因为他们不懂得诗。至于所谓“不符合原则”的诗，则记得并未写过。他叫我好好回忆一下，我说我回忆起来并未写过“不符合原则的诗”。我已七十五岁。你们抄去的诗稿有好多首，你如果说某一首或某一句“不符合原则”，你须得把原诗带来给我看，我可能有跟你完全不同的意见，你可能完全（理解）错误。没有原诗只凭空话说我“不符合原则”是徒然的。我怎能一一记起二十多年前写的每一首诗及其内容呢？……

那首他们诬指为“反动诗词”的诗稿我要抄下来，他们立即夺走，不许抄。我说如果是“反动诗词”抄之何妨？如果确实反动，你们正应当叫我抄下来作自我批判，而抄过之后，“罪证”并不会消失。但他们硬是不肯。

这里我要再次重复地说：污蔑我“与王××和潘××共同反对党中央和三面红旗”纯属凭空捏造，恶意诬陷。惟其如此，所以我要求在复查决定文件中应明确针对这一问题作出确切的符合事实的结论。……此外，新打的棍子、新扣的帽子，“此后，又书写反动诗词，影射攻击党和社会主义制度”这些话，也应撤销。

从以上叙述中可以使人感觉到，他以做学问的缜密性用到自己的申诉上来了，他要求不留尾巴、彻底平反，究竟能否起到效果呢？

尽管1978年8月21日公安局的复查决定未能使他满意，他在认真看过复查决定书后，还是签了字，并写了一行意见：“此件我已看过，认为基本上是正确的，但我还有些不同意见。”然而毕竟决定书表明了对他“继续戴反革命分子帽子不当”，他在“文化大革命”中被诬为“现行反革命”的问题已不存在，基本上得到了解决。

事实是，粉碎“四人帮”不久，在1976年12月4日他即致信中共上海市委苏振华、倪志福、彭冲三位书记，详细申诉了“文化大革命”期间受“四人帮”迫害，被拘留审查，被抄家扫地出门的惨状，请求按照“有错必纠”的政策，复查“四人帮”给他扣上的“现行反革命分子”帽子的问题，落实政策。到1978年已连续给市委写过五封申诉信，同时也不断给中央写信，要求平反。

他的申诉受到有关部门的重视，上海市公安局接到他第一封信后就立案复查，整理档案，调查核实，连续工作了半年，终于有了结论：这就是1978年8月21日作出的复查决定，撤销了“1970年11月×日”的上海市公检法军管会的（70）沪公审予戴字第48号决定书。至此，他在“文化大革命”中被诬陷的“现行反革命”问题初步得到解决。

直到1984年5月，上海市公安局再次对其原审查结论进行复查，6月11日市公安局进一步作出《关于孙大雨同志问题的平反决定》：

上海市公安局（决定）

孙大雨，男，1905年生，浙江省诸暨县人，现任华东师范大学外语系教授，住本市昼锦路一百三十三号。

1968年4月28日，孙大雨因所谓反革命案被上海市公检法军管会拘留，1970年12月5日被戴上反革命分子帽子，交群众监督改造。

所谓孙大雨反革命案，是“文化大革命”期间造成的一件错案，原对孙大雨同志的拘留和戴反革命分子帽子、交群众监督改造的决定都是错误的，现予平反，恢复名誉。并撤销（70）沪公军审予戴字第48号对孙大雨戴反革命分子帽子、交群众监督改造的处理决定。我局1978年8月21日沪公予（1978）复件第13号的复查决定无效。

于是有关我岳父的“现行反革命”案终于得到了彻底平反。这一事件如从1968年4月28日他被拘留入狱算起，到1984年6月11日得到彻底平反，历经漫长的十六年一个月零三天，此时他已是年近八十的老翁了。所受到的肉体与精神上的痛苦实在是一言难尽，无法估量。

他的右派问题的解决也是历尽艰难曲折，困难重重。

这期间，上海市高级人民法院也开始复查原判孙大雨诬告诽谤案，1981 年 8 月 19 日拟定《关于孙大雨诬告诽谤案复查处理的请示报告》，提出“对孙大雨改判免于追究刑事责任”。为此办案人员反复核实原判材料，多次往返北京上海等地，访问原告、代书律师等许多老干部及有关人士，征询处理意见，获得大多数人的谅解和赞同。

1982 年 5 月 17 日上海市高级人民法院刑字判决书（82）沪高刑申字第 197 号，宣布：“一、撤销本院（58）沪高刑上字第 198 号和上海市中级人民法院（58）沪中刑字第 363 号判决；二、对孙大雨免于追究刑事责任。”如此这般，他的第二顶帽子也被摘除。对此他认为：这不过具有象征意义而已，因为实际上他已服过刑，追究了刑事责任。

剩下来他的右派复查改正，则是最困难的一案。

中共中央决定 1978 年 4 月起全部为右派分子摘帽，到 11 月摘帽工作全部完成。同时提出“对于确实属错划为右派的人，尽管事隔多年，也要实事求是地予以改正”。到 1980 年全国共改正错划右派分子已占原划总数的百分之九十八，这项工作基本结束。而我岳父的右派改正延至四年以后，一直到 1984 年 7 月才获得解决。

自中央发出指示后，对他的右派问题的复查工作也在进行，但是在相当长一段时期内，复旦大学与有关上级部门仍多次作出维持原结论，不予改正。

但是，有关我岳父的右派改正一事，受到各方面人士的关注，华东师大当时的党委书记施平给予了很大的关怀，多次到我岳父住处恳谈，十分珍惜他的学有专长，以期为培养人材服务。早在 1981 年 6 月 20 日就写信给市委宣传部负责人陈其五汇报了我岳父的情况，9 月陈其五又写信给市委领导，建议“对其问题加以重新考虑和审理”。再次引起市委领导的重视，指示市委统战部提出审理意见报市委。这期间中央和市委也收到外省市有关人士的信函，建议尽快解决“孙大雨积案”。

1983年12月19日，张致祥致函胡耀邦，转报吴楚（我岳父的学生，老干部）提供的《孙大雨积案访查摘要15条》，请求帮助解决平反改正问题。20日胡耀邦即批示：

> 请检查这个老先生的政策落实的问题，对该落实而顶着不办的党委和负责人必须采取点必要的措施。

28日吴楚又致函上海市委书记陈国栋“祈请关注研处使积年悬案得到彻底解决”。又据范征夫（原市委统战部副部长）回忆（见《为孙大雨右派“摘帽”始末》，2013年2月号《上海滩》四至七页）：约在1983年或1984年，上海市委统战部长张承宗说，前一段时间去北京开会，胡乔木要他回沪后关心一下孙大雨的右派改正问题。张承宗交代范征夫去经办。原先复旦大学、上海市高教局、市教委党委均拒绝平反改正。在这种情况下，出于高度的责任心，范征夫着手调阅有关原始档案，他“从头至尾仔细研读推敲，发现接触过这件事的人，似乎多数只是听汇报，或者看过档案却没有下功夫进行深入调查”。“从档案材料看……他（孙大雨）是30年代新月派的重要诗人，著名的诗学理论家，国内有数的研究莎士比亚的专家。他在解放前思想上一直比较进步，参加过我们党领导的外围组织‘上海大学教授联谊会’，并成为其中的重要骨干。当时‘大教联’团结了一大批上海乃至全国都赫赫有名的进步教授，如沈志远、沈体兰、沙彦楷、谈家桢，还有周谷城等。孙大雨是这些进步教授中敢于冲锋陷阵的一个。当时他冒着杀头的危险……‘反饥饿、反内战、反独裁’，在高教界奔走组织，呼吁呐喊，一度还担任过‘大教联’的代理主席，为民主革命时期开辟反对蒋介石独裁政权的‘第二战场’作出过一定的贡献。特别值得一提的是，因为他英文好，曾经于1947年日以继夜地起草了一封20多页的长信，当时称‘备忘录’，由多位教授联合签名呈送给美国总统驻华代表魏德迈，揭露了蒋介石独裁政权倒行逆施的种种黑幕，敦促美国停止对国民党政府的一切经济援助，改变对华政策。这一举动在一定程度影响了美国朝野对于国民党政府盲目支持的态度，有助于中国人民革命事业。这在当时是难能可贵的。”范征夫接着说：“经过反复研究，我心中终于有了底。于是我去找张承宗部长汇报。我说，我个人认为孙大雨的右派问题可以改正。我仔细研究了他的档案。在民主革命时期，孙大雨做了不少好事，有些事当时是要冒杀头的危险的，或者是别人不容易做到的，所以他是有贡献的。解放以后，他的突出问题，主要是到处骂人，骂各级领导。但他骂人是有原因的。更重要的是，骂共产党的某些干部，跟骂共产党不是一回事。孙大雨不是对共产党的纲领、路线有意见，不是政治上反对共产党……当然孙大雨骂人不对，但这是另一性质的问题，他主要是看问题片面偏激，性格上桀骜不驯……但不是什么反党反社会主义的问题。……到了拨乱反正的今天，我们更没有理由不去超越历史上的恩怨是非，团结好这样一位已届垂暮之年的老知识分子。”“张部长完全赞同我的看法。……之后，统战部为这事召开了会议。……大家都心平气和地反复商讨，最后终于达成了一致意见：孙大雨的右派问题应该改正。”如此这般，在中央和上海市委领导的关心下，1984年7月3日，复旦大学党委终于通过了《关于孙大雨教授错划右派的改正结论》。7月23日下午，复旦大学党委干部周永忠与统战部张才赓代表组织冒着酷暑，驱车来到南市我岳父住处，自我介绍并落座后，代表党委向他致歉，并出示改正结论：

复旦（84）党办字第16号

关于孙大雨教授错划为右派的改正结论

孙大雨，男，1905年生，浙江诸暨人，1946年加入中国民主同盟，1947年参加上海大学教授联谊会，原为复旦大学外文系二级教授，1957年被划为右派分子，受降级降薪处分。现在华东师范大学任教。

根据中共中央1978年五十五号文件精神，经复查，孙大雨教授的右派问题属于错划，决定予以改正，恢复教授职称和高教二级的工资待遇。

中共复旦大学委员会

1984年7月3日

岳父戴上近视镜，仔细辨认文件上的每一个字，当他确认无误后，才拿起自来水笔，颤巍巍地在文件上签上“孙大雨”三个字。二十七年零二十三天不堪回首的历史终于成为过去。

当他接到这份改正结论书时，中国知名的大右派中未获改正的只有章伯钧、罗隆基、储安平、陈仁炳、彭文应等屈指可数的几个人了。

自1982年5月17日上海市高级人民法院撤销他的反右运动中的“诬告诽谤罪”，1984年6月11日上海市公安局对“文化大革命”中诬陷他的“现行反革命”案予以彻底平反、恢复名誉，同年7月3日复旦大学党委作出错划右派的改正结论——强加在他身上的三大悬案都已得到解决。

事后他颇有感慨地说：“我始终坚信，尽管真理和谬误有时会颠倒，但最终总会分清的。事实就是这样，错划右派这个问题，在中央领导的亲自过问下也终于获得解决。”

在撰写本文，查阅有关资料的过程中，我们从他所遗留下来的亲笔文字记录中，见到许多涉及解放前民主革命斗争中大教联的活动，包括会见美国总统特使魏德迈的经过，和解放前夕大教联改选的情况以及解放后的思想改造、学习苏联一边倒、陈毅出面调解矛盾、他对上告检举所谓“反革命集团分子”的看法等等的内容，现摘录部分篇幅罗列于下，当然这是他的一家之言，有其片面性，但至少可反映出他的思想轨迹以及部分的历史面貌：

我在复旦大学外文系任教时，正值“思想改造”、“教学改革”、“学习苏联经验一边倒”、“肃反”和“开门整风”等五个运动。1952年2月1日到10日，在延安东路1000号中苏友好大厦开“华东高教界思想改造代表会议”，参加该会议的是上海各大学和南京的南京大学、金陵大学等的教授们。复旦的教授、副教授，还有些少数的党的干部（如王零），有两个组，每组约三十人。在我的小组里，大概在2月5、6日，经我提出，去邀沪江大学组的章靳以来报告他于上一天在复旦另一组里对陈望道提出的“帮助”或揭发，说在抗战时期陈望道曾领了国民党的特务去捉进步学生。我在那天上午，在开会之前，听说在陈望道、周谷城他们的组里，上一天沪江大学的章靳以去对陈望道提意见或“帮助”，结果如何则不清楚。我认为那是个严重的问题，必须调查清楚；若陈果有此举，他的复旦副主任委员必须撤掉。我在上午约十一点半之前，在小组里提出此事，并说下午去请沪江组的章靳以来说明问题；前大教联干事之一李正文，国民党时期是欧元怀为私立大夏大学校长时的大夏“经济学”课程的讲师，解放后是苏州革大的党校干部，在我这个复旦组里当指导干部；我提出陈望道问题时曾说，下午去请章靳以来，从现在起到下午章来时，我们组里不要有任何人去跟章靳以接触，包括李正文同志也不要去跟他接触。我说完话以后，复旦的商学院院长李炳焕说，他抗战时在重庆北碚复旦，从未听说过有陈望道带领特务捉学生的事。接着方令孺说："靳以怎么会说这样的话！真不该！"陈观烈也表示不安。下午两点钟开始学习，我提出请王零同志去请沪江组的章靳以来，大家无异议；我并说请王零同志不要跟章说有什么事。章不久来到我们组，我把早晨所听到的、章在复旦另一组里对陈提"帮助"或揭发意见的事说了一遍，请章重复他隔天对陈望道所提的意见。不料章一言不发，脸涨得通红，坐在凳上很不安定，勉强坐了五六分钟，一言不发而溜走。这就充分证明隔天在复旦另一组里所说是没有的事，是他在造谣。这件事就这样过去了。华东高教界思想改造代表会议开到2月10日为止。接下来就在复旦，从2月11日起，开展思想改造运动……向我进攻了五个多月，造谣污蔑、歪曲诽谤、威胁恐吓，无所不用其极，要把我改造成无原则只知盲从的驯服工具……同时也为打击报复我戳穿……对陈望道的造谣污蔑……污蔑我在宋哲元的冀、察、热政委会那个准汉奸机构里任过职……撤去党在1950年夏天坚决要我担任的外文系主任职。随后在评薪评级时，继续打击报复我，压低我的级别为二级教授。

1953年"教学改革"运动中，把外文系毕业班学生需有一篇比较长而有学术性的论文这规定取消掉，我提出异议，因为那样做会降低毕业生的程度。

1954年"学习苏联先进经验一边倒"运动中……把原来从国民党时期就规定了的从高等小学三年级开始学英文，经初中三年和高中三年，直到大学一年级，都要学生学英文，改定为不学英文，改学俄文，教师不教英文，改教俄文——我认为那是错误的，因为西欧的产业革命（Industrial Revolution）从十八世纪中期在英国开始，绵延发展到二十世纪以来，许多知识技巧都主要用英文传播留存，其次才是法文和德文。至于俄国的学术文化、科学技术，则都是比较后进和粗疏的，作为我们获得知识和技能的媒介和工具，英文是不可轻易放弃的。更何况在国民党时期以来，我们已学了近四十年英文，完全放弃掉，改学俄文，从字母开始，也欠考虑。至于要求未学过俄文的英文老师，在小学、中学、大学，都改教俄文，更是滑稽可笑的胡闹。所以我在1954年提出，不妨从高小三年级到大学一年级，并存英文和俄文两种外国语，由学生选定一种连续读八年。至于1954年高教部听苏联专家的建议，在大学外文系设置“莎士比亚西明纳”、“比较语言学”、“词汇”等课程，我认为都是错误的，甚至可笑的。

1955年2月9日晚间，副总理兼外交部长、兼上海市市长陈毅约我在茂名南路文化俱乐部谈话，因为我两天前写信给他，说上一年（1954）9月24日复旦大学物理系教授王恒守在上海市委统战部（因发生了高、饶事件）宣布撤销华东军政委员会的全部三百多名大学教授座谈会上一个小组里揭露说，他在解放初期曾到过一个潘汉年在虹口国际电影院对二、三千人作大报告的会，据说潘在那个会上对中国的高级知识分子做了较偏激的否定。陈老总约我谈话，和他同来的有当时上海市委第一书记柯庆施、统战部部长刘述周和高教局局长陈其五。……我对陈老总说，主张或赞成否定中国所有的高知的那个思想是个极反动的思想，公开作此主张的是反革命。我说：“你们无产阶级先锋队取得了政权之后要建设社会主义，工人和农民主要用他们的体力劳动来建设，士兵保卫国土使敌人不能来侵犯，知识分子运用他们的智力劳动跟工农一同来建设。怎么可以把脑力劳动的知识分子来杀光，那岂非破坏社会主义的极荒谬的反革命思想和行动吗？”谈话开始时陈老总曾说我出言过火，要我反省。我说我的话并不过火，我请他去要潘汉年反省。最后陈老总对我说，他们来与我谈话表示党对我的温暖，他并且保证决不会对我打击报复。过了几个星期，陈老总在有一次上海市人大或政协的大会上作报告时说："有党外的同志对我们的党内同志发生了很大的歧见，并提出了批评，这样的互相教育或监督是好的。"这可见陈老总对我在2月9日晚间对他和柯、刘、陈等所提对于潘汉年的看法，他并不敌视或否定，并不主张并指示复旦的党委打击报复我提了对潘汉年的意见或看法。非但如此，记得当年四月中旬，大概十七、八或九日晚上，统战部长刘述周也跟我谈过约三小时的话，向我保证在复旦大学不会再打击报复我。……

在1955年5月1日到15日打击胡风及"胡风集团"的"舆论一律"为"反革命"及"反革命集团"之后，在接下来的肃反运动中……组织人打击报复我两三个月，有一天布置了九十个人，对我从早上八点造谣污蔑，搞车轮战，斗到晚上八点。

1956年12月20日，我在上海市政协一千多人的扩大会议上作了《明辨是非，分清敌友》的发言，政协会议当天就无疾而终，突然结束。随后在12月下旬24、25日晚上，华东局书记处书记魏文伯和上海市委统战部长刘述周召集了一个七八人的小会，除了我之外有陈望道、王造时、周谷城、张孟闻、王恒守、陈子展等人，想解决我所提出来的打击我的问题。魏文伯承认了斗争打击我五个月并撤掉系主任职是错误的，但在那个小会上问题并未立即得到解决。过了约三个星期，在1957年1月17、18日，张孟闻受了陈望道的委托，陈是受了魏文伯和刘述周的委托，来看我并对我说，要恢复我外文系主任原职，调整我的级别为一级，杨西光的庐山村住所要他搬出来，让我住进去，并说我若愿意可到外语学院任副院长职。我的答复是：恢复原职和调整级别我接受，杨西光的住所要他搬出来给我住进去对于他太难堪，不必那么办；至于到外语学院任副院长，培养一般的通译人材，我不想去，我还是做培养较高级的英语人才的工作比较适当。我这是完全从英语教学和文化交流上的提高外语人材素质上着想，不是为提高我自己的地位职权着想。拖了约两个月，那时候党中央在开始考虑全面的“整风反右”，上海党政方面就把我这件事搁置起来。

我在解放前在上海民主同盟第五区分部领导全上海大学教师盟员反对国民党蒋政权的活动以及我在上海大学教授联谊会（“大教联”）所作该会全部反蒋宣传工作（中文的、英文的、公开的、秘密的、国内的和对外的，共二十个文件）……就拿1948年8月，我完全出于主动写给美国当时的总统杜鲁门派到中国来了解民情舆论的特使魏德迈将军的那份《备忘录》(英文打字二十页，有约七千英文字，佐以二三十个报纸和刊物上的证明文件，批评指摘国民党蒋政权六七个严重错误缺失，如批评它不认真积极抗日，用人根据封建的近亲与裙带关系，行政院长不是蒋的连襟孔祥熙就是他的小舅子宋子文，文官武将都贪污腐化，胜利后接收大员“五子登料”，迫害虐杀民主人士知识分子李公朴、闻一多等，政府机构甚至大学里居高位的人颟顸低能、撤烂污、办不了事、教不了书等等）而言，我这批评指摘起了极大的作用。当时（1948年七八月间）美国总统杜鲁门难于决定是否要全力支持蒋介石反对中国共产党，若果要全力支持就要出重兵到华北卷入中国的内战里来。根据美国的宪法和历史传统，出重兵到国外去支援一个政权不能由总统一人和他的行政部门决定，必须得到参议院和众议院的议员们的绝大多数和总统及其行政部门的一致同意。1948年七八月间国民党政权已岌岌可危，美国议会（参众两院）里的议员们有两派不同的意见，一派主张美国出兵全力支援蒋政权，另一派则犹豫不决，杜鲁门和他的内阁成员也难于作出决策。因此，1948年7月底杜鲁门决定派跟蒋介石关系很好的魏德迈将军（Lieutenant General Wedmayer）(关于蒋对他的关系好到什么程度，可看《文史资料选辑》第五十七辑，中国人民政治协商会议全国委员会文史资料委员会编，1978年，北京）到中国来了解实际情况及民情舆论，以作出在多大程度上支援蒋反对中共。所谓民情舆论，实际上是指公正无私的高级知识分子的看法。记得魏德迈在1948年大概8月中到的南京。当时的报纸，除《大公报》及《文汇报》外，都是国民党党部控制着的。魏德迈在当时的首都南京当然听不到舆论，看不到发表民意的报纸。他随即到北平去，那里有北京大学、清华大学、北师大、政法大学、燕京大学等七八所大学，但教授们没有一个共同组织的集会团体，而他又不便去一个个拜访各大学教授们，问他们对于国民党政府的意见。所以耽了三数天后他只好离开北平，听不到任何舆论。最后他就到上海来。恰好上海有个上海大学教授联谊会，据说那是张志让在抗战期间重庆北碚复旦大学时，他去拜访周恩来，周提出希望他发起团结一些大学教授的。复旦大学复员到上海来是在1946年。张同私立麦伦中学校长沈体兰（沈在圣约翰大学是个兼任教授）一同受党的提议，发动（建立）上海大学教授联谊会。我是我的清华同学彭文应在1947年初春介绍我参加大教联的。我参加了不久即被推举为七个干事之一。大教联需要用钱时，总是彭文应拿出钱来的。记得彭还通过我的关系，支援过复旦的学生组织，由梅蒸棣（注：中共地下党员）接受钱款。上海市立师专的学生组织，则通过我的关系，请上海市立戏剧学校教务主任吴天，请该校的学生演义务戏，筹款补贴他们（师专学生）的地下活动经费及伙食的。……杜鲁门的特使魏德迈将军1948年8月底临走前在上海举行了一次对新闻记者们的谈话会，在那个会上他批评国民党政府六、七个严重缺点错误，那正是我在我的七千字《备忘录》里所指出的。魏德迈对国民党的指责，在1948年8月下旬的《大公报》或《文汇报》上可以找到。党可以核对魏的指责，跟我在1949年9月8日挂号寄给周恩来的我致魏德迈的《备忘录》（现在国务院存档）内所指出的完全相同。魏德迈回华盛顿后向杜鲁门总统报命，并把我写给他的七千字《备忘录》交呈；我相信当时参众两院的议员们主张全力或部分援蒋的，一定也都看到了我那份《备忘录》，因而杜鲁门和他的阁员们，还有参众两院的议员们，都放弃了全力或部分地支援国民党的意图，从而使国民党在生死存亡的危急关头，没有能得到美国任何派遣军队的实力支援。……一解放立即过河拆桥，××× 把大教联用两个非法和一个舞弊的诡计（进行改选并导致）解散掉，并在民盟排挤打击我，企图把解放后上海民盟全体盟员大会推举出来的我的市支部委员取消掉……那样做简直是替国民党打击报复我，恩将仇报，真是“左”得出奇！（以上若干节引文引自 1986—1987 年间孙大雨致中共上海市委领导信）

有关他在反右运动中，在 1958 年因“诬告诽谤罪”而被判刑六年，成为这次运动期间所有全国知名大右派中惟一受到刑事处分的典型，盖源自他在上告和发言中指控为“反革命”的人多达六十余人，因而被十六名教授、副教授或其他身份的人联合控告。对于此事，有评论认为“这也许是时代的悲剧和个人的悲剧结合而生的悲剧之子”，“悲剧的时代产生了悲剧性的人物，悲剧的人物又产生了悲剧的故事”。(《孙大雨·炼狱之行》三百九十九页)“在那个政治挂帅的年代，‘反革命’是和人们生死攸关的帽子。孙大雨竟也捡起这顶帽子，这说明他虽然是一位高级知识分子，也无法超出那个时代。在他身上和灵魂中，多少也沾染上那个时代的特征”。(黄昌勇：《孙大雨这一辈子》，《上海滩》十页，1994.10)“很明显，没有这么多反革命。孙大雨是诗人，他将诗人的敏感和玄想，带进了政治生活：他这样判断著名数学家、时任复旦大学副校长的苏步青教授为反革命，他说：就在潘汉年反革命案公布后某一天，我在校园碰到苏步青，他向我招手，他的脸色很不好看，当时，我认为他心虚了，我就肯定他是反革命分子”。“孙大雨性格直率、暴烈、倔强：一经起步，不会回头”。〔黄昌勇：《孙大雨传略》，《新文学史料（季刊）》一百九十一页，1996.3〕在反右高潮中，在1957年7月11日的《文汇报》上有华东师大谢循初教授的揭发文章，他说："大约在去年冬天和今年春，孙大雨曾到过我家里两次来看我的爱人。他知道我在1955年肃反期间被审查过，他和我两次谈话的内容主要都是关于肃反运动的。他在第一次的谈话中，说上海肃反是由陈其五同志主持的一种'反革命'的阴谋活动，其目的在打击上海各大学中政治'进步的'和教学'有成绩的'教授。'你看，你不是反革命分子，我也不是反革命分子，我们为什么作为重点被斗争呢？事实很明显，凡把不是反革命分子当作反革命分子斗争的人，都是反革命分子。'我说：'事实不是这样简单，你的逻辑也成问题。'他带讥讽的口气说：'你在政治上太简单了，你不懂政治斗争。'……通过这次反右派斗争的揭露和斗争，才知道他原来是一个披着'硬骨头'的外衣进行反党反人民反社会主义的右派分子。"

那么他自己是如何来看待此事的呢？他留下的文字记录中说："1952年开始，党号召'检举反革命人人有责'，且'应当大胆怀疑'，怀疑错了也不要紧，且并无被怀疑者的规定人数限额，至于被怀疑者是否真正为反革命，当然必须由党组织作出决定，故而1957年'开门整风'前，党作过广泛的号召——'知无不言，言无不尽，言者无罪（按：重点号原有）、闻者足戒——而……把我积极响应号召的检举，反诬为'诽谤诬告'，反咬一口……"

作为他的亲属，我们对他当年指控这么多人为"反革命"也并不苟同，甚至劝解反对，但他的执拗使他不肯回头，终于碰壁，尝到苦果。

在经历了各次政治运动，尤其是身受了"文化大革命"的祸害之后，当我们回顾反思以往，在谈论中涉及此事时，我们曾对他说："现在清楚了，当初你所指控的一些人，并不是'反革命'，你自己当然也绝不是，这是一种历史的误会。”

有关此事叶永烈在《反右始末》一书中有以下论述：

今日看来，孙大雨的“惊人之举”，几乎不可理解。可是，在当年，孙大雨却有着他的逻辑，他的理由。

华东师范大学教授谢循初先生，和孙大雨一样，在肃反运动中都受到过审查，而上海高等学校的肃反工作是陈其五主持的。据谢循初后来揭发，孙大雨曾这样对他说过：

“你看，你不是反革命分子，我也不是反革命分子，我们为什么作为重点被斗争呢？事实很明显，凡把不是反革命分子当反革命分子斗争的人，都是反革命分子！”

孙大雨正是依照“凡把不是反革命分子当反革命分子斗争的人，都是反革命分子”的逻辑，把许多人看成是“反革命分子”，说成是“反革命分子”。

今日读者肯定会笑孙大雨的逻辑是何等的幼稚以至荒唐。可是，他在肃反运动中被当成重点斗争，心灵受到极大的刺激，以这样逻辑看待那些误斗他的人，却是可以理解的。连孙大雨自己都说，他成了“思想战线上的唐·吉诃德”。

以上虽然是叶永烈的一家之言，但总归是时隔多年人们冷静下来之后的一种客观的看法或评论。

不管如何，我岳父的确说过：“在运动中他们可以对我造谣污蔑斗争，他们不需要负什么责任，承担什么后果，而我公开检举揭发却为何要获罪判刑？”

有关此事，严祖祐（著名报人严独鹤之子。记者、作家。1964年因“反革命案”被捕，曾被判徒刑十五年。1980年平反。）在《教授风骨——狱友孙大雨》一文（《上海采风》2014年3月号）中是这样说的：

多少年来，对于孙大雨为什么指责这几位是“反革命”，许多人都觉得是一个谜。……

那是在孙大雨的旧宅。……我和孙大雨面对面，坐在一对小沙发上。……

我发问后，孙大雨很奇怪地看了我一眼，似乎认为我的提问是多余的，然后不加思索地回答：从五十年代初民生改革开始，接连几年，他们一直说我反动、反共。反动、反共当然就是反革命。他们可以说我是反革命，我为什么不可以说他们是反革命。再说，我明明不是反革命，他们却说我是反革命，这就说明他们是反革命。

孙大雨又说，换一种说法，我们这叫做对骂。俗话说，相打无好拳，相骂无好话，怎么说得上是诬告呢。打个比方，两人吵架，有人骂了娘，骂娘当然是不文明的，但总不能说，骂娘的人就是企图强奸犯吧。

1986年6月22日施蛰存先生给我岳父来信：

大雨仁兄：

今日抄得足下地址，特修书问候。

我与足下曾经有过一段不愉快的故事，经历三十年政治风波，我两人行事，实在都是陷入了政治陷阱。回想当年，不胜悔咎，今天特意向你道歉，希望勿再介意。

我已为庸医所误，不能行走，又无车可驱使，不能登门谢罪，足下如去华东师大，欢迎惠临叙旧。朋友凋零，人才寥落，不能不常念

足下也。手此即请著安

月波夫人均此，内子嘱候。

施蛰存书　6.22

信中谓“我与足下曾经有过一段不愉快的事”，我依稀记得岳父曾简要说过，解放初期他们在上海师专（该校为解放前顾毓琇任上海市教育局局长时所创办）同事时受人搬弄是非而产生的误会，他们之间有过芥蒂。几十年过去，在历尽沧桑之后，施老能大度地道歉、谢罪，诚属难能可贵，充分表现出他的君子风范。接信后，八十高龄的岳父远道从南市赶往西区的愚园路施老寓所，相聚甚欢，阔别数十年的老友又恢复了友谊。以后他们之间有过多次晤谈或书信往还。

记得八十年代初，我去复旦大学联系有关岳父的事宜，一位干部告诉我，为解决岳父的积案，他们征求过许多有关人士的意见，包括当时的高教局局长陈其五，并出示了他所写的建议。因未抄录，这里无法引用。但我大致记得陈其五认为现在应是到了实事求是地解决孙大雨问题的时候了。由于我是知道反右运动期间，岳父曾把陈其五也列入所谓“反革命”之一的，如今陈其五能不计个人恩怨，确乎令人感动！

正直的人，应该如此。

暮年生活

1976年10月，“四人帮”反革命集团被粉碎，从而结束了“文化大革命”的十年动乱，使我们的国家迈进了一个新的历史时期。此后，统一战线的工作逐步得到恢复，特别是在中共十一届三中全会以后，本着实事求是的精神，拨乱反正，根据有错必纠的原则，努力清除统战工作中的“左”的错误，全面认真地落实党的各项统战政策，并对大量历史遗留问题进行了严肃认真的清理。正是在这样的新形势下，我岳父的境况一天天得到改善，有关他的冤假错案也逐步得到解决。

自1957年反右蒙难后，岳父被打入另册，湮没了二十多年之久，在“文化大革命”浩劫中，甚至社会上谣传他已被迫害致死，不在人世了。

1980年11月14日上海《文汇报》报道“华师大在市有关部门支持下，聘请著名学者孙大雨任教”，在国内媒体上首次披露了他尚健在人间。自此以后，各种传媒不断有他的消息或专访出现，而他自己也焕发了青春，不断有文章、著述和译作发表，在暮年又喜获新生。其实我岳父是在复旦大学被打成右派的，也是复旦开除他的公职，剥夺了他的工作与生活（使他二十多年没有分文工资收入）的权利，现在落实政策，理应作出安排回原单位工作。但是据说当时复旦某掌权者不知出于何种心态，拒绝他回去，有关方面只得另想办法，继而想安排他到市政协编译委员会去，被他拒绝了。后来听说又想安排他到某学院去，某学院表示“孙大雨名气这么大，我们的庙太小”，有些犹豫。最后，华东师范大学党委书记施平出来拍板，才安排到该校外语系任教。

应该说，华东师大成了我岳父晚年的归宿，校方待他很好。不久在校庆期间请他去做了一次有关中、英诗文翻译的学术报告，会后刘佛年校长和他会见谈话，他们在解放前民盟地下工作时期可算是战友了。1982年1月22日华东师大党政领导出面召开新春茶话会，“欢迎孙大雨教授到校任教”，与会的有老朋友、老同事许杰、刘佛年、李锐夫等知名学者教授二十余人。施平书记并多次到家中和他恳谈，关心他的生活与政策落实情况。外语系领导曾拟请他做博士生导师，但那时他年事已高，不可能远道去学校带教，而家中住房尚未落实政策，只有斗室一间，难以在家中接待博士生教学，抄家抄去的书籍都未归还……总之因条件不具备而未能实行。为此事岳父还对我笑言：“我虽去过美国留学，但我并未读博士学位，现在倒要我带教博士生！”我则说：“以您的学问，带博士生是绰绰有余的。”

其后，在民盟上海市委帮助下，岳父办妥了离休手续，在华东师大享受离休干部和一级教授待遇。

一直到1997年1月5日岳父逝世，华东师大还为他安排了隆重的追悼大会，新任校长亲临追悼会与遗体告别，外语学院院长在悼词中对他作出了很高的评价。

岳父生前不止一次对我说过：“华东师大待我不薄，可是我除了去作过一次学术讲演外，没有去上过一次课，我很感惭愧！”

实际上在《文汇报》报道之前，在粉碎“四人帮”后政治氛围逐渐宽松的情况下，在一些书本和学术刊物上已陆续散见他的名字和论及他的文学业绩。

在1979年5月出版的、由北京语言学院《中国文学家辞典》编辑委员会编的《中国文学家辞典》中收入了《孙大雨》条目，介绍了他的简历和文学成就：

〔孙大雨〕现代诗人，文学翻译家。原名孙铭传，字守拙，别号子潜。原籍浙江诸暨县，1905年1月21日生于上海。在上海读初中时积极参加1919年“六三”爱国运动，劝租界商店罢市。1922年考入清华学校高等科。1925年毕业后留在国内游历一年。1926年入美国新罕布什尔州的达德穆学院，翌年获该院奖学金，1928年高级荣誉毕业。1928年至1929年入耶鲁大学研究院专攻英文文学。自1930年秋至1957年，历任武汉大学、北京师范大学、北平大学女子文理学院、北京大学、青岛大学、浙江大学、暨南大学、中央政治学校、复旦大学等校外文系英国文学教授，有时兼主任。1946年加入中国民主同盟。次年加入上海大学教授联谊会，被推为干事，后为干事会主席。1919年至1923年，在《少年中国》、《小说月报》、《时事新报》等发表过诗和小说。1926年在北京《晨报》副刊发表一首最早有韵文规律的十四行体诗《爱》。1931年至1932年，翻译罗伯脱·勃朗宁的长诗《安特利亚·特尔·沙多》，在《武汉日报》文艺副刊上发表。在徐志摩主编的《诗刊》四期登有长诗《自己的写照》、莎士比亚剧译及短诗。1933年至1934年在天津《大公报》文艺副刊发表《自己的写照》续稿，这是一首用四音组韵文写成的现代诗，奔腾雄浑，浩瀚澎湃。还英译唐代孙过庭《书谱序》(英文月刊《天下》第二期)。此外在《新月》诗刊(戴望舒编)、《民族文学》、《宇宙风》、《现代评论》等刊物上也有诗或译诗发表。1948年11月商务印书馆出版莎士比亚剧诗《黎琊王》集注本二卷(诗译)。1956年至1957年发表论文《诗歌底格律》(《复旦学报》1956年至1957年)。此文在几千行莎译公诸于世以后，在总结他三十年实践经验的基础上，展望古今中外诗歌的创作和理论，就白话文诗歌写作和译诗的韵文节奏规律问题，提出了自己的创见。除已出版的《黎琊王》外，《罕秣莱德》、《奥赛罗》、《麦克白》都已按集注本诗译好；另外还译成《风暴》与《冬日故事》二大喜剧，也都有集注。把乔叟的《康忒勃垒故事集·序诗》作了诗译。他还有意大利文艺复兴后期的翟利尼《自传》译稿几十万字。最近还用古典英文韵文诗译了屈原的《离骚》、《九歌》、《九章》（六首）、《远游》、《卜居》与《渔父》，宋玉的《高唐赋》与《神女赋》，潘岳的《秋兴赋》，刘伶的《酒德颂》，陶潜的《归去来辞》，韩愈的《石鼓歌》，苏轼的前、后《赤壁赋》等等。

此时，我岳父的“右派”等问题尚未得到解决，《中国文学家辞典》能作出上述正面肯定的介绍，实属难能可贵。

在1979年第三期《文学评论》杂志上卞之琳所写《完成与开端：纪念诗人闻一多八十生辰》一文中也评论到他：“举例说孙大雨先生写诗和译诗体作品，是有意识以‘音组’作为诗行内的基本单位；……最近接读美国威斯康星大学周策纵教授……的《定形新诗体的提议》这篇渊博的长文，知道他也肯定‘音组’是新诗律方面的‘最主要因素’。”并说：“以后连归入所谓‘格律严谨’一派人中好像也只有孙大雨写过几首严格的十四行体诗，例如《老话》……而个别人想写而并不知道十四行体是什么回事。”接着在1980年第一期《文学评论》刊有肖韩（孙近仁）的文章《新诗的音组、韵律和成型问题》，指出：“孙大雨先生早在1956年与1957年两期《复旦学报》（人文版）上发表了长篇论文《诗歌底格律》，详细论述了音组和韵律在新诗中的运用问题。……要探讨新诗的形式、格律、音组等问题，这篇论著不可不读。”

继《文汇报》的报道之后，中国民主同盟老盟员罗涵先、冯亦代、尚丁于1981年初在北京商定撰写回忆录，九月份内部发表的《风雨如晦，鸡鸣不已——记解放前上海民盟的战斗》一文中多处肯定了孙大雨在解放前的革命活动。

1982年2月号《北师大学报》发表蓝棣之的文章《论新月派在新

诗史上的地位》，记述了孙大雨作为新月派诗人对新诗所作出的贡献。

1984 年 12 月 4 日《解放日报》报道：中国莎士比亚研究会在上海成立，孙大雨出席，被选为理事。在此期间举办了首届中国莎士比亚戏剧节，在中央电视台的专题报道中谓：孙大雨首先用诗体翻译出版莎剧《黎琊王》，“成就尤大”。

1985 年 2 月 3 日上海人民广播电台播发《孙大雨教授热心从事中外文化交流》。

同年 5 月号《老人》杂志刊载沈海燕的访问记《在诗海中奋进——小记孙大雨教授》。10 月 12 日《文汇读书周报》翔汉、王琳撰文《进行开启性的学习——访孙大雨教授》。《法律咨询》10 月号发表特约记者司徒伟群的专访《夜访孙大雨》，披露了他在“文化大革命”中所遭遇的苦难，该文后编入北京群众出版社出版的《十年沉冤录》一书。

1986 年 1 月号香港《良友画报》刊登了金帛的长篇访问记《他不会被遗忘——记孙大雨》，并配发七帧大幅生活照片，向海外介绍。

同年 3 月 31 日《上海盟讯》发表历史学家程应镠的文章《大教联回忆》，披露孙大雨在解放前民主革命斗争中的许多鲜为人知的革命事迹。

4 月 23 日《文汇报》报道：孙大雨在新知识讲座演讲《莎士比亚的剧作》。

4 月 30 日《上海盟讯》报道孙大雨在纪念莎士比亚逝世三百七十周年座谈会上发言。

9 月《纪念民盟四十周年》一书出版，书中多处披露孙大雨在民主革命时期的许多革命事迹，在民盟组织内外广为传播，这时人们终于了解到他前半生的光荣历史。

9 月 12 日《文汇报》发表著名记者、作家徐开垒（也是《巴金传》的作者）的专访：《衣带渐宽终不悔——访孙大雨》。

10月16日上海人民广播电台《人物春秋》节目播放曾文恭、陈接章的录音采访《小巷灯火路漫漫——孙大雨的外国文学生涯》。记得我们预先得知播放时间，隔夜即开好闹钟，翌晨六点前醒来，打开收音机，静候播音开始，还作了录音，这盒录音带至今保存完好。由于它的精彩的文辞，加上里边还有老人用中文、英文朗诵诗句的声音，吸引着我们不时拿出来重新播放收听，它留给我们永恒的纪念。女播音员口齿清晰、富有感情的声腔时时萦绕在我们耳边：

上海城隍庙的小巷深处，有一座旧式的楼房，像它的主人一样，不知经历了多少风霜烈日的煎熬。二楼南窗口的灯火年复一年，天天如此，夜灯下，一位年逾八旬的老人，呕心沥血在推敲我国古诗词名篇的翻译。孙大雨这位前复旦大学外文系主任、蜚声国际文坛的研究莎士比亚学者、英美文学专家，曾经被错划成右派，长期遭受不公正的待遇。经过拨乱反正，孙大雨才呼吸到新鲜空气。

……虽然历经磨难，年事已高，孙大雨仍旧保持着严谨正确、博闻强记的学者风度……

……对“左”的那一套东西，孙大雨哪能不嫉恶如仇呢？但是作为一个学贯中西的学者，作为一个饱经人世沧桑的长者，他明白，过去的已经过去，祖国的未来是有希望的。……

……1984年7月23日一个晴朗的下午，复旦大学两位负责人来到他的家郑重宣布，经中央领导同志亲自批示，孙大雨的右派问题、现行反革命问题予以彻底平反纠正，恢复他的教授职称和原来的工资待遇。……孙大雨先生被打入另册总共是二十七年零二十三天……

……一生献身于莎士比亚戏剧事业的孙大雨对莎剧有独到的见解，有精深的造诣。他认为莎剧不是话剧，而是诗剧……他抱定宗旨要让人们看到真正的莎士比亚戏剧，体会莎剧原作的完美。他已经翻译的八部莎翁剧本都是格律诗体……

……伟大的艺术从来是没有国界的。英国有莎士比亚，我国同样有屈原、李白等天才文豪。可是西方人所称道的是希腊悲剧、荷马史诗，却不知道或不很了解中国的楚辞、唐诗；作为一个炎黄子孙，一个世界大国的翻译家，孙大雨觉得自己有义不容辞的责任把中华民族灿烂的传统文化杰作介绍给全人类。治学严谨的孙大雨，工作全神贯注，熬过了几多三更灯火五更鸡，为了让英、美读者看到真正的唐诗，他可以用一整夜时间反复琢磨如何译好一首只有四行的诗。屈原是孙大雨最尊重的诗人，在风雨如磐的动乱年代，身处逆境的孙大雨和屈原有着心灵上的感应。他开始翻译屈原的作品，译出了《离骚》、《九歌》等诗作。为了使外国读者理解欣赏中国古典诗词，孙大雨在译本中作了许多注释，它的字数往往几十倍的多于译文本身，为此他要查阅大量资料。他认为东西方的优秀文化是人类的共同财富，他愿意为沟通东西方的文化而奉献自己的一切。

要描绘孙大雨教授需要非常丰富的色彩，接触他的人都会对他强烈的个性有一个很深的印象。坎坷的生活并没有改变他倔强执著的真情、甚至有些孤傲的秉性，而这个性又给他的一生带来无数的麻烦；但他始终坚持着，尽管事态变化，孙大雨还是那个孙大雨。……“路漫漫其修远兮，吾将上下而求索”，望着小巷里那彻夜不灭的灯光，耳闻老人铿锵的吟诵，人们都为之动情。大难不死，必有后福。春风复苏了孙大雨那颗饱经忧患的心，历史将秉笔直书一切人的功过是非，随着时间的脚步，人们将越来越会认识理解这位传奇般的学者。

这铿锵有力、诗一般的语言，至今听来仍震撼着我们的心灵！谢谢这两位素昧平生的记者。

1985年12月5日，《上海盟讯》又报道了11月底“胡乔木在上海会见孙大雨话旧回顾师生友谊”。胡乔木是他在浙江大学外文系任教时的学生，当年胡的勤学好问留给他深刻而又良好的印象。后来胡去参加革命。解放初在北京师生之间有过一次会见。这次“文化大革命”后的再次相见，胡乔木表达了他因自顾不暇（他也受到“四人帮”的迫害）而未能照顾到老师的歉意。

1987年11月12日《文汇报》报道孙大雨在《华东师大学报》发表论文《莎剧是诗剧还是话剧?》。

1988年1月17日，《文汇报》刊登孙大雨《译诗两首》。

同年二月号《读书》杂志载有孙近仁文《别忘掉孙大雨》，指出孙大雨在创作十四行体诗上的成就。12月31日《上海盟讯》刊文《孙大雨笔斗舌战魏德迈》，向世人昭示孙大雨在解放前夕民主革命斗争中的功绩。

1989年人民文学出版社出版《新月派诗选》（中国现代文学流派创作选），蓝棣之在序言中对孙大雨在新月诗人中的学术地位作了评价，并选用他的八首诗作。

同年十月号《名人传记》刊登展家琪、张方晦合写的《走在阳光里的老人——记新月派著名诗人孙大雨教授》。

1990年2月6日《解放日报》载林天斗文，披露孙大雨在解放前夕在家中与进步师生收听解放区电台广播、传递延安信息以及帮助国际友人的事迹。

同年11月《人民日报（海外版）》发表顾关元的文章《说不尽的莎士比亚——访翻译家孙大雨先生》。

1993年4月号《群言》杂志刊载孙近仁、孙佳始文：《说不尽的莎士比亚——孙大雨教授谈莎剧翻译》。

同年10月《上海滩》登有黄昌勇文：《孙大雨这一辈子》。

1995年7月台湾《中外杂志》载文《莎学名家缤纷录》，评论孙大雨的莎学成就。

1996年《中外论坛》（纽约版）第四期载蔡平文：《孙大雨和莎翁诗剧》。

以上大致罗列了“文化大革命”结束以后到他逝世前一段时间内各种传媒有关他的消息、报道、评论或访问记，使他走出反右以后二十多年的封闭状态，来到人们中间，恢复了他的本来面目。他得以善终，他是幸运的！

与此同时，在这一新时期，尽管他已渐入暮年，但他还是焕发了青春，发表了一系列论文、随笔和著译，计有：

1983年：《关于莎士比亚戏剧的几个问题》（《外国文学研究》第一期）、“Some Specific Thought on Rendering Ancient Chinese Poety into English Mefrical Verse”（《外国语》第三期）、《略谈英诗中译的艺术》（《华东师大学报》第五期）。

1986年：《莎士比亚的戏剧是诗剧》（《群言》10月号）。

1987年：《莎士比亚的戏剧是话剧还是诗剧？》（《华东师大学报》第二期）。

1989年：《我与诗》（《新民晚报》，2月21日）。

1990年：《杜甫“秋兴”八首英译》（《华东师大学报》第四期）。

1991年：莎译《罕秣莱德》出版（上海译文出版社，5月）。

1992年：《格律体新诗的起源》（《文艺争鸣》第五期）。

1993年：《黎琊王》（上海译文出版社，1月）、《奥赛罗》（上海译文出版社，5月）出版、《莎译琐谈》[《中外论坛》（纽约版）第四期]、《我与诗人朱湘》（《济南日报》8月7日）。

1994年：《麦克白斯》出版（上海译文出版社，1月）、《我与梁实秋》（台北《联合报》，3月25日）、《暮年回首》[《中外论坛》（纽约版）第五期]。

1995年：《莎士比亚四大悲剧》（珍藏本）（上海译文出版社，1月）、《威尼斯商人》、《冬日故事》（上海译文出版社，2月）出版。

1996年：《屈原诗选英译》（上海外语教育出版社，1月）、《孙大雨诗文集》（河北教育出版社，12月）出版。

1997年：《古诗文英译集》出版（上海外语教育出版社，9月）。

又：《英诗选译集》，即出。

从以上开列的八十年代以来他所发表的作品来看，他的暮年成为他创作的旺盛时期，这固然是一件好事，但是也不能不看到：如果不是以往蹉跎岁月的耽误，他的作品应该更多，这不仅是他个人的损失，也是文化事业的损失！

在他生前，我协助他整理成十二部著译：莎译八部，即《罕秣莱德》、《奥赛罗》、《黎琊王》、《麦克白斯》、《冬日故事》、《暴风雨》（以上为集注本），以及《萝密欧与琚丽晔》、《威尼斯商人》（以上为简注本）。加上《孙大雨诗文集》、《屈原诗选英译》、《古诗文英译集》和《英诗选译集》。其中除《暴风雨》、《萝密欧与琚丽晔》、《英诗选译集》外，现均已出版问世，其余这三本书也可望在近期付梓。所以，在他逝世前上述作品都已落实出版事宜，这是可以告慰于他的，惜乎老天未能假以天年，没有让他看到自己的辛勤劳动的成果全部出版，这是颇为令人遗憾的。

这十二部著译的出版过程似有值得记叙之处。

先说八部莎译。《黎琊王》在解放前已由上海商务印书馆出版，《罕秣莱德》、《奥赛罗》、《麦克白斯》、《冬日故事》、《暴风雨》五部集注本是在“文化大革命”前几年中译竣的，《萝密欧与琚丽晔》、《威尼斯商人》两部简注本则是在“文化大革命”后期译成的。在本书《文革苦难》一章中已经叙述过，在“文化大革命”前译就的五部莎译集注本手稿，幸亏在“文化大革命”抄家风蔓延之前，冒着风险转移藏匿而得以保存下来。

“文化大革命”结束以后，随着政治形势日渐宽松好转，迨至八十年代我即开始把手稿上的文字誊录到方格纸上，一百多万字的誊录使我的右臂得了“网球肘”，酸痛了好几个月才逐渐康复。由此也使我深切感受到笔耕的艰难——我仅仅是誊录而已，想想岳父经年累月通宵达旦伏案工作，字斟句酌，每一疑难之处都一丝不苟作出注释……他付出的精力是何等的巨大！尤其是他在背负政治黑锅、生活又处于极端困苦的情况下，寒冷的冬季没有取暖设备，半夜里只能啃一只三分钱的大饼充饥，仍能孜孜不倦地著译，取得如此成就，他的奉献精神又是多么令人钦佩！

把手稿上的文字誊录到方格稿纸上，因为只能在业余时间抽空去做，所以八部稿子的誊写前前后后花掉几年时间。事实上当时也没有紧迫感、因为粉碎“四人帮”后开头的几年中还没有形成出版莎剧这类作品的气候。

誊录稿子只不过是做出版前的准备，关键是要找到一个合适的出版社出书。及至随着改革开放的进展，有了出版的可能时，开始我考虑到岳父已安排到华东师大工作，而该校又有一个“华东师大出版社”，何不考虑请他们出版呢？于是在 1987 年 3 月我给袁运开校长写了一封信，三月下旬我即收到华东师大出版社总编辑陈裕祥先生的来信：“您给袁运开校长的信，已转给我社。经研究，我们同意出版孙大雨先生的译稿。……关于孙大雨先生译稿的具体出版事宜，我们可以详细商谈一下，请您约个时间，到我社面谈。孙老年迈，不必劳驾了，我们和你一起谈也一样。”

不料我岳母因咯血于 3 月 22 日住院治疗，病情一天天加重，拖了整整三个月，到 5 月 21 日溘然长逝。之后又忙于丧事，所以没有及时“约个时间”，去与陈总编面谈具体出版事宜。待所有家务事办妥以后，6月中旬我执笔给陈总编写信，谓“如果贵社初衷不变，我准备随时前来商谈，请您约定时间通知我即可。”但信未寄出，又遇见时任上海译文出版社社长的孙家晋（吴岩）先生，他是我岳父在暨南大学外文系任教时的学生，他对我说：“我知道先生对出书是很讲究的，我们是出版译作的专业出版社，先生的莎译还是交给我们出版吧。”

我请示了岳父，权衡之下，他也觉得以交给译文社出书为宜，这事就此定了下来，当然，我们对华东师大出版社的好意同样是很感激的。

1988年1月6日，上海译文出版社以公函形式给我岳父来信谓：“您愿意把历年来研究、翻译的八部莎士比亚诗剧《罕秣莱德》、《奥赛罗》、《麦克白》、《黎琊王》、《风暴》和《冬日故事》、《萝密欧与琚丽晔》、《威尼斯商人》交给我社出版，十分欢迎。相信您的诗体译本的陆续问世，将有助于党的‘百花齐放’的文艺方针，在我国文学翻译园地中得到更好的贯彻。我们愿意接受以上书稿在我社出版。并同意以后一切有关事宜同令婿孙近仁同志接洽。”

就这样，八部莎译由上海译文出版社出版便正式定了下来。因为我岳父在给他们的信中提到“有关我的译作出版的所有事宜全权委托我的女婿孙近仁办理”，所以译文社来信中有“同意以后一切有关事宜同令婿孙近仁同志接洽”之说。

尽管社会的大环境使像莎士比亚戏剧这样一类作品有了出版的可能，但是其时出版业跌入低谷，处于滑坡阶段，译文出版社能接纳八部莎译出版，且表示“十分欢迎”，这是很不容易的。

如今出版社是落实了，然而出版工作进行得并不顺利。时隔两年多，原拟首先出版的《罕秣莱德》仍孕育腹中，未能分娩。1991年3

月我给吴岩先生去信催问，此时他已离休，3 月 29 日他回信说：“手书拜诵。大雨师和您为莎剧译本出版几经波折而焦虑，这种心情完全可以理解的。我已经叫我儿子把信转送出版社的叶麟鎏同志，……他也给我来了电话。说是大雨师的译稿现在已打好纸型，容等待时机设法出版。眼前的关键还是出版滑坡，大气候尚未好转。……国际合作出书因动乱而停顿，一时无从‘以外补内’……只要社内经济好转，还是会设法出版的……届时当优先考虑”云云。

在这种情况下，当然只能耐心等待，除此别无他法可想。直到 1991 年 5 月，也就是交稿三年多以后，第一个婴儿《罕秣莱德》才出世。

我岳父深有感慨，1993 年他在《中外论坛》第四期上发表的《莎译琐谈》一文中有这样一段话：

我开始尝试用音组这一格式对应莎剧诗行中的音步，作了莎剧翻译的实践，那是在 1934 年 10 月。我首先翻译了莎氏著名悲剧《黎琊王》(*King Lear*)，至 1935 年译竣，后经两度校改修订，迨至 1948 年 11 月才由上海商务印书馆出版该书两卷集注本。由译毕到成书相隔这么多年，其主要原因是这期间经历了八年日本侵华战争的浩劫，所以我在此书扉页上作了以下题字：“谨向杀日寇斩汉奸和歼灭法西斯盗匪的战士们致敬！”

在遭受了 1957 年的政治风暴所强加给我的不公正待遇后，在极其艰难困苦的状况下，我又于六十年代初，“文化大革命”前的几年中翻译了《罕秣莱德》(*Hamlet*) 等五部莎剧，直到 1991 年 5 月才由上海译文出版社出版了我的第二部莎译《罕秣莱德》集注本，此书从译毕到成书竟相隔了二十多年，经历的坎坷比《黎琊王》有过之无不及，个中缘由当然是因为国家民族又经历了另一次浩劫——“文化大革命”所致。两部莎译出版的遭遇，只能说是一种命运的巧合。

八部莎译稿子从1988年初交稿，到1997年我岳父逝世，将近十年尚未出齐，仅出版了其中的六部，由于单行本每版只印数千册，出版社可能亏本，这使我们很感不安。期间译文社为外国文学名著珍藏本配套，主动与我商讨将《罕秣莱德》、《奥赛罗》、《黎琊王》、《麦克白斯》四种单行本再合并出版《莎士比亚四大悲剧》珍藏本，于1995年1月出版，印数四万册，定价每册三十七元，大概可以赢利了，但我们只拿到相当于单行本重印的为数不多的稿费。至今还有两部莎译迟迟未能付印，出版周期也实在太长了。而市面上一些低级庸俗的作品却大行其是，印数庞大，出版商与作者的收益惊人；相形之下，严肃高尚文艺精品的处境实在可怜！

我一直认为，《屈原诗选英译》一书的出版历程，在出版史上是值得书上一笔的。

这部书稿是岳父在“文化大革命”进入第八个年头的1974年7月开始写作的，历时四年有余，到1978年10月才完成，也就是说是他在七十到七十四岁期间译著完稿的。他把堪称中国古代第一位大诗人屈原的绝大部分诗篇用古典英文韵文翻译，并且写有长达十万言的导论，考证屈原的生平，论述屈原的思想、著作在中国和世界历史上的地位，是一本学术性很高的著译。可是完稿以后一直没有出版机会。

约在1993年3月初，吴钧陶先生打电话给我，说他正在编一册绘图本唐诗英译集，计划邀国内的专家学者共襄其成，他征询能否提供我岳父的英译唐诗参与其事。吴先生我并不认识，但以前见过他的译作，知道他是一位勤勉有成的学人，应是可以信赖的；同时岳父所译楚辞、唐诗等正苦于找不到出版门路，所以经过考虑，我同意了他的请求，提供给他三十首英译唐诗。他在编纂过程中来信说：“孙大雨教授的译稿拜读了好几天。的确是大家手笔，十分钦佩！原稿一再增减，可见一丝不苟的工作态度，也值得我学习……”在与吴先生的交往中，我告诉他，岳父还有一部屈原诗译稿，早已完成，但迄未找到出版单位，并把手稿带去给他过目。吴先生看后表示：这部书稿为弘扬中国古代优秀文化，其意义不可低估，而且译文本身具有不可多得的文学欣赏价值。他认为就其学术价值而论，迟早总有机会出版的，但这样好的文学作品理应早日争取问世。大概是基于这样的考虑，吴先生终于撰文《丝将尽，泪欲干——为孙大雨教授书稿呼吁》发表在1993年4月26日的《新民晚报》上，这篇言词恳切的文章十分激动人心，他写道：

李商隐名句“春蚕到死丝方尽，蜡炬成灰泪始干”，常常用来形容文教工作者鞠躬尽瘁、呕心沥血的情景；我觉得，用来说明孙大雨教授的晚年生活也是恰当的。

孙大雨教授生于1905年，后年是他的九如之庆了。……教书育人是他的毕生事业，可说一辈子像春蚕那样吐丝，一辈子像蜡烛那样燃烧，莘莘学子受惠于他的是数不胜数的。

1958年，他被错划为右派之后，从教坛和文坛上消失了二十六年之久，幸好1984年得以平反，真是枯木逢春，老树著花。……他以“文化大革命”劫后之身局处于南市区昼锦路上的一个小房间里，重新拿起笔来，伸展稿纸，开始他白天睡觉，夜晚通宵达旦的“爬格子”工作。他很少休息，没有娱乐。也许从工作中所能得到的乐趣便是他的娱乐。……十年来，三千多个这样的夜晚，他在方格里填入了上百万个方块字。以他的年龄来说，没有坚韧不拔的意志，没有持之以恒的毅力，是办不到的。他用诗体翻译和修订了八部莎士比亚的诗剧，附有详尽的集注，都是一丝不苟的精心之作。这些译作已于五年前交给上海译文出版社。多年来，由于订数不足，迄今只出版了《罕秣莱德》和《黎琊王》两种。听说孙大雨教授曾为此感到焦虑，《人民日报·海外版》和香港《大公报》上都刊登了专访文章。我在此也代他向新华书店各位征订图书的同志和广大读者呼吁一下，希望对这些译作给予应有的注意，使他能在他的有生之日，最好是他的九十岁生日之前，看到自己辛勤劳动的成果奉献给社会。

我要呼吁的还不止此。这些年来，孙大雨教授还完成了汉译英的诗作。他译出了全部《离骚》(以及屈原的绝大部分诗作)，写有长序及详注，全稿达四百多页。另外还有一百几十首古诗英译，包括乐府和唐诗宋词。这些翻译全部用英诗格律，功力深厚，也是他毕生致力于中外文学，心无旁骛，方能作出的卓越奉献。……

孙大雨教授古诗英译的成果，其价值如果不能说胜过他翻译的莎剧，至少是不相上下的。对于由我们中国人自己介绍祖国优秀的古代文化，其意义是不可低估的。对于从事文学翻译和外语研究的人来说，其作用也是不言自明的。当然，还有其本身不可多得的文学欣赏价值。因此，我觉得应该为这位老人可能是最后的奉献争取一个出版的机会。

我相信，一定会有哪位出版家，或者哪位热心于出版事业的人士，愿意为此投资。其实投资的金额并不很大，只不过精品大厦里几支唇膏的代价吧。我想决不至于相当一辆奥迪轿车的价钱，也没有生辰八字那么讨人喜欢的一个牌照号码或电话号码的拍卖价那么高。

最后，吴钧陶先生表白道：

我不是孙大雨教授的亲属，也不是他的学生。我只见过他一面。我为他呼吁，是因为我觉得这样一位老学者的学术产品，该是我们国家的文化财富，那些呕心沥血的文字应该传诸久远，而不该像垃圾一样湮没于废纸堆中。……我觉得这个世界应该留下他的雪泥鸿爪。

连吴先生自己都感到意外的是，该文引起了很大的反响。著名电影演员兼作家黄宗英女士首先撰文响应，她说读了吴文后“我流泪了”，并表示要“预订全部孙教授的译著”以作支援。她说：“我相信会有许许多多的人订孙大雨教授的书，不为自己也为儿女作文化投资。哪怕是为装饰门面，书也比一闪一闪双层天花板的彩色灯‘上档次’”。

接着又有著名“红学家”周汝昌先生发表《余欲无言怎忍不言》的文章，并“为孙大雨教授赋诗一首”以赠，表达了他的深情厚意。诗曰：

案头干死读书萤，旧语凄凉哪可听？教授未能煎馅饼，老翁何计扮明星？离骚堪做还魂纸，莎剧难逃生意经。试想中华文化地，书生挥涕意难平。

又解释道：“教授上街卖馅饼，是见于报端的新典故。‘还魂纸’是个特殊的名目，指的是把旧书稿毁了作为重新造纸的‘纸浆’原料。”

此外，民盟上海市委常务副主委翁曙冠先生也在为此事尽力。吴文发表后的一段日子里，连文学圈子以外的人，都倾诉读了吴文十分感动。

在吴文发表后的几天时间里，相继有某外资商城与上海某公司及郊区一家企业前来表示赞助的意向，惜乎因某些缘由都未能成功。当然，不管如何，对他们的热心均应表示谢忱！

我们正在失望时，突然又峰回路转、柳暗花明：到1993年6月下旬，有一天接到本市一位陈先生来电，他告诉我他受外地某特区一位企业家之托，几经周折才与我联系上，这位企业家愿资助五万元出版

《屈原诗选英译》一书，如果我们同意，将立即汇款来沪。并一再声明资助不附带任何条件，更不要登报宣扬。能有这样的好事？在经历了许多世态炎凉遭际的我们，面对如此好事，在欢喜之余，竟也产生一些疑惑之感，实在罪过！ 7月6日上午，陈先生又来电，谓这位企业家已来沪出差，相约当日下午来家中面谈。见面后才知道这位企业家年仅四十多岁，谈吐儒雅，也是知识分子出身，可谓儒商。他表示赞助目的“纯粹在于弘扬祖国古老优秀文化以及对孙教授道德文章的敬佩”。他认为，虽然目前似有“全民经商”的倾向，严肃文学不景气，但随着改革开放的进展，等到以后社会经济发展到一定程度，高雅文化必将越来越为人们所需求。同时他再次面陈“不公布赞助者姓名”的要求，并一再强调务必做到此点。尽管我们反复指出这一义举乃商界开资助学术著作出版之先河，理应宣扬，但他始终不为所动。仅隔一天，7月8日晚间这位企业家又亲自将一张五万元的建设银行支票送来。当晚我即将支票送到上海外语教育出版社总编辑王彤福手中。

《新民晚报》记者还是于7月9日从外语教育出版社获取了这一消息，7月10日就作了报道，标题是《不愿透露姓名　无须附带广告　一商界人士资助〈屈原诗选英译〉》：

本报讯（记者陈竹）一位不愿透露姓名和工作单位的商界人士慷慨解囊，资助人民币五万元，使久久不能出版的孙大雨教授具有很高学术价值的《屈原诗选英译》，可望付梓。昨天，据承担此书出版工作的外语教育出版社告知，他们已收到这位热心人送来的支票。

……

几天前，一位外地商人看到本报后，委托他在上海的亲戚找到孙教授的家属，表示愿意资助五万元，并不附加任何条件。随后他又趁出差之际，亲自来到上海，与他们面谈，并一再表示这样做完全是出于对民族文化的热爱和对孙教授的钦佩和关心，不求扬名，无须附加广告，因此他要求家属保证不向外界透露他的姓名、单位。据出版社介绍，这本书将于九月份开始编辑，预计明年年底可以与读者见面。著名画家刘旦宅已写信表示愿意为本书画插图。据悉，孙大雨教授的《古诗文英译集》和《孙大雨诗文集》也正在寻求投资者。

该报同一版面还配发了彭友写的短评《谢谢这位无名氏》：

阳春白雪和者不寡。

近来资助交响乐、芭蕾舞、文学、戏曲等所谓高雅文化的企业家和商界人士层出不穷，几成风尚。现在就连出版风雅之极的《屈原诗选英译》都已有人慷慨相助。而且这位行善者不留姓名，不附加任何条件，其品格之“高雅”，目光之远大可钦可佩。这真可谓是中国商界之巨变，自然也是当今社会的一大进步。我们感谢孙大雨教授为弘扬中国文化的默默耕耘，也感谢默默作出贡献的那位无名氏。

实际上，一个既能拥有物质财富，也能拥有精神财富的人才真正称得上是个富有的人。

在此期间，有记者打电话给我，一定要我说出赞助者的姓名，要去采访这位无名氏，进行表彰。一再追问我知不知道这位无名氏的姓名、来历，我告诉他，我当然知道，但不能告诉你，因为我不能违约。其实，在我内心深处非常愿意告诉这位记者，希望借他之笔在报上表彰这位高尚的赞助者，然而赞助者谆谆嘱咐，他不为名，不为利，如果张扬了，就失却了他的本意，我怎么能公开这个秘密呢？我不能违背自己的承诺。事隔多年，行文至此，我还是有公布这位无名氏姓名、来历的冲动，但是不能，甚至可以说现在我的内心还处于矛盾的痛苦之中。

以上引用的《新民晚报》记者陈竹的报道中，末尾有“据悉，孙大雨教授的《古诗文英译集》和《孙大雨诗文集》也正在寻求投资者”，现在可以告慰广大读者的是，这两本书的出版问题都已顺利解决了。《屈原诗选英译》在上海外语教育出版社出版后，初版三千册很快售罄，又重印了三千册，该出版社已无需赞助，又出版了《古诗文英译集》，这两本书每本都有五、六十万字的篇幅，分别有柳无忌、季羡林先生作序，有刘旦宅提供插图，印刷十分精美。上海外语教育出版社还接受了《英诗选译集》稿，目前正在编排中，预计至迟明年可望出版。该社社长庄智象先生，总编辑王彤福先生给予了很多关心与支持，责编张湘湘女士花去的精力尤多，在此应该提起一笔的。

话题再回到《屈原诗选英译》这本书上来。就这样，我岳父花掉四年多时间，熬过一千多个通宵（他习惯于通宵达旦工作）的心血结晶终于得以出版了。从上述过程来看，我深悟下面一句话的真谛：人间自有真情在。

在1996年1月21日我岳父九十一岁生日，上海外语教育出版社总编辑王彤福教授和责编张湘湘女士专程赶到华东医院给正在住院治疗的老人送去赶印出来的样书、鲜花和生日蛋糕，以资祝贺。老人手捧精美的新书不断摩挲翻阅，喃喃连声称赞“很好、很好”。

《屈原诗选英译》是英汉对照的。隔了几天我去医院探望他时，随手将他病床边小桌上的这本书拿起翻看，发现有一处英文单词的词尾有错，多了一个“s”，另一处“an”应为“a”，他用钢笔改正了。这使我大为惊奇：因为这本内容深奥的书校样排出后，我与岳父的高足吴起仞先生、责编张湘湘女士以及校对室的孙小姐反复校对过四次以上，可说是尽心尽力的了，不料书一到他手中，立刻被他捉出错处；再说，此时的他脑力已严重衰退，核磁共振检查脑皮质有明显萎缩，这几年中他已停止了写作，何以还有这样正确的纠错能力呢？后来我把此事告诉吴起仞先生，他也感到惊奇，思索片刻后他说：“其实，并无值得惊奇的地方。这充分说明，先生的学问，他的专业知识已经深深刻在脑子里了，你说是不是？”我连连点头称是。

应该说，岳父的晚年还是比较幸运的，这表现在两个方面：一个方面是昔日强加于他的“右派”、“反革命”已彻底平反改正，政治迫害没有了，这是最最重要的方面；另一方面是在晚年他所有的作品都已落实出版或即将出版，而且生活安定，物质生活不断得到改善。因他有参加民主革命斗争的历史，还享受到离休干部的待遇。

在 1984 年他获得彻底平反改正后，我即为他的住房落实政策奔波。我去市委统战部联系此事，开始一位干部回答我说：孙先生已安排在华东师大工作，应由他们负责解决。那时华东师大倒的确愿意帮助解决的，我还去看过位于校园内的教授住房；但是岳父、母考虑如住在校园内难免有教师、学生来家中访谈，这不利于岳父静下心来抢时间写作，因为他已年迈，来日无多，而过去被耽误的岁月又太长太长，必须抓紧时间弥补。故我对这位统战部干部提出了另外的理由，我说：我岳父在反右运动中出事前是住在茂名公寓的，现在茂名公寓已被锦江饭店合并去做了宾馆，那里所有的住户均已搬出，如今我们当然已不可能再迁回原处；但是现在既然是谈落政，那就应该根据历史情况，结合现在的实际，在同等层次上解决这个问题。看来华东师大是难以有这个能力解决此事的，所以我们还是想请市里来帮助协调解决这个问题。他听了大概觉得也有道理，便对我说，他们研究后再通知我们。

后来他们叫我去市教卫办联系解决此事。教卫办秘书处张锦堂处长接待了我，他满口山东口音，很豪爽，是一位解放前参加革命的老干部，据他告诉我他是记者出身，对我岳父的情况很了解。以后他与市房地局使用处一位女处长到南市老屋去实地看过，觉得两位老人住在没有卫生设备的房子里诸多不便，楼梯吱嘎作响，用水还得到楼下……确实有必要改善一下住房条件。在张处长热心帮助下，终于分配给位于吴兴路上的一幢高层住宅里的一套三室一厅的住房，这幢住宅里住着一些知名人士，如谢希德、王元化、程十发、王蘧常等。扪心而问，这套住房虽及不上以往住的茂名高级公寓，但其所处地段及设备条件还是比较好的。

住进吴兴路高层已是1986年11月份。岂料没有多久，在翌年2月下旬岳母咯血发病，住院治疗，确诊为肺癌，拖了整整三个月，终于不治，于5月21日溘然长逝。记得岳母住院期间关照我："大雨已八十多岁了，不要让他来看我。"她身患重病，还是处处想到老伴。但是我拗不过岳父，只得陪他去医院。岳母一见到老伴来到病床边，顿时激动得流出眼泪来，陪在一边的我也忍不住鼻子发酸。岳母逝世那天，在医院料理好一切事情后，我赶往岳父住处报信，一路上我在思量如何向岳父告知这一噩耗，他们患难与共，伉俪情深，自1933年结婚以来，一起渡过了风风雨雨的五十四个年头，现在一旦诀别，这给活着的老人的打击是怎样设想也不为过的。怎么办呢？这噩耗又是不能不告诉的，实在无计可施。

那是在下午两点多钟，我来到岳父床边——数十年来他习惯于夜间写作，白天睡觉——我轻轻地把他喊醒，他见我哀戚的面色，已预感到什么，没等我开口，就急促地问："月波怎么了？"我顿时眼眶中涌出泪水，带着哭声说："她走了！"我只听见岳父喊了一声"月波"便嚎啕大哭起来——这是我从1957年认识他起三十年以来第一次看到他无法控制自己感情的失态；他是一个如此坚强的人，即使在以往的逆境中所遭受的打击再大，也是能镇定自若对付的。

岳母孙月波生于1906年，无锡人，年轻时因反抗包办婚姻，只身来到上海，后在上海美专就读，与著名电影演员赵丹同学，她曾说过："赵丹年纪偏小，是小弟弟，他们称我大姐。"她喜欢写意山水画，她留下的作品不多，至今家中珍藏着她画的一幅"墨梅"。美专的校长是刘海粟，所以她可算是刘海粟的学生。后来她还师从贺天健学画。其时岳父刚从美国留学回来不久，风华正茂，已是大学教授，与刘海粟是朋友，有交往，他与岳母就是在刘海粟家中认识的。岳母年轻时是一个娇小的美人，从她留下的年轻时的照片看，用现在流行的话说，的确亮丽。岳父几乎是一见倾心，置外地大学的教职于不顾，专心留在上海追求意中人。岳母的一位小姐妹王光粹曾告诉我们："大雨人长得魁梧，又高又大，平时走路健步如飞，但在追求月波时，陪月波在马路上散步，只得耐着性子陪娇小的月波一步步缓行。"

通过接触，两人情投意合。在刘海粟前夫人张韵士撮合下，于1933年在上海新新公司楼上礼堂举行婚礼。清华校长曹云祥也应邀光临。在婚礼上，胡适致辞祝贺，诗人陈梦家的姐姐弹奏《结婚进行曲》，在欢乐祥和的气氛中他们开始了新的生活。

岳父与大画家刘海粟是多年的老朋友。1940年海翁在印尼雅加达举办抗日筹赈画展，岳父书题海翁的画为"雄厚久远，旷阔，倔强，威与劲与力"。反右期间他们先后罹难，"文化大革命"中又双双戴上"反革命"帽子，可谓难兄难弟。"文化大革命"后海翁派秘书专程送他新出的画册到家中，在上海举办画展，曾多次送来参观券。晚年他们有过几次会晤。

岳母的性格十分温柔，极其随和，与岳父的刚强、认真、执著甚至固执的性格正好相反，然而他们刚柔相济，和睦相处，几十年的家庭生活没有大的波折，真正做到白头偕老。尤其难能可贵的是在岳父惨遭厄运的这么多年，岳母能忍辱负重，一如既往地关心爱护着岳父的一切，她堪称典型的贤妻良母。

现在岳母离他而去，怎不使他悲从中来！

岳母去世后，岳父不时念叨她，对我们说："月波生肺癌，是吸烟害了也，要是早能戒掉有多好！"因为他知道吸烟者肺癌的发病率一倍于不吸烟者。他谈论此事，无非是在怀念相濡以沫的老妻，为她惋惜。其实岳母的吸烟与岳父也有关，因为岳父遭厄运多年，她内心十分苦闷，有时就借烟驱愁，在经济十分困难的年月，她只能吸八分钱一包的"生产"牌劣质烟，这无疑是日后生肺癌的明显诱因。

我与佳始至今仍十分怀念她，在我们心目中，她是不可多得的良母。

按照岳母生前的愿望，我们把她的骨灰安葬在苏州凤凰公墓，那是一个风景秀丽的地方。她是学美术的，一生爱美，性情也和美，葬在彼处正是死得其所。

岳父逝世后，按规定可安置在龙华烈士陵园骨灰存放室十年。但是我与佳始已决定，在适当的时候，要选择一块合适的墓地、营造一座庄严的陵寝让他们老两口合葬在一起。这是我们的心愿，我们一定会办到的。1997年岳父逝世后，我们花巨资在风景如画的福寿陵园为他们建造了合墓，终于了却了心愿。

岳母离开我们以后，为了照顾岳父的饮食起居，我们遂搬到吴兴路寓所与岳父生活在一起，到1997年1月他逝世，我们共同生活了将近十年时间。到后来，佳始干脆退休，全身心服侍她的父亲。正如岳父的一位学生所言，她既是女儿，又是保健医生，身兼两职不辞劳。

服侍一个耄耋老人是很辛苦、很不容易的。岳父的精神、体力逐渐衰退，尤其到了最后三、五年的岁月里，因大脑萎缩，记忆力明显减退；但令人感到意外的是，他在晚年脾气变得出奇的好，从不发火，一切随便。老人的前列腺肥大日趋严重，每次小便均滴在裤子上，到冬天有时棉裤都被小便浸湿，到后来一天中要换五六条以至近十条内裤，碰到阴雨天内裤都周转不过来，以至于不得不考虑买烘干机。有时大便也失禁……需要清理。碰到这种情况，岳父显得很不安，连说“对不住、对不住”，我们总是安慰他：“不要紧的。”我对佳始说，你作为女儿，报答养育之恩，是尽了责的。

岳父数十年如一日，夜间通宵工作，白天休息，即使到最后几年已不能工作，他还是维持着这一习惯，夜间坐在沙发里休息或瞌睡。冬天很冷，用煤气取暖器取暖，为防止意外，我们特地买了煤气泄漏警报器。到后来因他记忆力明显衰退，为了安全，我们又改用电取暖器，不料有一次因靠得太近，他在瞌睡时把棉裤都烤焦了。这些事都够操心的。

岳父对生活的要求是很简单的。他通常凌晨从客厅回卧室睡觉，我们起床后煨一碗面条加些浇头送到他床边，叫醒他用早餐。他半卧着吃面偶尔也会发生面汤泼翻在被褥上的意外。吃完面再睡。中饭有时吃，有时不吃，视睡眠情况而定。晚饭前起床，全家在一起用晚餐。

红烧肉圆或称“狮子头”是他晚年的常食，因为牙齿不好，容易咀嚼和消化。

饮食方面他很随意，没有什么特别的嗜好。

我自 1957 年认识孙大雨教授，1960 年成为他的女婿，至 1997 年他逝世，相识四十年，在他生命的最后十年中又与他朝夕相处，在一起生活。我总的感觉是，他的日常生活十分俭朴。据岳母生前告诉我，他在美国留学时很刻苦，虽留学有官费，他却省吃俭用，留下钱买书。回国后当上了教授，日常开支仍很节约，余钱买书，乐此不疲。只是在解放初期又将工资中省下的钱转而购买文物。反右以后落难了，被复旦开除了公职，二十年左右没有分文收入，生活的清苦可想而知。1984 年平反改正后，恢复了原有待遇，虽然收入谈不上富裕，但生活总能过得稍好一点吧，然而他仍一如既往。正如上述，红烧肉圆是他的常食，对其他的美味毫无兴趣；每天饮用一瓶牛奶，算是享受了。电扇、冰箱还是大家都有了之后，我们硬作主替他买来的。他书写的稿纸，即使作废了，反面必定利用。晚年他自感对人与事容易遗忘，备有一本塑料封面的小簿子，专作来客登记之用，写上来客姓名、单位、地址、电话以及来访事由等项目，类乎备忘录的作用。开始时他自己记录，后来大概因为耳背询问不便，干脆让来客填写，然后拿起仔细看过，明白来客身份后开始交谈。有一次一位来客大笔一挥，单是姓名与单位两项写满一页，事后他在这页空隙处用小字写了批语："荒唐，字写得这么大！"估计他认为这是不必要的，故而有感而发。

我们希望他生活过得尽可能好一些，所以有时禁不住劝他："爸爸，您已经八十多岁高龄了，我们期待您成为百岁寿星，但您要注意营养，吃得好一些，不要太节约。"为了加重语气分量，甚至还戏言道："我们夫妻俩都是医生，不愁没饭吃，我们不要您节省留下的遗产！"听说希望他成为百岁寿星，他很开心，笑着说："能活到一百岁？——谢谢你们的祝愿。只是现在年纪大了，对饮食已没有太多欲望或兴趣，吃多了也不能消化，何必暴殄天物！"

记得在反右运动中，为了丑化他，报上宣传他如何爱钱、如何小气；其实，他一介书生，一生惟有爱书，他对物质生活几乎无所求，钱对于他又有何用？怎会爱钱如命！至于小气，那就看你如何对待了，他自己很节俭，要求别人也要节省，不要浪费，应是中国人的传统美德。只有那种只顾自己享乐而置天下人于不顾的人，才是自私、小气。早年在清华学校时，朱湘处于被开除、潦倒的境况中，他会当掉卍字缎子皮背心支援其伙食费，朱湘到上海生活无着时，他写信给老母供应朱湘住宿饮食；当他受苦受难一、二十年，刚落实政策时，见到一位昔日复旦的学生尚在落难中，便给予力所能及的帮助……

我们的社会到什么时候才能实事求是呢？好就是好，坏就是坏；不要为了说坏，便不择手段尽力诋毁，也不要为了说好，便天花乱坠涂脂抹粉无所不用其极。“四人帮”就是这一类颠倒黑白、混淆是非的能手。历史是严厉而又无情的，到头来他们毕竟没有好下场。

听岳父自己介绍，他中年时期曾经嗜烟，一天要吃“三炮台”烟一听（五十支），后来因患咳嗽久治不愈，一位德国医生告诫他：如不戒烟，咳嗽永无治愈之日，于是坚决把已有十多年的烟瘾戒掉。据说，烟瘾是很难戒的，但他只要认定目标便会毅然执行，从这件小事上也可看出他的意志力是很坚强的。相比之下，我岳母的吸烟习惯，导致了她长期的支气管炎和慢性咳嗽，我们作为医生，曾多次劝说，但她却始终不为所动，终于演变为肺癌，被夺去生命。

在我岳母仙逝后，岳父有过悲痛，也常常思念老伴，但在此后的若干年内，他的大部分精力还是用在著译事业上。在这期间，他发表了《莎士比亚的戏剧是话剧还是诗剧？》（1987年）、《我与诗》（1989年）、《杜甫“秋兴”八首英译》（1990年）、《格律体新诗的起源》（1992年）、《莎译琐谈》以及《我与诗人朱湘》（1993年）、《我与梁实秋》以及《暮年回首》（1994年）等论文、译作或随笔；出版了《黎琊王》以及《奥赛罗》（1993年）、《麦克白斯》（1994年）、《莎士比亚四大悲剧》、《威尼斯商人》以及《冬日故事》（1995年）、《屈原诗选英译》以及《孙大雨诗文集》（1996年）等八部著译。在他去世后八个月又出版了《古诗文英译集》。总之，他在晚年有过著译丰收的辉煌时期。

1995年10月11日傍晚，突然听到岳父在客厅呼叫，我刚下班在自己房内换衣服，听到呼声我立即奔去客厅，只见岳父滑跌在地板上，把他扶到沙发上后，他不断喊胸口痛。七点多钟，我与儿子一起送他到华东医院急诊，经拍片、B 超等检查，用推车把他推来推去，折腾到近半夜才送他住进病房。幸好没有骨折，但他原有前列腺肥大、心脏早搏等病症，想趁此机会检查治疗一番。

华东医院干部病房条件较好，两人一间，有全套卫生设备，还有中央空调，没有酷暑、严寒之虞。我们为他请了一个护工，专门照料他。他长期住院，我们每天去探望他。开始他时时想家，吵着回去，我们劝他医院条件这样好，他又有慢性病，门诊看病来去极不方便，现在住院治疗何乐而不为？渐渐地他也就习惯了。住了一年多以后，病情渐趋稳定，考虑到在医院里总不是长久之计，正准备出院，他突然感冒了——是从邻床一位病员那里感染到的。这位病员原是部队领导干部，不慎从楼梯摔下，成了植物人，在医院里维系生命已几年，他先得了感冒，他倒没啥，可我高龄的岳父因抵抗力低下却经受不住感冒的侵袭而演变为肺炎，再进而伴有心力衰竭，虽经抢救，终于不治，于 1997 年 1 月 5 日病逝。

1987 年 11 月新月派大师梁实秋先生在台湾溘然长逝，林怀民撰文认为是“一个时代的结束”（见 1988 年 1 月 10 日台北九歌出版社初版《秋之颂》），其后大陆陈子善先生写文章认为：“其实，现在大陆还有一位硕果仅存的‘新月’大诗人，著名的莎士比亚翻译家孙大雨先生”（台湾《文讯》杂志 1990 年 4 月号），从这个意义上说，我岳父作为“新月”派诗人中存世的最后一人，他的逝世才是名副其实的“一个时代的结束”。

提起陈子善先生，他现在已是知名的新文学史料学家和港台文学研究家，他与上文提及过的研究新诗的上海社科院副研究员孙琴安和中国人民大学中文系教授蓝棣之、华东师大的方仁念等，他们都是文学界的后起之秀，在我岳父晚年，他们之间常有来往，成为忘年之交。

1994 年 8 月下旬，台湾春晖影业公司“现代作家身影”电视系列片通过陈子善介绍，前来家中为岳父录像。面对摄像镜头，岳父谈了他与徐志摩的交往，并满含深情朗诵了徐志摩的诗作。这是他生前仅有的几次采访录像之一，为我们留下了可永志纪念的活生生的形象。

1996 年 5 月，经《屈原诗选英译》与《古诗文英译集》两书的责编张湘湘女士的热情帮助，请来摄影师沙志英女士，在上海华东医院内为正在住院治疗的岳父，拍摄了许多张照片，给我们留下了永远的纪念，其中一张颇具气质的照相还被采用在《古诗文英译集》书中，弥足珍贵，因为在“文化大革命”家中的许多有历史意义的照片都已散失殆尽。半年多后岳父就离开了这个世界。

往事如烟，回首既往，几多辛酸，几多痛苦，几多惆怅，几多感慨，又且几多欣慰。岳父后半生的相当长一个时期的经历是坎坷的，磨难丛生，而他的晚年却是幸运的。

反右运动期间的 1957 年 8 月 29 日《人民日报》曾刊有署名“俯拾”写的“诗”：

世界上什么最聪明？蠢驴，
世界上什么最文雅？野猪，
世界上什么最笔直？新月、CC，
世界上什么“最革命”？孙大雨！
你可知道，
大雨孙“革命”二十七年就开始，
从参加反动的“新月”、至沟通特务 CC，
并且把罗隆基的卖国计划、亲捧给魏德迈大使，
……

历史无情，历史毕竟公正。辱骂与谎言代替不了、也写不成历史。以上所引的那个颠倒黑白、混淆是非的所谓的“诗”，根本不值一驳，写有这类“作品”的人直面历史应该感到羞愧。历史将秉笔直书一切人的是非功过，随着时间推移，人们将越来越会加深对人和历史的认识和理解。

格律体新诗的倡导者

作为一名诗人，他一辈子与诗结下不解之缘，一辈子倡导格律体新诗，一辈子用他创建的语体文“音组”机构写诗或译诗。

他在少年时期受《时事新报》、《新青年》、《少年中国》、《小说月报》等刊物的熏陶和影响，对弥尔敦、雪莱等名家的诗作产生兴趣，从而向往诗神。在1920年他年仅十五岁时即在《少年中国》一卷十一期上发表了处女作新诗《海船》，接着他又在1922年8月7日的《时事新报·学灯》上发表新诗《水》，同年《小说月报》十三卷五期上发表了《滴滴的流泉》。这些少年时代习作的成功，改变了他希冀成为天文学家的初衷，鼓励他走进了诗歌的王国。但这些初期的诗作存在着“五四”时期自由体新诗的共同特征。

1922年秋，他告别上海，进入北京清华学校高等科后不久，就加入以闻一多、梁实秋、顾一樵（毓琇）为骨干的“清华文学社”。“清华文学社”为中国新文学史上第一个校园纯文学团体，虽然它分成小说、诗歌、戏剧三组，但由于大部分成员喜爱诗歌，所以研究诗、写诗成为文学社活动的中心。文学社成员朱湘（子沅）、饶孟侃（子离）、杨世恩（子惠）、孙大雨（子潜）被闻一多称为诗坛上的“清华四子”。他们住在西单梯子胡同两间房内，朝夕相处，读书写诗作文，为新诗的发展、形式、韵律……等展开热烈的讨论。

在此期间他先后参与《清华周刊·文艺副刊》的编辑工作，并在该刊发表了新诗《秋夜》、《荷花池畔》、《舞蹈会上》，并连载长篇论文《郭沫若——“女神”与“星空”》以及《十四行诗和连锁韵》，探讨“五四”以来新诗的成就与不足，并注意到创建新诗格律之必要。

他在研读了西方诗歌名篇以及诗歌理论，并联系“五四”以来国内新诗创作的现状之后，已感觉到随着白话文兴起应运而生的语体文诗歌（即所谓新诗）为反叛旧体诗格律的束缚似已走向极端，有自由化泛滥的倾向；他意识到，为了新诗的成熟和发展，有必要借鉴西方诗歌的韵律，以建立我国白话文新诗的格律机构。

这一初步设想在随后于1925年夏清华毕业后，他在浙江海上普陀山佛寺圆通庵客舍游历盘桓期间，潜心探索新诗所能采取的格律形式，终于创建了他的“音组”理论。所谓“音组”，那是以二或三个汉字为常数而有相应的不同变化的结构来实现的。

回到北平后，他与此时已从美国学成归来、任教于北京艺专的闻一多交换了心得，并于1925年冬末至1926年春初，酝酿写出了一首意大利彼得拉克体的十四行诗《爱》，每行均有严格的五个音组，发表在1926年4月10日的《晨报副刊·诗镌》上，这是新诗创作中运用“音组”理论有意识地付诸格律体新诗创作实践的首次。它比闻一多的第一首格律体新诗《死水》（北京《晨报·诗镌》，1926.4.15）还早五天发表。

至此，为寻求一个新诗所未曾有而却应当建立的格律制度，通过努力探索，他终于在理论和实践上取得了初步成果。

1926年4月初创刊的北京《晨报副刊·诗镌》，成为徐志摩、闻一多、刘梦苇、孙大雨等新诗格律倡导者的理论与创作实践的园地。

就新诗格律理论而言，当时饶孟侃在《新诗的音节》（《晨报副刊·诗镌》第四号，1926.4.22）一文中讨论了诗的格式、平仄、韵脚、音尺等属于听觉方面的理论；而闻一多在《诗的格律》（《晨报副刊·诗镌》第七号，1926.5.13）文中则着重论述新诗视觉上的结构，他提出了“三美”理论，阐述了以“音尺”为基础以建立“节的匀称”、“句的均齐”从而达到“建筑美”。然而孙大雨对饶、闻两文中的观点并不苟同。饶孟侃认为：“用（汉语）单音的文字来写无韵诗，虽不敢说是绝对的不可能，但是我相信至少我自己这辈子决看不到它有成功的可能。”而孙大雨却认为韵文也可以不押韵，有如莎士比亚戏剧中的素体韵文（或称“无韵诗”）正由于作者在写作技巧上运用圆熟、挥洒自如，就可以不用韵。至于闻一多的“建筑美”之说，则导致了以朱湘为代表的新诗创作上的所谓“豆腐干诗”或“骨牌阵”的出现，孙大雨对闻一多的“建筑美”提出批评，对“豆腐干诗”或“骨牌阵”更持反对意见。对于闻一多所认为的格律是“戴着镣铐跳舞”的观念，他是更加持有异议，他一贯坚持认为，格律之于诗决不是诗的镣铐或桎梏，关键是诗人能否熟练地驾驭它。韵律与情致、意境、风格应是诗的四个相辅相成的不可或缺的成分或要素。饶与闻都提出“音尺”，有些评论家认为与孙大雨提出的“音组”类似，属于同一概念，只是提法不同而已。其实，他多次对我说过：闻一多把英文中的 Feet（音步）译为“音尺”是一种不恰当的误译，在 1982 年 4 月 12 日他给蓝棣之的信中也涉及此事：

你在论文里把闻一多的“音尺”，西方诗律学里的“音步”，谈中国文言诗时所说的“顿”和我提出来的“音组”等同起来看待，在粗疏谈论时固然不妨，在缜密研讨时则尚须有所区别：闻所说的“音尺”是说错了的（查一下一本好的英文字典即可知道），其他三个名称作用类似，有相同处，但也有不相同处。即使在希腊、拉丁韵文里和英、德文韵文里，音步的构成情况也有所不同，我在我的《诗歌底格律》一文里曾详细论及……

尽管孙大雨一贯对闻一多尊为“老大哥”，在闻一多被国民党特务暗杀后，他奋起投身到民主革命的斗争行列中去，但并不妨碍他们在学术问题上有不同的看法，甚至有所争论。

当然，在那个时候他对新诗格律方面的认识和实践尚未臻成熟，直到三十年代和五十年代初撰写了《论音组》和《诗歌底格律》两篇长篇论文时，才对新诗格律和音组理论作出了系统的阐述。

似乎可以这么说，他自二十年代起倡导新诗格律和音组理论及其实践，一直到九十年代他离开这个世界，在这方面的探讨他是一以贯之，痴心不改。

在八十年代末他在一篇回忆文章《我与诗》(《新民晚报》1989.2.21）中曾涉及他在清华时期的一些情况：

我七十年前在上海读中学时爱好数学和诗歌，曾经希冀学天文学。1922 年夏考入清华学校后，我兴趣朝诗歌方面发展，特别是英文诗歌。我向往雪莱的高渺幽微的激情遐思和弥尔敦的崇高浩瀚的气魄意境。雨果的《悲惨世界》和罗曼·罗兰的《米凯朗杰罗传》、《贝多芬传》和《约翰·克列斯多夫》等散文作品虽然能使我兴奋而神驰，但我更向往于诗歌里情致的深邃与浩荡，同格律声腔相济相成的幽微与奇横。……

自从 1917 年有些富于新思想的高级知识分子开始写白话文新诗，我在 20 年代中期总觉得新诗的意境太淡漠空泛，粗疏平淡，声腔节奏跟白话散文怎么那样差不多，可说并无显著或微妙的区别。胡适所提倡的散文里的明白清楚，为了使读者理解学问的实际情况，固然有它的必要，但诗歌若仅仅止于理解现实的细关末节，没有想象与玄思的微妙、光焰、气氛、超脱、深沉、广大与隆重，那它跟散文还有什么多大的区别？散文为说明理路，分析问题，跨着明确、细致、翔实、阔大的步子向前、向后、向四面八方探索，固然可以解决它自己的问题。

但如果要旋转，要酣畅，要舞蹈，要跋扈，要奔腾，要飞扬，跨着散文的细小而平凡的步子就不能济事。

韵文，不仅在句逗的关节处押上韵，在它整个行进中还得有风姿、神采、气势、声威、魄力、隆重。韵文也可以不押韵脚或脚韵，但须得有上述的风神气度。

他在清华毕业后，于1926年去美国留学。在赴美途中的远洋轮船“麦金莱总统号”上，写了新诗《海上歌》，后寄回国内发表在《新月》月刊1928年4月10日的第二期上。1928年他在纽约又写成颇具现代意识的诗歌《纽约城》，载于1928年10月2日的《晨报副刊·晨星》第三期；这首诗发表后引起诗坛的重视，朱自清给予这首仅十五行的短诗很高的评价，认为“这首短诗正可当‘现代史诗’的一个雏形看”。

1930年在纽约、科伦布（俄亥俄州）和回国后早期他所写的《自己的写照》这首长诗开头的三百八十多行，陆续分次发表在《新月诗刊》及天津《大公报·文艺副刊》上，可惜当时有九十处印误，令人扼腕，直到《新文学大系》转载时才一一改正。这首长诗原拟写一千行，后因时过境迁终未写完，只是个残篇。这首长诗的“诗行脉搏里冲击着一个现代人在一个现代化的大都市中的意识、感受和遐想，奔腾飞扬、磅礴浩瀚、气象万千，化恣肆纷扰为绵密的协调，在严峻的和谐中见杂乱繁芜，正如第一行所总结的：‘森严的秩序，紊乱的浮嚣’”。

他自己是这样评论这首未能完成的长诗的：

这首未能完成的长诗，它的题目和它所咏叹的现象之间的哲理方面的关键，是法国16世纪末到17世纪中的哲学家笛卡尔的一句妙谛：“我思维，故我存在”。思维的初级阶段是耳闻、目睹等的种种感受，即意识，用凝思和想象深入、探微、绵延、扩大、张扬而悠远之，便由遐想而变成纵贯古今、念及人生、种族与历史的大壁画和天际的云霞。这样写法我不知西方有哪一位现代诗人曾企图写作过。这首诗的挥洒用每行四个音组的韵文行来表达，但由于它的气质是那样蓬勃横溢，故多多运用飞扬沸腾的跨行或泛溢来表达。这首残缺的诗，未经它的作者解释，五十多年前发表它的片段时，能领略以及欣赏它的人恐怕只有三五人。有人因茫然不懂它，讥之为“炒杂脍”。我敝帚自珍，惋惜他炒不出这样的杂脍。(《我与诗》:《新民晚报》1989.2.21)

知音还是有的，陈梦家评介“《自己的写照》是一首精心结构的惊人的长诗，是最近新诗中一件可以纪念的创造”。这首长诗一发表，徐志摩倍加推崇：“这二百多行诗我个人认为十年来（这就是说自有新诗以来）最精心结构的诗作。”朱光潜也说：“有一派新诗作者，在每行规定顿数，孙大雨《自己的写照》便是好例。”台湾著名诗人痖弦更高度评价《自己的写照》“确是中国早期新诗坛一座未完工的巨大纪念碑，作者气魄的雄浑，与笔力的深厚，一反新月派（虽然他自己属于新月派）那种个人小情感的花拳绣腿，粗浮的伤感，和才子佳人式的浪漫腔调。他以纽约城的形形色色，用粗犷的笔触，批判地勾绘出现代人错综意识的图像，为中国新诗后来现代化倾向，作了最早的预言。在那个时代里，不仅是新月派，就连文学研究会诸子及创造社的诗人群，也很少有如此阔大雄奇的手笔。仅以这首诗的艺术手法来论，个人甚至认为即使徐志摩、王独清等人也无法与之抗衡。”他慨叹道：“更使人不解的是：近三十年来，新月诸人的作品坊间到处可见，而这首力作竟未见流传！”他呼吁应“给予其应得的艺术评价和地位”。(《未完工的纪念碑——孙大雨的〈自己的写照〉》，台北《创世纪》第三十期，1972.9)

三十年代初，徐志摩着手创办新月《诗刊》，立意在重振诗坛，于 1931 年 1 月由新月书店出版创刊号。徐志摩在《序语》中表明他将它视为《晨报副刊·诗镌》的延续，并庆幸“五年前的旧侣，重复在此聚首”，而这“旧侣”中就有刚回国的孙大雨。

新月《诗刊》创刊号的稿件由徐志摩、陈梦家、邵洵美征集，孙大雨、邵洵美负责编选稿件。在这一期中孙大雨的三首十四行体诗《诀绝》、《回答》、《老话》显赫地放在刊首。一次性推出的这三首十四行诗令人刮目相看了。

有关移植西方十四行体诗到中国，在新诗运动中早有不同看法，例如梁实秋就说过：“我不主张模仿外国诗的格调。因为中文和外国文的构造太不同，用中文写 Sonnet（按：即十四行诗）永远写不像。”1931 年秋，胡适在北平的寓所就对我岳父笑言：写十四行诗是“缠外国小脚”。九十年代初岳父在《格律体新诗的起源》一文中说：

初期写相当数量的新诗、出诗集的如胡适、康白情、俞平伯、郭沫若等，都注意到要挣脱文言文旧诗五言、七言、乐府等传统格律的束缚，但并没有怎样注意到要建立新诗所应有的自己的格律。以胡适为例，他曾对我坚决表示过新诗不应当有什么格律，他认为那种想观摩近、现代英、法、德文诗歌文学的格律机构，作为参考，以建立我们自己的汉语白话新诗的格律，就是误入歧途，“缠外国小脚”。但我年轻时却就不以他的这一主张为然，虽然他比我年长十多岁，当时已赫赫有名。我感觉到要用以华北为首的广大地区的口语或“白话”来写我们的新诗，当然要挣脱文言文的句法结构及惯用的辞采，而且还应当博采我们日常生活中的行动、思维、快意、感受、悬念、企盼和可能想象到的一切，凝练成一个个语辞单位，加以广泛运用，以充实我们的表现力。并且应该，也完全可以借鉴外国诗歌文学的格律机构，作为参考，以创建我国的白话新诗的格律。

尽管有像梁实秋、胡适如上所述的异议，但徐志摩却认为："大雨的三首商籁是一个重要的贡献！这竟许从此奠定了一种新的诗体"（《论诗》，《诗刊》第二期）。他又指出："大雨和商籁体的比较成功已然引起不少的响应的尝试"。诗人梁宗岱也写文章支持，他说："就孙大雨的《诀绝》而论，把简约的中国文字造成绵延不绝的十四行诗，作者的手腕已有不可及之处。"唐弢特别推崇《诀绝》，他说："我爱闻一多的《奇迹》，孙大雨的《诀绝》……"多年以后，卞之琳也说："也只有孙大雨写了几首格律严整的十四行诗。"

此后，抗战时期在山城重庆孙大雨又写过十四行诗《遥寄》四首，发表在 1943 年《民族文学》第一卷第二期与第四期。

从此以后，孙大雨再无创作新诗发表。只是在反右运动中他因言获罪被囚禁时又写有《狱中商乃诗四首》，这首诗在"文化大革命"期间被抄走后作为"罪证"借口而将他打成"现行反革命"。因诗定罪，可算是"四人帮"的一项"德政"。

三十年代起，孙大雨把兴趣转移到了莎士比亚戏剧翻译上。众所周知，莎剧为诗剧，或称戏剧诗，它的约百分之九十的文字是素体韵文，每行均有严格的五个音步，他用自己所创建的"音组"对应莎剧中的音步进行翻译。晚年他又将我国的楚辞、唐诗、宋词等用古典英文韵文译成英文，还把乔叟、莎士比亚、班·绛荪、弥尔敦、华兹华斯、雪莱、拜伦、济慈等名家的英文诗篇译成中文。这些将在下一个章节"中外文化交流的使者"中叙说。

另一方面孙大雨在诗歌理论上也卓有建树。约在 1940 年前，他写有长篇诗论《论音组》。作者原拟将该文作为莎译导言附在《黎琊王》译本书内的。从 1948 年上海商务印书馆出版的该书序言中知道，抗战期间因太平洋战事爆发，作者寄放在香港友人家中的《论音组》原稿和清样在香港沦陷时被焚，所以未能收入书内。九十年代初，我在编选《孙大雨诗文集》搜集诗文的过程中，意外地得到业经作者修改过的商务印书馆排印清样的残篇；在 1997 年 1 月他逝世后，我在整理他的遗物时，竟又得到清样的另一部分，两者加在一起，再比照注释部分，可以得出结论：该稿仅缺失结尾的很小篇幅，基本上还算是完整的。

五十年代初，他进一步写有《诗歌的内容与形式》一书，可视之为《论音组》的增补篇，是他的诗歌理论的代表作。此书因以后的反右运动而被出版社延搁未能出版。但该书的核心部分《诗歌底格律》则已在 1956 年第二期与 1957 年第一期《复旦学报》上发表。由于学报发行面小，印数少，加以政治上的原因，这篇论文流传不广。

《诗歌底格律》全文约七万字，分五个章节叙述：一、诗歌的范围和艺术成分，二、格律问题——节奏和音组，三、几种外国语韵文的音组机构，四、文言诗的音组，五、新诗的音组和韵。加上补充说明和详细的注释。

鉴于《论音组》未曾发表，《诗歌底格律》由于客观原因流传不广，似有必要择其主要论点摘要介绍如下：

首先，我们需要晓得的是，“诗”这个字有泛指的与具体的两层意义。广义的所谓诗乃是指宇宙间某些客观现象在我们的意识里所造成的那种愉快的、所谓含有诗情诗意诗境的、可资欣赏的精神状态。在这一意义上，诗的境界分明属于美感的领域，是意象的飞驰和神思的出没。……因此，从广义方面来说，诗乃是人生经历中几乎无往而不在的一种东西，到处可以得到的一种体验……

话虽如此，诗情诗景通常总得靠文字来显化，来永生，并且所用文字大多是韵文而不是散文：古今中外的大诗人，屈原、杜甫、荷马、但丁等，不论他们的胸中怎样地差异，却都用韵文来开拓他们的天地。这事实我们不能否认，而且得承认绝不是基于偶然的原因。韵文和散文的区别，也许谁都知道，是在前者的文字安排有音组或比较整齐的节奏在里头，后者则没有，因为诗的实质是来时光芒逼人，一去则风流云散，踪迹不留；所以若没有精明有效的韵文去捉住它，铸定它，作它的传达媒介，表现的工具，就极难留存下来。诗情和韵文，一为魂魄，一是形骸……论理时我们固然可以分提各论，不过事实上精神离了血肉必致无法保持它的存在，结果写诗总得用韵文，诗人舍弃了韵文就无法寄托他的襟怀。一般人认为诗只和散文，散文亦只和诗，正相对峙——这个由来很自然但不甚准确的认识便是起因于此。

至于狭义的所谓诗，……乃是指历来诗人们的作品，一首一首诗的总称。……诗正好和一般人所知道的那样，恰好跟散文处在对等的地位。……我们通常所说的一首首的诗，是包含着它的内容和形式两个方面来说的——这两方面，我们可要知道，是辩证统一的，互相依存的；没有内容的形式没有存在的意义和需要，没有形式的内容会无从得到表达。……为明确诗与散文与韵文彼此间的关系起见，我们现在必须明白，如果只从形式上着眼，处在散文对等地位的东西应当是韵文而不是诗。我这所谓韵文乃是指有整齐的节奏的语言文字而言，……并不作押韵脚或脚韵的文字解，虽然在汉语文字里，一般说来，韵文大部分是押韵脚或脚韵的。

……歌、乐、舞同源，她们是人类历史破晓时期文化里的三位同胞姊妹，她们的母亲是劳动。歌、乐、舞的共同性是她们都有节奏——原来就是这节奏使它们成为时间艺术的三姊妹。随后社会演进，生活变迁，诗歌里的个人成分渐渐加多，社会成分不断减少，歌辞和舞蹈、和音乐先后脱离了关系，成为既不能歌又不能舞的只是抒写个人胸臆的诗了。可是虽然如此，以常态来讲，诗还是出之于韵文，就是说，它的文字总还有整齐的节奏，和散文在形式上有基本的区别。

总起来讲，从整个历史发展来看，一首正常的或完整无缺的诗应当用韵文写；至于韵文，它可以押韵脚，也可以不押，但一定得有整齐的节奏……否则就不成其为韵文，而是散文了。不错，我们有“自由诗”和散文诗，但它们毕竟……是变体……换句话说，“自由诗”和散文诗是诗与散文两大领域、两大表现方式交界处的一些地带，一些现象，不是和正常的诗（即所谓格律诗）占同等重要地位的、势均力敌的表现方式。

我们再把诗和韵文的关系反过来讲，一篇韵文却不一定是一首诗。它可以是一首诗，如许多古今中外的诗人们的优秀作品那样——光就形式来讲是韵文，就内容与形式的统一体来讲是诗；它也可以不是一首诗，如歌诀、箴言、铭辞、咒语、绝大多数的应制奉和与唱酬之作、试帖、四六；《三字经》、《百家姓》、《千字文》和好些光说理、只教训、庸俗地打油的韵文等等，以及许多人（包括有些诗人，甚至名诗人、大诗人）企图写成为诗而因种种原因失败了的作品。

……不论在任何语言文字里，每一首完整无缺的诗，从艺术上来说……总得有两个彼此不可缺少的方面：一是内容，二是形式。内容包括情致（即一首诗所表现出来的有客观性的情感）和意境（意象和境界，就是经过诗人艺术加工的具体的现实的具体反映）；形式（韵文）则包括表现（要造成有客观性的诗的意境，必须使用有意义的语言文字作为表现的媒介，而这语言文字又一定得有特殊的风格）和音组（在语音进行中必须有整齐的节奏，韵文的这个时间上的规律性使它跟散文有形式方面的、基本上的显著区别）。

把诗来比人，音组好似声音行动，风格仿佛仪态风姿，意境如同躯干轮廓，情致便相当于精神和生命。由浅入深，我们读一篇有音组而特具风格的文字，受了它的音组所产生的节奏、它的音乐性以及意义和风格的明言暗示之后，构成某一个特殊的意境，再从那意境里感悟到某一阵强烈的情致时，那篇东西就算克尽了它的传达的功能，我们也可说读懂了那首诗。

构成一首诗的成分大体上可归结为四种：就是说情致、意境、风格和音组。

以上引文系作者有关诗的定义、诗与韵文的关系、诗的内容与形式或构成一首诗的四种成分诸方面的论述。

有关作者的诗歌理论的精髓——音组这一学术概念，他是这样阐述的：

推究语原，“metre”这字（我译为“音组”）的本义是“计量”，“rhythm”（通常都译作“节奏”）之本义为“流动”。西方韵文学者，凡是懂得他本行业务的，如今用到“metre”一语时，就拿它来指诗歌形式方面的那最重要的机构——就是说，一些在时间上相等或近乎相等的单位的有规律的进行。这些单位这般进行着所生的效果韵文学名之曰“rhythm”，而每一个这样的单位则可叫做“foot”（根据此字在希腊的文学内的原意可译为“音步”）。

可以分成上述的一些规则地进行着的、时长相同或相似的构成单位，乃是韵文在形态上异于散文的基本条件。当然，一篇散文也可以分解成一叠许多个构成单位；但那些单位一方面在进行上并不遵循任何时间上的规则，一方面在形成上亦不谋彼此间相当的整齐。作者和读者通常难得注意到它们的存在；贯串起来它们从不连接成行，切断了一比较，则彼此总是在时间上互相参差长短。要这样文中的思想方始能得舒卷自如，逻辑的进展不致为时间控制音义的规矩所牵绊。在韵文里，因为主要的目的不是要阐明理路，疏通关系，所以有了音组的这些规则地进行着的，时长相同或近似的单位作整篇韵文的计时标准之后，不但在消极方面并无牵绊之累，反而在积极方面有映照意境、驾驭和增强情致的妙用。

“韵文为有音组的文字”这句话已被举世所公认。……我们可以下这样一个比较扼要而又详尽的定义，久暂显得相同或相似的一个个单位（音步），每一个单位含蕴着几截“音长”；各单位的音数不必一律（通常一至四为度），但较多数单位里的一截截“音长”，都顺着所在的文字里的语音的最显著的特性而连列成差不多的形式；……这些单位川流不息而来，接连几个单位（通常以二至六为度）而成行，积累几行而成节段，如是循环反复，在时间里规则地进行着，使作者读者听者都陶然有醉意：这就是韵文所有而散文所没有的“音组”。

音组是一切诗歌的韵律方面的骨干，只有韵文里才有它。节奏可不然：它是一种极普通的现象，韵文里固然一定得有它，其他人生现实里也可说是无处找不到它的踪迹……时间艺术如舞蹈、诗歌、音乐……凡此种种，都有节奏在里头。……音组可说是韵文里语音们的进行式，韵文节奏便是这进行式的效果。音组为韵文节奏之因……如影之随身。韵文节奏为音组之果……如身之投影。

音组对于一首诗，除了能产生韵文节奏哪显然的效果外，究竟有什么功能作用？……第一，音组的规律性能继续引起读诗者的期待，同时又能继续满足这期待，使他感到一阵微妙的愉快。……第二，音组（佐以一首诗的其他成分）所给予读诗者的那阵微妙而愉快的单调有一种微妙的催眠作用。使读者在意识上比较地疏忽了音组本身的规则性，而把注意力转移到上述的许多不同点上，更进而用全神去品鉴那些不同成分彼此间的协调及全体的和谐。……第三，音组能引起读诗者的运动和流走意象，使他产生近于舞蹈或驰骋的感觉。……第四，音组在一首诗里有辅佐着风格隔离现实的功能，使诗中所表现的情致意境不仅与实际人生里的情感处境类似，且显得分外优越，以便读诗者站在主观与客观的交界处，去充分感悟那精淳化了的亲切有味的情致意境。

以上所引文字对韵文与散文的区别、韵文与音组的关系、音组的定义及其作用做出了明确的解释。

在论及有关新诗的音组运用问题时，他说：

现在，要来谈一谈我认为新诗所必须有的，也就是整齐的语体韵文的节奏所赖以体现的音组。新诗所用的表现媒介是所谓白话，基本上就是我们日常所习用的语言（严格讲来，是以华北广大地区和华南有些地域的口语为基础而以北京话为代表的普通话），不过那语言必须经过洗练、丰富、陶铸得比散文里所用的还要精淳才合乎标准。新诗的语言与旧诗的语言，我们知道，是不大相同的，主要不同之处除文法语汇外，是我们日常语汇里的一些虚字如“的”、“了”、“这”、“那”、“是”、“却”、“在”、“得”、“些”等必须适当地加以运用。……在新诗里则根据文字和语言发展到今天的实际情况，不应当再有等音计数主义，而应当讲究能产生鲜明节奏感的、在活的语言里所找到的、可以利用来形成音组的音节。那么，在新诗里的音组应当是怎样的一回事呢？正如在前面阐明音组原理时所说的那样，回答是：音组乃是音节的有秩序的进行；至于音节，那就是我们所习以为常但不大自觉的，基本上被意义或文法关系所形成的，时长相同或相似的语音组合单位。

为了说明他的音组原理是如何在诗作中付诸实践的，这里且来引几段他所试验写作和翻译的诗行，并且在音节和音节之间加以划分，以表明他所主张和实践的新诗里的音组究竟是怎么一回事：

有色的	朋友们！	让我问：	你们
祖先	当年	的啸傲	和自由，
到哪里	去了？	你们	的尊严
是否被	大英	西班牙	的奸商
卖给了	上帝？	你们	的晏安
是否被	盎格罗	萨克逊	大嘴
炎炎的	妄人们	吞噬	尽了？
我不信，	我不信。	在你们	凄凉
沉默的	眉宇间，	深得	好比
森林里	一对	星光的	眸子中，
雄健	的肩头，	魁梧	的身上，
我隐约	能窥见	你们	将来
最后	那一天	胜利	的荣光。

这是一首长诗《自己的写照》中的几行素体韵文，每行有四个音节。又如：

倒不愁	越岭	翻山，当黑夜	穿林，
在风中	渡水，| 要经过	辛劳	千百遍；
我不能	亲自来	抚慰，| 只为了	蛇豺
挡着	通回家	的道。否则，	受不尽
见鸡豕	狐鼠	作人行	的心中	烦厌，

| 我早就 | 鄙弃了 | 一切，| 徒步 | 也归来。|

这《遥寄》中的六行，每行有五个音节，有脚韵，韵律是甲乙丙甲乙丙。再举两段译诗为例：

不要，	不要，	不要，	不要，	来罢，
让我们	跑进	牢里去；	我们	父女俩，
要像	笼鸟	一般，	孤零零	唱着歌。
你要我	祝福	的当儿，	我会	跪下去
恳请你	饶恕。	我们要	这么	过着活。
要祷告，	要唱歌，	叙述些	陈年	的故事，
笑话	一班	金红	银碧的	朝官们，
听那些	可怜	的东西	说朝中	的闻见；
我们	也要	和他们	风生	谈笑，
议论	哪个输，	哪个赢，	谁当权，	谁失势，
还要	自承	去参透	万象	的玄机，
仿佛	上帝	派我们	来充当	的密探。
我们	要耐守	在高墙	的监里，	直等到
那班	跟月亮	的盈亏	而升降	的公卿
徒党们	都云散	烟消。	……

这一段是莎士比亚悲剧《黎琊王》的韵文翻译，是按照原文音步的素体韵文迻译的。还有，这是弥尔敦的《欢欣》一诗的几行译文：

| 也常闻 | 远处 | 猎哨鸣，| 猎狗吠，|
| 在霜华 | 白遍 | 的山前，| 从小睡 |

蒙眬里，	把清晨	欢声地	唤醒，
一声声	回响	透过	那寒林。
也有时	沿着	篱树	和荆圈，
我登上	碧绿	的平岗	或小峦，
遥望着	天庭	把东门	大敞，
开门处	旭日	正升朝	坐帐；
他身披	琥珀	光辉的	赤焰袍，
满朝	的冠盖	是彩云	千万条。

这里每行有四个音节，韵法是双行骈韵。

以上所引作者两段创作和两段译作诗行，可以表示他所建议和实践的新诗的具体格律大体上是怎样一种情形。在划分音节上可能有人会奇怪，为什么有些“的”和上面的形容词与名词连在一起，有些则脱离了形容词与名词的基本部分而附着于下面的名词上面，比如：“有色的|朋友们”而不是“有色|的朋友们”；“大英|西班牙|的奸商”而不是“大英|西班牙的|奸商”？回答是：作这样调节性的运用而不作呆板的规定，其原则是要尽可能地做到两个音节的时长之间的平衡。“的”从纯粹文法上讲，应连在上面与形容词一起，但在诵读诗行时，一般讲来，和下面的名词连在一起似更合乎自然的语气。

其次，在以上所引第一段《自己的写照》一诗中的共十三行诗中，大多数行末没有句逗，读起来非连续读到下一行去不可，这就是所谓“泛溢”或“跨行”，这是为了反映那时社会的混乱、生活节奏的促迫以及人民生命力的势不可挡等的特殊作用，而没有这般形式适应内容的以及类似的必要时，跨行不宜多用，因为我们的诗歌读者对于跨行还不习惯。“跨行”在西洋诗歌及莎剧中是惯常使用的，但也不能以不习惯为由反对跨行。诗歌分行写和分行印刷，不也是原来所无的吗？我们怎么已经习惯了呢？

关于押韵和韵律，他是这样说的：

诗歌要用有音组的韵文写作，但韵文以及用了它所作成的诗歌，却并不是非押韵脚或脚韵不可的，如世界诗歌宝库里有些长篇巨制就并无脚韵。可是这并不等于说，一切诗歌作品都是不押脚韵或不应当押韵脚的；反之，一般说来，较短的篇章大都还是而且应当押韵脚的，除非有特殊的理由。以我们的民族传统来说，绝大部分诗歌都是押韵的。所以我们的新诗歌大体上也应当押韵，上千行的长诗则可以押，也可以不押，须视作品的性质和内容而定。韵脚或脚韵，只要善于运用，一方面有助于语言之间的和谐；另一方面能点醒诗行的终迄，加强三级节奏；第三方面可以和内容互相应和，发出声音上的共鸣，增加意境和情致的效果；而同时又是一种装饰，能使背诵者便于记忆。

有关新诗的格律，他总结说：

而说到最后，我们对于新诗的格律（节奏、音组、韵律或不押韵），当然决不是要把它过分重视，而是只把它作为我们作品的四种成分之一：我们要用有特殊意义和风格的语言文字作媒介，来表现我们的诗的意境，这些千殊万异的具体意境必须恰好传达出我们自己的和唤起适当读者的双方一致的优美感情，同时我们的语言文字却又少不得要含有好比是呼吸与脉搏的格律。而这四者之间又应当有一个有机的统一，一片无间的和谐——这一首诗才算得是一篇成功之作。格律的作用原来如此，不多也不少。

粉碎“四人帮”以来，随着学术氛围的日趋正常，有关孙大雨的诗作和诗歌理论重又引起重视并得到肯定，在《新文学大系》、《现代格律诗选》、《中国百家名诗赏析》、《中国新格律诗选》、《新文学里程碑·诗歌卷》、《中国十四行体诗》等书中都选用了他的诗作或加以评论。

许霆在《新诗"音组"说的创立者——孙大雨》一文中评论道：

我国新诗运动初期，倡导"诗体解放"，在新诗语言形式上推崇的是"自然音节"说，用胡适的话来说，就是"凡能充分表现诗意的自然曲折，自然轻重，自然高下的便是诗的最好的音节"。(《谈新诗》) 这种理论主张固然推动了新诗冲破旧诗程式化节奏而诞生，但同时造成了无量数的新诗的语言散文化、自由化、直接导致了1922年下半年起的新诗发展的中落。接着，新诗开始进入全面建设的新阶段，趋向之一就是新韵律运动的兴起。陆志韦是第一个有意创新格律者，理论主张是"节奏千万不可少"和"押韵不是可怕的罪恶"。他针对"自然音节"说，提出"有节奏的天籁"，具体方式就是"舍平仄而采抑扬"。其后，刘大白、俞平伯、郭沫若、穆木天、后期湖畔诗人等都探讨过新诗格律，但他们没有找到解决新诗规律化节奏的基本途径。只有到了新月诗人登上新诗坛，新韵律运动才达到高潮，成果卓著，其中最重要的就是孙大雨和闻一多找到了新诗格律节奏的基础及其展开方式，即孙大雨所概括的新诗"音组"说，为中国新诗的发展作出了历史性的贡献。

孙大雨……探讨新诗的音组时间是在1925年。那年夏天，孙大雨在浙江海上普陀山佛寺客舍里住了两个月，想找出一个新诗所未曾有而应当建立的格律制度。结果给找到了，那就是以二、三个汉字为常态而有各种不同变化的"音组"结构来实现的。就在这年随后的冬末春初时，孙大雨和闻一多等交换心得的结果，并按自己的"音组"

结构主张写出了一首含有整齐的音组数的十四行诗，发表在1926年4月10日的北京《晨报副刊·诗镌》上，题为《爱》。这是一首有严谨韵律的新诗。就诗的节奏说，诗人有意识地运用二字和三字构成的节奏单元，每行统一由五个这样的节奏单元构成，这种二字和三字的节奏单元不是高低、轻重、音长的分别，而是"时间上相等或近于相等的单位的规律性的进行，去体现以及感觉到的节奏"。虽然当时孙大雨还没有明确给这种时间段落的节奏单元命名，但到1930年徐志摩所编的新月《诗刊》第二期上发表莎译《黎琊王》一节译文的说明里，他就把这种节奏单元称为"音组"。这就是"音组"名目的由来。据孙大雨说，这种对"音组"的把握，是同他"观摩英文名诗作品"有关，但他却从汉诗语言特点出发，把英诗轻重音步的时间段落改成完全从字数上着眼，通过音节组合来构成新诗节奏的时间段落。因此他自己说，定名为"音组"是为了区别西方古希腊文、拉丁文及近今英文、德文诗歌文字里相当规范化的格律单位"音步"，是为了说明自己诗行里的节奏单位而首创的。

这一首创的意义极其重大。它解决了新诗的最小的节奏单元不是单个的音节，而是"由我们所习以为常但不自觉的、基本上被意义或文法关系所形成的、时长相同或相似的语音组合单位"。这样，既同传统的等音主义又同西方的音步划清了界限。我国新诗就是由"音组"这最小的节奏单位通过一定的"秩序"构成诗行，再由诗行发展为诗节、诗篇的。整个新诗格律形式的基础就此而奠定了。当时，新月诗人很多人都在探讨这节奏单元，但多数仍十分模糊。……据孙大雨说，除了各行音节数应当整齐外，闻一多关于限定音尺内音数和限定各行音数的主张他都不同意，也从未在任何一首自己写的或译的诗里照办过。还有一个事实是，闻一多写了《死水》以后，虽然也写过音尺数整齐的新格律诗，但多数诗注意的只是"节的匀称和句的均齐”，也就是说没有严格按照自己的格律理论创作。相反，孙大雨自写出《爱》以后，运用“音组”结构创作和翻译了总共约两万行有格律的韵文。如他的长诗《自己的写照》里写出三百八十行，每行统一为四个音组，多数音组二、三字，也有四字的，而且写得那么奔腾灵转，真是新诗史上的杰作。

新月诗人对新韵律、新格式的倡导，在新诗史上产生了重要影响。到三十年代，对新诗最小节奏单元注目的诗人就很多了。叶公超著文说“音组”，朱光潜讨论“诗顿”，梁宗岱主张“节拍”与“均行”说，罗念生提出“节律与拍子”说，林庚提出“新音组”说，周煦良谈论“时间的节奏与呼吸的节奏”，都涉及到对“音组”的理解。“音组”实在已经成为新诗形式建设的基础，讨论新诗格律谁也无法回避“音组”问题。……这种种都是建筑在孙大雨、闻一多创立的“音组”说基础之上的，而且最普遍最得到肯定的还是孙大雨所创立的形式，即以二字三字为主也允许变化的音组为节奏单元，诗行的音组数一定而音数不限。由此我们可以说，孙大雨“音组”说奠定了新诗格律形式发展的基础，使中国新诗解决自身的语言节奏问题有了可靠的前提。

而且，孙大雨实践自己的“音组”说的第一首诗是中国十四行诗。……正是孙大雨的十四行诗《爱》的发表，标志着中国诗人找到了对应移植十四行体格律的方式。随后，他又依律写出了《诀绝》、《老话》、《回答》……正是通过二十年代末和三十年代初包括孙大雨在内的一批诗人的创作和理论介绍，使中国十四行诗逐步走向成熟，结出了丰硕的成果，中国诗人完成了这种诗体由印欧语系向汉藏语系的转徙。我们绝不应该忘记孙大雨的开拓之功。

……可以毫不夸张地说，孙大雨为我国新诗发展作出的贡献是极其巨大的，他的新诗理论和创作终将获得越来越多的人们重视和承认，对他在中国新文学史上的地位作出公正的评价。

“五四”以来，由于推广白话文的结果，新诗也应运而生。我国旧体诗词中有四言、五言、七律以及长短句等的形式，每行规定字数，有严格的韵律，它们毕竟已成熟定型，在历史上有过辉煌的时期。而新诗呢？在许多自由体新诗中，每行字数长短不一，也没有格律，它与散文有何区别？更有人主张新诗愈是散文化愈好，那何不干脆写散文，为何要分行成“诗”呢？不能认为分了行的即为诗。正因为至今新诗的形式、规范未臻完善，那就在一定程度上制约了它的发展。近年来新诗似有式微趋势，最近有人撰文谓目前最不受人们欢迎的文体当推杂文与诗歌，但接着便有人著文认为杂文未必如此，那么新诗又如何呢？好像没有人出来说话。新诗的不受欢迎，除了其他种种的客观因素外，其本身的形式、规范至今尚无公认的准则，它没有像旧体诗那样已经成熟，与这方面是否有关呢？当旧体诗退居旁位之后，取而代之的新诗如果在理论上和实践上未能在形式和规范方面建立起一个公认的准则，如果新诗的自身建设未臻完善，就势必限制了它的发展。形式或规范不是桎梏，格律决非镣铐，关键在于如何驾驭它们。就如万物一般，内在美也要依赖形体美来表现、衬托；诗歌也必须注重内容和形式完美的统一。重视新诗的形式、规范，并非形式主义。新诗要讲究格律，正是为了更好地演绎内容，更好地表达情致和意境。

时至今日，新诗的“音组”说，虽然已愈益得到人们的认识、重视与首肯，但毕竟尚未成为人们公认的准则。不过，已有愈来愈多的诗人用“音组”结构来写诗、译诗，却是不争的事实。

中外文化交流的使者

他一生中共译了八部莎士比亚戏剧：《罕秣莱德》、《奥赛罗》、《黎琊王》、《麦克白斯》、《冬日故事》和《暴风雨》六部集注本，以及《威尼斯商人》、《萝密欧与琚丽晔》二部简注本。

他又英译了屈原的极大部分诗作，出版了英汉对照的《屈原诗选英译》；译了唐诗等古诗词一百余首，出版了英汉对照的《古诗文英译集》。

他还译了乔叟、莎士比亚、班·绛苏、弥尔敦、雪莱、华兹华斯、拜伦、济慈等名家的英文诗作一百多首，出版了英汉对照的《英诗选译集》。

总之，他将公认的人类文化瑰宝——莎翁的剧作以及乔叟……等的诗作介绍给我国人民；又将中国古代最优秀的文化遗产——楚辞、唐诗等译介给世界各国人民，为中外文化交流竭尽了全力，作出了应有的贡献。

在他所译的八部莎剧中，《黎琊王》集注本是在三十年代中期翻译的，后因经历了八年抗战至 1948 年才由商务印书馆出版。其余五部集注本——《罕秣莱德》、《奥赛罗》、《麦克白斯》、《冬日故事》、《暴风雨》是在反右以后至“文化大革命”前译成的，而《威尼斯商人》、《萝密欧与琚丽晔》两部简注本则是在“文化大革命”后期所译。

他八部莎译的特点是，他用自己所创建的汉语“音组”对应莎剧原文中的音步作了诗译，比较符合原作的风貌。

1993 年初，我们接受《群言》杂志“专家学者访谈录”之约，曾就有关莎剧翻译的有关事项“采访”了他，以下笔录将有助于了解他的莎译事业：

问：人们尝谓莎士比亚的作品是文学的顶峰，您意下如何？

答：我不赞成“顶峰”论。但威廉·莎士比亚的确是一位空前而且也可说绝后的伟大戏剧诗人。虽然莎翁较早也写有两首长诗和一部一百五十首的“商乃诗集”等，但他绝大部分的作品却是戏剧诗，或称诗剧。他一生共写了三十七部诗剧，把剧中八百多个人物表现性格的言谈、行动、冲突、和谐、悲欢、生死等情节谱写成鸿篇巨制的大诗章，他所描写的人物都栩栩如生，这在文艺领域中堪称奇迹！

问：您说莎剧是诗剧，它与我们寻常接触的话剧有何不同？

答：有关莎剧的性质——是戏剧还是诗、是话剧还是诗剧，看来在好多人心目中颇有点模糊，似应澄清一下。在《辞海》的“戏剧”一词的解释里说，“在西方，戏剧（Drama）即指话剧。”这就一笔抹煞了古希腊、罗马的戏剧诗人们，以及英国的莎士比亚和马洛，法国的高乃伊和拉辛的戏剧诗或诗剧的存在。无怪几年前《艺术世界》双月刊上有人误以为莎剧是用散文诗写的剧本。

莎剧原作，特别是中、晚期的作品，约百分之九十的文字是用素体韵文（blank verse）所写。所谓素体韵文（梁实秋先生称“无韵诗”），是指不押脚韵而有轻重音格律的五音步诗行。换言之，莎剧基本上是用轻重格五音步写的，每行都有规范严整的五个音步。从这个意义上说，我们决不可将莎剧误解为散文的话剧。

我们知道，莎剧在英、美国家舞台上，银幕上演出，是用比散文话剧稍慢的速度从容朗诵出来的，有声调节奏谐和之美，并不读若散文一般，因为有格律、有规律节奏的朗诵，跟念散文有微妙而显著的区别。所以，我们不能仅仅满足于将莎剧搬演成话剧。我热切希望能提高一步，将莎剧以与其本来面目酷似的风貌、声调在我国舞台上演出，如同在英语民族的国家舞台上郑重地、内行地演出差不多。要做到这一点，首先必须要有符合原作风貌的精良的译本；同样地，我们也不能仅仅满足于只有未能传送原作神韵风貌的散文译本。

问：这里谈到了莎剧翻译，您认为翻译莎剧应具备哪些条件？

答：文学作品，特别是诗歌和莎剧的翻译，要求移植者对于原作和所译文字的造诣都异常高，译者不仅要能深入理解和摄取原作的形相和奥蕴，而且要善于挥洒自如地表达出来，导旨而传神，务使他能在他那按着原作的再一次创作的成果里充分体现原作的精神和风貌。所以，要恰当地翻译世界文化瑰宝的莎剧，乃是难上加难之事。如果以为单靠一本英汉辞书就能翻译莎剧，那是不知高低深浅。

梁实秋先生曾说："翻译莎士比亚全集须有三个条件：（一）其人无才气，有才气即从事创作，不屑为此。（二）其人无学问，有学问即走上研究考证之路，亦不屑为此。（三）其人必寿长，否则不得竣其全功。……"对于已译完并出版了莎翁全集的梁先生来说，他的这一段话，不消说是意在言外。我则直截认为翻译莎剧必须具备两个条件：一是要精通英、汉两种文字；二是要通晓英、汉两种诗歌。两者缺一不可。

问：现在海峡两岸各出了一部莎士比亚全集，大陆出了以朱生豪为首翻译的全集，台湾出了梁实秋翻译的全集，您有何评价？

答：这两部全集都是散文译笔，毕竟与原作风貌不尽符合。朱生豪在抗战的艰难岁月中，贫病交迫，译出了三十一部莎剧，为他喜爱而崇敬的工作付出了年轻的生命，三十三岁即英年早逝，我们应当无比地敬佩。梁实秋先生付出数十年辛劳，译毕了全集，也应受到广泛、深厚的钦佩。但这并不等于说我们已可放弃对于莎剧翻译的理想追求和愿望。我们应该有更符合原作风貌神韵、用格律韵文翻译的莎翁全集。

问：您是怎样从事翻译莎剧的？

答：说来话长。上面我已经说过，莎剧是戏剧诗或称诗剧，得体的翻译应该是诗译，而不是散文译。我在很年轻的时候即对诗歌发生兴趣，早在1920年5月15日的《少年中国》(第一卷十一期)上已发表了我的新诗《海船》，当时我还是一名中学生，只有十五岁。1923—1925年我在北京清华学校求学期间，曾编辑《清华周刊》的文艺副刊，并与同窗好友成为新诗坛的所谓“清华四子”(子沅——朱湘、子离——饶孟侃、子惠——杨世恩、子潜——孙大雨)。1925年从清华毕业后，按当时的规定，在去美国留学前可留在国内游历一年；那年夏天，我在浙江海上普陀山佛寺圆通庵客舍中逗留时开始有意识地寻找一种新诗的格律规范，因为我不满足于自由体新诗，我认为新诗也应该而且可以有韵律；结果找到了，那是以二或三个汉字为常态而有相应变化的“音组”结构来实现的。翌年4月10日的北京《晨报副刊·诗镌》上发表了我所创作的十四行体诗《爱》，这是我有意识地运用“音组”结构撰写的第一首有严谨格律的新诗，每行均有严格的五个音组，例如开首四行：

往常的	天幕	是顶	无忧的	华盖，
往常的	大地	永远	任意地	平张；
往常时	摩天的	山岭	在我	身旁
峙立，	长河	在奔腾，	大海	在澎湃；
……

1926年至1930年我在美国留学，先后就读于达德穆斯学院和耶鲁大学研究生院，攻读英文文学。以上经历与我以后从事莎剧翻译和研究应该说不无关系。

我开始尝试用音组这一格式对应莎剧诗行中的音步，作了莎剧翻译的实践，那是在1934年9月。我首先译了莎氏著名悲剧《黎琊王》

（*King Lear*），至 1935 年译竣，后经两度校改修订，1948 年 11 月才由上海商务印书馆出版该书两卷集注本，其主要原因是这期间经历了八年抗战的浩劫，所以我在此书扉页上作了以下题词：“谨向杀日寇斩汉奸和歼灭法西斯盗匪的战士们致敬！”

我的莎译力求符合原作风貌神韵，原作每行五个音步，我的译文以汉语音组对应，每行为五个音组。试以《罕秣莱德》（*Hamlet*）剧中举世闻名的一段独白里的第一行为例（按：这段独白共三十三行，限于篇幅，只举一行为例）：

原文：| To be，| or not | to be：| that is | the question：|

孙大雨译：| 是存在 | 还是 | 消亡：| 问题 | 的所在：|

梁实秋译：死后还是存在，还是不存在，——这是问题。

朱生豪译：生存还是毁灭，这是一个值得考虑的问题。

从以上几种译文中，不难看出译文中格律韵文之有必要。

问：您一共翻译了几部莎剧？已出版了几部？

答：总共译了八部莎剧：《黎琊王》、《罕秣莱德》、《奥赛罗》、《麦克白斯》、《暴风雨》、《冬日故事》（以上为集注本）以及《萝密欧与琚丽晔》、《威尼斯商人》（以上为简注本）。如上所述，《黎琊王》已于 1948 年由商务印书馆出版；其他五部莎剧集注本是我在遭受了 1957 年的政治风暴所强加给我的不公正待遇后，在极其艰难困苦的条件下于六十年代初、“文化大革命”前的几年中翻译的；两部简注本则是在“文化大革命”后期偷偷地译成的。如果不是因为反右和“文化大革命”的干扰，使我损失掉数以十年计的宝贵时间，我的莎译作品应该更多，每想到此，总令我扼腕叹息不已。这后来译就的七部莎剧，其中《罕秣莱德》已由上海译文出版社于 1991 年 5 月出版，其余几部尚待出版。我已八十八岁高龄，时不我待，我盼能在有生之年见到这八部莎译全部出版，惜乎出版周期太慢了！奈何？

问：梁实秋先生于1976年8月10日在台北《联合报》上发表的文章中说您翻译的莎剧《黎琊王》是“用诗体译的，很见功。”又，1992年第二期《读书》载文评论您译的《罕秣莱德》道：“再读到名著名译的《罕秣莱德》，更感到翻译作为一种创造活动，是如何艰辛。……不妨说，这既是一部翻译作品，也是一种现身说法的‘译艺谭’。”这些是客观评论，而您又是怎样看待自己作品的呢？

答：评论自己的作品很难，批评自己作品中的不足之处容易被人接受，如果谈论长处则未免有王婆卖瓜之嫌，难为人所理解。既然是家人的询问，我不妨说，我的莎译用音组来从事，莎氏原作每行五个音步，我的译作以汉语音组相对应，每行五个音组，跟朱生豪、梁实秋的散文译品不同，我自信要比较接近于莎氏原文的风貌。但也毋庸讳言，译文距理想的实现还有距离，一方面是缘于无法制胜的英汉两种文字上相差奇远的阻碍，另一方面则许因译者的能力确有所不逮，虽然译者已竭尽了心力。

这里顺便说一件轶事：我与梁实秋先生是北京清华学校的同学，他比我高三级。1933年下半年我接受了时任青岛大学外文系主任的梁先生之邀去了青岛，但只和他共事了一个学期就分手了，因为学期结束后我没有收到他的续聘书。此乃事出有因：梁先生早就有翻译莎翁全集的雄心壮志，但他却认为莎剧有严谨格律的每行五音步的素体韵文，用中文无法移植。直到八十年代台北远东图书公司出版了他所译的《莎士比亚全集》，他在“例言”中仍说：“原文大部是‘无韵诗’，小部分是散文，……译者一以白话文为主……”可见他在实践上也是把莎翁有格律的戏剧诗译成了散文的话剧，尽管以梁先生的学养，他的译文很不错。当时我就不同意他的观点，我认为可以找到中文的恰当形式去翻译莎剧的素体韵文。那时都是因为年轻，涉世不深，我在课堂上随意批评了梁先生所认为的中文无法移植莎剧五音步素体韵文的观点，遂引起了梁先生的不快，于是有了学期结束后不再发给我聘书的结果。现在客观地来看这件事，只能归结于当时双方都是年少气盛的缘故。只是到了四十三年后的1976年，梁先生却著文称赞我的莎译，可见他早已忘怀了当年我对他的批评的不恭，表现出了他的学者风度。当然，我对他的解聘我，也从未耿耿于怀。现在来谈这近六十年前的往事，无非聊作轶事的谈资而已。可惜几十年来我与他再没有机会谋面，更无从当面切磋莎剧译艺。如今他已作古，我也到耄耋之年，每每想起往事，有恍如隔世之感。

末了我要说的是，由于以往蹉跎岁月的耽误，至今我只译了八部莎剧。而现在我年事已高，实无力用韵文译竣莎翁全集。我殷切期望同道共同努力，早日完成诗译莎士比亚全集这一伟业。我们中国有悠久的历史，灿烂的文化，我们这样一个伟大的国家，理应有一部比较理想的莎翁全集译本。

记得《群言》杂志社是通过民盟上海市委宣传部前来约稿的。在一个冬天的晚上，晚饭后全家围坐在客厅里，我将预先拟好的题目，在随意闲谈间一个个提出：趁他不注意，在他身旁放了一个半导体录音机——这样无需作笔记，交谈更显得自然些，"采访"进行得很顺利。在深夜"采访"结束，我在关掉录音机时才向他宣布我是受人之托作了一次业余记者对他进行了采访，平时不苟言笑的他这次竟也打趣道："你们对我搞了一次窃听！"事后，我根据录音极其方便地整理出了上述的访谈录。这次家庭内部的"采访"是第一次，也是最后一次。

《屈原诗选英译》是他在"文化大革命"进入第八个年头的1974年7月开始翻译的。那时，"文化大革命"的祸害已登峰造极，国家民族蒙受了极大的灾难，经济濒临崩溃边缘，文化事业则除了八个所谓的“样板戏”之外，受尽摧残，万马齐喑。而他个人所受到的打击迫害，则非三言两语所能概括。毁灭性的抄家，将他的所有藏书尽数掠去，使他心爱的莎译事业无以为继。百无聊赖之际，出于对国家民族命运的担忧，怀着满腔孤愤，他着手从事《离骚》等屈原诗作的英译。他坚信中国几千年来灿烂优秀的文化决不会湮没，他憧憬着祖国美好的未来，期待总有一天“文艺复兴”的时代会得到来。届时屈原的光辉诗篇又将焕发异彩。屈原的诗作是人类的共同财富，应该向世界传播，这就是他当初翻译屈原诗作的背景和动机。历时四年有余，熬过一千多个通宵，到1978年10月《屈原诗选英译》才得以完稿。

但是完稿后十多年，才在一位企业家出资赞助下得到出版机会。有关详细情况上文已作交待，此处不再赘述，只是有一件事需加说明：

现在由上海外语教育出版社出版的《屈原诗选英译》一书，是按照他在1978年10月的定稿编排付印的，这部定稿中《天问》、《招魂》未译、《九章》中选择了六首。后来我在整理他的遗稿时发现，定稿后他又译了《招魂》及《九章》中的其余三首《惜诵》、《抽思》、《思美人》，而《天问》则始终未译。这使我猛然回想起他曾不止一次向我说过，他认为屈原诗作中的《天问》意义不大，正是在这种思想指导下，他终于未译《天问》，而《九章》中的其他三首又补译了。可是出书时这三首补译竟未能容纳进去，不能不说是一个缺憾；只能寄希望于以后再版时补充了。我甚至还这样想：要是《天问》也译了有多好，那么这部书可称之为《屈原诗作全译》了。

粉碎“四人帮”后，他曾对我说：他来日无多，他的写作计划中还包括英译古诗词三百六十六首与汉译英文名诗三百六十六首各出一部书，再下来如还有时间则写一部回忆录。但是在他逝世前，英译古诗词及汉译英诗均只完成了半数，回忆录则根本没有动笔。为什么要各译三百六十六首呢？他有自己的独特想法，他说："如果读者对我的译作有兴趣，在闰年可以每天欣赏一首诗。"尽管他没有如愿完成，但我们还是将这两部书稿整理成英汉对照本由上海外语教育出版社付梓。

就像上述他要译诗三百六十六首一样，他有不少地方的想法确实有点特别，有些标新立异。比如莎剧"Romeo and Juliet"，有人译成《罗密欧与朱丽叶》，他则译成《萝密欧与琚丽晔》；他的用意是前一译法易使中国读者作不确切的习惯性联想误以为姓罗名密欧或姓朱名丽叶。而事实上萝密欧是一位青年的名字，他姓芒太驹，琚丽晔是一位姑娘的名字，她姓凯布莱忒。可见他的标新立异乃经过再三斟酌的结果，是有一定道理的，决非哗众取宠。有一位出版社的编辑曾对我说过，"孙大雨先生所译莎剧除了诗译是其特点外，他的译文中常出现古僻的字，一般读者往往难以辨认，可能有人认为不够通俗，但无可否认，也只有孙先生能驾驭这些深奥的字与词。"

人们称他"学贯中西"，他谦逊地对我说："真正能做到的恐怕是凤毛麟角，太难太难！"但有一点却是确凿无疑的：那就是他的治学态度十分严谨，堪称一丝不苟。

在他的楚辞、唐诗等的英译以及莎译中，均附有详尽的注释，在注释上所花的功夫远多于正文的翻译，这些注释里还包含有他的研究成果和创见，它的学术性是显而易见的；它也给读者理解原作提供了方便，铺平了道路。总之，凡有疑难之处，他都要彻底弄懂为止。

他的手稿的字迹是如此的恭正、清晰，尤其是英文稿，就像印刷出来的一样，他的汉字也写得方正遒劲，一如他的为人。

虽然他并不练墨笔字，但他酷爱书法，长期订阅书法杂志，他也酷爱艺术，《艺苑掇英》杂志很贵，他则每期必买，至今家中存留很多这类期刊。

说起写字，有一次在闲谈中他正色对我说：“近仁，你的字写得不怎么好！”开始我有点愕然——因为他很少批评我——但转而一想，他批评得对，我的字体距离“好”还相差甚远。他就是这样一个人，不管你的亲疏如何，好就是好，不好就是不好，他不会转弯抹角，待人接物总是直言不讳。应该说，他对我的印象还是不错的，我自己也感觉得到，到后来他对我几乎是“言听计从”，凡事总与我商量，这倒并非是我自我感觉良好，最近孙琴安先生在他的《又送文星入夜台——追忆名诗人孙大雨先生》一文中提到：“他曾不止一次地向我夸奖孙近仁，常说：‘我的那位女婿非常好’。他的女婿的确很好，通情达理，任劳任怨，除了和妻子在生活上照顾他，还帮他整理书稿，联系业务。”孙琴安的这段追忆颇令我感动，它使我知道了岳父对我的评价，大有“知遇之恩”的感触。

孙琴安在同一篇文章中是这样评价他的治学态度的：“在我的印象中，孙大雨的治学态度非常严谨，简直到了一丝不苟的地步。”他写道：

记得十多年前，我匆匆写了一封信给他，说自己将于某天到他府上拜访。届时到了他家，他一见面就对我说：“你的信，我收到了。但你信中有一个语法错误。”他一边说，一边就翻出我的信，耐心而又严肃地对我说：“凡句子中用到除什么以外，必须要加‘以’字，非‘以’不可，而你却将‘以’字漏掉了，这是错误的。”

我分辩道：“现在报纸上，还有些作家写文章，在写到除什么之外或以外，几乎都不加‘以’或‘之’字，所以我也就不加了。”

“这不行。”他立刻提高声调，更加严肃地说：“现在报纸上，还有些作家，语法错误很多。你不要学他们，今后一定要加‘以’。”

我只好表示接受。……

他对别人的文章要求严格，对自己的文章要求也同样严格。此处试举他1989年1月20日写给我信中的开头一段话为例：

琴安弟：

关于《我与诗》那篇简短的手稿，我上次写给你的信记得说没有留底稿，那是记错了，现在我已找到。有一个字须要删掉；第一句“我在七十年前在上海读中学时……”那第一个“在”字应删掉，麻烦你通知印刷所去掉，但不要弄错，不可把第二个“在”字去掉而留第一个“在”字。

我曾经看过他的许多手稿，不论中文、英文，凡属诗文一类的东西，他都极其认真，一撇一捺，规规矩矩，清清楚楚，一点也不马虎。凡遇疑难点，他必查字典；凡交谈中涉及的人名、诗名，你只要一蹙眉，他必会抄在纸上给你看，让你想起或记清楚。不仅如此，他每把英文人名翻译为汉文时，也是推敲再三，反复思考后再定下。因此，他所译文学作品中的人名常与他人不一样，而且能说出一大堆理由。凡此，都可以见出他为文治学的严谨态度。正是在这种态度的支配下，才使他成为莎士比亚剧作汉译上的权威。就连梁实秋晚年也盛赞他翻译《黎琊王》很见功力。

孙琴安在这篇追忆文章中还涉及其他一些人和事：

大约在八十年代初，我因为研究诗，特别是研究西方象征派的诗，曾一度常到孙大雨家去。……每次去的话题尽管不相同，但总免不了要涉及到诗。在诗的领域，他可以说是学贯中西，古今中外，无所不通。我曾经结识过许多诗人和翻译家，像他这样才华与学问兼备的诗人的确很少见到。

他经常把他过去的诗作拿给我看，有时朗诵，有时讲解，兴致勃勃，津津有味，感觉很好。有些时候，他也向我讲起他过去的朋友和“新月”同仁。我们曾一起谈起朱湘的诗。他说：“朱湘的诗是写得不错的。但也有一个缺点，他不知道虚字在诗中的作用，喜欢把虚字删掉或减去，以求精炼，这样反使诗歌缺少了应有的流动感和流动美。”

一天晚上，我们谈起了闻一多。他说：“闻一多这个人很正直，也很正派。我们对他都很尊敬，都喊他老大哥。他在我们当中的威信也比较高。”

我问起他们当时除了写诗，还有些什么其他爱好。他想了想，说：“不过，闻一多他们那时也喜欢搓麻将，经常在晚上聚在一起搓。”

关于闻一多那时喜欢搓麻将一事，我也听他说过；不过，他自己对此并无兴趣，从未参与过。

他在与我日常闲谈中，也评论过徐志摩，他认为徐志摩其人：“为人极好，单纯到近乎天真！”诗人大概都有纯真的性格，他自己何尝不是如此？他对人往往偏于信赖，旁人的话每信以为真，以前，有些人到他那里反映的一些事情虽然也并非不是事实，但这些人往往只是说说而已，但他听到后却义愤填膺，在一定场合便会捅出来，做出头椽子，其后果表现在以往的政治运动中受害的便是他自己。

有关新月派及其诗人，他在八十年代初给一位研究新月派的研究生的一封信中是这样写的——现在为新文学存留一点史料，姑且不为尊者讳，如实抄录于下：

新月派以胡适、徐志摩为首，被骂了三十多年。胡适是“买办资产阶级的知识分子”，徐志摩是“资产阶级臭诗人”，梁实秋、陈西滢、沈从文都是下流的“资产阶级文人”，孙大雨是大“右派”和“现行反革命”，……这种简单、粗暴、幼稚可笑的思想、逻辑和感情弥漫了三十年，如今稍有所廓清。胡适崇美，毫无疑问。我素来不很看重他的学问……但他与陈独秀等首倡用白话写文章和诗，大方向是对的，对人民有功。不过他的新诗，因为是草创，写得很不行，却是事实。他做人有一大毛病，喜欢人家逢迎他，我颇为厌恶。徐志摩天真纯朴，很可爱，是我的好友，他比我大八岁。他并不反共；我和他接触的约两年半中，时常听到他谈起Smedley。陈西滢在《现代评论》上写《闲话》刺伤了鲁迅；他与徐都钦佩胡适……梁实秋虽然散文写得不错，但对诗却是外行。沈从文为人极好，小说也写得好……总之，所谓新月派绝不是被某些人所认为的一个以胡适为头头、组织严密、思想品性一致的团体。

孙琴安因为研究诗与老人有多次接触，以年龄、辈分论，他只能算是学生的学生辈，他是如何看待老人性格的呢？他说："凡与孙大雨接触并且了解他的人，都知道他个性倔强、耿直坦率，而且十分天真单纯。有时坦率天真得令人担忧，似乎无此必要。……别人耿直，还会有转弯的时候，可孙大雨耿直起来，连转弯都不会。……也正是由于他的耿直、固执和诗人的单纯，他曾两度被投进监狱，吃尽苦头，受尽磨难……1986年底，我去看刘海粟。他对我说：'前几天孙大雨来看我，正好市里几位领导也来看我，孙大雨见了他们，当场又把他们骂了一顿。看来，他的火气还是那么大……'不过，孙大雨火气虽大，脾气暴躁，心地却很善良。他家初搬到吴兴路时，家中曾聘一个安徽女老太做保姆，她曾不止一次暗中对我说：'这老先生就是脾气大，性子急，良心却很好。我初来时见他发脾气很害怕，现在不怕了。他待我很好。'他女婿孙近仁对我说：'我岳父只是傲上，对下面的人，对学生却是很好的。'这些话一点不错。记得有一次，我听他讲过去的事，不禁叹道：'先生正直，也有感情。'不料他闻罢此言，竟潸然泪下。此情此景，至今仍历历在目。”

确实如此，他对小辈、学生是很爱护的。我与他相处四十年之久，我不记得他对我发过一次脾气；以往我大致每个星期天去看望他一次，他见到我总显得很高兴的样子。他有夜间写作，白天睡觉的习惯；有时我去得早了一点，他只要听见我的声音，便会立即起床，一谈就是几个小时——当然是他谈的多，我则洗耳恭听，佳始曾对我开玩笑说：“你是爸爸最忠实的听众！”岳母逝世后，我们搬去吴兴路和他一起住，朝夕相处了十年。我从他那里得益匪浅，日久以后，对他的学问，我耳熟能详，已略知一二，到后来我为他整理十二部著译，以及为他记录整理约稿时，就比较得心应手了。从这个意义上说，是他多年教诲的结果，使我学到不少东西，我深深地感谢他。

他对学生既严格要求又爱护备至；其实严也是一种爱。学生对他也很敬爱，他的学生遍及海内外，我常见到他几十年前的学生，都是白发苍苍古稀之年了。从全国各地或海外归来，前来家中拜访他，都显得十分亲热而又毕恭毕敬。我作为一个旁观者也不禁觉得：教书育人到这种份上，真是莫大的幸福，教师实在称得上是一种神圣的职业。

与书结缘的一生

回顾父亲的一生，他作为一位学者，毕生与书有着不解之缘，即使在他生前最后一年多的住院期间，他的病床枕边也放着一堆书，我们每次去探望他，总见他在认认真真地阅读着。书，真正成为他生活中不可或缺的精神食粮。

早年他在清华毕业后，于1926年去美国留学，历时四载，先在美国北部新罕布什尔州的著名学府达德穆斯学院攻读英文文学二年，嗣后又在耶鲁大学研究院进修二年。那时的官费留学，经济上并不宽裕，而他在1930年学成归国时却带回整箱的好书，其中不乏珍本，例如1926年出版的十册《雪莱全集》，在全美国只发行二百八十五部，羊皮面的七厚册《莎士比亚全集》只发行四百八十五部，即已绝版；还有精美绝伦的《草叶集》……买书的钱都是他在生活费中刻苦节省下来的，他告诉我们：那时在美国一听罐装大豆只有五分钱，大豆营养好，又便宜，便成了他的常食。美味佳肴于他无缘，而书再贵他却不惜一掷百金。

回国后他先后在武汉、北京、青岛、杭州、上海等地许多名牌大学执教。他对日常生活要求不高，却舍得用重金买好书，他曾以二百块银洋的代价购得吴宓教授转让给他的一套浩繁的共十九巨册的阜纳斯《新集注本莎士比亚全集》，可能这是国内仅存的一套。

几十年来他的藏书已颇可观。他的藏书大多是有价值的好书。而且不论收藏时间多长，均保存如新，甚至连书页也不允许折叠的。可是到了“文化大革命”时期，这些藏书也在劫难逃。

“文化大革命”结束后发还抄家物资时，父亲的藏书只归还一个零头，大部分都不知去向，连有些名家签字的赠书也遗失掉了，如徐志摩的赠书《猛虎集》，上写“大雨元帅正之，小先锋志摩”都没有了……在父亲的晚年，每当提起这些失去的珍贵藏书，总使他痛心疾首、扼腕叹息不已。

父亲的一位高足曾与我们谈起父亲的学问时说：“先生的学问确实为我辈学生所钦佩，他的学问总是高于我们一筹。这倒并非因为先生比我们特别聪明，而是由于我们做学问常常浅尝辄止，不肯多下苦功，先生则不然，任何难题他都要深入进去脚踏实地弄个水落石出。他的严谨学风实在为我辈所不及。”

父亲多次讲到，做学问必须“勤恳、谨慎、踏实、细致”，切忌想当然、似是而非、一知半解。在翻译外国文学名著时，决不可粗疏怠惰，有疑难处务必要多翻辞书。他曾举一个误译的实例来说明他的观点：有一位翻译家在所译乔叟的作品中，有一处译成“血色的马”，父亲说：“按我国文字的惯例，形容一匹马的色泽往往是‘赤兔马’或‘红鬃马’之类，不可能说成血一样颜色的马。其实，在此处乔叟的真意是‘阿拉伯血统的马’。以这位教授的学养而言，只要仔细揣摩前后文的涵义，勤翻字典，这个误译是完全可以避免的。”在这方面父亲确实是身体力行，从他所汉译的八部莎剧、英文名诗以及英译的楚辞、唐诗等作品中足见他的治学是何等严谨。

在“文化大革命”甫起、抄家风刚露端倪之时，我们预感到抄家对于父亲必难幸免，于是在一天下班后的傍晚我们去看望父亲，告诉他社会上发生的一些情况，我们对他说：“按照目前情势，家中的其他东西已无法顾及，惟有您的莎剧译稿是你的心血之作，千万不能遭到损失，这些手稿还是交给我们带走藏匿吧！”父亲思考片刻后即将几部手稿交给我们，我们趁着夜色怀着忐忑不安的心情把稿子带走，以后根据形势的变化，冒着风险辗转请朋友、亲戚藏匿才得以保存下来。这几部莎剧译稿一式两份，一份是草稿，一份誊清稿，我们当时转移藏匿的是誊清稿，而草稿则在随后的抄家中被劫去至今下落不明。这些草稿其实也是父亲恭正的手笔，每页稿纸正面是译文，背面是与这一页译文有关的所有疑难字句的注释，极有价值，如能存留，不但可使后人从中体验到做学问应持有的态度和方法，也可给后来的莎士比亚研究者提供有用的学习资料。从这个意义上说，这几部草稿的遗失也是不可弥补的损失。所幸誊清稿总算保存了下来，才有了现在已陆续出版呈献于读者面前的八部莎剧诗译本，其中的《罕秣莱德》、《奥赛罗》、《黎琊王》、《麦克白斯》四大悲剧上海译文社还出版了精美的珍藏本。莎士比亚的作品被公认为人类文化的瑰宝，可是它的译稿在当时却要担惊受怕转移藏匿，这对于现在的年轻一代或许会难以理解。由此可见，所谓的“文化大革命”实质上是“大革文化命”，如此而已。

由于众所周知的原因，父亲自1957年后遭到种种严酷的磨难，浪费掉他数以十年计的宝贵时光，所以他一生中只留给后人十二部著译：其中有英译中的八部莎剧——《罕秣莱德》、《奥赛罗》、《黎琊王》、《麦克白斯》、《暴风雨》、《冬日故事》、《威尼斯商人》、《萝密欧与琚丽晔》——和一部《英诗选译集》，中译英的《屈原诗选英译》、《古诗文英译集》各一部，再加上一部《孙大雨诗文集》。这些著译均已出版。父亲一生十二部书，当然谈不上著作等身，如上所述，如果不是由于客观环境阻碍，他的著作理应更多；但他用在这十二部著译上的功夫可谓呕心沥血。在《古诗文英译集》中的唐诗，有的一首仅四行，他会通宵推敲琢磨，真是费尽了心思。《屈原诗选英译》是他花掉整整四年时间完成的，在这本书中他英译了屈原的绝大部分诗作，只有像《天问》等篇他认为意思不大而搁置未译，卷首有他用英文写的长达十万言的导论，内中熔铸了他研究屈原的许多成果。有人说，就这些著译而言，他为世界上最优秀的文化瑰宝（楚辞、唐诗、莎士比亚）进行交流作出了他应有的贡献，必将流传后世。

这里谈一下父亲是在怎样艰难的境况下完成这些著译的，确能发人深省：除一部莎剧《黎琊王》早在1948年已由商务印书馆出版外，其余作品都是在1957年蒙难后被开除公职没有分文收入的情况下写作的，那时他的生活来源主要靠做小学教师的妻子的退休金维持。他通宵写作，夜间只能“享用”三分钱一只的大饼，寒夜又无取暖设备，在“文化大革命”中的白天还要扫街、接受批斗……这一切对于一位学贯中西的老人是何等凄苦！行文至此，我们止不住热泪盈眶！

值得告慰的是，历史毕竟是公正的，噩梦总归会过去。粉碎“四人帮”后，父亲的境遇一步步得到改善，恢复了原有的级别待遇；父亲活到九十二岁高龄，享受到了四世同堂的天伦之乐；最为重要的是他的所有著译都已落实出版……父亲，您老人家可以瞑目了！

孙大雨年谱

孙大雨，原名孙铭传，字守拙，别号子潜。

祖籍本为山东，远祖在六朝五胡乱华时期避难至浙江省诸暨县。

父亲孙廷翰，字问清，清代末科翰林；母亲戴氏，名教民，生育一女三男，长女早夭，孙大雨为次男。

清光绪三十年（甲辰）十二月十六日（公元1905年1月21日）孙大雨诞生于江苏省上海县城南市老城隍庙前右侧昼锦牌楼（现名昼锦路）一百三十三号孙府第二进（前后共五进）右侧厢房；1997年1月5日卒于上海市华东医院干部病房。

1905年1月21日诞生。

1906—1911年（1—6岁）

五岁启蒙，由清代末科秀才、嘉定南翔人徐葵生在家塾教读方块字几年。

1912—1916年（7—11岁）

继续在家塾读《论语》、《孟子》。九岁起跟表兄学英文。

1917—1922年（12—17岁）

十三岁时父病故。家中无力请塾师，十四岁入上海市基督教青年会中学附小、继而附中（现虹口区浦江中学）就读。

期间积极参加“六三”爱国运动；编辑中学生刊物《学生呼》；并在义务学校为失学穷孩子任教。

1920年5月15日在《少年中国》第一卷十一期上发表新诗《海船》，时年十五岁。

1922年在《时事新报·学灯》发表新诗《水》一首以及在《小说月报》发表《滴滴的流泉》小诗三十三首。

1922 年冬中学毕业。

1922—1925 年 （18—20 岁）

1922 年 8 月在上海考区以第二名考取北京清华学校高等科。

1922—1925 年在清华高等科就读。期间参加以闻一多、梁实秋、顾毓琇等为骨干的“清华文学社”；编辑过《清华周刊》的文艺副刊；与同窗好友朱湘、饶孟侃、杨世恩号称诗坛上的“清华四子”（子沅—朱湘、子离—饶孟侃、子惠—杨世恩、子潜—孙大雨）。

1925 年 7 月于清华高等科毕业。

1925—1926 年 （20—21 岁）

按规定在国内游历一年。到过长沙、岳阳、普陀山等地，在普陀山佛寺盘桓期间酝酿新诗格律的形式问题，终于创建了“音组”理论。1926 年 4 月 10 日在北京《晨报副刊 · 诗镌》发表用音组格式创作的第一首格律体商乃诗《爱》。

1926 年 8 月下旬乘 Mckinley 总统号邮轮赴美留学，并在旅途中创作新诗《海上歌》，后刊于《新月》第二期。

1926—1928 年 （22—23 岁）

在美国东北部的新罕布什尔州哈诺阜镇的达德穆斯学院（Dartmouth College）主修英文文学，兼攻西欧哲学史、美术史。翌年获奖学金。1928 年以高级荣誉称号毕业。

1928—1930 年 （23—25 岁）

在耶鲁大学（Yale University）研究生院攻读英文文学。

在纽约客居期间，曾到加拿大蒙特利尔城的麦古尔大学访问。

发表新诗《纽约城》（刊于 1928 年 10 月 2 日《晨报副刊 · 晨星》第三期）

英译唐代孙过庭《书谱 · 序》（后载于 1935 年 9 月出版的《天下》月刊一卷一期）。

1930—1931 年 （25—26 岁）

1930 年秋回国，由徐志摩介绍到武汉大学外文系（主任为陈源，字通伯，笔名西滢）任教，启用现名孙大雨。

经刘海粟前夫人张韵士介绍认识美专学生孙月波。

1931 年 1 月 20 日在徐志摩主编的新月《诗刊》创刊号发表《诀绝》、《回答》、《老话》三首商乃诗。接着又在《诗刊》二卷二期、三期（即 4 月与 10 月号）分次发表长诗《自己的写照》片段。

1931 年 4 月在徐志摩主编的《诗刊》第二期发表试译《黎琊王》第三幕第二景。1931 年 10 月在《诗刊》第三期发表试译《罕姆莱德》第三幕第四景。

发表悼念徐志摩的新诗《招魂》（1931 年 12 月 2 日新月《诗刊》第四期）。

1932 年 （27 岁）

在北京师范大学和北平大学女子文理学院教授英国文学。

5 月 27 日在北平《晨报・北晨学园》三百零五期发表商乃诗《惋惜》。

1933 年 （28 岁）

任教于北京大学外文系。

下半年应梁实秋之邀去青岛大学外文系任教，期间结识沈从文（1935 年出版的《二十今人志》中有沈从文所撰《孙大雨》篇）。

1934 年 （29 岁）

去浙江大学文学院外文系任教，学生中有胡鼎新（即胡乔木）。

9 月起，正式开始翻译莎剧《黎琊王》。

1935—1936 年 （30—31 岁）

居北京，接受胡适主持的中华文化教育基金会资助，继续翻译莎剧《黎琊王》，1935 年底译竣。后因抗日战争耽误，至 1948 年才由上海商务印书馆付梓。

1935年11月8日天津《大公报》文艺副刊第三十九期发表《自己的写照》续稿八十行，至此累计发表该篇长诗近四百行。

《二十今人志》出版（《人间世社》编，上海良友图书公司1935年印行），沈从文撰《孙大雨》篇。

1937—1941年 （32—36岁）

1937年自北京返沪，受聘于国立上海暨南大学外文系任教。因反对该校某些负责人非法利用校款十万元老法币投机亏损案而被解聘。

1941年10月底去香港，12月7日飞抵重庆。

1942—1945年 （37—40岁）

去重庆原为应四川大学之聘，后因张道藩、顾毓琇等力邀，改去中央政治学校外交系任教。

1942年3月由孙科、梁寒操介绍加入国民党。

1943年于《民族文学》第一卷第二期和第四期发表四首十四行诗《遥寄》。

1945年抗战胜利后于年底返回上海。

期间拒绝教育部对外英文秘书（实为陈立夫的英文秘书）之请。

1946年 （41岁）

在上海临时大学任教。下半年到复旦大学外文系任教，直到1958年。

1946年10月由罗隆基介绍在上海参加中国民主同盟。

1947—1949年 （42—44岁）

1947年春由彭文应介绍参加上海大学教授联谊会（“大教联”），后曾任干事会干事、代理主席。

5月20日南京爆发震动全国的“五二〇”惨案，孙大雨等起草了大学教授支持学生运动宣言，亲自奔波征集七十六位教授签名。

5月26日复旦大学张志让、孙大雨等教授于当天下午去市政府会见市长吴国桢，要求释放被捕学生，当晚即予释放。

6月7日在上海各团体外籍记者招待会上，代表大教联发言。

6月7日美国特使蒲列德来华，两次致函（英文）痛斥国民党专制独裁统治。

8月15日被选为“大教联”秘书。

10月26日国民党政府宣布民盟为“非法团体”，民盟总部被迫解散，上海民盟组织转入地下。

1948年3月民盟上海地下组织建立十二个区分部。任第五区分部（大学教授组成）主任，在白色恐怖下该区分部从未间断活动。

4月任民盟上海支部宣传委员。

4—7月多次参加抗议美国扶日、维护祖国安全和独立的签名运动。

8月初至20日起草《备忘录》（英文打字二十页，约七千英文字，佐以二、三十个证明文件）。其后在会见美国总统杜鲁门的特使魏德迈将军时递交了该《备忘录》，《备忘录》批评指摘国民党蒋政权六、七项严重的错误缺失，要求美国不要再援蒋。

11月上海商务印书馆出版莎译《黎琊王》二卷集注本，发行一千册。

1949年3月任民盟“上海解放工作委员会”委员，参与领导迎接上海解放的各项盟务工作。28日群力出版社秘密发行宣传手册《争取真正的民主和平》，以笔名文浦发表《人民与全面和平》一文，痛斥蒋介石《元旦文告》。

4月保卫世界和平大会在巴黎和布拉格两地召开，参与起草拥护和平宣言，并发动各界人士二百二十九人签名，《大公报》发表该宣言，《密勒士评论报》发表该宣言英文本，塔斯社将宣言发往莫斯科转巴黎和布拉格，中国代表团许广平在大会宣读这一宣言。

5月27日“大教联”在培成女校突然召开会员大会，仓促举行改选干事会，仅获十票，由原来干事落选为候补干事。

7 月 15 日在民盟《李、闻、陶、杜四烈士殉难纪念特刊》上撰文《悼念人民英雄》。

27 日在虹口师专宿舍草拟《地下时期工作报告》，回顾总结参加民主革命斗争中的重大事件。

8 月 5 日致函周恩来，董必武。

9 月 18 日又致函周恩来，申诉“大教联不大好的情形”，报告本人在解放前在上海民盟第五区分部领导上海大学教师盟员反对国民党蒋政权的活动以及在上海大教联所作该会全部反蒋宣传工作，并附以中文的、英文的、公开的、秘密的、国内的和对外的，共二十个文件。

1950 年 （45 岁）

积极支持独女孙佳始参加军事干校，后孙佳始去南京中国人民解放军海军部队服役三年多。

7 月 7 日撰写《上海解放后一年来我的思想总结》。

8 月 12 日在民盟市委召开的“土改问题第八次干部会”上发言。

9 月 24 日被民盟推选为上海市人民代表。

11 月 5 日在民盟“抗美援朝保家卫国座谈会”上表决心。27 日在市支部临工会第四十次会议上被推举出席“上海各界抗美援朝保家卫国代表会议”代表。

12 月 30 日主持教授座谈会，作了题目为《当前三大运动必须展开并持久下去》的发言。

1951—1952 年 （46—47 岁）

1951 年 1 月 10 日主持大学教授座谈会，座谈抗美援朝保家卫国运动。

3 月 22 日主持《反对美国单独对日媾和重新武装日本》座谈会。

10 月 23 日在上海市第一次盟员大会，被选为民盟上海市第一届支部委员。

1953 年 （48 岁）

2 月 23 日出席由许广平等全国政协委员来沪召开的八教授座谈会。

7 月 21 日出席曾昭抡代表高教部来沪召开的十八人座谈会，以期解决孙的上告问题。

10 月 11 日在民盟上海市第二次盟员大会上，被选为第二届市支部委员。

1954 年 （49 岁）

8 月 16 日当选为上海市人民代表，上海市人民政府郊区土改委员会委员及文教委员会委员。

1955 年 （50 岁）

2 月 9 日，陈毅接见，要其消除误会并指出“没有那么多反革命”。

出席全国翻译工作会议，并由胡乔木引见，至陈毅家中谈话。

12 月任上海市政协委员，兼教育委员会副主任及政治委员会委员。

1956 年 （51 岁）

2 月去北京参加全国民盟二大。

4 月向中央负责同志寄送八万言书，指控上海“反革命集团分子”问题。

8 月 26 日在民盟上海市第三次盟员大会上当选为市委委员。

9 月陈毅召开座谈会，解决上告问题。

12 月 20 日在市政协一届三次全体委员大会上发言，题目是《明辨是非，分清敌我》，指控多人为“反革命”。

《复旦学报》1956 年第二期发表《诗歌底格律》（上）。

1957 年 （52 岁）

《复旦学报》1957 年第一期发表《诗歌底格律》（下）。

6 月 7 日在复旦大学党委召开的整风座谈会上作长篇发言，8 日《解放日报》全文刊载，并加标题：“孙大雨指控陈其五杨西光章靳以等都是内部隐藏的反革命分子”。

7月5日《解放日报》第一版通栏标题“工人学生登门责问孙大雨”。8日民盟市委紧急扩大会议决议停止孙大雨盟内职务。9日毛泽东在上海干部会上讲话，点名批判孙大雨为“顽固不化”的右派分子。18日有关部门内部定为“右派骨干，章罗联盟成员”。

8月17日在市人代会二届二次预备会上作检讨。

9月12日在市人代会二届二次全会作《我的检讨与交代》(《解放日报》全文刊登)。上海各报连续二个月发表各类批判文章，内部定为“极右分子”，决定“撤销一切职务，开除民主党派党籍，依法处理”。

12月30日市人代会依市委决定撤销其代表资格。

1958年 （53岁）

4月28日被上海市公安局拘留审查。拘留期间作《狱中商乃诗》四首。

5月被复旦大学撤销教授职务。6月户口由茂名公寓七〇五室迁出，转至南市旧宅（昼锦路133号)。

6月2日以“诬陷罪”被捕，判刑六年，遣送苏北大丰劳改农场服刑。

8月市高级人民法院驳回上诉，作终审判决。17日民盟市委决定开除其盟籍。

1959—1961年 （54—56岁）

在大丰劳改农场服刑。

1961年10月3日“保外就医”回家。

1962—1965年 （57—60岁）

1964年4月7日刑满，“恢复公民资格”。

其间翻译莎剧《罕秣莱德》、《麦克白斯》、《奥赛罗》、《暴风雨》、《冬日故事》等五部集注本。

1966—1968 年 （61—63 岁）

1966 年 9 月 6 日红卫兵三十名（南市区“南建站”水木工十四人，高雄中学初中学生十六名）破门闯入，到 9 月 30 日连续抄家批斗达二十五天，将家中书籍、文物、手稿及生活资料洗劫一空。

1967 年 5 月 22 日下午被造反派押往卢湾体育馆批斗，因反抗被殴致伤。

1968 年 4 月 28 日以抄获《狱中商乃诗》为由第二次入狱，直到 1970 年 12 月 5 日才释放。此事与所谓王造时、潘世兹组织子虚乌有的“社会民主党”事件有关，实际上与他们根本毫无牵连，反右后他们之间从无往来。

1969—1975 年 （64—70 岁）

在上海市监狱接受审查。

1970 年 8 月 21 日被戴上“反革命分子”帽子。

12 月 5 日获释。

1973 年 1 月起开始写申诉翻案书。

1974 年 5 月《中国文学家辞典》介绍其简历与文学业绩。

1976—1978 年 （71—73 岁）

先后五次写信给中共上海市委领导，申诉复查平反，同时也给中共中央领导多次写信，要求落实政策。

1978 年 8 月 21 日上海市公安局决定孙大雨“反革命”案“平反，恢复名誉”，23 日签字，并要求彻底平反。

又译成《萝密欧与琚丽晔》和《威尼斯商人》两部莎剧简注本。

1979 年 （74 岁）

5 月《中国文学家辞典》（北京语言学院编）收入《孙大雨》条目。

6 月 19 日复旦大学党委讨论孙大雨的右派复查，结论：“不予改正”。

1980 年 （75 岁）

《文学评论》1980 年第一期刊登肖韩（孙近仁）文章《新诗的音组、韵律和成型问题》，该文论及孙大雨的新诗音组理论。

6 月 24 日中共上海市委决定“维持原结论，不予改正”。

8 月再次向中央申诉，市委统战部和市教卫办再次复查，仍维持原结论。

9 月 18 日安排至华东师大外语系。

11 月 7 日中央五部摘帽办具文送最高人民法院，转交申诉信，14 日又责成上海市高级人民法院负责调查研究。14 日上海《文汇报》报道：《华师大在市有关部门支持下，聘请著名学者孙大雨任教》，在国内首次披露孙大雨健在。

1981 年 （76 岁）

5 月 26 日华东师大党委书记施平致函中共上海市委宣传部负责人陈其五，要求解决孙大雨的问题，引起市委重视。

8 月 19 日上海市高级人民法院《关于孙大雨诬告诽谤案复查处理的请示报告》提出“对孙改判免于追究刑事责任”。

9 月冯亦代、尚丁撰文：回忆上海民盟组织的地下斗争，多处披露孙大雨的革命活动。

11 月 12 日中共上海市委决定孙大雨的右派问题仍维持原结论，不予改正，生活待遇可适当照顾。

1982 年 （77 岁）

1 月 22 日华东师大党政领导出面主持新春茶话会，欢迎孙大雨到校任教，二十多位老教授、老朋友出席漫谈。

2 月号《北师大学报》发表蓝棣之文章《论新月派在新诗史上的地位》，记述了孙大雨对新诗的贡献。

5 月 17 日上海市高级人民法院刑事判决书宣布撤销原 1958 年判

孙诬告罪，“免于追究刑事责任”。

1983年 （78岁）

在1月号《外国文学研究》发表《关于莎士比亚戏剧的几个问题》。

3月在《外国语》杂志发表用英文所写论文：Some Specific Thoughts on Rendering Ancient Chinese Poetry into English Metrical Verse。

5月号《华东师大学报》发表《略谈英诗中译的艺术——评〈新译英国名诗三首〉举例》。

12月19日张致祥致函胡耀邦，转报吴楚提供的《孙大雨积案访查摘要（十五条）》，请求解决此案，20日胡耀邦批复：“请检查这个老先生的政策的落实的问题，对该落实的而顶着不办的党委和负责人必须采取点必要的措施。”

28日吴楚又致信上海市委书记陈国栋：“祈请关注研处使积年悬案得到彻底解决。”

1984年 （79岁）

3月26日中共上海市教卫工作委员会《关于孙大雨教授右派问题复查处理意见的报告》认为：孙的“右派问题以予以改正为宜”。

6月5日和6日中共上海市委办公厅发文，同意对孙的复查意见：“文化大革命”中戴反革命分子帽子的决定是错误的，“应予平反，恢复名誉；右派错划，予以改正。”

6月11日上海市公安局决定：“1968年4月28日因所谓反革命案被拘留，1970年12月5日被戴反革命分子帽子无效”，7月4日送交当事人签知。

7月15日金尧如致函上海市委统战部、张承宗并胡立教、汪道涵，就孙大雨之事，请“明察明断”。

7月23日复旦大学负责人登门将右派错划改正结论通知本人，并恢复教授职称及原工资待遇。

12 月 4 日《解放日报》报道：中国莎士比亚研究会在上海成立，孙大雨出席，被选为理事。

1985 年 （80 岁）

2 月 3 日上海人民广播电台播发《孙大雨教授热心从事中外文化交流》。

5 月号《老人》杂志发表沈海燕文章：《在诗海中奋进——小记孙大雨教授》。

6 月 4 日致信华东师大党委统战部，要求解决“文化大革命”中抄家物资落实政策问题。

10 月 12 日《文汇读书周报》翔汉、王琳撰文：《进行开启性的学习——访孙大雨教授》。

《法律咨询》10 月号发表特约记者司徒伟群专访《夜访孙大雨》该文后编入北京《群众出版社》出版的《十年沉冤录》一书。

1986 年 （81 岁）

1 月号香港《良友画报》发表金帛长篇访问记《他不会被遗忘——记孙大雨》，并配发七帧生活照片。

3 月 31 日《上海盟讯》发表程应镠文章：《大教联回忆》，披露孙大雨在解放前民主革命斗争中的许多鲜为人知的事迹。

4 月 23 日《文汇报》报道：孙大雨在新知识讲座演讲《莎士比亚的剧作》。

4 月 30 日《上海盟讯》报道：孙大雨在纪念莎士比亚逝世三百七十周年座谈会上发言。

9 月《纪念民盟四十周年》出版，书中披露孙大雨在民主革命时期的许多事迹。

9 月 12 日《文汇报》发表徐开垒专访：《衣带渐宽终不悔——访孙大雨》。

10月号《群言》杂志发表论文《莎士比亚的戏剧是诗剧》。

10月16日上海人民广播电台《人物春秋》节目播放曾文荣、陈接章的录音采访《小巷灯火路漫漫——孙大雨的外国文学生涯》。

12月5日《上海盟讯》报道：11月底"胡乔木在上海会见孙大雨，话旧回顾师生友谊"。

1987年（82岁）

《华东师大学报》第二期发表《莎士比亚的戏剧是话剧还是诗剧？》。

5月21日夫人孙月波病逝。

11月12日《文汇报》报道孙大雨在《华东师大学报》发表论文《莎剧是诗剧还是话剧？》。

1988年（83岁）

1月17日《文汇报》刊登孙大雨《译诗两首》。

2月号《读书》杂志载孙近仁文《别忘了孙大雨》。

12月31日《上海盟讯》刊文《孙大雨笔斗舌战魏德迈》。

1989年（84岁）

2月21日《新民晚报》刊登《我与诗》。

9月人民出版社（北京）出版《新月派诗选》（中国现代文学流派创作选），蓝棣之在序言中对孙大雨在新月诗人中的学术地位作了评价，并选用孙大雨的八首诗作。

10月号《名人传记》载展家琪、张方晦文：《走在阳光里的老人——记新月派著名诗人孙大雨教授》。

1990年（85岁）

2月6日《解放日报》载林天斗文《回忆国际友人朱白兰》，披露孙大雨在解放前夕在家中与进步师生收听解放区电台广播、传递延安信息以及帮助国际友人的事迹。

《外国语》第四期发表《杜甫“秋兴”八首英译》。

5月长江文艺出版社出版中国新诗库（周良沛编选）第二辑《孙大雨卷》。

11月17日《人民日报》（海外版）发表顾关元文：《说不尽的莎士比亚——访翻译家孙大雨先生》

1991年（86岁）

5月上海译文出版社出版孙译莎士比亚剧作《罕秣莱德》。

（以上参照陈起城：《孙大雨活动年表》）

1992年（87岁）

《文艺争鸣》第五期发表《格律体新诗的起源》。

1993年（88岁）

1月上海译文出版社再版莎剧《黎琊王》。

4月26日《新民晚报》发表吴钧陶文：《丝方尽，泪欲干——为孙大雨教授书稿呼吁》。

4月《中外论坛》（纽约）发表《莎译琐谈》。

5月上海译文出版社出版《奥赛罗》。

7月22日台湾《联合报·副刊》发表《关于莎士比亚的戏剧》。

1993年8月7日《济南日报》发表《我与诗人朱湘》。

《群言》杂志第四期载孙近仁、孙佳始文：《说不尽的莎士比亚——孙大雨教授谈莎剧翻译》。

1994年（89岁）

1月上海译文出版社出版莎剧《麦克白斯》。

3月25日在台湾《联合报·副刊》发表《我与梁实秋》。

8月台湾春晖影业公司“现代作家身影”电视系列片采访录像。

9月《中外论坛》（纽约）发表《暮年回首》。

10月《上海滩》刊登黄昌勇文：《孙大雨这一辈子》。

1995 年 （90 岁）

1 月上海译文出版社出版《莎士比亚四大悲剧》珍藏本。

2 月上海译文出版社出版莎剧《冬日故事》与《威尼斯商人》。

7 月台湾《中外杂志》载文《莎学名家缤纷录》谈孙大雨莎学成就。

1996 年 （91 岁）

1 月上海外语教育出版社出版《屈原诗选英译》。

《中外论坛》（纽约）第四期载蔡平文：《孙大雨和莎翁诗剧》。

10 月因病住上海华东医院。

12 月河北教育出版社出版《孙大雨诗文集》。

1997 年 （92 岁）

《书城》杂志第一期发表《我与梁实秋的一些交往》。

1 月 5 日因感冒并发肺炎、心力衰竭在华东医院干部病房逝世。

9 月上海外语教育出版社出版《古诗文英译集》。

主要著译年表

作　品　名	发　表　处	发表日期
创作新诗：		
海船	少年中国	1920.5.15
水	时事新报·学灯	1922.8.7
滴滴的流泉	小说月报	1922 年第 5 期
呈汉瑞	时事新报·文学创刊	1923.5.12
秋夜	清华周刊·文学增刊	1924.10
荷花池畔	清华周刊·文学增刊	1925.1
舞蹈会上	清华周刊·文学增刊	1925.1
夏云	现代评论	1926.1.16
爱	晨报副刊·诗镌	1926.4.10
海上歌	新月月刊二期	1928.4.10
纽约城	晨报副刊·晨星	1928.10.2
一支芦笛	新月月刊十期	1930.8.10
诀绝	新月诗刊创刊号	1931.1.20
回答	新月诗刊创刊号	1931.1.20
老话	新月诗刊创刊号	1931.1.20
招魂	新月诗刊四期（终刊号）	1931.12.2
自己的写照	新月诗刊二期	1931.4
	新月诗刊三期	1931.10
	天津大公报·文艺副刊	1935.11.8
惋惜	北平晨报·北晨学园	1932.5.27

（续表）

作　品　名	发　表　处	发表日期
遥寄	民族文学二期、四期	1943
狱中商乃诗四首	未发表	写于 1958
其他著译：		
论音组	写作于 20 世纪 30 年代，分两次收入《孙大雨诗文集》（1996.12）及（诗·诗论）（2014.1）	
译 King Lear（Act Ⅲ，sc2）	新月《诗刊》二期	1931.4
罕姆莱德第三幕四景	新月《诗刊》三期	1931.10
黎琊王	上海商务印书馆	1948.11
诗歌底格律（上）	复旦学报	1956 年第二期
诗歌底格律（下）	复旦学报	1957 年第一期
关于莎士比亚戏剧的几个问题	外国文学研究	1983 年第一期
Some Specific Thought on Rendering Ancient Chinese Poetry into English Metrical Verse	外国语	1983 年第二期
略谈英诗中译的艺术	华东师大学报	1983 年第五期
莎士比亚的戏剧是诗剧	群言	1986.10
莎士比亚的戏剧是话剧还是诗剧？	华东师大学报	1987 第二期
我与诗	新民晚报	1989.2.21
中国新诗库·孙大雨卷	长江文艺出版社	1990.5
杜甫“秋兴”八首英译	外国语	1990 年四期
罕秣莱德	上海译文出版社	1991.5
格律体新诗的起源	文艺争鸣	1992 年五期
黎琊王（再版）	上海译文出版社	1993.1

（续表）

作　品　名	发　表　处	发表日期
奥赛罗	上海译文出版社	1993.5
莎译琐谈	中外论坛（纽约）	1993 年四期
关于莎士比亚的戏剧	联合报（台北）	1993.7.22
我与诗人朱湘	济南日报	1993.8.7
麦克白斯	上海译文出版社	1994.1
我与梁实秋	联合报（台北）	1994.3.25
暮年回首	中外论坛（纽约）	1994 年五期
莎士比亚四大悲剧（珍藏本）	上海译文出版社	1995.1
威尼斯商人	上海译文出版社	1995.2
冬日故事	上海译文出版社	1995.2
屈原诗选英译	上海外语教育出版社	1996.1
孙大雨诗文集	河北教育出版社	1996.12
我与梁实秋的一些交往	书城	1997 年一期
古诗文英译集	上海外语教育出版社	1997.9
暴风雨	上海译文出版社	1998.8
萝密欧与琚丽晔	上海译文出版社	1998.8
英诗选译集	上海外语教育出版社	1999.10
哈姆雷特（繁体字本）	台湾联经出版公司	1999
奥赛罗（繁体字本）	台湾联经出版公司	1999
李爾王（繁体字本）	台湾联经出版公司	1999
馬克白（繁体字本）	台湾联经出版公司	1999
麦克白选段（新语文读本）	广西教育出版社	2001.3
哈姆雷特·罗密欧与朱丽叶（名著必读本）	上海译文出版社	2001.6

（续表）

作　品　名	发　表　处	发表日期
莎士比亚四大悲剧 （世界文学名著普及本）	上海译文出版社	2002.12
莎士比亚四大悲剧 （名著文库）	上海译文出版社	2006.8
英译屈原诗选	上海外语教育出版社	2007.9
英译唐诗选	上海外语教育出版社	2007.9
莎士比亚四大悲剧 （译文名著精选）	上海译文出版社	2010.8
哈姆雷特（双语本）	上海译文出版社	2012.8
奥赛罗（双语本）	上海译文出版社	2012.8
李尔王（双语本）	上海译文出版社	2012.8
麦克白斯（双语本）	上海译文出版社	2012.8
莎士比亚戏剧八种（集注本）	上海三联书店	2013.1
莎士比亚四大悲剧 （译文名著典藏）	上海译文出版社	2013.6
《诗・诗论》	上海三联书店	2014.1
英诗选译	上海三联书店	2014.9
哈姆雷特（双语对照）	上海三联书店	2018.4
奥赛罗（双语对照）	上海三联书店	2018.4
李尔王（双语对照）	上海三联书店	2018.4
麦克白斯（双语对照）	上海三联书店	2018.4
暴风雨（双语对照）	上海三联书店	2018.4
冬日故事（双语对照）	上海三联书店	2018.4

（续表）

作　品　名	发　表　处	发表日期
罗密欧与朱丽叶（双语对照）	上海三联书店	2018.4
威尼斯商人（双语对照）	上海三联书店	2018.4
莎士比亚四大悲剧 (译文 40 周年纪念版)	上海译文出版社	2018.6
Selected Poems of Chü Yuan	上海外语教育出版社	2018.10
An Anthology of the Tang Dynasty Poetry	上海外语教育出版社	2018.10
屈原诗英译	上海三联书店	2020.1
古诗文英译	上海三联书店	2020.1
孙大雨译文集	上海译文出版社	待出

（2020.4.15 修订）

后 记

1997年1月15日下午，上海市作家协会主席、著名诗人罗洛和老作家艾以代表上海市作协来到龙华殡仪馆，参加孙大雨教授追悼会，就在这次追悼会上，艾以先生与我们联系，要我们为刚去世的父亲写一部回忆录。当我们正在踌躇写与否的时候，三月份徐迺翔先生又从北京寄来了出版合同——在这种情形下，我们不得不认真地对待了。

考虑再三，觉得要写一部二十万字的回忆录，实在力有所不逮，曾一度想打退堂鼓。然而两位主编一片诚心，一再鼓励，尤其是同在上海的傅先生多次来电、来信催促，勉励有加，实在盛情难却。

傅先生与我们已认识多年。“文化大革命”结束后，傅艾以、毕修勺、刘衍文等先生常来南市家中与父亲叙谈学问，好多年中每逢春节前他们都要来家中聚会，交谈甚欢，父亲每每留他们用便餐；他们是父亲晚年有数的朋友之一。1991年傅先生在编选《现代作家书信集珍》时，因收集父亲的信件，我们曾协助过他。

记得1984年9月下旬，我国著名的古希腊文学家罗念生先生专程从北京来沪看望阔别多年的老同学老朋友、我们的父亲时，曾特意关照我们：“以后你们要做有心人，注意把你们父亲的言谈行止择要记录下来，将来会有用处的。”受他的启发，自此以后，我们注意收集有关父亲的一切资料。现在这些资料终于派上了用场。

我们所写的东西，与一般的文学传记有所不同：涉及的人与事都必须是真实的，没有想像的成分，更不允许妙笔生花。

作为子女，来写父辈，难免带有感情色彩，不免有溢美之嫌，这使我们感到落笔甚难；但我们在写作时抱定宗旨，尽量罗列事实，少作评论。父亲是怎样一个人，他对社会、对文化事业有什么贡献，自有客观事实来说明，用不到我们饶舌。

本书得以完成，必须提及的是：陈起城先生以往收集的许多资料给予很大的帮助，陈子善先生也提供了宝贵的意见，傅艾以先生更花费许多精力来润饰、修正文字，在此我们要一并致以真挚的谢忱！

孙近仁　孙佳始

1998.10.1

再版附言：

光阴荏苒，转瞬之间本书自1999年初版迄今，已过去20年；现得有机会再版，并附录于《孙大雨译文集》内，感觉幸甚！趁再版之机，重读全书，颇感不足之处甚多，但为保持原貌，除改正一些误植错字外，仅在个别章节稍作修正补充。

作者　2019.1.8